무너진 왕국

THE BROKEN KINGDOMS:

Book Two of the Inheritance Trilogy
by N. K. Jemisin

Copyright © N. K. Jemisin 2010
All rights reserved.

Korean translation edition is published by arrangement with
N. K. Jemisin c/o The Knight Agency through Duran Kim Agency.

Korean Translation Copyright © Minumin 2024

이 책의 한국어판 저작권은 듀란킴 에이전시를 통해
The Knight Agency와 독점 계약한 ㈜민음인에 있습니다.
저작권법에 의해 한국 내에서 보호를 받는 저작물이므로 무단 전재와 무단 복제를 금합니다.

무너진 왕국

유산 시리즈 II

N. K. 제미신

박슬라 옮김

THE
BROKEN
KINGDOMS

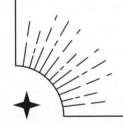

황금가지

무너진 왕국 **차례**

아침나절이었던 걸로 기억한다.

정원 가꾸기는 내가 제일 좋아하는 일과였다. 하지만 싸워서 얻어야 하는 것이기도 했어. 어머니의 테라스 정원은 주변에 평판이 자자해 내게 마음 놓고 맡기지 못하셨으니까. 어머니를 탓하는 건 아니야. 아버지는 내가 딱 한 번 빨래를 했다가 일어난 일을 가지고 그 뒤로 평생을 놀려 댔는걸.

"오리." 내가 얼마나 독립적인지 증명하려 할 때마다 어머니는 이렇게 말씀하셨지. "도움이 필요해도 괜찮아. 누구나 혼자서는 할 수 없는 일이 있단다."

하지만 정원 가꾸기는 그런 일이 아니었어. 어머니가 제일 걱정한 건 잡초 뽑기였지. 니마로에서 자라는 많은 잡초가 어머니가 아끼는 허브와 비슷하게 생겼거든. 개고사리는 달콤아이레처럼 잎이 부채꼴이고 러닝메이는 오커린처럼 뾰족해서 손가락을 찔러 대지. 하지만 잡초와 허브는 전혀 다른 냄새가 나기 때문에 나는 어머니가 왜 그 둘을 헷갈려하는지 이해할 수가 없었어. 아주 드물게 냄새와 촉감 둘 다 헷갈릴 때도 잎사귀 둘레를 입술에 대 보거나 잎다발을 손으로 쓸어 제자리로 돌아가는 소리를 들어 보면 되는데. 결국 엄마는 내가 한 철 내내 단 한 번도 허브를 잡초로 착각해 뽑은 일이 없다는 걸 인정할 수밖에 없었단다. 그래서 내년엔 내 몫의 테라스 정원을 만들어 달라고 조를 작정이었어.

나는 보통 정원 일에 몇 시간이고 푹 빠져 있곤 했는데, 그날 아침은 뭔가 달랐다. 집을 나서자마자 알 수 있었어. 뭔가 이상한, 금속성의 둔탁한 느낌이 공기 중에 떠돌았지. 숨을 죽인 듯한 긴장감. 폭풍이 불기 시작했을 즈음에는 잡초는 까맣게 잊고 허리를 세워 본능적으로 하늘을 올려다봤다.

그리고 난 봤다.

나중에야 배웠지만 저 멀리라고 부르는 곳에서, 거대한 무정형의 검은 얼룩이 힘차게 뻗어 나가는 모습을. 멍하니 입을 벌리고 쳐다보고 있는데 눈이 아플 만큼 엄청나게 밝은(그런 느낌은 처음이었어.) 거대한 창 같은 것이 불쑥 솟구치더니 그 검은 얼룩을 산산이 흩어 놓았다. 하지만 이내 흩어졌던 검은 얼룩이 다시 구불구불한 덩굴로 바뀌더니 창대를 휘휘 둘러 감아 순식간에 삼켜 버렸고, 그러자 빛나는 창도 빙글빙글 회전하는 칼날처럼 예리한 원반이 되어 덩굴을 베어 냈지. 그렇게 빛과 어둠은 계속해서 형태를 바꿔 가며 공격을 주고받았지만 어느 쪽도 결정적인 승기를 잡진 못했다. 그러는 동안 하늘에선 천둥 같은 굉음이 진동했지만 비

냄새는 전혀 나지 않았고.

나만 본 게 아니었다. 사람들이 가게와 집 밖으로 뛰쳐나와 뭐라 중얼거리거나 외치는 소리가 들렸거든. 하지만 아무도 무서워하는 것 같진 않았어. 그 기이한 현상은 하늘 위에서 펼쳐지고 있었고 우리 지상에 사는 사람들의 삶과는 멀리 떨어져 있었으니까.

그래서 내가 땅바닥에 무릎을 꿇고 앉아 손가락을 흙 속에 파묻고 있다는 걸 알아차린 사람은 아무도 없었다. 대지의 떨림이 느껴졌어. 아니, 떨림이라기보단 아까 느꼈던 것과 같은 긴장감이었지. 금방이라도 터질 듯이 잔뜩 억눌려 있는 긴장감. 이건 하늘에서 일어나는 일이 아니었어.

나는 튕기듯이 일어나 지팡이를 잡고 서둘러 집으로 향했다. 아버지는 시장에 가셨지만 어머니는 집에 계셨고 만약 지진이라도 일어나면 어머니에게 알려야 했으니까. 현관 계단을 뛰어 올라가 삐걱거리는 낡아 빠진 문을 벌컥 열어젖히며 엄마에게 빨리 집에서 나오라고 소리쳤어.

그리고 그때, 그것이 오는 소리가 들렸다. 땅에만 국한된 게 아니라 북서쪽, 아라메리 도시인 하늘도시에서부터 대지를 가로질러 울려 퍼지는 소리. 처음엔 누가 노래를 부르고 있다고 생각했어. 한 사람이 아니라 여러 사람. 수천, 수백만 개의 목소리가 한꺼번에 진동하며 되울림을 퍼트렸지. 무슨 노래인지도 알 수 없었고 노랫말도 단어 하나뿐이었지만 그럼에도 그 노랫말의 힘이 너무도 강력해 온 세상이 무너질 듯 흔들렸다.

그 단어는 바로 *자라나*였어.

있지, 내가 항상 마법을 볼 수 있었던 건 사실이지만 그때까지만 해도 나한테 니마로는 평소에 어두운 세상이었단다. 심심하고 조용한 작은 마을과 시골 동네로 이뤄진 평온한 지역인데 내가 사는 곳도 예외는 아니었어. 마법이란 도시에나 존재하는 것이라 아주 가끔씩만 볼 수 있었고, 심지어 그조차 늘 비밀이었지.

하지만 지금은 사방에 빛과 색이 있었어. 땅 위로, 거리 위로 흘러넘쳐 나뭇잎과 풀잎, 그리고 앞뜰 주변을 두른 포석과 나무널 위로 흠뻑 쏟아지고 있었지. 이토록 많은 마법이라니! 난 이 세상에, 내 주변에 이렇게 마법이 많은 줄은 그때 처음 알았다. 마법의 물결이 벽을 쓸고 지나며 선과 질감을 입혔을 때엔 생전 처음 내가 태어나 자란 집을 볼 수 있었지. 주변에 있는 나무와 처음엔 그게 뭔지 몰랐지만 집 옆에 세워진 낡은 마차, 길거리에 입을 헤벌린 채 서 있는 사람들의 윤곽도 드러났고. 아, 정말로 전부 다 봤단다. 다른 평범한 사람들처럼 진짜로 눈으로 봤어. 어쩌면 내가 그들보다 더 많은 걸 봤을지도 모르고. 그건 내가 평생 마음속에 간직할 순간이었지. 무언가 대단히 영광스러운 것이 돌아오는 순간. 오랫동안 망가져 있던 뭔가가 회복되는 순간. 생명 그 자체의 재생.

그날 저녁, 나는 아버지가 돌아가신 걸 알게 되었다.

그로부터 한 달 뒤, 나는 새로운 삶을 시작하기 위해 하늘도시로 떠났지.

그리고 그 뒤로 십 년이 지났다.

1장

버려진 보물
(캔버스에 납화[*])

"저 좀 도와주세요." 여자가 말했다. 나는 바로 목소리를 알아차렸다. 이 여자와 남편, 그리고 두 아이는 한 시간 전쯤 내 노점에 놓인 벽걸이 장식을 기웃거리며 살펴봤다.(하지만 사지는 않았다.) 그때 여자는 짜증이 나 있었다. 벽걸이 장식은 비쌌고 아이들은 사고 싶다며 고집을 부렸다. 하지만 지금 그녀는 겁에 질려 있었다. 겉으로 듣기엔 차분한 목소리였지만 그 아래 깊은 곳에서는 두려움으로 떨리고 있었다.

"무슨 일인데요?"

"우리 가족요. 어디 있는지 못 찾겠어요."

나는 내가 할 수 있는 최고의 '친절한 현지인' 미소를 지었다. "이 근방 어디에 있을 거예요. 나무줄기 근처에서는 길을 잃어버

---

[*] 蠟畵. 안료를 밀랍이나 송진에 녹여 불에 달군 인두로 색을 입히는 회화 기법. 인화(印畵)라고도 한다. ─ 옮긴이

리기 쉽거든요. 마지막으로 본 게 어딘데요?"

"저쪽이요." 여자가 움직이는 소리가 들렸다. 아마 손가락으로 가리킨 거겠지. 여자는 잠시 후에야 실수를 깨달았고, 늘 그렇듯 어색한 분위기가 흘렀다. "어…… 미안해요. 다른 사람한테 물어볼게요."

"그러세요." 나는 가벼운 말투로 대답했다. "하지만 백색전당(白色殿堂) 옆에 있는 예쁘고 깔끔한 골목을 말하는 거면, 무슨 일이 생긴 건지 알겠네요."

여자가 숨을 들이켜는 소리가 나는 걸로 보아 내 짐작대로인 모양이었다. "어떻게……."

공원 이쪽 길, 내 바로 옆자리에서 예술품을 판매하는 온이 작게 코웃음 치는 소리가 들렸다. 나도 모르게 웃음이 났다. 제발 여자가 온이 자기를 비웃는 게 아니라 친근하게 대하는 것일 뿐이라고 해석해 주면 좋겠다.

"골목 안으로 들어갔나요?"

"어…… 음……." 여자가 꼼지락거렸다. 손을 비비적대는 소리가 들렸다. 이쯤 되면 문제의 원인이 뭔지 알 것 같았지만 여자가 고민하게 그냥 내버려 뒀다. 잘못을 지적받는 걸 좋아할 사람은 아무도 없으니까. "그게…… 그냥…… 아들이 화장실에 가고 싶다고 해서요. 요 근처 상점들은 뭐라도 하나 안 사면 화장실을 못 쓰게 하더라고요. 그치만 저흰 돈이 많지 않아서……."

내 벽걸이 장식을 사지 않았을 때도 여자는 똑같은 변명을 댔었다. 나야 별로 마음에 두진 않았다. 내가 파는 물건이 필요한 사람은 없다고 먼저 말을 꺼낸 게 나였으니까. 하지만 이런 상황에서도 똑같은 변명을 하는 걸 들으니 짜증이 치밀었다. 벽걸이 장식이야 안 살 수 있지. 하지만 얼마나 짠순이길래 작은 주전부리나 싸구려 장신구 하나도 못 사겠다는 거야? 외지에서 찾아와 우릴 빤히 구경하거나 단골손님을 내쫓아 놓고 여기 사람들이 얼마나 불친절한지 투덜거리는 것을 듣는 대가로 우리 자영업자들이 바라는 건 그거 하나뿐인데!

나는 백색전당에 가면 화장실을 무료로 사용할 수 있다는 사실을 지적하지 않기로 했다.

"그 골목은 아주 특이한 곳이에요." 나는 여자에게 설명해 주었다. "그 골목에 들어가서 조금이라도 옷을 내리는 사람은 태양시장 한복판으로 이동하게 되거든요." 사실을 말하자면 시장 상인들은 아예 사람들이 나타나는 그 자리에 무대까지 마련해 놨다. 엉덩이를 깐 채 뿅 하고 나타난 가엾은 인간들을 손가락질하며 비웃기 위해서였다. "시장에 가면 가족들을 찾을 수 있을 거예요."

"아, 여신님, 감사합니다." (언제 들어도 이상하게 느껴지는 감탄사였다.) "고마워요. 이 도시 얘기는 많이 들었어요. 전 오고 싶지 않았지만 남편이…… 하이노스 출신인데 여신의 나무를 보고 싶다고 해서……" 여자가 깊은 숨을 내쉬었다. "그 시장이라는 덴 어떻게 가나요?"

드디어. "서쪽 그림자에 있어요. 여긴 동쪽 그림자고요, 서그림, 동그림."

"네?"

"여기선 그렇게 불러요. 길을 물어보면 다 그렇게 말할걸요."

"어, 하지만…… 그림자요? 사람들이 그런 말을 하는 건 들었지만, 이 도시의 이름은 사실……."

나는 고개를 저었다. "아까도 말했지만 여기 사람들은 그렇게 안 불러요." 나는 머리 위를 가리키며 손짓했다. 무성한 세계수(世界樹) 잎사귀가 끊임없이 바스락대며 초록색 잔물결이 아른거리는 기운이 희미하게 느껴지는 곳. 내게 세계수의 뿌리와 줄기는 어둡게 느껴졌고 나무의 살아 있는 마법은 거의 30센티미터는 될 법한 두터운 껍질 아래 숨어 있었지만, 연한 이파리들은 내가 간신히 볼 수 있는 수준으로 반짝이며 춤을 췄다. 가끔 나는 몇 시간이고 그 광경을 바라보곤 했다.

"여기선 하늘이 거의 안 보이거든요."

"아…… 네…… 그렇군요."

나는 고개를 끄덕였다. "6번가에 있는 뿌리벽까지 마차를 타고 가서 거기서 페리를 타거나, 아님 고가도로를 걸어서 터널을 건너세요. 이 시간대면 외지인들을 위해서 등불을 최대로 밝혀 놨을 테니까 괜찮을 거예요. 어둠 속에서 뿌리를 걷는 것만큼 나쁜 일도 없지만, 뭐 저한텐 둘 다 똑같아서요." 나는 여자의 걱정을 덜어 주려고 생긋 웃어 보였다. "그치만 얼마나 많은 사람이 조금만 어두워도 난리를 치는지 못 믿으실걸요? 어쨌든 터널만 지나면 서그림이에요. 그 근처에선 항상 가마들이 기다리고 있으니까 가마를 타거나 태양시장까지 걸어가면 돼요. 별로 안 멀어요. 그냥 오른쪽에 세계수를 두고 걸어가면……."

내 말을 자르며 불쑥 끼어든 목소리에는 익숙한 공포가 담겨 있었다. "이 도시에서…… 제가…… 어떻게…… 완전히 헤맬 거예요. 오, 악마여. 제 남편은 더해요. 항상 길을 잃어버리거든요. 여기로 돌아오려 할 텐데 지갑은 저한테 있고……"

"괜찮을 거예요." 나는 기계적인 연민을 담아 말했다. 판매대에 놓여 있는 나무 조각품을 떨어뜨리지 않게 조심스럽게 몸을 기울여 예술의 거리 끝자락을 가리켰다. "원하신다면 솜씨 좋은 가이드를 추천해 드릴 수도 있어요. 거기까지 금방 데려다줄 거예요."

하지만 지독한 구두쇠라 그것도 싫을 테지. 어쩌면 여자의 가족은 그 골목에서 폭행을 당하거나 돈을 빼앗기거나 아니면 바위로 변했을 수도 있다. 그런 위험을 감수할 정도로 돈을 아낄 필요가 있나? 순례자들이란 이해할 수가 없다.

"얼만데요?" 여자는 벌써부터 못마땅한 기색이 역력했다.

"가이드한테 물어봐야 할 거예요. 제가 대신 물어봐 줄까요?"

"전……." 여자가 두 발에 번갈아 체중을 실으며 몸을 흔들었다. 문자 그대로 온몸에서 마지못한 기색이 뿜어져 나왔다.

"아니면 이걸 사도 되고요." 나는 의자 위에서 부드럽게 몸을 돌려 작은 두루마리를 집어 들었다. "지도예요. 신들의 장소, 그러니까 그 골목길처럼 소격신이 마법을 걸어 놓은 곳이 전부 다 표시돼 있답니다."

"마법이요? 그러니까 신들이 그랬단 말이에요?"

"아마도요. 필경사가 그랬을 것 같진 않잖아요."

여자가 한숨을 내쉬었다. "지도가 있으면 그 시장까지 갈 수 있나요?"

"그럼요, 물론이죠." 나는 두루마리를 펼쳐 여자에게 보여 주었다. 그녀는 한참 동안 지도를 들여다보았다. 아마 지도를 사지 않고도 시장까지 가려고 길을 외우는 거겠지. 뭐, 할 테면 해 보라지. 그림자의 복잡하게 뒤얽힌 거리를, 그것도 곳곳이 세계수 뿌리에 가로막히고 군데군데 신들의 장소에 대한 메모까지 붙은 지도를 그렇게 쉽게 외울 수 있다면 공짜로 볼 자격이 충분하다.

"얼마예요?" 마침내 여자가 지갑에 손을 뻗었다.

여자의 불안한 발걸음 소리가 프롬나드의 일상적인 소음 속으로 사라지고 나자 온이 어슬렁거리며 다가왔다. "넌 사람이 너무 착해, 오리."

나는 히죽 웃었다. "그치? 그냥 다시 그 골목에 가서 치마를 조금만 들쳐 올리면 눈 깜짝할 사이에 가족들 옆으로 날아갈 거라고 말해 줄 수도 있었는데. 하지만 숙녀분의 존엄성을 지켜 드려야지. 안 그래?"

온이 어깨를 으쓱했다. "그런 것도 알아서 생각 못 하는 건 다 저 여자 잘못이지. 네 잘못이 아니라." 그러더니 아까 그 여자처럼 한숨을 지었다. "순례를 한답시고 여기까지 와서는 막상 길을 헤매느라 시간을 낭비하다니, 좀 안타깝기도 하고."

"언젠간 다 추억이다 할 거야." 나는 자리에서 일어나 몸을 풀었다. 오전 내내 앉아 있었더니 허리가 아팠다. "잠깐 내 물건 좀 봐 줄래? 산책이나 하고 올게."

"거짓말쟁이."

부로이의 굵고 그르렁거리는 목소리에 미소가 지어졌다. 예술의 거리에서 물건을 파는 또 다른 상인이었다. 다가온 부로이는 온의 바로 옆에 섰다. 그가 온을 팔로 다정하게 감싸는 모습이 보이는 것 같았다. 부로이와 온, 그리고 또 다른 상인인 루는 셋이 같이 반려 사이인데, 특히 부로이는 소유욕이 강했다. "그 멍청해 빠진 남편이랑 아들이 마법에 걸리기 전에 뭐 떨어뜨린 건 없는지 보러 가는 거잖아."

"내가 왜 그런 짓을 하겠어?" 순진하게 되물었지만, 웃음이 삐쳐 나오는 걸 참을 수가 없었다. 온도 간신히 웃음을 참고 있었다. "뭐라도 찾으면 나눠 줄 거지?"

나는 그가 있는 방향으로 입맞춤을 날렸다. "찾는 사람이 임자지. 아님 나한테 부로이라도 나눠 주든가."

"찾는 사람이 임자거든." 온이 대꾸하자 부로이가 웃으며 그를 껴안는 소리가 들렸다. 두 사람이 키스하는 소리를 듣지 않으려고 바닥을 두드리는 내 지팡이 소리에만 집중하며 빠른 걸음으로 걸었다. 나눠 달라는 소리야 당연히 농담이었지만 애인 없는 여자가 옆에서 알짱거려 봤자 일말의 가능성도 없는 게 있기 마련이다.

예술의 거리에서 널찍한 프롬나드 건너에 있는 이 골목은 세계수의 은은한 녹색 빛에 비해 벽과 바닥이 하얀색으로 빛나고 있어 쉽게 찾을 수 있었다. 아주 밝은 편은 아니었다. 소격신의 기준에 이건 소소한 마법에 불과했고, 필멸자들도 인(印) 몇 개를 새기거나 운이 따라 먹물을 활성화할 수 있다면 가능한 일이었으니까. 평소라면 벽돌 사이의 회반죽을 따라 희미한 빛만 보였겠지만 지금은 마법이 발동된 지 얼마 안 됐으니 원래처럼 가만한 상태로 돌아가려면 시간이 좀 걸릴 거다.

나는 골목 어귀에 서서 가만히 귀를 기울였다. 프롬나드는 도시의 중심부에 있는 원형 도로로, 인도와 차도가 만나 화단과 녹음수(綠陰樹), 보도가 있는 넓은 광장을 둘러싸고 있다. 순례자들이 여기 모여드는 이유는 이 광장이 도시에서 세계수가 가장 잘 보이는 곳이기 때문이다. 우리 예술가들이 이곳을 좋아하는 것과 같은 이유다. 순례자들은 그들이 숭배하는 새롭고 이상한 신에게 기도를 올리고 나면 항상 만족스런 기분이 되어 우리에게서 기념품을 구매했다. 하지만 우리는 근처에 있는 백색전당과 그 빛나는 벽, 그리고 광장에서 벌어지는 온갖 이단 행위를 굽어보며 언짢아하는 듯한 광명의 이템파스 동상을 늘 의식하지 않을 수가 없었다. 요즘에는 교단수호자들도 예전처럼 엄격하게 굴지 않았다. 이젠 자신의 경배자들이 핍박받으면 화를 내는 신들이 너무 많았기 때문이다. 게다가 야생 마법도 너무 늘어나서 수호자들이 전부 단속하기엔 역부족이었다. 하지만 그래도 그들의 바로 코앞에서 어떤 일들을 벌이는 건 현명하지 못한 처사였다.

그래서 나는 근처에 이템파스 사제가 없는지 확인한 후에야 골목 안으로 들어섰다.(여전히 도박이나 다름없었다. 주변이 너무 시끄러워 듣지 못한 소리가 있을 테니까. 만약의 경우엔 길을 잃었다고 변명해야지.)

지갑이나 다른 귀중품이 떨어져 있지는 않은지 지팡이로 앞뒤를 두드리면서 비교적 조용한 골목 안쪽에 발을 내딛자마자 피 냄새가 풍겼다. 하지만 무시했다. 그럴 리가 없으니까. 이 골목은 쓰레기나 배설물이 전혀 남지 않게 깨끗하게 유지되는 마법이 걸려 있는 곳이었다. 바닥에 떨어진 사물은 전부 삼십 분 정도 지나면 사라져 버리기 때문에 미끼 삼아 조심성 없는 순례자들을 꾀어내기에도 그만이었다.(누군진 몰라도 이 함정을 만들어 낸 소격신은 그런 사소한 부분까지 고려할 정도로 사악했다.) 하지만 골목 안쪽으로 들어갈수록 냄새가 더 뚜렷해졌다. 나는 점점 더 불안해졌다. 무슨 냄새인지 알 것 같았기 때문이다. 금속과 소금. 피가 식고 응고되면 이런 역겨운 냄새가 난다. 하지만 이건 필멸자의 피에서 나는 무거운 쇠 냄새가 아니었다. 좀 더 가볍고, 날카로운 맛이 느껴졌다. 필멸자의 언어에는 이름이 없는 금속, 전혀 다른 바다의 소금.

신의 피. 누가 여기 신혈(神血)이 담긴 병을 떨어뜨리기라도 한 걸까? 그랬다면 정말 값비싼 실수였을 거다. 하지만 이 신혈의 냄새는…… 왠지 밋밋했다. 뭔가 잘못돼 있었다. 그리고 양이 너무너무 많았다.

그러다 지팡이가 뭔가 무겁고 부드러운 것에 걸려서 발을 멈췄다. 불안감에 입안이 바싹 말랐다.

쪼그려 앉아 찾은 것을 만져 보았다. 천. 아주 부드럽고 고운 천. 그 밑에 사람의 살갗이 있었다. 다리. 평소 사람의 다리보다는 체온이 낮았지만 완전히 차갑지는 않았다. 나는 떨리는 손가락을 움직여 조금씩 위로 올라가 보았다. 그러고는 발견했다. 곡선을 그리는 엉덩이. 여성의 약간 볼록한 아랫배. 갑자기 손가락의 움직임이 멎었다. 천 자락이 축축하고 끈적했다.

나는 화들짝 손을 거두며 물었다. "저기…… 괜찮아요?" 바보

같은 질문이었다. 괜찮지 않은 게 분명했으니까.

그러다 내 눈에 여자가 보이기 시작했다. 빛나는 골목 바닥을 가리고 있는 사람 모양의 흐릿한 그림자. 하지만 그게 전부였다. 원래라면 저 여자는 자기 안에 품은 마법으로 밝게 빛나야 했다. 나는 골목에 들어서자마자 그녀를 발견했어야 했다. 여자는 저렇게 꼼짝도 하지 않고 누워 있으면 안 된다. 소격신은 잠을 잘 필요가 없으니까.

나는 이게 무슨 의미인지 알았다. 내 모든 본능이 고함치고 있었다. 하지만 믿고 싶지 않았다.

그때, 익숙한 존재가 옆에 나타나는 것이 느껴졌다. 발자국 소리는 듣지 못했지만, 그래도 괜찮았다. 그가 여기 와 줘서 고마웠다.

"이해가 안 돼." 매딩이 속삭였다. 그제야 나도 현실을 믿을 수밖에 없었다. 매딩의 목소리에 부인할 수 없는 충격과 공포가 담겨 있었다.

내가 발견한 건 소격신이었다. 죽은 소격신의 주검이었다.

너무 급하게 일어서는 바람에 몸이 뒤로 비틀거렸다. "나도 그래." 지팡이를 양손으로 꼭 쥐며 말했다. "발견했을 때 이미 이 상태였어. 하지만……" 뭐라고 말해야 할지 몰라 고개를 가로저었다.

맑은 차임벨 소리가 희미하게 울렸다. 예전부터 알았지만 다른 사람들에게는 이 소리가 안 들리는 것 같았다. 골목의 아롱거리는 희미한 빛 속에서 매딩의 형체가 점차 뚜렷해졌다. 세늠인을 연상시키는 다부지고 건장한 체격, 거무스름하고 거친 피부. 곱슬거리는 검은 머리칼은 목덜미 위로 가늘게 땋아 내렸다. 엄밀히 말해 그는 빛나고 있지는 않았다. 이 모습일 때는 그랬다. 하지만 나는 벽에서 발산되는 미광과 뚜렷이 대비되는 그의 모습을 볼 수 있었다. 시체를 내려다보는 그의 표정은 이제껏 내가 한 번도 본 적 없는 충격에 휩싸여 있었다.

"롤레." 두 음절짜리 단어. 첫 음절에 희미한 강세. "오, 누이여, 누가 네게 이런 짓을 했지?"

그리고 도대체 어떻게? 하마터면 이렇게 내뱉을 뻔했지만 가슴 깊이 매딩의 애통한 심정이 느껴져 입을 다물었다.

매딩이 그녀에게 다가갔다. 아직도 믿기 힘들지만 정말로 죽은 게 확실한 소격신에게 다가가 손을 뻗어 만졌다. 몸의 어느 부위를 건드렸는지는 알 수가 없었다. 피부를 누르는 매딩의 손가락이 내 시야에서 사라졌기 때문이다. "말도 안 돼." 매딩이 아주 작은 목소리로 말했다. 그가 얼마나 당혹했는지 말해 주는 증거는 그것 말고도 더 있었다. 보통 때 그는 무척 터프하고 거친 남자처럼 행동했다. 다정하게 구는 건 우리 둘만 있을 때뿐이었다.

"어떻게 신을 죽일 수 있는 거야?" 내가 물었다. 이번엔 말을 더 듣지 않았다.

"그런 방법 따윈 없어. 다른 소격신이라면 가능하겠지만. 하지만 그러려면 상상도 못 할 수준의 순수한 마법이 필요해. 그런 강력한 마법이 발현됐다면 우리 모두가 감지하고 확인하러 왔을 테고. 하지만 롤레한텐 적이 없었어. 대체 누가 왜 롤레를 해치겠어? 아니면……." 매딩이 미간을 찌푸렸다. 매딩의 집중력이 무너지자 그의 형상도 무너지기 시작했다. 신형(身形)이 흐릿해지며 흐물 흐물 빛나는 녹색의 무언가로 변해 갔다. 마치 세계수의 싱그러운 잎사귀 냄새처럼. "아니야. 그 둘이 그랬을 리가 없지. 그건 말도 안 돼."

나는 매딩에게 다가가, 일렁거리고 있는 어깨에 손을 얹었다. 잠시 후 매딩이 고맙다고 말하듯 조용히 내 손을 매만졌지만, 그에게 아무 위로도 되지 못했다는 걸 알 수 있었다.

"정말 유감이야, 매드. 진심으로 가슴 아픈 일이야."

매딩이 고개를 느릿하게 끄덕였다. 마음을 가다듬었는지 다시 인간의 형상으로 돌아왔다. "난 가 봐야겠다. 부모님께…… 그분들께 알려 드려야지. 아직 모르신다면 말이야." 한숨을 쉰 매딩이 고개를 저으며 일어섰다.

"내가 도울 일은 없어?"

매딩이 잠깐 머뭇거리는 걸 보니 왠지 달가웠다. 어떤 상황에서든 여자가 연인에게서 바라는 반응이 몇 가지 있기 마련이다. 아무리 헤어진 사이라도 말이다. 매딩이 손을 내밀어 내 뺨을 쓸자 피부가 간질거렸다. "아니. 하지만 고마워."

그때까지 알아차리지 못했지만, 우리가 이야기하는 사이 골목길 입구에 사람들이 몰려들기 시작했다. 누군가 우리와 시체를 본 모양이었다. 도시 생활이라는 게 그렇듯 첫 구경꾼이 또 다른 구경꾼들을 끌어모았겠지. 매딩이 시신을 안아 올리자 지켜보던 사람들이 놀라 숨을 들이켰다. 누군가 매딩의 팔에 안겨 있는 이를 알아보고는 충격에 찬 비명을 내질렀다. 롤레는 꽤 잘 알려진 신이었던 모양이다. 어쩌면 적은 수나마 신봉자를 거느리고 있었는지도 모른다. 해 질 녘이면 도시 전체에 소문이 퍼질 거다.

매딩이 내게 고개를 끄덕여 보이고는 사라졌다. 그림자 두 개가 골목 안으로 내게 가까운 곳까지 다가와 롤레가 있던 자리를 서성였지만 나는 쳐다보지 않았다. 소격신들이 본모습을 들키지 않으려 온 힘을 다해 노력하지 않는 한 나는 언제나 그들을 볼 수 있지만, 모든 소격신이 필멸자에게 모습을 보이는 걸 좋아하는 건 아니었다. 이들은 아마 매딩의 수하들일 것이다. 매딩에게는 옆에서 도와주거나 지켜 주는 형제자매가 여럿 있었다. 아니면 애도를 표하러 온 이들일 수도 있다. 소문은 신들 사이에서도 빠르게 퍼진다.

나는 한숨을 내쉬고는 골목에서 빠져나와 인파를 헤치고 나갔다. 질문이 쏟아졌지만 "네, 롤레 맞아요."와 "네, 죽었어요." 같은 짧은 대답 말고는 아무 말도 하지 않았다. 마침내 내 판매대로 돌아왔을 때에는 부로이와 온, 루가 내 손을 잡아 의자에 앉히더니 물을 마시고 싶은지, 아니면 그보다 더 좋은 강한 걸 마시고 싶은지 물었다. 루가 천 조각을 가져와 내 손을 닦았다. 그래서 그제야 손에 신혈이 묻어 있다는 걸 깨달았다.

"난 괜찮아." 스스로도 확신할 순 없지만 어쨌든 말은 그렇게 했다. "하지만 탁자를 접는 걸 도와줘. 오늘은 집에 일찍 갈래." 예술의 거리에 있는 다른 예술가들도 나처럼 짐을 싸는 소리가 들렸다. 정말로 소격신이 죽었다면 세계수는 이 도시에서 두 번째로 흥미로운 명소로 내려앉을 테고, 며칠간 장사는 공을 치겠지.

그래서 나는 집으로 갔다.

＊

나는 그러니까, 신들이 들러붙는 여자다.

지금보다 더 심했던 적도 있다. 가끔은 그들이 온 사방에 있는 듯 느껴지기도 하고. 발밑, 머리 위, 모퉁이에서 나를 훔쳐보고 덤불 밑에서 몰래 지켜보는 것처럼. 그들은 도로 위에 은은하게 빛나는 발자국을 남기고(그래서 소격신마다 각자 좋아하는 길이 있다는 걸 알 수 있지.) 하얀 벽에 소변을 뿌린다. 그럴 필요도 없으면서. 그러니까 내 말은, 소격신은 용변을 볼 필요가 없다는 얘기다. 그냥 우리 필멸자들을 흉내 내는 걸 좋아하는 것 같아. 나는 철벅거리는 빛으로 쓰인 그들의 이름이 주로 신성한 장소에 적혀 있는 걸 본다. 난 그런 식으로 읽는 법을 배웠다.

때때로 그들은 집까지 따라와 내게 아침 식사를 만들어 주기도 했다. 때로는 나를 죽이려 들기도 했고. 가끔은 내가 만든 자잘한 장신구나 조각상을 사 갔는데, 어디에 쓰려고 그랬는지는 아직도 잘 모르겠다. 그래, 그리고 때로는 나도 그들을 사랑했다.

한번은 그중 한 명을 오물통에서 발견한 적도 있다. 황당하지? 하지만 사실인걸. 그 아름답고 황당한 도시에 살기 위해 고향을 떠났을 때 내 삶이 이렇게 될 줄 알았다면 한 번쯤 더 고민했을 텐데. 하지만 그래도 똑같이 저질렀겠지.

그리고 오물통에서 발견한 사내 말인데, 그에 대해서 더 자세히 얘기해 줄게.

*

어느 날 밤늦게까지, 새벽 일찍이라고 해야 할지도 모를 시간까지 그림을 그리다 남은 물감이 말라붙어 물감그릇이 엉망이 되기 전에 버리려고 집 뒤편으로 나갔다. 보통 새벽이면 오물꾼이 냄새 고약한 수레를 끌고 와 분뇨와 그나마 쓸 만한 물건을 거르려고 통을 수거해 가는데, 그들이 오기 전에 버리고 싶었기 때문이다. 처음엔 거기 사람이 있다는 것도 몰랐다. 오물통에 담긴 다른 오물처럼 냄새가 지독했으니까. 꼭 뭐라도 죽어 있는 것처럼. 지금 생각해 보면 그때 그는 정말 죽어 있었던 것 같다.

물감을 휙 던져 버린 후 한쪽 눈 옆에서 어른대는 이상한 빛을 보지 못했다면 그대로 건물 안으로 들어가 버렸을 거다. 실은 너무 피곤해서 그것도 못 본 척 그냥 넘어갈 뻔했다. 그림자에서 십 년을 살다 보니 소격신의 자취에도 워낙 익숙해졌으니까. 소격신 하나가 밤새 술을 퍼마시고 게워 냈거나 아니면 자욱한 연기 속에서 밀회를 즐긴 흔적일 수도 있었다. 새로 나타난 젊은 신들은 우리 사이에 섞여 살기 전에 일주일 정도 그렇게 필멸자처럼 지내는 걸 좋아했다. 그리고 그런 필멸계 입문 과정은 대체로 너저분했다.

그러다 보니 내가 왜 그 쌀쌀한 겨울 새벽에 발을 멈췄는지 모르겠다. 마음속 어떤 본능이 고개를 돌려 보라고 속삭였는데, 그 말을 왜 들었는지도 모르겠다. 하지만 나는 그 말처럼 고개를 돌렸고 그때 오물 더미 속에서 아름답고 찬란한 영광이 깨어나는 것을 보았다.

처음에 내가 본 것은 사람의 형체를 그린 섬세한 금빛 선이었다. 그의 살갗 위에 구슬처럼 맺혀 있던 은빛 이슬방울이 작은 개울처럼 흘러내리자 보드라운 피부결이 눈부신 빛을 발했다. 몇몇 개울은 신기하게도 위쪽으로 거꾸로 흘러가서 가는 머리카락과 조각처럼 선명한 얼굴 윤곽을 환히 비췄다.

나는 멍하니 서서 바라보았다. 손은 물감에 젖어 축축하고 등 뒤에 건물 문이 활짝 열려 있다는 것도 까맣게 잊은 채였다. 밝게 빛나는 남자가 갑자기 숨을 들이마셨다. 그러자 아까보다 더 아름답게 빛났다. 이어서 언젠가 언어로 된 표현을 배우더라도 절대로 완벽하게 묘사할 수 없을 듯한 색깔의 눈동자가 지그시 드러났다. 내가 할 수 있는 것이라곤 이미 아는 것에 비유하는 것밖에 없었다. 적금(赤金)의 두텁고 묵직한 기운, 더운 날의 놋쇠 냄새, 욕망과 자긍심.

하지만 그 눈빛에 꼼짝없이 사로잡혀 있을 때, 나는 또 다른 것을 보았다. 고통. 너무도 큰 슬픔과 비탄, 분노와 죄책감, 그리고 뭐라고 표현해야 할지 알 수 없는 또 다른 감정들. 왜냐하면 모든 걸 고려해 봐도 그때까지 내 삶은 비교적 행복했기 때문이다. 세상에는 경험을 통해서만 이해할 수 있는 것들이 있고, 어떤 경험은 남들과 공유할 수 없다.

＊

흠, 이야기를 계속하기 전에 먼저 내 이야기를 들려줘야겠지.

아까도 말했듯이 나는 일종의 예술가다. 외지 사람들에게 장신구나 기념품을 팔아 생계를 유지하고, 아니 유지했었지. 그림도 그리지만 남들 보라고 그리는 그림은 아니야. 그것만 빼면 난 별로 특별하지 않다. 마법과 신을 볼 수 있긴 하지만 그건 다른 사람들도 다 마찬가지니까. 말했잖아. 마법과 신은 어디에나 있다고. 난 그저 다른 걸 못 보니까 그런 것들을 남보다 더 잘 발견할 뿐이지.

부모님은 내 이름을 오리라고 지었다. 남동부에 사는 울음새의 울음소리처럼. 들어 본 적 있니? 울음새는 꼭 흐느끼는 것처럼 울지. 오리, 히끅, 오리, 히끅. 마로네 여자애들은 대개 이런 슬픈 이름을 갖고 있다. 물론 더 나쁠 수도 있었다. 남자애들한텐 복수심 가득한 이름을 지어 주니까. 우울하지? 그래서 내가 고향을 떠난 거야.

하지만 난 어머니의 말씀을 잊은 적이 없다. "도움이 필요해도 괜찮아. 누구나 혼자서는 할 수 없는 일이 있단다."

그래서 오물통에 있던 남자는 어떻게 했느냐고? 집으로 데려와 깨끗하게 씻기고 배부르게 먹였다. 집에 남는 공간도 있으니 계속 머무르게 해 주었고. 그게 옳은 행동이었으니까. 인간이라면 마땅히 해야 할 일. 매딩과 있었던 일 때문에 외로웠던 것도 사실이고. 어쨌든 그래서 나쁠 일이 뭐가 있겠느냐고 속으로 다독였지.

하지만 내가 틀렸다.

*

그날 집에 도착하고 보니 그가 또 죽어 있었다. 시신은 부엌 카운터 근처에 있었는데, 야채를 썰다가 갑자기 손목을 찌르고 싶은 충동이 든 모양이었다. 바닥에 흐른 피를 밟고 미끄러지는 바람에 짜증이 솟구쳤다. 그 말인즉슨 부엌 바닥이 온통 피투성이라는 뜻이었기 때문이다. 피 냄새가 너무 짙고 역해서 어디서 나는 건지도 알 수가 없었다. 이쪽 벽이야, 저쪽 벽이야? 바닥 전체가 엉망인 걸까 아니면 식탁 근처만 그런 걸까? 그의 몸뚱이를 욕실로 질질 끌고 가는 사이 카펫에도 피가 묻은 게 분명했다. 몸집이 큰 편이라 옮기는 데 시간이 좀 걸렸다. 안간힘을 다해 어떻게든 욕조에 밀어 넣은 다음 찬물을 채웠다. 한편으로는 옷에 묻은 피가 굳는 걸 방지하고 또 한편으로는 내가 얼마나 화가 났는지 알려 주기 위해서였다.

부엌을 청소하는 동안 화가 좀 식어 마음이 진정됐을 무렵, 욕실에서 갑자기 물이 세게 철벅거리는 소리가 들렸다. 그가 막 살아나고 나면 종종 혼란에 빠졌기 때문에 나는 욕실 문가에 서서 물소리가 멈추고 그의 시선이 내게 고정될 때까지 조용히 기다렸다. 그는 고집이 세고 성격이 강했다. 그의 시선이 닿는 곳에 압박감이 느껴질 정도로.

"이건 불공평해. 당신 때문에 사는 게 더 힘들어지고 있잖아. 무슨 뜻인지 알아들어?"

침묵. 하지만 내 말을 듣고 있는 건 확실했다.

"부엌에서 가장 심하게 더러운 곳은 그래도 대충 치웠는데, 거실 카펫에도 피가 묻은 것 같아. 피 냄새가 너무 지독해서 작은 핏자국은 찾지도 못하겠어. 그러니까 나머진 당신이 해. 부엌에 양동이와 솔을 갖다 둘 테니까."

계속되는 침묵. 정말이지 참으로 즐거운 대화 상대라지, 이 남자.

나는 한숨을 내쉬었다. 바닥을 닦느라 허리가 아팠다. "저녁 식사 준비해 준 건 고마워." 한 입도 안 먹었다는 말은 하지 않았다. 먹어 보지 않는 한 음식에 그의 피가 튀었는지 알 길이 없었기 때문이다. "난 그만 자러 갈게. 오늘 꽤 힘들었거든."

공기 중에 희미한 수치심의 기운이 퍼져 나갔다. 그가 시선을 피하는 게 느껴지니 뿌듯했다. 이 남자와 함께 지낸 석 달 동안, 나는 그가 거의 강박적으로 공정한 데다 하는 짓이 너무 뻔해서 백색전당의 종소리처럼 예측이 가능하다는 사실을 알게 되었다. 그는 우리 사이의 저울이 한쪽으로 기우는 걸 좋아하지 않았다.

나는 욕실로 들어가 욕조 위에 몸을 굽힌 다음, 그의 얼굴을 향해 손을 뻗었다. 처음에 닿은 것은 정수리였는데 언제나 그렇듯 내 머리카락과 비슷한 감촉에 경탄할 수밖에 없었다. 부드럽게 곱슬거리는, 촘촘하고 숱이 많지만 손가락을 찔러 넣어도 말을 잘 듣는 머리카락. 처음 그를 만져 봤을 때는 같은 동포라고 생각했다. 오직 마로네만이 이런 머리카락을 갖고 있으니까. 나중에야 그가 완전히 다른 존재이며 인간이 아니라는 걸 알게 됐지만 그래도 처음에 느꼈던 동포애는 완전히 사라지지 않았다. 그래서 나는 허리를 기울여 그의 이마에 입을 맞췄다. 입술 아래에서 부드럽고 잔잔한 열기가 느껴졌다. 그는 항상 몸이 뜨거웠다. 잠자리에 관해 어느 정도 합의할 수만 있다면 내년 겨울에는 장작 비용을 크게 아낄 수 있을지도 모른다.

"잘 자." 나는 중얼거렸다. 그는 대답하지 않았고, 나는 침대로 향했다.

✳

여기서 한 가지 알아 둬야 할 점. 엄밀히 말해 우리 집 손님은 자살 충동에 시달리는 게 아니었다. 그는 자살을 시도한 적이 없었다. 그저 눈앞에 닥친 위험을 굳이 피하지 않을 뿐이지. 거기엔 자기 자신의 충동도 포함되어 있었다. 보통 사람들은 지붕을 수리하러 올라가면 발을 조심하기 마련이지만 우리 집 손님은 그러지 않았다. 길을 건너기 전에 양옆을 살피지도 않았다. 대부분의 사람이라면 불붙은 양초를 침대에 내던지는 상상을 했다가도 금세 미친 생각이라며 고개를 젓겠지만 이 손님은 그대로 실행에 옮겼다. (하지만 다행히 나를 위험에 빠트릴 짓은 아직 한 적이 없었다. 아직은.)

이런 그의 불안한 경향을 몇 번 관찰한 적이 있는데 (지난번엔 독이 든 물질을 아무렇지도 않게 삼켜 버렸다.) 그럴 때마다 그는 놀랍도록 냉담했다. 아마 이번엔 저녁 식사를 준비하려 야채를 썰다가 어느 순간 손에 들려 있는 칼을 물끄러미 내려다봤겠지. 혼자 저녁 식사를 마치고 내 몫의 음식을 따로 덜어 둔 다음, 침착하게 손목뼈 사이에 칼을 찔러 넣고는 상처 아래 깊은 그릇을 놓아 피를 받았을

30

것이다. 그는 깔끔한 걸 좋아하니까. 청소하다가 바닥에서 그 그릇을 발견했는데 아직도 4분의 1가량이 차 있었고 나머지는 부엌 한쪽 벽에 쏟아져 있었다. 생각보다 빨리 몸에서 힘이 빠지는 바람에 쓰러지면서 그릇을 쳐서 뒤집어 버린 것 같았다. 그러고는 바닥에 쓰러져 계속 피를 흘렸겠지.

그는 숨이 멎을 때까지 그 모든 과정을 관조하며 사색에 잠겼을 거다. 나중에 다시 살아났을 때도 똑같이 무심한 태도로 자기 피를 닦아 냈을 테고.

나는 그가 소격신이라고 거의 확신했다. "거의"라고 말한 이유는, 그가 내가 들어 본 중 가장 이상한 마법을 부렸기 때문이다. 죽고 나서 다시 부활한다? 일출 때면 빛이 난다? 대체 무슨 신이지? 상쾌한 아침과 사람을 놀래키는 죽음의 신? 그는 신들의 언어, 아니 그 어떤 언어도 말한 적이 없었다. 벙어리일지도 모르지. 내가 그를 볼 수 있는 건 아침과 죽었다 살아나는 순간뿐이었는데, 그건 즉 그때만 마법을 쓸 수 있다는 의미였다. 다른 때에는 평범한 인간이었고.

하지만 그럴 리가 있나.

다음 날 아침도 여느 때와 똑같았다.

＊

동이 트기 전에 눈을 떴다. 오랜 습관이었다. 보통은 밖에서 나는 새벽 소리를 들으며 한참을 누워 있곤 했다. 점점 우렁차게 고

조되는 새들의 합창 소리, 세계수에 맺힌 이슬방울이 자갈길이나 지붕 위로 떨어지며 나는 무겁고 불규칙한 또닥따닥 소리. 하지만 이번엔 다른 종류의 아침을 맞이하고픈 마음에 침대에서 일어나 우리 집 손님을 찾아 나섰다.

그는 평소에 잠을 자는 작은 식료품 저장고가 아니라 작업실에 있었다. 침실에서 나오자마자 그가 거기 있다는 걸 느낄 수 있었다. 그는 늘 그랬다. 온 집 안을 자신의 존재감으로 가득 채워 중력의 중심이 되었다. 그가 있는 곳으로 발길이 끌리는 것은 너무도 쉽고 또 자연스러웠다.

그는 작업실 창가에 있었다. 우리 집에는 창문이 많았는데 사실 나한테는 별 소용도 없고 외풍이 심해서 내게는 오히려 한탄거리였다.(더 나은 집을 구할 여유도 없었다.) 하지만 작업실은 이 집에서 동쪽으로 나 있는 유일한 방이었다. 이것 역시 별 도움이 되는 건 아니었다. 내가 장님이라서가 아니라 대부분의 이 도시 주민들처럼 몇 층 높이로 솟아 있는 세계수의 거대한 원뿌리 두 개 사이에 있는 동네에 살고 있기 때문이다. 햇빛을 받을 수 있는 시간이라야 늦은 오전 중에 해가 뿌리 위쪽에 있으면서도 무성한 나뭇잎에는 아직 가려지지 않았을 때 몇 분, 그리고 오후 서너 시쯤 잠깐 정도가 고작이었다. 하루 종일 햇볕을 받을 수 있는 건 귀족들뿐이었다.

하지만 우리 집 손님은 바쁘거나 죽지 않은 한 매일 아침 시계처럼 똑같은 시간에 여기에 서 있었다. 처음 이러는 것을 발견했을 때에는 하루를 맞이하는 그만의 방식이라고 여겼다. 아직도 광명의 이템파스를 경배하는 다른 이들처럼 아침 기도를 올리는 거라고. 하지만 이젠 나도 그를 어느 정도 안다. 말 한마디 없는 불멸의 사내를 정말로 안다고 할 수 있을지는 의문이긴 해도. 어쨌든 이럴 때 그를 만지면 평소보다 더 예민하게 느낄 수 있는데, 그때마다 내가 감지한 건 경외심이나 독실함 같은 게 아니었다. 움직임 하나 없는 육신과 올곧은 자세, 그리고 평소와 달리 풍기는 평화로운 기운에서 느껴지는 것은 힘이었다. 자부심이었다. 과거의 그로부터 남은 유일한 파편이겠지.

왜냐하면 날이 갈수록 그가 어딘가 망가지고 부서졌다는 게 분명했기 때문이다. 어디가, 또는 왜 이렇게 됐는지는 알 수 없지만 항상 이렇지 않았다는 것쯤은 알 수 있었다.

방에 들어가 의자에 앉아 이른 아침 추위에 대비해 가져온 담요를 몸에 둘둘 말았을 때도 그는 아무 반응도 하지 않았다. 내가 워낙 자주 이러다 보니 그 역시 내가 구경하는 데 익숙해진 게 틀림없었다.

아니나 다를까, 편안하게 자리 잡은 지 얼마 되지 않아 그의 몸이 빛나기 시작했다.

이 일이 일어나는 과정은 매번 달랐다. 이번에는 가장 먼저 그의 눈이 빛을 머금었다. 내가 지켜보고 있다는 걸 확인이라도 하려는 듯이 고개를 돌려 나를 쳐다보는 것이 보였다.(이 남자가 엄청나게 오만하다는 소소한 단서를 발견한 게 처음도 아니다.) 그가 다시 창밖으로 시선을 돌렸다. 머리카락과 어깨가 빛을 발했다. 군인 같은 근육질의 팔이 가슴 위에서 팔짱을 끼고 있는 게 보였다. 긴 다리는 약간 벌어져 있었다. 편안한 자세였지만 당당해 보였다. 위엄이 느꺼졌다. 나는 처음부터 그가 왕처럼 행동한다는 걸 눈치챘다. 권력을 휘두르는 데 오랫동안 익숙한 사람처럼. 아주 최근에야 바닥으로 추락한 사람처럼.

빛으로 채워질수록 그의 형상이 점점 더 밝게 빛났다. 나는 눈을 가늘게 뜨며(난 이렇게 하는 걸 좋아한다.) 한 손을 들어 올려 눈을 가렸다. 아직 그의 모습이 보였다. 사람 모양의 빛 덩어리가 내 손뼈가 만들어 낸 어두운 격자에 둘러싸여 있었다. 하지만 결국엔 늘 그렇듯 눈을 돌릴 수밖에 없었다. 그래도 도저히 견디지 못할 때까지 최대한 버텼다. 뭐 어때? 기껏해야 장님이 되는 것 말고 더 있겠어?

그 순간은 오래가지 않았다. 동쪽 뿌리벽 너머 어디선가 태양이 지평선 위로 떠오르자 빛이 빠르게 사그라들었다. 잠시 후 나는 그를 다시 쳐다볼 수 있게 되었다. 이십 분이 지나자 그는 다른 모든 인간들처럼 내 눈에 보이지 않게 되었다.

모든 게 끝나자 우리 집 손님이 자리를 뜨기 위해 몸을 돌렸다. 그는 낮 동안에는 집안일을 했고 얼마 전부터는 이웃 사람들의 일을 해 주고 그렇게 번 돈을 내게 주고 있었다. 나는 몸을 죽 펴며 긴장을 풀었다. 그가 주변에 있을 때면 왠지 더 따뜻하게 느껴진다.

"잠깐." 내 말에 그가 발을 멈췄다.

침묵을 바탕으로 지금 그가 어떤 기분인지 가늠해 봤다. "당신 이름을 말해 주긴 할 거야?"

다시금 침묵. 짜증이 난 걸까, 아님 애초에 신경도 안 쓰는 걸까? 나는 한숨을 내쉬었다.

"알았어. 이웃 사람들이 꼬치꼬치 캐묻기 시작해서 뭐든 부를 이름이 필요하거든. 내가 지어 줘도 돼?"

그가 한숨을 내쉬었다. 짜증이 난 게 확실하다. 하지만 적어도 싫다는 뜻은 아니니까.

나는 씨익 웃었다. "좋아, 그럼 샤이니(Shiny)로 하자. 샤이니. 어때?"

장난이었다. 그냥 놀리려고 한 말이었다. 하지만 뭐가 됐든 반응을 기대한 것도 사실이었다. 질색을 하더라도 좋으니까. 하지만 그는 무관심으로 일관하며 나가 버렸다.

그래서 나도 약이 올랐다. 대답이야 안 한다고 쳐도 살짝 웃어 주기라도 하면 어디가 덧나? 신음이라도? 아니면 한숨을 쉬든가?

"그럼 결정됐네, 반짝반짝 샤이니." 나는 기운차게 말하며 의자에서 일어나 하루를 시작했다.

2장

죽은 여신

(수채화)

내가 예쁘게 생긴 건 확실하다. 내가 볼 수 있는 건 마법뿐이고 마법은 보통 아름답기 때문에 나는 평범한 게 뭔지 제대로 판단하지 못한다. 그래서 다른 사람들 말에 의존해야 하지. 남자들은 나를 끊임없이 칭찬한다. 하지만 항상 일부분만을 칭찬할 뿐 전체를 칭찬하진 않는다. 그들은 내 긴 다리와 우아한 목, 풍성한 머리칼과 내 가슴(그래, 특히 가슴)을 사랑한다. 그림자에 사는 남자들은 대부분 아믄인이라서 매끄럽고 거의 검은색에 가까운 내 마로인 피부에 칭찬을 아끼지 않았다. 똑같은 특징을 지닌 여자들이 이 세상에 오십만 명이나 있다고 내가 누누이 말하는데도. 하지만 오십만 명은 전 세계 인구에 비하면 그리 많은 수가 아니기 때문에 내 피부는 항상 그들의 조건적이고 단편적인 경탄의 대상이 되곤 했다.

그들은 내게 "사랑스럽다"고 말하며 때로는 나를 집으로 데려가 개인적으로 숭배하고 싶어 했다. 신들과 어울리기 전엔 나도 외로움을 탈 때면 순순히 그들을 따라가곤 했지. "당신은 아름다워, 오리." 그들은 나를 눕히고, 자세를 잡게 하고, 반짝거리게 닦고 가다듬으며 속삭였다. "다만……"

나는 한 번도 문장을 끝까지 말해 보라고 하지 않았다. 그들이 무슨 말을 하려 했는지 아니까. 그 눈만 아니라면.

나는 단순히 눈이 안 보이는 게 아니다. 내 눈은 기형이다. 외견상 거슬리는 모양새. 아예 눈을 가려 버리면 남자가 더 많이 꼬이겠지만, 뭐 하러 그러겠어? 내게 매력을 느끼는 이들은 진심으로 날 원한 게 아니었다. 매딩만이 예외였지. 심지어 그마저도 내가 다른 무엇이길 바랐다.

우리 집 손님은 나를 전혀 원하지 않았다. 처음엔 걱정스러웠지. 난 바보가 아니고 집에 낯선 남자를 들이는 게 얼마나 위험한지도 아니까. 하지만 그는 인간의 육체 같은 평범한 것에는 관심이 없었다. 심지어 자기 자신의 육체에도 관심이 없었지. 그의 시선이 내게 닿을 때면 많은 것이 느껴졌지만 욕망은 그중 하나가 아니었다. 동정심도 아니었다.

어쩌면 오직 그 이유 하나 때문에 그를 데리고 있었는지도 모른다.

∗

"나는 그림을 그린다." 나는 이렇게 속삭이며 그림을 그리기 시작했다.

매일 아침 예술의 거리로 나가기 전에 나는 내 *진정한* 재능을 연습했다. 예술의 거리에서 팔기 위해 만드는 것들은 허섭스레기였다. 정교하지도 않고 비율도 안 맞는 소격신들의 조각상, 이 도시의 보기 좋고 진부한 모습만 그린 수채화, 말려서 압착한 세계수 꽃, 자질구레한 장신구 등등. 잠재 구매자들이 정식 교육도 받은 적 없는 맹인 여성이 팔 거라고 기대할 만한, 20메리가 넘는 물건은 하나도 없는 잡동사니였다.

하지만 내 그림은 달랐다. 나는 수입의 상당 부분을 캔버스와 안료, 밑바탕을 만들 밀랍을 사는 데 썼다. 시간 가는 줄 모르고 푹 빠질 때는 몇 시간이고 공기의 색을 상상하고 냄새를 선으로 담아 내려 애썼다.

그리고 노점에서 파는 자잘한 물건과는 달리 나는 내가 그린 그림을 볼 수 있었다. 이유는 모른다. 그냥 보였다.

마침내 그림을 마치고 천 조각으로 손을 닦으며 몸을 돌렸을 때, 나는 샤이니의 존재를 느끼고도 별로 놀라지 않았다. 그림을 그릴 때면 주변에서 무슨 일이 일어나는지 거의 알아차리지 못했으니까. 그런 내 경향을 꾸짖기라도 하듯 음식 냄새가 코를 찔렀고, 그러자 뱃속에서 나는 커다란 꼬르륵 소리가 지하실 가득 울려 퍼졌다. 나는 겸연쩍게 웃었다. "아침밥 고마워."

샤이니가 다가오자 나무 계단이 삐걱거리고 공기가 희미하게 흐트러졌다. 그의 손이 내 손을 잡고는 매끈하고 둥근 접시 가장자리로 인도했다. 손바닥 아래에 조금 무겁고 따스한 것이 느껴졌다. 데운 치즈와 과일. 내가 평소 잘 먹는 음식이었다. 나는 쿵쿵

거리며 냄새를 맡아 보고는 환한 미소를 지었다. "훈제 생선? 이걸 대체 어디서 구한 거야?"

대답은 기대하지도 않았고, 듣지도 못했다. 샤이니가 나를 작은 작업대로 끌고 데려갔다. 식탁이 간단하게 차려져 있었다.(그는 항상 이런 것들에 조금이라도 격식을 챙기곤 했다.) 나는 포크를 찾아 음식을 먹기 시작했다. 생선이 진짜로 니바로 근처에 있는 가닥바다산 벨리라는 걸 알았을 때는 기쁨이 더욱 커졌다. 비싸진 않지만 그림자에서는 찾기 힘든 생선이었다. 아픈인 입맛에는 너무 지방이 많았기 때문이다. 내가 아는 한 태양시장에서도 이걸 파는 상인은 몇 되지 않았다. 혹시 나 때문에 서그림까지 갔다 온 걸까? 사과하는 법 하나는 제대로 아는 남자라니까.

"고마워, 샤이니." 나는 차를 따라 주는 샤이니에게 말했다. 그가 잠시 멈칫하더니 내가 붙인 새로운 별명에 희미한 한숨을 짓고는 다시 차를 따랐다. 못마땅해하는 기색이 고소해 웃음이 나왔지만 애써 참았다. 그건 너무한 것 같잖아.

샤이니는 내 맞은편에 쌓여 있던 밀랍 막대 더미를 밀어내고 앉아 내가 먹는 모습을 지켜보았다. 갑자기 정신이 들었다. 그건 그가 이미 식사를 했단 뜻이고, 그만큼이나 내가 오랫동안 그림을 그렸다는 건 지각이란 의미였다.

어쩔 수 없지. 나는 한숨을 쉬며 차를 한 모금 마셨다. 약간 쌉싸름해서 짭짤한 생선 요리와 완벽하게 어울리는 맛이 아주 만족스러웠다.

"오늘 장사를 나갈까 말까 고민 중이야." 샤이니는 내가 말을 걸어도 전혀 신경 쓰지 않았고 나도 이게 일방적인 대화라는 걸 별로 개의치 않았다. "틀림없이 난리가 났을 거라서. 아, 맞다. 들었어? 어제 동그림 백색전당 근처에서 소격신이 죽은 채로 발견됐거든. 롤레라고. 내가 발견했는데, 진짜로 죽어 있었어." 기억을 떠올리니 몸서리가 났다. "그건 곧 불행히도 롤레의 신도들이 조의를 표하러 올 거고, 수호자들도 도처에 깔릴 거고, 구경꾼들도 소풍 나온 개미 떼처럼 우글거릴 거란 뜻이지." 나는 한숨을 쉬었다. "프롬나드 전체를 폐쇄하지만 않으면 좋겠네. 그랬다간 애써 모아 둔 돈을 연기처럼 날려 버리게 될 테니까."

나는 식사를 계속했다. 그래서 처음에는 샤이니의 침묵이 어딘가 달라졌다는 것을 깨닫지 못했다. 그러다 문득 침묵 속에서 그의 충격을 감지했다. 무엇이 그의 관심을 끈 걸까? 돈에 대한 걱정? 원래 그는 집 없는 떠돌이였다. 어쩌면 내가 쫓아낼까 봐 걱정이 됐는지도 모른다. 하지만 왠지 그게 아니라는 느낌이 들었다.

나는 손을 내밀어 샤이니의 손을 찾았다. 그러고는 내 손에 그의 얼굴이 닿을 때까지 위로 더듬어 올라갔다. 그는 평소에도 감정을 읽기가 힘든 이였다. 하지만 지금의 얼굴은 돌처럼 딱딱하게 굳었고, 턱에는 힘이 들어가 있고, 눈썹은 치켜 올라가고 귀 근처의 피부는 팽팽하게 긴장해 있었다. 걱정인가? 분노, 아니면 두려움? 알 수가 없었다.

그를 쫓아낼 생각은 없다고 말하려고 입을 벌렸는데 말을 꺼내기도 전에 그가 의자를 뒤로 퍽 밀치며 일어나더니 나가 버렸다. 방금까지 그의 얼굴이 있던 허공에서 내 손이 갈 곳 없이 떠돌았다.

이걸 어떻게 받아들여야 할지 알 수가 없었다. 그래서 일단 식사를 마친 다음, 접시를 위층으로 들고 올라가 설거지를 하고, 예술의 거리에 나갈 채비를 했다. 샤이니가 문 앞에서 기다리고 있다가 내 손에 지팡이를 쥐여 주었다. 나와 함께 가려는 모양이었다.

＊

예상했던 대로 거리는 작은 인파로 가득했다. 흐느끼는 경배자들, 호기심 가득한 구경꾼, 그리고 아주 퉁명스러운 교단수호자들. 프롬나드 끝편에서는 몇몇 사람이 모여 노래를 부르고 있었다. 노랫말도 없이 그저 같은 곡조만 계속 반복하고 있었는데, 마음을 달래 주면서도 어딘가 으스스한 데가 있었다. 그림자에 새로 나타난 신흥 종교 중 하나인 새빛교였다. 아마 죽은 여신의 경배자들 사이에서 새 신도를 찾으러 왔을 것이다. 새빛교도들과 더불어 그림자 군주를 숭배하는 '어둠을 걷는 자'들의 묵직한 최면성의 향 냄새도 느껴졌다. 하지만 수는 많지 않았다. 그들은 대개 아침형 인간이 아니니까.

그 밖에도 회색의 여신을 경배하는 순례자들, 처음 듣는 이름의 새로운 소격신을 추앙하는 '새불의 딸들', '열 번째 지옥사', '시계장치 연합' 등 여러 단체가 와 있었다. 이런 시장통 같은 속에서 거리의 아이들이 사람들의 주머니를 털거나 못된 장난을 치는 소리도 들렸다. 요즘에는 심지어 저런 애들에게도 수호신이 있다고 한다.

이렇게 많은 이단자가 그들의 전당을 가득 채우고 있으니 교단 수호자들이 퉁명스레 구는 것도 이해가 간다. 그래도 그들은 골목 길의 출입을 통제하고 애도객이 소규모로 무리 지어 들어가 짧은 시간이나마 기도를 올릴 수 있게 허용해 주었다.

나는 샤이니를 옆에 둔 채 쪼그려 앉아 골목 어귀에 쌓여 있는 꽃과 양초, 공물용 장신구를 손으로 쓸었다. 꽃이 반쯤 시들어 있는 것을 느꼈을 땐 조금 놀랐다. 꽤 오랫동안 여기 놓여 있었다는 의미였으니까. 이 골목의 소격신이 롤레를 기리는 의미에서 당분 간은 자정(自淨) 마법을 멈춰 둔 게 틀림없었다.

"안타까운 일이야. 만난 적은 없지만 착한 신이었다고 들었거든. 연민의 신인가 그렇대. 남쪽 뿌리에서 치료사로 일했는데 돈을 낼 수 있는 사람한테선 공물을 받았지만 돈이 없는 사람은 절대 외면하지 않았다더라." 나는 한숨을 내쉬었다.

샤이니는 내 옆에 조용히, 침울하게 서 있었다. 미동 하나 없이, 거의 숨을 쉬는 것 같지도 않았다. 그가 슬픔에 잠긴 것 같아서 몸을 일으켜 손을 더듬더듬 찾았다. 그렇게 찾은 손이 옆구리에서 주먹을 꼭 쥐고 있는 것을 알고는 놀랐다. 나는 그의 감정을 완전히 착각했다. 샤이니는 슬퍼하는 게 아니라 화를 내고 있었다. 당황해서 그의 뺨에 손바닥을 얹으며 물었다. "아는 사이였어?"

그가 고개를 한 번 끄덕였다.

"혹시…… 당신의 신이었어? 그녀에게 기도를 올렸어?"

샤이니가 고개를 저었다. 손바닥 아래에서 뺨이 움직이는 게 느껴졌다. 이게 뭐지, 미소? 쓸쓸한 미소.

"그렇지만 소중했구나."

"그래."

나는 얼어붙었다.

그는 내 앞에서 말을 한 적이 없었다. 석 달 동안 단 한 번도. 나는 그가 말을 할 수 있다는 것조차 몰랐다. 이 엄청나고 어마어마한 사건에 뭐라고 응수할지 잠시 고민하다가 무심코 그를 스치는 순간 그의 팔 근육이 팽팽하게 긴장해 있음을 깨달았다. 훨씬 중요한 일이 일어났는데 그까짓 단어 하나에 정신이 팔리다니. 지금 샤이니가 드디어 자기 말고 다른 주변 세상에 관심을 보이고 있잖아.

나는 샤이니의 주먹을 조금씩 풀어 손깍지를 꼈다. 어제 매딩에게 그런 것처럼 살갗을 맞대 위로해 주고 싶었다. 순간 샤이니의 손이 떨리는 게 느껴져서 드디어 내 진심 어린 행동에 그도 응답해 줄지 모른다는 야심 찬 희망이 솟았다. 다음 순간, 그의 손힘이 느슨해졌다. 내 손을 뿌리치진 않았지만 까딱하면 그랬을지도 모른다.

나는 한숨을 쉬고는 잠시나마 그와 바짝 붙어 서 있다가 결국 살짝 몸을 떼었다.

"유감이야. 난 그만 가 봐야겠다." 샤이니는 아무 말도 하지 않았다. 그래서 혼자 애도하도록 놔두고 나는 예술의 거리로 향했다.

프롬나드에서 가장 큰 길거리 음식점 주인인 옐은 밤에 문을 닫고 나면 우리 예술가들이 가게 안에 물건을 보관할 수 있게 해 주는데, 덕분에 내 삶도 훨씬 편해졌다. 물건을 진열할 탁자와 상품을 준비하는 데에는 별로 오래 걸리지 않았지만 자리를 잡고 나니 역시 우려했던 일이 벌어졌다. 두 시간 내내 물건을 보러 오는 손님이 단 한 명도 없었다. 주변에서 다른 예술가들도 투덜대고 있었다. 그나마 벤칸은 운이 좋았다. 프롬나드의 풍경을 그린 목판화를 한 점 팔았기 때문이다. 마침 그 풍경에 화제의 골목길이 담겨 있었던 덕분이다. 내일 아침이면 그 그림을 열 점은 더 그려 올 거다.

어젯밤 늦게까지 샤이니가 저질러 놓은 난장판을 치우느라 잠을 제대로 자지 못해 꾸벅꾸벅 졸고 있는데 누군가 부드럽게 말을 걸었다. "아가씨? 실례합니다만."

화들짝 깬 나는 아직 멍한 기색을 감추려 미소를 지어 보였다. "네, 안녕하세요. 마음에 드시는 거라도 있나요?"

남자의 목소리에 약간의 웃음기가 섞여 있어 조금 당황스러웠다. "네, 그래요. 여기 날마다 나옵니까?"

"네, 그런데요. 혹시 마음에 드시는 물건이 있으면 놔뒀다가……"

"그럴 필요는 없습니다." 나는 남자가 물건을 사러 온 게 아님을 깨달았다. 그는 순례자 같지 않았다. 목소리에 약간의 불안감도 호기심도 없었다. 하지만 남자가 말하는 세늠어는 정확하고 교양이 넘쳤으며, 그 기저에는 느릿하게 휘어지는 서그림 억양이 있었다. 그는 한평생을 그림자에서 산 사람이었다. 비록 그 사실을 숨기려는 것 같긴 했지만.

그래서 지레짐작을 던져 봤다. "이템파스 사제가 나 같은 사람한테 뭘 원하는 거죠?"

남자는 전혀 놀라지 않은 기색으로 웃었다. "사람들이 장님에 대해 하는 말이 사실이었군. 앞은 못 봐도 다른 감각이 예민하다 더니. 아니면 보통 사람의 능력을 뛰어넘는 다른 방식으로 사물을 인식하는 건가?" 희미하게 내 판매대에서 뭔가를 집어 드는 소리가 났다. 뭔가 무거운 것. 린빈 묘목을 키워 세계수와 비슷한 모양으로 다듬어 놓은 미니어처 세계수인 것 같았다. 내가 파는 것 중에 가장 인기가 좋고, 만드는 데에도 가장 많은 시간과 노력이 들어가는 물건이었다.

나는 입술을 축였다. 갑자기 입술이 바싹 마른 기분이 들었다. "눈이 안 보이는 것만 빼면 전 아주 평범한 사람이랍니다."

"그래? 그렇다면 내 부츠 소리나 아니면 제복에 밴 향 냄새 때문인가. 그것만으로도 많은 걸 알 수 있나 보군."

주변에서 사제들 특유의 부츠 소리와 교양 있는 음성이 점점 더 많이 들리기 시작했다. 뒤이어 그들에게 대답하는 동료 예술가들의 불안한 목소리도 들렸다. 이 많은 사제가 전부 우리를 신문하러 온 걸까? 보통 때 우리가 상대하는 이들은 사제가 되기 위해 수련 중인 교단수호자다. 그들은 젊고 때로는 열정이 지나치게 넘치지만 대개는 미움을 사거나 찍히지만 않으면 괜찮았다. 수호자들은 대부분 거리를 순찰하는 임무를 싫어했기 때문에 일을 소홀히 하는 경향이 있었고, 그래서 이 도시 사람들은 자기들끼리 알아서 문제를 해결하는 걸 좋아했다. 우리 대부분도 그 방법을 선호했다. 하지만 무언가 내게 이 남자가 낮은 직급의 교단수호자가 아니라고 말해 주고 있었다.

남자가 아직 아무 질문도 하지 않았기에 나 역시 아무 말도 하지 않았다. 한데 남자는 그 자체를 대답으로 받아들이는 것 같았다. 내 앞에 있는 탁자가 갑자기 흔들렸다. 남자가 걸터앉은 것이다. 이 판매용 탁자는 세상에서 가장 튼튼한 물건이 아니었다. 필요하면 접어서 집까지 옮겨야 했으니까. 뱃속이 파닥거렸다.

"긴장한 것 같군."

"아닌데요." 나는 거짓말을 했다. 교단수호자들이 상대방을 동요시키려고 이런 수법을 쓴다는 얘기를 들었다. 확실히 효과적이다. "하지만 그쪽 이름을 알면 도움이 될 것 같네요."

"리마른." 아믄 하층 계급에서 흔한 이름이었다. "프레빗 리마른 디. 당신 이름은?"

프레빗. 이들은 이템파스 교단에서 정식 서임을 받은 성직자로 고위급 사제였고, 주로 사업과 정치 분야에 관여하기 때문에 백색 전당 밖으로 나올 일이 거의 없었다. 아무래도 교단에서는 소격신의 죽음이 매우 중요한 일이라고 판단한 모양이었다.

"오리 쇼스요." 성을 말할 때 목소리가 갈라져 다시 한번 말해야 했다. 남자가 미소를 지은 것 같았다.

"레이디 롤레의 죽음을 조사 중인데, 당신과 당신 친구들이 도와주면 좋겠군. 특히 이제껏 프롬나드에서 장사하는 걸 관대하게 봐줬으니." 남자가 이번에는 뭔가 다른 것을 집어 들었다. 뭔지는 알 수가 없었다.

"당연히 도와 드려야죠." 은근한 위협이었지만 눈치채지 못한 척 대답했다. 이템파스 교단은 온갖 다양한 권한 중에서도 특히 이 도시에서 받을 수 있는 허가증과 면허를 규제했고 거기에 엄청난 비용을 청구했다. 옐은 프롬나드에서 물건을 판매할 수 있는 허가증을 갖고 있었지만 우리 예술가들은 그런 허가를 받을 금전적 여유가 없었다. "정말 슬픈 일이에요. 신이 죽을 수 있다는 건 생각해 본 적도 없거든요."

"소격신은 죽을 수 있지." 리마른의 음성이 눈에 띄게 차가워졌다. 독실한 이템파스 신도가 자신이 믿는 신이 아닌 다른 신들에게 얼마나 신경질적으로 반응하는지 깜박했다. 여긴 니마로에서 아주 멀리 떨어진 곳이었다, 젠장.

"부모인 세 주신이 그들을 죽일 수 있으니까. 그리고 충분히 강하기만 하다면 다른 형제자매도 마찬가지고."

"글쎄요, 전 손에 피가 묻은 소격신은 못 봤어요. 그게 궁금하신 거라면요. 어차피 볼 수 있는 것도 없지만." 나는 싱긋 웃었다. 별 효과는 없었다.

"흐음. 그쪽이 시신을 발견했지."

"네, 하지만 제가 알기로 주변엔 아무도 없었어요. 그러다 매딩이, 여기 사는 다른 소격신인데요, 그가 와서 주검을 가져갔어요. 부모님한테, 그러니까 세 주신에게 보여 주겠다면서요."

"그렇군." 탁! 무언가를 탁자에 놓는 소리가 들렸다. 하지만 미니어처 세계수는 아니었다. "당신 눈이 아주 흥미로운데."

그 말을 들으니 왜 더 불안해지는지 모르겠다. "다들 그렇게 말하더군요."

"이건…… 백내장인가?" 리마른이 몸을 가까이 기울여 나를 들여다보았다. 그의 숨결에서 민트차 냄새가 났다. "이런 백내장은 본 적이 없는데."

내 눈이 징그럽게 생겼다는 말은 자주 들었다. 리마른이 말한 "백내장"은 사실 가늘고 섬세한 수많은 회색 세포 조직들이 마치 아직 피지 않은 데이지 꽃잎처럼 눈동자를 여러 겹으로 촘촘히 채운 모습이었다. 나는 일반적인 의미의 동공도, 홍채도 없었다. 멀리서 보면 강철빛의 불투명한 백내장처럼 보였지만 가까이서 보면 기형이라는 걸 알 수 있었다.

"치료사들은 각막 기형이라고 하더군요. 어떻게 발음하는지도 모르겠는 다른 합병증도 있고요." 나는 다시 미소를 지으려 했지만 처참히 실패했다.

"그렇군. 마로네에게…… 흔한…… 기형인가?"

두 가판대 건너에서 충돌이 일어났다. 루의 자리였다. 그녀가 커다란 목소리로 항의하는 게 들렸다. 부로이와 온도 합류했다. "닥쳐!" 루를 신문하던 사제가 소리치자 모두 조용해졌다. 구경꾼 사이에서 누군가('어둠을 걷는 자' 같았다.) 사제들에게 우리를 내버려 두라고 소리쳤지만 아무도 그 외침에 동조하지 않았고, 그도 거듭 같은 말을 할 만큼 용감하거나 어리석지는 않았다.

나는 원래 인내심이 별로 강한 편이 아니었고 두려움은 내 급한 성미를 더 부채질했다. "원하는 게 뭐죠, 프레빗 리마른?"

"내 질문에 대답해 주면 고맙겠는데, 쇼스 양."

"아뇨. 제 눈은 마로네에게 흔하지 않아요 실명은 마로네에게 흔히 일어나는 일이 아니에요. 왜 그렇겠어요?"

탁자가 조금 덜컥거렸다. 리마른이 어깨라도 으쓱했나 보다. "밤의 군주가 한 일의 후유증일 수도 있지. 전설에 따르면 그가 마로랜드에 퍼트린 힘은…… 비정상적이었다고 하던데."

그리고 재난의 생존자들도 비정상이라고 말하고 싶은 거겠지. 자기 잘난 줄만 아는 아믄놈 자식. 우리 마로네는 아믄인만큼이나 아주 옛날부터 이템파스를 경배했다. 나는 머릿속에 가장 먼저 떠오른 대꾸를 애써 삼키고는 대신 이렇게 말했다. "밤의 군주는 우리에게 아무것도 하지 않았어요, 프레빗."

"당신네 고향 땅을 멸망시킨 게 아무것도 아니라고?"

"그것 말고는 아무것도 안 했다고요. 악마여 맙소사, 그는 우리에게 뭔 짓을 할 만큼의 관심도 없었어요. 마로랜드가 멸망한 건 그가 하필 거기 있었을 때 아라메리가 목줄을 놔줬기 때문이라고요."

순간적으로 주변 모든 게 멈칫했다. 짧지만 분노는 증발하고 공포심만 남기에 충분한 시간이었다. 감히 아라메리를 비난하다니. 그것도 이템파스 사제의 면전에서. 그때 바로 내 앞에서 커다랗게 뭔가 깨지는 소리가 나는 바람에 놀라 팔짝 뛰어오르고 말았다. 미니어처 세계수였다. 리마른이 떨어뜨려 도자기 화분이 깨진 것이다. 아마 나무도 꽤 다쳤을 거다.

"아, 이런." 얼음장처럼 싸늘한 음성이었다. "미안하군. 물어 주도록 하지."

나는 눈을 감고 심호흡을 했다. 충격 때문에 아직도 몸이 떨렸지만 나는 바보가 아니었다. "신경 쓰지 마세요."

다시 느껴지는 움직임. 갑자기 손가락이 내 턱을 움켜잡았다. "눈이 이래서 정말 안타깝군. 이것만 없다면 참 아름다운 여인인데. 안경을 쓴다면……"

"전 사람들이 제 모습을 있는 그대로 봐 주는 게 좋아요, 프레빗 리마른."

"아, 그렇다면 당신을 눈먼 인간 여자로 봐야 할까, 아니면 힘없는 필멸자인 척하는 소격신으로 봐야 할까?"

이게 뭐……. 순간적으로 온몸이 굳었다. 다음 순간 나는 또다시 해서는 안 될 짓을 하고 말았다. 큰 소리로 웃음을 터트린 것이다. 리마른이 이미 화가 나 있었으니 그래서는 안 됐다. 하지만 나도 화가 났고, 감정을 표출하고 싶었고, 나는 입단속을 잘하는 편이 아니었다.

"세상에, 설마……" 손으로 눈물을 훔쳐 내려면 그의 손 주위를 더듬어야 했다. "소격신이요? 제가? 존경하는 하늘아버지, 그게 당신이 생각하는 거라고요?"

갑자기 리마른의 손가락이 아플 정도로 내 턱을 조여들어 마지못해 웃음을 그칠 수밖에 없었다. 그가 내 얼굴을 높이 치켜들며 몸을 가까이 기울여 낮게 잠긴 목소리로 속삭였다. "내가 생각하는 건, 당신한테서 마법 냄새가 질질 난다는 거야. 지금껏 어떤 필멸자에게서 맡은 것 중에서도 가장 지독하게."

그러더니 별안간, 내 눈에 리마른이 보였다.

샤이니와는 달랐다. 리마른의 온몸에서 갑자기 빛이 났는데, 몸 안쪽에서 나오는 게 아니었다. 피부 전체를 뒤덮은 수많은 빛나는 선과 둥근 소용돌이가 섬세한 문신처럼 팔과 몸통을 휘감고 있었다. 몸의 다른 부분은 보이지 않았지만 불타는 듯 춤추는 선들 덕분에 몸통의 윤곽이 보였다.

필경사. 그는 필경사였다. 살갗에 새겨진 신어(神語)의 수로 미루어 볼 때 그것도 뛰어난 필경사였다. 물론 거기에 진짜로 신어가 새겨져 있는 건 아니다. 그저 내 눈이 그의 능력과 경험을 해석한 방식일 뿐. 적어도 지나온 세월 동안 내가 이해한 바에 따르면 그렇다. 보통은 이 능력 덕분에 리마른 같은 작자들이 나를 발견하기 전에 먼저 알아차릴 수 있었다.

침을 꼴깍 삼켰다. 더는 웃음도 나지 않았다. 나는 겁에 질렸다.

하지만 리마른이 정말로 진지하게 심문을 시작하기 직전, 공기가 흔들리는 게 느껴졌다. 근처에서 무언가 움직이고 있었다. 그게 유일한 경고였던 듯, 갑자기 누군가 리마른의 손을 내 얼굴에서 힘주어 떼어 냈다. 리마른이 저항하려는 순간 몸뚱이 하나가 재빨리 내 앞에 끼어들어 시야를 가렸다. 커다란 몸집. 마법이 없는 익숙한 검은 형체. 샤이니였다.

그가 리마른에게 무슨 짓을 했는지는 제대로 볼 수가 없었다. 하지만 그럴 필요도 없었다. 거리의 다른 예술가들과 구경꾼들이 놀라 숨을 헐떡이는 소리, 샤이니가 힘을 주는 소리, 그리고 리마른이 공중으로 날아가며 놀라 내뱉는 새된 비명이 들렸다. 리마른의 피부에 새겨진 빛나는 신어가 길게 꼬리를 그리며 3미터도 넘게 허공을 가로질렀다. 뼈가 부딪치는 소리와 함께 그의 몸이 땅바닥에 털썩 떨어지더니 더는 빛을 발하지 않았다.

안 돼. 세상에, 오, 안 돼. 나는 허둥지둥 일어나다 의자를 넘어 뜨렸다. 지팡이를 찾아 주변을 필사적으로 더듬거렸다. 하지만 지팡이를 발견하기도 전에 그대로 얼어붙고 말았다. 리마른의 몸에서 나던 빛이 사라졌는데도 계속 눈이 보였기 때문이다.

샤이니였다. 처음엔 알아차리지도 못할 만큼 희미하게 빛나던 몸이 점점 더 환해지며 심장 고동처럼 맥동했다. 샤이니가 내 앞을 가로막듯 서자 더더욱 힘을 얻은 빛이 가벼운 화상에 불과한 수준에서 새벽 때 말고는 본 적 없는, 눈을 지져 버릴 것 같은 절정을 향해 빠르게 치솟았다.

하지만 지금은 한낮인데.

"지금 뭐 하는 거지?" 멀리서 거칠고 사나운 목소리가 들려왔다. 또 다른 사제였다. 뒤이어 날아드는 고함과 살벌한 위협에 퍼뜩 정신이 들었다. 나 말고는 아무도 샤이니의 몸에서 나는 빛을 보지 못한다. 어쩌면 바닥에 쓰려져 신음하고 있는 리마른도 가능할지 모르지만 어쨌든 다른 사람들 눈에 샤이니는 평범한 사람으로 보일 것이다. 정체를 알 수 없는 이방인, 내 주머니 사정으로 간신히 감당할 수준의 수수한 싸구려 옷을 입은 남자가 이템파스 교단의 프레빗을 공격한 것이다. 근방에 바글거리는 교단수호자들 앞에서.

나는 손을 뻗어 눈부시게 타오르고 있는 샤이니의 어깨를 붙잡았다. 하지만 그 즉시 화들짝 놀라 손을 뗐다. 뜨거워서가 아니라 (실제로 전에 없이 뜨겁기도 했지만) 마치 번개를 만진 듯이 손바닥 아래에서 살갗이 진동하는 게 느껴졌기 때문이다.

그러나 지금은 그런 생각을 할 때가 아니었다. 나는 샤이니에게 날카롭게 소리쳤다. "그만해! 뭐 하는 거야? 지금 당장 사과해. 저 사람들이 당신한테……"

샤이니가 고개를 돌려 나를 쳐다본 순간, 나는 그만 할 말을 잃고 말았다. 내 눈에 그의 얼굴이 온전히 인식되었기 때문이다. 새벽에 너무도 눈부시게 빛나 결국 고개를 돌려야 했던 바로 그 순간의 얼굴. "잘생겼다"는 말로는 형용할 수가 없었다. 거기엔 손가락으로 더듬는 것만으로는 알 수 없는 수많은 요소가 혼재해 있었다. 광대뼈에서는 빛이 나지 않았다. 입술을 그리는 곡선은 살아 있는 생명체의 것이라고는 믿을 수 없을 정도로 완벽했고, 그 위에 띤 은밀하고 은은한 미소는 마치 그 순간만큼은 내가 이 세상에 존재하는 유일한 여자인 것 같은 기분이 들게 했다. 그는 이제껏 한 번도 내게 웃어 준 적이 없었다.

하지만 그 미소는 악의로 가득 차 있었다. 차갑고 잔인했다. 나는 놀라 뒤로 주춤거렸다. 처음으로 그가 두려워졌다.

샤이니가 주위를 둘러보며 우리를 포위하듯 몰려드는 수호자들을 마주했다. 수호자들과 주변 구경꾼을 똑같이 무심하고 냉담한, 오만한 눈빛으로 바라보았다. 뭔가 결정을 내리는 듯한 분위기였다.

나는 입을 헤벌린 채 교단수호자 셋이 샤이니를 붙드는 모습을 지켜보았다. 샤이니가 내뿜는 빛이 만들어 낸 수호자들의 검은 윤곽이 샤이니를 바닥에 내던지고, 발길질을 하고, 팔을 등 뒤로 꺾어 결박했다. 그중 한 명이 샤이니의 목 뒤를 무릎으로 찍어 눌렀을 때는 나도 모르게 비명을 질렀다. 교단수호자의 악감정 어린 그림자가 나를 돌아보며 소리쳤다. 닥쳐, 마로년아, 안 그러면 너도 가만히 안—

"그만!"

크고 맹렬한 고함 소리에 놀라 지팡이를 놓치고 말았다. 고요한 적막 속에 지팡이가 프롬나드의 돌바닥에 떨어져 큰 소리가 났고, 그 바람에 또다시 화들짝 놀라 어깨를 흠칫했다.

소리를 지른 건 리마른이었다. 보이지는 않았다. 이전까지 나한테 정체를 어떻게 숨겼는지는 몰라도 어쨌든 지금도 그 방법이 효과를 발휘하고 있었다. 그의 몸에 있는 신어를 볼 수 있다 해도 지금은 샤이니가 내는 밝은 빛에 가려 보이지 않을 것이다.

리마른은 거칠게 갈라진 음성으로 숨이 찬 것처럼 가쁘게 헐떡이고 있었다. 그가 한 무리의 사람들 근처에서 몸을 일으켜 세우더니 샤이니에게 말했다. "넌 바보냐? 이렇게 멍청한 짓거리를 하는 놈은 처음 본다."

샤이니는 사제들이 바닥에 짓누르는데도 몸부림치지 않았다. 리마른이 샤이니의 목을 무릎으로 누르고 있는 교단수호자에게 물러나라고 손짓하더니(다행이란 생각에 어깨에서 조금 힘이 빠졌다.) 발끝으로 샤이니의 뒤통수를 꾹꾹 밀었다. "대답해! 넌 머저리냐?"

뭔가 해야만 했다. "그, 그 사람은 제 사촌이에요." 끼어들고 말았다. "아직 이 동네를 잘 몰라요, 프레빗. 이 도시에 대해서도 모르고, 당신들이 누군지도 모르고……." 내 평생 최악의 거짓말이었다. 누가 됐든, 국가나 인종, 민족, 계층에 상관없이 이 세상 사

54

람이라면 누구나 한눈에 이템파스 사제를 알아볼 것이다. 그들은 빛나는 흰색 제복을 입고 세상을 지배한다. "제발요, 프레빗, 제가 책임질 테니까……"

"아니, 안 되지." 리마른이 날카롭게 쏘아붙였다. 교단수호자들이 샤이니를 붙들고 일으켜 세웠다. 그는 수호자들 사이에서 조용히 서 있었다. 얼마나 밝게 빛나는지 프롬나드의 절반이 환하게 보일 지경이었다. 얼굴에는 아직도 그 끔찍하고 신랄한 미소를 띠고 있었다.

수호자들이 샤이니를 끌고 가기 시작했다. 입안에 공포심이 퍼져 나갔다. 나는 허겁지겁 탁자를 돌아 나갔다. 지팡이도 없이 허공에서 손을 허우적대며 리마른을 향해 가는데 뭔가 쿵 하고 쓰러지는 소리가 났다. "프레빗, 잠깐만요!"

"넌 나중에 처리하지." 리마른이 내게 대꾸했다. 그러고는 다른 교단수호자들과 함께 멀어졌다. 뒤쫓아가려 했지만 보이지 않는 장애물에 걸려 비명을 지르며 넘어지고 말았다. 땅바닥에 나동그라지기 전에 담배와 시큼한 술, 그리고 두려움의 냄새가 나는 거친 손이 나를 붙잡았다.

"그만둬, 오리." 부로이가 귓가에 대고 속닥였다. "지금 완전히 열받은 상태라서 장님 여자애 따위 아무렇지도 않게 두들겨 팰걸."

"저이를 죽일 거야." 나는 부로이의 팔을 꽉 잡았다. "때려죽이고 말 거라고, 부로이……"

"네가 어떻게 할 수 있는 일이 아니야." 나직한 대답에 나는 풀썩 주저앉았다. 그의 말이 옳기 때문이었다.

　부로이와 루, 온이 내가 집에 가는 것을 도와주었다. 내 탁자와 물건들도 옮겨 주었다. 당분간은 예술의 거리에 나오지 않을 테니 옐의 가게에 물건을 보관할 필요가 없다는 암묵적인 이해가 공유된 덕분이었다.

　온은 다시 나갔지만 루와 부로이는 내 옆에 머물러 주었다. 최대한 마음을 가라앉히고 순순한 척 보이려 애썼다. 그들이 의심하리라는 걸 알았으니까. 그들은 집 안을 둘러보고는 샤이니가 침실로 쓰던 식료품 저장고와 구석에 깔끔하게 개어 놓은 그의 옷을 발견했다. 내가 몰래 연인을 두고 있다고 생각했을 것이다. 진실을 알면 그보다 더 두려워할 테지.

　"왜 그 남자 얘기를 안 했는지 알겠다." 루는 식탁 맞은편에 앉아 내 손을 잡아 주었다. 우리의 손이 놓인 곳은 전날 밤 샤이니의 피로 범벅이 됐던 자리였다. "매딩 일이 있었으니까…… 그래도 미리 말해 줬으면 좋았을 텐데. 우린 친구잖니. 이해했을 거야."

　나는 좌절감을 드러내고 싶지 않아 고집스럽게 입을 다물었다. 지금은 낙담하고 침울해 보여야 했다. 그래야 친구들이 푹 쉬라면서 날 혼자 내버려 둘 테니까. 친구들이 가고 나면 매딩에게 기도해야지. 교단수호자들은 샤이니를 곧바로 죽이진 않을 거다. 감히 그들에게 반항하고 건방지게 굴었으니 오랫동안 고통을 겪게 할 것이다.

　그것만으로도 걱정인데, 만약에 샤이니가 죽었다가 사제들 앞에서 그 부활 마법이라도 부리게 되면 무슨 짓을 당할지는 오직 신들만이 아실 거다. 마법은 다른 종류의 힘을 가진 이들을 위한 것이었다. 아라메리, 귀족, 필경사, 교단, 그리고 부유한 자들. 평민에게 마법은 불법이었다. 물론 다들 쉬쉬하면서 소소한 마법을 사용하고 있긴 하지만. 여자라면 누구나 임신을 막는 인을 알고 있고, 동네마다 상처를 치료하거나 귀중품을 눈에 띄지 않게 숨기는 인을 그려 주는 사람도 있었다. 사실 소격신들이 내려온 뒤부터 더 편해진 감이 있다. 소격신과 필멸자를 구분하는 게 어려워지자 사제들도 그냥 냅두게 됐으니까.

하지만 샤이니는 소격신이 아니었다. 그는 뭔가 다른 존재였다. 그가 왜 프롬나드에서 갑자기 빛을 내기 시작했는지는 몰라도 이것만은 안다. 그 빛은 오래가지 않을 것이다. 한 번도 그런 적이 없거든. 금방 다시 약해져서 평범한 인간이 되겠지. 그러면 사제들이 그를 갈가리 찢어발겨 그 신기한 힘의 비밀이 뭔지 알아내려 할 거다.

그다음엔 내게 그를 감춘 죄를 물을 테지.

나는 피곤한 척 얼굴을 쓸었다. "잠이나 자야겠어."

"웃기지 마셔." 부로이가 말했다. "잠자는 척하고는 옛날 남자 친구한테 연락할 생각이지? 우리가 바본 줄 알아?"

나는 흠칫 굳었다. 루가 키득거렸다. "우리가 너라면 빠삭하잖니, 오리."

젠장. "그를 도와줘야 해." 가식은 집어치우기로 했다. "혹시 매딩을 못 만나더라도 돈이 좀 있으니까. 사제들도 뇌물을 받잖아……."

"열을 안 받았을 땐 그렇지." 루가 아주 부드럽게 말했다. "돈만 받아 챙기고 죽여 버릴걸."

나는 주먹을 꽉 쥐었다. "그럼 매딩밖에 없네. 매딩을 찾게 도와 줘. 그이라면 날 도와줄 거야. 나한테 빚진 게 있으니까."

그 말이 끝나자마자 차임벨 소리가 들렸다. 내가 친구들을 얼마나 과소평가했는지 깨닫자 뺨이 달아올랐다.

누군가 현관문을 열었다. 매딩이 부엌에 들어서기도 전에 벽 너머에서 익숙한 형체가 빛나는 것이 보였다. 그 옆에는 조금 더 큰 그림자가 있었는데, 온이었다. "들었어." 매딩이 조용히 말했다. "빚을 갚으라고 요구하는 건가, 오리?"

공기 중에 이상한 떨림이 감돌았다. 보이지 않는 무언가가 숨을 꾹 참고 있는 것처럼 미묘한 긴장감이 떠돌았다. 매딩의 힘이 꿈틀대고 있었다.

나는 식탁에서 일어났다. 몇 달 만에 봤을 때보다도 더 반가웠다. 그러다 매딩의 침울한 표정을 보고는 무슨 일이 있었는지 기억해 냈다. "미안해, 매드. 당신 누이 일을…… 잊고 있었네. 다른 방법이 있었다면 당신이 이렇게 슬퍼하고 있는데 도움을 요청하진 않았을 거야."

매딩이 고개를 가로저었다. "어차피 죽은 자를 위해선 해 줄 수 있는 게 없어. 온이 그러는데 친구가 곤경에 처했다면서."

틀림없이 그보다는 훨씬 더 많이 말해 줬을 거다. 온은 고질적인 수다쟁이니까. 하지만……. "근데 교단수호자들이 그를 백색전당이 아니라 다른 곳으로 끌고 갔을 것 같아." 이템파스 하늘아버지(이젠 낮아버지지, 자꾸 까먹는다.)는 무질서를 혐오했고 사람을 죽이는 건 결코 깔끔한 일이 아니다. 그러니 그런 일로 백색전당을 더럽히진 않을 것이다.

"남쪽 뿌리야. 내 수하 몇몇이 프롬나드에서 사건이 있고 나서 네 친구를 그쪽으로 데려가는 걸 봤다더군."

매딩이 부하들을 시켜 나를 지켜보고 있었다는 걸 깨달았다. 하지만 별로 거슬리진 않았다. 나는 지팡이를 집어 들고 그에게 다가갔다. "언제?"

"한 시간쯤 전에." 매딩이 부드럽고, 따뜻하고, 못 하나 박이지 않은 손으로 내 손을 잡았다. "이제 난 네게 빚진 게 없어, 오리. 알겠지?"

나는 옅게 미소 지었다. 확실히 이해했기 때문이다. 매딩은 약속을 어기는 일이 없었다. 빚을 졌다면 무슨 수를 써서든, 누구를 상대해야 하든 그 빚을 갚을 것이다. 하지만 이템파스 교단을 상대해야 한다면 한동안은 그림자에서 사업을 하는 데 어려움을 겪을 거다. 매딩도 할 수 없는 일들이 있다. 가령 그들을 죽인다거나 아니면 신계에 돌아가는 건 빼고 이 도시를 떠난다거나. 신들에게도 지켜야 할 규칙이 있으니까.

나는 매딩에게 다가가 그의 강인하고 편안한 팔에 몸을 기댔다. 살갗이 맞닿아 있으니 내 문제를 해결하기 위해 그에게 의지했던 또 다른 밤들, 또 다른 위로, 또 다른 순간들을 떠올리지 않을 수가 없었다.

"내 마음을 아프게 한 대가를 치른다고 생각해." 가벼운 말투를 쓰긴 했지만 음절 하나하나에 진심을 꾹꾹 눌러 담았다. 매딩이 한숨을 내쉬었다. 내 말이 옳다는 건 그도 알았다.

"그럼 꼭 잡아." 다음 순간 온 세상이 눈부시게 환해졌다. 매딩의 마법이 우리를 샤이니가 죽어 가는 곳으로 데려가고 있었다.

3장
신들과 주검들
(캔버스에 유채)

남쪽 뿌리에 도착한 순간, 엄청난 충격파가 우리 둘을 강타했다.

나는 그것을 너무도 강렬한 빛의 파동으로 인식했고, 거기 휩쓸리자마자 비명을 지르며 쥐고 있던 지팡이를 떨어뜨리고 손으로 눈을 가렸다. 매딩도 뭔가에 세게 맞은 것처럼 숨을 삼켰다. 하지만 재빨리 정신을 수습하고는 내 손을 잡고 얼굴에서 떼어 내려 했다. "오리? 어디 좀 봐."

나는 매딩이 내 손을 옆으로 치우는 동안 가만히 있었다. "괜찮아. 난 괜찮아 그냥…… 너무 밝아서 그래. 맙소사, 이게 이렇게까지 아플 수 있는 줄은 몰랐어." 나는 연거푸 눈을 깜박이며 눈물을 털어냈다. 매딩이 얼굴을 가까이 대고 내 눈을 자세히 들여다보았다.

"'이게' 아니라 눈이야. 아직도 아파?"

"응, 그래, 괜찮다니까. 그건 그렇고 방금 그거 뭐였어?" 내게 통증을 유발한 밝은 빛은 평소 익숙한 검은 시야 속으로 진즉 사라졌다. 통증이 잦아드는 속도는 그보다 더뎠지만, 어쨌든 조금씩 잦아들고 있었다.

"나도 몰라." 매딩이 두 손으로 내 얼굴을 감싸 쥐고 엄지로 눈 밑을 문지르며 눈물을 닦아 냈다. 처음엔 내버려 뒀지만 너무도 친밀한 손길에 방금의 밝은 빛보다도 더 고통스러운 기억이 되살아나고 말았다. 나는 재빨리 그의 손에서 얼굴을 빼냈다. 아마 내 동작이 지나치게 빨랐나 보다. 매딩이 작게 한숨을 쉬면서 나를 놓아주었다.

양쪽에서 희미한 움직임이 느껴졌다. 발바닥이 바닥에 닿는 것처럼 가볍게 타닥거리는 소리도 들렸다. 매딩의 말투가 다소 권위적으로 변했다. 부하들에게 말할 때면 항상 그랬다. "내가 생각한 그자가 아니라고 말해 줘."

"그자 맞아." 흰 피부에 중성적인 외모가 연상되는 목소리가 말했다. 하지만 나는 이 목소리의 소유주를 딱 한 번 본 적이 있다. 그녀는 목소리와 달리 갈색 피부에 육감적인 몸매를 지녔다. 하지만 내가 자기 모습을 볼 수 있다는 걸 좋아하지 않는 소격신이었기 때문에 그 뒤로는 모습을 본 적이 없었다.

"사악한 악마 같은." 매딩의 목소리에는 짜증이 섞여 있었다. "아라메리가 데리고 있는 줄 알았는데."

"적어도 이젠 아닌 게 확실하네." 다른 목소리가 말했다. 이번에는 확실히 남성이었다. 그도 본 적이 있는데, 구리 냄새가 나는 길고 어수선한 머리칼을 가진 이상한 존재였다. 피부는 아픈인처럼 하였지만 여기저기 불규칙한 검은 반점이 나 있었다. 반점을 무슨 장식인 양 여기는 것 같았다. 본모습일 때는 확실히 그런 반점조차 아름답긴 했다. 하지만 이건 일이고, 그래서 지금은 보이지 않는 어둠의 일부일 뿐이었다.

"릴이 왔어." 여자 부하의 말에 매딩이 신음했다. "송장이 생겼거든. 교단수호자 말이야."

"그……" 매딩이 갑자기 나를 획 잡아당기더니 쏘아보았다. "오리, 제발 저게 네 새 남자친구라고는 하지 말아 줘."

"난 남자친구 같은 거 없어, 매드. 당신이 상관할 바도 아니고." 뒤늦게 무슨 뜻인지 이해하고 얼굴을 찡그렸다. "잠깐. 지금 샤이니 말하는 거야?"

"샤이니? 그건 또 누구……" 매딩이 욕설을 내뱉더니 황급히 몸을 굽혀 지팡이를 집어 내 손에 쥐여 주었다. "됐다. 그만 가자."

매딩의 부하들이 사라졌다. 그가 나를 잡아끌고 백열처럼 빛나는 힘의 근원지를 향해 걷기 시작했다.

뿌리를 뿌리는 남쪽 뿌리라는 우스갯소리가 있는 이곳은 그림자에서도 최악의 동네였다. 세계수의 원뿌리 중 하나가 옆으로 갈라져 나와 있어서 양옆으로 뿌리에 갇힌 다른 동네와는 달리 세 개의 뿌리에 둘러싸여 있기 때문이다. 드물지만 남쪽 뿌리가 아름다워 보이는 날도 있긴 했다. 나무가 자라나기 전에는 공예가들이 모여 사는 곳으로 유명한 지역이었던지라 흰색으로 칠한 벽에는 운모와 매끄러운 마노가 박혀 있고 거리는 크고 작은 벽돌 패턴으로 포장되어 있으며, 웅장한 철제 대문들이 서 있었다. 뿌리가 세 가닥만 아니었다면 나무 몸통에 가까운 동네보다도 햇빛을 더 많이 받았을 거다. 지금도 늦가을에 바람 부는 날이면 하루에 한 두 시간 정도는 그렇다고 들었다. 하지만 그때가 아니면 남쪽 뿌리는 사시사철 어두웠다.

이제 이곳엔 절박하고 분노한 가난한 이들 말고는 아무도 살지 않았다. 그래서 교단수호자들이 길거리에서 사람을 때려죽여도 된다고 느끼는 몇 안 되는 장소 중 하나였다.

하지만 평소보다 더 양심에 찔렸던 모양이다. 매딩이 나를 끌고 데려간 공간은 그다지 넓지 않은 것 같았다. 쓰레기와 곰팡이 냄새가 나고 혀끝에서는 오래 묵은 소변의 시큼하고 쓴맛이 느껴졌다. 여기도 골목일까? 적어도 깨끗한 환경을 유지하는 마법이 걸려 있지 않은 골목인 건 확실했다.

그리고 그보다 더 강하고 심지어 더 불쾌한 냄새도 있었다. 연기. 숯. 탄 고기와 머리카락 냄새. 아직도 희미하게 지글거리는 소리가 들렸다.

소리가 나는 곳 바로 옆에 어떤 키 큰 여자 하나가 몸에 힘 하나 없이 축 처진 채 서 있었다. 매딩을 빼고 내 눈에 보이는 유일한 존재였다. 우리한테서 등을 돌리고 있었기 때문에 보이는 거라곤 지저분하게 늘어뜨린 긴 머리카락뿐이었다. 하이노스 사람처럼 곧은 식모였지만 묘하게 얼룩덜룩한 금색이었다. 아른인의 금발과는 다르게 전혀 예쁘지가 않았다. 또 삐쩍 말라 있었다. 병이라도 앓는 것처럼 영 보기가 안 좋았다. 어울리지 않게 허리가 깊이 파인 우아한 드레스를 입고 있었는데 늘어뜨린 머리채 양옆으로 보이는 어깨뼈가 마치 칼날처럼 날카로웠다.

그때 여자가 돌아섰다. 나도 모르게 터져 나오는 비명을 막으려 양손으로 입을 틀어막았다. 코 위쪽의 얼굴은 평범했다. 하지만 그 아래 있는 입은 불가능할 정도로 흉측하게 일그러졌고 아래턱 은 무릎에 닿을 만큼 늘어져 있었으며 지나치게 긴 잇몸에는 작 은 바늘 같은 이빨이 여러 줄로 촘촘히 늘어서 있었다. 그리고 그 이빨들은 움직이고 있었다! 줄줄이 나 있는 이가 부지런히 움직 이는 개미줄처럼 턱을 따라 행진했다. 희미하게 윙윙거리는 소리 도 들렸다. 여자는 침을 흘리고 있었다.

여자가 내 반응을 보고는 싱긋 웃었다. 내가 살아생전 본 중에 가장 무시무시하고 끔찍한 광경이었다.

여자의 몸에서 갑자기 빛이 일렁이더니 다음 순간 거기에는 평 범한 아믄인 여성이 서 있었다. 평범한 입을 가진 평범한 여자. 하 지만 여전히 미소를 띤 얼굴에서는 왠지 모르게 마음을 불안하게 하는 굶주린 기운이 풍겼다.

"신들이여." 매딩이 중얼거렸다.(소격신은 이런 말을 정말 자주 한다.) "당신이었군요."

나는 당황했다. 매딩의 말이 금발 여자를 향한 게 아니었기 때 문이다. 하지만 다음 순간 나는 제자리에서 펄쩍 뛰어오를 만큼 화들짝 놀라고 말았다. 전혀 예상치도 못한 곳, 즉 머리 위에서 대 답이 들려와서였다.

"응, 그래." 새로 등장한 목소리가 부드럽게 말했다. "그 자야."

매딩이 갑자기 조용해졌다. 문제가 생겼다는 의미였다. 매딩의 수하 둘이 돌연 내 시야에 깜박거리며 나타났다. 둘 다 잔뜩 긴장해 있었다. "그렇군." 매딩이 낮고 조심스러운 말투로 말했다. "오랜만이야, 시에. 비웃으러 온 거야?"

"조금은." 아직 사춘기가 오지 않은 어린 소년의 목소리였다. 도대체 어디에 있는지 궁금해 고개를 들어 올려다보았다. 옥상이나 2층, 아니면 3층에 난 창문일까. 하지만 보이지는 않았다. 인간인 건가? 아니면 수줍음이 많은 소격신?

그때 갑자기 내 앞에서 움직임이 느껴졌다. 소년이 땅 위에서, 그것도 겨우 몇 미터 떨어진 곳에서 말하고 있었다. 소격신이네.

"힘들어 보이네, 노친네." 나는 뒤늦게 소년이 나나 매딩, 금발 여자가 아니라 다른 이에게 말을 걸고 있다는 것을 알아차렸다. 그제야 골목의 한쪽 구석, 벽 근처 바닥에 누군가 있다는 사실을 깨달았다. 앉아 있거나 무릎을 꿇고 있는 것 같았다. 왜인지는 모르지만 가쁜 숨을 헐떡이고 있었다. 묘하게 익숙한 데가 있는 숨소리였다.

"필멸자의 육신은 물리적 법칙에 묶여 있지." 소년이 숨을 헐떡이는 이에게 말했다. "인을 사용하지 않는 마법은 그 위력이 훨씬 더 강력하지. 정말 그래. 하지만 그 대신 기력을 소모한단 말이야. 너무 많이 사용하면 죽을 수도 있고. 뭐, 어쨌든 잠시나마 말이지. 안됐지만 이건 당신이 앞으로 배워야 할 수천 가지 새로운 것들 중 하나일 뿐이야. 미안하게 됐어."

금발 여자가 발에 밟힌 조약돌이 절그럭거리는 것 같은 웃음을 터트렸다. "미안하지 않으면서."

여자의 말이 맞았다. 매딩이 시에라고 부른 소년의 목소리에서 동정심이라곤 단 한 톨도 느껴지지 않았다. 심지어 즐거워하는 것처럼 들렸다. 원수가 몰락한 모습을 보며 기뻐하는 것처럼. 나는 고개를 바짝 쳐들고 이게 대체 무슨 상황인지 귀를 쫑긋 세웠다.

시에가 키득거렸다. "당연히 미안하고말고, 릴. 내가 원한 같은 걸 품을 놈으로 보여? 그럼 너무 좀스럽잖아."

"좀스럽지. 거기다 유치하고 잔인하기까지. 그가 고통스러워하는 걸 보니 기분이 좋니?"

"아, 당연하지, 릴. 너무너무 좋아."

이번엔 선심 쓰는 척하지도 않았다. 소년의 목소리에는 가학적인 즐거움이 가득했다. 나는 몸서리를 쳤다. 샤이니가 걱정돼서 더 무서웠다. 어린애 소격신을 본 적은 없지만 인간 아이와 별다를 게 없을 거라는 생각이 들었다. 인간 아이들은 무자비할 수 있다. 특히 힘이 있을 땐 더더욱 그렇다.

숨을 헐떡이고 있는 남자에게 다가가려고 발을 내디딘 순간, 매딩이 나를 재빨리 잡아채 당겼다. 그의 손아귀가 내 팔을 쬠쇠처럼 조였다. 나는 비틀거리며 저항했다. "하지만……"

"지금은 안 돼, 오리." 매딩이 내게 이런 말투를 자주 쓰는 건 아니었지만 이게 위험하다는 의미라는 건 옛날부터 알고 있었다.

다른 상황이었다면 매딩의 뒤에 숨어서 될 수 있는 한 눈에 띄지 않으려고 했을 거다. 지금 나는 어딘지도 모르는 어둡고 외진 골목에 죽은 사람들과 성난 신들에게 둘러싸여 있었다. 내가 아는 한, 소리쳐서 들릴 만한 범위에 다른 사람들도 없었다. 설사 있다고 해도 별 도움도 안 될 테고.

"수호자들은 어떻게 됐어?" 나는 매딩에게 소곤거렸다. 쓸데없는 질문이었다. 지글지글거리던 소리가 멈췄으니까. "샤이니가 그 사람들을 어떻게 죽였어?"

"샤이니?"

당혹스럽게도, 그건 시에의 목소리였다. 그나 금발 여자의 관심을 끌고 싶지는 않았는데. 하지만 시에는 진심으로 즐거워하는 것 같았다. "샤이니? 진짜 그렇게 부르는 거야? 정말로?"

나는 마른침을 삼킨 다음 입을 열었지만 첫 시도에는 실패하고 두 번째에야 목소리를 내는 데 성공했다. "이름을 알려 주지 않아서…… 뭐라고든 불러야 해서요."

"아, 그랬어?" 소년이 재미있다는 듯 말하곤 가까이 다가왔다. 목소리가 들리는 방향으로 보아 키가 나보다 훨씬 작은 것 같았지만 그걸로는 별 위안이 되지 않았다. 내 눈엔 여전히 시에가 보이지 않았다. 윤곽도, 그림자도. 그건 대부분의 소격신보다 본모습을 숨기는 데 훨씬 능숙하다는 뜻이다. 심지어 냄새도 맡을 수가 없었다. 하지만 느낄 수는 있었다. 그의 존재감이 다른 소격신과는 비교도 되지 않을 만큼 골목 전체를 가득 메우고 있었다.

"샤이니란 말이지." 소년이 생각에 잠겨 말했다. "그렇게 부르면 대답해?"

"정확히는 아니에요." 나는 혀로 입술을 축인 다음, 모험을 해 보기로 했다. "샤이니는 괜찮나요?"

소년이 갑자기 몸을 휙 돌렸다. "아, 괜찮을 거야. 괜찮은 거 말곤 선택의 여지가 없지. 안 그래?" 아까보다 더 화가 난 것 같았다.

가슴이 철렁 내려앉았다. 내가 사태를 악화시켰다. "그 필멸의 몸뚱이에 뭔 짓을 하든, 얼마나 자주 심하게 굴리든. 아, 그래, 알다시피 그거라면 내가 아주 잘 알거든. 안 그래?" 소년이 다시 샤이니에게 말했다. 목소리가 분노로 부들부들 떨리고 있었다. "내가 당신을 비웃지 않을 거라고 생각했어? 어찌나 오만하고 *거만하신지*, 가장 기본적인 것도 챙기기 귀찮아서 죽고 또 죽는 주제에?"

난폭하게 밀치는 소리가 나더니 샤이니가 앓는 소리를 냈다. 그러고는 또 다른 소리. 이번엔 의심할 여지 없이 때리는 소리였다. 소년이 주먹으로 치거나 발로 찬 게 틀림없다. 내 팔을 쥔 매딩의 손에 힘이 들어갔다. 지금 보고 있는 장면 때문에 자기도 모르게 무심코 그런 것 같았다. 시에가 알아듣기도 힘든 단어들을 씹듯이 내뱉었다. "내가 정말로……" 발길질. 이번에는 아까보다 더 세게. 소격신은 보기보다 훨씬 힘이 세다. "그걸 도와주고 싶지……" 발길질. "않을 것 같아?" 발길질.

그리고 뼈가 뽀각 부러지는 소리. 샤이니가 비명을 질렀다. 그 소리를 듣자 도저히 참을 수가 없었다. 입을 열어 항의하려는 순간.

나보다 먼저 다른 목소리가 말했다. 너무 작아 하마터면 못 들을 뻔했지만. "시에."

정적.

갑자기 시에가 보이기 시작했다. 어린아이였다. 작고 호리호리했으며, 피부색은 마로네와 비슷했지만 머리는 형클어진 직모였다. 겉으로 보기엔 전혀 위험해 보이지 않았다. 시에는 놀라 눈을 크게 뜬 채 얼어붙어 있다가 휙 돌아보았다.

그가 돌아본 곳에 또 다른 소격신이 나타났다. 이번에도 몸집이 작았다. 나보다 머리 한 개는 작고 시에보다는 약간 큰 정도였는데 왠지 강한 분위기를 풍겼다. 옷차림 때문인지도 모르겠다. 이 여신은 이상한 옷을 입고 있었다. 가늘고 단단한 갈색 팔을 드러내는 회색의 긴 민소매 조끼와 종아리 중간까지 오는 딱 달라붙는 바지였다. 발은 맨발이었다. 처음에는 귀동냥으로 들은 하이노스 사람들의 외모와 비슷하다고 생각했는데 머리카락이 좀 달랐다. 생머리가 아니라 곱슬머리였고 남자아이처럼 짧게 잘랐다. 그리고 눈 색깔도 달랐다. 어떻게 다른 건지는 콕 집어 말하기 힘들지만. 저게 무슨 색이지? 녹색? 회색? 아니면 둘 다 아닌 다른 색?

시야 한쪽 구석에서 매딩이 몸을 굳히며 눈을 크게 뜨는 것이 보였다. 그의 수하 하나가 나직하게 욕을 내뱉었다.

"시에." 조용하고 차분한 여인이 다시 불렀다. 못마땅한 말투였다.

시에가 얼굴을 찡그렸다. 그 순간만큼은 잘못된 짓을 하다 들켜 토라진 어린아이 같았다. "뭐? 진짜 필멸자도 아니잖아."

조금 떨어진 곳에서 금발의 여신 릴이 샤이니를 흥미 가득한 눈빛으로 쳐다보고 있었다. "냄새만큼은 진짜 필멸자 같은데. 땀과 고통과 피와 공포라니, 완전 좋다."

새로운 여신이 릴을 슬쩍 쳐다보더니 전혀 관심 없다는 듯 다시 시에에게 집중했다. "우리가 생각한 건 이런 게 아니었어."

"가끔씩 발로 차 죽이는 게 안 될 건 뭐야? 네가 내건 조건을 이행할 노력도 안 하는데. 그럼 나라도 즐겁게 해 줘야지."

여신이 고개를 저으며 한숨을 쉬더니 시에에게 다가갔다. 놀랍게도 여신이 뒷머리를 손바닥으로 감싸며 품에 끌어안았을 때, 시에는 저항하지 않았다. 포옹을 되돌려 주지도 않고 빳빳한 자세를 유지했지만 안기는 것 자체를 싫어하지는 않는다는 걸 알 수 있었다.

"이래 봤자 아무 소용도 없어." 시에의 귀에 대고 얘기하는 여신의 말투가 너무 다정해서 머나먼 니마로 보호령에 있는 어머니가 생각났다. "아무 도움도 안 돼. 그에게 상처를 입히지도 않을 거고. 어쨌든 제대로 된 방식으로는 말이야. 왜 이러는 거니?"

시에가 고개를 픽 돌렸다. 옆구리에는 불끈 쥔 두 주먹이 붙어 있었다. "왜 그런지 알잖아!"

"그래, 알지. 하지만 너는 아니?"

다시 입을 연 시에의 목소리는 악에 받쳐 있었다. "아니! 난 그를 증오해! 영원히 죽여 버리고 싶어!"

하지만 그때 댐이 무너졌다. 소년은 여신의 품에 기대 늘어지며 눈물을 터트렸다. 조용한 여신이 한숨을 쉬며 소년을 가까이 끌어안았다. 그가 진정하기까지 시간이 얼마나 걸리든 상관없다는 태도였다.

나는 경외심과 안쓰러움 사이에서 갈등하며 그 광경을 지켜보았다. 그러다 문득 샤이니가 아직도 바닥에 쓰러져 있다는 게 떠올랐다. 그의 숨소리가 시시각각 지쳐 가고 있었다.

나는 슬그머니 매딩에게서 떨어졌다. 그는 뭐라 해석해야 할지 모를 묘한 표정으로 눈앞에서 벌어지는 광경을 바라보고 있었다. 슬픔. 어쩌면 원통함. 상관없었다. 사람들이 정신 팔려 있는 사이

나는 샤이니에게 다가갔다. 샤이니가 확실했다. 특유의 톡 쏘는 듯한 금속성의 체향이 느껴졌다. 웅크려 앉아 자세히 살펴보니 열병이라도 난 것처럼 등이 뜨겁고 흠뻑 젖어 있었다. 제발 땀이기를 바랄 뿐이었다. 그는 몸을 둥글게 말고 주먹을 꼭 쥔 채 괴로워하고 있었다.

샤이니의 상태를 직접 확인하고 나니 화가 치밀었다. 나는 눈을 들어 시에와 조용한 여신을 노려보았다. 하지만 그녀가 시에의 앙상한 어깨 너머로 나를 바라보고 있는 것을 깨닫고 온몸에 소름이 쫙 돋았다. 방금 전까진 눈이 회녹색 아니었나? 지금은 황녹색이었고, 온기라곤 전혀 없었다.

"흥미롭군." 그녀가 말했다. 옆에서 시에가 고개를 돌려 나를 발견하고는 손등으로 한쪽 눈가를 문질렀다. 여신이 시에의 어깨에 무심하게 손을 얹은 채 내게 말을 걸었다. "그의 연인이니?"

"아닙니다."

대답한 매딩에게 여신이 세상에서 가장 상냥한 눈빛을 던지자 그의 턱이 움찔거렸다. 지금껏 내가 그에게서 본 표정 중에서 가장 두려움에 가까웠다.

"아니에요." 내가 끼어들었다. 이게 다 무슨 일인지, 매딩이 왜 이 여신과 어린애 신을 경계하는지는 알 수 없었지만 내 어리석은 행동 때문에 매딩이 곤경에 처하는 건 싫었다. "우린 그냥 한집에 사는 사이예요. 우리…… 샤이니는……" 뭐라고 하지? 소격신에게는 절대로 거짓말을 하면 안 돼. 오래전에 매딩이 경고했었다. 어떤 신들은 수천 년이 넘게 인류를 관찰하고 연구해 왔다. 인간의 마음을 읽을 순 없어도 몸짓 언어 정도는 금방 간파할 수 있었다. "전 샤이니의 친구예요." 마침내 내가 말했다.

소년이 여신과 눈빛을 교환했다. 그러더니 둘이 의미를 알 수 없는 묘한 눈빛으로 동시에 나를 쳐다보았다. 그제야 나는 시에의 동공이 뱀이나 고양이처럼 세로로 길게 찢어져 있다는 걸 깨달았다.

"친구란 말이지." 시에가 말했다. 무표정한 얼굴에 눈빛은 건조했으며 목소리에는 고저가 전혀 없었다. 좋은 건지 나쁜 건지 알 수가 없었다.

내 목소리는 잔뜩 주눅든 것처럼 들렸다. "네. 그게…… 어…… 적어도 저는 그렇게 생각해요." 또다시 정적이 흘렀고, 무안함이 밀려왔다. 나는 심지어 샤이니의 진짜 이름도 모르는데. "제발 그를 해치지 마세요." 이번엔 속삭임에 가까웠다.

시에가 한숨을 내쉬었다. 여신도 마찬가지였다. 깊고 깊은 계곡 위에 걸쳐진 좁디좁은 다리 위를 걷고 있는 듯한 아슬아슬한 느낌이 사라지기 시작했다.

"친구라고 자처한단 말이지." 놀랍게도 여신의 목소리에는 연민이 담겨 있었다. 눈동자도 암녹색으로 짙어져 헤이즐색에 가까워졌다. "그도 너를 그렇게 부르니?"

아, 그러니까 그들도 아는군. "모르겠어요." 이런 걸 물어보다니 싫다. 나는 옆에 누워 있는 샤이니한테는 눈길도 주지 않고 대답했다. "저한텐 말도 안 하거든요."

"왜 그런지 생각해 봐." 소년이 느릿한 말투로 말했다.

나는 입술을 축였다. "사람이 자기 과거를 말 안 하는 데에는 여러 가지 이유가 있죠."

"합당한 건 거의 없지. 저건 확실히 그렇고."시에가 마지막으로 경멸의 시선을 던지더니 몸을 돌려 걸어가 버렸다.

하지만 이내 놀란 표정을 지으며 멈춰 섰다. 조용한 여신이 갑자기 샤이니와 내게 다가왔기 때문이다. 그녀가 맨발로 균형을 잡으며 쪼그려 앉았을 때 그 평범해 보이는 껍데기 아래 존재하는 진짜 모습이 스치듯이 지나갔고, 나는 순간 놀라 비틀거리고 말았다. 시에의 존재감이 골목 전체를 가득 채웠다면 그녀는…… 뭐라고 해야 하지? 전부 다 파악할 수도 없을 만큼 너무도 방대하고 그와 동시에 너무도 세밀했다. 내 무릎 아래 있는 땅. 모든 벽돌과 회반죽, 생존을 위해 분투하는 모든 잡초와 곰팡이 얼룩. 공기. 골목 뒤편에 있는 오물통. 모든 것.

그러더니 다음 순간, 그 모든 게 순식간에 사라졌다. 이제 그녀는 어둡고 축축한 숲을 연상시키는 눈을 한 자그마한 몸집의 하이노스 여성일 뿐이었다.

"정말 운이 좋구나."그녀가 말했다. 처음엔 당황했지만 이내 샤이니에게 하는 말이라는 걸 깨달았다. "친구란 소중하고 강력한 것이지. 얻기도 어렵지만 유지하기는 더 어렵고. 이 여자가 당신에게 기회를 준 걸 고마워해야 해."

샤이니의 몸이 실룩거렸다. 그가 뭘 하는지는 안 보였지만 여인의 얼굴에 짜증이 올라왔다. 그녀가 고개를 가로저으며 일어났다.

"이자를 조심하도록 해."이번에는 내게 하는 말이었다. "원한다면 친구가 되어 주렴. 이자가 그렇게 하게 해 준다면 말이야. 이

자는 자기가 생각하는 것보다 훨씬 더 너를 필요로 하거든. 하지만 이자를 사랑하진 말도록 해. 아직 그럴 준비가 안 됐으니까."

나는 경외감에 할 말을 잃고 멍하니 여인을 쳐다볼 수밖에 없었다. 그녀가 몸을 돌리고 떠나다가 매딩의 옆에서 잠시 멈춰 섰다.

"롤레."

매딩은 여인이 관심을 보일 것을 예상했다는 듯 고개를 끄덕였다. "최선을 다하고 있습니다." 그가 내 쪽으로 짧게 불안한 시선을 던졌다. "심지어 필멸자들도 조사하고 있고요. 모두 어떻게 이런 일이 일어난 건지 알고 싶어 합니다."

여신이 천천히, 그리고 엄숙하게 고개를 끄덕였다. 그러고는 영원과도 같은 찰나 동안 침묵했다. 신들은 가끔 우리로서는 헤아릴 수도 없는 문제를 숙고할 때 이러곤 했다. 하지만 보통 필멸자가 옆에 있을 때는 이러지 않았다. 어쩌면 이 신은 인간을 대하는 데 아직 익숙하지 않은 건지도 모른다.

"30일 주마." 그녀가 불쑥 말했다.

매딩이 몸을 굳혔다. "롤레의 살해범을 찾아내는 데요? 하지만 약속하시길……"

"나는 우리가 필멸자의 일에는 개입하지 않겠다고 했다." 날카로운 어조에 매딩이 단번에 입을 다물었다. "이건 가족 일이야."

잠시 후 매딩이 고개를 끄덕였다. 하지만 여전히 불편한 표정이었다. "네, 네, 물론이죠. 그리고, 어……"

"그가 화나 있다." 여인은 처음으로 걱정스러운 표정이었다. "롤레는 전쟁 때 어느 편에도 서지 않았어. 설사 그랬다 해도……

너희는 여전히 그의 자식들이지. 그는 언제나 너희를 사랑해." 잠시 말을 멈춘 여인이 매딩을 물끄러미 바라보았다. 하지만 매딩은 그 시선을 피했다. 아마 그녀는 모든 소격신들의 아버지인 광명의 이템파스에 대해 말하는 것일 테다. 자식이 죽었으니 당연히 그분도 화가 났겠지.

"그러니 30일을 주는 거야. 그동안은 이 일에 관여하지 말라고 설득해 두었어. 하지만 그 후엔……" 여신이 말을 멈추고 어깨를 으쓱했다. "그의 성미가 어떤지는 나보다 너희가 더 잘 알잖니."

매딩의 얼굴이 파랗게 질렸다.

말을 마친 여인이 소년을 돌아보았다. 둘 다 이제 떠나려는 게 분명했다. 시야 구석에서 매딩의 부하 하나가 안도의 한숨을 내쉬는 게 보였다. 나도 그래야 했다. 입 다물고 조용히 있어야 했다. 하지만 여인과 소년이 걸어가는 모습을 보자 한 가지 생각밖에 나지 않았다. 저들은 샤이니를 알아. 어쩌면 그를 증오할지도 모르지만, 그래도 그가 누군지 알았다.

나는 지팡이를 찾아 더듬었다. "잠깐만요!"

매딩이 미쳤냐는 표정으로 나를 쳐다봤지만 모른 척했다. 여인은 발을 멈췄을 뿐 뒤돌아보지 않았지만 소년은 놀란 눈으로 나를 바라보았다. "저이는 대체 누구죠?" 나는 샤이니를 가리키며 물었다. "이름이라도 알려 주면 안 될까요?"

"오리, 젠장." 매딩이 한 발짝 앞으로 나섰으나 여인이 우아한 동작으로 손을 들어 올리자 그 자리에 멈췄다.

시에는 그저 고개를 가로저을 뿐이었다. "필멸자들 사이에서 필멸자로 사는 게 규칙이야." 내 뒤에 있는 샤이니를 바라보며 그가 말했다. "너희 중 누구도 이름을 가진 채 이 세상에 오지 않았으니 저자도 그래야지. 스스로 얻어 내지 못하면 아무것도 갖지 못하고. 열심히 노력한 적이 없으니 결코 많은 걸 얻지도 못하겠지. 그래도 친구는 생긴 것 같지만." 시에가 나를 짧게 쳐다보더니 볼멘 표정을 지었다. "뭐, 어머니가 말씀하신 것처럼 가끔 운이 좋을 수는 있으니까."

어머니라고 했다. 그림자에서 오랫동안 살았는데도 나는 아직도 이런 것에 매료되곤 했다. 소격신들은 가끔 자기들끼리 짝을 맺었다. 그럼 샤이니가 시에의 아버지인 걸까?

"필멸자라고 아무것도 없이 세상에 오진 않아요." 나는 조심스럽게 말했다. "우리한텐 역사가 있어요. 집도 있고 가족도 있죠."

시에의 입술이 뒤틀렸다. "너희 중에 운 좋은 자들이나 그렇지. 저자는 그 정도로 운이 좋을 자격이 없어."

나는 몸을 부르르 떨었다. 샤이니를 처음 발견했을 때가 떠올랐다. 쓰레기 더미 속에 버려져 있던 아름답고 빛나던 사람. 나는 이제껏 그가 뭔가 불행한 일을 겪었으리라고만 짐작했다. 신들만 걸리는 병에 걸렸거나, 아니면 무슨 사고 같은 것 때문에 약간의 흔적만 빼고 모든 힘을 잃었다거나. 이제 나는 그가 이렇게 된 것이 의도적이었음을 알게 되었다. 누군가, 아마도 바로 이 신들이, 그를 이렇게 만들었다. 일종의 형벌로서.

"대체 무슨 짓을 했길래?" 나는 무심코 중얼거렸다.

처음엔 소년의 반응을 이해하지 못했다. 나는 다른 감각에 비해 눈을 사용하는 데 익숙하지 않기 때문에 시에의 표정만으로는 그 의미를 해석하기가 어려웠다. 하지만 그가 입을 연 순간, 깨달았다. 샤이니가 무슨 짓을 했는지는 몰라도 진실로 끔찍했던 게 틀림없었다. 왜냐하면 시에의 증오는 한때 사랑이었으니까. 배신당한 사랑은 온전한 증오와는 완전히 다른 소리를 낸다.

"언젠간 저치가 직접 말해 줄지도. 그랬으면 좋겠네. 친구도 저치한텐 과분하니까."

그러고 나서 소년과 여인은 사라졌고, 나는 신들과 주검들 사이에 홀로 남겨졌다.

4장

좌절

(수채화)

지금쯤이면 혼란스럽겠지. 괜찮아. 나도 그랬으니까. 문제는 단순히 내 오해 때문이 아니라(물론 그것도 일부분이긴 했지만) 역사에 있었다. 정치가 문제였다. 아라메리, 그리고 다른 권력가 귀족들과 사제들은 전부 알고 있었을 거야. 하지만 난 인맥도 지위도 없는 평범한 여자일 뿐이고 곤경에 처했을 때 유용한 몽둥이로 사용할 수 있는 지팡이 말곤 아무 힘도 없었지. 그래서 모든 걸 힘겹게 알아내야 했어.

내가 받은 교육은 전혀 도움이 되지 않았다. 대다수 사람처럼 나도 한때 세 주신이 있었지만 그들 사이에 전쟁이 일어나 둘만 남았다고 배웠으니까. 그중 하나는 아직 살아 있고 여전히 강력한 힘을 갖고 있었지만 사실상 더는 신도 아니었어. 그래서 실제로 신이라고 부를 수 있는 신은 하나뿐이었지.(그리고 물론 수많은 소격신도. 그렇지만 우린 그들을 본 적이 없었는걸.) 나는 평생토록 이게 이상적인 상태라고 믿으며 자랐다. 한 명의 신에게만 기도하면 되는데 뭐 하러 많은 신이 필요하겠어? 그러다 소격신들이 이 세상에 돌아왔지.

그뿐만이 아니었어. 사제들도 갑자기 이상한 기도를 하고 새로운 가르침과 시를 교과 두루마리에 쓰기 시작했다. 아이들은 백색 전당 학교에서 새 노래를 배웠고, 예전에 세상 사람들이 광명의 이템파스에게 찬양을 바쳐야 했다면 이제는 다른 두 신도 함께 경배해야 했다. 짙은 그림자의 군주와 회색의 여신. 사람들이 의문을 제기하자 사제들은 이렇게 말했다. 세상이 변했습니다. 우리도 그에 맞춰 함께 변화해야 합니다.

그 과정이 얼마나 순조로웠을지 상상이 가지?

하지만 생각만큼 혼란스럽진 않았다. 어쨌든 광명의 이템파스는 무질서를 혐오했고, 그중에서 가장 화가 난 이들은 이템파스의 교리를 마음에 새긴 사람들이었으니까. 그래서 조용히, 평화롭고 질서 있는 방식으로 사람들은 백색전당에서 열리는 예배에 발길을 끊었다. 자녀들을 집에서 교육하고 나름대로 최선을 다해 가르쳤지. 전에는 십일조를 하지 않으면 감옥에 가거나 그보다 더한 처벌을 받아야 했지만 더는 헌금도 하지 않았다. 온 세상이 조금 더 어두워지기로 결심한 듯 보이는 와중에도 그들은 광명을 지키기 위해 헌신했어.

다른 이들은 모두 숨을 죽인 채 학살이 시작되길 기다렸다. 교단은 아라메리 가문에게 응답하고, 아라메리는 불복종을 용납하지 않으니까. 하지만 아무도 감옥에 가지 않았어. 개인이나 마을 전체가 하루아침에 사라지는 일도 없었고. 사제들이 집집마다 찾아다니며 아이들을 다시 학교에 보내라고 권유했지만 부모들이 거절해도 아이들을 억지로 데려가지도 않았다. 교단수호자들은 공공 서비스를 유지하기 위해 모두가 기본 십일조를 내야 한다는 포고령을 내렸고 이를 따르지 않은 자들은 처벌을 받았어. 하지만 교단에 십일조를 내지 않은 이들은 아무 처벌도 받지 않았지.

아무도 이런 변화를 어떻게 이해해야 할지 몰랐어. 그래서 또 다른 조용한 반란이 일어났지. 이는 광명의 신에게 더 큰 도전이었다. 곳곳에서 이단자들이 공공연하게 자신들의 신을 숭배하기 시작했다. 이름은 기억 안 나지만 하이노스에 있는 어떤 나라는 예전과는 반대로 아이들에게 가장 먼저 자국어를 가르치고 그다음에 세늠어를 가르치겠다고 선언했어. 심지어 그림자에 매일같이 새로운 신이 나타나고 있는데 어떤 신도 섬기지 않겠다고 결심한 사람들도 있었지.

그런데도 아라메리는 아무런 조치도 취하지 않았다.

수 세기, 수천 년 동안 세상은 하나의 피리 소리에 맞춰 춤을 췄다. 그대들은 뭐가 어찌 됐든 아라메리가 시키는 대로 할지어다. 어떤 면에서 이건 신성불가침의 법칙이었지. 이게 바뀐다는 건…… 신들이 벌이는 어떤 장난과 기만보다도 더 두려운 일이었어. 그건 광명의 시대의 종말을 의미했으니까. 우리 중 누구도 그 다음에 무엇이 올지 알 수 없었다.

그러니 내가 형이상학적인 우주론에서 몇 가지를 잘 모른대도 이해할 수 있겠지?

다행히도 그나마 그다음부턴 꽤 빠르게 상황을 파악할 수 있었어. 그래서 골목을 향해 다시 몸을 돌렸을 때 —

＊

— 금발의 소격신이 바닥에 있는 무언가를 핥고 있었다.

처음엔 샤이니라고 생각했다. 하지만 좀 더 가까이 다가가 보니 장소가 다르다는 걸 알 수 있었다. 샤이니는 골목 저쪽에 있었다. 금발의 여자가 웅크린 골목 이쪽에 있는 것이라고는 —

토기가 올라왔다. 죽은 교단수호자들.

여자가 고개를 들어 나를 쳐다보았다. 그녀의 눈동자는 머리칼처럼 짙은 색의 불규칙한 반점이 섞인 얼룩덜룩한 금색이었다. 나는 그녀를 빤히 바라보다가 가슴을 관통하는 듯한 고통스런 깨달음을 얻었다. 내 눈을 들여다본 사람들, 그 사람들도 이런 걸 봤을까? 아름다워야 하는 것의 흉측함?

"허락받은 공짜 살점." 소격신이 굶주린 미소를 번득였다.

나는 그녀를 피해 크게 돌아서 샤이니의 곁으로 다가갔다.

"넌 사람을 진짜 힘들게 해, 오리." 매딩의 옆을 지나는데 그가 고개를 저으며 말했다. "정말로."

"궁금해서 물은 것뿐이잖아." 나는 잽싸게 응수하고는 웅크려 앉아 샤이니를 살펴보았다. 시에보다 앞서 교단수호자들이 샤이니에게 무슨 짓을 했는지는 오직 신들만이 아실 것이다. 내 뒤에 있는 주검들과 누가 그런 짓을 했는지에 대해선 생각하고 싶지 않았다.

"그는 네 목숨을 구해 주려 한 거야." 매딩의 여자 부하였다.

나는 못 들은 척했다. 하지만 그 말이 맞았다. 그저 인정하고 싶지 않을 뿐. 손가락으로 샤이니의 얼굴을 더듬어 보니 입가가 찢어져 있고 눈은 타박상 때문에 눈꺼풀이 안 떠질 정도로 퉁퉁 부어올라 있었다. 하지만 이런 상처는 별로 걱정되지 않았다. 나는 혹시 부러진 데는 없는지 갈비뼈를 만지며 내려가 ―

그 순간 뭔가 내 가슴에 날아와 박혔다. 아주 세게. 나는 깜짝 놀라 비명을 질렀고, 엄청난 힘으로 뒤로 날아가 반대편 골목 벽에 부딪혀 반쯤 정신을 잃었다.

"오리! 오리!"

손들이 나를 잡아당겼다. 눈을 깜박이자 눈앞에서 빙빙 돌던 별이 사라졌다. 매딩이 내 앞에 웅크려 앉아 있었다. 처음엔 무슨 일이 있었던 건지 깨닫지 못했지만 매딩이 분노로 일그러진 얼굴로 뒤를 획 돌아보는 게 보였다. 샤이니.

"난 괜찮아." 어렴풋이 그렇게 말한 것 같지만 확실하지는 않다. 샤이니는 조금도 봐주지 않았다. 돌벽에 부딪힌 뒤통수가 지끈거렸다. 매딩의 도움을 받아 고마워하며 몸을 일으키는데 그와 금발 여신의 빛나는 형상이 기분 나쁜 방식으로 흔들렸다. "괜찮다니까!"

매딩이 목구멍 깊숙이 울리는 신들의 언어를 씹듯이 내뱉었다. 그의 입에서 쏟아져 나온 단어들이 빛나는 화살처럼 샤이니를 향해 날아가는 게 보였다. 대부분 목표에 닿기 전에 부서져 흩어진 걸로 보아 해롭지는 않은 것 같았지만 몇 개는 바닥에 떨어져 스며들었다.

금발 소격신의 긁는 듯한 웃음소리가 끼어들었다. "무례하구나, 동생아." 그녀가 입술에 묻은 그을음과 기름기를 핥으며 말했다. 피는 보이지 않았다. 시신을 뜯어먹은 건 아니었다. 아직은.

"존경심은 노력해서 얻는 거야, 릴." 매딩이 고개를 돌려 침을 뱉었다. "그가 우리의 존중을 얻으려고 노력한 적이 있던가? 늘 요구만 했지."

릴이 어깨를 으쓱하더니 덥수룩한 머리카락이 얼굴을 가릴 정도로 고개를 수그렸다. "그게 무슨 상관이야? 우린 해야 할 일을 했을 뿐이야. 세상은 변해. 생명이 계속해서 살아가고 먹을거리가 있는 한, 난 그걸로 충분해."

그 말과 함께 소격신이 인간의 형태를 벗어 던졌다. 입을 점점 더 크게, 넓게, 불가능할 정도로 쫙 벌리면서 교단수호자들의 옹송그린 형체 위로 몸을 구부렸다.

나는 입을 틀어막았고 매딩은 역겹다는 표정을 지었다. "허락받은 공짜 살점. 그게 네 신조인 줄 알았는데, 릴."

릴이 잠시 멈칫했다. "받은 거 맞잖아." 말을 하고 있는데도 입이 거의 움직이지 않았다. 어차피 저런 구조로는 인간과 같은 방식으로 말을 할 수는 없을 거다.

"누구한테? 저들이 널 위해 제 몸뚱이를 구워 주겠다고 자원했을 것 같진 않은데."

그녀가 한 팔을 들어 뼈밖에 없는 손가락으로 샤이니가 웅크려 있는 곳을 가리켰다. "저분이 죽였어. 저분이 주시는 살이야."

몸서리가 쳐졌다. 내가 두려워하던 것이 사실로 드러났다. 매딩이 알아채고 몸을 가까이 기울여 나를 자세히 뜯어보며 어깨와 머리 이곳저곳을 조심스럽게 만졌다. 그의 손길이 닿는 곳마다 느껴지는 통증이 내일 아침이면 멍이 들어 있을 거라 경고했다.

"난 괜찮아." 나는 다시 말했다. 이젠 머리도 맑아져서 매딩의 도움을 받아 몸을 일으켰다. "정말 괜찮으니까 저 사람을 좀 봐야겠어."

매딩이 얼굴을 찡그렸다. "널 진짜로 해치려고 했어, 오리."

"나도 알아." 나는 매딩을 피해 돌아갔다. 뒤쪽에서 도저히 착각할 수 없는, 살이 뜯기고 뼈가 부서지는 끔찍한 소리가 들렸다. 나는 시야를 가리고 있는 매딩의 널찍한 몸에서 너무 멀리 떨어지지 않게 조심했다.

그 대신 샤이니, 혹은 그가 있다고 생각되는 곳에만 관심을 집중했다. 그가 교단수호자를 죽일 때 어떤 마법을 사용했는지는 모르지만 그건 이미 오래전에 사라지고 없었다. 지금 그는 나약했고, 상처 입었고, 짐승처럼 고통에 몸부림—

아냐. 나는 평생 동안 살과 살의 접촉을 통해 남들의 마음을 읽어 왔다. 그가 나를 밀쳤을 때 느껴진 건 심술 가득한 분노였다. 어쩌면 예상해야 했던 일인지도 모른다. 조용한 여신은 그에게 내가 친구로 여기는 걸 감사하라고 말했다. 샤이니를 잘 알지는 못하지만 그가 자존심 때문에 그 말을 모욕으로 받아들였다는 것만은 알 수 있었다.

샤이니가 다시 헐떡이고 있었다. 조금이나마 회복한 기력을 나를 밀치는 데 전부 써 버린 탓이다. 하지만 그런 처지에도 고개를 들어 나를 노려보는 게 느껴졌다.

"내 집은 아직 열려 있어, 샤이니." 나는 아주 차분하게 말했다. "난 항상 나를 필요로 하는 사람들을 도왔고, 지금 그만둘 생각은 없거든. 당신한텐 내가 필요해. 당신이 원하든 원치 않든 말이야." 말을 마친 나는 몸을 돌려 손을 내밀었다. 매딩이 지팡이를 손바닥에 올려 주었다. 숨을 깊이 들이마신 다음, 지팡이로 바닥을 두어 번 두드렸다. 돌바닥에 나무가 부딪치는 익숙한 소리가 들렸다.

"알아서 돌아오도록 해." 나는 샤이니를 남겨 둔 채 떠났다.

*

매딩은 나를 보살피는 일을 다른 사람에게 맡기지 않았다. 우리 둘이 헤어진 뒤로 조금 어색한 사이가 됐기 때문에 그럴 거라고 예상했는데, 그는 계속 내 옆을 지키며 나를 손수 목욕시켜 주었다. 나는 몸을 떨며 찬물 속에 무릎을 꿇고 있었다.(매딩이 물을 데워 줄 수도 있었다. 신들은 이런 점에서 참 편리하다. 그치만 허리 통증에는 찬물이 더 좋았다.) 목욕이 끝난 후에는 나를 부드럽고 폭신한 로브로 감싸 침대에 눕힌 다음 내 옆에 앉았다.

나는 저항하지 않았다. 그저 재미있다는 표정을 지어 보였을 뿐이다. "이거 그냥 나를 따뜻하게 하려고 그러는 거 맞지?"

"글쎄, 꼭 그것만은 아닌데." 매딩이 꼼실거리며 내 옆에 달라붙어 등허리의 움푹 파인 부위에 손을 얹었다. 그곳엔 멍이 들지 않왔다. "머리는 어때?"

"좀 나아. 찬물 덕분인가 봐." 매딩이 옆에 있으니 기분이 좋았다. 꼭 옛날처럼. 익숙해지면 안 된다고 속으로 되뇌었지만 그건 어린아이에게 사탕을 먹고 싶어 하면 안 된다고 말하는 것이나 마찬가지다. "혹도 안 났고."

"음." 매딩이 내 머리카락을 몇 가닥 쓸어넘기더니 상체를 세우고 앉아 내 목덜미에 입을 맞췄다. "내일 아침에 보면 생길 거 같은데. 그만 쉬어."

나는 한숨을 내쉬었다. "당신이 계속 이러는데 어떻게 쉬어."

매딩이 잠시 멈칫하더니 한숨지었다. 그의 숨결이 닿아 피부가 간지러웠다. "미안." 그는 내 목에 얼굴을 묻고 한참 동안 살 내음을 맡으며 미적거리더니 결국 거리를 벌리며 조금 떨어져 앉았다. 그러자마자 바로 그의 체온이 그리워졌지만 내 얼굴이 보이지 않게 일부러 고개를 돌려 버렸다.

"사람을 시켜서…… 샤이니를 데려오라고 할게. 내일 아침까지 스스로 못 찾아오면 말이야." 한참 동안 불편한 침묵이 이어지다가 마침내 그가 말했다. "그게 네 부탁이었으니까."

"음." 고마워할 필요는 없었다. 매딩은 채무(債務)의 신이니까. 그는 언제나 약속을 지킨다.

"그를 조심해, 오리." 매딩이 나직이 말했다. "예이네가 옳아. 그는 필멸자를 좋게 생각하지 않는 데다 성미가 얼마나 고약한지는 봐서 알잖아. 네가 왜 그를 받아 줬는지는 모르겠어. 하기야 평소에도 네 행동은 이해하기 힘들었지. 어쨌든 조심해야 해. 내가 부탁하는 건 그게 다야."

"당신이 나한테 뭘 부탁해도 되는 사이인지 모르겠는데, 매드."

밝게 일렁이는 청록색 물결이 갑자기 방 안에 확 퍼졌다. 나 때문에 화가 난 게 분명했다. "우리 사이의 모든 게 일방적인 건 아니야, 오리." 매딩이 날카롭게 대꾸했다. 이런 형태일 때 그의 목소리는 더 부드럽고, 차갑고, 메아리를 남기며 울려 퍼진다. "너도 알잖아."

나는 한숨을 지으며 몸을 뒤집으려 했지만 멍든 곳이 욱신거리는 바람에 그만두기로 했다. 대신에 고개만 돌려 매딩을 바라보았다. 그는 어렴풋이 남성이라는 걸 알아볼 수 있는 인간의 형상으로 빛나고 있었지만 얼굴에 끓어오르는 표정은 상처 입은 연인의 것이었다. 내가 이런 식으로 구는 게 부당하다고 생각하는 모양이었다. 어쩌면 그가 옳을지도.

"당신은 여전히 날 사랑한다고 했지. 하지만 그러면서도 더는 나랑 사귀고 싶지 않다고 했어. 당신은 나한테 아무것도 말 안 해 줄 거야. 샤이니에 대해서도 쓸모있는 말은 하나도 안 하고 이런 모호한 경고만 해 줄 뿐이잖아. 이러는데 내 기분이 어떨 것 같아?"

"그자에 대해선 아무것도 더 말해 줄 수 없어." 물결처럼 흔들리던 매딩의 형상이 갑자기 단단한 수정으로, 섬세한 단면을 지닌 아쿠아마린과 페리도트로 변했다. 나는 그의 이런 단단하고 견고한 모습이 좋았지만 이건 보통 그가 완고한 상태라는 걸 의미했다. "시에 말 들었지? 그는 이 세상을 이름 없이, 아무것도 아닌 존재로 떠돌아야 해."

"그럼 시에 얘기를 해 봐. 그 여자랑. 예이네라고 했지? 당신 그들을 무서워했잖아."

매딩이 신음했다. 보석의 모든 단면이 파르르 떨렸다. "넌 정말 까치 같구나. 아까보다 더 예쁜 게 있다 싶으면 득달같이 달려드니, 원."

나는 어깨를 으쓱했다. "난 필멸자야. 세상에 시간이 얼마나 부족한데. 빨리 털어놔." 난 더 이상 화가 나 있지 않았다. 매딩도 마찬가지였다. 나는 그가 여전히 나를 사랑한다는 걸 알았고, 그는 내가 그 사실을 안다는 걸 알았다. 우린 그저 서로 힘든 하루를 보냈을 뿐이다. 그러다 보면 예전의 익숙한 관계로 돌아가기가 쉽다.

매딩이 한숨을 내쉬더니 침대 머리판에 등을 기대며 인간의 모습으로 돌아왔다. "무서워한 게 아냐."

"내 눈엔 그렇게 보였어. 당신들 전부 다 두려워하고 있었어. 그 입이 커다란 신만 빼고. 릴이었나."

매딩이 얼굴을 찡그렸다. "릴은 두려움을 못 느껴. 그리고 그건 두려움이 아니었다니까. 그냥……." 그가 얼굴을 찌푸리며 어깨를 으쓱했다. "설명하기 어려워."

"그거야 당신한테 달렸지."

매딩이 눈동자를 굴렸다. "예이네는…… 음, 아주 어려. 우리 동족치고는 말이야. 그녀를 어떻게 생각해야 할지 아직 잘 모르겠어. 그리고 시에는, 겉모습은 그래도 우리 중에 제일 나이가 많아."

"아." 알아들은 척 반응하긴 했지만 사실 잘 이해가 되지 않았다. 그 어린애가 매딩보다 더 나이가 많다고? 그리고 그 여자가 더 어리다면서 시에는 왜 어머니라고 부르는 거지? "그럼 손위 형을 존중하는 마음에……"

"아니, 아냐. 우린 그런 거 신경 안 써."

도무지 알 수가 없어 미간을 찌푸렸다. "그럼 왜? 너보다 강해?"

"그래." 매딩이 당황한 듯 얼굴을 찡그렸다. 순간적으로 아쿠아마린의 색조가 어두워져 사파이어로 변했다는 느낌을 받았지만, 사실 그는 변하지 않았다. 내 상상일 뿐이었다.

"나이가 더 많아서?"

"그것도 있고. 하지만 그것 말고도……." 매딩이 말꼬리를 흐렸다.

나는 답답한 마음에 신음을 내뱉었다. "난 오늘 밤 자고 싶어, 매드."

"나도 노력 중이야." 매딩이 한숨지었다. "필멸자의 언어로는 표현할 수가 없어. 그는…… 진실되게 살아. 그게 그 사람의 본바탕이다, 이런 말 들어 본 적 있지? 우리한텐 그게 단순한 말 이상이거든."

대체 뭔 소리를 하는 건지 감도 잡히지 않았다. 매딩도 내 얼굴을 보고 눈치챘는지 재차 설명을 시도했다. "네가 이 행성보다 더 나이가 많은데 어린애처럼 행동해야 한다고 치자. 너라면 할 수 있겠어?"

상상도 못 하겠다. "난…… 모르겠어. 못 할 거 같은데."

매딩이 고개를 끄덕였다. "시에는 할 수 있어. 매일같이, 하루 종일 하고 있지. 결코 멈추지도 않고. 그래서 강해."

조금씩 이해가 되는 것 같았다. "그래서 당신이 고리대금업자 일을 하는 거야?"

매딩이 피식 웃었다. "난 투자자라는 표현이 더 좋아. 그리고 내 이자율은 완벽하게 정당하거든?"

"그럼 약물 밀매꾼."

"그것도 독립 약재상이라는 용어가 더 좋……"

"쉿." 나는 시트 위에 놓인 그의 손등을 그리웠다는 듯이 어루만 졌다. "단절 때 힘들었겠네." 매딩과 다른 소격신들은 여기 내려 오기 전, 필멸계를 방문하거나 필멸자와 교류하던 것이 허용되지 않던 시절을 그렇게 불렀다. 왜 필멸계에 오는 게 금지되었던 건 지, 그리고 누가 금지했는지에 대해서는 말해 주지 않았다. "신들 사이엔 서로 갚아야 할 채무가 많지 않았을 테니까."

"그건 아니야." 그렇게 대답한 매딩이 잠시 나를 빤히 바라보더 니 손목을 돌려 내 손을 잡았다. "가장 강력한 채무는 물질적인 게 아니거든."

나는 보이지 않는 내 손을 잡고 있는 매딩의 손을 바라보며, 차 라리 그 말을 이해하지 못했다면 좋았을 거라고 생각했다. 매딩이 더는 나를 사랑하지 않길 바랐다. 그랬다면 모든 게 훨씬 쉬워졌 을 텐데.

매딩의 손힘이 느슨해졌다. 내 표정에 생각보다 더 많은 게 드 러난 모양이다. 그가 한숨을 폭 내쉬더니 내 손을 들어 올려 손등 에 입을 맞췄다. "이제 가 봐야 해. 혹시 필요한 게 있으면……"

나는 충동적으로 몸을 일으켜 세웠다. 허리에 끔찍한 통증이 엄습했다. "가지 마."

매딩이 안절부절못하며 시선을 피했다. "안 돼."

"갚아야 할 빚 같은 게 아니야, 매드. 그냥 우정이면 되니까. 가지 말고 여기 있어."

그가 손을 뻗어 내 뺨에 붙은 머리카락을 뒤로 넘겨 주었다. 그 무방비한 짧은 순간에, 그는 액체 상태일 때를 빼면 처음 보는 부드러운 표정을 짓고 있었다.

"네가 신이었다면 좋았을 텐데. 가끔은 정말로 그런 느낌이 들기도 해. 하지만 그러다가도 이런 일이 생기면……" 매딩이 내 로브를 젖히고 손가락 끝으로 멍 자국을 쓸었다. "네가 얼마나 연약한 존재인지 실감하게 되지. 언젠가 너를 잃게 되리라는 것도." 그의 턱 근육이 꿈틀거렸다. "난 감당할 수 없어, 오리."

"신도 죽을 수 있어." 나는 뒤늦게 실수를 깨달았다. 내가 생각한 건 수천 년 전에 일어난 신들의 전쟁이었다. 매딩의 누이 일을 깜박 잊고 있었다.

하지만 매딩은 서글픈 미소를 지어 보였다. "그건 다르지…… 그래, 우리도 죽을 수 있어. 하지만 너희 필멸자들은…… 그 무엇도 너희가 죽는 걸 막을 순 없어. 우리가 할 수 있는 건 그저 지켜보는 것뿐이고."

그리고 너와 함께 조금씩 죽어 가겠지. 날 떠난 밤에 매딩은 그렇게 말했다. 나는 그가 하는 말을 이해했다. 심지어 동의하기까지 했다. 그렇다고 그게 마음에 들었다는 뜻은 아니다.

나는 매딩의 얼굴에 손을 얹고 몸을 기울여 입을 맞췄다. 그는 선뜻 입맞춤에 응했지만, 스스로를 얼마나 자제하고 있는지 느낄 수 있었다. 입을 맞추면서도 나는 그에게서 아무 맛도 느낄 수가 없었다. 실질적으로 거의 애원하다시피 몸을 붙이며 매달렸는데도 그랬다. 우리의 얼굴이 떨어졌을 때, 나는 한숨을 쉬었고 그는 시선을 피했다.

"가야 해." 매딩이 다시 말했다.

이번에는 붙잡지 않았다. 매딩이 침대에서 일어나 문가로 향하다가 멈칫 발을 멈췄다.

"예술의 거리로 돌아가면 안 돼. 그건 알지? 이 도시에 머물러도 안 돼. 적어도 몇 주일은 다른 곳으로 피신해 있어."

"어디로 가란 말이야?" 나는 침대에 드러누워 고개를 반대쪽으로 돌려 버렸다.

"고향에 가 보는 건 어때."

나는 고개를 저었다. 나는 니마로가 싫었다.

"그럼 여행을 가. 가 보고 싶은 곳이 있을 거 아냐."

"나도 먹고살아야 해. 가재도구를 전부 짊어지고 갈 거 아니면 집세도 내야 하고."

매딩이 약간 짜증을 내며 한숨을 내쉬었다. "그럼 적어도 다른 프롬나드에서 장사를 해. 서그림의 교단수호자들이 거기까지 가서 귀찮게 하지는 않을 테니까. 손님도 조금은 생길 테고."

충분하진 않겠지만. 그래도 그의 말이 옳았다. 아무것도 없는 것보단 낫다. 나는 한숨을 쉬며 고개를 끄덕였다.

"사람을 붙여 줄······"

"당신한테 빚지고 싶지 않아."

"선물이야." 매딩이 나직하게 말했다. 공기 중에 희미하고 불쾌한 떨림이 느껴졌다. 마치 마음이 상한 차임벨 소리처럼. 너그럽게 구는 건 그에게 쉬운 일이 아니다. 다른 날, 다른 상황이었다면 노력한 데 나름 후한 점수를 줬을 테지만 그땐 나도 그다지 너그러운 기분이 아니었다.

"당신한테선 아무것도 바라지 않아, 매드."

또다시 침묵. 이번엔 상처 입은 울림이 퍼져 나갔다. 이것도 예전과 똑같았다.

"잘 자, 오리." 매딩은 이렇게 말하고 떠나갔다.

결국 나는 한바탕 눈물을 쏟은 뒤에야 잠들었다.

✳

매딩과 어떻게 만났는지 말해 줄까.

나는 열일곱 살 때 그 무렵엔 아직 하늘도시라고 불리던 그림자로 왔다. 금세 나와 비슷한 사람들과 친해졌지. 외지 출신 사람, 몽상가, 온갖 위험에도 불구하고 도시에 매력을 느껴 찾아온 젊은이. 왜냐하면 가끔 어떤 사람들에게는 단조로움과 익숙함이 목숨을 건 위험보다 더 나쁘게 느껴지는 법이니까. 나는 그들의 도움을 받아 손재주로 생계를 유지하고 착취하려는 자들로부터 스스로를 보호하는 법을 배웠다. 처음엔 여섯 명이 다 같이 공동주택에 살다가 혼자 살 집을 얻어 나왔지. 일 년 뒤에는 어머니에게 내가 살아 있다는 편지를 보냈다가 답장으로 집으로 돌아오라는 열 장이 넘는 두꺼운 편지를 받았고. 난 잘 살고 있었다.

하루 일과를 마칠 시간, 겨울이었던 걸로 기억한다. 이 도시엔 눈이 잘 내리지 않고 내린다고 해도 많이 오지 않았다. 세계수가 막아 주니까. 하지만 그땐 몇 차례 눈이 내렸고 날도 추워서 자갈 길이 위험한 빙판길로 변했지. 이틀 전에는 부로이가 넘어져 팔 이 부러지는 바람에 루와 온이 큰 충격을 받았는데, 덕분에 두 사 람은 집에서 부로이의 끊임없는 투덜거림을 참아 줘야 했다. 나는 넘어져도 집에서 돌봐줄 사람도 없고 의술사를 부를 돈도 없어서 평소보다 더 천천히 길을 걸었다.(빙판길은 지팡이로 두드리면 돌바닥과 비슷한 소리가 나긴 해도 위쪽 공기에 미묘한 차이가 있었다. 얼음은 더 차갑고 더 무겁게 느껴지지.)

나는 안전했다. 그저 걷는 속도가 느릴 뿐. 하지만 팔이나 다리 를 부러뜨리면 안 된다는 생각에만 정신이 팔린 나머지 어디로 가고 있는지 신경을 덜 썼고, 이 도시에 온 지도 아직 얼마 안 됐 기 때문에 그만 길을 잃고 말았다.

그림자는 길을 잃기에 좋은 곳이 아니야. 이 도시는 하늘궁 기 슭에서 탄생해 수 세기에 걸쳐 뒤죽박죽으로 자라났고, 귀족들이 이 무질서에 질서를 부여하기 위해 끊임없는 노력을 기울였음에 도 불구하고 터무니없는 구조로 번져 나갔지. 여기 오랫동안 살았 던 토박이들의 말에 따르면 세계수가 생기면서 더 최악이 되었다 고 한다. 세계수는 도시를 서그림과 동그림으로 양분하고 그에 더 해 마법적인 변화를 만들어 냈다. 친절한 회색의 여신은 세계수가 자라날 때 그 무엇도 건드리거나 파괴하지 않았지만 도시 전체가 원래 있던 자리에서 움직이는 건 어쩔 수가 없었다. 오래된 거리가 사라지며 새 거리가 생겨났고, 상징적인 장소들도 위치가 변했다. 한번 길을 잃으면 몇 시간이고 같은 자리를 빙빙 돌며 헤맬 수도 있었지.

하지만 진짜 위험은 그런 게 아니었다. 그날 쌀쌀한 오후, 나는 누군가 나를 따라오고 있다는 것을 깨달았다.

5미터 정도 뒤에서 발소리가 꾸준한 속도로 나를 따라오고 있었다. 모퉁이에서 돌며 잠시 희망을 품었지만 소용없었다. 발소리가 계속해서 나와 같은 쪽으로 움직이고 있었다. 다시 방향을 꺾어 봤지만 똑같았다.

아마 강도일 터였다. 강간범과 살인범은 추운 날씨도 일을 거르지 않으니까. 나는 돈도 없고 부유해 보이지도 않았지만 혼자인데다 길을 잃고 눈까지 안 보이니 그것만으로 충분했겠지. 노릴 만한 손님이 별로 없을 땐 쉬운 먹잇감이었다.

겁이 나긴 했지만 발걸음을 재촉하진 않았다. 어떤 도둑들은 목격자를 남기는 것을 좋아하지 않으니까. 하지만 무작정 서둘렀다간 놈도 내가 눈치챘다는 걸 알게 될 테고 최악의 경우엔 내 목이 부러질 수도 있었다. 차라리 빨리 접근하게 해서 원하는 걸 내준 다음 그걸로 만족하길 바라는 게 낫지.

다만…… 이 사람은 내게 접근하지 않았다. 한 블록, 두 블록, 세 블록을 걸었다. 때때로 거리를 지나는 다른 사람들의 목소리가 들리기도 했다. 빠르게 지나치거나 너무 춥다고 구시렁대는 이들,

모두 자신의 비참함 외에는 주변에 아무 관심도 기울이지 않았다. 그래서 오랫동안 나와 추격자 우리 둘뿐이었지. 이제 날 덮칠 거야. 몇 번이고 이렇게 생각할 때가 있었지만 그래도 습격은 일어나지 않았다.

주변 소리를 더 잘 들으려고 머리를 돌린 순간, 시야 구석에서 뭔가 반짝였다. 그때는 나도 마법에 익숙하지 않았던지라 깜짝 놀라서 어떻게 행동해야 하는지도 깜박하고는 발을 멈추고 뭔지 보려고 고개를 돌렸다.

내 추격자는 젊은 여자였다. 통통하고 키는 작았으며 곱슬거리는 연녹색 머리카락에 그와 비슷한 색조의 피부를 지녔지. 외관만으로도 무엇인지 알 수 있었다. 물론 내 눈에 보인다는 사실만으로도 충분했지만.

내가 발을 멈추자 여자도 따라서 멈췄다. 표정이 무척 슬퍼 보였다. 그녀가 아무 말도 하지 않기에 용기를 내어 말을 걸었다.
"안녕하세요."

여자의 눈썹이 치켜 올라갔다. "내가 보여?"

나는 얼굴을 약간 찡그렸다. "네, 바로 거기 서 있잖아요."

"흥미롭네." 여자는 다시 걷기 시작했지만 내가 뒷걸음질 치는 걸 보고는 멈췄다.

나는 조심스럽게 말했다. "이런 말을 해도 될지는 모르겠지만, 소격신한테 강도를 당하는 건 처음이네요."

여자의 얼굴이 한층 더 수심에 잠겼다. "널 해칠 생각은 없어."

"아까부터 계속 날 따라왔잖아요. 하수구가 막혀 있던 그 길부터요."

"그래."

"왜요?"

"네가 곧 죽을 테니까."

나는 휘청거리며 뒤로 물러났다. 딱 한 발짝. 얼음 때문에 발이 위험하게 미끄러진 탓이었지. "뭐라고요?"

"넌 앞으로 몇 분 내에 죽을 가능성이 커. 아마 힘들고…… 고통스러울 거야. 그래서 같이 있어 주려고." 여자가 작게 한숨을 쉬었다. "내 본성은 자비거든. 이해하겠지?"

당시만 해도 나는 소격신을 많이 만나 보지 못했지만 그림자에 오래 산 사람이라면 누구나 아는 게 있다. 소격신은 특정한 것으로부터 힘을 얻는다. 개념, 상태, 감정 같은 것들. 사제와 필경사들은 그것을 친화력이라고 불렀지만 막상 소격신이 그 단어를 사용하는 건 한 번도 들어 보지 못했다. 어쨌든 소격신의 본성과 연결된 고유의 친화력은 소격신을 등불처럼 끌어당겼고, 어떤 소격신들은 그런 걸 발견하면 반응하지 않고서는 못 견뎠지.

나는 침을 삼키며 고개를 끄덕였다. "그러니까 당신은…… 내가 죽는 걸 보러 온 거군요. 아니면." 문득 내가 떨고 있다는 걸 깨달았다. "일이 완전히 마무리 지어지지 않으면 날 죽일 거고요. 맞죠?"

여자가 고개를 끄덕였다. "미안해." 진심으로 미안해하는 것 같았다. 눈은 처량하게 내리깔고, 미간은 비통한 감정으로 일그러져 있었다. 얇고 볼품없는 옷을 입고 있었는데 필멸자라면 오늘 같은 날 얼어 죽었을 테니 그 역시 그녀의 본성을 입증하는 증거라고 할 수 있었지. 덕분에 그녀는 나보다 어리고 연약해 보였다. 지나가다 멈춰서 도움의 손길을 건네고 싶은 사람처럼.

나는 덜덜 떨며 말했다. "그렇군요, 어, 제가 어쩌다 죽는지 말해 주시면, 어, 제가 피할 수 있고, 그러면 저한테 시간을 낭비할 필요가 없지 않을까요? 그러면 되지 않아요?"

"미래로 가는 길은 여러 갈래지. 하지만 내가 필멸자에게 끌릴 때는 대부분의 길이 이미 소진됐다는 뜻이야."

아까부터 빠르게 뛰던 심장이 기분 나쁘게 요동쳤다. "피할 수 없단 뜻인가요?"

"불가능하진 않아. 하지만 그럴 가능성이 높아."

어딘가에 앉아야 했다. 길 양쪽에 있는 건물은 주택이 아니라 창고인 것 같았다. 앉을 곳이라곤 차고 딱딱한 바닥밖에 없었지. 그리고 이제 난, 바닥에 앉으려다 죽을 수도 있었다.

그때 문득 주변이 지나치게 고요하다는 사실을 깨달았다.

두 블록 전에는 주위에 다른 사람이 셋이나 있었다. 그땐 당연히 녹색 여인의 발걸음 소리만 유독 크게 귀에 들어왔는데, 지금은 다른 발소리가 전혀 들리지 않았다. 거리가 완전히 텅 비어 있었지.

그럼에도 여전히…… 뭔가 들렸다. 아냐. 소리가 아니라 느낌에 가까웠다. 공기의 압력. 뭔진 모르지만 간지럽히듯 휙 지나가는 향기. 그런데 그것이……

내 뒤에 있었다. 나는 황급히 몸을 돌리다 다시 휘청였다. 길 건너편에 또 다른 소격신이 서 있는 걸 봤을 때는 놀라서 간담이 떨어질 뻔했다.

하지만 그 신은 내게 관심이 없었다. 그녀는 중년의 제도인 또는 아픈인으로 보였는데 검은 머리에 내가 볼 수 있다는 점만 빼면 아주 평범해 보였다. 양손을 허리 옆에서 주먹 쥔 채 다리를 넓게 벌리고 서 있는데 온몸은 팽팽하게 긴장돼 있고 얼굴은 순수한 분노로 가득했다. 여자의 시선을 따라 그 분노가 향한 곳으로 눈을 돌리자 거기에는 제3의 인물이 있었다. 여자와 똑같이 날카롭게 긴장한 채 꿈쩍도 않고 서 있는 남자. 나와 같은 쪽 도로에, 그리 멀지 않은 곳에. 그땐 몰랐지만 그게 매딩이었다.

두 소격신 사이의 공간은 피와 분노의 색을 띤 안개로 자욱히 뒤덮여 있었다. 두 신이 서로에게 힘을 사용할 때마다 안개가 소용돌이치고 부르르 떨며 더 크게 부풀어 오르거나 움찔움찔 압축되었다. 고요하고 조용하지만 전투가 한창인 곳. 나는 하필 그 한복판으로 걸어 들어간 거다. 마법을 보는 눈이 없어도 그 정도는 누구나 알 수 있었다.

나는 입술을 축이며 녹색 피부의 여자를 돌아보았다. 그녀가 고개를 끄덕였다. 이게 내가 죽음을 맞이하는 이유였다. 신들 사이의 결투에 휘말려서.

나는 최대한 조용하고 빠른 동작으로 조금씩 조금씩 녹색 피부의 여자 쪽으로 물러났다. 자신의 관심사가 뭔지는 확실히 밝혔으니 그녀가 날 보호해 줄 것 같진 않았지만 다른 안전한 방향이 없었다.

하지만 내 뒤에 빙판이 있다는 걸 깜박했다. 아니나 다를까 거기 미끄러져 넘어지고 말았고, 목구멍에서 고통스러운 신음이 새어 나오며 손에서 지팡이가 떨어졌다. 지팡이가 자갈길에 부딪쳐 큰 소리가 울려 퍼졌다.

길 건너편에 있던 여자가 깜짝 놀라 나를 쳐다보았다. 여자의 얼굴은 내가 처음 생각했던 것만큼 평범하지 않았다. 피부색이 너무 밝고 마치 도자기처럼 단단하고 매끄러웠지. 그때 발밑에서 돌바닥이 흔들리기 시작하더니 등 뒤에 있는 벽이 휘청거렸다. 온몸의 피부가 따끔거렸다.

이쪽 도로에 있던 남자가 갑자기 내 앞에 불쑥 나타나더니 입을 크게 벌리고 파도가 동굴에 부딪치는 것 같은 어마어마한 소리로 포효했다. 도자기 피부의 여자가 비명을 지르며 팔을 휘두르자 주변에서 뭔가(뭔지는 보이지 않았지만) 산산이 부서지며 흩어졌다. 동시에 남자가 내뿜은 강력한 힘의 파동에 밀려 여자가 뒤로 날아갔고, 여자의 몸이 벽에 부딪치자 회반죽이 깨지고 부서지는 소리와 함께 벽이 바닥으로 무너져 내렸다.

"이게 무슨 짓이야?" 남자가 여자에게 고함을 질렀다. 나는 멍하니 그를 쳐다보았다. 노여움 때문에 남자의 관자놀이에 핏대가 불거진 게 보였다. 나는 넋을 잃고 그 모습을 바라보았다. 신들한테도 핏대가 있다는 건 처음 알았거든. 하지만 당연히 그렇겠지. 그림자에 온 지 얼마 되진 않았지만 나도 신혈에 대해선 들어 본 적이 있었다.

여자가 천천히 몸을 일으켰다. 인간이었다면 온몸의 뼈가 절반은 부러졌을 만큼 엄청난 타격이었는데도. 여자가 바닥에 한쪽 무릎을 댄 채 남자를 노려봤다.

"넌 여기 있으면 안 돼." 남자는 조금 평정을 되찾았지만 여전히 격분한 모습이었다. "넌 신중하지 못해. 이 필멸자의 목숨을 위험에 빠트린 것만으로도 벌써 가장 중요한 규칙을 깨트렸어."

여자의 입술이 휘어지며 비웃음을 지었다. "네 규칙이겠지."

"이곳에 살기로 한 우리 모두가 합의한 규칙이야! 다시 단절이 일어나는 건 누구도 바라지 않아. 우린 경고했다." 남자가 손을 들어 올렸다.

갑자기 거리 전체가 소격신들로 가득해졌다. 어딜 봐도 소격신이 있었다. 대부분은 인간처럼 보였지만 몇몇은 필멸자의 위장을 벗어던지거나 아니면 애초부터 인간의 모습을 취하지 않은 것 같았지. 금속 같은 피부, 나무 껍질 같은 머리카락, 동물 같은 관절 다리, 촉수 같은 손가락이 보였다. 거리에 서 있거나 연석에 앉아 있는 게 스물, 아니 서른 명은 넘어 보였다. 하나는 심지어 가볍고 얇은 곤충 날개 같은 것을 달고 머리 위를 날아다녔다.

도자기 얼굴의 여자가 몸을 세우고 일어섰지만 다시 휘청거렸다. 주변에 몰려든 소격신 무리를 둘러보는 얼굴에는 불안한 기색이 역력했다. 하지만 그녀는 몸을 곧추세우더니 얼굴을 찡그리며 어깨를 뒤로 젖혔다. "결투를 이런 식으로 하는 거야?" 남자를 향한 말이었다.

"결투는 끝났다." 남자는 뒤로, 즉 내 쪽으로 한발짝 물러나더니 놀랍게도 몸을 굽혀 나를 일으켜 세웠다. 나는 당황해서 눈을 깜박이며 남자를 쳐다봤고, 다음 순간 그가 내 앞으로 다가와 여자가 보이지 않게 시야를 차단했을 때는 얼굴을 찌푸렸다. 남자의 등을 피해 기웃거리며 계속 여자를 보려 했지만(방금 그녀가 날 죽일 뻔했으니까) 그가 나를 따라 움직이며 가로막았다.

"안 돼. 이런 건 볼 필요 없어."

"네? 전······"

남자의 뒤에서 커다란 종 소리가 울리더니 뒤이어 공기가 빠르게 압축되는 듯한 충격파가 터져 나갔다. 그다음 순간엔 주위에 있던 모든 소격신이 사라져 있었다. 이윽고 남자의 몸 옆으로 고개를 비죽 내밀었을 때 내 눈에 보인 건 텅 빈 거리뿐이었다.

"죽였군요." 나는 충격에 휩싸여 속삭였다.

"아니, 당연히 아니지. 그냥 문을 열고 우리 영역으로 돌려보낸 것 뿐이야. 그걸 보여 주고 싶지 않았던 거고." 놀랍게도 남자는 미소를 지었고, 너무도 인간적인 그 모습에 나는 순간 신기해서 넋을 잃고 쳐다봤다. "우리끼린 목숨을 빼앗지 않아. 그러면 부모님이 화를 내시거든."

나도 모르게 웃음을 터트리고 말았지만 잠시 후 신과 함께 웃고 있다는 사실을 깨닫고는 입을 다물었다. 아까보다 더 당황해서 이상하게 마음을 편안하게 해 주는 그의 미소를 빤히 쳐다보았다.

"다 괜찮아, 이오?" 남자는 내게서 눈을 떼지 않은 채 목소리만 높여 물었다. 그제야 녹색 피부의 여자가 생각났다.

여자를 쳐다보았을 때, 나는 다시금 놀랐다. 초록 여자 이오가 마치 새엄마라도 된 양 나를 바라보며 다정하게 웃고 있었으니까. 피부도 녹색에서 연한 분홍색으로 변해 있었고 심지어 머리카락도 분홍색이었다. 내가 빤히 바라보자 그녀가 처음에는 내게, 그다음엔 남자에게 고개를 한번 까딱이더니 몸을 돌려 걸어가 버렸다.

나는 어안이 벙벙한 채 잠시 그녀를 바라보다가 고개를 흔들었다.

"당신한테 목숨을 빚진 것 같네요." 나는 남자를 돌아보며 말했다.

"어느 정도는 애초에 나 때문에 위험해졌으니 비긴 걸로 하지." 풍경 소리처럼 희미한 울림이 공기 중에 퍼져 나갔다. 바람도 없는데. 의아해서 주위를 두리번거렸다. "하지만 살아 있는 걸 축하할 마음이 있으면 술 한잔 사고 싶은데."

그 말에 나는 다시 웃음을 터트렸다. 남자의 속셈이 뭔지 너무 뻔했으니까. "당신 때문에 죽을 뻔한 인간 여자가 있으면 항상 이렇게 집적거려요?"

"비명을 지르거나 도망치지 않는 여자들한테만." 그러더니 남자가 갑자기 내 한쪽 눈 아래를 손으로 건드렸다. 난 깜짝 놀랐다. 약간 긴장도 됐고. 누군가 내 눈이 어떻게 생겼는지 알아채면 항상 이랬다. 이것만 아니라면이라는 말이 나오길 기다리면서.

하지만 그의 눈빛에는 혐오감이 없었고, 손길에 담긴 건 끌림의 감정뿐이었다. "그리고 눈이 예쁜 여자들도." 그가 덧붙였다.

그 뒤에 어떻게 됐을지는 짐작이 가지? 그 미소, 짙은 존재감, 남과 다른 내 특이한 점을 차분하게 받아들이는 모습, 그 또한 이방인이라는 사실. 나는 저항할 수 없었다. 만난 지 이틀째 되는 날 나는 그에게 키스했고, 이 비열한 신은 이때를 틈타 내 입안에 자신의 맛을 쏟아부어 나를 침대로 유혹하려 했다. 하지만 통하지 않았다. 나도 원칙이 있는 사람이니까. 하지만 며칠 뒤 나는 그를 집에 데려왔다. 매딩의 앞에서 알몸이 되었을 때는 생전 처음으로 내 일부분이 아닌 온전한 나, 나라는 사람의 전체를 봐 주는 사람이 있다는 기분이 들었지. 그는 내 눈이 아름답다고 생각했다. 그리고 심지어 내 팔꿈치에 대해서도 온갖 미사여구를 늘어놓았다. 그는 내 모든 걸 좋아했다.

그가 그립다. 오, 신들이시여. 정말이지 너무도 그립다.

＊

다음 날 아침 늦게 고통 속에서 깨어났다. 허리는 욱신거리고 엎드려 자는 데 익숙하지 않다 보니 목이 뻐근했다. 그것 말고도 눈은 따갑고 퉁퉁 부어오른 데다 마치 복수라도 하듯이 돌아온 두통까지 겹쳐서 집에 새 손님이 와 있다는 사실을 눈치채지 못할 만도 했다.

아침 식사를 준비하는 냄새와 소리에 이끌려 비틀거리며 부엌에 들어서서 중얼거렸다. "좋은 아침."

"좋은 아침이야." 여성의 명랑한 목소리에 나는 하마터면 고꾸라질 뻔했다. 가까스로 카운터를 붙잡고 재빨리 몸을 돌려 칼꽂이를 움켜쥐었다.

그때 누군가의 손에 붙들리는 바람에 마구 소리를 지르며 몸부림쳤다. 하지만 손은 크고 따뜻했으며 왠지 익숙했다.

샤이니였다. 오, 신이여 감사합니다. 무기를 찾는 건 그만뒀지만 아직도 심장이 달음박질치고 있었다. 샤이니. 그리고 여자. 누구지?

그때 여자가 방금 한 말이 떠올랐다. 쉿소리가 섞인 목소리, 지나치게 다정한 말투. 릴이 우리 집 부엌에서 아침 식사를 준비하고 있었다. 샤이니가 죽인 교단수호자를 먹어 치운 소격신이.

"대혼돈이시여. 대체 여기서 뭐 하는 거죠? 모습을 드러내요, 젠장. 내 집에서 나한테 숨지 말라고요."

릴이 재밌다는 투로 말했다. "내 외모를 안 좋아하는 줄 알았지."

"안 좋아해요. 하지만 날 쳐다보면서 군침을 흘리고 있지는 않은지 확인하고 싶거든요?"

"내가 보여도 그건 알 수 없을 텐데." 하지만 그러면서도 그녀는 모습을 드러냈다. 기만적이게도 너무도 평범하고 정상적인 모습이었다. 아니면 다른 얼굴(그 입)이 정상적인 모습이고 나를 생각해서 나름 예의를 차려 준 것일지도 모른다. 어느 쪽이든 고마울 따름이었다. "그리고 내가 여기 있는 건 그를 데려왔기 때문이야." 릴이 내 뒤쪽을 향해 고개를 까딱였다. 샤이니의 숨소리가 들렸다.

"아." 나는 조금씩 평정을 되찾았다. "어, 고마워요. 그렇지만 음, 레이디 릴……"

"그냥 릴." 릴이 환하게 웃음 지으며 스토브를 향해 돌아섰다. "햄."

"네?"

"햄." 릴이 고개를 돌려 내가 아니라 샤이니를 쳐다보았다. "햄이 먹고 싶어."

"이 집엔 햄이 없다."

"아." 가슴이 찢어진다는 말투였다. 표정이 거의 우스꽝스러울 만큼 비극적으로 일그러졌다. 하지만 나는 샤이니의 대답에 소스라치게 놀란 나머지 그런 건 알아차리지도 못했다.

내 뒤에서 샤이니가 찬장으로 향하더니 뭔가를 꺼내 카운터에 올려놓았다. "훈제 벨리다."

릴의 얼굴이 그 즉시 환하게 밝아졌다. "아! 햄보다 낫지. 이제 제대로 된 아침을 먹을 수 있겠네." 릴이 다시 단조로운 노래를 흥얼거리며 식사를 준비하기 시작했다.

머리가 혼미해졌다. 식탁으로 다가가 앉았다. 무슨 생각을 해야 할지 알 수가 없었다. 샤이니가 내 맞은편에 앉아 평소처럼 묵직한 눈빛으로 나를 지그시 바라보았다.

"사과를 해야겠다." 그가 나직하게 말했다.

나는 흠칫 놀랐다. "말을 또 한다고?"

그는 굳이 대답하지 않았다. 어차피 뻔한 대답일 테니까. "릴이 멋대로 들어와도 된다고 생각할 줄은 몰랐다. 여기 데려올 의도는 아니었어."

정신을 차릴 수가 없어서 한동안은 대답도 못했다. 롤레의 살해 현장에서도 말을 한 적은 있지만 샤이니가 여러 문장을 한 번에 말하는 걸 들은 건 처음이었다.

게다가 오, 신들이시여, 정말 아름다운 목소리였다. 생각보다 맑은 음성. 훨씬 더 굵고 낮을 줄 알았는데. 그윽한 음성으로 정확하게 발음된 단어 하나하나가 내 귀에서부터 발끝까지 온몸을 진동 시켰다. 이런 목소리라면 하루 종일이라도 들을 수 있겠다.

아니면 밤새도록……. 나는 재빨리 생각을 떨쳐 버렸다. 내 애 정 생활에 신은 이미 충분하다.

문득 내가 멍하니 그를 계속 쳐다보고 있다는 걸 깨닫고 마침내 말했다. "어, 음. 그런 건 신경 안 써. 먼저 물어봤다면 좋긴 했을 테지만."

"릴이 고집했다."

나는 깜짝 놀랐다. "왜?"

"경고를 전해 주려고." 릴이 불쑥 끼어들며 식탁으로 다가왔다. 내 앞에 접시를 놓더니 샤이니 앞에도 접시를 놓아주었다. 우리 집 부엌에는 의자가 두 개뿐이었기 때문에 릴은 카운터에 훌쩍 올라앉아 자기 몫으로 준비해 둔 접시를 집어 들었다. 음식에 집 중하는 눈이 번득였다. 나는 릴이 또 입을 크게 벌릴까 무서워 고 개를 돌려 버렸다.

"경고요?" 어쨌든 음식에선 좋은 냄새가 났다. 약간 찔러 보니 릴이 달걀에 벨리와 내가 집에 있는지도 몰랐던 후추와 허브를 넣어 요리했다는 걸 알 수 있었다. 조금 먹어 봤더니 맛있었다.

"너를 찾는 사람이 있어."

샤이니가 아니라 나를 말하고 있다는 사실을 알아차리는 데 조 금 시간이 걸렸다. 그러다 누가 나를 찾는지 깨닫자 정신이 번쩍 들 었다. "어제 프레빗 리마른이 저와 이야기하는 걸 모두가 봤죠. 그 런데 그가, 어, 사라졌으니 동료 프레빗들이 날 찾으려 들겠군요."

"아, 그 인간은 안 죽었어." 릴은 조금 놀란 기색이었다. "어젯밤에 내가 먹은 셋은 그냥 교단수호자였거든. 젊고 건강하고, 겉은 바삭하고 속은 촉촉했지." 릴이 거의 야하게 들리는 한숨을 내쉬었다. 나는 갑자기 식욕이 뚝 떨어지는 느낌에 포크를 내려놓았다. "걔네들한테 마법은 없었어. 마법이 첨가되면 맛이 없어지거든. 아, 걔네들을 죽인 마법은 빼고. 어쨌든 그놈들은 그냥 두들겨 패는 일을 하러 거기 있었던 것 같아."

나도 모르게 속으로 신음했다. 사제들의 죽음으로 내가 본 이득은 딱 하나뿐이었다. 내 마법을 알고 있고 롤레의 살해범으로 나를 의심하는 사람이 리마른뿐이라는 것. 이제 부하들까지 죽었으니 리마른은 완전히 나를 뒤쫓고 있을 것이다.

이곳을 떠나라는 매딩의 말이 생각났다. 하지만 돈 문제가 나를 괴롭히고 있었다. 그리고 솔직히 떠나고 싶지도 않았다. 그림자는 내 집이었다.

"어쨌든 난 그자를 말한 게 아냐." 그 말에 나는 상념에서 깨어났다. 놀라서 릴에게 집중했다. 릴의 몸에서 나는 빛에 반사되어 희미하게 보이는 접시가 방금 설거지라도 한 것처럼 깨끗하게 비어 있었다. 그녀는 이제 거의 음란한 혀놀림으로 포크를 느릿하게 핥고 있었다.

"네?"

릴이 고개를 돌려 나를 쳐다보았다. 순간 나는 그녀의 얼룩덜룩한 시선에 사로잡히고 말았다. 눈동자에 박힌 어두운 반점들이 움직이고 있었다. 동공 주위를 천천히 돌며 끊임없는 춤사위를 벌였다. 혹시 머리카락에 있는 반점들도 저렇게 움직이는 걸까 궁금해졌다.

"지독하게 굶주린 갈망이야." 릴이 거칠게 쉰 목소리로 나직하게 가르랑거렸다. "네 주위를 여러 겹의 망토처럼 두르고 있지. 프레빗의 분노. 매딩의 욕망." 뺨이 달아올랐다. "그리고 또 다른 하나. 다른 것들보다 특히 더 굶주려 있어. 강력해. 위험해." 릴이 몸을 부르르 떨었다. 나도 함께 떨었다. "놈은 그 갈망으로 세상을 바꿀 수도 있을 거야. 특히나 원하는 걸 얻게 되면. 그리고 그가 원하는 건 바로 너야."

나는 놀라서 어리둥절해하며 그녀를 빤히 쳐다보았다. "그게 누군데요? 나한테 뭘 원하는데요?"

"나도 모르지." 릴이 입술을 핥더니 진득하게 나를 바라보았다. "네 옆에 있으면 만날 수 있을까?"

너무 신경에 거슬려서 뭐라 대꾸도 못하고 얼굴만 찡그렸다. 힘 있는 사람이 왜 나를 원하겠어? 나는 아무것도 아니었다. 아무도 아니었다. 심지어 리마른마저 내게서 감지한 마법의 실체를 알면 실망할 거다. 내가 할 수 있는 건 보는 것뿐이니까.

그리고…… 나는 얼굴을 찡그렸다. 그러고 보니 그림이 있었다. 보이지 않는 곳에 숨겨 두었고 그 존재를 아는 것도 매닝과 샤이니뿐이긴 했지만. 내가 그린 그림에는 마법이 담겨 있었다. 어떤 마법인지는 몰라도 아버지가 예전부터 늘 숨겨야 한다고 당부했기 때문에 지금까지 그대로 하고 있었다.

그렇다면 혹시, 그 정체 모를 사람이 원하는 게 그걸까?

아니, 아니야. 그건 지나친 비약이다. 그 사람이 실제로 존재하는지도 확실치 않은걸. 근거라고 해 봤자 사람을 씹어 먹는 게 잘못이 아니라고 생각하는 여신이 하는 말뿐이고. 어쩌면 그녀는 거짓말도 잘못이 아니라고 생각할지 모른다.

음식을 먹는 소리는 들리지 않았지만 아직 이 자리엔 샤이니도 있었다. 과연 그가 대답을 해 줄지 몰라 입술을 초조하게 핥으며 물었다. "저게 무슨 말인지 알아?"

"모른다."

지금까진 잘 되고 있군. "당신 상처……" 내가 운을 뗐다.

"괜찮아." 릴이 아직 먹을 게 남아 있는 내 접시를 빤히 응시했다. "내가 죽여서 멀쩡하게 돌려놨거든."

나는 놀라서 눈을 깜박였다. "이 사람을 치유하려고…… 죽였다고요?"

릴이 어깨를 으쓱했다. "그럼 그냥 놔둬? 몇 주일이나 걸릴 텐데? 그는 우리랑은 달라. 필멸자인걸."

"해 뜰 때만 빼고요."

"그때도 그래." 릴이 빈 접시를 카운터에 내려놓고는 훌쩍 뛰어내렸다. "완전히 힘을 잃고 본연의 모습이라곤 아주 작은 파편만 남아 있을 뿐이야. 가끔 예쁘장한 불빛쇼를 할 수 있을 만큼, 딱 그 정도가 다지. 그리고 널 보호할 수 있을 만큼." 릴이 내게 가까이 다가섰다. 시선은 내 접시에 고정되어 있었다.

나는 릴의 말을 곰곰이 생각하느라 그녀가 점점 가까이 다가오고 있다는 것도 눈치채지 못했다. 그때 그녀의 표정이 변했고……

신이여. 그때 느낀 공포심에 대해서는 뭐라 표현할 길이 없다. 마치 그 상냥한 얼굴 아래의 또 다른 얼굴, 길게 째진 입을 가진 포식자가 갑자기 드러난 것만 같았다. 릴의 말처럼 직접 그 얼굴을 볼 수는 없었지만 그 존재감, 원초적이고 무한한 굶주림만큼은 강력하게 느껴졌다. 그걸 깨달았을 때에는 그녀가 내 접시가 아니라 나를 향해 달려들고 있었다.

소리를 지를 틈도 없었다. 앙상하고 뾰족한 손톱이 달린 릴의 손이 내 목을 향해 날아왔고, 내가 위험을 알아차렸을 무렵에는 벌써 내 목을 찢어 발겼을 터였다. 하지만 다음 순간, 그녀의 손이 내 목에서 겨우 몇 센티미터 떨어진 곳에 멈춰 파들거렸다. 나는 릴의 손을, 그러고는 뒤이어 그 손목 주위를 감고 있는 검은 얼룩을 멍하니 바라보았다. 요전 날 예술의 거리에서 있었던 일이랑 똑같았다. 그러더니 갑자기 샤이니가 보였다. 샤이니의 몸 안쪽에서 빛이 솟구쳐 오르더니 그가 딱딱하게 굳은 표정으로 릴을 짜증스럽게 쏘아보고 있었다.

릴이 미소 띤 얼굴로 샤이니를 쳐다봤다가 이내 내게 시선을 보냈다. "봤지?"

나는 소리 없는 비명을 지르며 발작하다가 겨우 정신을 붙들고는 심호흡을 하며 마음을 가라앉혔다. 그래, 봤다. 하지만 무슨 일인지 이해할 수는 없었다. 나는 샤이니에게 말했다. "그러니까 나를…… 나를 보호할 때 힘이 돌아오는 거야?"

아직 그가 보였기 때문에 내게 보내는 경멸 가득한 눈빛도 볼 수 있었다. 너무 놀라서 움찔할 뻔했다. 내가 무슨 잘못을 했길래 저런 표정을 짓는 건데? 그러다 매딩이 한 말이 떠올랐다. 그는 필멸자를 좋게 생각하지 않아.

릴이 내 표정을 읽고는 히죽 웃었다. "필멸자라면 전부 다." 그러고는 샤이니를 바라보았다. "너는 필멸자가 되어 그들 사이를 헤매리라." 나는 놀라 눈을 깜박였다. 샤이니의 몸이 굳는 게 보였다. 그건 릴이 아니라 다른 사람의 말이었다. 전혀 그녀의 말투처럼 들리지 않았으니까. 음산한 메아리가 울려 퍼졌다. "아무도 네가 누군지 알지 못하리라. 너는 오직 네가 행한 일과 말로써만 얻을 수 있는 재물과 존중만을 구사할 수 있을 것이다. 오직 절실히 필요할 때에만 네 능력을 소환할 수 있으며, 그마저 오로지 네가 경멸하는 필멸자들을 돕기 위해서만 사용할 수 있으리."

샤이니가 릴의 손목을 놓고 돌아서더니 음울한 표정으로 의자에 앉았다. 그의 빛이 벌써 희미해지는 걸로 보아 내가 볼 수 있는 것도 여기까지였다. 아, 위협을 해결했으니 더는 힘이 필요하지 않은 거군.

나는 심호흡을 하고는 릴을 마주 보았다. "알려 줘서 고마워요. 하지만 괜찮으시면 앞으론 그냥 설명을 해 주세요. 직접 보여 주지 말고."

릴이 웃자 온몸의 털이 쭈뼛 서는 것 같았다. 그녀는 정신이 온전하지 않나 보다. "나를 볼 수 있다니 정말 기뻐, 필멸자 아이야. 덕분에 일이 훨씬 재밌어졌거든." 릴의 시선이 식탁으로 향했다. "저거 먹을 거야?"

내 접시를 말하는 걸까 아니면 그 옆에 있는 내 손을 말하는 걸까? 나는 아주 조심스럽게 손을 움직여 무릎 위에 얹었다. "마음 껏 드세요."

릴이 다시금 웃더니 무척 기뻐하며 접시로 몸을 수그렸다. 내가 눈으로 따라가지도 못할 만큼 빠른 움직임이었다. 바늘이 윙윙거리는 소리가 들리더니 악취를 풍기는 바람이 순간 코끝을 스치고 지나갔다. 반호흡 뒤 릴이 고개를 들었을 때는 접시가 깨끗해져 있었다. 릴이 내 냅킨을 집어 들어 입가를 톡톡 두드렸다.

나는 침을 꿀꺽 삼키고는 자리에서 일어나 릴을 피해 돌아갔다. 샤이니는 이제 내 맞은편에서 거의 보이지도 않는 그림자 같은 모습으로 아침을 먹고 있었다. 릴이 샤이니의 접시에도 아까와 비슷한 눈길을 던졌다. 그에게 하고 싶은 말이 있었지만 릴 앞에서는 할 수가 없었다. 어젯밤 그는 이미 충분히 굴욕적인 일을 겪었다. 하지만 우리 사이엔 조만간 해결해야 할 중요한 이야기가 남아 있었다.

나는 천천히 접시를 설거지했고 샤이니는 천천히 음식을 먹었다. 릴은 내 의자에 앉아 우리 둘을 번갈아 쳐다보며 가끔씩 혼자 키득거렸다.

*

내가 집을 나섰을 무렵에는 해가 높이 떠 있었다. 애초 계획했던 것보다 늦은 시간이었다. 이번엔 거리도 멀고 간판용 탁자까지 가져가야 하는데. 샤이니가 또 따라와서 짐을 같이 옮겨 줬으면 했지만 그는 아침 식사를 마친 뒤에도 식탁에 계속 앉아 있었다. 평소보다 더 부루퉁한 모습이었다. 차라리 예전처럼 무심하게 구는 게 그리울 정도였다.

릴도 나와 같이 집에서 나왔다. 안도감이 들었다. 골칫거리 소격신 손님은 한 명으로 충분했으니까. 하지만 릴이 떠나기 전에 내게 다정한 작별인사를 했을 뿐만 아니라 아침 식사를 대접해 줘서 고맙다는 인사를 하도 길게 늘어놔서 솔직히 조금은 마음에 들기까지 했다. 매딩은 소격신 중에서도 유독 필멸자와 쉽게 친해지는 이들이 있다는 듯한 말을 하곤 했지. 또 어떤 소격신들은 사고방식이 너무 이질적이거나 우리 눈에 너무 괴물같이 생겨서 아무리 노력을 해도 인간 사회에 쉽게 어울리지 못한다. 릴도 아마 그런 부류일 것이다.

나는 탁자와 가장 잘 팔리는 물건들을 들고 게이트웨이 공원에 있는 남쪽 프롬나드로 향했다. 예술의 거리가 있는 북서쪽 프롬나드는 세계수와 도시의 다른 명소를 보러 온 사람들이 많아 장사를 하기에 안성맞춤이었다. 남쪽 프롬나드는 전망은 괜찮지만 최고는 아니고 볼거리도 그리 인상적이지 않아 평범했다. 그래도 이게 내게 남은 유일한 선택지였다. 공원의 북동쪽 입구는 몇 년 전 세계수 뿌리에 막혀 버렸고 동문에는 하늘궁의 화물용 게이트라는 아주 볼만한 풍경이 펼쳐져 있었기 때문이다.

남쪽 프롬나드에 들어서자 몇몇 판매상이 지나가는 행인들을 부르며 호객 행위를 하는 소리가 들렸다. 좋은 징조는 아니었다. 손님이 드물어 상인끼리 경쟁을 해야 한다는 의미였기 때문이다.

예술의 거리에서처럼 서로 사이좋게 뒤를 봐주지도 않을 테고, 모두 각자도생하는 길밖에 없을 거다. 주변에서 셋, 아니 네 명의 목소리가 들렸다. 하나는 머리에 스카프를 둘렀고, 하나는 "세계수 파이"를 팔았고(뭔진 몰라도 맛있는 냄새가 났다.), 둘은 책과 기념품을 팔고 있었다. 내가 탁자를 펼치자 그 둘의 시선이 따갑게 느껴졌다. 불쾌한 상황이 생길지도 모른다는 걱정이 들었다. 하지만 대개 그러듯 일단 나를 자세히 살펴본 뒤에는 나를 건드리지 않았다. 드물긴 해도 장님인 게 도움이 될 때도 있다.

그래서 나는 판매대를 열고 기다렸다. 조금 더 기다렸다. 나는 이 지역을 잘 몰랐고 둘러볼 기회도 없었다. 비교적 가까이 지나가는 발소리는 자주 들렸지만(이 도시가 얼마나 어둡고 세계수가 얽혀 있는 하늘궁전이 얼마나 아름다운지 얘기하는 순례자들) 안 좋은 곳에 자리를 잡은 것인지도 모른다. 다른 판매상들이 좋은 목을 차지한 게 분명했기 때문에 그냥 있는 자리에서 최선을 다하기로 했다.

하지만 오후가 반쯤 지나자 뭔가 잘못됐다는 느낌이 들었다. 내가 파는 물건들이 몇몇 순례자를 끌어들이긴 했다. 대부분 그림자 근처의 가난한 마을이나 지역에서 온 아믄인 노동자 계급이었다. 바로 그게 문제였다. 내 주요 고객은 하이노스 사람들과 제도 주민들이었다. 그 지역은 원래 이템파스에 대한 신앙이 그리 깊지 않고 그래서 내 미니어처 세계수와 소격신들의 신상을 열렬히 사주었다. 그러나 세믄인은 대부분 아믄 출신이고 아믄인은 대부분 이템파스 신도다. 그들은 세계수나 그림자의 다른 이단적인 불가사의에 쉽게 감명받지 않는다.

그건 괜찮았다. 남들이 뭘 믿든 나야 아무 불만 없으니까. 하지만 나는 먹고살아야 했다. 뱃속에서 울리는 꼬르륵 소리가 이게 다 릴 때문에 아침 식사를 자진해서 포기한 내 잘못이라는 걸 일깨워 주었다.

그때 좋은 수가 떠올랐다. 나는 가방을 뒤적였다. 다행히 보도용 굵은 분필이 있었다. 탁자 뒤에서 나와 길가에 쪼그리고 앉아서 뭘 그릴지 고민했다.

갑자기 머릿속에 너무도 강렬한 이미지가 떠오르는 바람에 깜짝 놀라서 나도 모르게 발가락에 끝에 힘이 실려 몸이 휘청였다. 나는 보통 아침에 지하실에서 그림을 그릴 때 가장 창의력을 발휘한다. 그래서 원래는 그냥 사람들이 내가 파는 장신구에 관심을 가지도록 단순한 낙서나 몇 개 할 작정이었다. 하지만 머릿속에 떠오른 이 이미지는…… 나는 입술을 축이고는 이걸 그려도 괜찮을지 고민했다.

위험할 것 같았다. 의심의 여지가 없었다. 그도 그럴 게 나는 장님이었다. 뭔가를 알아볼 수 있게 그리기는커녕 이 세상 그 무엇도 시각화할 수 없어야 했다. 대부분의 사람들이야 이런 역설을 알아차리지도, 신경 쓰지도 않겠지만 교단수호자와 승인받지 못한 마법을 감시할 의무를 가진 이들은 의심을 품을 것이다. 이제껏 내가 살아남을 수 있었던 것도 아주 조심스럽게 행동했기 때문이다.

하지만…… 나는 분필 조각을 집어 손가락 사이에 끼우고는 그 매끈하고 통통한 기둥을 만지작거렸다. 색(色)이란 내게 어떤 대상의 세부적 특성이라는 점 외에는 아무 의미도 없었지만 그럼에도 나는 각각 다른 색깔의 물감과 분필에 이름을 붙이는 버릇이 있었다. 어쨌든 색채에는 눈에 보이는 것 이상이 담겨 있었으니까. 분필에서는 희미하게 씁쓰름한 냄새가 났다. 음식에서 느껴지는 씁쓸한 맛이 아니라, 높은 산에 올랐을 때처럼 너무 희박해서 숨쉬기가 어려운 공기에서 느껴지는 씁쓸함이었다. 나는 그게 흰색이라고 판단했고, 그건 내 머릿속 이미지와 완벽하게 어울렸다. "나는 그림을 그린다." 속삭인 다음, 그림을 그리기 시작했다.

가장 먼저 오목하게 파인 하늘의 윤곽을 그렸다. 하늘도시는 아니었다. 나는 한 번도 본 적 없지만, 세계수 위에 있는 하늘도 아니었다. 점점 고조되는 여러 층의 색조 위에서 엷고 아무것도 없는 텅 빈 창공이 빙글빙글 선회하는 모습이 될 터였다. 그다음엔 흰색 분필로 두터운 밑그림을 그렸다. 갖고 있던 두 개의 분필이 모두 작은 조각이 될 때까지 문질렀다. 분필이 부족하지 않아 다행이었다. 그러고는 위에 파란색을 입혔다. 많이 칠하진 않았다. 내 머릿속 하늘과 어울리지 않았으니까. 그러기에 내 손가락 사이에 있는 이 파란색은 너무 생기발랄하고, 짙고, 거의 느끼하게 느껴진다. 나는 손가락으로 파란색을 엷게 펴 바른 다음 다른 색을 추가해 노란색을 만들었다. 그래, 이게 맞았다. 노란색을 더 짙게, 둥글둥글하게 문지르며 계속 칠했다. 점점 더 강렬하고 따뜻한 느낌이 들 때까지, 그래서 마침내 그림의 중앙에 빛 덩어리가 만들어질 때까지. 두 개의 태양. 하나는 좀 더 크고 하나는 그보다 더 작은 두 태양이 서로의 주위를 빙글빙글 돌며 무한한 춤을 춘다.

어쩌면 여기에 ──

"저기요."

"잠시만요." 나는 중얼거렸다. 이 하늘에 떠 있는 구름은 아주 강력할 것이다. 금방이라도 비가 내릴 것처럼 짙고 두껍겠지. 나는 손을 뻗어 은빛의 냄새가 나는 것을 집어 들며 제발 파란색이나 검은색이길 빌었다.

이제는 새를 그릴 차례. 이 밝고 텅 빈 하늘에도 당연히 새들이 날아다니고 있을 거다. 하지만 이 새에는 깃털이 없고 ──

"저기요!" 뭔가가 나를 건드려서 화들짝 놀라 분필을 떨어뜨리고는 멍하니 눈만 깜박였다.

"뭐, 뭐예요?" 그 즉시 내 허리가 항의하며 뼈와 근육이 지끈거리기 시작했다. 얼마나 오래 그린 거지? 나는 신음하며 손을 뒤로 뻗어 허리를 주물렀다.

"고마워요." 목소리가 말했다. 남자. 나보단 나이가 많다. 아는 사람은 아니지만 어렴풋이 부로이가 생각났다. 그러다 문득 이 목소리를 들은 적이 있다는 게 기억났다. 옆에서 기념품을 팔며 호객행위를 하던 이들 중 목소리가 제일 컸던 사람이었다. "좋은 방법이네요. 사람들을 꽤 끌어모았어요. 그렇지만 남쪽 프롬나드는 해가 지면 닫히니까 그 전에 빨리 손님들을 잡아야죠, 예?"

사람들?

갑자기 주변에서 목소리가 들렸다. 수십 명의 사람들이 내 그림 주위에 몰려들어 서로 속닥거리면서 감탄하고 있었다. 다리를 펴고 일어나는데 무릎에서 느껴지는 통증 때문에 앓는 소리가 절로 나왔다.

몸을 펴고 일어서자 주위에서 박수갈채가 터져 나왔다.

"이게 대체⋯⋯" 하지만 난 알았다. 그들은 내게 박수를 보내고 있었다.

어떻게 된 일인지 생각을 정리하기도 전에 구경꾼들이 다가왔다. 그림을 밟지 않으려고 서로 밀치는 소리가 들렸다. 그들은 내가 파는 물건들의 가격, 그리고 내가 전문 화가인지, 어떻게 앞도 안 보이면서 이렇게 아름다운 그림을 그릴 수 있는지, 아니면 내가 진짜 장님인지 등등 질문 세례를 퍼부었다. 나는 용케 탁자 뒤로 물러나 불편한 질문들에 익살을 섞어 가볍게 받아넘겼고("아뇨, 정말로 앞을 못 봐요! 마음에 드신다니 다행이네요!") 뒤이어 내가 파는 모든 것을 사려고 달려드는 손님들의 열렬한 파도가 휘몰아쳤다. 대부분은 흥정도 하지 않았다. 그날 나는 일생 최고의 판매고를 올렸다. 모든 게 단 몇 분 만에 일어난 일이었다.

내게 관심이 다한 손님들은 옆에 있는 다른 가판대를 구경하러 갔는데, 그제야 내가 그림을 그리기 시작할 때부터 그랬다는 사실을 깨달았다. 호객상이 나한테 고맙다고 한 것도 당연했다. 하지만 그때 멀리서 일몰을 알리는 백색전당의 종소리가 들려왔다. 곧 공원이 문을 닫을 시간이었다.

"당신일 줄 알았습니다." 가까이에서 목소리가 들려와 펄쩍 놀랐지만 또 손님이 왔다는 생각에 고개를 돌리며 미소를 지어 보였다. 하지만 말을 건 남자는 가판대 쪽으로 다가오지 않았다. 남자를 향해 몸을 돌리자 그가 분필 그림 너머에 서 있다는 걸 알 수 있었다.

"뭐라고요?"

"원래는 다른 프롬나드에 있었죠." 위협적인 말투는 아니었지만 경계심이 들었다. "소격신이 발견된 바로 다음 날에 당신을 봤는데 뭔가…… 아주…… 흥미로운 점이 있다는 생각이 들었죠."

그 말에 긴장이 약간 풀려 짐을 싸기 시작했다. 어쩌면 나한테 말을 붙여 보려는 서툰 수작질인지도. "그때 구경하러 왔었나요? 이단자예요?"

"이단자?" 남자가 웃었다. "흠, 교단에선 그렇게 생각할지도 모르지만 나도 광명의 군주를 섬긴답니다."

그렇다면 새빛교도겠군. 새빛은 이템파스교의 또 다른 분파였다. 아니면 새로운 종파일 수도 있고. 그런 건 아무리 설명을 들어도 잘 모르겠다. "글쎄요…… 전 전통적인 이템파스 신도라서요." 혹시 전도를 하는 건 아닐까 싶어 미리 말해 두었다. "하지만 당신이 롤레의 신도였다면, 애도를 표하고 싶네요."

남자의 눈썹이 높이 치켜 올라가는 소리가 들리는 것 같았다. "다른 신을 경배하는 자를 비난하지도 않고 그 신의 죽음을 기뻐하지 않는 이템파스 신도라? 당신도 조금 이단적이지 않나요?"

나는 어깨를 으쓱하며 마지막으로 작은 상자들을 챙겨 가방에 넣으며 웃었다. "어쩌면요. 교단수호자들한테 이르진 마세요."

남자가 웃더니 정말 다행스럽게도 몸을 돌렸다. "당연하죠. 그럼 또 봅시다." 남자는 콧노래를 흥얼거리며 멀어졌다. 덕분에 확신할 수 있었다. 그는 새빛교의 가사 없는 노래를 부르고 있었다.

집으로 가기 전에 잠시 바닥에 앉아서 마음을 가다듬었다. 주머니엔 동전이 가득했고 지갑도 마찬가지였다. 매딩이 좋아할 거다. 다시 장사를 나가려면 며칠은 쉬면서 상품을 새로 만들어야 할 테고 어쩌면 며칠 정도는 휴가 삼아 쉴 수 있을지도. 한번도 휴가를 보낸 적이 없는데 이제 금전적 여유가 생겼다.

프롬나드 반대쪽에서 부츠 소리가 다가왔다. 지금은 너무 피곤하고 멍해서 생각할 기운도 없었다. 다른 상인들도 짐을 싸고 있지만 남쪽 프롬나드엔 아직도 사람이 많이 돌아다니고 있었다. 조금만 신경을 기울였다면 어떤 부츠 소리인지 알아챘을 텐데. 발소리의 주인이 말을 걸었을 땐 이미 늦어 있었다.

"아주 훌륭하군, 오리 쇼스." 하루 종일 들을까 봐 가슴 졸였던 목소리가 말했다. 리마른 디. 아, 안 돼.

"아주 훌륭해. 이런 멋진 신호를 그려 주다니." 그가 분필 그림 바로 앞에서 멈춰 서며 말했다. 그 뒤에서 세 쌍의 다른 발소리가 접근하고 있었다. 전부 끔찍할 정도로 익숙한 무거운 부츠 소리였다. 나는 떨면서 자리에서 일어났다.

"지금쯤이면 니마로로 도망갔을 줄 알았는데. 전혀 멀지 않은 곳에서 익숙한 마법 냄새를 맡았을 때 내가 얼마나 놀랐을지 상상해 봐."

"난 아무것도 몰라요." 나는 더듬거리며 대답했다. 지팡이를 움켜쥔 손에 힘을 꾹 주었다. 마치 그러면 도움이라도 될 것처럼. "누가 레이디 롤레를 죽였는지도 모르고요, 난 소겪신도 아니에요."

"그런 건 이제 관심 없어, 아가씨." 말투에 담긴 차가운 분노로 보아 릴이 골목에 남긴 부하들의 흔적을 찾았나 보다. 그 말인즉슨 내가 앞으로 어떻게 해야 할지 전혀, 전혀 모르겠다는 뜻이다. "내가 원하는 건 당신 친구야. 그 머리 허연 마로놈 자식. 어디 있지?"

순간적으로 당황했다. 샤이니의 머리가 하얀색이야? "그 사람은 아무 짓도 안 했어요." 오, 신이여, 그건 거짓말이었고 리마른은 필경사였다. 그러면 알아차릴 것이다. "그러니까 내 말은, 소격신이 있는데요, 릴이라고, 그녀가……"

"시간 낭비는 됐어." 매섭게 쏘아붙인 리마른이 돌아섰다. "저여자 잡아."

부츠 소리가 나를 에워싸고 거리를 좁히며 점점 가까이 다가왔다. 주춤주춤 뒷걸음질 쳤지만 도망칠 곳이 없었다. 이 자리에서 날 때려죽여서 죽은 동료들의 복수를 하려는 걸까? 아니면 백색전당으로 데려가 심문부터 하려나? 공포에 질려 숨이 막히기 시작했다. 심장이 미친 듯이 뛰었다. 어떡하지?

그 순간 갑자기 많은 일이 한꺼번에 일어났다.

✳

왜요? 오래전에 아버지에게 물은 적이 있다. 왜 내 그림을 남들한테 보여 주면 안 돼요? 그냥 물감이랑 안료일 뿐인데. 모두가 좋아하는 건 아니었다. 솔직히 어떤 건 좀 충격적이긴 했다. 그렇다고 해가 되는 것도 아닌데.

그건 마법이니까. 아버지는 이렇게 대답하셨다. 몇 번이고, 몇 번

이고 거듭 말씀하셨지만 나는 아버지의 말을 충분히 귀 기울여 듣지 않았다. 믿지 않았지. *해를 끼치지 않는 마법 같은 건 없단다.*

*

교단수호자들이 내 그림 위로 발을 내딛었다.

"안 돼." 그들이 가까이 다가오자 나는 속삭였다. "제발."

"불쌍해라." 조금 떨어진 곳에 몰려 있던 군중 사이에서 여자 목소리가 들렸다. 내가 전문 화가인지 알고 싶어 하던 사람들 중 하나였다. 그들은 방금 전까지 나를 좋아했다. 하지만 수호자들이 내게 보복을 하려는 지금 이 순간에는 저편에서 아무것도 안 하고 가만히 보고만 있을 뿐이었다.

"지팡이 내려놔." 수호자 중 하나가 짜증 섞인 목소리로 말했다. 나는 손에 든 지팡이를 더 세게 움켜쥐었다. 숨을 쉴 수가 없었다. 나한테 왜 이러는 거야? 내가 롤레를 죽이지 않았다는 것도, 내가 소격신이 아니라는 것도 알면서. 내가 마법 능력을 갖고 있긴 해도 얼마나 경이로운 힘을 숨기고 있는지 알면 비웃을 것이다. 나는 전혀 위험하지 않았다.

"제발, 제발요." 나는 거의 흐느끼고 있었다. 꼭 내 이름처럼. *제발, 히끽, 제발.* 그들이 계속 다가왔다.

손 하나가 내 지팡이를 잡아챘다. 갑자기 눈이 불타오르듯 뜨거워졌다. 안구 뒤에서 열기가 끓어올라 금방이라도 밖으로 터져 나갈 것처럼 우악스럽게 압박하는 게 느껴졌다. 나는 반사적으로 눈을 꼭 감았다. 고통 때문에 두려움이 가중되고 있었다.

"나한테 손대지 마!" 나는 비명을 꽥 질렀다. 저항하려 했다. 손과 지팡이를 마구잡이로 휘둘렀다. 내 손에 누군가의 가슴이 닿았고 ―

샤이니의 손이 내 가슴에 닿더니, 그의 수치스러운 모습을 본 자에게 힘을 날렸다.

나는 밀었다.

✳

지금까지도 그걸 어떻게 설명해야 할지 모르겠다. 그러니 조금만 참아 주렴.

어딘가, 다른 곳에, 하늘이 있다. 뜨겁고 텅 빈 하늘. 하늘이란 게 그렇듯 머리 위에 있고, 두 개의 쌍둥이 태양이 이글거리고 있지. 내가 그린 하늘…… 이해하겠니? 그건 어딘가에 실재하는 하늘이다. 이젠 나도 안다.

내가 소리를 지르며 교단수호자를 밀친 순간, 안구 뒤에서 느껴지던 열기가 눈부신 빛을 발하며 화르륵 불타올랐다. 나는 마음의 눈을 통해 누군가의 다리 한 쌍이 그 하늘 속으로 거꾸로 추락하는 모습을 보았다. 어디선가 갑자기 나타난 다리와 엉덩이가 발버둥치며 허우적거렸다. 떨어졌다.

그 다리와 엉덩이에는 아무것도 붙어 있지 않았다.

＊

뭔가 변했다.

그 사실을 깨달았을 때, 나는 눈을 깜박였다. 사방에서 비명이 들렸다. 어지럽게 뛰어다니는 발소리. 뭔가 내 탁자를 밀쳐 넘어 뜨렸다. 나는 비틀거리며 뒷걸음질 쳤다. 피 냄새와 뭔가 고약한 냄새가 났다. 배설물과 담즙, 그리고 지독한 악취를 풍기는 공포의 냄새.

갑자기 바닥에 그려 놓은 내 그림이 잘 보이지 않는다는 걸 깨달았다. 그림은 그 자리에 그대로 있었다. 가장자리도 아직 보였다. 그림이 내는 빛이 이상하게 희미해지면서 차츰차츰 그림이 사라져 갔다. 마치 마법이 다 닳기라도 한 것처럼. 아직 남은 부분도 검은 얼룩 세 개가 번져 군데군데 가려져 있었는데, 얼룩들이 점점 넓게 퍼지며 서로 만나고 겹치는 게 보였다. 그건 액체였다. 마법이 아니라.

리마른 디의 음성은 지나치게 흥분한 데다 공포에 질려 있어 거의 알아듣지도 못할 지경이었다. "도대체 무슨 짓거리를 한 거지, 마로넌아? 거룩하신 아버지의 이름으로, 대체 뭘 한 거야?"

"뭐……뭐가요?" 눈이 아팠다. 머리도 아팠다. 냄새 때문에 속이 울렁거렸다. 뭔가 잘못됐다. 사방이 흔들렸다. 온몸의 피부가 따끔거렸다. 입안에 죄책감의 맛이 느껴졌지만 이유를 알 수가 없었다.

리마른이 누군가에게 도와 달라고 외치고 있었다. 뭔가 무거운 것을 끌어당기며 힘겹게 끙끙대는 것 같았다. 소리가 들렸다. 축축하고 젖은…… 나는 몸을 떨었다. 무슨 소리인지 알고 싶지 않았다.

갑자기 내 양쪽에 나타난 이들이 조심스럽게 내 팔을 붙잡았다. "가야 할 시간이야." 남성의 목소리가 명랑하게 말했다. 매딩의 수하였다. 어디서 나타난 거지? 갑자기 세상이 번쩍하고 빛나더니 다음 순간 우리는 다른 곳에 와 있었다. 주변은 고요하고 따뜻했으며 축축한 공기에서는 좋은 냄새가 났다. 평온하고 안정적인 청록색의 느낌. 매딩의 집이었다.

안전한 곳에 피신했다고 안도해야 마땅했지만 이상하게도 안전하다는 느낌이 안 들었다.

"무슨 일이 일어난 거예요?" 나는 옆에 있는 소격신들에게 물었다. "제발 말 좀 해 줘요. 뭔가…… 내가 뭔가 한 거죠? 맞죠?"

"몰라?" 매딩의 또 다른 수하인 여성이 물었다. 믿을 수 없다는 말투였다.

"몰라요." 알고 싶지 않았다. 나는 입술을 축였다. "제발 알려 줘요."

"어떻게 한 건진 모르겠는데." 여자가 천천히 대답하기 시작했다. 뭔가…… 거의 경외심에 가까운 것이 느껴지는 말투였다. 하지만 그건 말도 안 된다. 그녀는 신이잖아. "필멸자가 이런 일을 하는 건 나도 처음 봤어. 하지만 당신의 그림이……." 그녀가 말끝을 흐렸다.

"에나름훅다탈와슬이 됐지. 슈와오까진 아니었지만." 남자 소격신의 입에서 신어가 흘러나온 순간, 눈에 따끔한 통증이 느껴져 반사적으로 눈을 질끈 감았다. 대체 왜 눈이 아픈 거지? 마치 양쪽 안구 뒤쪽을 세게 얻어맞은 것 같았다. "거의 오억 개의 별을 가로질러 길을 내고 잠시나마 두 세계를 연결했지. 굉장하더라."

어떻게 해야 할지 몰라서 눈을 비벼 봤지만 아무 소용도 없었다. 몸 안쪽에서 느껴지는 고통이었다. "무슨 소린지 모르겠어요, 빌어먹을! 인간처럼 말하라고!" 나는 알고 싶지 않았다.

"당신이 문을 만들었어." 남자가 말했다. "그런 다음 그 문을 통해 교단수호자들을 보내 버렸지. 근데 전부 다 보내진 못했어. 마법이 불안정했거든. 그래서 그들이 문을 완전히 통과하기 전에 마법이 사라져 버렸지. 무슨 뜻인지 이해가 가?"

"난……" 아냐. "그냥 분필로 그린 그림이었어요." 나는 힘없이 속삭였다.

"당신이 그들을 다른 세계로 가는 길로 떠밀었어." 여성 소격신이 날카롭게 말했다. "그러고는 중간에 문을 닫아 버렸지. 그러니까 그 사람들을 반으로 잘라 버린 거야. 이제 알겠어?"

이해했다.

나는 비명을 지르기 시작했다. 그러고는 계속 비명을 지르다가 소격신 중 하나가 무언가를 했을 때 까무룩 정신을 잃었다.

5장

가족
(목탄 습작)

아버지에 관해 내가 제일 좋아하는 추억이 있다. 가끔은 꿈을 꾸기도 하고.

꿈속에서 난 아직 어리다. 최근에야 사다리를 오르는 법을 배웠지. 사다리 단이 너무 멀리 있어서 보이지도 않기 때문에 나는 아주 오랫동안 혹시 가로대를 잡지 못해 밑으로 떨어질까 봐 무서워했다. 무서워하지 않는 법을 배워야 했는데 그건 생각보다 너무 어려웠지. 그러다가 결국 사다리 오르기를 해냈고, 그래서 나 자신이 무척 자랑스럽다.

"아빠." 내가 작은 다락방을 다다다 뛰어가며 말한다. 이곳은 부모님의 합의에 따라 아빠의 방이다. 어머니는 여기 올라오지 않는다. 심지어 청소도 하지 않고. 그래도 깨끗하다. 아버지는 깔끔한 분이니까. 하지만 이곳은 뭐라 설명하기 힘든 아버지만의 느낌으로 그득하다. 냄새도 그중 하나지만 아버지의 존재에는 그 이상의 뭔가가 있다. 그걸 설명할 단어는 몰라도 내가 본능적으로 이해하는 것.

아버지는 우리 마을 사람들 대부분과는 다르다. 그분은 사제한 테서 딱 벌을 받지 않을 정도만 백색전당의 예배에 참석한다. 집에 있는 제단에 공물을 바치지도 않는다. 기도도 하지 않는다. 아버지에게 신을 믿느냐고 물은 적이 있는데, 그분은 당연히 그렇다고 대답한다. 우리는 마로네잖니? 하지만 그건 신을 경배하는 것과는 다르단다. 아버지는 가끔 이렇게 덧붙인다. 그러고는 아무한테도 이런 얘기를 하면 안 된다고 단단히 이른다. 사제한테 말해서도 안 되고, 친구에게 말해도 안 된다. 심지어 엄마한테도 안 된다. 언젠가는 나도 이해할 거라고, 아버지는 말한다.

오늘 아버지는 평소와 분위기가 다르다. 그리고 아주 드문 일인데, 내 눈에도 보인다. 아버지는 평균보다 작은 키에 서늘한 검은 눈과 크고 우아한 손을 가졌다. 얼굴에는 주름이 없고 어떻게 보면 젊은이처럼도 보이지만 머리카락은 희끗희끗하다. 눈빛은 왠지 무겁고 지쳐 있는데, 그것이야말로 아버지가 살아온 긴 세월을 주름살보다 더 선명하게 보여 주는 것이다. 아버지는 엄마와 결혼했을 때 이미 나이가 많았다. 아이를 원한 적은 없지만 나를 진심으로 사랑한다.

나는 웃으며 아버지의 무릎에 기댄다. 아버지는 바닥에 앉아 있기 때문에 내 더듬거리는 손가락에 얼굴이 닿는다. 내가 오래전에 깨달았듯이 눈은 사람을 속일 수 있어도 촉감은 언제나 믿음직하다.

"노래 부르고 있었지?"

아버지가 싱긋 웃는다. "또 내가 보이니? 지금쯤이면 사라졌을 줄 알았는데."

"노래 불러 줘, 아빠." 나는 조른다. 나는 아버지의 목소리가 공기 중에 엮어 내는 색조를 좋아한다.

"안 돼, 오리 아가. 엄마가 집에 있잖니."

"엄마는 못 듣잖아! 제발요, 응?"

"하지만 엄마하고 약속했는걸." 아버지가 부드럽게 말하자 나는 고개를 푹 숙인다. 아버지는 내가 태어나기 훨씬 전에 어머니와 약속했다. 자신의 기이한 다름 때문에 어머니나 나를 절대로 위험하게 하지 않겠다고. 나는 너무 어려서 그게 왜 위험한지 모르지만 아버지의 눈동자에 담긴 두려움은 내 입을 다물게 하기에 충분하다.

하지만 아버지는 전에 약속을 어긴 적이 있다. 나를 가르치기 위해서였다. 그렇지 않으면 언젠가 내가 무지로 인해 나 자신의 기이함을 드러낼 수도 있으니까. 그리고 나중에 알게 됐지만, 그런 부분을 억누를 때마다 아버지가 조금씩 죽어 갔기 때문에. 아버지는 아름답고 빛나는 분이었고 그 소소하고 사적인 순간에 나와 함께 있을 때만큼은 다시 그렇게 될 수 있었다.

그래서 아버지는 내가 실망한 것을 보고는 한숨을 내쉬며 나를 안아 올려 무릎에 앉힌다. 그러고는 아주 작은 소리로, 오직 나를 위해서 노래를 부르기 시작한다.

＊

나는 물소리와 물 냄새에 이끌려 천천히 깨어났다.

나는 물 안에 앉아 있었다. 체온과 거의 비슷한 온도였기 때문에 피부에 닿는 느낌이 거의 없었다. 그 밑에는 물만큼이나 따뜻한 단단하고 조각된 돌바닥이 느껴졌고, 주변에선 꽃향기가 났다. 한때 마로랜드에서 자생하던 덩굴식물인 히라스였다. 히라스 꽃에서는 내가 좋아하는 짙고 독특한 향기가 난다. 그래서 여기가 어딘지 알 수 있었다.

전에 매딩의 집에 가 본 적이 없었다면 당황했을 것이다. 매딩은 서그림의 부유한 지역에 큰 저택을 갖고 있는데, 우리 집 침대가 작아 허리가 아프다면서 나를 자주 여기로 데려오곤 했다. 그의 집 1층은 욕탕으로 가득했다. 그림자의 이 부근을 받치고 있는 기반암을 깎아 만든 욕탕이 최소한 열두 개는 됐는데, 전부 다 예쁘장한 장식을 조각해 넣고 무성한 식물로 가려 놓았다. 소격신의 악명 높은 디자인 감각 때문이었다. 그들은 미적 부분을 가장 우선시하고 편의성이나 적절성은 가장 나중에 생각하는 족속이다. 매딩의 집에 들어온 손님들은 하릴없이 서 있거나 옷을 벗고 욕탕에 들어가야 했다. 하지만 그는 그게 아무 문제도 없다고 생각했다.

마법으로 만든 건 아니었다. 욕탕의 물은 항상 따뜻했다. 매딩이 필멸자 천재를 고용해 항상 따뜻한 물을 공급할 수 있는 배관 시스템을 설치했기 때문이다. 매딩은 그게 어떤 식으로 작동하는지 몰랐기 때문에 나한테도 설명해 줄 수가 없었다.

욕탕에 앉아 가만히 귀를 기울이니 가까운 곳에 누군가 같이 있다는 걸 알 수 있었다. 눈에는 아무것도 보이지 않았지만 익숙한 숨소리가 났다. "매드?"

어둠 속에서 그의 모습이 나타났다. 한쪽 무릎을 세운 채 욕탕 가장자리에 걸터앉아 있었다. 길게 풀린 머리카락이 축축한 피부에 달라붙어 있어 묘하게 젊어 보였다. 그는 근심 어린 눈빛을 하고 있었다.

"기분은 어때?"

왜 그런 걸 묻는지 잠시 어리둥절했지만 다음 순간 기억이 났다. 나는 욕탕 벽에 몸을 기댔다. 예전에 다친 멍이 욱신거렸으나 거의 느끼지도 못했다. 나는 매딩을 피해 고개를 돌렸다. 아직도 눈에 심한 통증이 느껴져서 꾹 감았는데 아무 소용도 없었다. 기분이 어떠냐고? 살인자가 된 기분이지 뭐겠어?

매딩이 한숨 지었다. "이런 말을 해 봤자 기분이 나아지진 않겠지만 네 잘못이 아냐."

당연히 별 도움이 안 됐다. 게다가 그건 사실도 아니었다.

"필멸자는 마법을 잘 통제하지 못해, 오리. 그냥 그렇게 태어나질 않았다고. 그리고 넌 네 마법이 무엇을 할 수 있을지도 몰랐잖아. 넌 그자들을 죽일 의도가 없었어."

"하지만 죽었잖아. 내 의도 따윈 상관없어."

"그건 그렇지." 매딩이 몸을 움직여 다른 쪽 발을 물속에 집어넣었다. "하지만 그자들은 널 죽이려는 의도였을걸."

나는 작게 웃었다. 물결치는 수면 위로 번지며 울려 퍼지는 메아리가 꼭 실성한 사람이 웃는 것처럼 들렸다. "너무 애쓸 필요 없어, 매드. 제발."

매딩은 내가 한동안 물속에서 시간을 보내도록 아무 말 없이 기다렸다. 그러다 이 정도면 됐다고 판단하자 허리 높이의 물속으로 들어와 나를 안아 올렸다. 그걸로 충분했다. 나는 매딩의 품 안에 축 늘어져 그의 가슴에 얼굴을 묻었다. 내가 흐느끼는 동안 매딩은 내 등을 문지르며 신의 언어로 위로의 말을 중얼거렸고, 나를 욕탕 밖으로 데리고 나가 아름답게 조각된 계단을 올라 침대 역할을 하는 쿠션 더미에 눕혔다. 나는 잠들었다. 다시 깨어날 수 있을지에 대해선 전혀 생각지도 않은 채.

*

그리고 당연하지만, 다시 깨어났다. 주변에서 조용조용 말하는 소리가 들렸다. 눈을 뜨고 주위를 둘러봤다가 쿠션 더미 옆에 이상하게 생긴 소격신이 앉아 있는 걸 보고는 흠칫 놀랐다. 매우 하얀 피부에, 하트 모양의 유쾌한 얼굴 주위에는 짧은 검은 머리칼이 마치 모자처럼 얹혀 있었다. 그 즉시 두 가지 생각이 떠올랐다. 첫째, 인간으로 착각할 만큼 평범한 모습인 걸로 보아 인간과 정기적으로 교류하는 소격신이 틀림없었다. 둘째, 어찌된 일인지 그녀의 주위에는 그림자가 드리워져 있었는데 근처엔 그런 그림자를 만들 만한 물체가 전혀 없었고, 나는 장님이라 그림자를 볼 수 없어야 했다.

여자는 매딩과 이야기를 나누다가 내가 일어나 앉는 걸 보고는 말을 멈췄다. "안녕하세요." 나는 고개를 끄덕여 인사하며 얼굴을 문질렀다. 나는 매딩의 수하들을 전부 알고 있었는데 그녀는 그중 하나가 아니었다.

여자도 미소를 지으며 내게 고개를 까딱여 화답했다. "그러니까 당신이 매드가 깜박 죽는 여자란 말이지?"

나는 순간 몸을 굳혔다. 매딩이 눈시울을 찌푸렸다. "네머."

"마음 상하게 하려는 건 아냐." 그녀가 어깨를 으쓱하며 여전히 웃는 얼굴로 말했다. "난 누굴 죽일 수 있는 자들을 좋아하거든."

나는 매딩을 힐끗 쳐다보며 그의 누이에게 무한지옥에나 가라고 쏘아붙여도 될지 고민했다. 매딩이 별로 긴장하지 않은 걸로 보아 이 네머라는 여자가 위험하거나 적은 아닌 것 같았지만 그렇다고 매딩의 기분이 별로 좋은 것 같지도 않았다. 매딩이 내 눈길을 알아차리고는 한숨을 쉬었다. "네머는 경고를 해 주러 온 거야, 오리. 이 도시에서 다른 조직을 운영하고 있는데……"

"독립적인 전문가들로 구성된 길드에 가깝지." 네머가 끼어들었다.

매딩이 네머에게 동기간이라는 걸 알 수 있는 짜증스러운 눈빛을 던지더니 다시 내게로 관심을 돌렸다. "오리…… 이템파스 교단이 방금 네머에게 접촉해 의뢰를 했어. 그녀가 부리는 아랫사람도 아니고 네머를 명확히 지명해서."

나는 커다란 베개를 골라 꼭 끌어안았다. 알몸을 가리려는 게 아니라 불안감에 떠는 걸 감추기 위해서였다. 매딩이 내 상태를 알아차리고는 내가 입을 옷을 가지러 옷장으로 향했다. 나는 네머에게 말했다. "잘 알진 못하지만 이템파스 교단은 필요하면 아라메리에게 암살단을 요청할 수 있지 않나요?"

"맞아. 아라메리가 교단이 하는 일을 승인하거나 아니면 적어도 관심을 갖게 되면 말이야. 하지만 아라메리의 관심을 끌지 못하는 사소한 일이 워낙 많으니 그런 문제는 직접 처리하는 걸 좋아하지." 네머가 어깨를 으쓱했다.

나는 고개를 천천히 끄덕였다. "그럼 당신은…… 죽음의 신인가요?"

"오, 아냐. 그건 회색의 여신의 영역이지. 난 은신, 비밀, 작은 잠입 같은 걸 맡고 있을 뿐이야. 밤아버지의 망토 아래에서 일어나는 일들 말이야."

난 그 호칭에 놀라 눈을 깜박일 수밖에 없었다. 네머는 새로운 신 중 하나인 그림자 군주에 대해 말하고 있었다. 하지만 그녀가 부른 호칭은 밤의 군주와 매우 흡사하게 들렸다. 그럴 리가 없었다. 밤의 군주는 아라메리가 감시하고 있었으니까.

"독특한 제거 의뢰야 문제될 건 없어. 하지만 부업일 때나 그렇지." 네머가 어깨를 으쓱하고는 매딩을 쳐다보았다. "그래도 교단이 제시한 가격을 생각하면 나도 한 번쯤은 더 고려할지 모르겠어. 필멸자를 열받게 하는 소격신을 없애는 사업이라, 아직 개발은 안 됐지만 꽤 큰 시장이 될 것 같은데."

나는 헛숨을 들이켜며 매딩을 휙 돌아보았다. 그는 로브를 챙겨

침대로 돌아오고 있었다. 그가 태연하게 한쪽 눈썹을 들어 올렸다. 네머가 웃음을 터트리며 손을 내밀어 내 맨 무릎을 콕 찔렀고, 나는 화다닥 놀랐다. "내가 당신 때문에 찾아왔다고는 생각 안 해?"

"안 해요." 나는 조그맣게 대답했다. 매딩은 알아서 제 몸을 지킬 수 있다. 내가 걱정할 필요는 하나도 없다. "누가 나 같은 걸 죽이려고 소격신을 보내겠어요. 거지한테 20메리만 쥐여 주면 강도짓을 하려다 잘못된 것처럼 보이게 할 수 있는데. 물론 굳이 그런식으로 꾸밀 필요도 없을 테지만요. 교단이잖아요."

"아, 하지만 깜박한 모양인데. 당신, 공원에서 수호자들을 죽일 때 마법을 썼잖아. 그리고 교단에서는 마로인 남자를 징계하던 다른 세 수호자도 당신이 죽였다고 생각하고 있거든. 프레빗을 폭행한 당신 사촌이라던 사람 말이야. 시신은 못 찾았지만 당신이 어떤 마법을 쓸 수 있는지 소문이 돌고 있어." 네머가 어깨를 으쓱했다.

아, 세상에. 매딩이 내 뒤에 무릎을 꿇고 물결무늬 실크 로브를 어깨에 둘러 주었다. 나는 그에게 몸을 기댔다. "리마른. 그 사람은 내가 소격신이라고 생각해요."

"그리고 소격신을 죽이기 위해 필멸자를 고용할 사람은 없지. 설령 분필 그림의 여신이라고 해도 말이야." 네머가 내게 한쪽 눈을 찡긋해 보였다. 하지만 이내 진지한 어조로 돌아갔다. "그들이 원하는 건 당신이야. 하지만 그들도 당신이 롤레의 죽음에 책임이 있다고 여기진 않아. 적어도 궁극적으론 말이지. 동생아, 좀 더 조심했어야지." 네머가 고개를 까딱이며 나를 가리켰다. "이웃들이 전부 이 여자의 소격신 연인에 대해 알던데. 아마 이 도시 인구의 절반은 알걸. 그렇지만 않았다면 이 여자를 구할 수도 있었을 텐데 말이야."

"나도 알아." 천 년에 달하는 후회가 묻어나는 어조였다.

"잠깐만요." 나는 얼굴을 찌푸렸다. "교단에서 매딩이 롤레를 죽였다고 생각한다고요? 나도 다른 소격신이 그랬을 거라는 건 알지만······"

"매딩이 우리 피를 파는 사업을 하잖아." 건조한 말투였지만 나는 그 속에서 못마땅한 기색을 읽었다. 매딩의 한숨 소리가 들렸다. "그 사업이 꽤 잘되고 있다고 들었어. 네가 한번에 많은 양의 신혈을 구해서 생산량을 늘리려 했을지도 모른다는 건 별로 무리한 추측도 아니고."

"롤레의 피가 없어졌다면······" 매딩이 잽싸게 끼어들었다. "합리적인 가정이었을 수도 있지. 하지만 시신 안에도 밖에도 피가 상당히 많이 남아 있었어."

"네가 목격자들 앞에서 수거해 간 그 피 말이지."

"예이네에게 갖다줬다고! 혹시 롤레를 다시 살릴 수 있을지 알아보려고 말이야. 하지만 롤레의 영혼은 이미 다른 곳으로 떠났다고 했어." 매딩이 고개를 가로저으며 한숨을 내쉬었다. "내가 롤레의 피를 원했다면 왜 죽여서 시체를 골목길에 버린 다음 나중에 다시 피를 가지러 갔겠어?"

"어쩌면 네가 원한 게 피가 아니었을 수도 있지." 네머가 아주 조용히 말했다. "아니면 롤레의 피가 전부 다 필요하지 않았을 수도 있고. 목격자 중 일부는 롤레에게 아주 가까이 다가갔었어, 매드. 개한테서 뭐가 없어졌는지 볼 수 있을 만큼."

내 어깨를 잡은 매딩의 손에 힘이 들어갔다. 나는 의아해하며 그의 손 위에 내 손을 얹었다. "없어져요?"

"심장." 네머의 말에 침묵이 흘렀다.

무서워서 움찔했다. 하지만 그날 골목길에서, 핏물에 덮인 롤레의 시신을 만지다 놀라 손가락을 뗐을 때가 떠올랐다.

욕설을 중얼거리며 일어난 매딩이 분노와 초조함이 가득한 빠른 걸음으로 방 안을 왔다 갔다 하기 시작했다. 네머가 잠시 그를 지켜보다가 한숨을 쉬고는 다시 내게로 관심을 돌렸다.

"교단에선 특이한 신종 의뢰가 아니었을지 의심 중이야. 어느 부유한 고객이 더 강한 신혈을 원한 거지. 우리의 정맥혈이 필멸자에게 마법을 부여할 수 있다면 심장혈에는 얼마나 더 강한 힘이 있을까? 어쩌면 눈먼 마로 여자, 하필 그들이 의심하는 소격신의 애인에게 교단수호자를 셋이나 죽일 힘을 줄 만큼 강력하지 않을까?"

나는 입을 쩍 벌렸다. "말도 안 돼! 그런 이유 때문에 자기 형제를 죽일 소격신이 어딨어요?"

네머의 눈썹이 치켜 올라갔다. "그렇지. 우리를 안다면 누구나 그렇게 말할 거야." 당연하다는 듯한 말투였다. "우리는 그림자에 살면서 필멸자의 재물을 갖고 노는 걸 좋아하지만 그걸 필요로 하지도 않고, 그걸 위해 누군가를 죽일 리는 더더욱 없지. 한데 교단은 그걸 아직도 몰라. 그랬다면 날 고용할 생각도 안 했을 테지. 매딩을 의심하지도 않았을 테고. 적어도 그런 이유로는 말이야. 하지만 그들은 광명신의 신조에 따라 사회 질서를 어지럽히는 것은 반드시 제거해야 한다고 여기지. 그게 진짜 원인이든 아니든 상관없이." 네머가 기가 막힌다는 듯 눈동자를 굴렸다. "이천 년 쯤 지나면 이템파스의 말을 앵무새처럼 따라하는 데에도 지쳐서 자기들 머리로 생각이란 걸 좀 할 줄 알았더니."

나는 다리를 끌어 올려 두 팔로 감싸고는 한쪽 무릎에 이마를 얹었다. 내가 무얼 하든 이 악몽은 계속해서 부풀어 올라 점점 더 최악으로 치닫고 있었다. "나 때문에 매딩을 의심하는 거군요." 내가 중얼거렸다. "그런 말이잖아요."

"아니야." 매딩이 쏘아붙였다. 그는 여전히 방 안을 서성였고, 목소리는 억누른 분노 때문에 격앙되어 있었다. "놈들이 날 의심하는 건 그 망할 놈의 너희 집 손님 때문이야."

그 말이 맞았다. 프레빗 리마른은 내가 마법을 부린다는 걸 알게 됐지만 사실 그 자체로는 별 의미가 없었다. 많은 필멸자가 마법 능력을 갖고 있다. 리마른 같은 필경사도 그중 한 명이고. 그저 마법을 사용하는 게 불법일 따름이지. 내 그림을 보지 않았다면 리마른은 내가 마법을 사용했다는 증거도 찾지 못했을 것이다. 심문을 했더라도 내가 침착하게만 대처했다면 올레를 죽였을 리가 없다는 걸 알아냈을 것이다. 최악의 경우에는 오히려 나를 교난에 포섭하려 들었을 테고.

그런데 그때 샤이니가 끼어들었다. 릴이 남쪽 뿌리에 있던 시체들을 먹어 치우긴 했지만 리마른은 그 골목에 네 명이 들어갔다가 오직 한 명만 무사히 나왔다는 사실을 안다. 남쪽 뿌리에 동전 한두 푼만 주면 죄다 털어놓을 증인이 얼마나 많은지는 신만이 아실 거다. 그보다 더 나쁜 건 리마른이 샤이니가 그의 부하들을 죽일 때 사용했던 그 백열 같은 힘을 도시 건너편에서도 감지했으리라는 것이다. 샤이니의 힘과 내가 분필 그림으로 교단수호자에게 저지른 짓을 생각하면 그리 터무니없는 억측도 아니다. 소격신 한 명이 죽었고, 다른 소격신이 그녀의 죽음으로 이득을 봤으며, 그와 아주 친밀한 관계에 있는 필멸자가 갑자기 이상한 마법을 부렸다. 물론 증거는 없다. 하지만 그들은 이템파스 교단이었다. 무질서는 그 자체만으로도 범죄다.

"내가 할 얘긴 여기까지야." 네머가 일어나 몸을 쭉 폈다. 덕분에 자세 때문에 이제껏 감춰져 있던 것이 눈에 들어왔다. 네머는 마르고 강인한 근육질 몸매에 곡예사 같은 우아함을 갖추었다. 첩자나 암살자치고는 너무 평범해 보였는데 움직임을 보니 알 수 있었다. "몸조심하렴, 동생아." 네머가 잠시 멈칫하더니 생각했다. "우리 자매님도."

"잠깐만요." 내가 갑자기 입을 열자 두 사람 모두 놀란 표정을 지었다. "교단에는 뭐라고 말할 건가요?"

"벌써 말했어." 네머가 단호한 어조로 말했다. "소격신을 죽일 생각은 다시는 하지 말라고. 개네들은 이해 못 해. 지금 그들이 상대할 대상은 이템파스가 아냐. 우리는 이 새로운 어스름이 어떻게 나올지 몰라. 제정신이 박혔다면 알고 싶지도 않을 테고. 거기다 어둠의 분노에 불이라도 지르게 되면 대혼돈이 필멸계 전체를 도와주시길 빌어야 할걸."

"난……." 네머가 무슨 말을 하는지 알 수가 없어 그저 입을 다무는 수밖에 없었다. 어스름이 회색의 여신의 또 다른 이름이라는 건 알았다. 어둠은…… 그림자 군주를 말하는 건가? "지금 그들이 상대할 대상은 이템파스가 아니다"라는 건 또 무슨 뜻이지?

"놈들은 멍청한 짓으로 시간을 낭비하고 있어." 매딩이 쏘아붙였다. "우리 누이를 죽인 자들을 찾으러 뛰어다니는 게 아니라 허수아비만 때리고 있잖아! 그것만으로도 직접 죽여 버리고 싶네."

네머가 싱긋 웃으며 말했다. "자, 자. 너도 규칙을 알잖아. 게다가 28일 후면 다 상관없을 텐데, 뭘." 나는 그게 무슨 뜻인지 의아해하다가 그날 남쪽 뿌리에서 조용한 여신이 한 말을 기억해 냈다. 30일을 주마.

30일이 지나면 어떻게 되는 걸까?

네머가 진지한 어조로 돌아갔다. "어쨌든…… 생각보다 상황이 심각해, 동생아. 어차피 알게 될 테니 지금 말해 줄게. 다른 형제 둘이 더 실종됐어."

매딩이 깜짝 놀랐다. 나도 마찬가지였다. 매딩의 수하들보다 먼저, 또는 거리에 소문이 돌기 전에 알아낸 거라면 네머는 정말 솜씨 좋은 정보원을 부리고 있었다.

"누구?" 매딩이 충격을 떨치지 못한 채 말했다.

"이나랑 오보로."

오보로에 대해선 들은 적이 있다. 일종의 전사(戰士)신으로 불법 격투장에서 이름을 날리고 있었다. 사람들은 그가 정정당당하게 싸운다는 점을 좋아했다. 심지어 몇 번은 진 적도 있었다. 이나는 처음 듣는 이름이었다.

"죽었어요?" 내가 물었다.

"시신은 발견되지 않았고 우리 중 누구도 죽음을 느끼진 못했어. 하지만 그렇게 따지면 롤레 때도 마찬가지였지." 네머가 말을 멈추며 항상 그녀 주위에 존재하는 그림자 속에서 잠시 조용해졌다. 나는 문득 그녀가 매우 화가 나 있다는 사실을 깨달았다. 가벼운 언행 뒤에 숨어 있어 알아차리기 힘들었지만 매딩만큼이나 분노하고 있었다. 당연했다. 실종된 건 그녀의 형제자매였고, 죽었을 가능성이 컸다. 내가 그녀의 입장이더라도 똑같은 심정이었을 거다.

그러다 깨달았다. 실제로 나도 똑같은 입장에 있었다. 누군가 소격신을 죽이고 있다면 이 도시에 사는 모든 소격신이 위험에 처해 있다는 뜻이다. 거기엔 매딩도 포함된다. 그리고 샤이니도. 그가 진짜로 소격신이라면 말이다.

나는 자리에서 일어나 매딩에게 다가갔다. 서성이던 걸 그만둔 참이던 매딩은 내가 손을 잡자 놀란 듯 보였다. 나는 네머를 돌아보았다. 나도 모르게 목소리가 떨렸다.

"레이디 네머, 전부 다 알려 주셔서 고마워요. 이제 매딩과 저, 우리 둘이서만 얘기를 좀 나눠도 될까요?"

네머가 황당한 표정을 짓더니 곧 음흉하게 웃음 지었다. "오, 나 얘 마음에 든다, 매드. 필멸자라는 게 아쉬울 정도네. 아, 물론이죠, 쇼스 양, 기꺼이 둘만 있게 해 줄게. 앞으로 다시는 나를 '레이디 네머' 따위로 부르지 않는다고 약속해 주면." 그러고는 끔찍하다는 듯 과장되게 몸을 부르르 떨었다. "늙은이가 된 기분이라고."

"네, 레……" 나는 혀를 깨물었다. "그럴게요."

네머가 찡긋 윙크하더니 매딩에게 손경례를 하고 사라졌다.

그녀가 사라지자마자 나는 매딩을 돌아보았다. "당신, 빨리 그림자에서 떠나."

매딩이 몸을 뒤로 기울이며 나를 빤히 쳐다봤다. "뭐라고?"

"누가 소격신을 죽이고 있다잖아. 신계에 가면 안전할 거야."

그는 입을 헤벌린 채 할 말을 잃고 나를 한참 동안 응시했다. "웃어야 할지 아님 내 집에서 당장 쫓아내야 할지 모르겠네. 날 얼마나 무능하게 보고 있으면…… 정말로 내가 그런 짓거리를 하는 개자식들을 찾는 게 아니라 도망칠 거라고 믿는……"

"당신 자존심 같은 건 관심 없어!" 나는 다시 그의 손을 힘주어 부여잡으며 설득하려 했다. "당신이 겁쟁이가 아니라는 거 알아. 누이의 살해범을 잡고 싶어 한다는 것도 알고. 하지만 누군가 신들을 죽이고 있는데 그자를 막는 법을 모른다면…… 매드, 도망치는 게 뭐가 나빠? 나한테도 교단을 피해 도망치라며? 당신은 신계에서 영겁의 세월을 살았고 여기서는, 그래, 한 십 년 살았나? 근데 여기서 무슨 일이 일어나든 왜 그렇게 신경 쓰는데?"

"내가 왜……" 매딩이 손을 뿌리치더니 내 어깨를 붙들고 나를 뚫어지게 노려보았다. "미쳤어? 지금 날 똑바로 쳐다보면서 교단 수호자들이 뭔 짓을 하든 말든 널 버리고 도망치라고 하는 거야? 생각이란 게 있으면……"

144

"놈들이 원하는 건 당신이야! 당신이 떠나고 나서 난 자수하면 돼. 당신이 신계로 돌아갔다고 하면 그 뒤는 알아서들 하겠지. 그 러면……"

"그러면 널 죽이겠지." 매딩이 말했다. 나는 놀라서 입을 다물었다. "당연하잖아, 오리. 질서를 회복시키려면 희생양이 필요하니까. 롤레한테 일어난 일 때문에 필멸자들은 혼란에 빠져 있어. 자기가 섬기는 신이 죽을 수 있다는 건 별로 알고 싶지 않은 사실이니까. 또 살해범이 정의의 심판을 받는 걸 보고 싶어 하지. 설사 살해범을 찾지 못해도 교단은 누군가를 대중에게 던져 주려 할 거야. 내가 없으면 넌 아무 보호도 못 받을 거고."

그의 말은 전부 사실이었다. 본능적으로 확신할 수 있었다. 난 두려웠다. 하지만……

"당신이 죽으면 난 못 견딜 거야." 나는 나직하게 말했다. 도저히 그와 눈을 마주칠 수가 없었다. 이건 몇 달 전에 그가 내게 한 말과 표현만 약간 다를 뿐 실질적으로는 똑같은 의미였다. 똑같은 말을 하는 지금, 그때 그의 말을 들었을 때만큼이나 가슴이 찢어지는 것 같았다. "내가 죽으면 당신을 잃으리라는 걸 아는 것과는 달라. 그건…… 타당한 일이야. 자연스러운 일이야. 원래 그래야만 하는 거고. 하지만……" 난 감당할 수 없을 거다. 매딩이 죽어 그 골목길에 누워 있는 모습을 상상했다. 청록색 내음이 희미해지고, 몸의 온기가 식고, 내 손가락에 혈흔이 묻고, 그의 모습이 있어야 할 곳에 아무것도, 아무것도 없는 것을 상상했다.

아냐. 그런 일을 겪으니 차라리 죽어 버리겠다.

"그러니까 그렇게 하자. 난 사람을 셋이나 죽였어. 사고였지만 내가 죽인 건 사실이잖아. 그 사람들한테도 꿈이 있었을 거야. 가족도 있었을 테고…… 당신은 빚을 진다는 게 어떤 건지 알지, 매드. 그러니 나도 그 빚을 갚아야 하지 않아? 당신만 안전하다면 난 다 괜찮아."

분노와 두려움, 그리고 언짢은 감정이 담긴 차임벨 소리와 함께 매딩이 단어를 하나 내뱉자 내 시야 가득 차가운 아쿠아마린 색조가 터지듯이 번져 나갔다. 나는 입을 다물었다. 매딩이 나를 놓고 등을 돌렸다. 그제야 목숨을 기꺼이 내던지겠다는 내 말에 그가 해를 입었다는 것을 깨달았다. 그의 본질은 채무였고, 이타주의는 그와 정반대의 개념이었다.

"나한테 이러지 마." 분노 때문에 싸늘한 말투였지만, 그 기저엔 팽팽한 두려움이 깔려 있었다. "그 멍청이들이 수사랍시고 헛짓거리를 할 때 운 나쁘게 옆에 있었단 이유로 함부로 목숨을 버리지 말란 말이야. 너랑 같이 사는 그 이기적인 자식 때문에 그러지도 말고." 매딩이 주먹을 불끈 쥐었다. "다시는, 절대로, 나를 위해 죽겠다고 하지 마."

나는 한숨을 내쉬었다. 매딩에게 상처 주고 싶진 않지만 그가 인간계에 남아 필멸자들의 사소한 정치 싸움을 참고 견뎌야 할 이유는 없었다. 설령 나 때문이더라도 마찬가지고. 매딩은 그걸 알아야 했다.

"당신이 자기 입으로 그랬잖아. 난 언젠가 죽을 거야. 무슨 짓을 해도 그걸 막을 순 없어. 지금 죽든 오십 년 후에 죽든 뭐가 중요한데? 난……"

"중요하지." 매딩이 벌컥 화를 내며 으르렁거렸다. 성큼성큼 단 두 걸음 만에 방을 가로질러 다가와 내 어깨를 붙잡았다. 그가 취하고 있는 필멸자 형상의 표면에 파문이 일었다. 잠깐 동안 푸른색으로 깜박이다가 고요해졌다. 얼굴에는 땀이 번질거렸다. 자신이 어떤 심정인지 보여 주려고 고통마저 감내하고 있었다. "중요하지 않다고 함부로 말하지 마!"

무슨 말을 해야 할지, 무엇을 해야 할지 알 것 같았다. 전에도 비슷한 상황을 겪은 적이 있으니까. 격렬하고 위험하며 모든 걸 갉아먹는 욕구가 매딩으로 하여금 아무리 고통스럽다 한들 나를 사랑할 수밖에 없게 했다. 매딩이 옳았다. 그는 너무도 쉽게 죽어 버릴 연약한 필멸자 여자가 아니라 똑같은 신을 연인으로 삼아야 했다. 나를 차버린 건 그가 한 일 중 가장 현명한 일이었다. 비록 그걸 받아들인 게 내 삶에서 가장 어려운 선택이었다 할지라도.

그러니 나는 매딩을 밀어내야 했다. 가슴을 갈기갈기 찢어 놓을 지독한 말을 던져야 했다. 그게 옳은 일이었으니, 온 힘을 다해 그렇게 해야 했다.

하지만 나는 내가 바라는 만큼 독하지 못했다.

매딩이 내게 키스했다. 오, 신이여, 너무도 달콤했다. 이번엔 그를 느낄 수 있었다. 청량하고 부드러운 그의 아쿠아마린, 그 강렬한 욕심. 이틀 밤 전에 매딩이 억눌렀던 모든 게 터져 나왔다. 차임벨 소리와 함께 매딩이 내 안으로 흘러들어 왔고, 몸을 떼려 하자 이번엔 내가 그를 붙잡고 끌어당겼다. 매딩은 고개를 숙여 나와 이마를 맞댄 채 한참 동안 몸을 떨었다. 그 역시도 무엇을 해야 할지 알고 있었다. 이내 매딩이 나를 높이 안아 올리더니 쿠션 더미로 데려갔다.

우리는 과거에도 여러 번 사랑을 나누었더랬다. 결코 완벽하진 않았다. 그럴 수가 없지. 나는 필멸자니까. 하지만 항상 좋았다. 그중에서도 지금처럼 매딩이 필사적일 때가 가장 좋았다. 그럴 때면 그는 자제력을 잃고 내가 필멸자이며 자신이 억제해야 한다는 사실마저 잊어버렸다.(물리적인 완력을 말하는 게 아니다. 물론 그것도 그렇긴 하지만. 그러니까 내 말은, 때때로 그는 나를 여러 장소로 데려가 환영을 보여 주었다. 이 세상엔 필멸자가 봐선 안 되는 것들이 있지만 매딩이 무아지경에 빠질 때면 나도 그 일부를 엿볼 수 있었다.)

위험하긴 해도 나는 매딩이 자제력을 잃는 게 좋았다. 내가 그런 쾌락을 선사할 수 있다는 게 좋았다. 그는 소격신 중에서도 어린 축에 속했지만 나에 비하면 수천 년을 살았기 때문에 가끔은 내가 그에게 부족할까 봐 걱정스러웠다. 하지만 이런 밤, 그가 흐느끼고 신음하고 몸을 밀어붙이며 절정의 순간에 다이아몬드처럼 반짝일 때면 나는 그게 쓸데없는 걱정이란 걸 알 수 있었다. 나는 부족하지 않았다. 왜냐하면 그는 나를 사랑했으니까. 가장 중요한 건 그거였다.

*

녹초가 된 우리는 늦은 밤 축축하고 서늘한 적막 속에 느른하게 누워 있었다. 같은 층과 위층에서 사람들이 분주하게 움직이는 소리가 들렸다. 필멸자 하인들, 매딩의 수하들, 그리고 아마도 물건을 원 생산자로부터 직접 구매할 수 있는 보기 드문 특권을 가진 귀한 고객들. 매딩의 집에는 문이 없었다. 소격신들은 문을 귀찮게 여겼기 때문이다. 그러니 집 안에 있는 사람이라면 누구나 우리가 낸 소리를 들었을 것이다. 하지만 우리는 신경 쓰지 않았다.

"내가 아프게 아프진 않았어?" 평소와 똑같은 질문이었다.

"아니, 전혀." 이것 또한 늘 하던 대답이었지만 그때마다 매딩은 안도의 한숨을 내쉬었다. 나는 배를 깔고 편안하게 엎드려 있었다. 졸리지는 않았다. "내가 당신을 아프게 하진 않았어?"

이럴 때면 그는 보통 웃었다. 하지만 이번엔 침묵을 지켰다. 전에 우리가 했던 언쟁을 떠올리지 않을 수가 없었다. 그래서 나도 침묵했다.

"넌 그림자를 떠나야 해." 이윽고 매딩이 말했다.

난 아무 말도 하지 않았다. 할 말이 없었기 때문이다. 매딩은 필멸계를 떠나지 않을 거다. 그러면 내가 죽을 테니까. 그림자를 떠나도 죽을 수 있었지만 그나마 가능성이 낮았다. 모든 건 프레빗 리마른이 나를 얼마나 간절히 원하느냐에 달렸다. 그림자 밖에서는 매딩이 나를 보호하기가 어려웠다. 회색의 여신이 내린 명에 따라 소격신은 그림자도시를 떠날 수 없었다. 여신이 전 세계에 혼란이 일지도 모른다고 염려했기 때문이다. 하지만 이템파스 교단에는 대도시마다 백색전당이 있고, 전 세계에 수천 명의 사제와 수련자가 있었다. 리마른이 일단 나를 쫓기로 결심한다면 그들 모두를 피해 다니기란 힘들 것이다.

하지만 매딩은 리마른이 나에게 관심을 두지 않을 것이라고 확신했다. 나는 손쉬운 먹잇감이었지만 실제로 그가 노리는 먹잇감은 아니었다.

"도시 밖에 연락책이 몇 명 있어. 네게 필요한 걸 준비하도록 시킬게. 작은 마을에 있는 집과 경호원 한두 명이면 편하게 지낼 수 있을 거야. 내가 다 해 줄 테니까."

"여기 있는 내 물건들은?"

그의 눈이 잠깐 초점이 흐릿해졌다 돌아왔다. "오늘 밤 안에 처리하라고 형제 하나를 보내 놨어. 당분간은 네 가재도구를 여기 보관해 뒀다가 새집이 마련되면 마법으로 보내 줄게. 이웃들은 네가 이사 간 줄도 모를 거야."

이렇게 내 삶이 무너진다. 너무도 빠르고 쉽게.

나는 엎드린 채 포갠 팔 위에 머리를 얹고는 아무 생각도 하지 않으려 했다. 잠시 후 매딩이 일어나 앉더니 쿠션 더미에서 몸을 내밀어 바닥에 놓인 작은 캐비닛을 열고 뒤적거렸다. 그가 뭘 꺼냈는지는 못 봤지만 그걸로 자기 손가락을 찌르는 것을 보고 나는 눈살을 찌푸렸다.

"그럴 기분 아냐."

"기분이 나아질 거야. 그러면 내 기분도 나아질 거고."

"사람들이 당신이 신혈을 내다 팔려고 형제자매를 죽인다고들 떠드는데, 꺼림칙하진 않아?"

"응." 하지만 평소보다 날카로운 음성이었다. "이것 때문에 누굴 죽일 일은 절대로 없으니까 남들이 뭐라고 생각하든 신경 안 써."
매딩이 내게 손가락을 내밀었다. 가넷을 닮은 짙은 붉은색의 핏방
울 하나가 맺혀 있었다. "보여? 벌써 피가 났는데. 그냥 버려?"

나는 한숨을 지었지만 결국 몸을 기울여 매딩의 손가락을 입에
넣었다. 소금과 금속, 그리고 언제나 뭐라 불러야 할지 알 수 없는
이상한 맛이 혀 위를 스치고 지나갔다. 아마 다른 차원에 존재하
는 맛이겠지. 입안에 든 걸 삼키자 얼얼한 기운이 목구멍에서 뱃
속으로 죽 흘러 내려가는 게 느껴졌다.

마지막으로 매딩의 손가락을 핥고 놓아주었다. 짐작한 대로 상
처는 벌써 아물어 있었다. 그냥 놀릴 셈으로 핥은 거다. 매딩이 작
게 한숨을 내쉬었다.

"이래서 단절이 발생한 거야." 그가 다시 내 옆에 드러누우며 말
했다. 한 손으로 내 등허리에 움푹 들어간 부분을 천천히 원을 그
리며 문질렀다. 다시 섹스에 대해 생각하고 있다는 의미였다. 욕
심도 많지.

"으응?" 나는 눈을 감고 신혈이 내 몸 전체에 힘을 퍼트리는 것
을 느끼며 전율했다. 한번은 매딩이 그의 피를 맛보게 해 주었을
때 바닥에서 정확히 15센티미터쯤 둥둥 떠다녔던 적도 있다. 내
려오지도 못하고 몇 시간 동안이나 말이다. 그때 매딩은 배꼽이
빠져라 웃느라 바빠서 아무 도움도 되지 않았다. 다행히 대부분의
경우 신혈은 술에 취했을 때처럼 기분 좋게 몽롱하게 해 줄 뿐이
었다. 숙취가 없어서 더 좋고. 가끔 환영이 보이긴 했지만 무서운
것들은 아니었다. "무슨 얘기야?"

"너." 매딩의 입술이 귓가에 닿자 등골이 기분 좋게 짜릿해졌다. 내 반응을 눈치챈 그가 손가락 끝으로 등을 천천히 쓸어내렸다. 나는 몸을 움츠리며 한숨을 내쉬었다. "너희 필멸자들은 우리를 중독시키고 미치게 해. 우리 중 얼마나 많은 이들이 너희의 유혹에 넘어갔는지 알아, 오리? 심지어 아주 오래전, 세 주신마저 그랬지. 나도 예전엔 필멸자와 사랑에 빠지는 게 바보 같다고 생각한 적이 있었는데."

"한데 직접 경험해 보니 당신 생각이 틀렸고?"

"오, 아니야." 매딩이 상체를 일으켜 다리 사이에 나를 가두더니 내 몸 밑으로 손을 집어넣어 가슴을 받치고 주무르기 시작했다. 나는 나른한 쾌감에 숨을 길게 내쉬었지만 그가 목덜미를 잘근거리기 시작했을 때는 키득거릴 수밖에 없었다. "내 생각이 옳았어. 그건 정말 일종의 광기거든. 너희는 우리가 원하면 안 되는 것들을 원하게 만들어."

내 미소가 사그라들었다. "영생처럼."

"그래." 그의 손이 멈췄다. "그것 말고 다른 것도."

"또 어떤 거?"

"예를 들면, 자식?"

나는 벌떡 일어나 앉았다. "농담이라고 해 줘." 오래전에 매딩은 인간 남자와 할 때와는 달리 예방 조치를 할 필요가 없다고 장담했었다.

"조용." 매딩이 나를 눌러 다시 눕혔다. "당연히 농담이지. 하지만 내가 원한다면 네게 아이를 줄 수도 있어. 너만 좋으면 말이야.

그리고 세 주신이 우리에게 명한 진짜 유일한 원칙만 깰 용의만
있으면."

"오." 나는 다시 쿠션에 털썩 드러누워 느릿하고 은근한 애무에
몸을 맡겼다. "악마 말이구나. 필멸자와 불멸자 사이의 자식들. 괴
물들."

"악마는 괴물이 아냐. 신들의 전쟁이 있기 전, 심지어 내가 태어
나기도 전의 일이지만 그들도 우리 소격신과 똑같았다고 들었어.
우리처럼 별들 사이를 날아다닐 수 있었고 우리처럼 마법도 부렸
지. 하지만 우리랑은 다르게 나이를 먹고 또 늙어 죽었대. 아무리 강
한 힘이 있어도 말이야. 그러니까 그들은…… 아주 이상한 존재였
지만 그렇다고 괴물은 아니었어." 매딩이 한숨을 쉬었다. "악마를
만드는 건 금지됐지만…… 아, 오리. 네 아이들은 정말 예쁠 거야."

"으흠." 슬슬 관심이 옅어지기 시작했다. 매딩은 손으로 언어를
초월하는 기분 좋은 일을 할 때도 말을 늘어놓는 걸 좋아했다. 그
가 마지막 말을 중얼거리며(사랑스러운 것들) 내 다리 사이로 손을
집어넣었다. "그래서 세 주신은 당신들이…… 어…… 인간과 사
랑에 빠져 작고 위험한 악마들을 낳을까 봐 두려웠던 거구나."

"셋 다 그런 건 아냐. 결과적으로 우리에게 필멸계에서 떨어져
있으라고 명한 건 이템파스였으니까. 하지만 그는 불복종을 용납
하지 않고, 그래서 우린 모두 그 명령에 따랐지." 매딩이 내 어깨
에 입을 맞추고는 관자놀이에 얼굴을 비볐다. "너를 만나기 전까
진 그게 얼마나 잔인한 명령인지 몰랐어."

갑자기 장난기가 발동해 씨익 웃었다. 손을 뻗어 내 허리에 닿

아 있는 따뜻하고 단단한 살덩어리를 움켜쥐었다. 능숙한 손길로 쓰다듬자 그가 몸을 떨었고, 귓가에 닿는 그의 숨소리가 거칠어졌다. "그치." 나는 놀려 댔다. "너무 잔인해."

"오리." 매딩이 낮게 잠긴 목소리로 말했다. 내가 한숨을 쉬며 엉덩이를 살짝 들어 올리자 그가 마치 제자리를 찾은 듯이 내 안으로 다시 미끄러져 들어왔다.

그 뒤로 이어진 기분 좋게 부유하는 듯한 쾌감 속에서 나는 누군가 우리를 지켜보고 있다는 느낌을 받았다. 처음엔 아무 생각도 없었다. 매딩의 형제자매는 우리 관계를 신기하게 여겼고 우리를 지켜보는 게 그들이 필멸자처럼 행동하는 데 도움이 된다면 나도 별로 신경 쓰이지 않았다. 하지만 나중에 녹초가 되어 반쯤 기분 좋게 꾸벅거릴 때, 나는 그 시선에 뭔가 다른 게 담겨 있음을 깨달았다. 평소처럼 호기심이나 성적 자극이 느껴지지 않았다. 그보단 더 무겁고, 탐탁지 않은 기색이 느껴졌다. 그리고 왠지 모를 익숙함.

아, 그래. 매딩이 내 짐을 가지러 사람을 보냈지. 그중엔 샤이니도 포함되어 있을 것이다. 음울하고, 오만하고, 이기적인 내 애완사람. 내가 매딩과 함께 있는 게 왜 화가 날 일인지도 모르겠고 별로 신경 쓰이지도 않았다. 항상 뚱해 있는 모습이 지겨웠다. 그의 모든 게 지겨웠다. 그래서 아무것도 눈치채지 못한 척 그냥 잠들었다.

＊

눈을 떠 보니 매딩이 없었다. 나는 멍하니 일어나 앉아 정신이 날 때까지 주변에서 나는 소리를 듣고 있었다. 아래층에서는 물소리가 끊임없이 졸졸거리고, 히라스 향기도 났다. 위층에서는 누군가 걸으며 마룻바닥에서 삐걱거리는 소리가 났다. 밤늦은 시간일 거라는 예감이 들었지만 매딩이 부리는 이들은 대부분 소격신이라 어차피 잠을 자지 않았다. 같은 층 어디선가 여자의 웃음소리와 남자 둘의 대화 소리가 들렸다.

나는 하품을 하며 다시 고개를 뉘었지만 의식 속에 부드럽게 파고드는 목소리를 막을 수는 없었다.

"······말 안 했······"

"······당신 일이나 신경 써요, 젠장! 당신은 아무런······"

천천히 깨달음이 찾아왔다. 샤이니. 그리고 매딩. 둘이 이야기를 하고 있어? 상관없었다. 관심없었다.

"내 말 안 듣고 있잖아요." 나직한 음성이었지만 감정이 강하게 깃들어 있어 뚜렷하게 들렸다. "그녀가 기회를 줬는데도 당신은 그걸 낭비하고 있어. 대체 왜 그러는 건데. 얼마나 많은 이가 당신을 위해 싸우다 죽었는데······" 매딩이 머뭇거리며 잠시 입을 다물었다. "남 생각은 절대 안 하지······. 자기 자신만 중요할 뿐이고! 오리가 당신 때문에 무슨 일을 겪었는지 알기나 해요?"

눈이 번쩍 뜨였다.

샤이니의 대답은 낮은 웅얼거림이라 잘 알아들을 수가 없었다.

매딩의 대꾸는 거의 고함에 가까웠다. "당신이 그녀를 망치고 있어! 자기 가족을 망친 걸로는 충분하지 않아요? 내가 사랑하는 사람까지 죽여야 해?"

나는 자리에서 일어났다. 지팡이는 베개 더미의 내 쪽에 있었다. 매딩이 늘 놓아두던 자리였다. 로브는 배개 위에 내가 떨어뜨렸던 곳에 흐트러져 있었다. 나는 로브를 턴 다음 몸에 걸쳤다.

"……지금 말해 두겠는데……" 매딩은 어느 정도 평정을 되찾았지만 여전히 격분해 있었다. 그가 다시 목소리를 낮췄다. 샤이니는 조용했다. 매딩이 폭발한 뒤부터는 계속 그랬다. 매딩이 다시 뭐라고 말했지만 알아들을 수가 없었다.

나는 문 앞에 멈춰 섰다. 관심 없어. 나는 속으로 중얼거렸다. 내 삶은 엉망이 됐고 그건 다 샤이니의 잘못이었다. 그는 아무것에도 관심이 없어. 두 사람이 무슨 얘기를 하든 무슨 상관인데? 나는 왜 아직도 그를 이해하려고 하는 거지?

"……그는 다시 당신을 사랑하게 되겠지. 그게 당신한테 아무 의미도 없는 척 계속 그러든가요, 아버지. 하지만 난 알아."

아버지. 눈을 깜박였다. 아버지?

"……그 모든 일에도 불구하고 말이죠. 믿든 말든 맘대로 해요." 최후통첩을 알리는 말투였다. 논쟁은 일방적으로 끝났다.

나는 침실 문 밖에 있는 벽에 등을 붙여 기대섰다. 매딩이 돌아와 나를 발견한다면 문제가 생길지도 모르지만 매딩의 무거운 발소리는 다른 쪽으로 멀어졌고, 침실로 돌아오지 않고 아래층으로 향했다.

거기 서서 방금 들은 말을 곱씹고 있는데 샤이니가 방을 나가는 소리가 들렸다. 그는 빠른 걸음으로 매딩의 방을 지나쳤다. 혹시 내가 침대 밖에 나와 있는 걸 알아차리고 들어와 나를 볼지도 모른다고 생각했지만 샤이니의 발걸음은 조금도 느려지지 않았다. 그는 위층으로 향했다.

누구를 따라가지? 나는 잠시 망설이다가 매딩의 뒤를 쫓아갔다. 적어도 매딩은 내 말에 대답을 해 줄 테니까.

매딩은 가장 큰 욕탕 위에 서서 내 눈에도 온 방 안이 보일 만큼 환한 빛을 내뿜고 있었다. 매딩의 마법이 벽과 수면에 반사되어 비쳤다. 나는 매딩의 뒤에 서서 보석 같은 그의 단면 위를 노니는 빛의 유희, 그가 움직일 때마다 아쿠아마린 표면에 일렁이는 파문, 그리고 깜박거리며 벽 위에 만들어지는 무늬를 감상했다. 매딩은 마치 기도를 하듯 두 손을 모은 채 고개를 숙이고 있었다. 어쩌면 '정말로' 기도를 하고 있었는지도 모른다. 소격신 위에는 주신이 있고, 그 위에는 불가지한 대혼돈이 있다. 어쩌면 대혼돈조차 무언가에 기도를 올릴지도 모른다. 누구에게나 가끔은 의지할 곳이 필요하니까.

그래서 나는 방해하지 않으려고 가만히 기다렸다. 매딩이 이내 손을 내리더니 나를 돌아보았다.

"목소리를 낮춰야 했는데." 맑게 울리는 차임벨 소리 속에서 그가 부드럽게 말했다.

나는 미소를 지으며 무릎을 끌어 올려 팔로 감싸 안았다. "그 사람한텐 소리를 안 지르기가 힘들지."

매딩이 한숨을 내쉬었다. "전쟁 전에 그를 봤더라면, 오리. 정말 아름답고 영광스러웠어. 우리 모두가 그를 사랑했고 그의 사랑을 얻기 위해 경쟁했고 그의 보살핌을 만끽했지. 그는 조용하고 꾸준한 방식으로 우리의 사랑을 돌려주었고. 하지만 이젠 정말 너무 많이 변했어."

매딩의 몸이 마지막으로 희미하게 반짝이더니 지난 몇 년 동안 내가 사랑한 평범하고 다부진 인간의 외형으로 돌아왔다. 여전히 알몸에 머리카락은 길게 늘어뜨려져 있고, 여전히 수면 위에 서 있었다. 눈동자에는 도저히 필멸자로 착각할 수 없는 너무도 오랜 기억과 슬픔이 담겨 있었다. 아무리 열심히 노력한다 한들 그는 결코 평범한 사람처럼 보이지 않을 것이다.

"그러니까 네 아버지란 말이지." 내가 늘어지는 말투로 말했다. 내 안에 일기 시작한 의심을 소리 내어 말하고 싶지는 않았다. 솔직히 믿을 수가 없었다. 세상에는 수십, 수백이 넘는 소격신이 있고, 신들의 전쟁이 일어나기 전에는 그보다도 더 많았다. 그들 모두가 세 주신의 자식은 아니었다.

하지만 대부분은 그랬다.

매딩이 내 표정을 읽고는 살며시 웃었다. 그에게는 아무것도 숨길 수가 없었다. "우리 중에 그와 의절하지 않은 이는 많지 않지."

나는 입술을 축였다. "난 소격신인 줄 알았어. 어, 그냥 소격신 말이야. 설마……." 애매한 동작으로 머리 위쪽을 가리켰다.

"그는 그냥 소격신이 아니야."

확인 사살까지 받자 뜻밖에 허무한 느낌마저 들었다. "난 주신은…… 다를 줄 알았는데."

"달라."

"하지만 샤이니는……."

"그는 특별한 경우야. 지금 상황은 일시적인 것에 불과하고. 아마도."

살면서 겪은 어떤 경험도 이런 것에는 대처할 수가 없다. 개인적으로 몇몇 소격신과 알고 지내긴 해도 신들의 일에 대해 특별히 잘 아는 건 아니었다. 사제들이 사람들에게 교단이 원하는 것만 가르칠 뿐 반드시 진실을 가르치지는 않는다는 것은 알았다. 그리고 때때로 진실을 말할 때조차 잘못 알고 있다는 것도.

매딩이 내 옆에 다가와 앉아 조용히 먼 곳을 응시했다.

나는 알아야 했다. "그가 대체 무슨 짓을 했는데?" 시에에게 한 것과 똑같은 질문이었다.

"아주 끔찍한 짓." 내가 충격 때문에 할 말을 잃은 사이, 매딩의 미소가 사라졌다. 얼굴은 거의 화가 난 것처럼 딱딱하게 굳어 있었다. "우리 중 대부분이 절대로 용서 못 할 짓을 저질렀지. 한동안은 피할 수 있었을지 몰라도 이젠 빚을 갚아야 할 때가 됐어. 아주 오래도록 갚아야 할 거야."

때때로 그들은 아주 많이 잘못 알고 있었다. "이해가 안 돼." 내가 조그맣게 속삭였다.

매딩이 손을 들어 올려 손가락 관절로 내 뺨을 쓸고는 곱슬대는 머리카락 한 가닥을 귀 뒤로 넘겨 주었다.

"널 만나다니 그는 정말 운도 좋아. 솔직히 고백하면 질투도 좀 났고. 예전의 그가 아직 조금은 남아 있거든. 네가 왜 그한테 끌리는지 알겠어."

"그런 거 아냐. 샤이니는 날 좋아하지도 않는걸."

"알아." 매딩이 손을 늘어뜨렸다. "지금 와선 그가 누구에게 진실로 마음을 연다는 게 과연 가능할지 잘 모르겠어. 원래 변화에 적응하거나 유연하게 굽히는 데에는 형편없어서. 그래서 결국 부러지고 만 거지. 그러면서 우리 모두를 다 같이 바닥으로 끌고 내려왔고."

매딩이 조용해졌다. 온몸에서 괴로워하는 기색이 뿜어져 나오고 있었다. 나는 그가 시에와 달리 아직 샤이니를 사랑한다는 걸 알 수 있었다. 아니면 적어도 예전에 샤이니였던 존재를.

나는 마음속에서 속삭이는 그 이름을 떠올리지 않으려고 저항했다.

매딩의 손을 더듬어 찾아 손깍지를 꼈다. 그가 얽혀 있는 우리의 손을 내려다봤다가 다시 나를 올려다보며 미소 지었다. 그의 눈빛에 너무 깊은 슬픔이 담겨 있어서, 나는 몸을 기울여 입을 맞췄다. 매딩이 입술 사이로 한숨을 내쉬고는 내 이마에 이마를 마주 댔다.

"그에 대해서는 더 이상 얘기하고 싶지 않아."

"알았어. 그럼 무슨 얘기를 할까?" 하지만 벌써 알 것 같았다.

"내 곁에 있어." 매딩이 속삭였다.

"떠난 사람은 내가 아닌데." 가볍게 대꾸하려 했지만 처참하게 실패했다.

매딩이 눈을 감았다. "전과는 달라. 난 뭘 어떻게 하든 널 잃게 되겠지. 네가 이 도시를 떠나거나 아니면 늙어 죽거나. 하지만 여기 있는다면 적어도 너와 오랜 시간을 같이 보낼 수 있잖아." 매딩이 내 다른 쪽 손을 더듬어 찾았다. 똑같이 앞을 못 보는 상태여도 역시 나보다는 서툴렀다. "나한텐 네가 필요해, 오리."

　나는 초조하게 입술을 핥았다. "당신을 위험하게 하고 싶지 않아, 매드. 그리고 여기 있게 되면……" 내가 먹는 모든 음식, 내가 입는 모든 옷이 그의 주머니에서 나오게 될 것이다. 내가 그런 걸 견딜 수 있을까? 나는 원하는 삶을 살기 위해 대륙을 가로질렀고, 어머니와 동포들을 두고 낯선 곳으로 떠나왔고, 안간힘을 다해 노력했다. 교단이 나를 잡기 위해 혈안이 되어 있고 살인죄가 내 발목을 붙들고 있는데, 그림자에 남는다면 매딩의 집에서 한 발짝이라도 나갈 수 있을까? 있는 게 자유밖에 없는 외로운 삶을 살 것인가, 아니면 사랑하는 남자의 집에 갇혀 살 것인가. 두 가지 모두 끔찍한 선택지였다.

　매딩도 알았다. 그가 떨고 있는 게 느껴졌고, 그것만으로도 거의 충분할 것 같았다. "제발." 그가 속삭였다.

　거의 넘어갈 뻔했다.

　"생각해 볼게. 그래야 할 것 같아…… 지금은 생각할 수가 없어, 매드."

　매딩이 눈을 떴다. 우리는 서로 맞닿을 만큼 가까이 있었기 때문에 그의 얼굴에서 희망이 사라지는 게 느껴질 정도였다. 그가 뒤로 물러나 내 손을 놓아주었다. 내가 거절할 경우에 대비해 벌써부터 마음을 거둘 준비를 하고 있었다.

"좋아, 필요한 만큼 시간을 들여서 천천히 생각해 보도록 해."

차라리 화를 냈다면 더 나았을 텐데.

뭔가 말하러 입을 벌렸지만 매딩은 벌써 몸을 돌리고 가 버렸다. 게다가 내가 무슨 말을 할 수 있겠어? 그 어떤 것도 내가 방금 그에게 준 고통을 치유할 수는 없을 터였다. 오직 시간만이 가능하겠지.

나는 한숨을 쉬며 자리에서 일어나, 위층으로 향했다.

*

매딩의 집은 엄청나게 컸다. 그의 침실이 있는 2층은 그와 형제자매가 인간들에게 자기들 피가 담긴 작은 병을 팔기 위해 몸을 찌르는 곳이기도 했다. 매딩은 이것을 비롯한 여러 가지 사업으로 부자가 되었다. 인간들이 기꺼이 웃돈을 지불할 소격신만의 특수한 기술도 많이 갖고 있었다. 하지만 그는 여전히 소격신이었고, 사업 규모가 성장했을 때도 사무실을 열기보단 집을 더 크게 확장하여 부하들에게 다 같이 살자고 제안했다.

대부분은 그의 제안을 수락했다. 3층에는 침대에서 자기 좋아하는 소격신과 교단의 목줄에서 빠져나온 몇 안 되는 필경사들, 그리고 기록 관리나 유리 불기, 영업처럼 다른 유용한 재능이 있는 인간들의 방이 있었다. 그다음 층이 내가 찾던 옥상이었다.

옥상으로 올라가는데 계단 꼭대기에서 시시덕거리는 두 소격신을 발견했다. 매딩의 밑에서 부관 겸 경호원으로 일하는 얼룩덜룩한 피부의 남성과 중년 켄 남성 모습의 쌀쌀맞고 잘생긴 다른 소격신이었다. 지혜로운 만큼이나 무심한 눈빛을 가진 후자의 소격신은 아직 내 존재를 알아차리지 못한 것 같았다. 전자는 내게 윙크를 보내더니 자기 형제에게 가까이 붙어 내가 지나갈 공간을 만들어 주었다.

"밤공기라도 마시려고?"

나는 고개를 끄덕였다. "위에 올라가면 도시 분위기도 더 잘 느껴지거든요."

"작별인사는 했고?" 날카로운 시선이 내 표정을 인처럼 읽어 내렸다. 나는 대답 대신 옅은 미소만 지어 보였다. 소리 내어 말했다간 평정을 유지할 수가 없을 것 같았다. 안쓰러운지 그의 표정이 부드러워졌다. "당신이 떠나면 아쉬울 거야."

"나 때문에 매딩이 곤란을 많이 겪었잖아요."

"매딩은 신경 안 쓸 텐데."

"알아요. 하지만 이대로라면 내 영혼까지 빚지게 될 걸요."

"매딩은 당신한테만큼은 그런 계산을 안 해, 오리." 남자가 내 이름을 말한 건 처음이었다. 별로 놀랄 일은 아니었다. 그는 매딩과 나보다 더 오래 알고 지낸 사이였다. 어쩌면 필멸계에 같이 내려왔을 수도 있다. 도시의 영광과 근성 속에서 흥미와 자극을 추구하는 불멸의 두 청년. 그런 생각을 하니 절로 미소가 지어졌다. 그도 알아차렸는지 미소로 답했다. "매딩이 당신을 얼마나 아끼는지 당신은 상상도 못 할걸."

매딩이 옆에 있어 달라고 말했을 때 나도 그의 눈빛을 봤다. "알아요." 조그맣게 속삭이고 나는 심호흡을 했다. "그럼 나중에 봐요, 어⋯⋯." 잠시 멈칫했다. 그러고 보니 지금까지 이름을 물어본 적이 없었다. 부끄러워서 뺨이 달아올랐다.

그는 재미있어하는 것 같았다. "파이티야야. 여기 내 파트너는 키트르고. 하지만 내가 말해 줬다고 그녀한테 이르진 마." 저 소격신이 여자였어?

중년의 소격신을 슬쩍 훔쳐보고 싶은 마음을 억누르며 고개를 끄덕였다. 어떤 소격신, 이를테면 파이티야와 매딩, 릴 같은 이들은 인간들이 그들을 경외하든 말든 상관하지 않았다. 다른 소격신들은 필멸자를 그들보다 훨씬 열등한 존재로 여겼다. 그중 어느 쪽에 해당하는지는 몰라도 이 중년의 소격신은 내가 그들의 휴식을 방해해서 짜증이 난 것 같았다. 건드리지 않는 게 좋겠다.

"올라가면 누가 있을 거야." 옆을 지나는 내게 파이티야가 툭 던졌다. 누구를 의미하는지 깨닫자마자 그 자리에 우뚝 멈출 뻔했다.

하지만 내 안에서 정신없이 소용돌이치고 있는 비참한 기분을 생각하니 상관없을 것 같았다. 나는 독실한 이템파스 신도로 자랐다. 한동안 믿음을 잃기도 했고 평생 종교를 신실하게 믿어 본 적도 없지만 그래도 간절할 때면 그분께 기도를 올리곤 했다. 그리고 지금은 확실히 그만큼 간절한 상태에 있었다. 나는 계단을 올라가 무거운 금속 가로대를 끙끙거리며 연 다음, 옥상으로 나갔다.

문이 뱉은 금속성의 소리가 사라지고 나자 옥상 한쪽에서 숨소리가 들렸다. 바닥과 가까운 낮은 곳이었다. 그는 앉아 있었다. 옥상 공간의 상당 부분을 차지하는 저수조를 받친 널찍한 버팀대에 기대 있는 것 같았다. 그의 시선이 느껴지지는 않았지만 내가 옥상에 올라오는 소리를 못 들었을 리가 없었다. 정적이 흘렀다.

나는 가만히 서서 생각했다. 정체를 알게 된 지금 그에 대한 내 마음도 달라질 줄 알았다. 나는 그를 우러러보고, 두려워하고, 경외심을 느껴야 했다. 하지만 질서를 다스리는 광명의 군주와 오물통에서 발견한 사내라는 완전히 동떨어진 두 개념을 하나로 통합할 수가 없었다. 그분과 샤이니. 그 둘이 동일 인물이라고는 도저히 받아들일 수가 없었다.

그래서 내가 던져야 할 수천 가지 질문 중에서도 유일하게 머릿속에 떠오르는 것을 물었다.

"나랑 사는 동안 말을 절대로 안 했잖아요. 왜 그랬어요?"

처음엔 대답하지 않을 줄 알았다. 그러다 마침내 옥상을 덮고 있는 자갈이 희미하게 잘그락거리는 소리가 났고, 곧은 시선이 내게 고정되는 게 느껴졌다.

"넌 무의미하니까. 그저 한 명의 필멸자에 불과하지."

그동안 내가 그에게 얼마나 익숙해졌는지, 씁쓸하게 깨달았다. 그의 대답은 생각보다 그다지 마음 아프지 않았다.

나는 고개를 흔들며 또 다른 저수조 받침대로 다가가 물웅덩이나 뾰족한 파편 같은 게 없는지 살펴본 다음 바닥에 앉았다. 옥상 꼭대기는 결코 고요한 곳이 아니다. 어쨌든 평범한 의미로 말할 때는 그렇다. 도시에서 나는 온갖 소리들이 밤공기를 가득 채우고 있었다. 하지만 그래도 여기서는 마음이 평온했다. 적어도 샤이니의 존재와 그에 대한 분노가 매딩이나 죽은 교단수호자, 또는 이제껏 내가 그림자에서 쌓아 올린 삶의 종말에 대해 생각할 필요가 없게 해 주었기 때문이다. 그러므로 이건 나의 신이 그만의 불쾌한 방식으로 나를 위로해 주는 방법이었다.

"여기서 뭐 해요?" 그나마 아직 존재하는 그에 대한 존경심을 바닥까지 싹싹 긁어 모아 말을 걸었다. "자기 자신한테 기도라도 해요?"

"달 없는 밤이다."

"그래서요?"

그는 대답하지 않았고, 나도 딱히 관심 두지 않았다. 나는 고개를 들어 먼 곳을 바라보았다. 세계수 꼭대기가 희미하게 빛나면서 내가 일평생 수많은 이들에게서 수없이 들었던 별빛의 모양새를 흉내 내고 있었다. 이따금 무성한 잎사귀가 만들어 낸 물결과 회오리 속에서 유독 밝은 섬광이 반짝이는 게 보였다. 철 이른 꽃송이일 것이다. 곧 세계수에 꽃이 필 시기다. 이 도시에는 꽃철이 되면 세계수의 낮은 가지를 타고 올라가 손바닥 크기의 은색 꽃을 꺾어 부유한 사람들에게 파는 위험한 일을 해서 일 년 치 생활비를 버는 사람들도 있다.

"그는 어둠 속에서 일어나는 모든 일을 보고 듣지." 샤이니가 불쑥 말했다. 다시 입을 다물어 줬으면 좋겠다. "달 없는 밤이면 내 말을 들을 수 있을 거다. 대답을 하진 않더라도."

"누구요?"

"나하도스."

나는 샤이니를 향한 분노도, 매딩에 대한 슬픔도, 교단수호자에 대한 죄책감도 전부 다 잊어버렸다. 모두 잊어버렸다. 오직 그 이름만을 남기고.

나하도스.

∗

우리는 그 이름을 잊은 적이 없다.

지금은 우리 세계에는 두 개의 큰 대륙이 있지만 과거에는 하이노스, 세늠, 마로랜드 세 대륙이 있었지. 마로는 크기는 제일 작았지만 가장 아름답고 장엄한 곳이었다. 하늘을 찌를 듯이 수백 미터나 우뚝 솟아 있는 수목, 다른 대륙에서는 볼 수 없는 독특한 꽃과 새, 그리고 세상 반대쪽에서도 그 거대한 물보라를 느낄 수 있다고들 하는 웅장한 폭포까지.

당시만 해도 "마로네"가 아니라 "마로"라고 불렸던 우리 민족은 백 개의 부족으로 이뤄져 있었다. 삶은 풍요로웠고 힘은 강대했다. 신들의 전쟁이 끝났을 때, 광명의 이템파스를 섬기는 자들은 다른 신의 경배자들보다 더 큰 편애를 받았다. 거기에는 아믄인과 지금은 멸망한 기니지인, 그리고 우리가 포함되어 있었다. 아믄인은 아라메리 가문의 지배를 받았다. 아라메리의 본거지는 세늠이었으나 우리의 초청을 받아 건너와 우리 땅에 자리를 잡았지. 우리는 기니지인보다 더 똑똑했지만, 이 교묘한 정치 공작 때문에 결국엔 대가를 치러야 했다.

일종의 반란이 일어났다. 대규모 군대가 아라메리를 전복시키기 위해 마로랜드를 가로질러 진군해 왔어. 알아, 멍청한 짓이었지. 하지만 그 시절엔 가끔 그런 일이 일어나곤 했다. 만약 그때 아라메리의 무기 중 하나의 목줄이 느슨해지지만 않았더라도 그저 또 다른 평범한 학살로, 역사서의 한 줄짜리 각주로만 남았을 것이다.

그는 밤의 군주였다. 광명의 이템파스의 형제이자 영원한 맞수. 족쇄에 묶여 쇠약해졌지만 여전히 상상조차 할 수 없을 만큼 강력한 힘을 지닌 그는 대지에 구멍을 뚫고 지진과 해일을 일으켜 마로랜드를 파괴했다. 대륙 전체가 바다에 가라앉았고, 그곳에 살던 거의 모든 사람이 죽었다.

살아남은 몇 안 되는 마로인은 아라메리가 애도의 뜻으로 내준 세늠 대륙에 있는 작은 반도에 정착했다. 그리고 스스로를 '마로네'라고 부르기 시작했는데, 한때 우리가 사용하던 공용어로 "마로를 위해 눈물 흘리는 사람들"이라는 뜻이었어. 우리는 딸들에게는 슬픔을, 아들들에게는 분노를 뜻하는 이름을 지어 주었다. 우리 민족을 재건하려고 노력해 봤자 과연 의미가 있을지 논쟁을 벌였다. 얼마 남지 않은 우리를 구원해 준 이템파스에게 감사하고, 그 기도를 필요하게 만든 아라메리를 증오했다.

그리고 온 세상 사람들이 이단 숭배와 어린아이를 겁주는 구전 동화를 빼고는 그에 대해 거의 잊었을 때도 우리만큼은 고향 땅을 멸망시킨 자의 이름을 절대로 잊지 않았다.

나하도스.

✳

"내가 가슴 깊이 후회하고 있음을 그에게 알려 주려는 중이다."

방금의 충격에서 아직 헤어나지도 못했는데 또 다른 충격이 몰아쳤다. "뭐라고요?"

샤이니가 바닥에서 일어났다. 몇 발짝 걷는 소리가 들렸다. 옥상 가장자리를 두르고 있는 낮은 벽으로 다가가는 것 같았다. 바람과 도시의 늦은 밤 소음에 희석되었는데도 그의 음성은 여전히 선명하게 들렸다. 발음은 정확하고 거슬리는 억양도 없었으며 높낮이는 완벽했다. 마치 연설하는 법을 훈련받은 귀족 같았다.

"내가 무슨 짓을 했길래 필멸의 형벌을 받았는지 궁금하다고 했지? 시에에게도 그렇게 물었고."

나하도스, 나하도스, 나하도스. 나는 머릿속에서 끝없이 반복되는 속삭임에서 간신히 벗어났다. "어······ 그래요."

"내 여동생 때문이다. 내가 죽였거든."

나는 미간을 찌푸렸다. 그랬었지. 대지와 생명의 여신 에네파는 밤의 군주 나하도스와 손잡고 이템파스를 몰아내려는 음모를 꾸몄다. 이템파스는 배신의 대가로 그녀를 죽이고 나하도스를 아라메리 가문의 노예로 전락시켰다. 유명한 이야기였다.

혹시······

나는 입술을 축였다. "여동생이······ 당신이 화날 만한 일을 했나요?"

순간 바람의 방향이 바뀌었다. 그의 음성이 내 쪽으로 흘러와 멀어졌다가 다시 돌아왔다. 가볍고 단조로운 말투였다. "내게서 그를 빼앗아 갔지."

"그녀가……" 나는 멈칫했다.

이해하고 싶지 않았다. 이템파스가 에네파와 사이가 틀어지기 전에 서로 깊은 관계였다는 건 확실했다. 소격신들의 존재 자체가 그 증거다. 하지만 나하도스는 어둠 속 괴물, 온 세상 모든 좋은 것들의 적이었다. 나는 그를 광명의 군주의 형제로 생각하고 싶지 않았고, 하물며 ─

하지만 나는 신들과 너무 많은 시간을 보냈다. 나는 그들이 인간처럼 욕망하고, 인간처럼 분노하고, 인간처럼 상처 입고, 오해하고, 사소한 원한을 품고, 무엇보다 인간처럼 사랑에 미쳐 서로를 죽이는 것을 봤다.

나는 몸을 떨며 자리에서 일어났다.

"당신이 신들의 전쟁이 일어난 원인이라고 말하는 거군요. 밤의 군주는 당신의 연인이었고, 당신은 아직도 그를 사랑하고 있다고요. 그런데 이제는 그가 자유의 몸이 됐고 그래서 당신한테 이런 짓을 했다는 거죠?"

"그래." 샤이니가 대답하고는 놀랍게도 작은 소리로 웃음을 터트렸다. 짧게나마 불안하게 흔들릴 정도로 지독한 비통함으로 가득 찬 소리였다. "바로 그렇게 말하고 있는 거다."

나는 손바닥이 아플 정도로 지팡이를 꽉 움켜쥐었다. 바닥에 쪼그려 앉아 지팡이를 자갈 속에 꽂아 넣어 균형을 잡고는 그 매끄러운 목재 표면에 이마를 기댔다. "그 말 안 믿어요." 나는 작게 중얼거렸다. 그의 말을 믿을 수가 없었다. 세상, 신, 이 모든 것에 대해 내가 그렇게까지 잘못 알고 있을 리가 없다. 인류 전체가 모든 것을 그렇게까지 잘못 알고 있을 리가 없다.

안 그래?

샤이니가 내 쪽을 돌아보자 그의 발밑에서 자갈끼리 부딪치는 소리가 들렸다. "매딩을 사랑하느냐?"

전혀 예상하지도 못했고, 방금까지 나누던 대화의 맥락상 너무 뜬금없는 질문이라 입을 열 수 있게 될 때까지 수 초가 걸렸다. "네, 신이여, 맙소사. 당연히 사랑하죠. 왜 지금 그런 걸 물어봐요?"

규칙적으로 들려오는 더 많은 자갈 소리. 그가 내게 다가오고 있었다. 샤이니의 따뜻한 손이 아직 지팡이를 쥐고 있는 내 손 위에 겹쳐졌다. 너무 놀란 나머지 그의 손이 잡아끄는 대로 일어났다. 그는 한참 동안 아무것도 하지 않았다. 그저 나를 물끄러미 응시할 뿐이었다. 문득 내가 실크 로브만 달랑 걸치고 있다는 걸 깨달았다. 올해 겨울은 온화했고 봄도 일찍 온 편이지만 밤공기가 슬슬 차가워지고 있었다. 피부에 닭살이 돋고 천 밑에서는 젖꼭지가 뾰족하게 곤두섰다. 나는 원래 집에서 옷을 잘 걸치지 않았다. 가끔은 아예 벌거벗고 돌아다니기도 했다. 내게 알몸은 성적인 의미가 없었고 샤이니는 조금도 관심을 보인 적이 없었다. 하지만 지금은 그의 시선을 의식하지 않을 수가 없었다. 그리고…… 신경이 쓰였다. 전에는 그에게서 이런 불편한 느낌을 받은 적이 없었는데.

샤이니가 몸을 가까이 기울였다. 그의 손이 내 팔을 위쪽으로 가볍게 쓸며 올라왔다. 손이 닿는 느낌이 무척 따뜻해서 마음이 안정될 정도였다. 뭘 하려는지 의아해하던 순간 그의 입술이 내 입술에 닿았다. 깜짝 놀라 뿌리치려 했지만 그가 갑자기 내 팔을 세게 움켜쥐었다. 아플 정도는 아니었지만 경고의 의미였다. 나는 얼어붙었다. 그가 다시 가까이 붙으며 내게 키스했다.

무슨 의미로 받아들여야 할지 알 수가 없었다. 하지만 그의 입술이 상상도 못 할 기교로 내 입을 벌리고 혀가 내 입술을 핥자 나도 모르게 스륵 긴장이 풀렸다. 만약 억지로 입을 맞췄더라면 싫었을 것이다. 저항했을 것이다. 하지만 그는 조심스러웠다. 거의 부자연스러울 만큼 지나치게 완벽하게 정중했다. 그의 입에서는 아무 맛도 나지 않았다. 이상했다. 왠지 그의 비인간성이 더더욱 실감났다. 매딩과 키스할 때와는 달랐다. 샤이니의 내면에서는 아무 맛도 나지 않았다. 하지만 그의 혀가 내 혀를 건드렸을 때는 기분이 좋아 약간 움찔했다. 이럴 줄은 몰랐다. 그의 손이 내 허리로, 엉덩이로 미끄러져 내려가 나를 더 가깝게 밀착시켰다. 독특한 체향이 느껴졌다. 그의 몸에서 발산되는 열기와 힘. 매딩과는 전혀 달랐다. 신경을 건드렸다. 흥미로웠다. 그의 입술이 내 아랫입술을 스치자 나는 몸을 떨었다. 오롯이 두려움 때문만은 아니었다.

샤이니는 눈을 감지 않았다. 나를 면밀히 들여다보고, 관찰하고, 냉정하게 평가하는 게 느껴졌다. 입술에서 느껴지는 열기와는 반대로.

그가 뒤로 물러나더니 숨을 들이마셨다가 천천히 내뱉었다. 그러고는 끔찍하리만큼 부드러운 목소리로 말했다. "넌 매딩을 사랑하지 않아."

나는 몸을 굳혔다.

"지금도 날 원하잖아." 그 음성에는 경멸이 가득했고, 단어 하나하나마다 독기가 뚝뚝 떨어졌다. 샤이니가 이렇게 강렬한 감정을 내비친 건 처음이었다. 그것도 이런 증오라니. "넌 매딩의 힘에 매혹됐을 뿐이지. 신을 연인으로 삼고 있다는 우월감. 나름대로는 하찮은 방식으로 매딩에게 마음 쏟고 있을지는 몰라도 그마저 의심스럽군. 상대가 어떤 신이든 상관없을 테니까." 그가 작게 한숨을 내쉬었다. "너희 종족을 신뢰하는 게 얼마나 위험한지 아주 잘 안다. 자식들에게도 그리 경고했고, 멀리 떨어뜨려 놓으려 최선을 다했건만 매딩은 고집을 부리고 있어. 나중에 네가 그 애의 사랑을 받을 자격이 없다는 걸 알았을 때 매딩이 받을 고통이 벌써부터 애석하기 그지없다."

지독한 충격에 그저 멍하니 서 있을 수밖에 없었다. 그 끔찍하고도 기나긴 찰나에 나는 그의 말을 믿었다. 샤이니는 내가 평생 경배한 신이었고, 설사 힘이 약해졌다 한들 지금도 그를 경외했다. 당연히 그의 말은 옳았다. 매딩의 권유를 받아들이지 않고 망설인 건 맞잖아? 내가 우러르는 신이 내가 자격이 없고 부족하다고 딱 잘라 말하는 건 너무도 가슴 아픈 일이었다.

그러나 잠시 후 이성이 제자리로 돌아오자 순수한 분노가 밀려왔다.

아직 저수조 받침대에 등을 기대고 있어서, 그걸 지렛대 삼아 샤이니의 가슴에 두 손을 대고 온 힘을 다해 밀쳤다. 그가 놀라 외마디 소리를 지르며 뒤로 비틀거렸다. 나는 그를 따라가며 계속 몰아붙였다. 두려움도 혼란도, 시뻘겋게 불타오르는 분노 속에서 모두 잊혔다.

"그게 당신이 말하는 증거야?" 손에 샤이니의 가슴이 닿자 다시 온 힘과 무게를 다해 거세게 밀쳤다. 그의 신음 소리가 들리자 만족감이 일었다. "그런 것 때문에 내가 매드를 사랑하지 않는다고 생각하는 거냐고? 당신은 키스를 아주 잘해, 샤이니. 그렇지만 정말 그딴 걸로 내가 매딩에게 품은 감정과 비교할 수 있다고 생각하는 거야?" 나는 웃음을 터트렸다. 내 목소리가 귓가에서 시끄럽게 윙윙거렸다. "신이여, 그이 말이 맞았어! 당신 정말 사랑이 뭔지 아무것도 모르는구나!"

나는 몸을 돌렸다. 혼잣말을 궁시렁거리며 옥상 문으로 향하기 시작했다.

"기다려."

골이 잔뜩 나서 못 들은 척 지팡이를 휘휘 저으며 앞길을 찾았다. 손이 붙들렸을 때는 욕설을 퍼부으며 떨쳐 내려 했다.

"잠깐." 여전히 내 손을 붙잡은 채 샤이니가 말했다. 내가 얼마나 화가 났는지도 모르는지 고개를 돌려 다른 쪽을 쳐다봤다. "누군가 있다."

"그게 무슨……" 이번에는 나도 들었다. 그러고는 얼어붙었다. 옥상에 깔린 자갈 위로 발소리가 들렸다. 문 바로 옆이었다.

"오리 쇼스?" 늦겨울 밤처럼 싸늘하고 어두운 남자 목소리였다. 하지만 어딘가 익숙하게 느껴졌다.

"그, 그래요." 혹시 매딩의 손님일지도 몰랐다. 여기서 뭘 하고 있는 거지? 그리고 내 이름은 어떻게 아는 거지? 매딩의 부하들이 얘기하는 걸 우연히 들었을까? "날 찾고 있나요?"

"그래요. 하지만 혼자 있길 바랐는데."

샤이니가 갑자기 내 앞을 가로막고 섰다. 다소 위압적인 몸집 너머로 낯선 사람의 목소리를 들으려면 좌우로 애써 기웃거려야 했고, 그래서 화가 나서 예의고 존중이고 다 버리고 그에게 소리를 지르려고 입을 벌렸다가 주춤 다물었다.

희미하긴 했다. 그래서 눈을 가늘게 떠야 했다. 하지만 샤이니의 몸이 빛나고 있었다.

"오리." 언제나처럼 차분한 말투였다. "집 안으로 들어가라."

겁이 나서 다른 말이 안 나왔다. "저, 저 사람이 문을 막고 있잖아."

"내가 치워 주지."

"그건 별로 권하고 싶지 않은데." 남자가 태연하게 말했다. "당신은 소격신이 아니잖아."

샤이니가 한숨을 내쉬었다. 지금 같은 상황만 아니었으면 그가 짜증 내는 걸 보며 고소해했을 거다. "아니지." 샤이니가 쏘아붙였다. "난 소격신이 아니야."

내가 다시 뭐라 말하기도 전에 샤이니가 사라졌다. 내 앞에 있다가 갑자기 없어지니 휑한 느낌이 들었다. 그러고는 마법이 번쩍였다. 뭔가 어두운 게 샤이니의 몸에서 나오는 미광을 가리고 있었다. 곧이어 황급한 움직임과 함께 옷이 찢어지고 살과 살이 부딪치는 소리가 들렸다. 갑자기 얼굴에 축축한 물방울이 쫙 흩뿌려져 흠칫 놀랐다.

그러고는 정적.

나는 잠깐 동안 그저 가만히 서 있었다. 들리는 거라곤 오직 가쁘게 헉헉대는 내 숨소리뿐이었지만 혹시나 아는 소리가 들릴까 봐 무서워 귀를 바짝 곤두세웠다. 그러니까 사람의 몸뚱이가 떨어져 3층 아래 있는 자갈길에 부딪치는 소리 같은 것. 하지만 아무리 기다려도 여전히 끔찍한 적막뿐이었다.

신경이 곤두섰다. 나는 옥상 문을 향해 달려가 허둥지둥 열어젖히고 집 안으로 뛰쳐 들어가며 비명을 내질렀다.

6장

창문이 열리다

(콘크리트에 분필)

그가 자기 자신에 대해 말해 준 것들이 있다. 물론 전부 다 그에게서 들은 건 아냐. 다른 신들에게서 듣거나 어렸을 적 들은 옛날 이야기도 있으니까. 하지만 대부분은 그가 말해 준 거다. 거짓말은 그의 본성이 아니니까.

'셋의 시대'에는 모든 게 지금과 달랐다. 사원은 많았지만 경전은 거의 없었고 신앙이 다른 이들을 박해하지도 않았지. 필멸자는 누구든 원하는 신을 섬길 수 있었고 동시에 여러 명을 경배하기도 했지만 누구도 이단이라고 불리지 않았다. 전승이나 마법에 대해 궁금증이 생기면 그냥 그 지역에 사는 소격신을 불러서 물어보면 됐어. 신들이 주변에 넘쳐나는데 굳이 한 신에게 소유욕을 가져 봤자 무슨 의미가 있을까.

최초의 악마가 탄생한 것도 그 시기였다. 필멸자 인간과 불멸자 신의 사이에서 나온 자손. 둘 중 어느 쪽에도 속하지 않고 동시에

양쪽 모두의 능력을 지닌 존재. 그런 능력 중 하나가 바로 필멸성
이었다. 내가 보기엔 그걸 능력이라고 불러도 되는지 모르겠지만
그 당시 사람들 생각은 달랐다. 어쨌든 모든 악마는 그 능력을 지
니고 있었다.

하지만 그게 무슨 의미인지 알겠니? 모든 악마는 죽는다. 이상
하지, 안 그래? 자식이 부모 중 한쪽만 닮는 경우는 거의 없잖아.
불멸의 능력을 물려받은 악마도 있어야 하지 않을까? 악마가 마
법을, 그것도 아주 넘치도록 갖고 있었던 건 분명한데. 적어도 우
리 필멸자와 짝을 지어 후손에게 대대손손 물려줄 수 있을 만큼
말이지. 필경술, 치료술, 예언과 그림자 보내기 등 그 모든 게 악마
를 통해 필멸자에게 전달되었다. 하지만 악마가 신과 연인이 되어
자식을 낳더라도 그 자식들은 여전히 나이가 들고 늙어 죽었다.

우리에게 신성한 핏줄은 축복이었다. 하지만 신들에게 필멸자의
피는 단 한 방울만 섞여도 자식들을 죽음으로 이끄는 것이었지.

아주 오랫동안, 그게 무엇을 의미하는지 깨달은 이는 아무도 없
었다.

*

나는 매딩의 집 계단 구조를 외운 적이 없다는 사실을 생각하면
말도 안 되는 속도로 아래층으로 뛰어 내려갔다. 내 비명 소리에
어디선가 튀어나온 파이티야와 처음으로 내게 모습을 드러낸 중
년의 소격신 키트르가 황급히 나를 쫓아왔다. 그리고 매딩도. 욕

탕이 있는 방에 도착했을 즈음에는 두 명이 더 합류해 있었다. 온몸에서 프레빗 리마른만큼이나 수많은 신어를 빛내는 키 큰 인간 여자와 하얗게 빛나는 잘 빠진 몸매의 경주용 개였다. 집 현관에 이르렀을 무렵엔 위층에서 다른 사람들의 고함 소리가 들렸다. 내가 집 안 전체를 깨운 모양이었다.

머릿속이 그 끔찍한 정적으로 가득 차 있지 않았다면 그들에게 미안함을 느꼈을지도 모른다.

"오리!" 내가 문 밖으로 세 발짝도 나서기 전에 누군가의 손이 나를 붙잡았다. 나는 저항했다. 흐릿한 푸른색이 매딩으로 변했다. "집 밖으로 나가면 안 돼, 젠장."

"내가 가서……" 나는 매딩의 손에서 벗어나려고 몸부림쳤다. "그 사람이……"

"누구를 말하는 거야? 오리……" 매딩이 갑작스레 동작을 멈췄다. "얼굴에 그 피는 뭐지?"

"대장?" 파이티야가 바닥에 쪼그려 앉아 뭔가를 들여다보고 있었다. 그게 뭔지는 보이지 않았지만 파이티야의 표정은 굳어 있었다. "피가 더 있어."

매딩이 고개를 돌리더니 두 눈을 크게 떴다. 그가 다시 나를 돌아보며 얼굴을 찡그렸다. "무슨 일이 있었던 거야? 넌 어디 있었지? 옥상?" 그의 미간 주름이 더 깊어졌다. "아버지가 너한테 무슨 짓을 한 거야? 제발 말 좀……"

길거리를 내다보며 위험을 살피던 키트르가 갑자기 고개를 홱 돌려 우리를 쳐다보았다. "저 여자한테 말했어?"

매딩은 그녀를 무시했지만 순간 그가 움찔하는 걸 느낄 수 있었다. 매딩이 나를 이리저리 돌려 보며 다친 곳이 없는지 확인했다. "난 괜찮아." 나는 지팡이를 가슴 앞에 올려 쥔 채 말했다. 조금씩 마음이 진정되고 있었다. "정말 괜찮아. 하지만 맞아, 옥상에 있었어. 샤이니랑 같이. 그런데 어떤 사람이…… 남자였어. 보이지 않았으니까 인간이었을 거야. 내 이름을 알고 있었는데, 나를 찾고 있었다면서……"

파이티야가 욕설을 뱉으며 다리를 펴고 일어나 눈을 가늘게 좁힌 채 주변을 둘러보았다. "언제부터 교단수호자들이 우리 집 옥상으로 들락거렸대? 적어도 우릴 화나게 하지 않을 정도의 상식은 있지 않았어?"

매딩이 신들의 언어로 뭐라 중얼거렸다. 삐쭉삐쭉하고 돌돌 말리는 형태로 보아 욕설이었다. "그래서 어떻게 됐는데?"

"샤이니가 그 남자랑 싸웠어. 마법을 썼는데……" 나는 매딩의 팔에 매달려 셔츠 자락을 거세게 움켜쥐었다. "매드, 그 남자가 샤이니를 마법으로 공격했어. 내 생각엔 그래서 피가 난 것 같아. 그러다가 샤이니가 남자를 붙들고 옥상 밑으로 같이 떨어진 것 같았는데 뭐가 땅에 닿는 소리가 안 나서……"

매딩은 벌써 손짓으로 부하들에게 집 주변과 인근 거리를 수색하라는 지시를 내리고 있었다. 키트르와 파이티야는 가까운 곳을 지키고 서 있었다. 사실상 매딩한테는 경호원이 필요하지 않았지만 나한테는 필요했고, 그러니 혹시 싸움이라도 벌어지면 둘 중 하나에게 나를 피신시키라고 지시해 뒀을 것이다.

"백색전당을 잿더미로 만들어 버리겠어." 매딩이 으르렁거렸다. 그의 인간 형상이 나를 현관 쪽으로 밀어내며 푸른색으로 깜박였다. "감히 내 집을, 내 사람들을 공격해……?"

"샤이니를 잡으러 온 게 아니었어." 나는 뒤늦게 찾아온 깨달음에 중얼거렸다. 멈춰 서서 날 보라며 매딩의 팔을 잡아당겼다. "매드, 그 사람은 샤이니를 노리고 온 게 아니었어! 만약에 교단수호자였다면 샤이니를 잡아가려 했을 거야, 안 그래? 샤이니가 남쪽 뿌리에서 동료들을 죽인 걸 아니까." 생각하면 할수록 확신이 들었다. "그 남자는 교단수호자가 아닐 거야."

매딩의 얼굴 위로 경악스러운 표정이 스쳐 지나갔다. 그가 키트르와 시선을 교환했다. 키트르도 매딩만큼 놀란 것 같았다. 키트르가 고개를 돌려 인간 필경사를 쳐다보자 그녀가 고개를 끄덕이더니 무릎을 꿇고 옷에서 종이 한 장을 꺼내 들고 가느다란 붓의 뚜껑을 열었다.

"나도 가서 보고 올게." 그 말을 남기고 키트르가 사라졌다. 매딩은 한쪽 팔로 나를 단단히 끌어안고 다른 쪽 팔은 만일의 사태에 대비해 비워 두고 있었다. 나는 소격신의 품에 안긴 채 여섯 명도 넘는 다른 소격신들의 보호를 받고 있었지만 신경이 날카롭게 곤두서고 두려움도 전혀 가시지 않았다. 뭔가 잘못됐다는 느낌, 뭔가 아주아주 잘못됐다는 느낌을 떨칠 수가 없었다. 누군가가 우리를 지켜보고 있고 무슨 일이 터질 것 같다는 예감이 들었다. 내 본능이 그렇게 외치고 있었다.

"시체가 없어." 파이티야가 우리 쪽으로 다가오며 말했다. 그 뒤로 주변 거리에서, 가까운 창가에서, 옥상 가장자리에서 다른 소격신들이 깜박이는 게 보였다. "핏자국을 보면 누구 하나는 죽어 있어야 하는데 아무 흔적도 없어. 심지어 어, 신체 일부분도 없어."

"혹시……" 매딩의 어깨에 입이 눌려 있어서 다른 이들이 들을 수 있게 말하려면 머리를 비틀어 돌려야 했다.

"그의 피가 맞아." 파이티야갸 피 웅덩이 위에서 코를 킁킁대고 있는 경주용 개에게 눈빛을 보냈다. 개가 고개를 들더니 엄숙하게 고개를 끄덕여 확인해 주었다. "그건 확실해. 핏자국이 넓게 튄 걸로 보아 위에서 떨어진 것 같고. 하지만 바닥에 닿진 않았어."

매딩이 자기네 언어로 뭐라 중얼거리더니 내가 알아들을 수 있게 셈어로 바꿔 말했다. "무기를 썼을 거야. 아니면 네가 말한 대로 마법일 수도 있고." 약간 짜증스럽게 미간을 찌푸리며 매딩이 나를 내려다보았다. "그는 지금 아무 힘도 없는 상태야. 상대가 정말로 필경사라면 그를 해치울 수 없다는 걸 알았을 텐데. 아래층에 소격신이 가득했는데도 왜 도와 달라고 부르지 않은 거지? 고집불통 같으니."

나는 눈을 감으며 매딩에게 몸을 기댔다. 갑자기 피곤했다. 이제야 깨달았지만 내가 도움을 구하러 갈 수도 있었다. 그땐 너무 겁이 나서 그럴 생각조차 못 했을 뿐. 하지만 샤이니는 전혀 겁먹고 있지 않았다. 그러니 그는 도움을 바라지 않았던 것이다. 또다. 위험한 상황에 제 발로 뛰어들고 목숨을 마치 돈처럼 써 버린다. 과거에 자기가 갖고 있던 힘을 조금이라도 다시 맛보려고. 다행히 이번에는 내가 그 덕을 보긴 했지만 그게 정말 좋은 일일까? 소격신은 생명을 소중히 여기며 거기엔 스스로의 목숨도 포함된다. 아무리 불멸의 존재라도 공격을 받으면 자신을 보호하거나 해를 입지 않으려고 애쓰는 법이다. 싸움이 붙어도 상대를 죽이는 건 최대한 피한다. 하지만 샤이니는 자신의 동기간마저 살해했지.

"밤의 군주가 그냥 죽여 버렸어야 했는데." 내가 불쑥 신랄한 말투로 내뱉었다. 매딩이 놀라 눈썹을 추켜세웠지만 나는 고개를 가로저었다. "그는 어딘가 잘못됐어, 매드. 항상 그렇게 생각하긴 했지만 오늘은……"

신들의 전쟁 때 자신이 한 짓을 말할 때 샤이니의 목소리가 약간 갈라지던 게 생각났다. 언제나 무심하고 냉담해 보이던 단단한 기반에 금이 간, 그 불안정한 찰나의 순간. 하지만 실은 그보다도 더 깊고 근본적인 문제가 있는 건 아닐까? 자기 육신에 대한 그 지극히 무관심한 태도를 봐. 그러고 보니 샤이니는 어쩌다 우리 집 오물통에 죽어 있었던 걸까? 그리고 나한테 했던 악의가 풀풀 넘치는 입맞춤. 심지어 그 후에는 더 잔인한 말로 인간의 이중성을 들어 나를 비난하기까지 했다.

그는 질서의 신이자 안정과 평화, 이성의 살아 있는 화신이었다. 적어도 한때는. 그러나 인간이 되어 이곳 필멸계에 떨어진 그는 그냥 말이 안 되는 존재였다. 샤이니는 전혀 이템파스같지 않았다. 왜냐하면 그는 이템파스가 아니었으니까. 그리고 마로식 교육을 받은 나로서는 그런 그를 받아들이기가 힘들었다.

매딩이 한숨을 내쉬었다. "나하도스도 그를 죽이고 싶어 했어, 오리. 그가 무슨 짓을 했는지 알게 된 많은 내 형제자매도 그랬고.

하지만 셋은 이 우주를 창조한 존재고 그중 하나라도 죽으면 모든 게 끝장나지. 그래서 그가 여기 오게 된 거야. 남에게 피해를 끼치더라도 최소한에 그칠 수 있게. 또 어쩌면……." 매딩이 잠시 머뭇거렸다. 그의 목소리에는 갈망이 서려 있었다. 그리고 굳이 숨기지 않는 희망도. "어쩌면, 어떻게든…… 나아질지도 몰라. 자기 잘못을 깨닫는다거나."

"아까 옥상에 있을 때, 사과하려고 노력 중이라고는 했어. 그러니까……" 나는 몸을 부르르 떨었다. 우리는 그 이름을 잊지 않았다. 하지만 될 수 있으면 입에 담지도 않았다. "밤의 군주한테 말이야."

매딩이 놀라 눈을 깜박였다. "그랬어? 그건 예상 밖인데." 말투가 한층 더 진지해졌다. "하지만 그게 도움이 될지는 모르겠군. 그는 우리 어머니를 죽였어, 오리. 독살하고 시신을 훼손했지. 그러고는 이후 수천 년 동안 우리 중에 항의하는 이들을 죽이거나 감금했고. 그 죄를 속죄하려면 사과보다는 더 많은 게 필요할 거야."

나는 손을 뻗어 매딩의 얼굴을 만지작거리며 표정을 읽었다. 덕분에 내가 놓친 것들을 파악할 수 있었다. "당신, 아직도 그 일 때문에 화가 나 있구나."

그의 미간에 골이 잡혔다. "당연하지. 난 어머니를 사랑했어! 하지만……" 매딩이 무겁게 한숨을 쉬며 내게 이마를 맞댔다. "그도 사랑했지. 한때는."

매딩의 얼굴을 두 손으로 감싸 쥐며 그를 위로할 방법을 안다면 참 좋겠다고 생각했다. 하지만 이건 가족 간의 일이었다. 아버지와 아들 사이의 일이었다. 그게 샤이니가 풀어야 할 문제였다. 우선 그를 찾고 봐야겠지만.

그래도 내가 할 수 있는 일이 한 가지 있었다.

"곁에 있을게."

매딩이 놀라 몸을 젖히더니 나를 빤히 응시했다. 당연히 내가 무슨 뜻으로 말한 건지 안 그가 한참 뒤에 말했다. "후회하지 않을 거라고 확신해?"

하마터면 웃음을 터트릴 뻔했다. 나는 속으로 떨고 있었다. 방금 겪은 일 때문에 무서워서가 아니었다. "아니. 그건 평생 확신 못 할 것 같아. 하지만 그냥…… 나한테 가장 중요한 게 뭔지 아니까." 그리고는 웃었다. 샤이니의 그 끔찍한 입맞춤과 반항심을 자극하는 악담이 이런 결정을 내리는 데 일조했다는 것을 깨달았기 때문이다. 나는 매딩을 사랑했다. 그리고 그와 함께하고 싶었다. 비록 그 선택이 내가 이제껏 열심히 일궈 온 삶과 독립성에 종지부를 찍는 의미일지라도 그랬다. 사랑이란 결국 타협이다. 샤이니는 그걸 이해하지 못했다.

매딩은 심각한 표정으로 고개를 끄덕이며 내 결단을 받아들였다. 그가 웃지 않고 진지해서 좋았다. 내가 어떤 대가를 무릅쓰고 이런 결정을 내렸는지 아는 것 같았다.

잠시 후 매딩이 한숨을 내쉬며 키트르에게 눈길을 보냈다. 키트르는 한참 전부터 우리 둘보다 길거리에 더 관심을 쏟고 있었다.

"전부 다 불러들여야겠어. 일이 돌아가는 꼴이 탐탁지 않아. 평범한 필경사가 우리 눈을 피할 수 있을 리도 없고." 매딩이 피웅덩이 쪽으로 시선을 주었다. "아버지가 어디에도 느껴지지 않아. 특히 이게 마음에 안 들어."

"나도 그래. 그를 숨길 힘을 가진 이가 몇 있긴 하지만 왜 그런 짓을 하겠어? 혹시……." 키트르가 나를 가늠하듯이 쓱 훑어보더니 이내 무시하듯 시선을 거뒀다. "롤레의 일과 관련이 있을까? 네 필멸자가 시신을 발견하긴 했지만 그게 대체 무슨 상관이라고?"

"나도 몰라. 하지만……"

"잠깐. 저기 뭔가 있어……." 길 건너편에서 나온 말이었다. 목소리가 들려온 곳으로 고개를 돌려 보니 몸에 인을 새긴 매딩의 필경사가 보였다. 손에 종이를 든 채 근처 건물을 올려다보며 서 있었다. 종이의 각 모서리에는 인이 그려져 있었고, 한가운데에는 신어가 세 줄로 적혀 있었다. 그때 신어 하나와 오른쪽 위 모서리에 있는 인이 점점 더 밝게 빛나기 시작했다. 그 의미를 깨달은 필경사가 숨을 흡 들이켜며 주춤주춤 뒤로 물러났다. 나는 그녀의 얼굴을 볼 수가 없었다. 얼굴에는 신어를 새기지 않았으니까. 하지만 목소리에는 공포심이 가득했다. "오, 신이여. 그럴 줄 알았어. 조심해요! 여러분 모두, 조심……"

다음 순간, 지옥이 거리를 장악했다.

아니, 지옥이 아니라 구멍이었다.

종이 찢어지는 소리와 함께 우리의 주위에 완벽한 원의 형상을 한 어둠이 입을 열었다. 모든 바닥마다, 벽마다, 어떤 것은 심지어 공중에 둥둥 떠 있었다. 그중 하나는 마지막 단어가 필경사의 입술을 떠난 순간 그녀의 발아래에서 열렸고, 필경사는 비명을 지를 새도 없이 구멍 속으로 떨어져 사라지고 말았다. 서둘러 몸을 돌려 매딩에게 달려가던 키트르도 마찬가지였다. 그녀가 두 번째 발걸음을 내딛기도 전에 구멍이 열렸고 다음 순간 그녀는 사라지고 없었다. 경주 개는 메카티어로 욕설을 퍼부으며 발밑에 열린 첫 번째 구멍을 잽싸게 피했지만 다음 순간 그 위쪽에서 또 다른 구멍이 입을 벌렸다. 개의 짧은 털이 삐쭉 곤두서며 위로 당겨지더니 캥 하는 비명과 함께 구멍 속으로 빨려 들어갔다.

내가 채 반응하기도 전에 매딩이 나를 현관문 쪽으로 거세게 밀쳤다. 현관 계단에 부딪쳐 휘청거리면서도 몸을 돌려 말을 하려고 입을 열었는데, 그때 매딩의 등 뒤에서 구멍이 열리는 게 보였다. 몸을 끌어당기는 힘이 느껴졌다. 안간힘을 써서 버티는데도 부질없이 끌려갈 정도로 강력했다.

안 돼! 나는 한 손으로 정교하게 장식된 문손잡이를 붙들고 매달린 채 매딩에게 잡으라고 지팡이를 내밀었다. 매딩이 눈을 크게 뜨고 이를 악물며 나를 향해 손을 뻗었다. 차임벨이 땡땡거리며 시끄럽게 울리고 있었지만 그 소리마저 구멍 속으로 빨려 들어가서 거의 들리지가 않았다.

매딩이 입을 뻐끔거리며 뭐라 말했지만 알아들을 수가 없었다. 그가 이를 사리물었다. 이번에는 신들의 방식대로, 머릿속에 그의 목소리가 크게 울렸다. **안으로 들어가!**

다음 순간, 마치 보이지 않는 커다란 손이 허리를 붙잡고 잡아당기기라도 하는 것처럼 매딩의 몸이 뒤로 휙 날아갔다. 구멍이 사라졌다. 매딩도 사라졌다.

나는 손으로 더듬더듬 현관 문손잡이를 찾았다. 크고 거친 내 숨소리가 귓가에 울리고 손바닥에는 땀이 흥건해 지팡이를 놓치는 바람에 지팡이가 큰 소리를 내며 바닥에 떨어졌다. 거리는 조용했다. 나는 혼자였다. 그리고 주위에서 맴돌고 있는 내 시야보다도 더 검고 어두운 구멍들뿐이었다.

황급히 문을 열고 집 안으로 뛰어 들어갔다. 저 구멍들을 피해 깨끗하고 텅 빈, 그리고 적어도 어떤 위험이 도사리고 있는지 아는 보이지 않는 익숙한 어둠을 향해.

집 안으로 세 발짝을 내딛은 순간 등 뒤에서 공기가 찢어지는 소리가 나더니 몸이 뒤쪽으로 휙 빨려 들어갔다. 금속이 진동하는 소리가 온 세상을 집어삼키는 동시에, 나는 추락했다.

7장

어둠 속의 여인

(수채화)

요즘엔 꿈이 점점 더 생생해졌다. 그럴수도 있다는 말은 들었지만 그래도…… 기억나는 게 있어.

꿈속에서 나는 그림을 그린다. 하늘의 색채와 산과 산보다 훨씬 큰 버섯에 몰두해 있는데, 이건 기묘한 식물과 균류가 가득한 살아 있는 세상이다. 실제로 이 낯설고 이질적인 공기 냄새를 맡을 수 있을 정도로. 그때 방문이 벌컥 열리더니 어머니가 들어와 물어본다.

"뭐 하니?"

나는 아직도 반쯤 그 산과 버섯에 푹 빠져 있지만 정신을 차리고 그 세상에서 빠져나올 수밖에 없다. 딸을 위해 최선을 바라는 어머니의 보호 아래 있는 맹인 소녀일 뿐인 세상으로. 하지만 그 최선이 무엇인지에 대해 어머니와 내 의견이 항상 일치하는 건 아니지.

"그럼 그려요." 대답이 필요없을 만큼 자명한 사실이지만 그래도 나는 대답한다. 방어심을 바짝 올려 세워 긴장한 탓에 배에 힘이 들어간다. 또다시 설교가 시작될까 봐 두렵다.

어머니는 한숨을 쉬며 가까이 다가와 내 손에 손을 얹는다. 자신이 어디 있는지 알려 주기 위해서. 그러고는 한참 동안 아무 말도 없다. 내 그림을 보고 있는 걸까? 나는 아랫입술을 잘근거린다. 내가 왜 이런 그림을 그리는지 어머니가 이해해 주리라고는 감히 바라지도 않아. 하지 말란 소리는 한 번도 들은 적이 없지만 어머니가 못마땅해하는 기색이 거의 혓바닥에 느껴질 정도다. 오래되어 곰팡이가 낀 포도처럼 무겁고 시큼한 맛. 사실 예전에 어머니가 넌지시 말한 적도 있다. 뭔가 쓸모 있는 것, 예쁜 걸 그려 보렴. 보는 사람이 몇 시간 동안이나 넋을 잃고 쳐다보게 하는 게 아니라 사제들이 보더라도 날카롭고 번득이는 눈빛으로 쳐다보지 않을 만한 것, 뭔가 안전한 것을 그려 보라고.

하지만 어머니는 아무 말 없이 여러 가닥으로 땋아 내린 내 머리를 쓰다듬을 뿐이다. 그제야 나는 어머니가 나와 내 그림을 생각하고 있는 게 아니라는 걸 깨닫지. "왜 그래, 엄마?"

"아무것도 아냐." 어머니가 대답한다. 아주아주 작은 목소리로. 그리고 나는 내 생애 처음으로 어머니가 내게 거짓말을 하고 있다는 걸 알게 된다.

가슴 가득 두려움이 엄습한다. 이유는 모른다. 어쩌면 어머니에게서 나는 두려움의 냄새 때문일 수도 있고 아니면 그 아래 깔려 있는 슬픔 때문일지도. 아니면 평소에 수다스럽고 명랑한 어머니가 갑자기 너무 차분하게 굴어서인지도 모른다.

그래서 나는 어머니에게 몸을 기대고 허리에 팔을 두른다. 어머니가 몸을 떨고 있어서 나는 얻고자 했던 위안을 얻지 못해. 그래서 받을 수 있을 만큼만 받고, 어머니에게 줄 수 있는 만큼 준다.

아버지가 돌아가신 건 몇 주일 뒤의 일이었다.

✳

나는 모든 감각이 죽어 버린 텅 빈 공허함 속에서 부유하며 비명을 지르고 있었다. 하지만 목소리가 들리지 않았다. 두 손을 꽉 마주 잡아 봤지만 아무것도 느껴지지 않았다. 손톱으로 손바닥을 찔러 봐도 마찬가지였다. 입을 벌리고 다시 비명을 지르려고 숨을 들이켰지만 공기가 혀 위를 지나는 느낌도, 폐를 채우는 느낌도 들지 않았다. 내가 공기를 마셨다는 건 분명했다. 내 근육에게 움직이라고 명했고, 실제로 근육이 반응했다는 것도 안다. 하지만 아무것도 느낄 수가 없었다.

느껴지는 거라곤 지독한 추위뿐. 고통스러우리만큼 쓰라린 냉기였다. 느낄 수 있었다면 통증을 느꼈을 것이다. 만약에 서 있었다면 너무 추운 나머지 바닥에 철퍼덕 쓰려져 아무것도 못 하고 덜덜 떨기만 했을 것이다. 만일 땅바닥이라는 게 있었다면.

필멸자의 정신은 이런 걸 감당할 수 있게 창조되지 않았다. 시각은 절실하지 않았다. 하지만 촉각은? 소리는? 냄새는? 나는 이런 감각들에 익숙했다. 필요했다. 다른 사람들도 앞이 안 보일 때 이런 기분인 걸까? 그렇다면 그들이 눈이 머는 걸 두려워하는 것도 당연하다.

나는 차라리 미쳐 버릴까 진지하게 생각했다.

＊

"오리 아가." 아버지가 내 손을 부여잡으며 말한다. "마법에 의존하면 안 된단다. 아주 유혹적이라는 건 알아. 눈이 보이니까 좋지? 안 그러니?"

나는 고개를 끄덕인다. 아버지가 미소 짓는다.

"하지만 이 힘은 네 안에서 나온단다." 아버지가 내 작은 손을 펼치고는 한쪽 손가락 끝에 있는 소용돌이무늬를 손가락으로 덧그린다. 나는 간지러워 웃음을 터트린다. "너무 많이 사용하면 지치게 돼. 전부 다 사용하게 되면…… 오리 아가, 죽을 수도 있단다."

나는 의아해하며 얼굴을 찡그린다. "하지만 이건 그냥 마법인데." 마법은 빛이다. 색채다. 마법은 아름다운 노래다. 근사하지만 삶에 반드시 필요한 건 아니다. 그러니까 음식이나 물, 잠, 혈액 같은 게 아니다.

"그래. 하지만 너 자신의 일부이기도 하단다. 아주 중요한 부분이지." 아버지가 미소 짓는다. 오늘 나는 처음으로 아버지가 얼마나 깊은 슬픔을 간직하고 있는지 알게 된다. 아버지는 외로워 보인다. "명심하렴. 우린 다른 사람들과 다르단다."

＊

나는 생각과 목소리를 다해 울부짖었다. 필멸자가 정말로 간절히 바라고 노력한다면 신들은 우리의 목소리를 들을 수 있다. 그게 바로 신들이 기도를 듣는 방식이니까. 매딩한테서도, 다른 이들에게서도 대답은 들려오지 않았다. 주위를 더듬어 봤지만 아무것도 손에 닿지 않았다. 설령 그가 여기, 바로 내 옆에 있다고 해도 그걸 알 방법이 있긴 할까? 모르겠다. 너무 무서웠다.

＊

"느껴 보렴." 아버지가 내 손을 잡아 이끈다. 나는 두꺼운 말총 붓을 잡는다. 그 끝에는 식초 냄새가 나는 물감이 묻어 있다. "공기 중에 떠도는 냄새의 맛을 느껴 보렴. 붓이 표면을 긁는 소리를 들으렴. 그런 다음 **믿어라**."

"뭘…… 믿어요?"

"네가 기대하는 일이 일어날 거라고, 네가 원하는 것이 존재할 거라고 믿어라. 네가 그것을 다스리지 못하면 그것이 널 다스릴 거란다, 오리 아가. 그걸 절대로 잊어선 안 돼."

＊

고향집을 떠나지 말았어야 했어 이 도시를 떠났어야 했어 프레빗이 오는 걸 보지 말았어야 했어 샤이니를 발견했던 그 오물통에 그대로 내버려 뒀어야 했어 니마로를 절대로 떠나지 말았어야 했어

✳

"물감은 문이다." 아버지가 말한다.

✳

나는 손을 앞으로 내밀고 그 손이 흔들리고 있다고 상상했다.

✳

"문?"

"그래. 힘은 네 안에 숨겨져 있지. 하지만 물감은 그 힘으로 가는 길을 열어 주고, 힘의 일부를 캔버스에 옮길 수 있게 해 준단다. 캔버스가 아니라 네가 원하는 어떤 곳이든 상관 없어. 지금보다 더 자라면 그 문을 열 새로운 방법을 발견하게 될 거다. 그림은 그저 네가 발견한 첫 번째 방법일 뿐이야."

"아." 나는 그 말을 곰곰이 생각해 본다. "그럼 나도 아빠처럼 마법을 노래로 부를 수 있어?"

"아마도. 노래하는 거 좋아하니?"

"그림 그리는 걸 좋아하는 거랑은 다르지만요. 글고 내 목소린 아빠처럼 예쁘지 않은걸."

아버지가 웃는다. "아빤 우리 딸 목소리 좋아하는데."

"아빤 내가 하는 거라면 무조건 다 좋아하잖아." 하지만 이 새로운 발상에 매혹된 나는 다른 쪽으로 생각을 돌린다. "그럼 그림 말고 다른 것도 할 수 있어? 예를 들면……." 내 어린 상상력으로는 마법의 가능성을 헤아릴 수가 없다. 이 세상엔 아직 마법으로 무엇을 할 수 있는지 보여 줄 소격신이 없으니까. "토끼를 꿀벌로 만드는 건? 아니면 꽃을 피게 하거나."

아버지는 잠시 아무 말도 하지 않는다. 나는 아버지가 주저하는 것을 느낀다. 아버지는 내게 거짓말을 한 적이 없다. 내가 난처한 질문을 할 때조차 그렇다.

"모르겠다." 마침내 아버지가 대답한다. "가끔 노래를 부를 때 내가 무슨 일이 일어날 거라고 믿으면 정말로 그 일이 일어나곤 한단다. 때로는……" 아버지는 망설이며 갑자기 불안한 표정을 짓는다. "때로는 노래를 부르지 않을 때도 그런 일이 일어나지. 노래는 문이지만 그 문을 여는 열쇠는 믿음이란다."

나는 아버지의 얼굴을 만지며 아버지가 왜 갑자기 불안해하는지 이해하려 한다. "왜 그래, 아빠?"

아버지가 내 손을 잡아 입을 맞추고는 미소 짓는다. 하지만 나는 벌써 느꼈다. 아버지는 아주 조금이긴 해도 두려워하고 있다. "글쎄, 생각해 보렴. 만약에 네가 어떤 사람을 바위라고 **믿는다**면 어떻게 될까? 아니면 뭔가 살아 있는 것을 네가 죽었다고 **믿는다**면?"

나는 열심히 고민해 보지만 아직은 너무 어리다. 내게는 그것도 그냥 재미있는 일처럼 느껴진다. 아버지가 한숨을 쉬고 미소 지으며 내 손을 토닥인다.

✳

나는 손을 앞으로 뻗고, 눈을 감고, 세상이 존재한다고 믿었다.

뭔가를 절실히 만지고 싶은 손을 위해 알이 굵고 비옥한 흙을 상상했다. 무언가를 간절히 딛고 서길 원하는 발을 위해 그 아래에 단단한 토양을 만들었다. 공기와 생명으로 가득 차 발을 구르면 속이 빈 소리가 울리는 대지. 간절히 숨 쉬고 싶어 하는 폐를 위해 이슬에 젖어 축축하고 차가운 공기를 들이마셨다. 숨을 내쉬자 하얀 입김이 뭉게뭉게 피었다. 눈에 보이진 않아도 거기 있다고 믿었다. 내 주위에 빛이 있다고 믿는 것처럼. 언젠가 어머니가 설명해 준 안개 낀 아침 햇살. 이른 봄의 창백한 태양.

어둠은 물러가지 않고 끈질기게 저항했다.

태양. 태양. **태양.**

따스한 온기가 내 피부 위로 춤추며 고통스러운 추위를 서서히 몰아냈다. 나는 무릎을 꿇고 앉아 가슴 속 깊이 생생한 흙냄새를 들이마시고 감은 눈꺼풀 위에 닿는 햇볕을 느꼈다. 귀에도 소리가 필요했기 때문에 바람이 좋겠다고 판단했다. 아침나절의 가벼운 산들바람이 안개를 조금씩 걷어 내기 시작했다. 바람이 불어와 내 머리카락을 헝클어뜨리고 목을 간질였을 때도 나는 놀라지 않았다. 놀라면 의심으로 이어질 테니까. 내 주변을 이룬 이 공간이 얼마나 쉽게 깨질 수 있는지, 얼마나 순식간에 다른 뭔가로 변할 수 있는지 나는 알았다. 아마도 차고 끝없는 어둠으로 ―

"아니야." 재빨리 말했다. 내 목소리가 들려와 기뻤다. 소리를 전달할 공기가 있단 의미였으니까. "따스한 봄바람. 무엇이든 심을 수 있는 정원. 여기에 있어라."

세상은 사라지지 않았다. 그래서 나는 눈을 떴다.

눈이 보였다.

이상하게도 주변 풍경이 왠지 익숙하게 느껴졌다. 나는 고향 마을에 있는 테라스 정원에 앉아 있었다. 거의 평생을 깜깜한 장님으로만 살았던 곳이었다. 니마로에는 마법이 거의 없었다. 유일하게 이곳을 내 눈으로 봤던 때라곤 ―

― 아버지가 돌아가신 날이었다. 회색의 여신이 탄생한 날. 그날 나는 모든 걸 봤었다.

그러고는 지금, 마법 덕분에 볼 수 있었던 단 한 번의 기억을 되살려 그날을 재현한 것이다. 아침 안개가 은빛으로 반짝이며 아롱거렸다. 정원 저편에 보이는 크고 네모난 모양의 것이 집이라는 것도 생각났다. 냄새를 맡거나 발걸음을 세어 보지 않으면 우리 집인지 이웃집인지는 알 수 없었지만. 발 근처에서 성가신 것이 산들바람에 하늘거렸다. 풀. 나는 이 모든 걸 복원해 냈다.

사람만 빼고. 나는 자리에서 일어나 귀를 기울였다. 마을에 살던 때 이 시간대에 이렇게 조용한 건 처음이었다. 주변에는 항상 자잘한 소리들이 있었다. 새소리, 뒷마당에서 우는 염소 소리, 어느 집 갓난아기의 울음소리 등등. 하지만 여긴 아무것도 들리지 않았다.

마치 수면에 파문이 일듯이 주변의 공간이 흔들렸다.

"여긴 집이야." 나는 낮게 읊조렸다. "여긴 집이야. 그냥 이른 시간일 뿐이야. 아직 아무도 안 일어나서 그래. 이건 진짜야."

파문이 잦아들었다.

진짜지만 겁이 날 만큼 연약한 것. 나는 아직 그 검은 공간에 있었다. 그저 내 주위에 온전한 공간을 만들어 낸 것뿐이다. 꼭 거품처럼. 이 공간을 계속 유지하려면 이 현실을 긍정하고 진짜라고 믿어야 했다.

나는 바들바들 떨면서 다시 바닥에 무릎을 꿇고 축축한 흙 속에 손가락을 찔러 넣었다. 아, 이제 좀 낫다. 소소한 것, 평범한 것에 집중해야 한다. 흙 한 줌을 움켜쥐어 코에 대고 냄새를 들이켰다. 눈은 믿을 수 없지만 다른 감각은 믿을 수 있다. 그래, 이건 할 수 있다.

하지만 돌연 피곤해졌다. 이상할 정도로 지나치게 피곤했다. 흙 덩어리를 굳게 움켜쥐었지만 머리는 꾸벅거리고 눈꺼풀은 무거웠다. 잠을 얼마 자지 못한 건 사실이지만 이럴 리가 없었다. 나는 낯선 곳에서 겁에 질려 있었다. 무서워서라도 너무 긴장해서 잠이 오지 않아야 했다.

이 신기한 현상에 대해 제대로 생각해 보기도 전에 또다시 공기가 묘하게 떨리더니 안구 뒤쪽에서 고통이 끓어올랐다. 나는 비명을 지르며 뒤로 주춤주춤 물러섰다. 흙 묻은 손으로 얼굴을 감싸 쥐는 바람에 집중력이 깨지고 말았다. 계속 비명을 지르는 사이, 가짜 니마로 마을의 거품이 산산이 깨져 사라지고 그 자리로 역겹고 텅 빈 어둠이 밀려오는 게 느껴졌다.

그러더니 —

내 몸이 단단한 표면 위로 털썩 쓰러졌다. 얼마나 심하게 부딪쳤는지 순간적으로 숨이 턱 막혔을 정도였다.

"여기 있었군." 남자의 싸늘한 음성이 어딘가 익숙하게 들렸지만 지금은 아무 생각도 할 수가 없었다. 여러 손들이 내 몸에 달라붙어 뒤집고 머리카락을 걷어 냈다. 뿌리치고 싶었지만 눈과 머리가 지독하게 아팠다. 너무 지쳐서 비명을 지를 힘도 없었다.

"그 여자 괜찮은 거 맞아?" 남자의 건너편에서 여자 목소리가 들렸다.

"잘 모르겠는데."

그 말이 마치 신어처럼 내 귀를 강타하는 바람에 나는 손바닥으로 귀를 틀어막으며 신음했다. 제발, 다들 좀 닥쳐 줬으면.

"일반적인 반응은 아니잖아."

"흠, 그건 그래. 내 생각엔 이 여자의 마법 때문인 것 같아. 내 힘에 대항해 자기방어를 하려고 마법을 사용한 거지. 흥미롭군." 남자가 내게서 등을 돌렸다. 그의 오만함이 더러운 천처럼 내 피부 위를 쓸었다. "당신이 원하는 증거야."

"그렇네." 여자는 기뻐하는 것 같았다.

나는 까무룩 정신을 잃었다.

8장

빛이 드러나다

(캔버스에 납화)

나는 서서히, 고통을 느끼며 깨어났다.

나는 누워 있었다. 몸에는 무거운 담요가 덮여 있고, 부드러운 리넨과 까끌한 양모의 촉감이 느껴졌다. 한동안 조용히 숨만 쉬며 귀를 쫑긋 세우고 주변을 가늠했다. 내가 있는 곳은 좁은 방이었다. 밀실공포증에 걸릴 정도는 아니지만 내 숨소리가 아주 가까이 들렸다. 다 쓴 양초와 먼지, 나, 그리고 세계수의 냄새가 났다.

가장 마지막 향기가 특히나 아주 강했다. 이제껏 맡아 본 중 가장 짙은 세계수 냄새였다. 세계수의 독특한 수지와 잎사귀의 밝고 선명한 초록색 내음이 주변을 가득 메우고 있었다. 세계수는 가을에 낙엽이 지지 않는다. 나무 아래 사는 주민들한테는 아주 감사한 일이지. 하지만 잎사귀가 다치거나 손상되면 바로 떨궈 내고 봄꽃이 피기 직전에 새잎을 피웠다. 그 시기가 되면 평소보다 짙은 향이 나는데, 그마저도 지금만큼 강하지는 않았다. 그러니 지금 평상시보다 세계수와 훨씬 가까운 곳에 있는 게 틀림없다.

특이한 건 그뿐만이 아니었다. 나는 천천히 몸을 일으켜 앉았다. 왼팔 전체가 욱신거려서 얼굴을 찌푸렸다. 자세히 살펴보니 없었던 멍이 생겼고 엉덩이와 발목에도 멍이 들어 있었다. 목이 너무 칼칼해서 몇 번 헛기침을 했더니 통증이 느껴졌다. 그리고 머리 한곳이 유난히 지독하게 쑤셨는데, 마치 통증이 정수리 아래로 죽 내려와 눈을 앞으로 세게 밀쳐 누르는 것처럼 ——

기억났다. 텅 빈 공간. 내가 만들어 낸 가짜 니마로. 부서졌고, 추락했고. 목소리들. 매딩.

대체 여기가 어디지?

방 안은 시원했지만 왼쪽에서 희미하게 햇빛이 느껴졌다. 따뜻한 담요 밑에서 빠져나오자 옷을 입고 있는데도 약간 한기가 들었다. 내가 입은 옷은 단순한 민소매 셔츠 원피스와 허리를 끈으로 묶는 헐렁한 바지였다. 편하긴 했지만 몸에 잘 맞지는 않았다. 침대 옆에 슬리퍼가 있었지만 신지 않기로 했다. 맨발이면 바닥을 더 쉽게 느낄 수 있으니까.

방을 이곳저곳 탐색해 보니 내가 갇혀 있다는 걸 알 수 있었다.

감옥치고는 좋았다. 간이침대는 부드럽고 편안했고, 작은 탁자와 의자는 튼튼했으며 마룻바닥은 대부분 두꺼운 깔개로 덮여 있었다. 큰 방 옆에 따로 붙은 작은 공간에는 변기와 세면대도 있었다. 하지만 문은 단단히 잠겨 있고 방 안쪽에는 열쇠 구멍조차 없었다. 창문은 창살은 없지만 굳게 닫혀 있었다. 유리창은 단단하고 두꺼웠다. 쉽게 깨지지도 않고 만일 깨트린다고 해도 큰 소리가 날 터였다.

그리고 공기가 좀 이상했다. 평소 익숙한 것처럼 습하지가 않았다. 그리고 묘하게 희박하다는 느낌도 들었다. 소리가 잘 전달되지도 않았다. 시험 삼아 박수를 짝 쳐 봤는데 돌아오는 메아리 소리가 이상했다.

바로 그때, 문의 걸쇠가 돌아가는 소리에 흠칫 놀랐다. 마침 창가에 서 있었기 때문에 등을 기대자 단단한 안정감이 들어 그나마 조금 안심이 되었다.

"아, 드디어 일어났군요." 낯선 남자의 목소리가 들렸다. "마침 다른 입회자를 안 보내고 직접 들렀는데, 잘됐군요. 안녕하세요."

세늠어였다. 하지만 내가 익숙한 억양은 아니었다. 그는 부유한 사람 같았다. 모든 발음이 정확했고 격식 있는 표현을 사용했다. 부자들과 대화를 많이 해 본 적이 없어서 그 이상은 알 수가 없었지만.

"안녕하세요." 내가 말했다. 아니, 말하려고 했다. 혹사당한 목에서(그 텅 빈 공간에서 계속 비명을 지르느라 그렇다. 이제야 기억난다.) 쉬고 갈라진 소리가 났는데 아파서 얼굴이 절로 일그러질 정도였다.

"말은 하지 않는 게 좋겠군요." 남자의 등 뒤에서 문이 닫혔다. 밖에서 누군가 문을 잠갔다. 나는 걸쇠 소리에 놀라서 다시 흠칫 튀어 올랐다. "저런, 에루 쇼스. 당신을 해치려는 게 아닙니다. 뭘 묻고 싶을지 대부분 짐작이 가니 않으면 설명드리죠."

에루 쇼스? 이런 존칭을 들어 본 지 너무 오래되어서 순간적으로 알아듣지도 못했다. 에루는 마로에서 젊은 여성에게 사용하는 존칭어다. 보통은 스무 살 미만의 젊은 여성에게 사용하기 때문에 나는 그런 말을 듣기에 조금 나이가 많았지만 그래도 기분은 나쁘지 않았다. 나한테 잘 보이려고 하는 말일 수도 있으니까. 하지만 그는 마로 사람 같지는 않았다.

남자는 내가 의자에 앉을 때까지 참을성 있게 서서 기다렸다.

"이제 좀 낫군요." 그가 내 앞을 지나치며 말했다. 차분한 걸음걸이는 단호하지만 우아했다. 샤이니만큼은 아니지만 체격이 좋은 사내였고, 자신의 몸이 어떤지 알 만큼 나이도 있었다. 남자에게서는 종이와 고급 천, 그리고 약간의 가죽 냄새가 났다.

"내 이름은 하도입니다. 여기 처음 온 사람들을 책임지고 있지요. 지금으로선 당신과 당신 친구들뿐이지만요. '여기'가 어딘지 궁금하시겠지요? 이곳은 '떠오른 태양의 집'입니다. 들어 본 적 있습니까?"

나는 얼굴을 찡그렸다. 새로 떠오른 아침해는 광명의 아버지의 상징 중 하나지만 요즘엔 거의 사용하지 않았다. 회색의 여신을 상징하는 돋는 해와 헷갈리기 쉬웠기 때문이다. 어렸을 적 니마로에 살 때 빼고는 누가 떠오른 태양에 대해 말하는 것도 들어 본 적이 없었다.

"백색전당인가요?" 나는 갈라지는 목소리로 말했다.

"아뇨. 정확히 그런 건 아니지만 우리의 목적 역시 신에게 헌신하는 것이지요. 그리고 우리 또한 광명의 군주를 경배합니다. 이템파스 교단과 똑같은 방식은 아니지만요. 어쩌면 우리 신도들을 부르는 다른 말을 들어 본 적이 있을 겁니다. '새빛'이라고 하지요."

들어 본 적 있다. 하지만 알고 나니 더더욱 이해가 되지 않았다. 대체 이 이단 사이비 집단이 나한테 뭘 원하는 거지?

하도는 내가 무엇을 묻고 싶어 할지 짐작이 간다고 했지만, 아는지 모르는지 이 질문에는 대답해 주지 않았다. "당신과 당신 친구들은 우리 손님입니다, 에루 쇼스. 오리라고 불러도 될까요?"

손님 좋아하시네. 나는 그가 본론으로 들어가길 기다리며 이를 꾹 사리물었다.

하도는 내 침묵이 재미있다는 듯이 탁자에 몸을 기댔다. "우리는 당신을 우리 교단의 입회자, 즉 신입 신도로 받아들이기로 했습니다. 당신은 우리의 교리, 관습, 그리고 삶의 방식을 배우게 될 겁니다. 우린 아무것도 숨기지 않아요. 실로 당신이 우리와 더불어 진정한 깨달음을 얻고 참된 신도로 발돋움하는 것이 우리의 바람이니까요."

나는 남자 쪽으로 고개를 돌렸다. 이렇게 하면 앞이 보이는 사람들에게 내 말을 강조하는 데 도움이 된다는 걸 알기 때문이다. "싫어요."

남자는 전혀 개의치 않고 작게 한숨을 내쉬었다. "물론 여기 익숙해지려면 시간이 좀 걸리겠지요."

"싫다고요." 나는 무릎 위에서 주먹을 꼭 쥔 채 목의 통증을 참으며 힘겹게 말을 뱉었다. "내 친구들은 어딨죠?"

침묵이 흘렀다.

"당신과 함께 데려온 필멸자들도 우리 교단에 대한 소개를 듣고 있습니다. 물론 소격신들은 아니고요."

나는 마른침을 삼켰다. 목구멍을 축이려고, 그리고 돌연 뱃속에서 꿈틀대는 두려움을 억누르기 위해서였다. 이들이 매딩과 다른 소격신을 의사에 반해 여기에 데려올 수 있었을 리가 없다. 그런 건 불가능하다. "소격신들은요?"

이번에도 의미가 함축되어 있는, 빌어먹을 침묵이 흘렀다. "그들의 운명은 우리 지도자들이 결정할 겁니다."

거짓말은 아닐까. 내가 걱정하는 건 필멸자가 아니라 소격신이었다. 인간의 마법으로 신을 구속할 수 있다는 이야기는 들어 본 적이 없다.

하지만 매딩이 날 구하러 오지 않았다는 건 어떤 이유에서건 그럴 수 없는 처지에 있다는 걸 의미했다. 소격신이 술수를 부릴 때 필멸자를 위장막으로 내세운다는 얘기를 들은 적이 있다. 어쩌면 지금도 그런 상황인지 모른다. 매딩의 경쟁자가 신혈 사업을 빼앗으려고 이러는 것일 수도 있다. 아니면 네머가 거절한 의뢰를 다른 소격신이 낚아챘을 수도 있고.

하지만 만일 그렇더라도 어느 쪽이든 표적은 매딩이지 다른 수하들까지 전부 노릴 필요는 없을 텐데?

바로 그때, 발밑에서 마룻바닥이 떨리는 것 같은 기묘한 움직임이 느껴졌다. 떨림이 벽을 타고 번져 나갔다. 소리가 만드는 진동은 아니지만 손으로 만질 수도 있을 만큼 뚜렷했다. 마치 방 전체가 순간적으로 한기를 느끼고 부르르 떠는 것 같았다. 두꺼운 창문 하나가 약간 덜컹거리더니 이내 조용해졌다.

"여기가 어디죠?" 내가 성마르게 물었다.

"'태양의 집'은 세계수 줄기에 붙어 있습니다. 나무가 가끔 흔들리지만 걱정할 필요는 없어요."

세상에, 신이시여.

도시에서 가장 부유한 사람들, 즉 상인 카르텔의 우두머리나 귀족들이 세계수 줄기에 집을 짓기 시작했다는 소문은 들은 적이 있다. 그러려면 돈이 엄청나게 들었는데, 하나는 아라메리가 미적 요소와 안전, 그리고 세계수의 건강을 위해 엄격한 요건을 내세웠기 때문이고 또 다른 하나는 세계수에 집을 지을 배짱이 있는 이들이라면 아무도 집을 작게 지으려 하지 않았기 때문이다.

이단 교단이 이런 어마어마한 자금을 갖고 있다는 건 놀라운 일이었다. 여섯이 넘는 소격신을 억지로 잡아 둘 힘이 있다는 건 불가능한 일이었다.

평범한 이들이 아냐. 나는 등골이 오싹해졌다. *이건 단순히 돈뿐만 아니라 힘의 문제야. 마법의 힘. 정치적인 힘. 모든 것에 대한 힘.*

이 세상에 그런 힘을 가진 것은 아라메리뿐이다.

"아직 몸 상태가 좋지 않은 것 같군요. 대화를 계속하기도 힘들 것 같고." 하도가 몸을 곧추세우더니 내게 다가왔다. 관자놀이에 그의 손가락이 닿는 바람에 흠칫 놀랐다. 나는 그제야 거기에도 멍이 들었다는 걸 알고 놀랐다. "많이 나아졌지만 하루 더 쉬는 게 좋겠습니다. 사람을 시켜 저녁 식사를 가져다줄 테니 식사를 한 다음 목욕을 하십시오. 몸이 조금 더 나아지면 니프리가 당신을 진찰할 겁니다."

그래, 이제 기억났다. 내가 만든 가짜 니마로가 산산조각 난 뒤, 나는 그 빈 공간에서 끌려 나와 바닥에 세게 떨어졌었다. 하지만 눈에 느껴졌던 건 익숙한 통증이었다. 공원에서 교단수호자들을 마법으로 죽인 뒤에 매딩의 집에서 겪은 것과 똑같았다.

문득 하도가 한 말이 머리에 접수됐다. "니프리요?" 일종의 직함처럼 들렸다. "당신네 지도자인가요?"

"그래요, 그중 한 명이죠. 하지만 아주 특별한 일을 맡고 있습니다. 전문 필경사예요. 그리고 당신의 독특한 마법 능력에 깊은 관심을 갖고 있지요. 틀림없이 시범을 보여 달라고 할 겁니다."

나는 사색이 되었다. 그들이 내 마법에 대해 안다고? 어떻게? 아니, 그런 건 상관없었다. 그들이 안다는 게 중요했다.

"그러고 싶지 않은데요." 내 목소리는 아주 작았다. 목이 아프기 때문만은 아니었다.

하도의 손은 아직도 내 관자놀이에 머물러 있었다. 그가 손을 내려 내 뺨을 한 번, 두 번, 달래듯이 톡톡 두드렸다. 두 번 다 위안을 느끼기엔 약간 너무 힘이 들어가 있었고 암묵적인 경고를 하듯 계속 뺨 위에 손을 대고 있었다.

"바보같이 굴지 말아요." 하도가 아주 부드럽게 말했다. "착한 마로네 아가씨답게 굴어야죠, 안 그래요? 우린 모두 진정한 이템파스 신도가 아닌가요, 오리. 당신이 우리와 함께하고 싶지 않을 이유가 뭐가 있겠어요?"

아라메리는 수천 년 동안 세상을 지배했다. 그들은 그동안 모든 대륙, 모든 왕국, 모든 민족에게 광명의 군주를 경배할 것을 강요했다. 다른 신을 섬기는 이들은 명령을 받았다. *개종하라.* 따르지 않은 이들은 멸절되었고 그들의 이름과 업적은 잊혔다. 진정한 이템파스 신도들은 오직 하나의 방식, 즉 자신들의 방식만이 옳다고 믿었다.

어쩜 샤이니랑 그렇게 똑같은지. 작고 씁쓸한 목소리가 내게 속삭였다. 나는 억지로 머릿속 목소리를 침묵시켰다.

하도가 다시 피식 웃었다. 하지만 이번에는 내가 아무 말도 하지 않아 흡족하다는 듯이 뺨을 쓰다듬었다. 여전히 아팠다.

"당신은 여기서 잘 지낼 겁니다."

하도가 문으로 다가가 두드렸다. 누군가 그를 밖으로 내보내고 다시 문을 잠갔다. 그 뒤로 나는 아주 오랫동안 뺨에 한 손을 얹은 채 가만히 앉아 있었다.

*

다음 날, 사람들이 내 방에 두 번이나 들어와 아무 말도 없이 아믄식의 가벼운 아침 식사와 점심으로는 수프를 가져다주었다. 목이 조금 나아져서 두 번째 사람에게 매딩과 다른 사람들은 어디 있는지 물었지만 아무 대답도 듣지 못했다. 아침과 점심 사이엔 아무도 오지 않았기 때문에 한참 동안 문에 귀를 대고 문밖에 경비가 서 있는지, 또는 복도에서 들리는 소리에 특정한 패턴 같은 건 없는지 알아보려 했다. 광신도로 가득한 곳에서 길을 찾게 도와줄 지팡이도 없이 탈출에 성공할 가능성은 아주 희박했지만 그렇다고 아무것도 안 하고 가만히 앉아만 있을 이유도 없었다.

두꺼운 유리창을 만지작거리고 있는데 등 뒤에서 문이 열리더니 체구가 작은 사람이 들어왔다. 나는 몸을 바로 세웠다. 죄책감 같은 건 없었다. 그들은 바보가 아니다. 적어도 처음 며칠간은 내가 탈출을 시도할 거라고 예상했을 것이다. 진정한 이템파스 신자는 이성적이니까.

"난 존트예요." 젊은 여성의 목소리를 듣고 놀랐다. 나보다 젊은 것 같았는데 아직 10대처럼 들렸다. 그 목소리에서는 순수함, 또는 열정이라고도 할 수 있는 것이 느껴졌다. "당신은 오리죠."

"그래요." 존트는 성을 말해 주지 않았다. 어젯밤 하도도 그랬다. 그래서 나도 말하지 않았다. 위험하지 않은 사소한 기싸움이었다. "만나서 반가워요." 신께 감사하게도 목 상태는 많이 나아졌다.

존트는 내 깍듯한 태도가 마음에 든 것 같았다. "입회자를 총괄하는 마스터 하도가 당신한테 필요한 게 있으면 뭐든 주라고 하셨어요. 지금 욕실로 데려다줄게요. 새 옷도 가져왔어요." 개켜 놓은 옷 더미 특유의 보송보송한 기운이 희미하게 느껴졌다. "별로 좋은 건 아니지만요. 우린 소박하게 살고 있거든요."

"그렇군요. 당신도…… 입회자인가요?"

"네." 그녀가 가까이 다가왔다. 내 눈을 빤히 쳐다보는 것 같았다. "짐작인가요, 아니면 직감으로 알 수 있는 건가요? 눈이 안 보이는 사람은 평범한 사람들은 모르는 걸 느낄 수 있다던데."

나는 한숨을 내쉬지 않으려고 애썼다. "짐작이었어요."

"오." 존트는 실망한 기색이 역력했지만 금방 회복했다. "오늘은 기분이 많이 좋아진 것 같네요. 공허에서 나오고 이틀 내내 잠만 잤잖아요."

"이틀이요?" 하지만 내 관심을 끈 건 다른 쪽이었다. "공허요?"

"니프리가 광명이신 분께 대항하는 가장 질 나쁜 신성모독자들을 보내는 곳이죠." 그러더니 존트가 돌연 목소리를 낮추며 두려움 가득한 어조로 말했다. "사람들 말처럼 정말로 그렇게 끔찍한 곳이에요?"

"구멍 속 공간 말이군요." 숨을 쉴 수도 없고 비명도 지를 수 없었던 그곳을 떠올렸다. "정말로 끔찍한 곳이에요." 나는 작은 소리로 대답했다.

"그럼 니프리가 자비를 베풀어서 다행이에요. 당신은 무슨 짓을 했나요?"

"무슨 짓이요?"

"니프리가 당신을 가둔 이유요."

분노가 등골을 타고 흘러내렸다. "난 아무 짓도 안 했어요. 친구들이랑 있는데 그 니프리라는 작자가 갑자기 우릴 공격하더니 날 납치해서 여기 억지로 끌고 온 거라고요. 그리고 내 친구들은……." 목이 메었다. "내가 아는 한 아직 그 끔찍한 곳에 있겠죠."

놀랍게도 존트는 연민이 가득한 탄식을 뱉으며 내 손을 토닥였다. "괜찮을 거예요. 진짜 신성모독자만 아니면 너무 심한 상태가 되기 전에 니프리가 꺼내 줄 테니까요. 자, 그럼 목욕을 하러 갈까요?"

존트가 내 팔을 잡고 이끌었다. 앞에 놓인 장애물을 구분할 지팡이가 없어서 어색하게 발을 끌며 천천히 따라갈 수밖에 없었다. 그사이 존트가 던져 준 정보 조각들을 곰곰이 생각해 봤다. 신입 회원들을 교단수호자가 아니라 입회자라 부르고 이상한 마법을 사용하긴 하지만 이 새빛이라는 단체는 이템파스 교단과 매우 유사해 보였다. 심지어 고압적인 방식을 사용하는 것까지 똑같았다.

그러니 이템파스 교단이 왜 이들을 해체시키지 않는지 의아했다. 소격신에 대한 경배를 허락하는 건 어느 정도 이해할 수 있다. 실용적인 이유가 있으니까. 하지만 광명의 이템파스를 믿는 새로운 종파라니. 그건 골칫거리다. 평신도들에게 혼란을 안겨 줄 수도 있다. 만약에 이 새빛교가 따로 그들만의 백색전당을 세우고, 헌금을 받고, 교단수호자를 파견하기 시작한다면? 그렇게 되면 광명교의 모든 교리를 위반하는 셈이다. 새빛 교단의 존재 자체가 혼돈을 야기하니까.

그보다 더 이해가 안 되는 건 아라메리 가문이 이들을 내버려 두고 있다는 거다. 가문의 시조인 샤하르 아라메리는 광명의 군주가 가장 총애하는 사제였고, 교단은 아라메리의 대변자다. 경쟁 세력을 내버려 두는 게 그들에게 어떤 이득이 되는지 이해할 수가 없었다.

그러다 한 가지 생각이 떠올랐다. 어쩌면 아라메리가 아직 모르고 있을지도 몰라.

하지만 따뜻한 수증기와 물소리로 가득한 넓은 방에 들어서자 모든 게 머릿속에서 날아갔다. 욕실이었다.

"먼저 몸을 씻는 게 좋으세요?" 존트가 나를 몸을 씻는 공간으로 데려갔다. 비누 냄새가 났다. "마로 풍습을 잘 몰라서요."

"아른과 크게 다르지 않아요." 말하면서도 그녀가 왜 그런 것에 신경을 쓰는지 의아했다. 주위를 더듬거려 보니 비누와 깨끗한 스펀지, 김이 모락모락 나는 물이 담긴 커다란 대야가 있었다. 따뜻한 물이라니. 이렇게 좋을 수가. 나는 옷을 벗어 선반 가장자리에 있는 고리에 걸고는 앉아서 몸을 문질러 씻기 시작했다. "우리도 세늠인인걸요."

"밤의 군주가 마로랜드를 멸망시키고 나서부터죠." 존트가 이렇게 말하고는 숨을 삼켰다. "오, 어둠이여. 미안해요."

"왜요?" 나는 어깨를 으쓱하고 스펀지를 내려놓았다. "그 얘기를 한다고 해서 그런 일이 또 일어날 것도 아닌데." 나는 병을 발견하고 뚜껑을 열어 냄새를 맡아 보았다. 샴푸. 수렴제 성분이었다. 마로네 사람들의 모질에 잘 맞진 않지만 그래도 괜찮을 것이다.

"그건 그렇죠. 하지만…… 그 끔찍한 일을 다시 생각나게 해서……"

"우리 조상들한테 일어난 일이지 난 겪은 적도 없는데요. 물론 잊진 않았어요. 우린 절대로 잊지 않으니까. 하지만 우리 마로네 사람들한텐 아주 오래전에 있었던 비극적인 사건보다 더 중요한 일이 많아요." 나는 대야를 사용해 몸을 행군 뒤 한숨을 쉬며 그녀를 돌아보았다. "탕은 어느 쪽이죠?"

존트가 내 손을 잡고 커다란 나무 욕조로 이끌었다. 바닥은 금속이고 밑에서 불로 데우고 있었다. 탕에 들어가려면 측면에 설치

된 계단을 이용해야 했다. 물은 내가 좋아하는 것보다 차가웠고 아무 향도 나지 않았다. 하지만 적어도 깨끗한 냄새가 났다. 매딩의 욕탕은 항상 완벽…… *거기까지!* 나는 속으로 날카롭게 외쳤다. 눈시울이 따끔거리며 눈물이 날 것 같았다. 여기서 *빠져나갈* 방법을 찾지 못하면 그에게 아무 도움도 안 돼.

존트가 나와 함께 탕 속에 들어와 욕조 벽에 기댔다. 제발 날 두고 저리 가 버렸으면 하는 마음이 간절했지만 그녀는 내 안내역은 물론 감시역으로 있는 것일 테다.

"마로네는 항상 세 주신 중에서 이템파스를 가장 중히 섬겼죠. 우리 아믄인들처럼요. 하급신은 경배하지 않고요, 맞죠?"

존트의 말을 듣자마자 귓가에서 경종이 울렸다. 전에도 이런 부류를 만난 적이 있다. 모든 필멸자가 소격신의 출현을 반긴 것은 아니었다. 나는 이런 사람들의 사고방식을 절대 이해하지 못했다. 왜냐하면 아주 최근까지도 나는 광명의 이템파스가 단절에 대해 마음을 바꾼 줄만 알았기 때문이다. 그분이 자식들이 필멸계에 머무르길 원했다고 생각했기 때문이다. 하지만 훨씬 독실한 이템파스 신도들은 나보다 먼저 깨달은 것이다. 광명의 주님께서는 결코 마음을 바꾼 적이 없다.

"소격신을 경배한다고요?" 나는 그녀가 쓴 표현을 사용하길 거부했다. "아뇨. 하지만 소격신을 여럿 만나 보긴 했고 그중 몇 명하고는 친구 사이예요." 매딩. 파이티야. 어쩌면 네머도. 키트르는…… 아냐, 그녀는 나를 좋아하지 않는다. 그리고 릴은 절대로 친구라고는 할 순 없지.

샤이니? 그래, 그를 친구라고 부른 적이 있긴 했다. 하지만 조용한 여신의 말이 맞다. 샤이니는 절대로 나를 그렇게 여기지 않을 것이다.

존트의 얼굴이 경악으로 일그러지는 소리가 들리는 것 같았다. "하지만…… 그들은 인간이 아니잖아요." 그녀는 소격신이 마치 동물이나 곤충이라도 되는 듯이 말했다.

"그게 어때서요?"

"그들은 우리와 달라요. 우릴 이해하지도 못하고. 위험하다고요."

나는 욕조 가장자리에 기대 젖은 머리카락을 땋기 시작했다. "소격신과 얘기해 본 적 있어요?"

"당연히 없죠!" 생각만으로도 끔찍하다는 말투였다.

더 말하려다 그냥 입을 다물었다. 신을 사람으로 보지 않는다면 나도 사람으로 여기지 않겠지. 그렇다면 어떤 말로도 그녀의 생각을 바꿀 수 없을 거다. 하지만 덕분에 깨달은 게 있었다. "당신네 니프리란 사람도 소격신을 그렇게 생각하나요? 그래서 내 친구들을 공허라는 공간에 끌고 가 가둔 거예요?"

존트가 숨을 헉 들이켰다. "당신 친구들이 소격신이에요?" 단번에 그녀의 목소리가 딱딱해졌다. "그렇다면 맞아요. 그리고 당분간은 절대로 꺼내 주지 않을걸요."

너무 역겹고 기분 나빠서 아무 말도 생각나지 않아 입을 꾹 다물었다. 잠시 후 존트가 한숨을 쉬었다. "화나게 하려는 건 아니었어요. 목욕은 다 마쳤나요? 할 일이 많아요."

"당신이 바라는 건 하나도 하고 싶지 않은데요." 나는 최대한 싸늘하게 말했다.

존트가 내 어깨를 건드리더니 다시는 그녀를 순진한 아가씨로 여길 수 없게 하는 말을 했다. "하게 될걸요."

나는 욕조에서 나와 물기를 닦으며 몸을 떨었다. 찬 공기 때문은 아니었다.

몸을 다 말리고 두툼한 로브를 입고 나자 존트가 나를 다시 방으로 데려갔고, 나는 그녀가 가져다준 옷을 입었다. 단순한 풀오버 셔츠와 아랫단이 멋지게 휘감기는 발목 길이의 치마였다. 속옷은 평범하고 헐렁했으며 딱 맞진 않았지만 이 정도면 괜찮았다. 신발도 비슷했다. 부드러운 실내용 슬리퍼인데, 납치범들이 나를 밖으로 내보낼 생각이 없다는 걸 미묘하게 상기시켜 주는 물건이었다.

"보기 좋네요." 내가 옷을 다 입자 존트가 만족스럽다는 듯 말했다. "이제 우리랑 똑같이 보여요."

나는 셔츠 자락을 만져 보았다. "이거 흰색이겠죠?"

"베이지색이에요. 우린 흰색을 입지 않아요. 흰색은 거짓된 순수함의 색이라 빛을 찾는 이들을 오도할 수 있으니까요." 노래하는 듯한 억양이 담겨 있어 암송의 느낌을 주는 말투였다. 백색전당이나 다른 곳에서는 들어 본 적 없는 가르침이었다.

그때 '태양의 집' 어디선가 묵직한 종소리가 들렸다. 아름다운 울림에 나도 모르게 눈을 감으며 감상에 젖었다.

"저녁 식사 시간이에요. 시간에 딱 맞췄네요. 우리 지도자들이 오늘 저녁 식사에 당신을 초대했거든요."

공포심이 온몸을 가득 채웠다. "거절해도 되나요? 아직 많이 피곤한데."

존트가 다시 내 손을 잡았다. "미안해요. 별로 안 멀어요."

그래서 나는 존트를 따라 끝없이 이어지는 복도의 미로를 지났다. 가는 길에 새빛 교단의 다른 신도들과 마주쳤지만(존트는 만나는 사람 대부분과 인사를 나눴지만 나를 소개하지는 않았다.) 관심 주지 않았다. 그저 이곳이 처음 생각한 것보다 훨씬, 아주 훨씬 크다는 사실을 깨달았을 뿐이다. 내 방 바로 밖에 있는 복도에만 열 명이 넘는 사람들이 왔다 갔다 하고 있었다. 나는 사람들이 하는 말에 귀를 기울이기보다 만에 하나 탈출을 하게 되면 길을 빨리 찾을 수 있게 발걸음 수를 셌다. 우리는 바스머스크 향이 나는 복도를 지나, 긴 복도에 줄줄이 늘어선 창문이 전부 열려 있어 늦은 저녁 공기가 솔솔 불어오는 복도를 따라 걸었다. 거기서 계단을 타고 두 층을 내려가(계단은 스물네 단) 모퉁이를 돌아(오른쪽) 열린 공간을 가로질러(직선으로 똑바로, 모퉁이에서 30도 각도) 아주 널찍한 닫힌 공간에 도착했다.

사람들이 많았지만 대부분의 목소리가 머리 높이보다 낮은 곳에서 들려왔다. 아마 앉아 있는 것일 테다. 여기 도착하기 한참 전부터 등불 냄새와 사람들, 그리고 세계수의 초록빛 내음과 뒤섞여 음식 냄새가 풍기고 있었다. 커다란 식당일 거라는 생각이 들었다.

"존트." 약간 나이 든 여성의 매력적이고 부드러운 콘트랄토 음성. 그리고 향기도 났는데 꼭 히라스 꽃 향기 같아서 바로 흥미가 들었다. 매딩의 집이 생각났다. 우리는 멈춰 섰다. "여기서부턴 내가 안내하마. 에루 쇼스? 저와 함께 가실까요?"

"레이디 세리믄!" 존트는 당황하고 놀라고 또 동시에 흥분한 것 같았다. "다, 당연히 되죠." 그녀가 내 손을 놓자 다른 손이 내 손을 잡았다.

"기다리고 있었답니다." 새로운 여자가 말했다. "이쪽에 따로 사용할 수 있는 전용 식당이 있어요. 계단이 나오면 말씀드리죠."

"좋아요." 나는 감사의 마음을 담아 대답했다. 존트는 그런 걸 말해 주지 않았기 때문에 여기까지 오면서 벌써 두 번이나 발가락을 찧었다. 나는 걸어가면서 이 새로운 수수께끼의 인물에 대해 생각했다.

존트는 그녀를 레이디 세리믄이라고 불렀다. 당연하지만 소격신은 아니다. 이곳은 소격신 혐오자로 가득하니까. 그렇다면 귀족 여성이겠지. 하지만 그녀의 이름은 아믄인들이 자주 사용하는 혀가 꼬이는 듯한 자음 조합으로 이뤄져 있었다. 아믄인 중에 귀족 가문은 세상에서 오직 하나…… 하지만 아냐, 그럴 리가 없다.

넓은 출입구를 지나자 작고 조용한 공간이 나타났다. 나는 곧바로 새로운 것에 정신이 팔리고 말았다. 정확히 말하면 음식 냄새였다. 구운 닭고기, 조개류, 채소와 마늘, 와인 소스, 그리고 뭔지 모를 다른 냄새까지. 부자들의 음식이었다. 세리믄이 나를 음식이 가득 차려진 식탁으로 이끌었을 때에야 벌써 다른 사람들이 식탁 주위에 앉아 있다는 것을 알았다. 음식 냄새에만 정신이 팔려서 눈치채지도 못했다.

나는 호화로운 만찬을 앞에 두고 낯선 사람들 사이에 앉아 긴장한 기색을 내비치지 않으려 애썼다.

하인이 다가와 앞에 음식을 놓아주기 시작했다. "오리고기 드시겠습니까, 레이디 오리?"

"네." 나는 예의 바르게 대답한 후에야 하인이 나를 뭐라고 불렀는지 깨달았다. "그냥 오리라고 불러 주세요. '레이디'가 아니라."

"자신을 너무 과소평가하네요." 세리믄은 수직 방향으로 내 오른쪽에 앉아 있었다. 식탁에는 적어도 일곱 명이 앉아 있었는데 서로 수군거리며 얘기하는 소리가 들렸다. 식탁은 직사각형 아니면 타원형이었고, 세리믄은 상석에 있었다. 그리고 그녀의 맞은편 끝자리에는 또 다른 사람이 있었다.

"당연히 레이디라고 불러 드려야죠." 세리믄이 말했다. "우리가 격식에 맞게 대우해 드릴 수 있게 해 주세요."

"하지만 난 정말 레이디가 아닌걸요." 나는 당황했다. "내 핏줄에 높은피라고는 한 방울도 없어요. 니마로에는 귀족도 없고요. 전부 다 마로랜드랑 같이 사라졌으니까요."

"이왕 말이 나왔으니 우리가 당신을 왜 데려왔는지 말씀드려야겠네요. 궁금했을 테죠."

"그렇게 말할 수도 있겠네요." 나는 짜증스레 말했다. "하도……" 여기서 약간 머뭇거렸다. "마스터 하도가 조금 설명해 줬지만 그걸론 부족했거든요."

몇 명의 웃음소리가 들렸다. 테이블 끝 쪽에서 들려온 두 남성의 굵은 목소리도 끼어 있었다. 그중 한 목소리의 주인을 알 것 같아 얼굴에 열이 올랐다. 하도였다.

세리믄도 재미있어하는 것 같았다. "우린 당신의 부나 지위 때문에 존중하는 게 아니에요, 레이디 오리. 당신의 혈통 때문이죠."

"내 혈통도 마찬가지예요. 평범하죠." 나는 날카롭게 쏘아붙였다. "우리 아버지는 목수였고 어머니는 약초를 재배해서 내다 팔았어요. 두 분의 부모님은 농부였고요. 양쪽 가계도를 통틀어도 제일 잘 성공한 사람이라 봤자 밀수꾼이 고작일걸요."

"내가 설명드리죠." 세리믄이 말을 멈추고 와인을 한 모금 마시더니 몸을 앞으로 기울였다. 순간 그녀가 있는 방향에서 희미하게 반짝이는 빛이 보였다. 재빨리 고개를 돌려 쳐다봤지만 뭔가에 가려져 있었다.

"신기하네요." 식탁에 앉아 있던 다른 사람이 말했다. "보통 땐 평범한 맹인처럼 허공만 쳐다보는데 방금은 당신을 본 것 같았어요, 세리믄."

나는 속으로 자책했다. 능력을 숨겨 봤자 별 소용은 없을 테지만 그래도 무심코 정보를 흘리고 싶진 않았다.

"맞아요, 다테가 그녀가 어느 정도 마법을 인지하는 것 같다고 말하긴 했죠." 세리믄이 뭔가를 하자 방금 얼핏 보였던 게 선명해졌다. 그것은 황금빛 마법으로 빈틈없이 빛나는 작은 동그라미였다. 아니, 동그라미 안쪽이 완전히 채워져 있는 건 아니었다. 나도 모르게 눈을 가늘게 좁히며 몸을 앞으로 내밀었다. 그 원은 삐죽삐죽한 신들의 문자가 촘촘히 적혀 있는 수십 개의 인으로 구성돼 있었다. 신어였다. 논문 한 편은 좋히 되어 보이는 분량의 문장들이 나선형을 그리며 빽빽하게 겹쳐 있어 멀리서 보이면 안쪽이 꽉 차 있는 것처럼 보였을 뿐이다.

다음 순간, 진실을 깨달은 나는 경악하며 몸을 뒤로 젖혔다.

세리픈이 다시 손을 움직여 머리카락을 제자리로 내렸다. 그제 야 인으로 만들어진 원이 왜 사라졌는지 알 수 있었다. 그래, 그건 그녀의 이마에 새겨져 있었다.

그럴 리가 없어. 말도 안 돼. 믿을 수 없어. 하지만 마법을 보는 내 두 눈으로 똑똑히 봤다.

나는 갑자기 바싹 마른 입술을 축이고, 떨리는 손을 무릎 위에 올려놓은 다음, 내게 있는 모든 용기를 짜내 물었다. "아라메리 가 문의 순혈이 이 작은 사이비 이단 집단에서 뭘 하고 있는 거죠, 레 이디 세리픈?"

식탁 주위에서 터져 나온 웃음소리는 내가 기대했던 반응이 전 혀 아니었다. 내가 불안한 마음으로 조용히 앉아 있는 사이 웃음 소리가 잦아들자 세리픈이 재밌다는 어조로 말했다. "레이디 오 리, 음식을 좀 드세요. 좋은 대화를 나누면서 맛있는 식사를 함께 즐기지 못할 이유가 없잖아요?"

그래서 몇 입 먹었다. 그런 다음 내가 할 수 있는 가장 깍듯하고 우아한 태도로 입을 닦고 허리를 꼿꼿이 세워 질문에 대한 대답 을 예의 바르게 기다리고 있음을 피력했다.

세리픈이 작게 한숨을 쉬더니 입가를 닦았다. "좋아요. 당신 말 을 빌자면 이 '작은 사이비 이단 집단'에 내가 있는 이유는 이루고 싶은 목표가 있고, 여기 있는 게 그 목표를 이루는 데 도움이 되기 때문이에요. 하지만 우리 새빛은 작지도 않고 이단도 사이비도 아 니라는 걸 지적해야겠네요."

"내가 알기로 이템파스 교단에서 승인한 것 이외의 예배(禮拜) 방식은 전부 다 이단일 텐데요." 나는 느릿하게 말했다.

"그건 사실이 아니랍니다, 레이디 오리. 광명의 법, 즉 우리 가문이 세운 법에 따르면 이템파스 이외의 신을 예배하는 것만이 이단이죠. 형태나 형식은 상관없어요. 교단이 광명이신 분을 향한 복종과 교단에 대한 복종이라는 두 가지 개념을 같은 걸로 간주하는 건 사실이지만요." 식탁에 앉아 있는 사람들 사이에서 또다시 부드러운 웃음소리가 흘러나왔다. "하지만 엄밀히 말해 교단은 신이 아니라 필멸자들이 내세우는 권위죠. 우리 새빛 신도들은 그 차이를 인지하고 있을 뿐이랍니다."

"그럼 당신들이 선택한 섬김의 방식이 교단의 방식보다 낫다는 건가요?"

"그래요. 우리의 교리는 근본적으로 이템파스 교단과 유사하고 실제로 우리 신도 중에서 상당수가 교단의 사제였지요. 하지만 몇 가지 중요한 차이점이 있어요."

"예를 들면요?"

"정말로 지금 종교 교리에 대해 토론하고 싶은 건가요, 레이디 오리? 어차피 앞으로 한동안 입회자답게 우리의 믿음과 철학을 배우게 될 텐데요. 난 당신이 그보다 더 기본적인 걸 물어볼 줄 알았어요."

그랬다. 하지만 나는 본능적으로 이 여자를 이해하는 것이야말로 이곳의 수많은 광신도를 이해할 열쇠라고 느꼈다. 세리믄은 아라메리였다. 순혈은 아라메리 사람들 중에서도 가장 지위가 높은 이들이었다. 아라메리 가문은 질서를 어찌나 중히 여기는지 최초의 사제인 샤하르와 혈통적으로 얼마나 가깝게 연결되어 있는지에 따라 자기들 내에서도 서열을 매기고 구분했다. 이들은 권력의 실세이자 결정권을 쥔 자들이었다. 때로는 심지어 그들이 노예로 부리는 신의 힘을 이용해 다른 국가와 민족을 멸망시켰다.

하지만 그건 십 년 전, 세계수가 자라나고 소격신들이 돌아온 그 기이하고 끔찍한 날 이전의 일이다. 소문이야 늘 돌았지만 나는 이제 샤이니에게서 직접 들어 진실을 안다. 아라메리에게 노예처럼 묶여 있던 신들이 해방되었고 밤의 군주와 회색의 여신이 광명의 이템파스를 굴복시켰다. 아라메리는 권력을 상실하지는 않았으나 단 한 번의 타격으로 그들의 가장 강력한 무기와 후원자를 모두 잃고 말았다.

절대적 권력을 쥐고 있던 자들이 갑자기 그 힘을 잃으면 어떻게 될까?

"좋아요." 나는 조심스럽게 대답했다. "그럼 기본적인 걸 묻죠. 당신은 왜 여기 있고 나는 왜 여기 있는 거죠?"

"십 년 전에 일어난 일에 대해 얼마나 아나요, 레이디 오리?"

나는 뭐라고 대답해야 할지 몰라 망설였다. 무지하고 평범한 사람인 척해야 할까, 아니면 내가 얼마나 아는지 밝혀야 할까? 아라메리 가문의 비밀에 대해 말했다가 이 여자가 날 죽여 버리는 건 아닐까? 내가 거짓말을 하는지 시험해 보는 거면 어쩌지?

나는 배가 고프다기보다는 긴장감을 누그러뜨리기 위해 빵을 한 조각 찢었다. "음…… 다시 셋의 시대가 되었다는 건 알아요."

나는 천천히 말했다. "광명의 이템파스가 더는 혼자 통치하지 않는다는 걸 알죠."

"거기서 혼자를 빼도록 하세요, 레이디 오리. 당신도 짐작은 하고 있었죠? 진정한 이템파스 신도라면 지난 몇 년간 일어난 변화를 그분이 결코 허락하지 않으시리라는 걸 알 테니까요."

나는 고개를 끄덕이며 무심코 매딩의 침대와 그 위에서 나눈 사랑, 그리고 샤이니의 못마땅한 반응을 떠올렸다. "그건 그래요." 나는 씁쓸한 미소를 억누르며 말했다.

"그러니 우린 그분의 형제자매, 이 새로운 신들을⋯⋯"

세리믄의 동료 하나가 큰 소리로 웃음을 터트렸다. "새롭다고? 저기요, 레이디 세리믄. 우리가 그런 말에 속아 넘어갈 무지몽매한 대중이 아니라는 거 아시면서." 그 여자가 나를 힐끗 쳐다봤다. 하지만 나는 그 상냥한 말투에 속지 않았다. "어쨌든, 우리 대부분은 그렇죠."

나는 미끼를 무는 걸 거부하고 이를 사리물었다. 세리믄은 놀라우리만큼 침착하게 대응했다. 실질적인 목표는 다른 사람이긴 해도 아라메리마저 이렇게 조롱받을 거라곤 상상도 못했다.

"물론 '그림자 군주'는 사람들의 주의를 돌리기 위한, 너무도 미약한 시도였죠." 대답한 세리믄이 다시 내게 관심을 돌렸다. "하지만 우리 가문은 대중의 공황을 막기 위해 많은 노력을 기울였어요, 레이디 오리. 어쨌든 지난 수백 년간 필멸자의 머릿속에 밤의 군주가 풀려날지도 모른다는 공포심을 가득 채워 놨으니까요. 그가 풀려나면 세상을 향해 복수를 할지 모르니 차라리 우리가 계속 잘 지키는 게 낫다고 말이죠. 한데 그게 이제 현실이 되고 말았답니다. 오직 미약한 거짓말 몇 개만이 우리 모두가 마로인의 길을 가게 될지도 모른다는 걸 대중들이 깨닫지 못하게 막아 주고 있을 뿐이죠."

세리믄은 자기 가문의 실수로 일어난 우리 민족의 멸망을 입에 올리면서도 아무런 유감도, 안타까움도 느끼지 못하는 것 같았다. 분노가 치밀었다. 아라메리는 이런 족속이다. 자기들이 저지른 잘못은 전부 별거 아니라고 치부하는 자들. 심지어 잘못을 인정할 때조차도.

"그는 화가 난 거예요." 나는 아주 부드럽게 말했다. 왜냐하면 나도 화가 났으니까. "밤의 군주 말이에요. 당신도 알 텐데요? 그가 아라메리와 소격신에게 자기 자식을 살해한 범인을 찾아내라고 시한을 정해 준 거요."

"그래요. 며칠 전에 아라메리 경이 전갈을 받았다고 하더군요. 롤레가 죽은 날로부터 한 달을 주겠다고. 그러니 이젠 3주 정도 남았네요."

신의 분노 따윈 아무것도 아니라는 말투였다. 내 무릎 위에 놓인 손이 저절로 주먹을 쥐었다. "밤의 군주는 고작 따분하다는 이유로 마로랜드를 파괴했어요. 그가 가진 힘을 전부 다 발휘한 것도 아니었죠. 그럼 이번엔 무슨 짓을 할지 상상이 안 돼요?"

"당신보단 훨씬 잘 알죠, 레이디 오리." 세리믄이 아주 나긋하게 대답했다. "기억할지 모르겠는데, 난 그와 함께 자랐거든요."

식탁 주위가 조용해졌다. 방 안 어디선가 시계가 큰 소리로 똑딱였다. 우리 모두는 세리믄의 평온한 음성에 담겨 있는 무언의 이야기를 들었다. 우리가 나누는 대화의 표면 밑에는 거대한 괴수처럼 크고 중요한 내용이 숨어 있었다. *저토록 강하고, 그 무엇도 두려워하지 않는 여자가 왜 하늘궁에서 나온 걸까? 똑딱거리는 시계 소리만이 울리는 침묵 속에서, 나는 아주 공포스러운 것을 상상할 수밖에 없었다. 밤의 군주가 저 여자에게 무슨 짓을 한 거지?*

"다행히도." 드디어 세리믄이 입을 열었다. 정적이 깨지자 안도의 한숨이 나왔다. "그의 분노는 우리 계획에 도움이 된답니다."

내가 얼굴을 찡그린 게 틀림없다. 세리믄이 웃음을 터트렸기 때문이다. 아주 약간이긴 하지만, 억지로 내는 웃음소리 같기도 했다.

"레이디 오리, 우리가 세 번째 주신에게서 이미 한 번 구원받았다는 사실을 생각해 보세요. 그게 어떤 의미일지 말이에요. 그녀가 존재한다는 건 어떤 의미일까요? 한 번도 궁금한 적이 없었나요? 광명의 이템파스의 누이인 황혼과 여명의 에네파는 죽은 지 이천 년이나 됐어요. 그렇다면 이 회색의 여신은 누굴까요? 당신은 이 도시의 많은 소격신과 친분이 있죠. 그들이 이 수수께끼에 대해 설명해 준 적 있나요?"

나는 놀라서 눈을 깜박였다. 매딩은 한 번도 자세하게 말해 준 적이 없다. 어머니의 죽음에 대해 말해 준 적은 있는데, 그때의 목소리는 여전히 깊은 슬픔에 젖어 있었다. 하지만 그는 자신의 부모님을 복수(複數)로, 현재형으로 일컬은 적도 있다. 하지만 어차피 그건 신들과 대화할 때 이해하고 받아들여야 할 여러 가지 모순 중 하나에 불과했기 때문에 별로 중요하게 생각하거나 깊이 신경 쓴 적이 없었다. 하지만 또다시 생각해 보면, 나는 얼마 전까지 신들의 위계질서에 대해 나름 잘 알고 있는 줄만 알았다.

"아뇨. 그는…… 아니, 말해 준 적 없어요."

"흠, 그럼 엄청난 비밀을 하나 알려 드릴까요, 레이디 오리? 십년 전에 한 필멸자 여성이 자신의 신과 인류를 배신하고 연인인 밤의 군주를 풀어 줄 음모를 꾸몄답니다. 그녀는 성공했고, 그 노력에 대한 보상으로 에네파의 잃어버린 힘을 얻었죠. 그렇게 그녀는 사실상 새로운 에네파, 즉 새로운 신이 되었어요."

나도 모르게 숨을 삼키며 경악했다. 필멸자가 신이 될 수 있으리라고는 상상도 못 해 봤다. 하지만 세리믄의 말은 많은 것을 설명해 주었다. 소격신이 그림자도시 밖으로 나가는 게 금지된 이유. 소격신이 인간을 대량학살하지 못하도록 서로서로를 조심스럽게 감시하는 까닭. 어쩌면 한때 스스로 필멸자였던 여신이 필멸자의 생명을 경시하는 것을 금하고 있는지도 모른다.

"우린 회색의 여신한텐 관심 없어요. 그저 지금처럼 평화를 유지해 주고 있다는 게 고마울 따름이죠." 세리믄이 식탁에 팔꿈치를 얹은 채 몸을 앞으로 기울였다. "하지만 그녀가 개입할 거라고 예상은 했답니다. 이 새로운 여신이 사실상 모방하고 있는 에네파는 언제나 생명을 보전하기 위해 싸웠으니까요. 그게 본성이죠. 그녀의 남자 형제들은 극단적이에요. 빠르게 판단하고 빠르게 혼란과 파괴를 일으키죠. 하지만 그녀는 유지하는 걸 좋아해요. 변화에 적응하면서도 그 안에서 안정을 추구하죠. 이템파스와 나하도스가 부딪친 건 신들의 전쟁이 처음도 아니에요. 다만 생명이 창조된 이래, 세상의 균형을 유지하는 에네파가 없는 상태에서 대립한 게 처음인 거죠."

나는 고개를 절레절레 저었다. "새로운 에네파가 우릴 안전하게 지켜 줄 거라고요? 장난해요? 예전엔 인간이었을지 몰라도 지금은 아니잖아요. 이젠 그녀도 다른 신들이랑 사고방식이 똑같을걸요." 나는 릴을 떠올렸다. "어떤 신들은 미쳤다고요."

"그녀가 인류의 멸절을 원했다면 지난 십 년 동안 직접 실행할 기회는 수도 없이 많았어요." 세리믄이 알 수 없는 몸짓을 하자 식탁이 약간 흔들렸다. "그녀는 삶뿐만 아니라 죽음의 여신이기도 하니까요. 그리고 인간이었을 때 아라메리였단 점도 잊지 말아요. 우리는 늘 예측이 가능한 사람들이랍니다." 세리믄이 미소 짓는 소리가 들리는 것 같았다. "그녀는 밤의 군주가 노여움을 분출할 가장 적절한 방법을 찾아낼 거에요. 어쨌든 자식의 복수를 하기 위해 세상 전체를 멸망시킬 필요는 없으니까요. 일부만 파괴해도 충분하죠. 예를 들면 도시 하나라든가."

나는 무릎에 손을 내려놓았다. 식욕이 사라졌다.

마로네 부모들은 아이들을 재울 때 다정하고 행복한 이야기를 들려주지 않는다. 자식들의 이름을 슬픔과 분노로 짓는 것처럼, 우리는 아이들이 한밤중에 악몽을 꾸고 벌벌 떨면서 울며 깨어날 이야기를 들려준다. 우리는 아이들이 두려워하기를, 그리고 결코 잊지 않기를 바란다. 그래야 밤의 군주가 다시 돌아오더라도 대비할 수 있으니까.

그가 곧 그림자로 온다.

"왜 이템파스 교단은……" 나는 전직 교단 사람들 앞에서 어떻게 말해야 기분이 상하지 않을지 몰라 머뭇거렸다. "밤의 군주가 풀려났다는 이유로 그를 경배하는 거죠? 밤의 군주는 어차피 우릴 싫어하잖아요. 정말로 그런 위선적인 행위로 분노한 신을 달랠 수 있다고 생각하는 거예요?"

"그들이 달래려는 건 신이 아닙니다, 레이디 오리." 식탁 맨 끝에 앉아 있는 남자가 말했다. 나는 몸을 굳혔다. "바로 우리죠."

나는 이 목소리를 알았다. 전에 들은 적이 있었다. 벌써 세 번째였다. 남쪽 프롬나드에서 내가 교단수호자들을 죽이기 직전. 모든 상황이 걷잡을 수 없게 된 발단이었던 매딩의 집 옥상. 그리고 마지막으로 내가 공허에서 빠져나와 바닥에서 덜덜 떨며 괴로워하고 있을 때.

그는 세리믄의 맞은편 식탁 끝에 앉아 그녀처럼 여유만만한 자신감을 내뿜고 있었다. 물론 그렇겠지. 저자가 바로 이들의 니프리였다.

내가 앉은 자리에서 분노와 공포로 부들거리고 있는데 세리믄이 소리내어 웃었다. "언제나처럼 정말 솔직하네, 다테."

"그게 사실이니까." 재미있다는 말투였다.

"흠. 내 남편이 하려는 말은 교단과 아라메리가 다른 필멸자들에게 세상이 변함없이 돌아가고 있으니 걱정 말라고 설득하고 싶어 한다는 거예요. 그리고 새로운 신이 출현하긴 했지만 다른 어떤 것도 달라지면 안 된다는 것도요. 뭐, 정치적으로 말하면 말이죠. 우리는 행복하고…… 안전하니…… 현실에 안주하라는 거죠."

남편. 아라메리 순혈이 사이비 이단 종교인과 결혼을 했어?

"이상하군요." 나는 내 손가락 사이에 들린 포크에, 식당 벽난로에서 나는 타닥거리는 소리에 집중했다. 덕분에 조금이나마 침착함을 유지할 수 있었다. "마치 당신은 아라메리가 아닌 것처럼 말하네요."

"실제로도 아니니까요. 음, 우리 가문 사람들은 내가 하는 일을 지지하지 않는다고 표현할 수 있겠군요."

니프리가 웃음기 담긴 목소리로 말했다. "오, 그들도 지지할걸. 뭘 하고 있는지 알기만 한다면."

그 말에 세리믄이 웃었다. 식탁에 둘러앉은 다른 사람들도 웃었다. "정말 그렇게 생각해? 당신은 나보다 훨씬 더 낙천적이야, 내 사랑."

그들이 나를 앉혀 놓고 실없는 농담을 주고받는 사이, 나는 고위 귀족과 음모, 그리고 지금껏 내 삶과는 완전히 동떨어져 있는 수천 가지 다른 것들을 어떻게든 받아들여 보려고 버둥거리고 있었다. 나는 그저 거리의 예술가일 뿐이었다. 고향에서 아주 멀리 떨어진 곳에서 겁에 질려 있는 평범한 마로네였다.

"이해가 안 돼요." 마침내 내가 끼어들었다. "당신들은 날 납치해서 여기 가둬 놓고는 종교 단체에 가입하라고 강요하고 있어요. 게다가 밤의 군주, 교단, 아라메리까지. 이런 게 다 나랑 무슨 상관이죠?"

니프리가 말했다. "당신이 생각하는 것 이상으로, 지금 세상은 큰 위험에 처해 있지요. 밤의 군주의 노여움 말고도 말입니다. 수세기 만에 처음으로 아라메리 가문이 위세가 약해졌어요. 물론 정치적으로나 재정적으로나 여전히 막강하고 어떤 반란 세력이든 다시 한번 생각하게 만들 만한 강력한 군대도 보유하고 있죠. 하지만 이젠 그들도 패배할 수 있습니다. 이게 무슨 뜻인지 압니까?"

"또 다른 폭군이 나타나서 우리를 지배할 수 있다는 거?" 최대한 예의 바르게 굴려고 애쓰고 있긴 했지만 점점 짜증이 일었다. 이들은 계속 말을 빙빙 돌리며 내 질문에는 제대로 대답을 하지 않고 있다.

세리믄은 내 말에도 별로 기분이 상하지 않은 것 같았다. "어쩌면요. 하지만 그게 누가 될까요? 모든 귀족 가문과 통치 기관, 선출의원들이 십만왕국을 다스리고 싶어 할 거예요. 만일 그들 모두가 한꺼번에 기회를 노린다면 무슨 일이 일어날 것 같아요?"

"더 많은 스캔들과 음모와 암살, 지금 당신네가 하고 있는 모든 일들요." 적어도 레이디 네머는 좋아하겠네.

"맞아요. 쿠데타가 발생해 힘 있고 야심만만한 귀족들이 약한 귀족들을 몰아내고 그 자리를 차지할 거예요. 소수 파벌들도 자기 몫을 얻으려고 반란을 일으킬 테고요. 작은 왕국들이 힘을 합쳐 새로운 동맹을 맺고, 물론 그 와중에 배신도 왕왕 발생하겠죠. 모든 동맹 관계엔 배신이 수반되니까." 세리믄이 지친 듯한 한숨을 길게 내쉬었다. "전쟁이랍니다, 레이디 오리. 전쟁이 일어날 거예요."

평생 한 번도 독실한 이템파스 신도였던 적이 없던 나도 어쩔 수 없이 움찔했다. 광명의 이템파스에게 전쟁이란 혐오스러운 것이었다. 나는 광명의 시대가 오기 전에, 아라메리가 폭력과 분쟁을 엄격하게 규제하는 법을 세우기 전에 세상이 어땠는지 들은 적이 있다. 옛날에는 전투가 일어날 때마다 수천 명이 죽었다고 한다. 도시는 잿더미가 되고 주민들은 학살되고 군대는 무력한 민간인을 강간하고 살해했다.

"어, 어디에서요?"

"모든 곳에서요."

상상할 수도 없었다. 설마 그런 엄청난 규모의 전쟁이 가능할 리가. 그건 광기다. 혼돈이다.

하지만 나하도스, 밤의 군주는 또한 혼돈의 신이기도 했다. 그의 입장에서 볼 때 인류에게 이보다 더 적절한 복수가 어디 있을까?

"아라메리가 무너지고 광명의 시대가 끝나면 전쟁의 시대가 돌아올 거예요." 세리믄이 말했다. "그게 바로 이템파스 교단이 두려워하는 것이랍니다. 신이 우리에게 어떤 위협을 가하든 인류에겐 이것만큼 위험한 게 없으니까요. 도시 하나에 그치는 게 아니라 인류의 문명 전체가 무너질 수 있어요. 이미 하이노스와 제도(諸島)에 불길한 말이 돌고 있고요. 신들의 전쟁 이후에 강제로 이템파스교로 개종해야 했던 땅이죠. 그들은 우리가 그들에게 한 짓을 잊지도, 용서하지도 않았어요."

"하이노스 것들이란." 식탁 어디선가 비아냥거리는 음성이 들려왔다. "야만스러운 어둠의 족속들! 이천 년이나 지난 일인데 아직도 화를 내고 있다니."

"야만인이지, 맞아. 그리고 화가 나 있지." 하도는 내가 여기 앉아 있다는 것도 까먹은 것 같았다. "하지만 밤의 군주를 경배하란 말을 들었을 때 우리도 똑같은 분노를 느끼지 않았던가?" 식탁 주변에서 동의의 투덜거림이 들렸다.

"그래요." 니프리가 말했다. "그래서 교단은 이단을 용인하고 과거에 이템파스의 충실한 신도였던 이들이 의무를 저버리는 걸 보고도 못 본 척하고 있는 겁니다. 사람들이 새로운 신앙을 탐구하는 데 정신 팔려 있는 동안 아라메리가 앞으로 다가올 전쟁에 대비할 시간을 벌기 위해서죠."

"하지만 소용없는 짓이었지." 세리믄이 약간 화난 목소리로 말했다. "아라메리 군주 티브릴은 전쟁이 발발하면 재빨리 진압하는 게 목적일지 몰라도, 지상의 전쟁에 대비하느라 천상의 위협에 대해선 눈감고 있으니."

나는 한숨을 내쉬었다. 여러모로 여간 피곤한 게 아니었다. "걱정할 일인 건 사실이지만 밤의 군주는……" 나는 어쩔 도리가 없다는 듯이 양손을 펼쳤다. "인간이 어떻게 할 수 없는 존재잖아요. 차라리 다 같이 회색의 여신에게 기도를 하는 건 어때요? 아까 말씀하셨듯이 그녀야말로 밤의 군주가 날뛰지 못하게 붙잡고 있는 사람이니까. 아니면 그냥 사후에 어떤 천국에 갈지 미리 골라 두든가요."

세리믄이 나를 점잖게 꾸짖었다. "우린 그보다 적극적으로 대처하는 걸 더 선호한답니다, 레이디 오리. 어쩌면 내가 아라메리이기 때문에 그런지도 모르지만요. 하지만 난 위험 요소가 존재한다는 걸 알면서도 그게 썩어 곪아 터질 때까지 방치하는 건 좋아하지 않아요. 차라리 먼저 공격하는 게 낫지."

"공격을 해요?" 나는 피식 웃었다. 내가 잘못 들었다고 확신했다. "뭘요, 신을요? 그건 불가능해요."

"가능하답니다. 전에도 있었던 일인걸요."

나는 얼어붙었다. 얼굴에서 미소가 사라졌다. "롤레. 당신들이 그녀를 죽였군요."

세리믄이 뭐라 단언할 수 없는 애매한 웃음을 지었다. "신들의 전쟁을 말한 거예요. 하늘아버지 이템파스가 에네파를 죽였죠. 세 주신 중 하나가 죽을 수 있다면, 셋 모두 죽을 수 있다는 의미 아닌가요."

나는 당황해서 말문이 막혔지만, 더는 웃을 수가 없었다. 세리믄은 바보가 아니었다. 애초에 살신(殺神)할 힘을 갖고 있지 않다면 신을 죽이는 게 가능하다는 듯한 말을 꺼내지도 않았을 것이다.

"자, 드디어 본론에 들어가자면 그래서 당신을 납치한 거랍니다." 세리믄이 나를 향해 잔을 들어 올렸다. 고요한 방 안에 크리스털이 부딪치는 희미한 소리가 종소리처럼 크게 울려 퍼졌다. 저녁 식사에 참가한 이들은 입을 다문 채 세리믄의 말 한마디 한마디에 열렬히 귀를 기울였다. 그녀가 잔을 들며 축배하자 그들도 잔을 들어 화답했다.

"광명의 시대가 다시 돌아오길." 니프리가 말했다.

"백색의 주님을 위해." 내 눈에 대해 말한 여자가 덧붙였다.

"어둠이 끝날 때까지." 하도가 말했다.

식탁에 둘러앉은 모두가 한마디씩 원하는 바를 기원했다. 엄숙한 의식을 치르는 느낌이었다. 그들 모두가 충격적이고 절대적인 광기의 길을 함께 가겠다고 맹세하고 있었다.

마침내 모든 이들이 각자 발언을 마치고 조용해졌을 때, 내가 입을 열었다. 새로 얻은 깨달음과 도저히 믿을 수 없다는 불신이 공허하게 울리는 목소리였다.

"당신들은 밤의 군주를 죽이고 싶은 거군요."

"그래요." 하인이 들어오자 세리믄이 잠시 말을 멈췄다. 쟁반 같은 것에서 덮개가 벗겨지는 소리가 들렸다. "그리고 우린 당신이 도와줬으면 한답니다. 디저트 들겠어요?"

9장

유혹
(목탄)

　저녁 식사가 끝난 후에는 신이나 정신 나간 음모에 관한 이야기는 다시 나오지 않았다. 나는 너무 충격을 받은 나머지 더는 물어볼 것을 떠올리지 못했고, 설사 그랬더라도 세리른은 더 이상은 아무것에도 대답하지 않겠다는 의사를 분명히 밝혔다. "오늘은 충분히 이야기한 것 같네요." 그녀는 완벽하게 인위적인 웃음을 지었다. "저런, 안색이 안 좋아요."

　그들은 나를 다시 방으로 데려다주었다. 방에는 존트가 준비해 둔 잠옷과 마로네 풍습에 따라 저녁 기도 전에 마시는 향신료 넣은 와인이 놓여 있었다. 책에서 찾아본 모양이다. 감시를 받고 있을지도 몰라 와인을 마신 다음 몇 년 만에 처음으로 기도를 올렸다. 하지만 내 기도의 대상은 광명의 이템파스가 아니었다.

　나는 매딩에게 생각을 집중했다. 언젠가 그는 진심을 다해 간절히 기도하면 얼마나 멀리 있든 아니면 어떤 환경에 있든 필멸자의 기도가 신에게 닿을 수 있다고 했다. 나는 매딩의 신도는 아니지만 절박함이 그 빈틈을 메워 주길 바랄 뿐이다.

당신이 어디 있는지 알아. 혹시 누가 몰래 엿듣고 있을지도 몰라 마음속으로 말했다. 거기서 꺼낼 방법은 모르지만 계속 알아보는 중이야. 내 말 들려?

하지만 한 시간 가까이 무릎을 꿇고 앉아 수없이 애원하며 기다려도 대답은 돌아오지 않았다.

매딩이 그 깜깜하고 아무 감각도 느낄 수 없는 공허라는 공간에 갇혀 있다는 건 알았지만 그게 어디에 있는지는 알 수 없었다. 내가 아는 것이라곤 새빛교도만이 그곳으로 가는 길을 열고 닫을 수 있다는 것이었다. 어쩌면 그들의 필경사인 니프리만 가능한 것일지도 모른다. 그걸 알아내는 게 다음번 과제였다.

다음 날 아침, 나는 밤새 간이침대 위에서 잠을 설치다 새벽에 깼다. '태양의 집'은 이미 활기로 가득했다. 문밖에서 사람들이 걸어 다니고, 바닥을 빗질하고, 소소한 잡담을 나누는 소리가 들렸다. 이템파스를 믿는 이들이라면 해 뜨기 전 이른 시간에 하루를 시작할 거라는 걸 당연히 예상했어야 했는데. 복도를 통해 더 먼 곳에서 나는 노랫소리가 들려 왔다. 새빛교의 가사 없는 찬송가였는데, 새빛교 그 자체보다 훨씬 더 마음을 가라앉히고 평온하게 해 주었다. 아침 예배 같은 걸 드리는 걸까. 그렇다면 이따 또다시 누군가 날 찾아올 것이다. 나는 불안한 마음을 진정시키려고 그들이 준 옷을 입고 기다렸다.

얼마 지나지 않아 내 방 잠금쇠가 열리더니 누군가가 들어왔다.

"존트?"

"아니, 하도입니다." 뱃속이 조여 왔지만 내가 불안한 기색을 티 내진 않은 것 같다. 이 남자는 이상하게 불편하다. 단순히 나를 납치하는 데 가담하고 이단 종파에 입회하라고 강요했기 때문이 아니다. 어젯밤 은근슬쩍 나한테 위협을 가했기 때문도 아니다. 심지어 가끔은 그가 보인다는 느낌도 들었다. 마치 내 시야에 어두운 그림자가 새겨져 있는 것처럼. 그가 내게 보이는 대부분의 모습은 가면이며 실은 그 뒤에서 나를 비웃고 있다는 생각이 늘 마음 한켠에 도사리고 있는 느낌이었다. 정말로 그렇다는 증거는 하나도 없는데도.

"실망시켜 미안하군요." 하도는 내 껄끄러운 마음을 알아챘는지 재미있어하는 것 같았다. "존트는 오전 중에 청소 업무를 맡고 있습니다. 당신도 나중에 익숙해져야 할 일이죠."

"나중에요?"

"새로 들어온 입회자는 작업조로 편성되어 노동을 하는 게 전통입니다만. 당신의 경우엔 그 독특한 요건 때문에 맞는 자리를 아직 찾는 중이고요."

나는 그만 발끈하고 말았다. "그러니까 장님이라는 거죠? 나도 청소 잘해요. 지팡이만 돌려주면." 안타깝게도 내 지팡이는 매딩의 집 앞 길거리에 떨어져 있었다. 내 오랜 친구가 그리웠다.

"아뇨, 에루 쇼스. 내 말은 당신이 기회만 생기면 도망칠 거라는 겁니다." 그 말에 내가 움찔하자 하도가 낮게 웃었다. "보통은 작업조에 경비 요원을 함께 배치하지 않지만 당신이 우리 방식을 따를 거라는 확신이 들 때까지는…… 글쎄요, 당신을 감독하지 않고 방치하는 건 어리석은 일이겠죠."

나는 숨을 깊이 들이마셨다가 내쉬었다. "납치나 강요를 꽤 자주 하는 것 같은데 나 같은 사람을 어떻게 다룰지 정해진 절차가 없다는 게 신기하네요."

"믿을지 모르겠지만 우리 입회자 중 대부분은 자원자입니다." 하도가 내 옆을 지나쳐 방 안을 둘러보기 시작했다. 벽등에서 촛대를 집어드는 소리가 들렸다. 내가 진즉에 촛불을 꺼 버린 걸 알아차린 모양이다. 나는 조명이 필요 없고 밤에 자다가 불에 타 죽을지도 모른다고 불안해하는 것도 좋아하지 않는다. 하도가 말을 이었다. "우리는 특정 집단, 특히 교단의 최근 변화에 불만을 품은 독실한 이템파스 평신도들을 모집하는 데 꽤 큰 성공을 거두고 있답니다. 니마로에도 지부를 설립하면 잘될 것 같더군요."

"마스터 하도, 니마로에도 모든 이가 똑같은 방식으로 이템파스를 경배할 필요가 없다고 여기는 사람들이 있답니다. 사람들이 원하지 않는 일을 강요할 순 없어요."

"그럴 리가요." 하도의 대답에 나는 눈살을 찌푸렸다. "십 년 전만 해도 십만왕국의 모든 필멸자가 동일한 방식으로 이템파스를 경배했습니다. 매주 백색전당에 공물을 바치고, 예배를 드리고, 매달 몇 시간씩 봉사를 하고, 세 살에서 열다섯 사이의 아이들은 수업을 들었죠. 성축일에는 전 세계에서 똑같은 의식을 거행하고 동일한 기도문을 낭송했고요. 반대하는 자들은……." 하도가 말을 멈추고 나를 돌아보았다. 내가 질색하는 그 차분하면서도 웃음기 띤 기색을 풍기고 있었다. "흠, 그들이 어떻게 됐는지는 당신이 말해 보시죠, 레이디. 당신 고향 땅에 반교도들이 그렇게 많았다면 말입니다."

나는 당혹해서 아무 말도 하지 못했다. 하도는 기회가 생기자마자 니마로를 떠난 나를 은근슬쩍 비꼬고 있었다. 더 나쁜 건 그의 말이 옳다는 것이었다. 내 아버지는 백색전당과 종교 의례, 그리고 전통을 엄격하게 고수하는 것을 싫어했다. 옛날에 아버지는 마로네가 나름의 방식으로 광명의 이템파스를 경배했고 우리 민족만의 독특한 시와 고유한 경전을 갖고 있었으며 종교감독이 아니라 전사-역사가가 신도들을 이끌었다고 말한 적이 있다. 당시엔 우리만의 고유한 언어도 있었다. 하지만 아라메리가 세상을 지배하면서 모든 게 바뀌었다. "아시다시피." 하도는 내 표정을 책처럼 읽을 수 있었고 그래서 나는 그가 싫었다. "이템파스는 선택이 아니라 질서를 중히 여기십니다. 그러니……" 그가 다가와 내 손을 잡고 일으켜 세워 이끌었다. "당신 같은 사람을 받아들이는 건 비실용적인 일이죠. 당신이 우리의 대의를 이루는 데 중요하지 않았다면 그럴 일도 없었을 거고요."

느낌이 좋지 않았다. "그게 무슨 의미죠?"

"당신은 일반적인 입회 과정을 따르지 않고 오늘은 레이디 세리믄, 내일은 니프리와 시간을 보낼 겁니다. 그 뒤로 어떻게 할지는 두 사람이 정할 거고요." 하도가 어젯밤 내 뺨을 토닥였을 때처럼 그다지 다정하지 않은 동작으로 내 손등을 두드렸다. 그래, 이것도 경고였다. 내가 새빛교의 지도자들을 만족시키지 못하면 어떻게 될까? 그들이 내게 뭘 원하는지도 모르는 상황이니 도무지 감도 잡히지 않았다. 나는 이를 갈며 분개했다. 하지만 사실 화가 났다기보다는 무서웠다. 이들은 강한 힘을 가졌고 미쳤으며, 그 둘은 결코 좋은 조합이 아니었다.

하도가 나를 방 밖으로 이끌더니 느긋한 속도로 복도를 따라 걸었다. 가능한 오래 발걸음 수를 세었지만 '떠오른 태양의 집'에는 모퉁이와 방향을 트는 곳이 너무 많아서 중간에 계속 숫자를 까먹고 말았다. 이곳의 복도는 모두 약간 휘어져 있었는데, 아마도 세계수 줄기 둘레로 건물을 지었기 때문일 것이다. 그리고 구조적으로 건물이 나무줄기에서 너무 멀어지면 안 되기 때문에(건축가가 아닌 나도 그게 얼마나 멍청한 짓인지는 알겠다.) 높고 좁았고, 다층 건물에 계단으로 연결된 부분이 많아 각각의 장소들이 서로 분리되어 있다는 느낌을 주었다. 질서를 사랑하는 광명의 군주를 경배하는 곳으로는 어울리지 않았다.

하지만 이 역시 새빛교가 바깥세상에서 세심하게 가꿔 온 무해한 이미지처럼 일종의 위장일 것이다. 이템파스 교단은 이들을 수많은 이단 종파 중 하나로 여기고 있었다. 이들이 신에게까지 도전할 만큼 강력한 위세를 지니고 있다는 걸 안 뒤에도 과연 그렇게 생각할까?

우리가 걷는 동안 하도는 아무 말도 하지 않았고, 나도 묵묵히 생각에 잠겼다. 그의 침묵을 가늠하며 어디까지 물어봐도 괜찮을지 고민하다가 이윽고 용기를 내어 물었다. "그…… 구멍이 뭔지 아나요?"

"구멍?"

"날 여기 데려올 때 사용한 마법이요." 나는 몸서리를 쳤다. "공허 말이에요."

"아, 그거. 나도 정확히는 모릅니다. 하지만 니프리는 이템파스 교단에서도 최고위급 필경사였지요. 가장 높은 지위에 있었다고 들었습니다." 하도가 어깨를 으쓱하더니 내 손을 거칠게 끌어당겨 자신의 팔 위에 얹었다. "아라메리의 일등 필경사 후보에도 올랐다고 들었는데, 교단에서 탈퇴하면서 당연히 다 없던 얘기가 됐지요."

나도 모르게 웃음이 나왔다. "그래서 아라메리 순혈과 결혼하고 자기가 얼마나 대단했는지 잊지 않으려고 종교를 창시한 건가요?"

하도도 웃음을 터트렸다. "정확히 그런 건 아니지만 두 사람이 손을 잡은 이유 중 하나가 똑같은 불만족에서 기인했다는 건 알지요. 공통의 목표에서 서로에 대한 존중으로, 그러다 사랑에 이르는 건 그리 이상한 일이 아니니까요."

흥미롭네. 적어도 이 행복한 커플이 나와 친구들을 납치하고 고문하고 감금하지만 않았다면 흥미로웠을 거다. "멋지네요." 최대한 무덤덤하게 말했다. "하지만 나도 필경사에 대해 조금 아는데, 그런 일을 할 수 있는 필경사는 처음 봤어요. 한 명도 아니고 여러 명이나 되는 소격신을 제압한다고요? 그게 가능할 거라곤 상상조차 못 해 봤네요."

"신은 무적이 아닙니다, 레이디 오리. 그리고 당신 친구들은…… 흠, 이 도시에 사는 대부분의 소격신은 비교적 젊고 약한 이들이죠."하도는 어깨를 으쓱했다. 내가 놀랐다는 건 눈치채지 못한 듯했다. 그가 방금 말한 건 내가 전혀 몰랐던 사실이었다. "니프리는 그걸 악용할 방법을 찾은 것뿐이고."

나는 다시 입을 다물고 하도가 한 말을 곰곰이 생각했다. 드디어 출입구를 지나 좁고 닫힌 공간에 들어섰다. 발밑에는 두꺼운 카펫이 깔려 있고 음식 냄새가 많이 났다. 아침 식사 냄새였다. 그리고 익숙한 히라스 향수 냄새도.

"와 줘서 고마워요."세리믄이 다가와 말했다. 하도가 내 손을 놓자 세리믄이 다정하게 내 손을 잡고는 한 발짝 더 다가와 내 뺨에 입을 맞췄다. 용케 얼굴을 돌리지 않는 데 성공했지만 하마터면 그럴 뻔했다. 당연히 세리믄도 알아차렸을 것이다.

"용서하세요, 레이디. 길거리 사람들은 이런 식으로 인사하지 않나 보네요."

"나도 모르겠는데요."나는 찌푸린 표정을 지우지 못한 채 대답했다. "난 '길거리 사람' 같은 게 아니라서요. 그게 뭔지도 모르겠지만."

"아, 마음을 상하게 하고 말았군요."세리믄이 한숨을 내쉬었다. "미안해요. 평민들을 만나 본 적이 많지 않거든요. 고마워요, 빛의 형제 하도."하도가 나가자 세리믄이 나를 크고 푹신한 의자로 안내했다.

"음식을 준비해."세리믄의 명령에 옆에서 누군가가 지시에 따르기 시작했다. 세리믄은 내 맞은편에 앉아 한참 동안 말없이 나를 바라보았다. 그런 점에선 꼭 샤이니 같았다. 마치 나방의 날갯

짓처럼 스치는 그녀의 시선이 느껴졌다.

"어젯밤에 잠은 잘 잤나요?"

"네, 환대에 감사드려요. 어느 정도는."

"당신과 당신 소격신 친구들의 운명이 달린 정도까지 말이죠. 그래요, 이해해요." 하인이 다가와 내 손에 접시를 올려놓자 세리믄이 말을 멈췄다. 이번엔 격식을 차린 식사 자리가 아닌 모양이다. 나는 긴장을 풀었다.

"그리고 당신 운명도요. 매딩과 다른 소격신들이 자유의 몸이 되면 당신들이 한 대우를 용서하지 않을 거예요. 그들은 불멸이에요. 영원히 잡아 둘 순 없을걸요." 하지만 그녀가 그들을 죽일 방법을 안다면 헛된 으름장이었다…….

"그건 그렇죠. 그 이야길 꺼내다니 마침 잘됐네요. 우리가 지금 이런 상황에 처하게 된 것도 다 그 때문이니."

나는 눈을 깜박였다. 세리믄은 매딩과 다른 소격신 얘기를 하는 게 아니었다. 그녀가 의미하는 건 포로로 잡혀 있던 다른 신이었다. "아라메리의 신을 말하는 거군요. 밤의 군주요." 그리고 그들의 허무맹랑한 목표.

"밤의 군주만 말하는 게 아니에요. 트릭스터 시에도 있죠." 그 말에 놀란 티를 내지 않으려고 안간힘을 써야 했다. "지혜의 쿠루에, 유혈의 자카른. 그들이 결국 자유를 얻을 방도를 찾아내는 건 불가피한 일이었어요. 갇혀 지낸 수천 년의 세월도 그들에겐 그리 길게 느껴지지 않았을 수도 있고요. 우리의 신들은 무한한 인내심을 가졌지만 단 한 번의 실수도 절대로 잊지 않고, 잘못을 처벌하지 않고 넘어가는 일도 없죠."

"그들을 탓하는 거예요? 만약에 나한테 힘이 있는데 누가 나를 해친다면 나도 복수할 거예요."

"나도 그래요. 실제로도 해 봤고. 한 번도 아니었답니다." 세리든이 다리를 들어 꼬는 소리가 들렸다. "하지만 내가 복수하려는 상대도 똑같이 자기방어를 할 권리가 있어요. 지금 우리가 하려는 일도 그거고요, 레이디 오리. 우리 자신을 방어하는 거요."

"세 주신 중의 하나를 상대로 말이죠." 나는 고개를 저었다. 솔직하게 털어놓기로 했다. "미안하지만, 당신이 지금…… 길거리 논리인지 뭔지 우리 평범하고 보잘것없는 사람들이 자극받으리라고 생각하는 걸로 날 개종하려 드는 거라면 당신 이론에는 결함이 있어요. 내가 살던 곳에선 힘 있는 사람이 화를 내면 맞서 싸우지 않아요. 최선을 다해 사죄하거나 아니면 숨어서 다시는 나대지 않고 소중한 사람이 다치지 않기만을 기도할 뿐이죠."

"아라메리는 숨지 않아요, 레이디 오리. 사죄하지도 않고요. 적어도 우리의 행동이 옳다고 믿을 때는요. 어쨌든 그게 광명의 이템파스의 방식이니까요."

그래서 어떻게 됐는지 꼴을 보라지. 하마터면 이렇게 대꾸할 뻔했지만 다행히 혀를 놀리지 않았다. 지금도 샤이니는 괜찮을지, 아니면 어디 있는지조차도 전혀 알 수가 없었다. 그가 탈출에 성공했더라도 우리를 도와줄지 모른다는 기대감도 전혀 들지 않았다. 하지만 혹시라도 그럴 경우에 대비해 새빛교에는 그에 대해 밝히지 않을 생각이었다.

"아무래도 말해 둬야 할 것 같은데요. 난 별로 내가 이템파스 신도라고 생각하지 않아요."

세리믄은 잠시 아무 말도 하지 않았다. "나도 그런 걱정을 했어요. 당신은 열여섯 살에 집을 나왔죠. 아버지가 돌아가셨을 때, 맞죠? 회색의 여신이 세상에 임하고 몇 주일 뒤였죠."

나는 몸을 굳혔다. "신이여, 도대체 그걸 어떻게 알았죠?"

"당신이 처음 우리 관심을 끌기 시작했을 때 조사했어요. 별로 어렵진 않더군요. 니마로 보호구역엔 마을이 그다지 많지 않고, 당신은 눈이 보이지 않으니 꽤 많은 사람들이 기억하고 있었거든요. 백색전당 사제는 당신이 어렸을 때 수업 시간에 토론하길 좋아했다고 하더군요." 그녀가 웃었다. "별로 놀랍지도 않네요."

뱃속이 경련을 일으키면서 방금 먹은 걸 꺼내 놓겠다고 위협했다. 우리 마을에 갔었어? 날 가르친 사제와 이야기를 나눴다고? 엄마도 위협했을까?

"오, 레이디 오리. 미안해요. 놀라게 하려는 건 아니었답니다. 당신이나 당신 가족을 해칠 의도는 없어요." 찻주전자가 부딪치는 소리와 액체를 따르는 소리가 들렸다.

"내가 그 말을 믿기 어려워해도 이해하실 테죠." 나는 의자 옆에 있는 식탁을 찾아 접시를 내려놓았다.

"하지만 사실인걸요." 세리믄이 몸을 가까이 기울이더니 뭔가를 손에 쥐여 주었다. 작은 찻잔이었다. 나는 손가락이 떨리는 것을 감추려고 찻잔을 꽉 쥐었다. "당신 담당 사제는 당신이 신앙을 잃어서 니마로를 떠났다고 생각하던데요. 사실인가요?"

"그 사람은 나보단 우리 엄마의 담당 사제예요, 레이디. 그리고 두 사람 다 나에 대해선 잘 모르고요." 내 목소리는 예의 차린 대화에 어울리기엔 다소 컸다. 분노가 자제심을 갉아먹고 있었다. 나는 심호흡을 한번 하고는 세리믄의 침착하고 교양 있는 말투를 흉내 내려고 노력했다. "애초에 있지도 않았던 신앙을 잃는 건 불가능하죠."

"아, 그러니까 광명이신 분을 처음부터 아예 안 믿었다?"

"당연히 믿었죠. 지금도 믿고 있고요. 원칙적으로는요. 하지만 열여섯 살 때 사제들이 가르쳤던 게 전부 다 위선이었다는 걸 깨달았어요. 말로야 아무리 이 세상이 이성과 연민, 정의를 중요하게 여긴다고 해도 그게 현실에 반영되지 않는다면 아무 의미도 없잖아요."

"신들의 전쟁 이후, 세계는 역사상 가장 긴 평화와 번영을 누리고 있답니다."

"우리 민족도 옛날엔 아든인들만큼이나 부유하고 강력했어요, 레이디 세리믄. 하지만 지금은 조국이라고 부를 땅도 없는 난민이 되어 아라메리의 관대함에 의존하는 처지가 됐죠."

"잃은 게 있는 건 사실이에요." 세리믄도 수긍했다. "하지만 그래도 얻은 게 더 많다고 생각하는데요."

순간 화가 치밀었다. 분노가 불타올랐다. 나는 세리믄이 한 것과 똑같은 말을 어머니, 담당 사제, 가족 친구들, 내가 사랑하고 존경하는 이들에게서 들은 적이 있다. 그에 대한 감정을 솔직하게 드러냈다간 상대가 불편해할까 봐 화를 참는 법을 배워야 했다.

하지만 솔직히 내 심정이 어떻냐고? 진짜로 솔직하게? 난 이들이 어떻게 그렇게…… 그렇게……

눈먼 사람처럼 구는지 이해할 수가 없다.

"아라메리가 멸망시킨 나라와 민족이 얼마나 되죠? 얼마나 많은 이단자가 처형됐고, 얼마나 많은 가족이 학살됐죠? 얼마나 많은 불쌍한 사람들이 자기가 있어야 할 자리를 모른다는 죄로 교단수호자들에게 맞아 죽었는지는 알아요?" 내 손가락 위로 뜨거운 차 한 방울이 흘러내렸다. "광명의 시대는 당신들한테나 평화로웠죠, 당신들한테나 번영의 시대였죠. 다른 사람들한텐 아니었어요."

"아." 세리믄의 부드러운 목소리가 내 분노를 가르며 끼어들었다. "단순히 신앙을 잃은 게 아니라 무너진 거군요. 당신은 광명이신 분께 실망해서 그분을 거부하게 된 거예요."

감히 남을 가르치려 드는 세리믄의 독실한 척, 아는 척하는 말투가 증오스러웠다. "당신은 아무것도 몰라요!"

"당신 아버지가 어떻게 돌아가셨는지는 알지요."

나는 얼어붙었다.

세리믄은 내가 충격을 받든 말든 아랑곳하지 않았다. "십 년 전 회색의 여신의 힘이 온 세상을 휩쓴 날이었어요. 당신 아버지는 시장에 있었죠. 모든 사람들이 뭔가를 느꼈어요. 마법 능력이 없는 사람도 뭔가 엄청난 일이 생겼다는 것만은 알 수 있었죠."

세리믄은 내 대답을 기다리기라도 하는 양 잠시 말을 멈췄다. 나는 꿋꿋하게 버텼고, 그녀는 말을 이었다.

"하지만 그날 시장에 있던 사람들 중에 눈물을 터트리며 바닥에 주저앉아 찬양의 노래를 부른 건 당신 아버지뿐이었어요."

나는 가만히 앉아 몸을 떨며, *아라메리* 여자가 감흥 없는 어조로 내 아버지가 살해된 순간에 대해 자세히 묘사하는 것을 들었다.

✳

아버지가 그렇게 된 건 노래 때문이 아니었다. 나 말고는 아무도 아버지의 목소리에서 마법을 느끼지 못했으니까. 필경사라면 가능했을지도 모르지만 우리 마을은 워낙 가난하고 촌구석이라 백색전당도 조그맣고 돈이 없다 보니 필경사를 구할 수가 없었다. 내 아버지를 죽인 건 두려움이었다.

두려움. 그리고 신앙.

✳

"당신네 마을 사람들은 이미 불안감으로 가득 차 있었어요." 세리믄은 이제 작고 나긋한 목소리로 속삭이고 있었다. 내 상처를 후벼 팔까 봐 걱정해서 그런 건 아닐 테다. 아마 굳이 큰 소리로 말할 필요가 없다고 생각했겠지. "아침에 이상한 폭풍과 흔들림이 있었으니 세상의 종말이라도 온 것 같았겠죠. 그날 전 세계 여러 마을과 도시에서 비슷한 사건이 보고됐지만 그중에서도 가장 비극적인 걸 꼽으라면 당신 아버지의 사건이었을 거예요. 예전부터 그에 대한 소문이 있었다고는 들었지만…… 그래도 그 일에 대한 변명은 안 되죠."

세리믄이 한숨을 쉬었다. 그녀의 한숨 소리에서 진심 어린 안타까움이 느껴져 분노가 약간 가라앉았다. 연기였을 수도 있지만 그것만으로도 꼼짝없이 마비되어 있던 상태에서 깨어나기엔 충분했다.

나는 벌떡 일어났다. 계속 여기 앉아 있다간 비명이라도 지를 것 같았다. 찻잔을 내려놓고, 세리믄을 지나, 적어도 덜 답답하고 시원한 공기를 마실 수 있을 곳을 찾아 나섰다. 몇십 센티미터 떨어진 곳에서 벽을 만나 손을 더듬어 창문을 찾았다. 창 사이로 비쳐 들어온 햇살이 불안한 마음을 가라앉히는 데 조금 도움이 되었다. 세리믄은 내 뒤에서 침묵을 지켰다. 그것만큼은 고마웠다.

＊

가장 먼저 돌을 던진 사람은 누굴까? 항상 그게 궁금했다. 사제에게 몇 번이고 캐물었지만 대답을 듣진 못했어. 마을 사람들도 마찬가지였지. 아무도 기억하지 못했으니까. 모든 일이 너무 순식간에 일어나서.

내 아버지는 이상한 사람이었다. 내가 사랑했던 그분의 마법과 아름다움은 남들 눈에 보이지는 않을지 몰라도 누구나 쉽게 느낄 수 있는 것이었다. 사람들도 뭔지 몰라도 아버지한테 뭔가 특별한 게 있다는 걸 알았으니까. 아버지의 힘은 마치 온기처럼 그분 주위를 감싸고 있었다. 샤이니의 빛과 매딩의 차임벨 소리처럼. 어쩌면 우리 필멸자들은 실제로 오감 이상의 다른 능력을 지녔는지도 몰라. 맛과 냄새 같은 것 말고 특별한 것을 감지하는 능력이 있는 건지도. 내가 그 특별함을 눈으로 볼 수 있다면 다른 사람들은 각자 다른 방식으로 감지하는 거지.

그래서 오래전 그날, 정체 모를 힘이 세상을 바꾸고 노쇠한 노인부터 갓난아기에 이르기까지 모두가 그것을 느꼈을 때, 그 특별한 감각이 깨어나 마침내 아버지를 발견하고 그분이 어떤 존재인지 알게 된 거야.

하지만 내가 늘 찬란하고 영광스럽다 여긴 그것을, 그들은 위협으로 받아들였다.

＊

잠시 후, 세리믄이 내 뒤에 다가와 섰다.

"아버지한테 일어난 일을 우리의 신앙 탓으로 여기는군요."

"아뇨." 나는 속삭였다. "그분을 죽인 그 사람들 탓이죠."

"그래요." 세리믄은 말을 멈추고 내 기분을 헤아렸다. "하지만 마을을 휩쓴 광기에 다른 원인이 있을 거라는 생각은 안 들었나요? 더 높은 차원의 힘이 작용했다든가?"

나는 짧게 웃음소리를 냈다. 웃음기는 전혀 없었다. "내가 신을 원망하길 바라는군요."

"모두는 아니지만요."

"회색의 여신 말인가요? 그녀도 죽이고 싶은 거예요?"

"그 순간 그녀가 여신으로 강림한 건 사실이니까요. 하지만 그때 그 일만 일어난 건 아니랍니다, 오리."

"레이디" 없이 그냥 오리였다. 마치 오랜 친구를 부르듯이. 길거리 예술가와 아라메리 순혈 사이에. 나는 픽 웃었다. 내 온 영혼을 다해 그녀가 싫었다.

세리믄이 말했다. "밤의 군주가 자유를 되찾았죠. 그 일 역시 세상에 영향을 끼쳤을 수밖에요."

교양 있게 굴기엔 마음의 상처가 너무 크다. "레이디, 난 관심 없어요."

세리믄이 한 발짝 더 가까이 다가왔다. "그러면 안 되죠. 나하도스의 본성은 단순한 어둠 그 이상이에요. 그의 힘은 야성과, 충동, 논리의 부재를 모두 아우르죠." 그러고는 자신의 말이 충격을 줄 수 있게 잠시 멈췄다가 말했다. "그리고 집단적 광기도요."

침묵이 흘렀다. 등골이 오싹해졌다.

그런 건 이제껏 생각해 본 적이 없었다. 돌은 던진 건 인간의 손이니 신을 원망해 봤자 아무 의미도 없으니까. 하지만 그 필멸차들의 손이 한 차원 더 높은 힘 때문이라면……

내 얼굴에서 무엇을 읽었는지는 몰라도 세리믄은 마음에 든 모양이었다. 목소리에 흡족한 기색이 묻어 나왔다.

"당신이 친구라고 부르는 소격신들. 그들이 그 오랜 세월 동안 얼마나 많은 필멸자를 죽였을지 생각해 봐요. 아라메리보다 훨씬 더 많을걸요. 신들의 전쟁 때만 해도 필멸계에 살던 거의 모든 생명체가 죽었잖아요." 세리든이 한 발짝 더 가까이 다가왔다. 옆구리에 느껴지는 체온이 거의 압박감으로 다가왔다. "그들은 영원히 살죠. 음식도 잠도 필요 없어요. 진정한 형태도 없죠." 세리든이 어깨를 으쓱했다. "어떻게 그런 존재가 한 인간의 생명의 가치를 이해할 수 있겠어요?"

이 세상 무엇과도 비할 수 없는 청록색으로 빛나는 매딩의 모습이 눈앞에 떠올랐다. 내가 만지자 필멸자의 형상을 한 그가 미소 띤 얼굴과 부드럽고 갈망에 찬 눈빛으로 나를 바라본다. 그의 가볍고 시원한 향기가 코끝을 간질이고, 그의 차임벨 소리가 울려 퍼지고, 가르랑거리며 내 이름을 부르는 다정한 목소리가 들렸다.

나는 우리가 사귈 때 종종 그랬던 것처럼, 그가 탁자 위에 걸터 앉아 동료 소격신과 웃고 떠들며 피를 뽑아 판매용 약병에 집어넣는 모습을 보았다.

딱히 깊이 생각해 본 적 없는 그의 삶의 일부분이었다. 신혈은 중독성이 없었다. 사람을 죽이거나 아프게 하지도 않았고, 너무 많이 섭취해서 중독된 사람도 없었다. 그리고 매딩은 이웃 사람들에게 많은 호의를 베풀었다. 교단이나 귀족의 도움을 받기엔 너무 하찮은 우리에게 매딩과 그의 동료들은 유일하게 의지할 곳이었다.

그러나 호의는 결코 공짜가 아니었다. 매딩은 잔인하게 굴지는 않았다. 그는 대가로 사람들이 감당할 수 있는 정도만 요구했고, 미리 타당한 경고를 해 주었다. 그에게 빚을 진 이들은 빚을 갚지 못하면 어떤 대가를 치러야 할지 알았다. 매딩은 소격신이었고, 그것이 그의 본성이었다.

매딩은 약속을 저버린 자들을 어떻게 했을까?

나는 트릭스터 시에의 어린아이 같은 눈을, 사냥감을 노리는 맹수와 같은 차가운 눈빛을 본 적이 있다. 릴의 이빨이 윙윙거리는 소리를 들은 적이 있다.

마음속 깊은 곳에서, 매딩이 내 가슴을 무너지게 한 날 이후로는 생각한 적 없는 의심이 떠오르기 시작했다.

그가 날 사랑한 적이 있기는 할까? 나의 사랑이 그에게 그저 심심풀이에 불과한 건 아닐까?

"난 당신이 싫어." 나는 세리믄에게 속삭였다.

"지금은 그렇겠죠." 그녀가 끔찍한 연민을 담아 대답했다. "언제까지나 그렇진 않을 거예요."

세리믄은 내 손을 잡아 방으로 데려다주고는 비참한 기분에 젖어 홀로 앉아 있는 나를 내버려 둔 채 떠나 버렸다.

10장

교화(教導)
(목탄 습작)

  그날 오후 하도는 나를 큰 식당의 청소를 돕는 일에 투입했다. 남녀 혼성으로 아홉 명이 한 조였는데 나보다 나이 많은 이도 있지만 대부분은 더 어렸다. 어쨌든 목소리로 봐서는 그랬다. 그들은 강렬한 호기심을 드러내며 내가 눈이 안 보인다고 설명하는 하도의 말을 들었지만, 그는 내가 강제로 이 이단 단체에 들어왔다는 사실은 말하지 않았다. "앞으로 지내면서 알게 되겠지만 오리는 매우 독립적입니다. 하지만 아무래도 혼자서는 못 하는 일이 있지요." 하도가 여기까지 말했을 때 그다음에 무슨 말이 따라 나올지 알 것 같았다. "그래서 도움이 필요할 경우를 대비해 항상 옆에서 도와줄 수 있는 고참 입회자를 붙였으니 다들 불편하지 않길 바랍니다."

  사람들은 노예처럼 열성적으로 입을 모아 불편하지 않다고 대답했고, 그 즉시 이들도 싫어졌다. 하지만 하도가 자리를 뜬 후 나는 작업조의 조장을 맡고 있는 시미야라는 젊은 켄 여성에게 다가갔다. "대걸레질은 내가 할게요. 오늘은 몸을 많이 움직이고 싶어서요." 그러자 그녀가 양동이를 넘겨주었다.

대걸레 손잡이를 쥐니 지팡이를 다시 쥔 듯한 기분이 들었다. '떠오른 태양의 집'에 온 후 처음으로 안정감과 통제력을 되찾은 것 같은 느낌이 들었다. 물론 착각에 불과했지만. 하지만 어쨌든 난 그 느낌이 필요했고, 그래서 거기 간절히 매달렸다. 식당은 엄청나게 넓었지만 나는 일에만 몰두했다. 얼굴에 땀이 비 오듯 흐르고 헐렁한 튜닉이 몸에 달라붙어도 전혀 개의치 않았다. 그래서 어느 순간 시미야가 내 팔을 건드리며 청소가 끝났다고 말했을 때 깜짝 놀랐다. 시간이 너무 빨리 흘러 실망스러울 지경이었다.

"이렇게 열심히 봉사하시다니 우리 주님께서 자랑스러워하실 거예요." 시미야가 감탄하는 어조로 말했다.

나는 아픈 허리를 펴며 샤이니를 떠올렸다. "그건 잘 모르겠네요." 내 말은 당혹스러운 침묵을 불러왔다. 내가 웃음을 터트렸을 때는 더더욱 어색한 분위기가 되었다.

일이 끝나자 나이가 좀 있는 입회자 하나가 나를 욕실로 데려갔다. 물에 몸을 푹 담그고 나니 내일 아침이면 틀림없이 찾아올 온몸의 통증에 확실히 도움이 될 것 같았다. 그 후에 다른 사람 손에 이끌려 다시 내 방으로 돌아가자 탁자 위에서 따뜻한 식사가 기다리고 있었다. 문이 다시 잠겼고 음식을 먹을 포크는 있었지만 나이프는 없었다. 나는 식사를 하면서 이런 종류의 감금 생활에 익숙해지는 게 얼마나 쉬울지 생각했다. 순수하고 단순한 육체노동, 복도에 울려 퍼지는 온화한 찬송가, 공짜 음식과 쉼터와 의복. 사람들이 왜 교단 같은 조직에 가입하는지 늘 궁금했는데 이제야 알 것 같았다. 바깥세상의 복잡함에 비하면 이곳은 몸도 마음도 편했다.

하지만 불행히도 그건 목욕을 하고 배를 채우고 나면 고요하고 적막한 시간이 기다리고 있다는 의미이기도 했다. 절망적인 심정으로 창가 의자에 앉아 마음의 고통을 달래 보려 유리창에 머리를 기대고 있는데 하도가 들어왔다. 어떤 여자도 함께였다. 한 번도 본 적이 없는 사람이었다.

"나가요."

하도가 멈춰 섰다. 여자도 멈춰 섰다. 하도가 말했다. "기분이 저조한가 보군요. 무슨 일이죠?"

나는 까칠하게 웃었다. "우리의 신들이 우릴 미워해요. 그것만 빼면 아무 문제도 없답니다."

"아, 철학적인 얘기를 하고 싶은 기분인 거군요." 하도가 내 맞은편 어디론가 걸어가 앉았다. 기분 나쁠 정도로 짙은 향수 냄새를 풍기는 여자는 문 근처에 자리를 잡았다. "신을 싫어합니까?"

"그들은 신이에요. 우리가 싫어하든 말든 상관 안 한다고요."

"난 동의하지 않습니다. 증오는 아주 강력한 동기가 될 수 있죠. 이 세상이 이렇게 된 것도 한 여자의 증오 때문이니까."

아, 또 개종을 시도하려는 거군. 나는 깨달았다. 하도와 얘기할 기분이 아니었지만 혼자 우울하게 앉아 있는 것보단 나았다. "회색의 여신이 된 인간 여자요?"

"그녀의 조상을 말하는 겁니다. 아라메리 가문의 시조이자 이템파스교의 사제 샤하르 말입니다. 샤하르를 아시나요?"

나는 한숨 지었다. "니마로가 아무리 촌구석이라지만 나도 학교는 다녔거든요."

"백색전당에서는 자세한 내용을 가르치지 않죠, 레이디 오리. 애석한 일입니다, 그런 세부적인 부분이야말로 진짜 기가 막힌데. 예를 들어, 그녀가 이템파스의 연인인 건 알고 있나요?"

정말 기가 막히네. 나는 차갑고, 냉정하고, 누구에게나 무심한 샤이니가 필멸자 여성과 열렬한 사랑에 빠진 모습을 상상해 보려 했다. 아니, 상대가 누구든 간에 상관없었다. 젠장, 그가 섹스를 한다니 말도 안 된다. "아뇨, 몰랐어요. 당신이 아는 게 사실인지도 모르겠고."

하도가 웃음을 터트렸다. "일단 지금은 그게 사실이라고 가정해 봅시다, 네? 샤하르는 그분의 연인이었어요. 그분이 보시기에 그런 식으로 존중할 수 있는 유일한 필멸자였죠. 그리고 샤하르도 그분을 진심으로 사랑했답니다. 그래서 이템파스가 형제자매신과 싸우게 되었을 때, 그녀도 그들을 미워했지요. 전쟁 후에 아라메리가 모든 민족에게 광명의 군주를 믿을 것을 강요하고 나하도스나 에네파를 경배하던 이들을 박해한 것도 다 그녀의 증오에서 비롯된 겁니다." 하도가 잠시 말을 끊었다. "우리가 잡아 둔 신들 중에 당신의 연인도 있죠. 아닌가요?"

지대한 노력을 기울인 결과, 그 말에 반응하거나 대꾸하지 않는 데 성공했다.

"매딩 경과 꽤 가깝게 사귀었던 것 같던데. 두 분 관계가 끝났다는 소문이 돌긴 했지만 위기에 처했을 때 당신이 그에게 바로 달려간 것도 사실이죠."

하도와 같이 들어온 여자가 맞은편에서 희미하게 역겹다는 소리를 냈다. 그 여자가 거기 있다는 것도 깜박 잊고 있었다.

"그가 공격받았다는 사실을 알았을 때 기분이 어땠습니까?" 하도의 음성은 다정했고 안타까워하는 기색이 담겨 있었다. 유혹적이었다. "당신은 신이 우리를 미워한다고 하고 지금으로선 당신도 그들을 약간은 미워하는 것 같지만, 잠자리를 나눈 이에 대한 감정은 그렇게 완전히 변하지 않는 법이죠."

나는 고개를 픽 돌려 버렸다. 그것에 대해선 생각하고 싶지 않았다. 아무것도 생각하고 싶지 않았다. 하도와 이 여자는 왜 여기 와서 이러는 거지? 입회자들을 맡고 있다면서 다른 할 일도 없나?

하도가 몸을 내 쪽으로 기울였다. "할 수만 있다면 연인을 구하러 우리와 싸울 겁니까? 그를 자유롭게 풀어 주기 위해 목숨을 걸 수도 있나요?"

당연하지. 곧바로 머릿속에 대답이 떠올랐다. 그리고 그렇게, 세리믄과 대화했을 때 느꼈던 의구심은 흔적도 없이 날아가 버렸다.

매딩과 여기서 도망치는 데 성공하고 나면 필멸자를 어떻게 생각하는지 물어봐야지. 신들의 전쟁에서 뭘 했는지도 물어볼 것이다. 빚을 갚지 못한 이들을 어떻게 처리했는지도 알아볼 거다. 진즉에 그렇게 하지 않은 게 후회스러웠다. 하지만 그런다고 뭐가 달라질까? 나는 겨우 수십 년을 살았지만 매딩은 수천 년을 살았다. 그 세월 동안 내가 경악할 만한 짓도 많이 했을 거다. 그걸 알게 된다고 해서 그에 대한 사랑이 줄기라도 할까?

"창년." 여자가 내뱉었다.

나는 몸을 굳혔다. "뭐라고요?"

하도가 짜증을 냈다. "에라드, 빛의 자매여, 조용히 하십시오."

"그럼 서둘러요." 그녀가 쏘아붙였다. "그분이 가능한 한 빨리 샘플을 원하시니까."

나는 이미 긴장해서 언제든 거친 말을 내뱉거나 지금 앉아 있는 의자를 내던질 준비가 되어 있었다. 하지만 그때 내 관심을 사로잡은 게 있었다. "무슨 샘플이요?"

하도가 한숨을 길게 내쉬었다. 머릿속으로 말할 단어를 고르고 있는 게 느껴졌다. 마침내 그가 말했다. "니프리가 요청한 겁니다. 당신 피를 약간 갖고 싶다고요."

"내 뭐요?"

"그는 필경사입니다, 레이디 오리. 그리고 당신은 이제껏 누구도 본 적 없는 마법의 힘이 있죠. 당신을 아주 면밀히 연구하고 싶은 모양입니다."

나는 발끈하며 주먹을 꼭 쥐었다. "내가 샘플을 주고 싶지 않으면요?"

"레이디 오리, 그 질문에 대한 대답은 이미 잘 아실 텐데요." 이제 하도에게는 인내심이 남아 있지 않았다. 그와 에라드가 물리력도 사용할 각오가 되어 있는지 한번 저항해 볼까 생각해 봤지만, 어리석은 짓이었다. 저쪽은 두 명이고 나는 한 명이니까. 게다가 저들이 문을 열고 도움을 요청하기만 하면 더 많이 몰려올 것이다.

"알았어요." 나는 대답하고는 자리에 앉았다.

잠시 후, 그리고 아마도 하도의 마지막 경고의 눈짓이 있은 후 에라드가 다가와 내 왼손을 붙잡고 뒤집었다. "그릇 들고 있어 요." 그녀가 하도에게 말했다. 다음 순간 뭔가 손목을 찌르는 느낌에 놀라 나는 숨을 삼켰다.

"뭐야!" 소리를 지르며 손을 빼내려 했지만 에라드는 내 반응을 예상한 듯 단단히 붙잡고 놓아주지 않았다.

하도가 내 다른 쪽 어깨를 잡았다. "오래 걸리진 않을 겁니다. 하지만 이렇게 몸부림치면 더 오래 걸리겠지요." 오직 그 이유 때문에 나는 반항하는 걸 그만뒀다.

"이게 뭐 하는 짓이에요?" 나는 소리를 빽 질렀다. 에라드는 이제 다른 걸 하고 있었는데, 또다시 내 손목을 찌르는 것 같았다. 액체가, 그러니까 내 피가 일종의 용기에 떨어지는 소리가 들렸다. 에라드가 내 손목에 뭔가를 밀어 넣어 상처를 더 벌려 계속 피가 흐르게 만들었다. 빌어먹게 아팠다.

"다테 경께서 200드램 정도 요청하셨으니까." 중얼거린 에라드가 한참 뒤에 만족스러운 듯한 한숨을 내쉬었다. "이 정도면 되겠네."

하도가 나를 놓고 물러났다. 에라드가 날 아프게 하던 것을 팔에서 빼냈다. 그러고는 도저히 조심스럽다고는 할 수 없는 솜씨로 내 손목에 붕대를 감았다. 나는 에라드의 손힘이 조금 누그러지자마자 재빨리 손을 빼냈다. 그녀는 경멸스럽다는 듯 콧방귀를 뀌었지만 나를 놓아주었다.

"이따 저녁 식사가 올 겁니다." 에라드와 문으로 향하던 중에 하도가 말했다. "꼭 드세요. 그래야 몸이 약해지지 않을 테니. 오늘 밤은 푹 쉬십시오, 레이디 오리." 그들이 문을 닫고 나갔다.

나는 그대로 앉아 욱신거리는 팔을 몸통에 대고 꾹 눌렀다. 출혈은 아직 멈추지 않았다. 붕대 사이로 새어 나온 핏방울이 팔뚝을 타고 흘러내렸다. 핏방울이 살갗 위로 미끄러지는 감촉이 민감하게 느껴졌다. 내 생각도 따라 흐르기 시작했다. 이윽고 핏방울이 바닥으로 똑 하고 떨어졌을 때, 나는 그것이 바닥에 부딪쳐 튀어 오르는 모습을 상상했다. 그 온기. 식어 가는 느낌. 냄새.

색깔.

그때 나는 깨달았다. '떠오른 태양의 집'에서 탈출할 방법이 딱 하나 있었다. 위험할 터였다. 어쩌면 목숨을 잃을 수도 있었다. 하지만 여기 남아 놈들이 나한테 무슨 짓을 할지 알게 됐을 즈음엔 내 안전을 장담할 수 있을까?

나는 침대에 누워 팔을 가슴에 대고 꾹 눌렀다. 피곤했다. 너무 피곤해서 지금은 아무것도 할 수가 없었다. 방금 생각한 일을 실행하려면 힘이 많이 필요할 테니까. 하지만 아침이 되면 새빛교도들이 예배를 올리고 다른 잡일을 하느라 바쁠 테니 시간이 날 것이다.

피처럼 어두운 생각을 떠올리며, 나는 잠들었다.

11장

소유
(수채화)

그러니까, 한 소녀가 있었다.

내가 생각하기에, 그리고 역사책에서 암시하는 바에 따르면 그소녀는 안타깝게도 잔인한 남자의 자식으로 태어났다. 사내는 아내와 딸을 구타하고 학대했다. 광명의 이템파스는 수많은 이름 중에서도 특히 정의의 신이라고 불린다. 소녀가 어린아이답지 않은 분노로 가득 차 그의 신전을 찾았을 때 기도에 응답해 준 것도 아마 그 때문일 것이다.

"그 사람이 죽었으면 좋겠어요." 그녀가 말했다(라고 나는 상상한다). "제발, 위대하신 주님, 그 인간이 죽게 해 주세요."

이젠 너도 진실을 알겠지. 이템파스는 빛과 온정의 신. 우리는 그가 온화하고 다정하다고 생각한다. 나도 한때는 그렇게 믿었지. 하지만 식지 않는 온기는 화상을 입히고 꺼지지 않는 빛은 심지어 앞이 보이지 않는 내 눈조차 고통스럽게 하는 법. 진즉 알았어야 했는데. 우리 모두 알았어야 했다. 그분은 결코 우리가 생각했던 분이 아니라는 걸.

그래서 소녀가 광명의 군주에게 아버지를 죽여 달라 간청했을 때, 그는 말했다. "네가 직접 죽여라." 그러고는 소녀의 작고 연약한 손에 딱 맞는 칼을 내려 주었지.

아이는 그 칼을 가지고 집으로 돌아가 바로 그날 밤에 사용했다. 다음 날 손과 영혼이 피로 물든 채 다시 빛의 주님을 찾아온 소녀는 짧은 생애 처음으로 진실한 행복에 젖어 있었다. "당신을 영원히 사랑할게요." 소녀가 맹세했다. 그리고 그분은, 매우 드물게도 필멸자의 강한 의지에 깊은 감명을 받았지.

적어도 나는 그랬을 거라고 상상한다.

물론 그 아이는 미쳐 있었다. 이후에 발생한 사건들이 그 증거지. 하지만 광명의 군주에게 가장 큰 호소력을 발휘한 게 단순한 종교적 헌신이 아니라 광기라는 건 이해가 가는 일이야. 그녀의 사랑은 맹목적이었고, 목적은 양심이나 회의감 같은 쓸데없는 생각으로 희석되지 않았으니까. 아마 그분은 그런 순수한 목적의식을 중히 여기시는 것 같다. 비록 빛과 온기처럼 사랑 또한 지나치면 결코 좋을 수가 없지만.

*

나는 동트기 한 시간 전에 일어나 곧바로 문 쪽으로 다가가 납치범들의 동향을 살폈다. 문 너머로 사람들이 복도를 오가는 소리가 들렸고, 가끔은 새빛 교단의 가사 없는 잔잔한 노랫소리도 들렸다. 아침 예배를 드리는 모양이었다. 지금까지의 경험에 따르면 그들이 오기까지는 약 한 시간, 어쩌면 그보다 더 많은 여유가 있을 터였다.

나는 재빨리 준비를 시작했다. 방에 있는 탁자를 최대한 조용히 옆으로 밀어 옮긴 다음 작은 깔개를 걷어 그 아래 마룻바닥을 주의 깊게 살폈다. 바닥은 고르게 사포질을 한 뒤 간단히 마무리되어 있었다. 먼지도 많았다. 캔버스와는 전혀 달랐다.

하지만 내가 교단수호자들을 죽인 날, 남쪽 프롬나드의 벽돌길도 별반 다르지 않았다.

나는 두근대는 가슴을 안고 방 안 이곳저곳을 돌아다니며 나중에 유용할 것 같다고 표시해 두었거나 몰래 숨겨 둔 물건들을 꺼냈다. 식사 때 나온 치즈와 나미고추. 양초에서 나온 녹은 개고사리 밀랍 조각. 비누 한 개. 하지만 검은색의 느낌이나 냄새가 나는 게 없어 조금 낙담했다. 검은색이 필요할 것 같다는 느낌이 들었기 때문이다.

나는 바닥에 무릎을 꿇고 치즈 조각을 집어 든 다음, 심호흡을 했다.

키트르와 파이티야는 내 그림이 문이라고 했다. 내가 아는 장소를 떠올리고 문을 연다면 거기로 넘어갈 수 있지 않을까? 아니면 혹시 죽은 교단수호자들처럼 동시에 두 곳에 있게 되어 몸이 두 동강 나 죽는 건 아닐까?

나는 의심을 품었다는 데 화가 나서 고개를 세차게 가로저었다.

조심스럽게 그리고 서툴게, 나는 예술의 거리를 스케치했다. 치즈는 내가 지난 십 년 동안 걸었던 자갈길처럼 거친 느낌이 나서 색깔보다는 질감을 표현하는 데 더 유용했다. 자갈의 윤곽을 잡을 검은색이 있으면 했지만 어쩔 수 없어 포기하기로 했다. 가장 먼저 떨어진 재료는 양초 조각이었다. 너무 물렁한 탓이다. 하지만 양초와 비누를 써서 가판대 하나, 그리고 그 뒤에 또 하나를 더 그릴 수 있었다. 다음으로 떨어진 건 고추였다. 공기 중에 느껴지는 세계수의 푸릇한 내음을 묘사하려고 바닥에 문지르다 보니 손가락이 즙투성이가 되어 따끔거렸다. 마지막으로는 내 침과 피를 이용해 자갈길에 제대로 된 색을 입혔다. 치즈가 손가락 사이에서 거의 가루가 되어 부서졌다.(피를 내기 위해 전날 밤 생긴 피딱지를 뜯어내야 했다. 공교롭게도 아직 월경 때가 아니었다.)

모든 걸 마친 뒤, 나는 뒤로 기대앉아 허리와 어깨, 무릎에서 느껴지는 통증에 얼굴을 찌푸리며 내 작품을 바라보았다. 손바닥 두 개만 한 크기의 작고 조잡한 그림이었다. 더는 뭘 그릴 만한 "물감"도 없었다. 평소 내 취향보다 인상주의 화풍에 가까웠지만 전에도 이런 걸 그려 본 적이 있고, 또 여기엔 마법이 담겨 있었다. 핵심은 그림을 얼마나 잘 그리느냐가 아니라 그 장소를 마음속에 얼마나 생생하게 되살리느냐에 있다. 그리고 이 그림은 대충 그린 것이긴 해도 예술의 거리의 특징을 아주 잘 담아 내서 보고 있는 것만으로도 향수가 밀려왔다.

그런데 이걸 어떻게 진짜로 만들지? 그리고 그다음엔 또 어떻게 하는 거야?

나는 그림 가장자리에 어색하게 손끝을 댔다. "열려라?" 아니, 이건 아니다. 남쪽 프롬나드에서 나는 너무 겁이 나서 아무 말도 못했었다. 나는 눈을 감고 속으로 외쳤다. 열려라!

아무 일도 일어나지 않았다. 솔직히 될 거라는 기대도 없었다.

언젠가 매딩에게 마법을 사용하는 건 어떤 기분이냐고 물은 적이 있다. 당시 나는 그의 피를 먹은 상태라 약간 민감하고 몽롱한 상태였는데, 그때 내 안에서 발현된 유일한 마법은 멀리서 들려오는 단조로운 음악소리였다.(그 선율을 잊은 적은 없지만 소리내어 흥얼거려 본 적도 없다. 내 모든 본능이 그러지 말라고 경고했으니까.) 조금 거창한 걸 기대했던 나는 실망했고, 그래서 마법을 한 방울씩 찔끔찔끔 맛보는 정도가 아니라 나 스스로 마법이 된다는 건 어떤 느낌일지 궁금했다.

매딩은 어깨를 으쓱하며 얼떨떨하게 말했다. "네가 길을 걷는 것과 비슷해. 넌 그럴 때 어떤데?"

나는 장난스럽게 대답했다. "길을 걷는 건 별들 사이를 날아다니고, 한걸음에 천 리를 달리고, 아니면 당신처럼 화가 났을 때 커다란 파란 바위로 변하는 거랑은 다르잖아."

"똑같거든? 길을 걸을 때면 다리 근육에 힘을 줘야 하잖아, 맞지? 지팡이로 두드려서 앞에 뭐가 있는지 느끼고 다른 사람이 길을 막고 있진 않은지 귀를 기울이지. 그런 다음 몸을 움직여야지 하고 생각하면 네 몸이 움직이잖아. 믿는 대로 이뤄지는 거지. 우리한텐 마법이 그래."

문이 열릴 것이라 생각하면 열릴 것이다. 믿어라, 그러면 그대로 될 것이다. 나는 아랫입술을 잘근거리며 다시 그림에 손을 얹었다.

이번엔 내가 아는 풍경을 떠올리며 예술의 거리를 상상했다. 수천 번의 아침 기억들을 엮었다. 지금 이 시간이면 하루 일과를 시작하는 지역 상인과 노동자, 농부와 대장장이로 바쁘게 붐비고 있겠지. 내 그림 바로 뒤에 있는 건물에서는 고급 창녀들과 식당들이 장부를 열고 그날 저녁 예약을 받기 시작했을 것이다. 새벽 기도를 올린 순례자들이 동전을 받으러 노래하는 음유시인들에게 자리를 내준다. 나는 내가 좋아하는 유프 노래를 흥얼거렸다. 땀흘리는 석공들, 정신이 딴 데 가 있는 회계사들. 그들의 서두른 발걸음과 긴장된 숨소리가 들리고, 결의에 찬 에너지가 느껴졌다.

처음에는 변화를 감지하지 못했다.

'떠오른 태양의 집'에 왔을 때부터 주변에는 항상 세계수의 향기가 짙게 감돌고 있었다. 하지만 천천히, 그리고 미묘하게 그 냄새가 바뀌기 시작했다. 점점 희미해져서 평소처럼 저 멀리서 풍겨오는 듯 느껴졌다. 그러더니 어느 순간 세계수 내음에 프롬나드와 말똥, 하수구와 약초, 향수 냄새가 뒤섞였다. 주변에서 웅성거리는 여러 목소리가 들렸지만 무시했다…… 하지만 그건 '태양의 집'에서 나는 소리가 아니었다.

나는 변화를 전혀 눈치채지 못하고 있었다. 손바닥 밑에서 그림이 열려 하마터면 그 밑으로 떨어질 뻔할 때까지는 말이다.

깜짝 놀라 비명을 지르며 화들짝 뒤로 물러났다. 그러고는 멍하니 쳐다봤다. 두 눈을 깜박였다. 몸을 숙여 그림을 자세히 들여다보았다.

가장 앞쪽에 있는 가판대에 덮여 있는 천이 움직였다. 사람은 보이지 않았다. 아마 내가 사람을 그리지 않았기 때문일 것이다. 하지만 멀리서 여러 사람이 왁자지껄 떠드는 소리, 재게 놀리는 발소리, 바퀴가 덜컹거리는 소리가 들려왔다. 산들바람이 불어와 프롬나드의 자갈길 위로 세계수 낙엽들이 날렸고, 내 머리카락이 목에서 살짝 들려 올라갔다.

"정말 흥미롭군." 등 뒤에서 니프리, 그러니까 다테가 말했다.

소스라치게 놀라 비명을 지르는 동시에 목소리를 피해 달아나려고 펄쩍 뛰어올랐다가 바닥에 말아 놓은 깔개에 걸려 넘어져 나뒹굴고 말았다. 버둥거리며 침대를 붙잡고 일어나려다 뒤늦게 실은 그가 들어온 소리를 들었으면서도 무심코 넘겨 버렸다는 사실을 깨달았다. 그는 꽤 오랫동안 조용히 서서 나를 지켜보고 있었다.

다테가 다가와 내 손을 잡고 일으켜 세웠다. 나는 일어서자마자 그의 손을 뿌리쳤다. 나는 그의 뒤에 보이는 그림이 더는 현실이 아닐 뿐만 아니라 완전히 희미해져서 아예 보이지도 않는다는 사실을 깨닫고 절망했다. 마법이 사라졌다.

"마법을 원하는 대로 통제하려면 엄청난 집중력이 필요하죠. 훈련을 받은 적이 없다는 사실을 감안하면 정말 인상적이군요. 그것도 먹다 남은 음식과 양초 조각으로. 정말 놀랍습니다. 물론 이건 앞으로 당신이 먹는 음식을 검사하고 정기적으로 방을 수색해서 그림을 그리는 데 쓸 만한 물건이 없는지 감시해야 한다는 뜻이기도 하지만."

망할! 나는 주먹을 불끈 쥐었다가 체념했다. "여긴 왜 온 거죠?" 의도했던 것보다 훨씬 호전적인 목소리가 튀어나왔지만 어쩔 수가 없었다. 절호의 기회를 놓친 게 너무도 화가 났다.

"아이러니하게도 당신의 마법 능력을 보여 달라고 부탁하러 들렀습니다. 교단을 떠나긴 했어도 난 필경사니까. 내 전문 연구 분야는 유전 마법의 독특한 발현이었죠." 다테는 내 끓어오르는 분노를 눈치채지 못한 척 방 한쪽에 놓인 의자에 앉았다. "하지만 그 포털을 통해 탈출할 생각이었다면 헛수고였을 겁니다. '떠오른 태양의 집'은 방어막으로 둘러싸여 있어서 마법이 들어오거나 나가는 걸 방지하니까. 사실 내 공허를 조금 변형한 거죠." 그가 발로 나무바닥을 두드렸다. "그 포털을 통해 여길 통과하려고 했다면…… 흠, 무슨 일이 일어났을지는 나도 모르겠군요. 하지만 당신이나 당신의 잔해나 멀리 가진 못했을 겁니다."

튀어나온 내장, 끔찍한 비명……. 속이 울렁거리며 패배감이 들었다. "어차피 통과할 만큼 크지도 않았는걸요." 나는 중얼거리며 침대에 풀썩 주저앉았다.

"그건 그랬죠. 하지만 연습을 많이 하고 또 그림을 그릴 재료만 충분했다면 통과할 수 있었을 겁니다."

그 말이 내 관심을 집중시켰다. "뭐라고요?"

"당신 마법은 내 마법과 크게 다르지 않아요." 순간적으로 그가 나와 매딩, 다른 소격신들을 사로잡을 때 사용한 구멍이 머릿속에 떠올랐다. "둘 다 일종의 게이트를 통해 물질이나 거리를 순간이

동할 수 있게 하는 필경술의 일종이니까요. 시공간을 자유자재로 넘나드는 신들의 능력을 모방하는 것에 불과하긴 하지만. 단지 내 능력이 내향성이라면 당신의 능력은 외향성이죠."

나는 신음했다. "누가 인위적으로 만든 단어로 가득한 곰팡내 나는 두루마리 같은 건 내 평생 본 적도 없다고 생각해 줄래요?"

"아, 미안합니다. 그럼 쉽게 비유해 볼까요. 가령 당신 손에 황금 한 덩어리가 있다고 합시다. 순금은 아주 물렁해서 압력만 적당히 가하면 손가락으로도 형태를 주무를 수 있죠. 동전이나 팔찌, 물컵처럼 다양한 물건을 빚는 것도 가능하고요. 하지만 금이 모든 용도에 적합하진 않습니다. 금으로 만든 칼은 쉽게 구부러지고 너무 무거워서 휘두를 수도 없을 겁니다. 그래서 그런 용도로 사용하기엔 다른 금속, 예를 들면 철이 훨씬 낫죠."

천이 바스락거리는 소리가 나더니 다테가 내 손을 잡았다. 그의 손가락은 건조하고, 피부가 두꺼웠으며, 굳은살이 박여 있었다. 그가 내 손바닥을 뒤집자 나무를 깎고 린빈 묘목을 다듬느라 생긴 굳은살과 방금 전에 그림을 그리다 생긴 얼룩이 드러났다. 손을 잡아 빼진 않았지만 그러고 싶었다. 그의 손이 내 살에 닿는 느낌이 마음에 들지 않았다.

"당신 안에 있는 마법은 금과 같습니다. 당신은 그걸 빚을 방법을 한 가지밖에 모르지만 실은 다른 방법도 아주 많아요. 충분한 시간을 들여 실험해 보면 당신도 여러 가지를 배우게 될 겁니다. 내 마법은 철에 더 가깝습니다. 비슷한 방식으로 모양을 바꾸고 사용할 수 있지만 그 속성과 용도가 근본적으로 다르지요. 그리고 난 당신과 달리 그걸 활용할 수 있는 방법을 여럿 배웠습니다. 이제 이해하겠습니까?"

그래, 이해했다. 다테가 만들어 낸 구멍인지 포털인지 하는 건 내가 문을 만드는 것과 같았다. 그는 의지를 발휘해 그걸 만들었고, 내가 그림을 그리는 것처럼 그에게도 그만의 방법이 있을 것이다. 하지만 그의 마법이 검고 차가우며 모든 것이 부재한 공간을 연다면, 내 마법은 이미 존재하는 다른 공간으로 가는 문을 열었다. 아니면…… 무(無)에서 새로운 공간을 창조할 수도 있고.

골똘히 생각하는 와중에 내가 무심코 한 손으로 눈을 문지르고 있다는 걸 깨달았다. 눈이 욱신거렸는데 지난번에 마법을 사용했을 때만큼 지독하진 않았다. 이번엔 무리하지 않은 모양이었다.

"그리고 당신 눈." 다테의 말에 나는 기분이 팍 상해서 손을 멈췄다. 그는 놓치는 게 없었다. "그건 더더욱 독특하군요. 세리믄의 혈인을 봤죠? 다른 마법도 보입니까?"

거짓말을 할까도 생각해 봤지만 나도 모르게 흥미가 일었다. "네, 마법은 다 보여요."

그는 잠시 생각에 잠긴 것 같았다. "나도 보입니까?"

"아뇨. 당신한텐 신어가 없거나 가리고 있어요."

나는 손으로 모호한 동작을 해 보였고, 덕분에 그에게서 떨어질 수 있었다. "필경사의 경우엔 대부분 살갗에 신어가 적힌 게 보여요. 피부 자체가 보이는 게 아니라 팔에 적혀 있는 글귀 같은 게 보이는 식이죠."

"대단하군요. 실제로 필경사들은 대부분 새 인이나 주문을 익히면 그렇게 하거든요. 전통이죠. 의미를 완전히 이해했다는 의미로 피부에 인을 적는 겁니다. 먹물은 씻겨 나가도 마법의 잔재가 남나 보군요."

"당신들 눈엔 안 보여요?"

"안 보입니다, 레이디 오리. 당신의 눈은 아주 독특합니다. 그런 건 한 번도 본 적이 없어요. 하지만……"

갑자기 내 눈에 다테의 모습이 비쳤다. 처음엔 그 모습에 정신이 팔려 그게 어떤 의미인지 깨닫지 못했다. 어쩔 수가 없었다. 그는 아믄인이 아니었으니까. 어쨌든 순수한 아믄인은 아니었다. 머리카락은 완전히 곧은 직모에 하늘하늘해서 마치 물감을 칠한 것처럼 머리 위에 얹혀 있었다. 머리는 짧게 쳤는데 다른 사제들처럼 길게 길러 늘어뜨렸다면 우스꽝스러워 보였을 것이다. 매딩보다는 피부색이 약간 옅었지만 순수한 아믄인이 아니라는 걸 암시하는 단서들이 많았다. 일단 나보다도 키가 작았다. 눈은 광택을 낸 다르목(木)처럼 짙고 어두웠다. 우리 마로네나 하이노스 사람들 사이에서 더 흔히 볼 수 있는 눈동자였다.

대체 어떤 신의 이름으로 아라메리 가문의 여자가, 아믄인 중에서도 가장 자부심 높고 순수 아믄인이 아닌 이들을 경멸하기로 악명 높은 족속 중 하나가 이런 비(非)아믄인 이단 필경사와 결혼할 생각을 한 걸까?

하지만 그 깨달음에 따른 충격이 사라질 무렵, 마침내 그보다 더 중요한 사실이 내 머리를 강타했다. 내 눈에 그가 보였다.

그가 보였다. 그러니까 필경 능력의 흔적이 아니라 그냥 사람

자체가 보였다. 심지어 몸에서는 어떤 신어도 보이지 않았다. 그는 그냥 내 눈에 보였다. 온몸이 다. 마치 소격신처럼.

하지만 새빛교는 소격신을 싫어한다.

"당신, 정체가 뭐죠?" 나는 속삭였다.

"그러니까 정말 날 볼 수 있군요. 궁금했답니다. 하지만 내가 마법을 사용할 때만 가능하다는 건데."

"마법……?"

다테가 우리 위쪽, 방 한쪽 구석을 가리켰다. 영문을 몰라 그의 손가락을 따라 시선을 옮겼다. 하지만 거기엔 아무것도 없었다.

잠깐. 나는 눈을 깜박였다. 혹시 도움이 될지 몰라 눈을 가늘게 떴다. 내 캄캄한 시야에 뭔가 있었다. 아주 작은 것. 10메리 동전만 한, 또는 세리믄의 혈인과 비슷한 크기였다. 불가능할 정도로 새까만 것이 공중에 떠 있었는데, 거기서 나는 희미한 반짝임만이 평소 내가 보는 어둠 속에서 분간할 수 있는 유일한 단서였다. 저건 마치 —

나는 마른침을 삼켰다. 정말로 그거였다. 눈에 거의 보이지도 않을 정도로 작은 검은 구멍. 매딩의 집 앞에서 우릴 공격한 그거였다.

"크기를 마음대로 조절할 수 있지요." 내가 구멍을 발견한 것을 안 다테가 말했다. "주로 감시할 때 이런 작은 포털을 사용합니다."

그가 왜 나를 금에, 자신은 철에 비유하는지 알 것 같았다. 내 마법은 예뻤다. 하지만 그의 마법은 무기로 활용하기 좋았다.

"내 질문에 대답을 아직 안 했는데요."

"내가 누구냐고요?" 그는 재미있어하는 것 같았다. "당신과 같지요."

"아뇨. 당신은 필경사잖아요. 나도 마법으로 작은 재주를 부리긴 하지만 그런 걸 할 수 있는 사람은 많아요."

"당신은 단순히 '작은 재주'를 지닌 게 아닙니다, 레이디 오리. 저거 말이죠." 다테가 내 그림이 그려져 있는 마룻바닥을 손짓했다. "저건 아주 오랜 경험을 갖춘 숙련된 일등 필경사나 할 수 있는 일입니다. 그것도 그림을 그리는 데만 몇 시간이 걸리고 다른 손엔 일이 잘못될 경우에 대비해 안전을 위한 주문을 이중 삼중으로 대여섯 개는 준비해 둬야 하죠. 하지만 당신한테는 그 두 가지 모두 전혀 필요하지 않은 것 같군요." 다테가 엷게 미소 지었다. "나도 마찬가지입니다. 그래서 나름 천재 취급을 받았죠. 만약 당신이 일찍 발견되어서 필경사 훈련을 받았다면 당신도 그랬을 겁니다."

나는 무릎 위에서 주먹을 꼭 쥐었다. "당신, 정체가 뭐야?"

"난 악마입니다. 당신도 그렇고."

나는 침묵했다. 충격을 받았다기보다는 황당했기 때문이다. 충격은 나중에야 닥쳐왔다.

이윽고 내가 입을 열었다. "악마 같은 건 존재하지 않아요. 아주 오래전에 신들이 다 죽여 버렸으니까. 어린애들을 겁주려는 옛날 이야기일 뿐이죠."

다테가 무릎 위에 놓인 내 손을 토닥였다. 처음에는 나를 위로하려는 어설픈 시도라고 생각했다. 몸짓이 어색하고 내키지 않는다는 기색이 역력했기 때문이다. 그러다 나는 그가 나와 닿는 걸 좋아하지 않는다는 걸 깨달았다.

"이템파스 교단에서는 승인되지 않은 마법의 사용을 처벌하지요. 왜 그런지 궁금하게 여긴 적 없습니까?"

솔직히 말하자면, 없었다. 그냥 교단이 힘을 가진 자와 그렇지 않은 이들을 통제하기 위해서 그러는 거라고 생각했다. 하지만 나는 사제들에게 배운 대로 대답했다. "공공의 안전 때문이죠. 대부분 사람들이 마법 능력을 지녔지만 마법을 사용할 수 있는 건 필경사뿐이에요. 마법을 안전하게 사용할 수 있는 방법을 배웠으니까. 인은 선 하나만 잘못 그어도 땅이 갈라지거나 번개가 칠 수도 있잖아요."

"맞습니다. 하지만 그게 유일한 이유는 아니죠. 야생 마법을 금지하는 칙령은 필경술로 마법을 다스리기 훨씬 전부터 존재했습니다." 다테가 나를 지그시 응시했다. 그는 샤이나나 세리믄과 비슷했다. 그의 시선이 느껴졌다. 내 주변엔 강인한 의지를 지닌 이들이 너무 많고, 그들 모두가 위험했다. "신들의 전쟁도 실은 신들 사이에 일어난 최초의 전쟁이 아니죠. 세 주신이 자기들끼리 싸우기 이미 오래전에 자기 자식들과 싸웠으니까요. 인간 남녀와 낳은 혼혈 자식들 말입니다."

불현듯, 왠지 모르게 아버지가 떠올랐다. 아버지의 음성이 귓가에 울리고 아버지의 감미로운 노랫소리가 공중에 부드러운 파문을 일으키는 게 보였다.

세리믄의 목소리. 예전부터 당신 아버지에 대한 소문이 있었죠.

"악마들은 그 전쟁에서 패했습니다." 다테가 아주 부드럽게 말했다. 다행이었다. 더럭 불안감이 몰려왔기 때문이다. 방 안 기온이 불시에 뚝 떨어지기라도 한 것처럼 오한이 일었다. "애초에 주신들의 힘을 생각하면 그들에게 맞서 싸우는 것 자체가 어리석은 짓이죠. 그래서 일부 악마들은 싸우는 대신 몸을 숨기는 걸 택했지요."

나는 두 눈을 감고 조용히 아버지를 애도했다.

"악마 중에 살아남은 이들이 있다." 내 목소리가 떨렸다. "그 말을 하고 싶은 거군요. 많진 않아도 충분한 숫자가 살아남았다고." 내 아버지. 그리고 아버지의 아버지. 언젠가 아버지가 말한 적이 있다. 아버지의 할머니와 삼촌, 그리고 더 많은 조상들. 세상의 중심인 마로랜드에서 우리는 수 세대 동안 살아왔다. 광명의 군주를 가장 독실하게 믿는 사람들 사이에 숨어서.

"그렇습니다. 그들은 살아남았어요. 일부는 숨기 위해 혈통적으로 멀고 신의 피가 옅은 필멸자들 사이로 섞여 들었죠. 마법을 잘 사용하지도 못하고 심지어 아주 간단한 일을 하는데도 신의 언어를 빌려야 하는 필멸자들 사이로 말입니다. 신의 유산은 인류에게 마법을 여는 열쇠였지만, 대부분의 필멸자는 그 문을 열 수 없었습니다. 하지만 유달리 더 강한 마법을 갖고 태어난 소수의 사람들이 있었습니다. 이런 필멸자들에겐 문이 활짝 열려 있었죠. 우린 마법을 쓰기 위해 인이 필요하지도 않고 수년 동안 공부에 매진할 필요도 없습니다. 우리의 육신 자체에 마법이 깃들어 있기 때문에." 다테가 내 눈 아래를 건드리는 바람에 움찔했다. "말하자면 격세유전이라고 할 수 있겠군요. 학살당한 우리의 조상들처럼 우리는 필멸자 중 가장 뛰어나며, 우리의 신들이 가장 두려워하는 존재입니다."

다테가 다시 내 손 위에 손을 얹었다. 이번에는 어색하지 않았다. 거의 소유욕이 느껴질 정도였다.

"날 절대로 놔주지 않을 거군요, 그렇죠?" 나는 작게 말했다.

다테는 잠시 머뭇거렸다.

"그래요, 레이디 오리." 그가 미소 짓는 소리가 들렸다. "절대로 놓아주지 않을 겁니다."

12장

파멸

(목탄과 피, 스케치)

"부탁이 있어요." 다테가 떠나려고 자리에서 일어났을 때, 내가 말했다. "내 친구들, 매딩과 다른 사람들을 어떻게 할 생각인지 알고 싶어요."

"그건 알 필요 없습니다, 레이디 오리." 다정하게 나무라는 듯한 말투였다.

나는 이를 꽉 깨물었다. "내가 자발적으로 협조하길 바라는 거 아닌가요?"

다테는 잠시 아무 말 없이 생각에 잠겼다. 다행한 일이었다. 방금 한 말은 도박이었으니까. 우리 둘 다 악마라는 점만 빼면 그가 나를 왜 필요로 하는지 알 수가 없었다. 어쩌면 내가 자기만큼 강한 마법을 쓸 수 있다고 기대하거나 아니면 악마가 새빛교한테는 무슨 상징적 의미가 있는지도 모른다. 이유야 어찌 됐든 기회가 있으면 이용해야 한다.

"내 아내는 당신이 회개하여 우리의 방식을 이해하게 될 거라고 믿지요." 이윽고 말한 다테가 바닥에 그려진 내 그림에 힐끗 눈길을 주었다. "하지만 난 그런 노력을 기울이기엔 당신이 너무 위험하다는 생각이 드는군요."

나는 아랫입술을 깨물었다. "다시는 안 그럴게요."

"우린 이템파스 신도입니다. 당신은 가능하다는 생각이 들면 계속 시도할 거고요. 그런 의욕이 꺾일 만한 이유가 있지 않고서야……" 다테가 가슴 앞에 팔짱을 끼고 생각에 잠겼다. "흠, 그를 어떻게 처리할지 고민 중입니다만……."

"뭐요?"

"당신의 마로네 친구 말입니다."

"내……" 나는 입을 열었다. "샤이니 말이군요." 그럼 그는 탈출하지 못한 거군. 망할.

"이름은 모르겠지만, 그 사람이요." 다테의 목소리에 처음으로 짜증이 묻어났다. "처음엔 죽음에서 돌아오는 신기한 능력을 보고 소격신이라고 생각했는데, 공허에 벌써 며칠간이나 갇혀 있는데도 마법이든 뭐든 저항할 기미가 전혀 없더군요. 그냥 계속 죽기만 하고."

온몸의 솜털이 곤두섰다. 당신 지금 우리 주님을 고문하고 있는 거야, 이 개자식아. 입을 벌려 그렇게 말하려다 다물어 버렸다. 만일 이자가 자신이 질서와 광명의 군주이신 분을 포로로 잡고 있다는 걸 알면 무슨 짓을 저지를까? 애초에 내 말을 믿기는 할까? 샤이니를 심문했다가, 그가 밤의 군주를 사랑하고 있으며 자신의 형제를 위협하는 그 어떤 행위도 용납하지 않으리라는 걸 알게 되면 나처럼 충격을 받을까? 진실을 알게 되었을 때 이 미친 인간들은 어떻게 반응할까?

"어쩌면…… 우리랑 같은지도 모르죠." 그래서 나는 이렇게 말했다. "아, 악마요." 그 단어를 내 입으로 말하는 건 너무 힘든 일이었다.

"그건 아닙니다. 이미 확인해 봤어요. 혈액을 검사해 보면 악마는 독특한 특성이 있거든요……. 그리고 그 특이한 능력만 빼면 그자는 확인 가능한 모든 측면에서 필멸자가 확실합니다." 다테는 한숨을 쉬느라 내가 그들이 내 피를 뽑아 간 이유를 깨닫고 놀라는 모습을 보지 못했다. "교단이 이미 오래전부터 자잘한 변종 마법을 발견하곤 했는데 내 생각엔 그자도 거기에 속할 것 같군요." 그러고는 한참 동안 말이 없어 초조해질 정도였다. "그자와 같이 살았다고 들었습니다. 그자를 죽일 순 없어도 그 짧은 생을 불편하게 할 방법이 아주 많다는 것 정도는 당신도 알겠지요? 당신은 나한테 중요한 존재지만 그자는 아닙니다. 내 말 무슨 뜻인지 알겠습니까?"

나는 마른침을 삼켰다. "네, 다테 경. 완벽하게 이해했어요."

"좋아요. 그럼 오늘 안에 그자를 여기로 보내 주지요. 하지만 미리 경고해 둬야겠군요. 공허에서 그만큼 오랜 시간을 버텼으니 도움이…… 필요한 상태일 겁니다." 내가 무릎 위에서 다시 주먹을 꼭 쥐는 사이, 다테가 나가겠다고 신호하며 문을 두드렸다.

바로 그때, 뭔가 변했다.

찰나의 깜박임, 너무도 순식간에 지나간 일이라 내 착각일지도 모르겠지만 한순간 다테가 완전히 다른 모습으로 보였다. 너무도 잘못된 모습이었다. 문틀에 기댄 팔이 갑자기 두 개로 보였다. 두 개의 손이 매끈한 나무 문틀을 쥐고 있었다.

너무 놀라 눈을 깜박인 순간 그 모습은 홀연히 사라지고 말았다. 그때 문이 열렸고, 다테가 나갔다.

나는 잠을 잤다. 원래 그럴 생각은 없었지만 마법을 사용해서 완전히 지친 까닭이었다. 욱신거리는 눈을 떴을 땐 옅은 석양빛이 내 피부 위에서 희미해져 가고 있었다. 그사이에 누군가 왔다 간 게 분명했는데, 내가 정말 깊이 잠들었다는 의미였다. 평소에는 작은 소리에도 금방 깨는 체질이었기 때문이다. 내가 잠든 사이 방문객들은 꽤 바빴던 모양이다. 가구는 다시 제자리에 놓여 있고 탁자 위에는 음식이 담긴 쟁반이 있었다. 확인해 보니 양초는 사라지고 이상한 형태의 작은 등불만 하나 있었다. 안에는 아주 더디게 타는 기름 먹인 심지뿐이었다. 그림을 그리는 데 사용할 기름이 아예 없다는 뜻이다. 방 안의 다른 물건도 사라지거나 다른 것으로 바뀌어 있었다. 주로 안료로 사용할 수 있는 것들이었다. 음식은 그릇에 담긴 죽 같은 것이었는데 어떻게든 맛을 내면서도 최대한 밍밍하고 씹힐 거리가 없게 만들었다. 공기 중에서는 바닥 세정제 냄새가 났다. 비록 조잡하긴 했지만 내가 그린 그림을 영영 잃은 데 잠시 애도하는 시간을 가졌다.

식사 후에는 창가에 기대 과연 여기서 탈출할 수 있을지 고민했다. 여기 온 지 닷새 아니면 엿새는 된 것 같다. 곧 춘분인 게브레가 온다. 전 세계의 백색전당에서 축제용 리본, 그리고 붉은색과 금색이 아니라 흰색 불꽃이 타오르게 특수한 연료를 넣은 등불인 엔칸다를 장식할 것이다. 여름의 긴 날이 다가오는 것을 축하하며 문을 활짝 열어 모든 사람들을 맞이하고, 심지어 지금 이 순간에도 신앙을 의심하는 수많은 사람으로 가득 채워질 것이다. 하지만 동시에 전 세계 모든 도시에서 밤의 군주와 회색의 여신을 위한 의식도 함께 열리겠지. 내게는 아직도 신기한 일이지만.

한 시간쯤 지나자 감방 문이 다시 열렸다. 남자 셋이 묵직한 것을 지고 들어왔다. 아니, 짐은 하나가 아니라 둘이었다. 남자들이 힘쓰는 소리를 내며 탁자와 의자를 옆으로 치웠다. 그들이 내려놓은 첫 번째 물건에서 희미한 삐걱 소리가 났을 때에야 비로소 그게 내가 쓰는 것과 같은 간이침대라는 걸 깨달았다.

그들이 그 간이침대에 던지듯이 내려놓은 두 번째 짐은 바로 샤이니였다. 그는 딱 한 번 신음을 내뱉고는 그 뒤로 미동 하나 없었다.

"니프리의 선물이요." 한 남자가 말하자 다른 남자가 웃음을 터트렸다. 그들이 떠나고 나자 서둘러 샤이니의 곁으로 다가갔다.

몸이 시체처럼 차가웠다. 이렇게 차가운 건 처음이었다. 샤이니는 보통 체온이 완전히 식을 만큼 오랫동안 죽어 있지 않으니까. 하지만 맥박을 더듬어 찾아보자 맥박이 뛰는 게 느껴졌다. 색색거리는 거친 숨소리가 들렸다. 몸은 깨끗하게 씻겨 있고 입회자들이 입는 소매 없는 긴 셔츠와 바지를 입고 있었다. 하지만 대체 어디다 씻긴 거야? 얼음물?

"샤이니?" 머릿속에 진짜 이름이 떠다녔지만 나는 일단 그를 돌려 눕힌 다음 담요를 꼭꼭 눌러 덮어 주었다. 얼굴에 내 손이 닿자 그가 짐승 같은 신음 소리를 내며 고개를 돌려 피했다. "오리예요, 오리."

"오리." 나처럼 쉬고 갈라진 목소리였다. 그렇게 된 이유도 나와 똑같을 것이다. 어쨌든 나라는 걸 알고 조금 진정이 됐는지 더는 내 손길을 피하지 않았다.

다테는 그가 필멸자라고 했지만 나는 진실을 알았다. 필멸자의 껍데기 속에는 빛의 신이 있었고, 그는 빛 한 점 없는 지옥에 닷새 동안 갇혀 있었다. 나는 서둘러 등불을 가지러 방 저편으로 향했다. 등을 아직 끄지 않아 다행이었다. 이 작은 빛이 정말 도움이 될까? 나는 등불을 가져와 샤이니의 침대 위에 있는 선반에 올려놓았다. 그의 눈은 굳게 감겨 있고 온몸의 근육은 곧 끊어질 것 같은 철사처럼 바들바들 떨렸다. 체온은 아까보다 겨우 조금 나아졌을 뿐이다.

다른 방법이 없어서 결국 샤이니가 누워 있는 담요 밑에 들어가 내 체온으로 몸을 데워 주기로 했다. 쉬운 일은 아니었다. 간이침대는 아주 작은 데다 그가 대부분의 공간을 차지하고 있어 내가 누울 자리가 거의 없었기 때문이다. 결국 그의 몸 위로 올라가 가슴에 머리를 얹고 길게 누울 수밖에 없었다. 지나치게 친밀한 자세가 마음에 들진 않았지만 달리 방법이 없었다.

그때 샤이니가 갑자기 나를 두 팔로 감싸 안더니 몸을 휙 뒤집는 바람에 소스라치게 놀랐다. 그가 팔로 내 허리를 껴안고 손으로는 머리를 받쳐 자신의 어깨에 꼭 누르고, 다리로 내 다리를 옭아맸다. 몸 아래 완전히 깔린 건 아니지만 움직일 수가 없었다. 사실 움직일 시도조차 하지 않았다. 일단 너무 놀란 데다 왜 이렇게 갑자기 애정 어린 행동을 하는지 영문을 알 수 없었기 때문이다. 이게 정말로 그런 거라면 말이지만.

샤이니는 내가 반항하지 않자 안심한 것 같았다. 팽팽한 긴장감이 그의 몸에서 서서히 빠져나갔고 귓가에 들리는 숨소리도 점차 안정되어 정상적으로 변했다. 잠시 후 우리는 둘 다 따뜻해졌다. 온종일 잠을 잤는데도 나도 모르게 다시 잠에 빠져들었다.

눈을 떴을 때는 밤이 벌써 깊어져 있었다. 자정이 거의 다 됐거나 아니면 조금 지났거나. 여전히 잠에 취해 있었지만 화장실에 가고 싶었다. 한데 문제가 있었다. 아직도 샤이니의 품에 꼭 안겨 몸이 얽혀 있었다. 길고 고른 숨소리가 들리는 걸로 보아 샤이니는 깊이 잠들어 있는 것 같았다. 하긴 힘겨운 시련을 겪었으니 휴식이 필요할 터였다.

천천히, 그리고 조심스럽게 그의 품에서 벗어나 어찌어찌 일어나 앉는 데 성공했다. 조심조심 빠져나와 마침내 바닥에 발을 디뎠다. 이쯤 되니 화장실이 너무 급해져서 빨리 몸을 세우고 뛰어가려 했다.

그때 갑자기 손목을 붙잡혀 비명을 지르고 말았다.

"어디 가는 거지?" 샤이니가 갈라진 목소리로 말했다.

놀란 가슴을 진정시키려고 심호흡을 했다. "화장실요." 대답을 한 다음, 나를 놓아주길 기다렸다.

샤이니는 꼼짝도 하지 않았다. 나는 안달이 나서 몸을 양옆으로 흔들었다. 어쩔 수 없이 털어놓았다. "안 놔주면 바닥에다 쌀 거라고요."

"노력 중이다." 그가 아주 작은 목소리로 속삭였다. 무슨 뜻인지 알 수가 없었다. 그때 내 손목을 쥔 손아귀가 풀렸다가 조였다가 다시 풀리는 게 느껴졌다. 마치 놓고는 싶은데 손이 말을 안 듣는 것처럼.

당황해서 손을 뻗어 샤이니의 얼굴을 만져 보았다. 미간을 찌푸린 그가 이를 악물고 숨을 크게 들이마시더니 삐걱거리는 동작으로 천천히 내 손목을 놓아주었다.

얼떨떨한 심정이었지만 더는 꾸물거리면 안 된다는 자연의 경고가 느껴져 황급히 방 안을 가로질렀다. 시선이 내 뒤를 따라오는 게 느껴졌다.

화장실에서 나오자 방 안의 긴장감이 많이 누그러져 있었다. 샤이니에게 다가가 손을 뻗어 얼굴을 만졌더니 그가 어깨를 늘어뜨리고 고개를 떨군 채 아주 길고 힘겨운 달리기 경주라도 한 듯 숨을 헐떡거리고 있다는 걸 알 수 있었다.

나는 그 옆에 앉았다. "아까 그게 뭐였는지 말해 줄 거예요?"

"아니."

나는 한숨을 쉬었다. "적어도 난 설명을 들을 자격이 있지 않나요? 그래야 화장실 갈 시간이라도 정해 놓죠."

예상했던 대로 아무 대답도 들려오지 않았다.

그에게 조금이라도 남아 있었을지 모를 경외심마저 이젠 말끔히 사라지고 말았다. 지겨웠다. 지난 몇 달간 꿍한 태도와 침묵, 그놈의 성질머리와 모욕을 참고 견뎠다. 내가 그림자에서 일군 삶도 샤이니 때문에 전부 잃었다. 기분이 가장 밑바닥일 때는 여기 갇힌 걸 전부 다 샤이니 탓으로 돌리기도 했다. 다테가 날 발견한 것도 내가 교단수호자를 죽였기 때문인데 애초에 샤이니가 교단수호자들을 자극하지 않았다면 그 일도 일어나지 않았을 거다.

"됐어요." 내 침대로 돌아가려고 벌떡 일어났다.

하지만 한 발짝 내딛자마자 샤이니의 손이 다시 내 손목을 움켜쥐었다. 아까보다 더 억센 힘이었다. "여기 있어."

나는 그의 손에서 팔을 빼내려 했다. "놔줘요!"

"여기 있어." 그가 쏘아붙였다. "네게 가지 말 것을 명한다."

나는 팔을 비틀어 그의 손아귀에서 빠져나온 다음 탁자를 방패삼아 후다닥 그 뒤로 몸을 가렸다. "당신은 나한테 명령 못 해요." 나는 분노에 부들부들 떨었다. "당신은 이제 신이 아니니까. 우리처럼 아무 힘도 없는 불쌍한 필멸자일 뿐이라고."

"감히……" 샤이니가 일어섰다.

"감히 좋아하시네!" 나는 손끝이 아릴 정도로 탁자 가장자리를 힘주어 움켜쥐었다. "당신 대체 뭐가 문제야? 말만 하면 내가 예예 굽신댈 거라고 생각하는 거야? 안 그러면 날 죽이기라도 할 거야? 그러면서 자기가 다 옳다고 생각해? 세상에, 그따위로 사니까 밤의 군주도 당신을 미워하는 거지!"

적막이 흘렀다. 나는 분노가 바닥났고, 그래서 이번에는 그의 분노가 몰아치길 기다리며 맞받아칠 각오를 했다. 하지만 그는 아무 말도 없었다. 터질 듯한 긴장감 속에서 오랜 순간이 지난 후, 그가 다시 침대에 앉는 소리가 들렸다.

"제발 내 옆에 있어라." 마침내 그가 말했다.

"뭐라고요?" 하지만 나는 들었다.

순간적으로 모른 척 가 버릴까 생각했다. 그만큼 그가 지겨웠다. 하지만 그는 더는 아무 말도 하지 않았고, 정적 속에서 조금씩 부아가 가라앉는 사이 그가 이 완곡한 간청을 하기 위해 무엇을 포기했는지 깨달았다. 원하는 것을 부탁하는 것은 광명이신 분의 방식이 아니었다.

그래서 나는 그에게 다가갔다. 하지만 그가 내 손을 건드리자 재빨리 손을 뒤로 물렸다. "거래해요. 나한테 필요한 걸 받아 가려면 나한테도 뭔가를 줘야 해요."

샤이니가 길게 한숨을 내쉬더니 다시 내 손을 건드렸다. 나는 그의 손이 떨리는 걸 알고 놀랐다.

"나중에, 오리." 그가 속삭임에 가까운 목소리로 말했다. 나는 당황한 나머지 자유로운 손을 뻗어 그의 마로네답지 않은 머리칼을 매만졌다. 그는 아직도 고개를 푹 숙이고 있었다. "나중에……전부 다 말해 줄 테니까 지금은 안 돼. 제발, 그냥 여기 있어."

나는 결정을 내리지 않았다. 적어도 의식적으로는 그랬다. 아직 화가 다 풀리지 않은 상태였지만 그가 다시 내 손을 잡아당겼을 때 그냥 얌전히 끌려가 주었다. 앉히는 대로 앉았고, 침대에 누워 나를 끌어당겨 옆으로 누인 다음 뒤에서 끌어안았을 때도 가만히 있었다. 그래도 이번에는 내가 원하면 일어날 수 있게 샤이니의 팔에서 힘이 빠지는 게 느껴졌다. 그가 내 머리카락에 얼굴을 묻었을 때도 나는 피하지 않았다.

나는 그날 밤 내내 잠을 자지 못했다. 그도 그랬는지는 잘 모르겠다.

＊

"이곳에서 탈출할 방법이 있을지 모른다." 다음 날 샤이니가 말했다.

때는 정오였다. 새빛교 입회자 한 명이 방금 우리에게 점심을 가져다주고 다 먹었는지 확인한 다음 떠났다. 그는 남은 음식을 챙기고, 매트리스나 깔개 아래 음식을 숨겨 두지는 않았는지 예전의 내 비밀 장소를 샅샅이 뒤졌다. 우리에게 말을 걸지도 않았고 우리를 개종하려 들지도 않았다. 잡일을 시키거나 수업을 가르치러 나를 데리러 온 사람도 없었다. 방치되고 있다는 느낌마저 들었다.

"어떻게요?" 그에게 물었다가 이내 스스로 답을 깨달았다. "당신 마법 말이군요. 날 보호할 때 생기는 거요."

"그래."

나는 입술을 축였다. "하지만 난 지금도 위험한걸요. 새빛교에서 여기 잡아 왔을 때부터 죽 그랬고요." 그렇지만 그에게서는 마법의 빛이 전혀 나지 않았다.

"정도의 문제일 수 있다. 어쩌면 물리적 위협이 필요한 것일 수도 있고."

나는 한숨을 내쉬며 제발 그랬으면 좋겠다고 생각했다. "그럴 수도랑 어쩌면이 너무 많네요. 그게…… 지금 당장…… 필요하다면 어떻게 해야 하는지는 아무도 안 가르쳐 줬죠?"

"그래."

"그럼 어쩌자는 건데요? 세리픈한테 싸움을 걸었다가 반격이라도 당하면 여길 통째로 날려서 전부 죽여 버리게요?"

샤이니가 입을 다물었다. 내가 너무 버릇없이 굴어서 짜증이 난 것 같았다.

"핵심만 따지자면 그렇지. 하지만 너를 죽이면 아무 의미도 없으니 힘을 조절하도록 하마."

"배려해 줘서 고맙네요, 샤이니. 진심이에요."

괜한 희망을 품지 않으려고 애쓰는 사이 남은 하루가 고통스러울 정도로 느릿느릿하게 흘러갔다. 샤이니는 그 전날의 괴상한 행동에 대해 설명해 주겠다고 했으면서 거기에 대해서도 한마디도 하지 않았다. 아직 공허에서 겪은 고초에서 회복하는 중이라 그런 것 같았다. 그는 새벽까지 줄곧 잤는데, 내가 아는 한 처음 있는 일이었다. 그래도 새벽녘에는 평소처럼 몸에서 빛이 났다. 그리고 내가 옆에 있다는 게 회복하는 데 도움이 되는 듯했다. 잠에서 깨고 난 뒤에는 예전처럼 무뚝뚝한 모습으로 돌아왔지만.

하지만 그가 나를 평소보다 더 자주 힐끔거리는 걸 느낄 수 있었다. 한번은 나를 만지기도 했다. 불안감이 해소될지도 모른다는 헛된 희망을 품고 방 안을 이리저리 서성일 때였다. 어쩌다 그의 옆을 스쳐 지나가는데 샤이니가 손을 뻗어 내 팔을 만졌다. 전날 밤에 그 일만 없었다면 우연한 실수나 내 상상으로 치부했을 것이다. 하지만 그는 나로서는 이해할 수 없는 이유로 가끔 친밀한 접촉을 필요로 하는 것 같았다. 하지만 또 생각해 보면, 평소에 그를 이해할 수 있었던 적이 있긴 했던가?

굳이 물어보진 않았다. 어차피 내 문제만으로도 머리가 복잡했으니까. 가령 내가 악마라는 다테의 말처럼. 갑자기 내가 괴물처럼 느껴지진 않았다. 그렇다고 내 조상을 학살하고 자식들에게 다시는 나 같은 존재를 만들면 안 된다고 금지한 당사자인 샤이니와 그 문제에 대해 이야기하고 싶지도 않았다.

그래서 당분간은 그의 비밀을 캐묻지 않고 내버려 두기로 했다.

저녁이 가까워졌을 무렵 힘차게 문을 두드리는 소리와 함께 새로운 입회자가 찾아왔을 때는 거의 안도감마저 들었다. 새로 온 여자를 따라가려고 일어서자 샤이니도 자리에서 일어나 내 옆으로 다가왔다. 여자가 당황해 더듬거리며 뭐라 말했지만 결국 한숨을 내쉬고는 우리를 둘 다 데리고 나갔다.

우리가 도착한 곳은 세리픈이 다테와 함께 기다리고 있는 전용 식당이었다. 이번에는 식사를 준비하느라 바쁜 하인과 몇 명의 경비를 빼면 아무도 없었다. 세리픈은 샤이니를 보고도 아무 말도 하지 않았다.

"어서 와요, 레이디 오리." 그녀가 인삿말을 건넸고 우리는 자리에 앉았다. 나는 예의를 갖출 생각으로 고개를 돌려 세리픈의 이마에서 희미하게 빛나고 있는 아라메리 혈인을 바라보았다. 그렇지만 이젠 레이디 오리라고 불리는 게 지겨워졌다. 그게 무슨 의미인지 알게 되었으니까. 악마는 세 주신의 자손이었으니 소격신과 같은 대우를 받을 자격이 있었다. 인간도 아니었다. 아직은 나 자신을 그런 식으로 생각할 준비가 되어 있지 않았다.

"안녕하세요, 레이디 세리른. 그리고 다테 경." 모습은 보이지 않았지만 그의 존재감만큼은 피부에 닿는 서늘한 달빛처럼 선명하게 느껴졌다.

"레이디 오리." 다테가 말했다. 그러더니 알아채기 어려울 만큼 아주 미묘하게 바뀐 어조로 샤이니에게 말했다. "그리고 당신의 동반자에게도 인사드립니다. 오늘은 자기가 누군지 소개할 준비가 됐는지?"

샤이니는 대답하지 않았고, 다테는 짜증을 간신히 억누르며 한숨을 내쉬었다. 나는 웃지 않으려고 안간힘을 써야 했다. 샤이니가 오랜만에 나 말고 다른 사람을 돌아 버리게 하는 걸 듣고 있으니 너무 웃겼다. 다테의 인내심이 신기할 만큼 빨리 바닥나는 것도 놀라웠다. 이유는 모르겠지만 다테는 그 짧은 시간 동안 샤이니를 싫어하게 된 것 같았다.

"이 사람은 나한테도 말 안 해요." 나는 일부러 가벼운 말투로 말했다. "어쨌든 많이는 안 하죠."

"흠." 다테가 샤이니에 대해 더 자세히 묻길 기다렸지만 그는 이해한다는 듯이 침묵을 지켰다.

"흥미롭군요." 세리른의 말을 들으니 짜증이 치밀었다. 왜냐하면 나도 정확히 똑같은 생각을 하고 있었으니까. "어쨌든 오늘 하루도 잘 지냈을 거라고 믿어요, 레이디 오리."

"솔직히 심심했어요. 차라리 작업반 사람들과 같이 일하는 게 낫겠어요. 그러면 적어도 방에서 나갈 수 있으니까."

"아, 그럴 줄 알았어요! 당신은 대체로 즉흥적이고 활동적인 삶을 선호하는 사람 같았거든요."

"어…… 그렇죠."

세리믄이 고개를 끄덕였다. 어둠 속에서 인이 위아래로 흔들렸다. "당신은 인정하지 않을지 몰라도, 레이디 오리, 당신의 시련은 당신께 우리의 대의를 다지는 데 필수적인 단계였답니다. 오늘 깨달은 것처럼 다른 모든 선택지가 사라지면 하찮은 노동이라도 반기게 되죠. 하나의 애착이 끊어지면 다른 애착이 생겨나고요. 가혹하긴 하지만 교단과 아라메리 가문이 수 세기에 걸쳐 큰 효과를 본 방법이기도 하죠."

그 효과에 대해 내가 어떻게 생각하는지는 굳이 표현하지 않았다. 그저 와인을 한 모금 마시며 분노를 숨겼을 뿐이다. "당신네 사람들은 교단의 방식에 반대하는 줄 알았는데요."

"오, 아니에요. 최근에 바뀐 교리만 그렇죠. 다른 대부분의 방식은 오랜 세월에 걸쳐 입증된 것이니 기꺼이 따르고 있답니다. 어쨌든 우린 모두 광명의 아버지께 헌신하고 있으니까요."

그 말이 어떤 반응을 가져올지 알았어야 했다.

"도대체 어떤 면에서." 돌연 샤이니가 입을 열었다. 나는 깜짝 놀라서 사레들렸다. "이템파스의 자식들을 공격하는 게 그분을 섬기는 게 되는 거지?"

식탁 주위로 침묵이 흘렀다. 나는 놀라움에 따른 침묵이었고, 세리믄도 마찬가지였다. 반면에 다테는…… 그의 감정은 읽을 수가 없었다. 하지만 그는 포크를 내려놓았다.

다테의 말투는 평소보다 아주 약간 더 딱딱했다. "우리가 보기에 그들은 이 필멸계에 속하지 않으며, 여기 내려오는 것 자체가 아버지의 의지에 반하는 일이지. 어쨌든 신들의 전쟁 이후 이템파스가 천상을 단독으로 다스리게 되었을 때 그들은 지상에서 사라졌으니까. 이제 그분의 통제력이, 흠, 느슨해진 것처럼 보이자 소격신들이 기회를 틈타 반항적인 자식들처럼 굴고 있는 거야. 우리에게 그 문제를 바로잡을 능력이 있으니……" 다테의 로브 자락이 움직이는 소리가 들렸다. 어깨를 으쓱한 것 같다. "그분께서 신도들에게 기대하시는 대로 행동하는 것뿐이다."

"그의 자식들을 인질 삼아서." 샤이니의 음성에 담긴 분노를 눈치채지 못하는 건 바보들뿐일 거다. "그리고…… 죽여서?"

세리믄이 웃음소리를 냈다. 하지만 내 귀에는 억지로 꾸며 낸 소리로만 들렸다. "당신은 우리가……"

"그러면 안 되나?" 다테가 차가운 분노를 내뿜으며 대꾸했다. 뒤에서 하인들이 안절부절못하며 꿈지럭대는 소리가 들렸다. "신들의 전쟁 때 소격신들은 이 세상을 전쟁터로 삼았다. 도시 전체가 그들에게 소멸됐고, 놈들은 인간의 목숨 따윈 신경도 쓰지 않았어."

이쯤 되니 나도 화가 치밀었다. "그럼 이건 뭔데요? 복수? 그래서 매딩이랑 다른 소격신들을……"

"그들은 아무것도 아닙니다." 다테가 내 말을 잘랐다. "소모품.

미끼에 불과하니까요. 더 큰 먹이를 유인하기 위해 죽인 거죠."

"아, 맞아." 나는 웃음을 참을 수가 없었다. "깜박했네. 그러고 보니 당신은 밤의 군주도 죽일 수 있다고 생각하죠!"

샤이니가 놀라 숨을 들이켜는 소리가 들렸지만 관심 주지 않았다.

"그래요." 다테가 차갑게 대답했다. 그가 손가락을 튕겨 하인을 불렀다. 짧게 속닥이는 소리가 오가더니 하인이 자리를 떴다. "증명해 드리죠, 레이디 오리."

"다테." 세리픈이 불렀다. 마치…… 걱정스러운 건가? 아니면 짜증? 알 수가 없었다. 그녀는 아라메리니까. 어쩌면 다테의 급한 성미가 그들의 정교한 계획을 망가뜨리고 있는지도 모른다.

다테는 세리픈을 무시했다. "잊고 있는 것 같은데, 레이디 오리. 우리가 하는 일들은 전례가 많습니다. 당신은 신들의 전쟁이 어떻게 시작된지도 모릅니까? 소격신의 연인인 줄 알았는데……."

점점 샤이니에게 신경이 쓰였다. 그는 이상할 정도로 가만히 앉아 있었다. 숨소리도 거의 들리지 않았다. 이상하게도 순간 그가 안됐다는 생각이 들었다. 그는 여동생을 살해했고, 형을 노예로 만들었으며, 이천 년 동안 자기 자식들을 괴롭혔다. 기본적으로 그냥 목숨에 별 관심이 없었다. 내 목숨도, 심지어 그 자신의 목숨도. 그러니 아무리 많은 죽음도 별 의미가 없었을 것이다.

그럼에도……

그날 롤레의 추도식에서 나는 그의 손을 만졌다. 밤의 군주에 대해 말할 때면 늘 무신경하고 차분했던 목소리가 흔들리는 것을 들었다. 어떤 문제가 있고 얼마나 나쁜 놈이든 간에 샤이니는 아직 사랑을 할 수 있었다. 그 점에서 매딩은 틀렸다.

딸이 자신의 죄를 모방해 살해됐음을 알게 된다는 건 어떤 기분일까?

"나도…… 들었어요." 나는 거북한 기분으로 대답했다. 샤이니는 여전히 조용했다.

"그럼 알겠군요." 다테가 말했다. "광명의 이템파스는 욕망을 품었고 그 욕망을 채우기 위해 살해를 저질렀습니다. 그렇다면 우리가 똑같이 하지 못할 이유가 뭡니까?"

"광명의 이템파스는 질서의 구현자예요." 화제를 바꿔야 했다. "세상 모든 사람들이 원하는 걸 얻으려고 살인을 한다면 그거야말로 혼란과 무질서죠."

"틀렸습니다. 과거에 있었던 일이 다시 일어날 뿐이죠. 권력을 가진 자들, 즉 아라메리와 그보다 낮은 귀족들, 교단의 사제들은 살인을 저질러도 면책 특권이 있어요. 하지만 다른 이들은 그들의 허락이 없으면 살인을 할 수 없죠. 죽임할 권리는 이 세상에서 모두가 탐내는 특권입니다. 천상에서도 마찬가지고 말입니다. 우리가 그분을 숭배하는 건 우리의 최고신이기도 하지만 그분이 신들 중에서도 가장 위대한 살인자이기 때문입니다."

그때 식당 문이 열렸다. 또다시 속닥이는 소리가 들렸다. 하인이 돌아온 것이다. 그때 뭔가 번득이더니 별안간 내 시야에 은빛으로 희미하게 빛나는 무언가가 나타났다. 나는 놀라서 그게 뭔지 골똘히 바라보았다. 작았다. 길이가 겨우 3센티미터 정도밖에 되지 않았다. 모양도 특이했다. 칼끝처럼 뾰족했지만 무기로 사용하기엔 너무 작았다.

"아, 역시 보이는 모양이군요." 흡족한 말투였다. "레이디 오리, 이건 화살촉입니다. 아주 특별한 물건이죠. 알아보겠습니까?"

나는 눈살을 찌푸렸다. "난 활쏘기엔 관심 없어요, 다테 경."

그는 벌써 기분이 좋아진 듯 웃었다. "내 말은, 그 안에 담긴 힘을 알아보겠느냐는 겁니다. 당연히 그래야죠. 이 화살촉, 그러니까 이걸 구성하고 있는 물질은 당신 피로 만든 거니까."

나는 그것을 빤히 응시했다. 화살촉은 마치 신혈처럼 빛나고 있었다. 아주 밝지는 않았다. 더 이상한 건 그게 움직이고 있다는 거였다. 화살촉 안에 담긴 마법은 평소 보이는 것처럼 안정적으로 빛을 내는 게 아니라 끊임없이 불규칙하게 꿈틀거리며 소용돌이치고 있었다.

내 피가 특별할 리가 없었다. 나는 필멸자니까. "왜 내 피로 그런 걸 만드는데요?"

"우리의 피는 세월을 거치면서 옅어졌지요." 다테가 앞에 있는 식탁에 화살촉을 내려놓았다. "이템파스가 에네파를 죽일 때는 몇 방울로도 충분했다고 하지만 요즘에 동일한 효과를 얻으려면 그보다 훨씬…… 거의 비실용적일 정도로 많은 양이 필요합니다. 그래서 우린 그걸 증류해 힘을 농축한 다음 사용하기 쉬운 형태로 만들지요."

내가 입을 열기도 전에 바닥에 목재가 쿵 하고 부딪치는 소리와 함께 식탁이 격하게 흔들렸다.

"악마구나." 샤이니가 식탁을 두 손으로 짚은 채 일어서 있었다.

그의 분노 때문에 식탁이 흔들렸다. "감히 그걸로 위협을……"

"경비!" 경악한 세리믄이 벌컥 화를 내며 외쳤다. "앉아, 그렇지 않으면……"

그녀가 무슨 말을 하려고 했는지는 알 수 없다. 식기와 가구가 부딪치는 소리가 났다. 샤이니가 다짜고짜 앞으로 돌진하는 바람에 식탁이 밀려 내 갈비뼈가 짓눌렸다. 아프다기보다는 놀라서 버둥거리며 뒤로 물러나 습관처럼 옆에 있어야 할 지팡이를 찾아 손을 휘저었다. 물론 거기엔 아무것도 없었고, 나는 바닥에 깔린 두꺼운 깔개에 걸려 거의 벽난로 안으로 철퍼덕 넘어졌다. 사람들의 고함과 세리믄의 비명, 살갗과 옷이 격렬하게 부딪치고 마찰하는 소리가 났다. 여러 방향에서 사람들이 달려들었지만 나를 건드리는 사람은 없었다.

나는 가까이서 느껴지는 불의 열기를 피해 상체를 세웠다. 돌로 조각된 매끄러운 벽난로 표면을 잡으려고 손을 휘젓는데 그때 뭔가 따뜻하고 모래 같은 것이 손에 잡혔다. 재였다.

등 뒤에선 제2차 신들의 전쟁이라도 일어난 것 같았다. 샤이니가 누군가에게 맞는지 외마디 비명을 질렀다. 곧바로 범인이 공중으로 날아갔다. 목이 졸려 켁켁대는 소리, 끙끙거리며 용쓰는 소리, 접시가 더 많이 깨지는 소리도 났다. 하지만 마법은 없었다. 내 눈에 보이는 게 없었으니까. 바닥에 떨어져 있는 화살촉에서 나는 작고 희미한 빛과 세리믄이 도움을 청하러 재빨리 문으로 달려 나갈 때 같이 움직이는 그녀의 혈인뿐이었다. 샤이니는 나를 보호하기 위해서가 아니라 자신의 분노에 힘입어 싸우고 있었고,

그 말인즉 그가 평범한 인간에 불과하다는 얘기였다. 그러니 얼마 안 가 제압될 것이다.

재. 나는 불 근처를 더듬었다. 뜨거운 게 닿으면 뭐든 손에 움켜 쥘 생각이었다. 그때 손가락에 단단하고 불규칙한 모양의 덩어리가 닿았다. 꽤 따뜻하지만 고통스러울 정도는 아니었다. 더듬더듬 만져 보자 가장자리가 조금 부서졌다. 한 며칠은 불 속에서 타서 숯이 된 나무 덩어리였다.

그리고 검은색이었다.

내 뒤에서는 샤이니의 공격에서 간신히 빠져나온 다테가 거친 숨을 몰아쉬며 쌕쌕대고 있었다. 세리믄이 그를 붙잡고 괜찮냐고 걱정하는 소리가 들렸다. 그들의 뒤쪽에서 더 많은 사람이 들이닥쳐 고함을 지르며 몸싸움을 벌이는 난리법석이 이어졌다.

명치를 세게 걷어차는 듯한 영감이 밀려왔다. 나는 손에 숯덩이를 쥔 채 재빨리 한쪽 구석으로 몸을 피했다. 깔개를 옆으로 밀어 젖히고 숯을 바닥을 문질러 원을 그리기 시작했다. 둥글게 둥글게 —

누군가 밧줄을 달라고 외쳤다. 세리믄이 밧줄 따윈 신경 쓰지 말고 그냥 저자를 죽이라고 외쳤고 —

— 둥글게 둥글게 둥글게 —

"레이디 오리?" 다테가 거친 목소리로 의아한 듯 물었다.

— 둥글게 둥글게, 둥글게, 정신없이 문질렀다. 이마에서 땀방울이 떨어져 검은색에 얼룩이 지고 바닥에 긁혀 생채기가 난 손가락 마디에서 핏방울이 떨어져 검고 깊은 구멍 위에 둥근 자국

이 생겼다. 차갑고, 고요하고, 끔찍하고, 텅 빈 공허. 아무것도 없는 그 공간 어딘가 청록색의 밝고 따뜻하고 다정하고 삐딱한 성격의 —

"맙소사 신이여, 저 여자를 막아! 막아!"

나는 그의 영혼이 어떤 감촉인지 알았다. 차임벨처럼 울리는 그의 영혼이 내는 소리를 알았다. 나는 그가 다테와 새빛교에 피와 고통을 빚지고 있다는 걸 알았고, 온 마음을 다해 그가 그 빚을 되갚아 주길 바랐다.

내 손가락 아래, 그리고 내 눈앞에 구멍이 나타났다. 숯을 너무 힘주어 문지르다 부러진 탓에 가장자리가 약간 울퉁불퉁했다. 나는 구멍 안쪽을 향해 외쳤다. "매딩!"

그러자 그가 왔다.

구멍에서 빛이 터져 나왔다. 섬광처럼 번쩍이는 청록색 덩어리가 뇌운처럼 휘몰아쳤다. 잠시 후, 빛 덩어리가 부르르 떨더니 내게 익숙한 모습으로 변했다. 인간 남자의 형상을 띤 살아 움직이는 아쿠아마린. 그는 잠깐 동안 구름이 모여 있던 자리에 머무르다 이내 천천히 몸을 돌렸다. 너무 오랫동안 공허에 갇혀 있어 방향 감각을 잃은 것 같았다. 하지만 그의 시선이 다테와 세리믄, 그리고 다른 이들을 발견한 순간 격한 노여움의 폭풍이 방 안을 뒤덮었고, 무시무시한 의도가 담긴 차갑고 뾰족한 차임벨 소리가 쩽하고 울려 퍼졌다.

다테가 경비병들의 겁에 질린 소리를 압도하는 고함을 내지르며 명령했다. 매딩의 휘광에 거의 묻히긴 했지만 다테가 있는 쪽에서 뭔가 희미하게 반짝이는 게 보였다. 매딩이 집 전체를 뒤흔드는 비인간적인 무언의 포효를 내지르며 앞으로 돌진 ─

─ 했다가 뭔가에 부딪혀 튕겨 나가 바닥에 쓰러졌다. 나는 그가 더욱 격렬한 분노를 터트리며 일어나길 기다렸다. 필멸자도 신을 성가시게 괴롭힐 수는 있다. 하지만 막을 수는 없다. 하지만 놀랍게도 매딩이 숨을 헉 들이켰고, 몸에서 나던 빛이 돌연 침침해졌다. 매딩은 일어나지 않았다.

충격 속에서 희미하게 샤이니가 울부짖는 소리가 들렸다. 가슴이 찢어지는 듯한 절규였다.

겁 먹으면 안 돼. 하지만 두려움에 입안이 바싹 말랐다. 나는 허둥지둥 일어나 매딩에게 다가갔다. 도중에 내 그림을 밟았지만 이젠 그저 숯으로 그린 그림에 불과했다. 깔개에 걸려 넘어져 일어났다가, 다시 바닥에 쓰러진 의자 위로 넘어졌을 때는 바닥을 엉금엉금 기어서 앞으로 나아갔다. 옆으로 쓰러져 있는 매딩에게 다가가 바닥에 등을 대고 돌려 눕혔다.

배 부근이 보이지 않았다. 몸의 다른 부분은 이제껏 본 중 가장 어둡긴 해도 평소처럼 빛이 나고 있었지만 그 부분만큼은 전혀 빛나지 않았다. 그곳을 움켜쥔 매딩의 손을 더듬어 따라가 보니 미끈하고 단단한 몸에 나무로 만든 길고 가느다란 것이 박혀 깨져 있었다. 등 뒤로 그 물체가 튀어나와 있었다. 석궁 화살이었다. 나는 살대를 두 손으로 움켜쥐고 잡아당겨 빼냈다. 매딩이 고통스러운 비명을 지르며 몸을 둥글게 말았다. 복부에 있는 검은 얼룩이 점점 크게 퍼져 나갔다.

화살 끝이 보였다. 다테가 보여 준 화살촉이었다. 내 피로 만든 것. 남은 부분은 많지 않았다. 만져 보니 부드러운 분필 같은 촉감이었다. 손가락으로 누르기만 해도 부서졌다.

매딩이 갑자기 촛불처럼 팔락이며 화르륵 타올랐다. 보석처럼 반짝이던 다각형의 면면들이 필멸자의 무딘 살점과 엉킨 머리카락으로 변했다. 하지만 아직도 그의 일부분이 보이지 않았다. 매딩의 배를 더듬으니 깊이 찔린 상처와 피가 만져졌다. 상처가 치유되지 않고 있었다.

내 피. 그의 몸속에. 내 피가 매딩의 육신에 독처럼 스며들어 그의 마법을 꺼트리고 있었다.

아니야. 마법뿐만이 아냐.

나는 화살을 옆으로 내던지고 매딩의 얼굴을 어루만졌다. 손가락이 떨리고 있었다. "매드? 나…… 모르겠어, 이해가 안 돼. 이건 내 피인데, 근데……."

매딩이 숨을 힘겹게 몰아쉬며 쿨럭거렸다. 피가 입술을 뒤덮었다. 그 자체로 빛이 나야 할 신의 피가 이상하게 어두웠다. 심지어 내가 볼 수 있는 부분을 검게 가리고 있었다. 보이는 부분마저 점점 희미해졌다. 화살이 그를 죽이고 있었다.

아냐, 매딩은 신이다. 신은 죽지 않는다.

롤레만 빼고, 그리고 에네파도, 또 —

매딩이 다시금 쿨럭이며 피를 내뱉다가, 삼킨 다음, 나를 직시했다. 그는 웃고 있었다. 말도 안 되는 일이지만 정말로 웃고 있었다. "늘 네가 특별하다는 걸 알았지, 오리. 악마라니! 전설에나 나

오는 존재잖아. 세상에. 항상 알았다니까…… 넌 뭔가……"매딩
이 고개를 흔들었다. 이젠 그의 모습이 거의 보이지 않았다. 너무
희미해져서, 그리고 내 눈에 고인 눈물 때문에. "네가 죽는 걸 내
가 보게 될 줄 알았는데."

"안 돼. 아냐, 이건. 안 돼." 나는 횡설수설하며 고개를 도리질쳤
다. 매딩이 내 손을 잡았다. 피범벅이 된 손은 뜨겁고 미끈거렸다.

"그에게 이용당하면 안 돼, 오리." 내가 뚜렷하게 들을 수 있게
매딩이 고개를 쳐들며 말했다. 더는 얼굴이 보이지 않았지만 열
때문에 달아오른 피부가 느껴졌다. "그들은 이해 못 할 거야……
늘 너무 빨리 판단하니까. 넌 무기가 아냐." 매딩의 몸이 부들부들
떨렸다. 고개가 뒤로 젖혀지며 눈꺼풀이 감겼다. "난 널 사랑했을
거야……까지……"

매딩의 모습이 사라졌다. 손바닥에는 아직도 감촉이 남아 있었
지만 이제 그는 거기 없었다.

"나한테서 숨지 마." 목소리는 작고 뭉개져 있었지만 그는 내 말
을 들어야 했다. 내 말에 따라야 했다.

손들이 나를 붙잡고 질질 끌고 갔다. 나는 힘없이 끌려가는 내
내 매딩에게 의지를 실어 보냈다. 당신을 보고 싶어.

"당신이 이렇게 하게 한 겁니다, 레이디 오리." 다테. 그가 다가
왔다. 이번에는 모습이 보였다. 몸싸움 도중 마법을 사용한 모양
이었다. 목을 문지르고 있었는데, 얼굴에 멍이 들고 피투성이였
다. 옷도 찢겨 나갔다. 몹시 분개한 표정이었다.

내 눈에 보이는 게 매딩이 아니라 이 남자라는 사실이 너무도

원망스러웠다.

"공허로 통하는 문이라니." 그가 메마른 웃음소리를 내더니 눌린 목이 아픈 듯 얼굴을 찡그렸다. "놀랍군요. 저 이름 없는 당신 동료와 함께 미리 계획했던 겁니까? 저것들과 몸이나 섞는 여자를 믿으면 안 된다는 걸 알았어야 했는데." 다테가 아래쪽으로 침을 뱉었다. 아마도 매딩의 시신이 있는 곳에.

매딩이 아냐 저긴 아무것도 없어 저건 그이가 아냐

다테가 몸을 돌려 으르렁거리며 경비병에게 이리 오라고 불렀다. "칼을 가져와." 그가 덧붙였다.

나는 기도했다. 샤이니가 내 말을 들을 수 있을지, 아니면 내게 관심이나 있을지 같은 것도 상관없었다. 광명이신 아버지, 제발 이자가 날 죽이게 해 주세요.

"꼭 그래야겠어?" 세리믄의 목소리에 불쾌감이 묻어 나왔다. "언젠가는 그 여자도 우리 대의에 협력하게 될지도 모르는데."

"죽은 즉시 해치워야 해. 이 난리를 쳤는데 낭비할 순 없지." 다테가 손을 내밀어 경비병에게서 뭔가를 받았다. 나는 기다렸다. 다테가 다시 돌아서서 세계수의 가장 높은 가지에 부는 바람처럼 냉랭한 눈빛으로 나를 쳐다볼 때도 아무 감정이 느껴지지 않았다.

"광명의 이템파스가 에네파를 죽였을 때, 그분은 에네파의 몸을 갈라 모든 힘이 담긴 살점을 취했지요. 그렇게 하지 않았다면 우주가 끝났을 테니까. 밤의 군주를 죽일 때도 똑같은 위험이 발생합니다. 그래서 난 신이 육화(肉化)했을 때 영혼이 어디에 깃드는지 오랫동안 연구했습니다."

그러더니 다테가 칼을 두 손으로 붙잡고 치켜들었다. 너무도 빠른 동작에 순간 두 개의 팔이 아니라 여섯 개의 팔이 움직이고 세 쌍의 이가 꽉 다물리는 것이 보였다.

획 하고 공기를 가르는 소리와 함께 내 얼굴 위로 바람이 스쳤다. 하지만 몸에는 아무 충격도 느껴지지 않았다. 대신 칼날이 살갗에 꽂히는 질척한 철퍽 소리가 났다.

나는 얼굴을 찡그렸다. 멍하고 무감각한 정신 속으로 공포심이 버둥대며 스며들었다. 매딩.

다테가 칼을 옆으로 내던지더니 다른 사내에게 도와 달라고 손짓했다. 그들이 몸을 구부렸다. 주위로 신혈의 냄새가 피어올랐다. 짙고 지나치게 달콤한 익숙한 냄새. 롤레를 발견한 골목에서처럼 이상하게 밋밋하고 뭔가 잘못된……. 그리고 그때, 나는 들었다. 신이여. 무한지옥에서나 들을 법한 끔찍한 소리. 살이 찢어지는 소리. 뼈와 연골이 부서지는 소리.

다테가 일어섰다. 그의 손은 어두웠고, 뭔가를 쥐고 있었다. 옷에도 검은 것이 튀어 있어 군데군데 보이지가 않았다. 그가 손에 쥔 것을 알 수 없는 표정으로 지긋이 응시했다. 손으로 더듬어 만져 보지 않고서는 무슨 감정인지 해석할 수 없는 표정이었다. 하지만 짐작할 수는 있었다. 혐오감. 그리고 체념. 하지만 갈망도 있었다. 신에게나 걸맞을 욕망.

그가 매딩의 심장을 들어 올려 입에 대고 베어 물었을 때 —

그다음은 기억나지 않는다.

13장

착취

(밀랍 조상)

모든 것은 피로 귀결된다. 너의 피. 나의 피. 전부 다.

신들의 피가 필멸자에게 향락적으로 작용한다는 사실이 어떻게 밝혀졌는지는 아무도 모른다. 필멸계에 내려온 소격신들은 이미 알고 있었다. 단절이 발생하기 전부터 널리 알려진 상식이었으니까. 아마도 언젠가, 누군가 무심코 한번 시도해 보기로 했던 모양이지. 마찬가지로 신들도 필멸자의 피를 마시기도 했다. 하지만 다행히도 그 맛을 좋아하는 건 소수에 불과했다.

하지만 그러다 어떤 신이 마침내 악마의 피를 마셔 보기로 결심했을 때 드디어 그 위대한 역설이 밝혀지고 말았다. 필멸성과 불멸성은 결코 섞일 수 없다.

이 최초의 죽음이 천상계를 얼마나 어마어마한 충격에 몰아넣었을까! 그때만 해도 소격신에게 두려운 것은 서로의 존재와 세 주신의 노여움뿐이었고, 세 주신은 그 무엇도 두려워할 필요가 없

305

었다. 하지만 이제 신들에겐 사방 모든 곳에 위험이 도사려 있는 것처럼 보였다. 모든 필멸 혼혈 자식들의 핏줄에 독이 흐르고 있었으니까.

신들의 두려움을 누그러뜨릴 방법은 오직 하나, 그 끔찍한 방법뿐이었다.

하지만 죽임당한 악마들도 나름의 복수를 성취했다. 학살이 일어난 후 한때 신과 소격신, 불멸자와 필멸자 사이에 굳건하게 유지되던 조화가 깨진 것이다. 악마 친구와 사랑하는 이들을 잃은 인간들은 신을 도운 인간들에게 등을 돌렸고, 그러한 갈등과 대립에 힘입어 많은 부족과 민족이 무너졌다. 소격신은 자신이 위협적인 존재가 된다면 부모가 똑같은 짓을 저지를 수 있음을 깨닫고 세 주신을 두려움 섞인 눈길로 보게 되었다.

그리고 세 주신은 어떻게 됐느냐고? 모든 일이 끝나고 전장의 안개가 걷힌 뒤 자신이 아들딸들의 시체 더미에 둘러싸여 있다는 걸 알게 되었을 때, 그들은 어떤 고통과 공포를 느꼈을까? 내 생각은 이렇다.

신들의 전쟁은 악마 대학살로부터 수천 년 뒤에 일어났지. 하지만 영원히 사는 존재들에겐 그 기억이 여전히 생생했을 거야. 전자의 사건이 후자의 사건에 얼마나 큰 영향을 끼쳤을까? 나하도스와 이템파스, 에네파가 서로에게 가진 사랑이 이미 그 전부터 슬픔과 불신으로 얼룩져 있지 않았다면 과연 그 전쟁이 일어났을까?

나는 궁금하다. 우리 모두가 궁금해해야 할 거야.

＊

이젠 아무것도 상관없었다. 새빛교. 포로 생활. 매딩, 샤이니. 그 무엇도 중요하지 않았다. 시간이 흘렀다.

그들은 나를 방으로 데려가 한쪽 팔만 빼고 침대에 묶었다. 그런 다음 추가적인 조치로 방 안을 샅샅이 뒤져 자해에 사용할 수 있는 모든 물건을 수거해 갔다. 양초, 시트, 기타 등등. 여러 목소리가 들렸고, 여러 손들이 내 몸을 이리저리 다뤘다. 내 팔에 또다시 무슨 짓을 했는지 통증이 느껴졌다. 독을 품은 피가 똑, 똑, 똑, 그릇에 떨어졌다. 그러고는 길고 오랜 침묵이 이어졌다. 중간에 오줌이 마려워서 오줌을 누었다. 나중에 수발드는 사람이 들어와 냄새를 맡더니 서그림에 사는 걸인처럼 욕을 퍼부었다. 그가 나간 뒤에 곧바로 여자들이 들어왔다. 나는 기저귀를 찼다.

나는 그들이 나를 놓아둔 곳, 마법 없는 어둠 속 세상에 누워 있었다.

시간이 지났다. 때로는 잠을 잤고 때로는 그러지 않았다. 그들이 내 피를 더 뽑아 갔다. 가끔은 옆에서 아는 목소리가 들렸다.

예를 들면 하도. "적어도 충격에서 회복할 시간을 줘야 하지 않을까요?"

세리믄. "의술사와 약초사와 상의해 봤는데, 이 정도면 영구적인 해를 입진 않을 거예요."

하도. "잘됐군요. 우리 목표를 위해 니프리가 더 이상 고생할 필요가 없어졌으니."

세리믄. "저 여자가 먹는 거나 봐요, 하도. 당신 생각은 혼자만 간직하고."

그들은 내게 강제로 음식을 주입했다. 손이 입안에 음식을 밀어 넣었다. 나는 기계적으로 씹고 삼켰다. 목이 말라서 물이 입에 닿자 물도 마셨다. 대부분이 쏟아져 내 옷을 적셨다. 셔츠가 말랐다. 시간이 지났다.

때때로 여자들이 들어와 스펀지로 몸을 닦아 주었다. 에라드가 또 오더니 하도와 뭔가 상의하고는 팔에 뭔가를 집어넣었다. 그 뒤로는 그 자리가 항상 욱신거렸다. 다음번에 그들이 내 피를 뽑으러 왔을 때는 일이 훨씬 빠르게 진행됐다. 가느다란 금속관의 뚜껑을 열기만 하면 됐으니까.

내게 말할 의지가 조금이라도 있었다면 이렇게 말했을 것이다. 뭐 하러 뚜껑을 닫지? 완전히 다 뽑아 버리면 되잖아. 하지만 나는 말하지 않았고, 그들도 내 바람을 들어주지 않았다.

시간이 흘렀다.

그러다 그들이 샤이니를 데려왔다.

＊

남자들이 헉헉대며 힘쓰는 소리가 들렸다. 하도도 그중 한 명이었다. "신이여, 정말 무겁네. 살아날 때까지 기다릴 걸 그랬어."

뭔가에 부딪쳐 의자가 바닥에 넘어져 나무끼리 부딪치는 요란한 소리가 났다. "같이 해요." 누군가 말했고, 마지막으로 다 함께

끙 하는 소리를 내며 방 안에 있는 다른 간이침대에 뭔가를 올려놓았다. 하도가 가까운 곳에서 숨을 헐떡이며 짜증스럽게 말했다.

"레이디 오리, 다시 친구가 생긴 것 같군요."

"잘됐지 뭡니까." 남자 하나가 말했다. 무리가 웃음을 터트리자 하도가 조용히 하라고 말했다.

그 뒤로는 사람들이 하는 말에 신경 쓰지 않았다. 마침내 그들이 떠났다. 그러고는 한동안 정적이었다. 그러다 어느 순간 너무도 오랜만에, 시야 한구석에서 밝은 빛이 번쩍이는 게 보였다.

나는 고개를 돌리지도 않았다. 그쪽에서 갑자기 숨을 흡 들이켜는 소리가 나더니 다시 숨을 내쉬는 소리가 났다. 이내 꾸준한 숨소리가 이어졌다. 간이침대가 삐그덕거렸다. 조용해졌다. 다시 삐걱대는 소리가 들렸다. 이번에는 더 컸다. 침대를 차지한 사람이 일어나 앉은 것 같았다. 그러고는 다시 한참 동안 고요했다. 고마울 정도였다.

마침내, 누군가 일어나 다가오는 소리가 들렸다.

"네가 그 아이를 죽였어."

익숙한 음성. 그 목소리를 들은 순간 드디어 내 안에서 뭔가 바뀌기 시작했다. 기억나는 게 있었다. 지금 들리는 목소리는 차분하고 무미건조했지만 내가 기억하는 건 인간의 음성으로는 표현할 수 없는 격렬한 감정으로 가득한 절규였다. 부정. 격노. 슬픔.

아, 맞아. 그날 그는 아들을 구하러 고함을 질렀지.

언제였지?

상관없었다.

샤이니가 내 옆에 앉자 침대 가장자리가 푹 꺼졌다. "나는 그 공허함을 안다. 내가 무슨 짓을 했는지 깨달았을 때……"

석양이 지면서 방 안이 서늘해졌다. 담요 생각이 났지만 하나 있으면 좋겠다는 생각이 들기 전에 생각하기를 멈췄다.

내 얼굴에 손이 닿았다. 손은 따뜻했고, 살냄새와 오래된 피, 그리고 희미한 햇살 냄새가 났다.

"그가 나를 찾아왔을 때 나는 싸웠다. 그게 내 본성이니까. 하지만 그가 이기게 해 줬을 거다. 그가 이기길 바랐으니까. 하지만 그가 실패하자 화가 났고 그래서…… 상처입혔지." 손이 한 번 떨렸다. "하지만 내가 진정으로 경멸한 건 나 자신의 나약함이었다."

상관없었다.

손이 움직여 내 입을 틀어막았다. 어차피 코로 숨 쉬고 있었기 때문에 별로 곤란하진 않았다.

"널 죽여 주마, 오리."

공포에 질려야 마땅하건만 아무 느낌도 없었다.

"악마를 살려 둘 순 없다. 하지만 그것 말고도……" 샤이니의 엄지손가락이 내 뺨을 한번 쓸었다. 이상하게도 마음이 편안해지는 기분이었다. "사랑하는 것을 죽인다는 것…… 나는 그 고통을 안다. 넌 영리했다. 용감하고. 필멸자치곤 훌륭했지."

칠흑처럼 검은 마음 깊은 곳에서, 뭔가 꿈틀했다.

그의 손이 올라와 내 코를 막았다. "고통스럽게 하진 않으마."

그가 무슨 말을 하든 관심 없었다. 하지만 숨을 쉬는 건 중요했다. 나는 고개를 한쪽으로 돌렸다. 아니, 돌리려고 했다. 그의 손이 서서히, 거의 다정하리만큼 조여 오면서 내 얼굴을 움직이지 못하게 내리눌렀다.

나는 간신히 입을 벌렸다. 말을 하기 위해 애써서 단어를 생각해 내야 했다. "샤이니." 하지만 그의 손바닥에 가로막혀 들리지 않았다.

나는 자유로운 왼팔을 들어 올렸다. 아팠다. 금속 물체가 삽입된 부위가 지독히 욱신거렸고 염증 때문에 열감이 느껴졌다. 약간의 저항이 있긴 했지만 금속 물체가 빠져나가자 새하얀 통증이 섬광처럼 온몸을 관통했다. 정신적으로 마비되어 있던 상태에서 파드득 깨어난 순간, 상체가 튕겨 오르면서 반사적으로 샤이니의 손목을 붙잡았다. 뜨겁고 미끈거리는 피가 팔꿈치 안쪽을 덮고 아래로 흘러내렸다.

정신적인 무감각에서 벗어나 자각이 밀려온 순간, 나는 얼어붙었다. 매딩이 죽었어.

매딩이 죽었다. 그리고 나는 살아 있었다.

매딩이 죽었다. 그리고 그의 아버지인 샤이니, 내 피로 만든 화살촉이 악을 행했을 때 비탄에 젖어 울부짖던 그가 지금 나를 죽이려 하고 있었다.

먼저 찾아온 건 자각이었다. 그 뒤에 밀려온 것은 분노였다.

나는 머리를 마구 휘저었다. 손가락으로 샤이니의 손을 바득바득 긁었다. 마치 두꺼운 장작 다발을 붙드는 느낌이었다. 손이 꿈쩍도 하지 않았다. 나는 본능적으로 그의 살에 손톱을 박아 넣었다. 힘줄을 다치게 하면 손힘이 약해질지도 모른다는 비이성적인 생각 때문이었다. 그가 손을 살짝 움직인 찰나, 숨을 들이켤 기회를 챙겼다. 하지만 곧 그가 반대쪽 손으로 내 손을 밀쳐내며 다시 그의 손을 붙들려는 노력을 간단히 무산시켰다.

눈에 떨어진 피 한 방울이 생각을 붉게 물들였다. 고통과 피의 색. 분노의 색. 훼손되고 더럽혀진 매딩의 심장의 색.

나는 샤이니의 가슴에 손을 얹었다. 나는 그림을 그린다, 이 악마 새끼야!

샤이니의 몸이 한번 움찔하더니 손이 옆으로 툭 흘러내렸다. 나는 그새를 틈타 재빨리 숨을 몰아쉬었다. 그러고는 그가 다시 나를 죽이려 들기를 기다렸지만, 움직임이 없었다.

샤이니가 움직이지 않았다.

불현듯 내 손이 보인다는 사실을 깨달았다.

잠깐 동안 그게 정말 내 손인지 확신할 수가 없었다. 이제껏 한 번도 내 손을 본 적이 없었으니까. 내 것이라기엔 너무 작고, 길고, 가늘었고 생각보다 주름이 많았다. 몇 개의 손톱 밑에는 숯가루가 끼어 있고 엄지손가락 뒤에는 3센티미터쯤 되는 오래된 흉터가 볼록하게 나 있었다. 작년에 송곳을 사용하다 미끄러져 다친 기억이 떠올랐다.

손을 돌려 손바닥을 살펴보니 온통 피로 범벅되어 있었다.

그때 샤이니가 옆으로 스스륵 미끄러져 바닥에 부딪쳐 쿵 소리가 났다.

나는 한동안 음침한 만족감에 젖어 그대로 누워 있었다. 그러다 나를 침대에 묶고 있는 가죽끈을 풀기 시작했는데 버클을 풀려면 두 손이 다 필요하다는 사실을 깨달았다. 내 한쪽 손은 가죽으로 단단히 묶여 있었고 손목 안쪽에는 상처가 나지 않게 천이 덧대져 있었다. 잠시 당황했지만 움직일 수 있는 손에 묻어 있는 피를 이용해야겠다는 생각이 들었다. 나는 묶여 있는 손목에 피를 묻힌 다음 좌우로 당기고 비틀었다. 내 손은 작고 가늘었다. 시간이 좀 걸리긴 했지만 결국 땀과 피로 미끌미끌해진 가죽끈에서 손을 빼낼 수 있었다. 나는 남은 버클을 모두 풀고 몸을 세워 앉았다.

하지만 금방 몸이 다시 뒤로 넘어갔다. 머리가 핑핑 돌고 심한 메스꺼움이 올라왔다. 벽에 힘없이 기대앉아 헐떡거리며 눈앞에 빙빙 도는 별들을 없애려고 눈을 깜박였다. 놈들이 대체 나한테 무슨 짓을 한 거지. 그러다 서서히 깨달았다. 피를 얼마나 뽑아 갔을까? 며칠이나 그랬지? 시간이 좀 지나긴 했어도 확실히 충분히 지나진 않은 것 같다. 나는 걷거나 많이 움직일 수 있는 상태가 아니었다.

안 좋은 소식이었다. 가능한 한 빨리 이 '떠오른 태양의 집'에서 탈출해야 했으니까. 이젠 선택의 여지가 없었다.

침대에 널브러진 채 어떻게든 의식을 잃지 않으려 애쓰는 사이 바닥에서 다시 빛이 번쩍했다. 샤이니가 숨을 들이켜더니 천천히 일어서는 소리가 들렸다. 노여움에 가득한 그의 시선이 납처럼 무겁게 내리누르는 게 느껴졌다.

"나한테 손대지 마요." 그가 다시 못된 생각을 하기 전에 재빨리 외쳤다. "건드릴 생각도 하지 마!"

샤이니는 아무 말도 하지 않았다. 움직이지도 않았다. 그저 살기등등한 눈빛으로 노려볼 뿐이었다.

나는 그를 비웃었다. 정말로 웃는 게 아니라 신랄한 쓴웃음이었다. 내 분노를 분출하는 수단이었다.

"나쁜 자식." 일어나 앉아서 그를 노려보려 했지만 그럴 수가 없었다. 지금으로서는 정신을 잃지 않고 말을 하는 것만도 고작이었다. 머리가 술 취한 사람처럼 한쪽으로 계속 처졌다. 그래도 꿋꿋이 말을 이었다. "위대하신 빛의 군주, 자비로우신 친절한 주님. 한 번만 더 날 건드리면 그 머리에 구멍을 뚫어 주겠어. 그런 다음 거기다 내 피를 부어 버릴 거야." 팔을 들어 올리려 애써 봤지만 약간 씰룩거리다 말았다. "내 몸에 아직 세 주신 중 하나를 죽일 수 있을 만큼 피가 넉넉하게 남아 있는지 어디 확인해 볼까?"

물론 허세에 불과했다. 난 지금 아무것도 할 힘이 없었다. 하지만 샤이니는 움직이지 않았다. 벌레의 날개처럼 세차게 너울대는 분노가 느껴졌다.

"널 살려 둘 순 없다." 샤이니의 음성에는 단 한 톨의 분노도 묻어 있지 않았다. 놀라운 자제력이었다. "너는 우주 전체의 존속을 위협하는 존재다."

나는 생각해 낼 수 있는 모든 언어로 그에게 욕을 퍼부었다. 별로 많진 않았다. 세튼어. 옛 마로어 몇 마디. 내가 아는 마로어는 그게 다였다. 그리고 예전에 루가 가르쳐 준 빈민층 사이에 흔한 켄어 욕. 한참을 퍼붓고 나자 기절하기 직전으로 기진맥진해져 말이 어눌해졌다. 하지만 의지력만으로 정신을 잃지 않고 버텼다.

"우주 따위 지옥에나 가라지." 기나긴 욕설의 마무리였다. "신들의 전쟁을 일으켰을 땐 우주 따위 신경도 안 쓴 주제에. 당신은 아무것에도 관심이 없어. 심지어 자기 자신한테도 그렇잖아!"

나는 한 손으로 그럭저럭 애매모호한 동작을 하는 데 성공했다. "날 죽이고 싶어? 그럼 그 대가를 치러. 여기서 나가게 도와줘. 그러면 내 목숨은 당신 거야."

그가 매우 조용해졌다. 그래, 이렇게 말하면 관심을 보일 줄 알았다.

"거래를 하는 거야. 그게 뭔지는 알지? 이건 질서와 규율을 따르고 공정한 일이니까 당신도 인정해야 할 거야. 날 도와주면 나도 당신을 도울게."

"네가 탈출하는 걸 도와 달라고."

"그래, 빌어먹을!" 내 목소리가 벽에 반사되어 울려 퍼졌다. 퍼뜩 문밖에 경비가 있다는 사실이 떠올라 목소리를 낮췄다. "여기서 빠져나가서 저 인간들을 막게 도와줘."

"어차피 널 죽이면 저들은 네 피를 얻지 못할 텐데."

우리 샤이니는 말도 참 예쁘게 하지. 내가 다시 소리 내어 웃자그가 기겁하는 게 느껴졌다.

"저놈들에겐 다테가 있잖아." 마침내 웃음이 바닥나자 내가 말했다. 피곤했다. 졸렸다. 하지만 아직은 안 돼. 먼저 샤이니와 거래를 마치지 않으면 다시는 못 깨어날 거다.

"놈들은 다테의 피만으로도 롤레를 죽였어. 소격신도 붙잡았고. 네 번이야, 샤이니! 내 피를 네 번이나 가져갔다고! 그걸로 당신 자식들을 몇이나 더 죽일 수 있을 것 같아?"

샤이니의 숨소리가 멈췄다. 정곡을 찌른 모양이었다. 아, 그렇고말고. 드디어 그의 약점, 무심함 속 빈틈을 발견했다. 그는 권능을 잃고 모욕 속에 사는 냉혈한이었지만 여전히 가족을 사랑했다. 나는 다음 공격을 준비했다. 이번에는 더 깊은 상처를 입힐 수 있으리라.

"어쩌면 내 피를 이용해 나하도스를 죽일지도 몰라."

"불가능하다." 하지만 나는 그를 안다. 그의 목소리에는 두려움이 가득했다. "나하도스는 다테가 눈을 깜박이기도 전에 세상을 멸망시킬 수 있어."

"만일 딴 데 정신이 팔려 있다면?" 말하는 동안에도 눈이 가물가물 감겼다. 아무리 애를 써도 눈을 뜨고 있을 수가 없었다. "놈들은 그를 여기로, 필멸계로 유인하려고 소격신을 죽이고 있어. 다테는 소격신을 죽이고, *먹어 치우지.*" 다테가 매딩의 심장을 사과처럼 베어 물었을 때 턱을 따라 검은 강처럼 흘러내리던 매딩의 피. 나는 구역질을 하며 그 광경을 머릿속에서 지우려 안간힘을 썼다. "그런 다음 그들의 마법을 빼앗아. 방법은 나도 몰라. 어떻게 그에게." 나는 침을 꼴깍 삼키고는 정신을 집중했다. "밤의 군주 말이야. 다테가 그에게 무슨 짓을 할지는 나도 몰라. 등에 화살을 꽂을 수도 있고. 그게 통할지 누가 알겠어. 하지만…… 다테가 시도하는 걸 보고 싶어? 성공할…… 가능성이 조금이라도 있다면……."

너무 힘들다. 너무 힘들어. 내게는 휴식이 필요하다. 제발 한동안은 날 죽이려는 사람이 없으면 좋겠다. 그렇게 되게 샤이니가 도와줄까?

알아낼 방법은 하나뿐이다. 나는 정신을 잃었다.

✳

나는 의식의 표면 밑에서 까딱이며 조금씩 떠오르고 있었다.

한낮의 따스한 공기. 더 많은 목소리.

"……염증이……" 한 음성이 말했다. 남자. 나이가 많고 목소리가 걸걸했다. 부로이처럼. 아, 부로이가 너무 보고 싶다. 조용하고 부드러운 속닥거림이 이어졌다. "발작", "실혈", "약제상" 어쩌고.

"……필요해. 조짐이……" 세리믄. 전에도 날 찾아왔었지. 기억난다. 어쩜, 상냥해라. 날 걱정하나 보네. "……빨리 움직여야 해."

걸걸한 목소리가 커졌다 작아지더니 갑자기 밑으로 뚝 떨어지면서 단어 하나가 귀에 날아와 박혔다. "……죽습니다."

세리믄이 길게 한숨을 내쉬었다. "그럼 하루이틀 정도는 중단해야겠네."

더 많은 중얼거림. 혼란스러웠다. 피곤했다. 나는 다시 잠들었다.

✳

다시 밤이었다. 방 안이 시원하게 느껴졌다. 눈을 뜨자 근처에 있는 간이침대에서 쌕쌕거리는 거친 숨소리가 들렸다. 샤이니. 거품을 문 것처럼 그륵거리면서 이상하게 바람 새는 소리가 났다.

그러다 그의 호흡이 느려지기 시작했다. 호흡이 한번 멈췄다가, 다시 들렸다. 다시 멈췄다. 그러고는 정적이었다.

방 안에서 다시 신선한 피 냄새가 느껴졌다. 또 피를 뽑아 간 걸까? 하지만 몸은 조금 나아진 느낌인데.

나는 샤이니가 부활하길 기다리다가, 새빛교가 그에게 무슨 짓을 했는지 물어볼 새도 없이 또다시 잠들었다.

*

시간이 더 지났다. 여전히 밤이었지만 전보다 더 늦은 시간이었다.

눈꺼풀 너머에서 밝은 빛이 화르륵 타오르는 느낌에 눈을 떴다. 고개를 돌려 샤이니를 쳐다보았다. 그는 간이침대 위에서 옆으로 누워 웅크리고 있었다. 그가 되살아날 때면 나는 빛이 아직도 희미하게 빛나고 있었다.

몸을 움직여 보았더니 전보다는 조금 힘이 들어가는 게 느껴졌다. 팔은 여전히 욱신거렸고 붕대가 두껍게 감겨 있었지만 움직이는 데는 문제가 없었다. 가죽끈이 다시 제자리로 돌아왔다. 이번에는 가슴과 골반, 그리고 다리를 가로질러 단단히 매어 놓았다. 하지만 손목을 묶은 끈은 느슨해서 손을 손쉽게 빼낼 수 있었다.

샤이니가 이렇게 해 놓은 걸까? 그럼 내가 제안한 거래에 응하기로 한 걸까?

나는 버클을 전부 풀고 천천히 조심스럽게 상체를 일으켜 앉았다. 순간적으로 현기증과 토기가 밀려 왔지만 다행히 쓰러져 얼굴을 처박기 전에 사라졌다. 나는 한동안 침대 가장자리에 걸터앉아 심호흡을 하며 내 몸을 다시 인식하는 시간을 가졌다. 발. 떨리는 다리. 엉덩이에 기저귀가 채워져 있었지만 다행히 아직 깨끗했다. 구부정한 등. 목이 쑤셨다. 머리를 쳐들어 봤더니 이번에는 현기증이 나지 않았다. 나는 아주 조심스럽게 일어섰다.

내 침대에서 샤이니의 침대까지는 겨우 세 발짝이었지만 그것만으로도 지쳐 녹초가 되고 말았다. 나는 침대 옆 바닥에 주저앉아 그의 다리에 머리를 기댔다. 꿈쩍도 하지 않았지만 얼굴을 만져 보자 손가락에 간지럽게 닿는 숨결이 느껴졌다. 샤이니는 자는 동안에도 미간을 찌푸리고 있었다. 움푹 꺼진 눈두덩이 주변에는 새 주름이 생겼다. 죽진 않았어도 심한 고초를 당한 게 틀림없다. 보통은 되살아난 즉시 일어나곤 했으니까. 이상한 일이었다.

손을 떼다가 샤이니가 입고 있는 옷에 손이 닿았다. 축축하고 차가운 촉감에 선뜩 놀랐다. 자세히 만져 보니 아래쪽 복부에 반쯤 마른 커다란 핏자국이 있었다. 셔츠를 걷어 올려 배를 살펴보았다. 지금은 없지만 방금 전까지는 끔찍한 상처가 나 있었을 것이다.

내가 더듬은 탓인지 샤이니가 뒤척였다. 몸에서 나던 빛이 빠르게 사라지고 있었다. 그가 눈을 뜨고 나를 보더니 얼굴을 찡그렸다. 한숨을 쉬고는 일어나 내 옆에 앉았다. 우리는 한참 동안 말없이 그렇게 나란히 앉아 있었다.

"좋은 생각이 있어요. 탈출할 방법요. 성공할 수 있을지 말해 줘요." 나는 계획을 털어놓았고 그는 귀를 기울였다.

"안 돼."

나는 싱긋 웃었다. "안 된다니, 그 계획으론 안 될 것 같다는 거예요, 아니면 나를 실수로 죽이느니 차라리 일부러 죽이겠다는 거예요?"

샤이니가 벌떡 일어나 방 저편으로 향했다. 내게 보이는 건 창가에 서 있는 그의 흐릿한 윤곽뿐이었다. 손은 주먹을 꼭 쥐고 있고 어깨는 뻣뻣하게 긴장해 살짝 들려 있다.

"안 된다." 샤이니가 다시 말했다. "그 계획은 성공할 것 같지 않다. 그리고 설사 성공한다 해도……." 그가 몸서리를 쳤다. 그제야 알 것 같았다.

다시금 분노가 끓어 올랐지만 나는 웃었다. "오, 알겠네. 그날 공원에서 무슨 일이 있었는지 까먹었네요. 당신이 프레빗 리마른을 공격하는 바람에 이 난장판을 만든 그날 말이에요." 나는 팔의 상처에서 느껴지는 통증을 무시하고 허벅지 위에서 주먹을 말아 쥐었다. "그때 당신 표정이 기억나요. 난 내가 위험한 와중에도 당신이 어떻게 될까 봐 걱정했는데, 당신은 예전의 힘을 조금이라도 되찾을 기회가 생겨서 아주 신나게 즐기고 있었죠."

대답은 없었지만 장담할 수 있었다. 나는 그날 그가 미소 짓는 걸 보았다.

"정말 힘들겠어요, 샤이니. 과거의 자신으로 돌아갈 수 있어도 아주 짧은 시간에 불과하고 그 순간이 지나면 다시 아무것도 아닌 존재로 돌아가야 한다는 거. 아, 이것만 빼고요." 나는 내 시야에서 점점 사라져 가는 그의 등을 손짓하며 숨김없이 혐오감을 드러냈다. 이젠 그가 나를 어떻게 생각하든 알 바 아니었다. 더 이상 내게 소중한 존재가 아니니까. "아침마다 찌끄래기 같은 힘을 맛보는 것도 너무 힘들죠? 안 그래요? 예전에 자기가 어떤 존재였는지 날마다 상기시키는 것만 없어도 훨씬 견디기 쉬울 텐데."

샤이니가 잠시 몸을 굳히더니 언제나 그렇듯 부루퉁하다 못해 분노를 향해 달렸다. 정말 속이 훤하다니까. 뿌듯할 정도였다.

갑자기 그의 어깨가 축 처졌다. "그래." 그가 낮게 속삭였다.

나는 깜짝 놀라 눈을 깜박였다. 화가 더 솟구쳤다. 그래서 쏘아붙였다. "당신은 겁쟁이야. 이 방법이 성공할까 봐, 그런데 지난번과 똑같은 결과가 될까 봐 두려운 거잖아. 훨씬 더 약해 빠져서 자기방어도 하지 못할까 봐. 아무 쓸모도 없을까 봐."

또 한 번의 수긍. "그래." 그가 속삭였다. 이해할 수가 없다.

나는 목표를 잃고 오갈 데 없어진 분노 때문에 이를 갈았다. 순간적으로 힘이 솟아 벌떡 일어나 그의 등을 이글거리는 눈으로 노려봤다. 내가 바라는 건 그의 항복이 아니었다. 내가 원하는 건…… 모르겠다. 하지만 이건 아니었다.

"날 봐!" 나는 으르렁거렸다.

그가 몸을 돌려 조용히 말했다. "매딩."

"그이가 뭐?"

샤이니는 아무 말도 하지 않았다. 나는 주먹을 불끈 쥐었다. 손톱이 손바닥에 파고드는 통증이 반가웠다. "무슨 말을 하고 싶은 건데, 이 빌어먹을 자식아!"

분노에 찬 침묵.

몸에 조금이라도 힘이 있었다면 뭐라도 집어 던졌을 것이다. 하지만 내가 할 수 있는 건 말뿐이었고, 그래서 그걸 사용했다. "그럼 매딩 이야기를 해 볼까, 우리? 매딩, 죽어 버린 당신 아들. 필멸자들이 죽이고 심장을 꺼내 씹어먹었지. 매딩은 말이야, 당신이 저지른 그 모든 일에도 불구하고 여전히 당신을 사랑……"

"그 입 다물라." 그가 매섭게 쏘아붙였다.

"안 그럼 어쩔 건데요, 광명의 군주시여? 날 또 죽이려고요?" 숨이 찰 정도로 너무 크게 웃어 젖히는 바람에 말을 헐떡이며 뱉어야 했다. "내가 죽든 말든…… 상관이나 할 것…… 같아?" 더는 말할 힘도 없었다. 나는 침대에 털썩 주저앉아 눈물을 참으며 어지럼증이 지나가길 기다렸다. 고맙게도 천천히 잦아들었다.

"아무 쓸모도 없었다." 속삭임에 가까울 정도로 작은 목소리라 내가 헐떡이는 소리에 가려 하마터면 놓칠 뻔했다. "그래. 힘을 소환하려고 했다. 내가 아니라 그 애를 위해 싸우려 했다. 하지만 마법이 돌아오지 않았어."

나는 얼굴을 찡그렸다. 분노를 지탱하던 지지대가 무너지면서 그 여파로 이제는 아무 감정도 느껴지지 않았다. 기나긴 침묵 속에 조용히 앉아 있는 사이 샤이니의 마지막 빛이 사라졌다.

결국 나는 한숨을 내쉬며 샤이니의 침대에 드러누워 눈을 감았다. "매딩은 필멸자가 아니었으니까. 그래서 당신 힘이 먹히지 않았던 거예요."

"그래." 어느덧 예전처럼 돌아온 목소리는 건조했고 말투는 딱딱했다. "나도 이젠 안다. 그리고 네 계획은 어리석고 위험하지."

"그럴지도요." 나는 숨을 내쉬며 가물가물 졸기 시작했다. "하지만 그래도 날 막을 순 없으니까 그냥 도와주는 게 나을걸요."

샤이니가 침대 옆으로 다가와 한참 동안 나를 내려다보았다. 나는 잠들었다. 그때 그는 나를 죽일 수도 있었다. 코와 입을 틀어막거나 맨손으로 목을 조르거나, 방법은 수없이 많았다.

하지만 대신 그는 나를 안아 들었다. 몸이 움직이는 게 느껴져 잠에서 살짝 깼지만 반쯤은 잠에 취해 있었다. 나는 그의 품에 안겨 꿈결처럼 몽롱한 기분으로 둥둥 떠 있었다. 침대까지 가는 시간이 이상하게 길게 느껴졌다. 그의 품 안은 따뜻했다.

샤이니는 나를 침대에 눕힌 다음 다시 가죽끈을 묶었다. 하지만 손목의 구속구는 내가 스스로 풀 수 있게 느슨하게 해 두었다.

"내일."

그 말에 정신이 번쩍 들었다. "안 돼. 내일부터 내 피를 뽑기 시작할지 몰라요. 지금 당장 도망쳐야 해요."

"네 몸부터 회복해야 한다." 그의 능력에만 의지하면 안 된다는 암묵적 의미가 담긴 말이었다. "그리고 내 힘은 널 보호해야 할 때도 밤에는 돌아오지 않아."

"아." 바보가 된 기분이었다. "그렇군요."

"오후가 가장 좋겠다. 그땐 세계수가 해를 가리지 않으니 조금 더 유리할 수도 있어. 그리고 그때까지 놈들이 네 피를 뽑지 못하게 할 방법을 찾아보마."

나는 손을 뻗어 그의 얼굴을 만진 다음, 몸통을 따라 셔츠에 피가 굳어 딱딱해진 부분까지 내려갔다. "오늘 밤에도 죽었었죠."

"최근 며칠 동안 여러 차례 죽었다. 다테는 다시 살아나는 내 능력에 푹 빠져 있거든."

나는 눈살을 찌푸렸다. "그게 무슨⋯⋯." 하지만, 아니다. 다테가 무슨 짓을 했을지 너무도 쉽게 상상됐다. 매딩이 죽은 날 이후 흐릿해진 기억을 뒤져 보다가 샤이니가 죽은 채로, 죽기 직전의 상태로, 또는 피투성이가 되어 방에 돌아온 게 처음이 아니라는 사실을 깨달았다. 내 손으로 직접 그의 몸에 구멍을 뚫었을 때 납치범들이 아무 반응을 하지 않은 것도 당연하다.

생각할 게 너무 많았다. 답을 모르는 질문이 너무 많았다. 내가 그때 샤이니를 어떻게 죽인 거지? 물감도 없고 숯도 없었는데. 파이티야와 다른 소격신들이 아직 살아 있을까? (매딩. 나의 매딩. 안 돼. 그이는 안 돼. 그이 생각을 하면 안 돼.) 계획이 성공하면 은신의 신인 네머를 찾아가야지. 그녀라면 우리를 도와줄 거야.

매딩을 죽인 자들이 실패하는 꼴을 반드시 보고야 말 것이다. 그게 내 살아생전 마지막 일이 되더라도.

"그럼 오후에 깨워 줘요." 나는 눈을 감았다.

14장

비행

(납화, 목탄, 금속 문지르기)

상황이 복잡해졌다.

나는 서서히 깨어났다. 다행한 일이었다. 그렇지 않았다면 몸을 뒤척여서 내가 깬 것을 들켰을 테니까. 다행히 몸을 움직이기 전에 누군가 입을 열었고, 덕분에 방 안에 샤이니와 나 말고 다른 사람이 있다는 걸 알게 됐다.

"놔요."

등골이 오싹해졌다. 하도. 공기 중에는 긴장감이 역력했고 마치 가려운 것처럼 피부를 따라 뭔가 진동하는 느낌이 들었지만 그게 뭔지는 알 수가 없었다. 분노일까? 아냐.

"놔주십시오, 안 그러면 경비를 부를 겁니다. 바로 문밖에 있으니까."

빠른 동작으로 움직이는 소리. 천과 살이 부딪치는 소리.

"넌 누구지?" 샤이니였다. 하지만 하마터면 못 알아들을 뻔했

다. 그의 목소리가 절박함과 혼란스러움 사이를 오가며 떨리고 있
었다.

"당신이 생각하는 이는 아니죠."

"하지만……"

"난 납니다." 하도가 너무 험악하게 말하는 바람에 지금 내가 어
떤 상황인지도 잊고 움찔할 정도였다. "당신한텐 그냥 필멸자일
뿐이고."

"그래…… 그렇군." 샤이니의 음성이 조금 평소처럼 돌아왔다.
목소리에서 감정이 사그라들었다. "이제 알겠다."

하도가 샤이니의 음성만큼이나 떨리는 숨을 깊이 들이마셨다.
떠돌던 긴장감이 다소 가셨다. 다시 옷자락이 스치는 소리가 나더
니 하도가 다가와 내 얼굴 위로 그림자를 드리웠다. "오늘은 회복
할 기미가 있었습니까? 말을 한다든가?"

"아니, 그리고 아니." 샤이니치고도 평소보다 더 뻣뻣한 말투였
다. 백색전당의 가르침에 따르면 광명의 군주는 거짓말을 하지 못
한다. 나는 그가 거짓말을 할 수 있다는 데 안도했다. 그에게 어울
리지 않긴 하지만.

"상황이 완전히 바뀌었습니다. 오늘 밤부터 다시 피를 뽑을 겁
니다. 그녀가 견뎌 낼 수 있기만을 바랄 뿐이죠."

"그러다간 죽고 말 거다."

"밖을 내다봐요, 친구. 롤레가 죽은 지 2주가 지났어요. 밤의 군
주가 통보한 시한까지 2주밖에 안 남았단 얘기죠. 아주 극적인 방
법으로 그걸 상기시켜 주기도 했고." 하도가 메마른 웃음소리를

326

냈다. 무슨 뜻인지 알 수가 없었다. "그걸 본 뒤로 다테는 뭔가에 씐 사람 같습니다. 이번엔 나도 말릴 수 있을 것 같지가 않군요."

하도의 손이 갑자기 내 얼굴을 쓰다듬더니 머리카락을 뒤로 쓸어 넘겨주었다. 의외로 무척 다정한 손길이라 놀랐다. 이렇게 조금이라도 다정하게 굴 수 있는 사람이라곤 상상도 못 했다.

하도가 한숨을 내쉬며 말을 이었다. "솔직히 그녀가 마음을 돌리지 않는다면, 아니 빌어먹을, 설사 그런다고 해도 다테가 남은 피까지 전부 뽑아내고 심장까지 취할 것 같아 두렵군요."

모골이 송연해졌다. 하도가 눈치채지 않기만을 빌 뿐이었다.

하도는 혼자 깊은 생각에 잠겨 내 몸통을 묶고 있는 버클을 말없이 만지작거렸다. 자리를 뜰 기미가 전혀 안 보였다. 슬슬 걱정이 되기 시작했다. 피부에 닿는 햇살의 느낌이 이상했다. 옅다고 해야 하나? 벌써 늦은 오후인 걸까. 하도가 빨리 가지 않으면 그 사이에 해가 질 테고 그러면 샤이니는 무력해진다. 계획이 성공하려면 그의 마법이 필수인데.

"온전히 너 자신은 아니군." 샤이니가 불쑥 말했다. "그의 일부가 아직 남아 있어." 내 옆에 있던 하도가 적나라하게 몸을 굳혔다.

"적어도 당신에게 관심이 있는 일부는 아니지." 하도가 맞받아치더니 벌떡 일어나 문 쪽으로 향했다. "한 번만 더 그런 말을 하면 내가 직접 당신을 죽여 버릴 겁니다."

하도는 필요 이상으로 문을 세게 쾅 닫고 사라졌다. 그러자마자 그가 있던 자리에 샤이니가 나타나 내 몸통을 묶은 끈을 우악스럽게 잡아당기는 바람에 나는 꽥 소리를 질렀다.

"온종일 아수라장이었다. 경비들이 신경을 곤두세우고 끊임없이 방 안을 확인하고 있어. 한 시간마다 사람이 온다. 하인이 음식을 가져오거나 네 팔 상태를 확인하거나. 그러더니 저놈까지." 하도.

나는 샤이니의 손을 밀어내고 직접 가죽끈을 풀어 나갔다. 그에게는 다리 쪽을 풀라고 손짓하니 내 지시대로 하기 시작했다. "무슨 일이 있었길래 다들 곤두서 있는데요?"

"오늘 아침 해가 떴는데 검은색이었다."

나는 아연실색하여 얼어붙었다. 샤이니는 계속 손을 움직였다.

"경고인가요?" 그날 남쪽 뿌리에서 조용한 여신이 했던 말이 떠올랐다. 그의 성미가 어떤지는 나보다 너희가 더 잘 알잖니. 그럼 이템파스를 말한 게 아니었구나. 자식들이 죽고 실종되는 걸 보고 화가 머리끝까지 난 건 밤의 군주였다. 그가 약속한 한 달을 기다릴 수 있을까?

"그래. 예이네가 그의 노여움을 억누르고 있긴 하지만. 세상 다른 곳에서는 평소와 똑같은 태양이 떴다. 이 도시만 문제지."

세리믄의 예측이 맞았다. 아직 피부에 햇볕이 느껴졌지만 아주 미약했다. 해가 아직 꽤 남긴 했을 거다. 아니면 샤이니가 날 풀어줬을 리가 없으니까. 어쩌면 일식 같은 건지도 모른다. 일식 때도 해가 검게 변한다고 들었으니까. 하지만 해가 하늘에 떠 있는 내내 일식이 하루 종일 지속된다고? 새빛교에서 난리가 난 것도 당연했다. 도시 전체가 공황에 빠졌을 거다.

"해가 질 때까지 얼마나 남았어요?"

"아주 조금."

신이여. "저 창문 깰 수 있어요? 유리가 저렇게 두꺼운데." 원하는 만큼 손이 빨리 움직이지 않았다. 아직도 몸에 힘이 들어가지 않았다. 그래도 전보다는 나았다.

"침대 다리가 금속으로 만들어져 있더군. 하나를 느슨하게 빼놨으니 몽둥이처럼 사용할 수 있어." 샤이니는 그게 내 질문에 대한 대답인 양 말했고 그래서 나도 그렇게 이해하기로 했다.

마침내 내 몸을 결박하고 있던 끈을 전부 풀고 일어나 앉았다. 어지럼증이 도지진 않았지만 일어서자마자 몸이 휘청였다. 샤이니가 나를 두고 돌아서더니 탁자를 옮겨 문을 막는 소리가 들렸다. 창문을 깨뜨려서 경비들이 몰려왔을 때 조금이나마 시간을 벌 수 있을 거다. 일단 계획을 실천에 옮기고 나면 일분일초가 중요했다.

샤이니가 침대에서 다리를 풀자 금속이 신음하는 소리가 들렸다. 그는 한쪽 다리가 망가진 침대도 최대한 조용히 문 앞으로 옮겼다. 우리는 창가로 다가갔다. 아직 햇빛이 느껴졌지만 아주 약하고 서늘하기까지 했다. 곧 사라질 것이다.

"마법이 발현될 때까지 시간이 얼마나 걸릴지 모르겠다." 아예 나타나지 않을 수도 있어. 입으로 말하지는 않았지만 샤이니가 속으로 그렇게 생각하고 있다는 걸 알 수 있었다. 나도 그랬으니까.

"그럼 한동안 계속 떨어지겠네요. 워낙 높으니까."

"필멸자는 위험에 처했을 때 단순히 공포심 때문에 죽기도 한다."

매딩의 죽음에 대한 분노는 아직 사라지지 않았다. 그저 잠잠해졌을 뿐이다. 나는 그 분노가 다시 용솟음치는 걸 느끼며 피식 웃었다. "그럼 무서워하지 않으면 되죠."

샤이니가 잠시 머뭇거리다 드디어 침대 다리를 높이 쳐들었다.

첫 번째 타격은 창문 가득 거미줄 같은 실금을 만들었다. 가구가 치워진 방 안에 엄청나게 커다란 소리가 울려 퍼지자마자 문 너머에서 남자들의 놀란 음성이 들려왔다. 잠금쇠가 움직이고 열쇠 꾸러미가 덜그럭거리는 소리가 났다.

샤이니가 이를 악물고 몸을 뒤로 젖히며 커다란 동작으로 침대 다리를 휘둘렀다. 막대기가 공기를 가르며 바람이 일었다. 그만큼 센 타격이었다. 유리창이 깨지며 큼지막한 파편들이 바닥에 우수수 떨어졌다. 정신이 번쩍 들 만큼 차가운 바람이 방 안으로 밀려 들어와 헐렁한 윗옷이 살갗에 달라붙고 몸이 부르르 떨렸다.

경비들은 문을 조금 여는 데 성공했지만 식탁과 간이침대에 가로막혔다. 우리에게 고함을 질러 대며 동료들을 부르고 가구를 밀쳐 내려 했다. 샤이니가 침대 다리를 옆으로 내던지고는 창틀에 붙어 있는 유리 조각을 최대한 많이 발로 차 떨어뜨렸다. 그런 다음 내 손을 잡고 앞으로 잡아끌었다. 그가 창틀 아래쪽에 남은 뾰족한 유리 조각을 감싸느라 찢은 옷자락이 내 몸에 닿았다.

"앞쪽으로 최대한 멀리 뛰어내려라. 세계수에 부딪히지 않게."
샤이니가 말했다. 마치 여자들에게 어떻게 뛰어내려야 잘 죽을 수 있는지 늘 가르치던 사람처럼.

나는 고개를 끄덕이고 어떻게 해야 더 멀리 뛸 수 있을지 고민하며 몸을 밖으로 기울였다. 아래쪽에서 불어오는 산들바람에 머리카락 몇 가닥이 공중에서 춤을 췄다. 순간 결심이 흔들렸다. 나는 결국 인간일 뿐이…… 아니, 인간은 아닐지 몰라도 필멸자다.

나는 마지막 순간까지 내게서 눈을 떼지 않던 매딩의 모습을 떠올렸다. 그는 자신이 죽어 가고 있다는 걸 알았고, 내가 그 원흉이라는 것도 알았다. 하지만 그의 얼굴엔 증오도, 혐오감도 없었다. 그는 그 순간까지도 나를 사랑했다.

두려움이 사라졌다. 나는 창가에서 몇 발짝 물러났다.

경비들의 고함 소리를 뚫고 샤이니가 내게 다급히 외쳤다. "오리, 빨리……"

"닥쳐요." 나는 이렇게 속닥이고는 깨진 창문을 향해 돌진했다. 양팔을 넓게 벌린 채 공중으로 몸을 내던졌다.

귀에 들리는 소리라곤 사납게 포효하는 바람 소리가 전부였다. 옷자락이 너무 심하게 펄럭여서 피부가 다 아플 정도였다. 놈들이 자기들 편하라고 둥글게 말아 올려 묶어 놓은 머리카락이 풀려 머리 뒤쪽으로 마치 구름처럼 펼쳐졌다. 아니, 위쪽으로 펄럭였다. 나는 추락하고 있었다. 하지만 떨어진다는 느낌은 전혀 없었다. 나는 떠 있었다. 공기의 바다 위에 둥둥 떠다니고 있었다. 위험하다는 느낌도, 스트레스도 없었고 무엇보다 전혀 무섭지 않았다. 나는 편안하게 공중에 몸을 맡기며 계속 이런 상태로 살 수 있으면 참 좋겠다고 생각했다.

손 하나가 허벅지를 툭툭 건드려 행복감에 젖어 있는 나를 일깨웠다. 나는 느긋하고 우아한 동작으로 몸을 뒤집었다. 샤이니인가? 하지만 모습이 눈에 보이지 않았다. 그럼 계획은 실패한 거네. 우린 땅바닥에 추락해 둘 다 죽을 것이다. 그는 다시 살아나겠지만 나는 그러지 않겠지.

나는 잡으라는 의미로 샤이니에게 손을 뻗었다. 그는 한 번 헛
손질을 했지만 이내 내 손을 붙잡고 나를 끌어당겨 감싸 안았다.
나는 거센 바람을 맞으며 따뜻하고 단단한 그의 품 안에서 안심
하고 긴장을 풀었다. 다행이다. 적어도 혼자 쓸쓸하게 죽진 않을
테니까.

샤이니의 가슴에 귀를 대고 있었기 때문에 그가 갑자기 몸을 경
직시키며 숨을 들이켜는 것이 생생하게 느껴졌다. 내 뺨 밑에서
그의 심장이 한번 쿵! 세게 울리더니 다음 순간—

빛이

오, 신이여. 너무도 밝았다. 사위가 온통 빛으로 물들었다. 눈을
감아도 내 시야에 드리운 어둠을 몰아내며 불꽃처럼 활활 타오르
는 샤이니의 형상이 계속 보일 정도였다. 마치 햇살이 내리누르는
것처럼 피부에도 그 빛이 느껴졌다. 우리는 땅바닥을 향해 쏜살같
이 질주했다. 혜성처럼. 별똥별처럼. 상상은 해 봤지만 내 눈으론
결코 볼 수 없는 것들.

추락하는 속도가 느려지고 바람의 포효마저 점차 부드럽고 온
화해졌다. 중력을 거스르는 힘이 느껴졌다. 우리가 지금 나는 건
가? 떠 있는 건가? 지금까지 얼마나 떨어졌고 앞으로 얼마나 더
남은 걸까? 해가 넘어갈 때까지는 시간이 또 얼마나 남았고—

샤이니가 외마디 비명을 질렀다. 그에게서 나던 빛이 느닷없이
뚝 꺼져 버렸다. 그와 동시에 우리를 공중에 떠 있게 받쳐 주던 힘
도 사라져 버렸다. 우리는 다시 추락하고 있었다. 손쓸 방법도 없

이, 무력하게.

　나는 두렵지 않았다.

　그때 샤이니가 뭔가를 했다. 몸을 비틀고 용을 쓰며 헐떡였다.
어쩌면 마법을 쓴 후유증인지도 모른다. 공중에서 우리의 몸이 돌
아가는 게 느껴졌고 ──

　다음 순간 우리는 땅바닥에 부딪쳤다.

15장
수상쩍은 신들에게 올리는 기도
(수채화)

누군가 비명을 지르고 있었다. 높고 새된 목소리가 끊임없이 이어졌다. 짜증이 일었다. 졸려 죽겠는데 잠 좀 자자, 젠장. 나는 어떻게든 소리를 피해 보려고 몸을 돌렸다.

머리를 움직이자마자 지독하게 끔찍한 구역질이 엄습했다. 다행히 뱃속에서 뭐가 밀려오기 전에 입을 벌리고 웩웩거리는 데 성공했다. 담즙을 약간 토했지만 그 이상은 아무것도 나오지 않았다. 한동안 안 먹은 게 틀림없다.

폐에 공기가 필요하다는 것도 무시하고 위장이 계속해서 들썩거리며 안에 든 것을 토해 내려 했다. 눈에서는 눈물이 나고 머리는 쿵쾅거리고 귀에서는 이명이 울렸다. 한참을 참고 억누른 뒤에야 짧게나마 숨을 반쯤 들이켤 수 있었다. 도움이 됐다. 욕지기가 잦아들어 숨을 조금 더 쉴 수 있게 되었다. 드디어 위장의 발작이 멈췄지만 일시적인 것에 불과했다. 아직도 경련하는 근육이 언제든 맹공을 재개할 준비가 되어 있다는 걸 알 수 있었다.

겨우 생각이라는 걸 조금 할 수 있게 된 후에야 여기가 어딘지, 방금 무슨 일이 일어난 건지 알아보려 고개를 쳐들었다. 비명 소리로 착각했던 귀울림이 계속 시끄럽게 이어지고 있어 미칠 것 같았다. 마지막으로 기억나는 건…… 나는 미간을 찌푸렸다. 그러자 통증이 더 심해졌다. 추락. 그래. 탈출하거나 아니면 죽을 각오로 '떠오른 태양의 집' 창문에서 뛰어내렸지. 샤이니가 날 붙잡았는데 그래서 ─

나는 숨을 헉 삼켰다. 샤이니.

내 밑에.

서둘러 그의 몸 위에서 기어 내려왔다. 아니, 그러려고 했다. 오른팔을 움직인 순간 저절로 비명이 새어 나왔고 그러자 또다시 뱃속이 뒤집어졌다. 통증과 구역질을 애써 참으면서 새빛교가 피를 뽑으려고 삽입했던 물체 때문에 아직도 욱신거리는 왼팔만으로 그의 몸뚱이에서 내려왔다. 하지만 왼팔에서 느껴지는 통증은 오른팔에 비하면 정말 아무것도 아니었다. 거기다 쥐어짜이는 듯한 배, 갈비뼈에서 느껴지는 날카로운 통증, 그리고 머릿속에서 미친 듯이 날뛰는 지독한 두통까지. 결국 한동안 그 자리에 힘없이 누워 비참한 기분으로 신음하는 것 말고는 아무것도 할 수가 없었다.

드디어 몸을 움직일 수 있을 만큼 통증이 잦아들었다. 끙끙대며 상체를 반쯤 일으켜 세운 다음 여기가 어딘지 다시 주위를 둘러보았다. 오른팔이 꿈쩍도 하지 않아 왼팔을 뻗었다. "샤이니?"

거기에 그가 있었다. 살아서, 숨 쉬고 있었다. 눈을 만져 봤더니 뜨여 있었다. 눈꺼풀이 깜박이며 속눈썹이 내 손끝을 간지럽혔다. 혹시 또 나한테는 말을 안 하기로 한 걸까.

그때 내 무릎과 앉아 있는 엉덩이가 흠뻑 젖어 있다는 걸 깨달았다. 의아한 와중에 땅바닥이 느껴졌다. 벽돌이 깔린 바닥은 끈적끈적했고 흙먼지가 잔뜩 쌓여 있었다. 그 축축하고 차가운 것은 샤이니의 몸에 가까울수록 따뜻했는데, 마치 —

신이시여.

그는 살아 있었다. 그의 마법이 우리를 구했다. 완벽하진 않았지만 적어도 추락하는 속도를 늦출 수 있었다. 우리 둘 다 살 수 있게 공중에서 방향을 틀어 그의 몸이 먼저 바닥에 닿게 할 수 있을 만큼. 하지만 내가 이 정도로 심하게 다쳤다면……

그의 뒤통수가 만져졌다. 나는 놀라 숨을 들이켜며 화들짝 손을 떼었다. 신이여, 신들이여, 오, 신들이시여.

여기가 어디지? 여기 얼마나 오래 쓰러져 있었던 거지? 도움을 요청해도 되나? 나는 주변을 두리번거리며 귀를 쫑긋 세웠다. 공기는 싸늘했고 밤안개가 자욱했다. 간간이 내 살갗 위로 통통한 물방울이 튀겼다. 그림자에 비가 내리고 있었다. 주변에 가벼운 이슬비가 내리는 소리가 들렸지만 바로 근처에서는 아무 소리도 들리지 않았다. 사람들 소리도 없었다. 하지만 냄새만큼은 풍부했다. 쓰레기, 오래 묵은 오줌, 그리고 녹슨 금속. 골목길인 걸까? 아냐, 그보단 더 넓다. 여기가 어딘지는 몰라도 외딴곳임이 틀림없었다. 우리가 떨어지는 걸 본 사람이 있다면 순수한 호기심 때문이라도 찾아보러 왔을 거다.

샤이니가 불규칙적으로 헐떡대기 시작했다. '태양의 집'에서 셔츠를 벗어 맨가슴이 된 그의 살갗 위에 손바닥을 얹어 봤지만 부자연스러울 정도로 납작한 몸통이 기분 나빠 손을 뗄 뻔했다. 하지만 가래가 낀 것처럼 가르륵거리는 거친 숨소리와는 대조적으로 심장은 아직 규칙적으로 뛰고 있었다. 이대로라면 숨을 거둘 때까지 오래도록 고통스러운 시간을 겪어야 할지도 모른다.

나는 그를 죽여야 했다.

공황이 덮쳐 왔다. 아니면 그냥 메슥거리는 토기일지도. 바보 같은 반응이라는 건 안다. 어차피 그는 죽지 않는다. 되살아나는 즉시 온전한 육체로 회복될 것이다. 릴의 말처럼 이건 그를 "치유"하는 가장 쉽고 간단한 방법이었다. 사실 처음 해 보는 것도 아니고.

하지만 이건 격분에 휩싸여 살인을 저지르는 것과는 달랐다. 냉정한 계산적 사고로 사람을 죽이는 건 완전히 다른 문제다.

게다가 그를 죽일 수 있을지도 확신할 수 없었다. 내 오른팔은 부러진 건지 탈골된 건지 쓸모가 없었다. 덕분에 아예 통증이 느껴지지 않는 건 다행이었지만. 하지만 몸의 다른 모든 부위가 아팠다. 샤이니보다는 상태가 나았지만 그렇다고 성한 것도 아니었다. 최소한 그의 목을 부러뜨리려면 멀쩡한 두 팔이 필요했다.

갑자기 현실이 나를 강타했다. 나는 그림자도시의 어딘지도 모를 곳에 무력한 상태로 고립되어 있고, 하나 있는 동료는 죽은 것이나 다름없었다. 새빛교에서 우리를 찾아내는 건 시간문제였다. 그들은 샤이니가 다시 살아난다는 걸 안다. 나는 환자였고, 부상을 입었고, 약했다. 겁에 질려 있었다. 그리고 무엇보다, 빌어먹을 나는 장님이었다.

"당신하고 있으면 왜 이렇게 맨날 힘들기만 하는데?" 나는 샤이니를 향해 외쳤다. 갑갑한 마음에 눈물이 터졌다. "빨리 죽어 버리란 말이야!"

덜컹! 가까운 곳에서 소리가 났다.

나는 숨을 멈췄다. 가슴이 콩닥콩닥 뛰었다. 방금까지 느끼던 절망감도 잊고 무릎에 힘을 주고 상체를 곧추세우며 귀를 기울였다. 내 오른쪽 위쪽에서 난 금속성의 소리였다. 노출된 파이프에서 물방울이 떨어진 소리였는지 모른다. 누가 내 목소리를 듣고 다가오는 것일 수도 있다.

손과 무릎으로 땅을 더듬더듬 짚으며 주위를 뒤졌다. 왼쪽으로 몇십 센티미터 떨어진 곳에 오래되고 부서진 나무 조각이 있었다. 둥근 배럴통인데, 주위를 두른 고리에는 녹이 슬었고 한쪽이 부서져 구멍이 뚫려 있었다. 그 위에는 또 다른 배럴통이 얹혀 있고, 그 옆에는 넓고 평평한 지붕용 널판자가 옆으로 기대 세워져 있었다. 그리고 그 옆에는 썩은 나무상자가 빽빽하게 쌓여 있었다.

여긴 폐품처리장이었다. 세계수 근처에 있는 폐품처리장은 딱 하나, 서그림에 있는 슈스톡스뿐이다. 도시 모든 지역의 대장장이와 마차꾼 들이 쓸모없는 자재나 마차를 폐기하는 곳이었다.

배럴통에 기대 세워진 널판자가 일종의 지붕처럼 작용해 그 아래 좁은 공간이 만들어져 있었다. 나는 최대한 조심스럽게 널판자를 옆으로 밀어 공간을 더 벌리면서 제발 그 위에 있던 뭔가 떨어져 우리를 깔아뭉개거나 위치가 발각되지 않기만을 빌었다. 하지만 다행히 아무 일도 일어나지 않았다. 주변을 조금 더 더듬어 보고는 마침내 판자 밑으로 기어 들어가 안쪽에 있는 공간을 살펴보았다.

이 정도면 충분했다.

나는 엎드린 채 뒷걸음질로 빠져 나온 다음 몸을 일으켰다. 또다시 뱃속이 요동치는 바람에 하마터면 넘어질 뻔했다. 머리에 그어느 때보다 지독한 통증이 느껴졌다. 떨어지면서 어딘가에 부딪힌 게 틀림없었다. 두개골이 깨질 정도는 아니지만 적어도 그 안에 든 것이 흔들릴 만큼.

아까와 똑같은 방향에서 또 다른 소리가 들렸다. 이번엔 나무를 두드리는 듯한 소리였다. 그러더니 적막이 내려앉았다.

통증 때문에 힘겹게 숨을 쌕쌕거리며 샤이니의 몸이 있는 곳까지 비틀비틀 걸어갔다. 그나마 상태가 나은 쪽 손을 샤이니의 바지에 걸고, 허리를 뒤로 젖히고 다리를 힘주어 밀며 이를 악문 채그의 몸뚱이를 조금씩 뒤로 끌어당겼다. 그를 이 작은 은신처에 집어넣으려면 젖 먹던 힘까지 동원해야 했는데 공교롭게도 공간이 너무 비좁았다. 발이 밖으로 튀어나올 정도였으니까. 나는 샤이니 옆으로 기어 들어가 숨을 헐떡이면서 제발 비가 그의 핏자국을 씻어내 주길 빌며 귀를 기울였다.

샤이니가 느닷없이 신음을 내뱉는 통에 소스라치게 놀라 그를 노려보았다. 의식이 없는 상태에서 끌고 와서 상처가 더 심해진 모양이었다. 이제 선택의 여지가 없다. 그를 죽이지 않으면 우리 둘 다 들킬 거다.

숨을 꿀꺽 삼킨 나는 '떠오른 태양의 집'에서 샤이니가 내게 한 짓을 그대로 돌려주었다. 손바닥으로 그의 입을 덮고 손가락으로는 코를 집어 막았다.

내 숨소리를 기준으로 다섯 번의 들숨과 날숨이 지나자 효과가 있는 것 같았다. 샤이니의 가슴이 부풀었다가 가라앉았다. 그러고는 움직이지 않았다. 다음 순간, 갑자기 상체가 공중으로 튕겨 올라가며 저항하기 시작했다. 몸통을 아래로 눌러 진정시키려 했지만 힘이 너무 셌다. 이렇게 심하게 다친 상태에서도 나를 떨쳐낼 정도였다. 내가 뒤로 물러나자마자 샤이니가 아까보다 더 큰 소리로 공기를 들이마셨다. 악마여, 이러다 우리 둘 다 죽을 거야!

악마. 기억이 떠올라 손이 움찔거렸다.

적어도 그림을 그릴 피는 충분했다. 나는 샤이니의 목 아래로 손을 뻗어 액체를 한 움큼 퍼 올렸다. 떨리는 손을 들어 조심스럽게 그의 가슴에 얹었다. 전에는 내가 그림을 그리는 것을 상상하며 그 그림이 진짜라고 믿으면 됐다. 나는 천천히 손을 움직여 샤이니의 살갗에 피로 커다란 원을 그리며 문질렀다. 나는 구멍을 그릴 것이다. 전에 샤이니를 죽일 때 사용한 것 같은, 다테의 공허에 뚫은 것과 같은 구멍. 이건 피로 그린 원이 아니다. 구멍이다.

기대와는 달리 손 밑에서 샤이니의 가슴이 오르락내리락하는 것을 느낄 수 있었다. 나는 얼굴을 찡그리며 그가 숨 쉬는 것을 느낄 수 없게 몸에서 손을 뗐다.

구멍. 살과 뼈를 관통하는 구멍. 부드러운 흙을 파내 만든 무덤

구멍처럼. 보이지 않는 삽날로 매끈하게 다듬은 가장자리. 완벽한 원형.

구멍.

눈앞에 내 손이 나타났다. 온통 어두운 시야 한가운데에서 손가락을 활짝 펼친 손이 달달 떨리고 있었다.

구멍

속이 메슥거릴 만큼 지끈거리는 두통에 비하면 눈에서 느껴지는 통증은 거의 편안할 정도였다. 고통에 익숙해지고 있거나 아니면 온몸이 너무 아파서 이 정도는 신경도 쓰이지 않는 것일 테다. 하지만 나는 샤이니의 숨이 멈췄음을 알아차렸다.

가슴이 쿵쾅거렸다. 나는 샤이니의 가슴이 있어야 하는 곳으로 손을 내렸다. 처음엔 아무것도 닿지 않았다. 그러다 손을 옆으로 약간 옮겨 보니 칼로 벤 것처럼 깔끔하게 잘린 살과 뼈가 만져졌다. 나는 화들짝 놀라 손을 거뒀다. 다시금 욕지기가 치밀었다.

"완전 신기하다!" 등 뒤에서 명랑한 목소리가 외쳤다.

나도 모르게 꽥 비명을 지를 뻔했다. 가슴이 아프지만 않았다면 그랬을 것이다. 나는 몸을 휙 돌리며 펄쩍 뛰어오르는 동시에 뒷걸음질을 치다가 뭔가에 팔을 세게 부딪쳤다.

샤이니의 발치에 쪼그려 앉아 있는 존재는 인간이 아니었다. 인간과 비슷한 골격 구조를 갖고 있긴 했지만 쪼그려 앉은 자세가 이상했다. 높이와 너비가 거의 비슷했으니까. 키도 별로 크지 않았다. 어린아이 같은 체구였다. 아주 넓고 두툼한 어깨와 갈라진 근육이 붙어 있는 긴 팔을 가진 어린애가 있다면 말이지만. 얼굴도 도저히 어린아이 같지 않았다. 하지만 뺨은 도톰하고, 눈은 크고 둥글둥글했다. 머리는 반쯤 벗어겼고 눈빛은 나이가 매우 많으면서도 반은 야생동물 같은 흉포함을 내뿜고 있었다.

하지만 내 눈에 보인다는 건 소격신이라는 뜻이다. 이제껏 내가 본 중 가장 못생긴 소격신이었다.

"아, 안녕하세요." 심장이 미친 듯이 뛰는 걸 멈췄을 즈음에야 입을 열 수 있었다. "미안해요. 너무 놀라서요."

그것, 아니 그가 내게 미소를 지어 보이자 번득이는 이가 드러났다. 역시 사람의 이가 아니었다. 송곳니가 없었다. 위아래 치아 모두 완벽한 직선으로 이뤄진 납작한 사각형이었다.

"놀랠 생각은 없었어. 나를 못 볼 줄 알았거든. 대부분은 그러니까." 그가 몸을 앞으로 기울이더니 실눈을 뜨고 내 얼굴을 응시했다. "허. 네가 개구나. 보는 눈을 가진 여자."

나는 고개를 끄덕이며 그 특이한 호칭을 시인했다. 소격신들은 어부처럼 수다스러웠다. 꽤 많은 소격신을 알고 지냈으니 소문이 퍼지긴 했을 것이다. "당신은요?"

"덤프(Dump)."

"네?"

"덤프라니까. 그건 그렇고 멋진 재주네." 그가 샤이니를 향해 턱을 까닥였다. "나도 저놈한테 구멍을 한두 개 뚫어 주고 싶었거든! 저치랑 뭐 하는 거야?"

"말하자면 길어요." 나는 한숨을 내쉬었다. 갑자기 피곤함이 몰려왔다. 조금이라도 좀 쉴 수 있으면 좋겠다. 어쩌면……. "음, 어,

덤프 님." 이런 말을 한다니 꼭 바보처럼 느껴졌다. "지금 제가 큰 곤경에 빠져 있는데요, 제발, 제발 좀 도와주실래요?"

덤프는 어리둥절한 개처럼 고개를 갸우뚱거렸다. 하지만 눈빛만은 날카로웠다. "너? 상황에 따라 다르지. 하지만 저 작자? 절대 싫어."

나는 천천히 고개를 끄덕였다. 인간들은 늘 소격신에게 부탁을 하곤 했고 이에 많은 소격신이 까칠하게 굴었다. 그리고 이 소격신은 샤이니를 좋아하지 않았다. 신중하게 굴어야 한다. 그렇지 않으면 사라진 소격신 형제자매에 대해 설명하기도 전에 우릴 냅두고 가 버릴 수도 있으니까. "먼저 주변에 다른 사람이 있는지 말해 줄 수 있나요? 좀 전에 소리를 들은 것 같아서요."

"그건 나였어. 내 집에 뭐가 떨어졌길래 보러 왔지. 많은 사람들이 자기가 있던 자리에서 쫓겨나고 여길 찾아오지만 저 높은 곳에서 온 사람은 처음이야." 덤프가 콧잔등을 찡그리며 나를 쳐다봤다. "그래서 훨씬 엉망일 줄 알았는데."

"집이요?" 폐품처리장은 내 기준에서는 집이 아니지만 소격신은 우리 필멸자가 좋아하는 물질적 안락함을 필요로 하지 않는다. "아, 죄송해요."

덤프가 어깨를 으쓱했다. "어쩔 수 없지. 어차피 곧 내 것도 아니게 될 거고." 그가 위쪽을 가리켰다. 검은 태양이 떴다는 게 기억났다. 밤의 군주의 경고.

"떠날 건가요?"

"선택의 여지가 없잖아? 나하가 저 정도로 열 받았는데 계속 얼쩡거리는 건 바보 같은 짓인걸. 우리한테도 저주를 내리지 않은 게 고마울 따름이지." 그가 우울한 표정으로 한숨지었다. "하지만 필멸자들은…… 전부 다 낙인찍혔어. 롤레와 다른 형제들이 죽었을 때 이 도시에 있던 필멸자 전부. 여길 떠나 어딜 간다고 해도 검은 태양이 항상 따라다닐걸. 내 애들 몇 명을 남쪽에 있는 해안 마을로 보내 놨는데, 방금 돌아왔더라. 차라리 그때까지 나랑 같이 있는 게 좋다면서……" 덤프가 고개를 가로저었다. "죄가 있든 없든 전부 죽여 버린다니. 나하나 이템파스나 똑같다니까."

나는 고개를 숙이고 한숨을 내뱉었다. 몸보다 마음이 더 피곤했다. 새빛 교단에서 탈출한 게 과연 그럴 가치가 있는 일이었을까? 그들이 한 짓을 폭로해도 달라지는 게 있을까? 원한을 품은 밤의 군주가 도시 전체를 멸망시켜 버리면 무슨 소용이지?

덤프가 갑자기 불편한 기색으로 몸을 좌우로 흔들었다. "근데 난 어차피 너 못 도와줘."

"네?"

"널 원하는 사람이 있으니까. 저치도 그렇고. 너희 둘 다 못 도와줘."

곧바로 이해할 수 있었다. "당신은 버림받은 것들의 군주군요." 나는 웃음이 나는 걸 참을 수가 없었다. 덤프의 진짜 이름은 모르지만 난 어렸을 때부터 그의 이야기를 들으며 자랐다. 어렸을 적 제일 좋아했던 이야기였다. 그는 또 다른 트릭스터로, 유머 감각도 넘치고 주로 가출한 아이들과 잃어버린 보물 이야기에 많이 나온다. 버림받거나, 더 이상 아무도 원하지 않거나, 사람들 기억에서 잊힌 것들이 그의 권속이다.

덤프가 소름 끼치도록 평평한 이빨을 내보이며 씨익 웃었다. "그래." 그러더니 미소가 사라졌다. "하지만 당신들은 버림받지 않았어. 지금도 아주 간절히 원하는 자들이 있고." 그가 나라는 존재 때문에 고통스럽기라도 한 듯이 한 발짝 뒤로 물러나며 혐오감으로 얼굴을 일그러뜨렸다. "그러니 여기서 떠나야 해. 혹시 못 걸으면 내가 어디로든 보내 주……"

"실종된 소격신들에 대해 아는 게 있어요." 내가 불쑥 말했다. "누가 그들을 죽였는지 알아요."

순간 몸을 굳힌 덤프의 커다란 주먹에 힘이 들어갔다. "누군데?"

"어떤 미친 필멸자들이 만든 사이비 집단이요. 저 위에 있어요." 나는 세계수를 가리켰다. "그중에 필경사가 하나 있는데……" 나는 다테가 악마라는 사실을 밝히는 게 얼마나 위험한 일인지 깨닫고 멈칫했다. 만일 신들이 아직 세상에 악마가 살아 있다는 걸 알게 된다면……

아니야. 내가 어떻게 되든 상관없다. 나도 죽이라지. 매딩의 살인자만 없애 준다면 전부 다 상관없다.

하지만 내가 막 입을 열기도 전에 덤프가 갑자기 숨을 헉 들이켜더니 나한테서 확 떨어졌다. 그의 형상이 눈부시게 타오르기 시작했다. 마법을 소환한 것이다. 멀리서 비명 소리가 나더니 작은 발이 쓰레기 더미를 돌아 전력질주로 뛰어오는 소리가 들렸다. 느슨한 널판자 같은 것을 밟았는지 한번 휘청이는 소리도 들렸다.

"덤프!" 어린 소녀가 외쳤다. "어떤 사람들이 왔어요! 렉시가 꺼지라고 했는데 놈들이 렉시를 때렸어요! 피가 나요!"

덤프가 갑자기 소녀를 붙잡아 나와 샤이니가 있는 작은 공간에 쑤셔 넣는 바람에 몸이 밀쳐졌다. "여기 있어. 내가 처리하고 올 테니까."

나는 소녀 옆에서 불편하게 꿈지락거렸다. 아이까지 있을 공간은 없었지만 다행히 소녀는 몸집이 작았다. 나는 그쪽으로 몸을 밀었다. 소녀는 앙상한 뼈대에 누더기옷을 걸치고 있었다. "덤프 님, 조심하세요! 제가 말한 필경사, 그 사람 마법이……"

덤프가 귀찮다는 듯한 신음을 내더니 사라졌다.

"빌어먹을!" 나는 샤이니의 다리 위에 주먹을 내리쳤다. 아무 반응도 없었다. 나를 찾으러 온 새빛교도 중에 다테가 있다면, 아니면 혹시 그들이 악마의 피로 만든 화살촉을 갖고 있다면……

"저기요." 소녀가 짜증을 내며 말했다. "나 말고 죽은 사람이나 밀어요."

죽었다, 죽었어. 죽어 버려서 아무 쓸모도 없다. 하지만 경고를 받지 않은 건 아니다. 아마도 그래서 탈출 시도를 하기 전에 나더러 강해져야 한다고 한 거겠지. 자기를 놔두고 혼자 도망치라는 뜻이었을까? 순간적으로 그런 생각을 하기는 했다. 새빛교에게 발각되지만 않으면 샤이니는 아침에 다시 살아날 테고, 그림자에서 알아서 혼자 살 길을 찾을 수 있을 거다. 나를 만나기 전에 그랬던 것처럼. 그리고 설사 놈들에게 발각되더라도…… 뭐, 내가 도망칠 시간을 벌 수 있겠지.

하지만 생각은 이렇게 해도 막상 실천에 옮기지는 못할 거라는 거 안다. 자아도취와 못돼먹은 성미, 뚱한 성격 때문에 샤이니를 미워하고 싶지만, 그 역시 매딩을 사랑했다. 오직 그것만으로도 의리를 지킬 이유는 충분하다.

하지만 내겐 도움이 필요했다. 덤프가 돌아올 수 있을 것 같지는 않았다. 다른 인간들에게 도움을 청할 방법도 없었다. 다른 소격신을 소환할 수만 있다면, 아니면 그보다 더 나은 방법은…….

첫 번째 생각이 너무 끔찍해서 생각하고 싶지도 않았다. 하지만 그래도 고려해 봐야 했다. 샤이니가 제 입으로 말했듯이 자기 자식을 살해한 자를 응징하고 싶어 하는 신이 하나 있었다. 그렇지만 우리 민족의 역사로 미뤄보건대 나하도스가 단순히 그 수준에서 멈출 리는 없었다. 새빛교를 확실히 쓸어버리기 위해 그림자도시 전체, 아니 나아가 이 세계 전체를 없애버릴지도 모른다. 나하도스는 이미 노발대발해 있고, 우린 그에게 아무것도 아닌 존재였다. 아무것도 아닌 것보다도 못한 존재였다. 그에게 우리는 배신자, 그를 고문한 자들이었다. 우리가 전부 다 죽는 걸 보면 그는 흡족해할 것이다.

그렇다면 회색의 여신은 어떨까. 그녀는 원래 필멸자였고 한때 동족이었던 인간들을 염려하는 것 같았다. 하지만 어떻게 그녀에게 닿을 수 있지? 난 순례자가 아니었다. 그저 수년간 그들을 이용해 먹었을 뿐이다. 신에게 기도하고 관심을 끌려면 그 신의 본성을 완벽하게 이해해야 한다. 나는 여신의 진짜 이름도 몰랐다. 레이디 네머를 비롯해 내가 생각해 낼 수 있는 거의 모든 소격신도 마찬가지였다. 나는 그들을 잘 알지 못했다.

그때 한 가지 생각이 떠올랐다. 나는 마른침을 삼켰다. 갑자기 손이 땀으로 축축해졌다. 아주 단순하고도 충분히 끔찍한 본성을 지닌 소격신이 하나 있었다. 필멸자라면 누구나 소환할 수 있는 신이었다. 아, 그러나 대혼돈이여, 그녀만큼은 정말 부르고 싶지 않았다.

"비켜 봐." 나는 소녀에게 말했다. 그 애가 투덜거리며 밖으로 빠져나간 뒤, 나도 한 손만 써서 기어 나갔다. 소녀가 은신처로 다시 들어가려 했지만 내가 아이의 앙상한 다리를 붙잡았다. "기다려. 혹시 근처에 막대기 같은 거 없니? 이 정도로 긴 거." 나는 무심코 양팔을 들어 올렸다가 부상을 입은 쪽 팔 근육이 심하게 경련하는 바람에 헉하고 숨을 들이켰다. 그래서 남은 한쪽 팔만으로 대강 몸짓을 해 보였다. 도망쳐야 할 상황이 생기면 길을 찾을 도구가 필요했다.

소녀가 아무 말 없이 나를 잠깐 노려보다가 사라졌다. 나는 긴장을 늦추지 않은 채 기다렸다. 멀리서 전투가 벌어지는 소리가 들려왔다. 어른들의 고함, 아이들의 비명, 뭔가 부서져 파편이 날아가는 소리. 조바심이 날 정도로 가까웠다. 소격신이 참여했는데도 싸움이 이토록 오래 지속되고 있다는 건 새빛교도들이 많거나 아니면 다테가 이미 덤프를 사로잡은 것일 테다.

소녀가 돌아와 손에 뭔가를 쥐여 주었다. 뭔지 알게 되자 슬그머니 웃음이 나왔다. 빗자루였다. 한쪽 끝이 부러져 들쑥날쑥했지만 그것만 빼면 완벽했다.

여기서부터가 어려웠다. 나는 무릎을 꿇고 고개를 숙인 다음,

생각을 정리하기 위해 깊이 심호흡을 했다. 그런 다음 마음속 깊은 곳을 들여다보며 지금 처해 있는 총체적인 난국 속에서 한 가지 감정을 찾으려 했다. 무엇보다 강렬한 욕구. 굶주림.

"릴." 나는 속닥였다. "레이디 릴, 제발 내 말 좀 들어줘요."

침묵이 흘렀다. 나는 마음속 한복판에 릴의 모습을 떠올리고 오직 그녀만을 열렬히 생각했다. 생김새나 겉모습 같은 게 아니라 존재감. 수많은 것들이 풀려나기 직전 위태롭게 갇혀 있는 듯한 그 아슬아슬한 느낌. 그녀의 냄새. 상한 고기 냄새와 지독한 구취. 쉴 새 없이 윙윙대며 돌아가는 이빨. 그녀가 항상 풍기던 부족함의 느낌이 어떻더라? 그녀에게서 느껴지던, 거의 혀끝에 느껴질 정도로 깊고 강렬한 갈망은?

어쩌면 매딩이 이 세상에서 영원히 사라졌다는 걸 깨달았을 때 내가 느꼈던 감정과 약간은 비슷할지도 모른다.

갑자기 감정이 벅차올라 빗자루를 쥔 손에 꽉 힘을 주었다. 빗자루의 깨진 끝부분을 땅바닥에 찔러 박은 채, 울면서 다짜고짜 악을 지르고 싶은 심정을 꾹 눌러 참았다. 매딩을 되찾고 싶었다. 그를 죽인 자들이 죽어 버리면 좋겠다. 전자는 불가능할지 몰라도 후자는 내 힘이 닿는 곳에 있었다. 도와줄 사람을 찾을 수만 있다면 가능했다. 정의의 심판이 어쩌나 가까이 다가와 있는지 그 맛이 느껴질 정도였다.

"내게 와요, 릴!" 나는 절규했다. 폐품처리장을 뒤지고 있는 새빛교도들에게 내 말이 들리든 말든 상관없었다. "빌어먹을, 어서 나와요! 당신이 맛보고 싶어 할 푸짐한 진수성찬을 마련해 놨으니까!"

그러자 그녀가 나타났다. 내 앞에 웅크려 앉아, 금빛 머리카락을 어깨 위에 지저분하게 늘어뜨린 채 광기가 번득이는 눈으로 날카롭게 주위를 두리번거렸다.

"어디? 무슨 진수성찬?"

나는 나만의 날카로운 이를 드러내며 잔인하게 웃었다. "내 영혼 속에, 릴. 그 맛이 느껴져요?"

릴은 한참 동안 나를 지긋이 바라보았다. 표정이 의구심에서 서서히 놀라움으로 변해 갔다. "그래. 오, 그래. 그렇고말고. 근사한걸." 마침내 말한 릴이 눈꺼풀을 파드득 떨더니 갑자기 고개를 쳐들고 입을 살짝 벌려 주변 공기를 음미했다. "참으로 지독한 갈망을 품고 있구나. 원하는 게 참 많기도 하지. 훌륭해." 눈을 반짝 뜬 릴이 의아한 듯 얼굴을 찡그렸다. "예전엔 이렇게 먹음직스럽지 않았잖아. 무슨 일이 있었던 거야?"

"많은 일이 있었죠, 레이디 릴. 아주 끔찍한 일들이요. 그래서 당신을 부른 거예요. 도와줄 건가요?"

릴이 씨익 웃었다. "한 몇백 년 동안은 아무도 나한테 기도하지 않았는데. 나중에 또 해 줄 거야?"

그녀는 반짝이는 걸 보고 달려드는 보석풍뎅이 같았다. "그러면 날 도와줄 거예요?"

"저기요." 내 뒤에 있던 소녀가 말했다. "그 사람 누구예요?"

릴이 갑자기 열렬한 시선으로 소녀를 응시하더니 내게 말했다. "도와줄게. 네가 나한테 뭘 주면."

입술이 절로 비틀렸지만 혐오감을 내색하지는 않았다. "내가 드릴 수 있는 거면 드릴게요, 레이디. 하지만 저 아이는 덤프 님 거예요."

릴이 한숨지었다. "그 녀석은 별로야. 걔 쓰레기는 어차피 원하는 사람이 아무도 없는데 그래도 나눠 주려고 하질 않는단 말이야." 릴이 뚱하게 뭔가 바닥에 있는 것을 향해 손가락 끝을 튕겼다.

나는 손을 뻗어 그녀의 손을 잡아 다시 내게로 관심을 돌렸다. "당신네 형제자매를 누가 죽이고 있는지 알아요, 레이디 릴. 그놈들이 지금 날 쫓고 있는데, 곧 잡힐지도 몰라요."

릴이 놀란 표정으로 자신을 잡고 있는 내 손을 물끄러미 쳐다봤다가 다시 내게로 시선을 옮겼다. "난 그런 거에 관심 없는데."

빌어먹을! 나한테는 왜 이런 미친 소격신만 달라붙는 거야? 제정신인 신들은 날 피해 다니는 거야? "하지만 다른 신들은 관심이 있잖아요, 네머라든가……"

"오, 걔는 좋아." 릴의 얼굴이 환해졌다. "처리하고 싶은 시신이 생기면 나한테 주거든."

나는 순간 할 말을 잃었다가 이내 회복했다. "네머한테 내 말을 전해 주면 시체를 더 많이 줄 거예요." 나는 도박을 감행했다. 이 일이 다 해결되고 나면 아주 많은 새빛교도들이 죽어 있길 바랄 뿐이다.

"그럴지도." 릴이 갑자기 머리를 굴리며 말했다. "하지만 걔한테 말을 전해 주면 넌 나한테 뭘 줄 건데?"

나는 깜짝 놀라 생각에 잠겼다. 나는 지금 먹을 것을 갖고 있지도 않았고 다른 가치 있는 물건도 없었다. 하지만 릴이 내게서 뭔가 바라고 있다는 느낌을 떨칠 수가 없었다. 그저 내가 먼저 말하길 기다리고 있을 뿐이었다.

그렇다면 비굴해지는 수밖에. 나는 릴에게 기도를 올렸고 그래서 이제 그녀는 나의 신이 되었다. 내게 공물을 바라는 건 그녀의 권리였다. 나는 땅바닥에 손을 짚고 조아렸다. "나한테 뭘 바라는지 말해 주세요."

"네 팔." 지나치게 빠른 대답이었다. "이제 쓸모없잖아. 쓸모없는 것보다도 더 나쁘지. 어쩌면 앞으로 절대 안 나을지도 몰라. 그러니까 나한테 줘."

아, 그래. 나는 옆구리에서 힘없이 대롱거리는 팔을 내려다보았다. 위팔이 땡땡 부어올라 있고 만지면 뜨거웠다. 다행히 뼈대가 살갗을 뚫고 나오진 않았지만 심하게 부러졌다는 의미다. 이런 상처 때문에 사람이 죽었다는 이야기도 들은 적이 있다. 부러진 뼛조각 때문에 피에 병균이 침입했다든가, 염증과 고열에 시달리다 죽었다거나.

나는 왼손잡이라 다친 쪽이 주로 쓰는 팔은 아니었다. 게다가 어차피 앞으로 그리 오래 필요할 것 같지도 않았다.

나는 숨을 깊이 들이마시고 조용히 말했다. "남한테 짐이 될 순 없어요. 난…… 빨리 뛰려면 이 팔이 필요해요."

"순식간에 해치워 줄게. 아프지도 않을 거야." 릴이 간절하게 몸을 기울였다. 또 그 냄새가 났다. 나를 회유하려고 하는 저 거짓된 입이 아니라 릴의 진짜 입에서 풍기는 악취. 썩은 고기 냄새. 하지만 그녀는 신선한 고기를 더 좋아했다. "끝을 지지면 피도 안 나. 별로 신경 쓰이지도 않을 거야."

좋다고 말하려고 막 입을 열려던 순간이었다.

"안 돼." 느닷없이 들려온 샤이니의 목소리에 그 자리에 있던 모두가 소스라치게 놀랐다. 나는 한쪽 팔에만 의지하고 있다가 몸을 너무 빨리 돌려서 하마터면 쓰러질 뻔했다. 샤이니의 모습이 보였다. 그를 부활시킨 마법이 아직도 밝게 빛나고 있었다.

덤프가 돌봐주는 소녀가 비명을 지르며 허둥지둥 도망쳤다. "당신 죽었었잖아! 뭐야, 이거!"

"자기 살점을 어떻게 할지는 재 맘이지!" 릴이 화를 터트리며 주먹을 불끈 쥐었다. "당신은 날 저지할 권리가 없어!"

"너라도 저 여자의 살은 싫을 거다, 릴." 샤이니가 숨어 있던 공간에서 나오자 나무판자가 덜걱거리고 먼지가 부스스 떨어지는 소리가 들렸다. "아니면 또 내 아이를 죽일 거냐, 오리?"

나는 움찔했다. 악마의 피. 잊고 있었다. 하지만 릴에게 설명하기도 전에 들려온 또 다른 목소리가 내 몸을 흐르는 독기 어린 피를 마지막 한 방울까지 싸늘하게 얼렸다.

"여기 있었군. 당신 동료가 살아 있을 거라곤 생각했지만 당신도 마찬가지라니 놀랍고 또 기쁘군요, 레이디 오리."

릴의 뒤쪽 위에 다테가 염탐할 때 사용하는 작은 구슬 크기의 포털이 있었다. 눈앞에 있는 릴과 이야기하느라 전혀 눈치채지 못했다. 그제야 멀리서 들리던 전투 소리가 사라져 정적만 남았다는 사실을 깨달았다.

릴이 돌아보더니 새처럼 고개를 좌우로 까딱였다. 나는 허둥지둥 일어나 쓸모없는 팔 대신 지팡이에 기대 균형을 잡았다. 그리고 어디 있을지 모를 소녀를 향해 소리쳤다. "도망쳐!"

"자, 레이디 오리." 자그만 구멍에서 음성이 흘러나오는 기이한 상황에서도 다테는 나를 점잖게 꾸짖었다. "반항해 봤자 소용없다는 거 우리 둘 다 알잖습니까. 많이 다쳤군요. 당신을 꼭 이 공허로 데려와 더 다치게 해야 할까요? 아니면 조용히 따라오겠습니까?"

왼쪽에서 갑자기 울부짖는 소리가 들렸다. 그 여자아이였다. 여기선 도망쳤지만 저쪽에서 우리 쪽으로 접근하던 사람들에게 붙잡힌 것이다. 열 명, 아니 열두 명은 되어 보였다. 폐품처리장 반대쪽에서도 사람들이 움직이고 있었다. 새빛 교단이었다.

"그 아이는 데려갈 필요 없어요." 나는 최대한 목소리를 떨지 않으려 애썼다. 성공할 뻔했는데! 거의 성공했었는데! "아이는 놓아주면 안 되나요?"

"안됐지만 이 아이는 목격자입니다. 걱정 마세요. 우린 아이들을 아주 잘 돌본답니다. 우리 교단에 들어온다면 잘못된 대우를 받진 않을 겁니다."

"덤프!" 소녀가 외쳤다. 자신을 붙잡고 있는 사람들과 몸싸움을 벌이고 있는 것 같았다. "덤프, 도와줘요!"

덤프는 나타나지 않았다. 가슴이 철렁 내려앉았다.

"네가 걔구나!" 릴이 갑자기 환한 얼굴로 말했다. "몇 주일 전에 네 갈망을 맛본 적이 있어서 오리 쇼스한테 널 조심하라고 경고했었지. 오리 옆에 있으면 널 만날 줄 알았다니까." 릴이 마치 자랑스러운 어머니처럼 활짝 웃었다. "난 릴이야."

"릴." 나는 빗자루를 움켜쥐었다. "저자는 아주 강력한 마법을 쓸 수 있어요. 벌써 소격신을 몇 명이나 죽였고요. 그런 다음엔……" 나는 밀려드는 증오와 혐오감에 몸서리를 쳤다. 생각만으로도 구역질이 올라왔다. "그들을 먹었어요. 당신마저 그렇게 되는 건 보고 싶지 않아요."

릴이 깜짝 놀라 나를 쳐다봤다. "뭐?"

샤이니의 손이 내 멀쩡한 쪽 어깨를 붙들었다. 그가 내 앞을 막아서는 것이 느껴졌다.

"넌 이제 필요 없어." 다테가 차갑게 내뱉었다. 샤이니에게 하는 말이었다. "네가 뭔진 몰라도 넌 쓸모가 없어. 하지만 그녀를 데려가기 위해 널 상대해야 한다면, 그래도 상관없지. 저리 비켜."

릴은 아직도 나를 빤히 응시하고 있었다. "그게 무슨 뜻이야? 먹었다니?"

슬픔과 좌절감으로 가득한 눈물이 고였다. "저 사람이 소격신의 심장을 꺼내서 먹어 치웠다고요. 실종됐던 소격신들 전부 다요. 이제껏 몇 명한테나 그랬는지는 오직 신들만 아시겠죠."

"레이디 오리." 다테가 분노로 딱딱하게 굳은 목소리로 말했다. 구멍이 갑자기 두 배로 커지면서 공기가 찢어지기 시작했다. 검은 구멍이 경고를 던지듯 우리에게 다가왔다. 빨아들이는 느낌은 없었다. 아직까지는.

"걔네들이 잡아먹혔단 소리는 안 했잖아. 처음부터 말했어야지." 릴이 짜증스러운 표정으로 말하더니 다테의 구멍을 향해 몸을 돌렸다. 표정이 어두워졌다. "안 좋아. 아주 안 좋은 일이야. 필멸자가 우리를 먹는다니."

구멍이 주변을 빨아들이는 게 느껴졌다. 매딩의 집 앞에서보다는 약했지만 내 몸을 비틀거리게 하기엔 충분했다. 앞에서는 샤이니가 신음하며 다리에 힘을 주고 있었고, 점점 더 용을 쓰고 있었지만 그럼에도 그의 몸이 앞으로 조금씩 —

릴이 우리 둘을 옆으로 거칠게 밀쳐내고 구멍 앞에 우뚝 섰다.

구멍이 빨아들이는 힘이 갑자기 거세지더니 최고조에 달했다. 샤이니와 나는 바닥에 쓰러졌다. 나는 넘어지면서 머리와 부러진 팔을 부딪쳐 반쯤 정신을 잃었다. 가물가물한 상태에서도 릴이 앙상한 몸에 걸친 드레스를 휘날리며 두 다리를 넓게 벌리고 서서 버티고 있는 모습이 보였다. 긴 노란색 머리칼이 바람에 미친 듯이 휘날렸다. 이제 구멍은 무시무시할 정도로 커다래져 있었다. 거의 릴의 몸집에 필적할 정도로. 하지만 이상하게도 아직도 릴을 빨아들이지 못하고 있었다.

릴이 고개를 쳐들었다. 나는 그녀의 등 뒤에 있었지만 그 입이 길게 늘어나는 순간만큼은 보지 않아도 알 수 있었다.

"탐욕스러운 필멸의 아이야." 릴의 목소리가 사방팔방으로 메아리치며 울려 퍼졌다. 기쁨에 겨운, 날카롭고 새된 목소리였다. "정말로 그게 나한테 통할 거라고 생각해?"

릴이 두 팔을 넓게 펼치며 황금빛 힘으로 불타오르기 시작했다. 그녀의 이빨이 윙윙거리며 돌아가는 소리가 들렸다. 어찌나 크고 강력한지 온몸의 뼈가 덜그럭거리고 척추가 울릴 정도였다. 심지어 발아래 땅마저 흔들리고 있었다. 거의 비명에 가깝게 포효하는 웅웅 소리와 함께 릴이 포털을 향해 달려들었다. 그러고는 *집어삼키려* 했다. 순수한 마법의 불꽃이 우리를 스쳐 지나갔고, 그것이 닿는 곳마다 불타올랐다. 가공할 만한 충격파에 나는 아까보다 더 납작하게 바닥에 쓰러졌고, 쓰레기와 파편의 폭풍이 몰아쳤다. 나무가 쪼개지고 파편이 공중을 날고 새빛교도들이 비명을 지르는 소리가 들렸다. 그리고 릴은 그 아수라장 한복판에서 미친 괴물처럼 낄낄거리고 있었다.

샤이니가 내 멀쩡한 팔을 붙잡고 끌어당겼다. 우리는 달렸다. 다리가 거의 움직이지 않아 반쯤 질질 끌려가는 것에 가까웠지만. 나는 토하지 않으려고 안간힘을 써야 했다. 결국 샤이니가 나를 안아 들고서 달렸고 등 뒤 폐품처리장에는 지축을 흔드는 폭발음과 함께 혼돈과 화염만이 남았다.

16장

깊은 곳에서 높은 곳까지

(수채화)

나는 한동안 정신이 혼미했다. 이리저리 밀고, 당기고, 달리고, 가뜩이나 예민한 감각으로는 감당할 수 없는 흐릿한 불협화음이 쏟아졌다. 어렴풋이 느껴지는 혼란과 고통. 균형감각은 완전히 무너졌다. 마치 세상 모든 것과 분리되어 허공에서 아무렇게나 굴러다니고 있는 것 같았다. 아득한 목소리가 귓가에서 속삭였다. 매딩은 죽었는데 넌 왜 살아 있지? 아니, 애초에 왜 살아 있는 거야? 죽음 그 자체로 채워진 그릇 주제에? 넌 이 세상 모든 신성한 것에 대한 모독이야. 콱 죽어 버려.

샤이니가 하는 말인지도 모른다. 아니면 내 죄책감이거나.

＊

아주 오랜 시간이 지난 것처럼 느껴진 후, 드디어 생각이란 걸

할 수 있을 만큼 정신이 들었다.

　나는 천천히, 힘겹게 몸을 일으켜 앉았다. 처음엔 멀쩡한 팔도 내 의지대로 움직이지 않았다. 몸을 지탱해 세우라고 명령했으나 힘없이 허우적대며 아래 있는 바닥만 긁적거릴 뿐이었다. 바닥은 단단했지만 돌은 아니었다. 손톱으로 쿡 찔러 보았다. 나무였다. 얇고 싸구려였다. 두드리며 귀를 기울여 보자 주변에 넓게 깔려 있는 걸 알 수 있었다. 드디어 몸이 말을 듣기 시작해서 천천히 불안정한 몸으로 주변 환경을 탐색해 보았다. 그러고는 깨달았다. 여긴 상자였다. 나는 한쪽 끝이 뚫려 있는 일종의 커다란 나무 상자 안에 있었다. 몸 위에는 무겁고 까끌까끌하고 냄새나는 것이 얹혀 있었다. 말 담요인가? 샤이니가 날 주려고 훔쳐 온 게 분명했다. 아직도 예전 주인의 땀내가 진동했지만 주변의 쌀쌀한 새벽 공기보다는 훨씬 따뜻했기 때문에 가까이 잡아당겨 끌어안았다.

　근처에서 발소리가 났다. 미간을 찌푸렸지만 그 독특한 무게감과 리듬 덕분에 누군지 금세 알 수 있었다. 샤이니였다. 그가 상자 안으로 들어와 내 옆에 앉았다. "여기." 그 말과 함께 금속이 내 입술에 닿았다. 나는 어리둥절해하면서도 반사적으로 입을 벌렸다가 갑자기 물이 쏟아져 들어오는 바람에 사레가 들렸다. 다행히 너무 많이 뱉어 내진 않았다. 목이 몹시 말랐기 때문이다. 샤이니가 다시 병을 기울여 주었고, 나는 병이 빌 때까지 정신없이 물을 꼴깍였다. 여전히 갈증은 가시지 않았지만 그래도 훨씬 나아졌다.

　"여긴 어디죠?" 나는 일부러 목소리를 낮췄다. 여기가 어딘지는 몰라도 주변이 무척 조용했기 때문이다. 아침 이슬이 톡톡 터지는 소리가 들렸다. '떠오른 태양의 집'에서 며칠간 갇혀 있었다 보니 그 소리가 너무나 반가웠다. 주변에 사람들이 있는 것 같았지만 이슬 소리를 방해하고 싶지 않은 양 조용히 움직이고 있었다.

"조상들의 마을이다." 샤이니의 대답에 놀라서 나는 눈을 깜박였다. 그렇다면 그는 나를 서그림 슈스톡스에 있는 폐품처리장에서 도시 반대쪽의 동그림까지 데려온 셈이다. 이 마을은 남쪽 뿌리에서 바로 북쪽, 뿌리벽 아래 있는 터널 근처에 있었다. 이곳은 그림자에서 집 없이 떠도는 사람들이 모여 만든 일종의 집단 거주지였다. 적어도 그렇다고 들었다. 여기 와 본 건 처음이었다. 마을 주민 상당수가 몸이나 마음이 아프거나, 아니면 딱히 격리가 필요할 정도로 해를 끼치진 않지만 광명을 받드는 질서정연한 사회에서 받아들여지기엔 너무 추하거나 이상하거나 불쌍한 사람들이었다. 절름발이나 벙어리, 귀머거리, 그리고…… 장님도 많았다. 처음 그림자에 왔을 때 나는 이들 사이에 섞이는 게 겁이 났다.

직접 물은 것도 아닌데 샤이니가 내 얼굴에서 혼란스러운 감정을 발견한 모양이었다. "한동안 여기 살았었다. 너를 만나기 전에."

어느 정도는 짐작하고 있었지만 연민을 느끼지 않을 수가 없었다. 온 세상을 다스리던 신이 나병 환자와 미치광이 무리 사이에 섞여 나무상자에 살다니. 물론 그가 무슨 죄를 저질렀는지는 알지만 그래도……

문득 더 많은 발소리가 다가오는 게 들렸다. 샤이니보다는 가볍고 아마…… 한 세 명 정도? 한 명은 발을 어찌나 심하게 저는지 두 번째 발을 마치 무거운 추처럼 질질 끌고 있었다.

"그동안 보고 싶었습니다." 조금 나이가 있는 사람의 쉰 목소리였다. 성별을 구분하기 힘들었지만 아마 남성 같았다. "무사하신 걸 보니 기쁘네요. 안녕하세요, 아가씨."

"음, 안녕하세요." 내가 대답했다. 처음에 한 말은 날 향한 게 아니었다.

내 대답에 만족했는지 그 사람이 다시 샤이니에게로 관심을 돌렸다. "저분에게 주세요." 나무바닥에 뭔가 내려놓는 소리가 들렸다. 빵 냄새가 났다. "몸이 받을지 모르겠네요."

"고맙군." 샤이니가 대답을 하다니 놀라웠다.

"템라가 수메 할멈을 찾으러 갔어요." 이번에는 더 젊고 가는 목소리였다. "수메는 의술사인데, 솜씨가 아주 좋은 건 아니지만 가끔 공짜로 봐 주거든요." 목소리가 한숨을 내쉬었다. "롤레가 있었다면 좋았을걸."

"그럴 필요는 없다." 당연하겠지. 샤이니는 날 죽일 셈이니까. 심지어 나조차도 이들이 남들의 호의를 얻을 일이 드물다는 걸 알 수 있었다. 그런 귀한 기회는 나한테 쓰지 말아야 한다. 하지만 다음 순간 샤이니의 말에 나는 한층 더 놀랐다. "하지만 통증을 달랠 게 있으면 좋겠어."

한 여성이 끼어들었다. "이걸 갖고 왔어요." 이번에는 뭔가 다른 것이 바닥에 놓였다. 유리로 된 물건이었는데, 안에서 액체가 출렁이는 소리가 들린 것 같았다. "효과가 아주 좋진 않지만 도움이 될 거예요."

"고마워." 샤이니가 다시 말했다. 아까보다 더 부드러운 목소리였다. "모두 정말 친절하군."

"당신께서도요." 가느다란 목소리가 말했다. 그러더니 나를 재워야 한다고 중얼거리며 세 사람 모두 사라졌다. 나는 계속 그대로 누워 있었다. 별로 충격을 받지도 않았다. 너무 지쳐서 놀랄 힘도 없었다.

"먹을 거다." 뭔가 건조하고 딱딱한 것이 입술을 스치는 게 느껴졌다. 씹기 좋게 잘게 찢은 빵이었다. 빵은 거칠고 맛도 없었다. 샤이니가 작게 찢었는데도 씹느라 턱이 아팠다. 이템파스 교단은 모든 이를 돌본다. 광명의 날개 밑에서는 누구도 굶지 않는다. 하지만 그렇다고 그들이 잘 먹는다는 얘기는 아니다.

침이 도움이 되길 바라며 빵 한 조각을 입에 문 채 아까 들은 이야기를 곰곰이 생각했다. 이들의 대화에서는 오래된 습관, 또는 일종의 의식 같은 분위기가 풍겼다. 나는 빵 조각을 삼킨 뒤 말했다. "여기 사람들은 당신을 좋아하는 것 같네요."

"그래."

"당신이 누군지 아나요? 정체를 알아요?"

"말한 적은 없다."

하지만 그들은 알고 있었다. 확신할 수 있었다. 샤이니를 찾아와 소소한 공물을 바치는 행위에는 분명한 경외감이 담겨 있었다. 그들은 검은 태양에 대해 묻지도 않았다. 그를 믿지 않는 이교도라면 그랬을 거다. 그들은 광명의 군주가 힘이 닿는다면 당연히 그들을 보호할 것이며 그렇지 않다면 물어보는 것조차 부질없는 짓이라 받아들이고 있었다.

말을 하려면 먼저 목을 가다듬어야 했다. "여기 있는 동안 저들을 보호해 줬나요?"

"그래."

"어…… 말도 하고요?"

"처음엔 아니었지만."

하지만 시간이 좀 지나고 나서부터는 대화를 나누게 됐겠지. 나한테 그런 것처럼. 순간 터무니없는 경쟁심이 고개를 치켜들었다. 샤이니가 나와 대화할 가치가 있다고 판단하기까지 석 달이 걸렸다. 고난 속에서 발버둥 치는 이 영혼들을 받아들이는 데에는 얼마나 걸렸을까? 하지만 이내 한숨을 내쉬며 상상을 떨쳐 버렸다. 샤이니가 내민 빵 조각도 거절했다. 입맛이 없었다.

"당신이 친절하게 굴 수 있을 거라곤 상상도 못 했어요. 어렸을 때 백색전당에서 배울 때도 그랬거든요. 사제들은 당신이 온화하고 다정한 성정인 것처럼 말하려 했지만…… 조금 엄격하긴 해도 다정한 할아버지처럼요. 그래도 난 안 믿었어요. 당신은 뭐랄까…… 바르고 선할지는 몰라도 절대로 친절할 거 같진 않았거든요."

유리가 움직이는 소리가 들렸다. 희미한 퐁 소리와 함께 마개가 열렸다. 샤이니의 손이 내 머리 아래쪽을 받치더니 부드럽게 밀어 올렸다. 입술에 작은 병의 입구가 닿았다. 입을 벌리자 시큼한 불길이 쏟아져 들어왔다. 어쨌든 맛이 그랬다. 사레가 들려 콜록였지만 내 몸이 심하게 반발하기 전에 이미 대부분의 액체가 목구멍을 타고 내려간 뒤였다. "신이여, 제발." 병이 재차 입술에 닿았을 때 내가 중얼거리자 샤이니가 병을 물렸다.

다시 혀를 놀릴 수 있게 될 때까지 누워 있는데, 샤이니가 말했다. "아무리 의도가 선해도 실천할 의지가 없다면 아무 의미도 없지."

"어." 화끈거리는 느낌이 희미해지자 슬슬 아까 그게 아쉬워졌다. 잠시나마 팔과 머리의 통증을 잊을 수 있었기 때문이다. "문제는, 당신이 항상 다른 사람의 의도를 짓밟는 방식으로 자기 의도를 실천하려는 것 같았다는 거예요. 그것도 의미 없지 않아요? 득보다 실이 많잖아요."

"세상엔 대의라는 게 있다."

궤변은 이제 지겹다. 신들의 전쟁에 대의란 건 없었다. 그저 죽음과 고통뿐이었지. "그래요. 맘대로 하세요."

나는 한동안 꾸벅꾸벅 졸았다. 아까 마신 액체는 금방 내 머리에 영향을 미쳤다. 정말로 고통을 가시게 하는 게 아니라 신경을 덜 쓰게 했다. 다시 잠이나 잘까 생각하고 있는데 샤이니가 입을 열었다. "내게 뭔가 일어나고 있다." 굉장히 조용한 목소리였다.

"네?"

"친절한 건 내 본성이 아니다. 그 점은 네 말이 옳아. 그리고 난 변화를 잘 받아들이지 못하지."

나는 하품을 했다. 두통이 약간 아득하면서 따스한 느낌으로 조금씩 되살아나고 있었다. "변화는 늘 일어나게 돼 있어요." 나는 하품을 하며 대답했다. "누구나 다 받아들여야 한다고요."

"아니. 누구나가 아니다. 나는 아니지. 그게 나다, 오리. 어지럽게 휘도는 어둠을 가로막는 한결같은 빛. 나는 꼼짝하지 않고 항상 그 자리에 박혀 있는 바위이고, 강은 그 주위를 돌아 흐른다.

너는 그게 마음에 들지 않을지도 몰라. 너는 나를 좋아하지 않으니까. 그러나 내 힘이 없다면 세계는 혼란과 불협화음에 휩싸일 테고 필멸자는 상상도 못 할 지옥이 펼쳐질 거다."

순간 정신이 들어 제일 먼저 생각나는 말을 내뱉었다. "내가 당신을 좋아하지 않는 게 신경 쓰여요?"

샤이니가 어깨를 으쓱하는 소리가 들렸다. "넌 정반대의 본성을 지녔으니까. 내 생각엔 에네파의 혈통 같군."

그 신랄한 말투에 웃음을 터트릴 뻔했지만 그랬다간 두통이 더 심해졌을 거다. 하지만 그때 새로운 사실을 깨달았다. "에네파와 항상 적대하던 사이가 아니었군요."

"우린 적이 아니었다. 나는 그녀도 사랑했지." 단어 사이사이에 담긴 부드러운 공백에서 문득 그게 진실이라는 걸 깨달았다.

나는 눈살을 찌푸렸다. "그럼 왜 그랬어요?"

한참 동안 대답이 없었다.

"그건 일종의 광기였다." 마침내 그가 대답했다. "당시엔 그렇게 생각하지 않았지만. 그때 난 완벽히 합리적인 행동을 하고 있다고 생각했다. 나중에…… 그 순간이 오기 전까지는."

나는 몸을 꿈지럭거렸다. 다친 팔도, 그리고 대화의 주제도 불편했다. "그건 정상이에요. 원래 사람들은 가끔 회까닥할 때가 있거든요. 하지만 그러다 시간이 지나면……"

"그 후엔 되돌릴 길이 없었다. 에네파는 죽었고, 적어도 내가 보기엔 되살릴 방법이 없었지. 나하도스는 나를 증오했고 복수를 위해 모든 세계를 파괴할 터였다. 그러니 그를 풀어 줄 수도 없었지.

그래서 내가 선택한 길을 밀고 나가는 수밖에 없었다." 그가 잠시 머뭇거리다 말을 이었다. "나는…… 내가 한 짓을 후회한다. 그건 잘못된 일이었어. 아주 크게 잘못한 일이었지. 하지만 지금 와서 후회해 봤자 무의미해."

샤이니가 조용해졌다. 이럴 때는 건드리지 말고 놔둬야 했다. 그의 괴로움이 주변 가득 울려 퍼지고 있었다. 그는 무척 오래되었고 나로서는 도저히 헤아릴 수 없는 존재였다. 내가 이해할 수 없는 부분이 너무 많았다. 하지만 나는 손을 내밀어 그의 무릎을 건드렸다.

"후회는 절대 무의미한 게 아니에요. 그냥 그것만으로는 충분하지 않은 거죠. 그걸로 끝나는 게 아니라 앞으로 당신도 바뀌어야 하니까요. 거기서부터 시작이에요."

샤이니가 세상이 무너질 것 같은 지치고 피곤한 한숨을 길게 내쉬었다. "변화는 내 본성이 아니다, 오리. 내가 할 수 있는 건 후회뿐이야."

그러고는 침묵이 이어졌다. 이번에는 훨씬 길었다.

"아까 그거 더 마시고 싶어요." 이윽고 내가 말했다. 팔의 통증이 점점 심해졌다. 술기운이 떨어졌다. "하지만 그 전에 뭔가 먹는 게 좋을 것 같고요."

샤이니가 다시 내 입에 먹을 것을 넣어 주기 시작했다. 중간중간 마을 사람들이 가져다준 물도 먹여 주었다. 나는 입에 물을 조금 머금어 끔찍하게 딱딱한 빵을 부드럽게 할 만큼 여유를 되찾았다. "아침엔 수프가 나올 거다. 조금 가져다 달라고 부탁해 놓았다. 너나 나나 한동안은 다른 사람들 눈에 띄지 않는 게 좋으니까."

"그래요."나는 한숨을 쉬며 말했다."이제 어떻게 하죠? 새빛교단에서 우릴 찾아낼 때까지 여기서 거지들 사이에 섞여 살아요? 매딩의 살인범들이 정의의 심판을 받기 전에 감염 같은 걸로 죽지 않길 바라야 하나요?"나는 마른세수를 했다. 샤이니가 준 독주를 더 마셨더니 벌써 몸이 따뜻해지고 둥둥 뜨는 느낌이 들었다."신이여, 제발 릴이 무사했으면 좋겠네요."

"둘 다 나하도스의 아이들이니 결국엔 둘 중 누가 더 강하느냐의 문제겠지."

나는 고개를 저었다."다테는 소격신이 아니……."그제야 이해했다."아, 그거 아주 많은 게 설명되네요."샤이니가 나를 쳐다보는 게 느껴졌다. 흠, 하지만 주워 담기엔 너무 늦었으니까.

한참 뒤에 그가 말했다."릴은 내 딸이기도 하다. 그러니 그자도 쉽게 이기진 못할 거야."

나는 밤의 군주와 광명의 아버지가 어떻게 같이 자식을 만들 수 있는지 잠시 어리둥절해졌다. 아니면 혈통 같은 거랑은 상관없이 모든 소격신을 자기 자식으로 간주해서 비유적으로 말한 건가? 하지만 이내 그 생각을 지워 버렸다. 그들은 신이었다. 나는 그들을 이해할 필요가 없었다.

우리는 한동안 침묵 속에서 이슬이 맺히는 소리에 귀를 기울였다. 샤이니가 남은 빵을 다 먹고는 나무 벽에 등을 기대앉았다. 나는 누운 채로 새벽이 오려면 얼마나 남았을지, 그리고 새벽을 맞이할 만큼 오래 살아 봤자 무슨 의미가 있을지 생각했다.

한참 뒤에 내가 말했다. "도움을 청할 수 있는 사람을 알아요. 다른 소격신을 부를 순 없죠. 그러다 또 나 때문에 죽을지도 모르니까요. 하지만 새빛 교단에 맞서 싸울 수 있을 만큼 강한 필멸자들이 있을 거예요. 당신이 도와주기만 하면요."

"내가 어떻게 해 주길 바라지?"

"게이트웨이 공원으로 데려다줘요. 프롬나드에 있어요." 내가 마지막으로 행복했던 곳. "롤레가 발견된 곳이요. 기억나요?"

"그래. 그 지역엔 새빛 신도들이 자주 나타나지."

그랬다. 해마다 이맘때, 세계수에 꽃이 피기 시작하면 온갖 종교 집단이 회색의 여신의 순례자들을 자기네 신앙으로 개종하기 위해 프롬나드에 몰려들었다. 광명의 이템파스에게 등을 돌린 이들을 개종시키는 게 더 쉬우니까.

"들키지 않고 백색전당까지 가게 도와줘요."

샤이니는 아무 말도 하지 않았다. 갑자기 눈물이 핑 돌았다. 이유는 모르겠다. 술 때문일 거다. 나는 눈물을 꾹 눌러 참았다.

"이 일이 끝나는 걸 내 눈으로 직접 봐야겠어요, 샤이니. 새빛 교단이 무너지는 걸 반드시 확인하고야 말 거예요. 놈들은 아직 내 피를 갖고 있고 그걸로 더 많은 화살촉을 만들겠죠. 매딩은 에네파랑 달라요. 그이는 다시는 살아나지 않을 거라고요."

아직도 마음속에 매딩이 보인다. *늘 네가 특별하다는 걸 알았지.* 매딩은 말했다. 그리고 내가 가진 그 특별함이 그를 죽였다. 그의 죽음이 마지막이어야 한다.

샤이니가 자리에서 일어나 상자 밖으로 나가 버렸다.

더는 어쩔 수가 없었다. 나는 눈물에 굴복했다. 더는 내가 할 수 있는 일이 없었다. 혼자서 프롬나드까지 갈 힘도 없고, 새빛 교단을 오랫동안 피해 다닐 힘도 없었다. 내 유일한 희망은 이템파스 교단이었다. 하지만 샤이니가 도와주지 않는다면 —

그때 샤이니의 묵직한 발걸음이 들려와 숨을 멈췄다. 간신히 몸을 일으키며 얼굴에 흐르는 눈물을 닦았다.

뭔가 무겁고 펄럭이는 것이 내 앞에 떨어졌다. 만져 보자 뭔지 알 수 있었다. 망토였다. 씻지 않은 오물과 썩은 오줌 냄새가 났다. 샤이니가 왜 그걸 가져왔는지 깨닫고 숨을 삼켰다.

"입어라. 가자."

✳

프롬나드.

아직 새벽이 오기 전인데도 프롬나드는 고요한 것과는 거리가 멀었다. 거리와 모퉁이 곳곳에 사람들이 모여 웅성거리고 일부는 울고 있었다. 나는 처음으로 도시 전체에 긴장감이 가득하다는 걸 실감했다. 전날 검은 태양이 뜬 탓일 것이다. 이 도시는 밤에 절대 조용한 법이 없지만 바람결에 들리는 소리로 미뤄 보아 많은 주민이 전날 밤에 잠을 제대로 못 잔 것 같았다. 꽤 많은 이들이 다음 날에는 태양이 평소처럼 돌아갔길 바라며 뜬눈으로 일출을 기다렸을 것이다. 평상시 거리에 나오는 상인들도 보이지 않고 아직 이른 시간이긴 하지만 예술의 거리에도 한 명도 없었다. 하지만 순례자들의 소리가 들렸다. 평소보다 많은 이가 모여 벽돌길 위에 무릎을 꿇고 새벽을 의미하는 회색의 여신에게 기도를 중얼거리고 있었다. 부디 그녀가 그들을 구해 주길 기원하면서.

샤이니와 나는 프롬나드를 건너지 않고 건물에 가까이 붙어 조용히 길을 갔다. 프롬나드를 건넌다면 더 빠를 터였다. 백색전당은 우리 바로 맞은편에 있었으니까. 하지만 그랬다면 떼 지어 서성대고 있는 군중 사이에서 금방 눈에 띄었을 거다. 도시 주민들은 대부분 방문객이 많은 지역엔 가지 않는 게 좋다는 걸 안다. 교단수호자들에게 혼쭐이 날 수 있기 때문이다. 특히 오늘 같은 날에는 그들도 잔뜩 긴장하고 있을 테고 그중 상당수가 다혈질의 청년들이었다. 그런 교단수호자들은 나와 샤이니를 잡자마자 빈 창고로 데려가 직접 손을 봐 줄 것이다. 그러니 더 적절한 방식으로 일을 처리하고 우리를 받아 줄 백색전당까지 가야 했다.

나는 임시로 사용하던 지팡이를 버렸다. 내 정체가 너무 쉽게 드러날 뿐만 아니라 어차피 들고 다닐 힘도 없었다. 마을에서 쉬면서 회복한 약간의 기운마저 고열 때문에 바닥나서 자주 멈춰서서 쉬어야 했다. 나는 샤이니 뒤에 바짝 따라붙어 걸었다. 그가 장애물을 만나거나 모인 사람들을 피해 돌아갈 때 알 수 있도록 그의 옷자락을 쥔 채였다. 그래서 어쩔 수 없이 몸을 낮추고 주춤주춤 걸어야 했는데, 덕분에 더욱 그럴듯하게 가장할 수 있었다. 하지만 샤이니는 달랐다. 그는 평소처럼 등을 꼿꼿이 세우고 당당하게 걸었다. 아무도 알아보지 못하기만을 바랄 뿐이었다.

중간에 한 줄로 쇠사슬에 묶인 채 오늘 하루가 시작되기 전에 빗자루로 길을 깨끗이 쓰는 사람들을 만나 잠시 멈춰 서서 기다려야 했다. 아마도 빛을 져서 조상들의 마을에서 겨우 한 발짝 떨어진 삶을 사는 이들일 것이다. 도시 전체가 긴장에 휩싸여 있는데도 변함없이 일을 해야 하는 사람들. 이템파스 교단이라면 당연히 신이 사형 선고를 내리더라도 도시의 일상 생활을 지속하려 들겠지.

그들이 지나가자 샤이니가 다시 앞으로 걷기 시작했다. 그러다가 갑자기 우뚝 서는 바람에 나는 그의 등에 부딪히고 말았다. 샤이니가 팔을 뻗어 나를 어떤 건물 출입구에 있는 공간으로 밀어 넣었다. 불행히도 그 과정에서 내 부러진 팔을 건드리고 말았는데, 용케도 비명을 지르지 않고 간신히 참아 냈다.

"왜 그래요?" 드디어 말을 할 수 있게 되어 속닥였다. 나는 색색대며 숨을 쉬고 있었다. 열이 아직도 너무 심해서 이러면 조금이나마 시원하게 느껴졌다.

"교단수호자들이 순찰을 돌고 있다." 그가 짧게 대답했다. 프롬나드 전체가 수호자들로 득시글거리고 있었다. "아직 우릴 발견하진 못했다. 가만히 있어."

나는 그의 말에 따랐다. 우리는 아주 오랫동안 기다렸다. 아침이 오면 으레 그렇듯 샤이니의 몸이 빛나기 시작할 때까지. 이제껏 그의 마법의 빛을 본 사람이 나 말고는 아무도 없지만 이러다 새빛교도들한테 들킬지도 모른다는 걱정이 들었다. 어쩌면 우리에게 유리하게 작용해 소격신의 눈에 띌 수도 있고.

균형을 잃고 몸이 깜박 뒤로 넘어가서 놀라 눈을 깜박였다. 샤이니가 나를 붙들더니 문 쪽으로 밀어붙였다.

"뭐예요?" 머릿속이 흐릿했다.

"방금 쓰러졌었다."

나는 심호흡을 하고 몸을 떨다가 간신히 정신을 차렸다. "조금만 더 가면 돼요. 할 수 있어요."

"아무래도……"

"아뇨." 나는 최대한 단호하게 말했다. "계단까지만 데려다줘요. 정 안 되면 거기서 기어서라도 갈 테니까."

샤이니는 탐탁지 않은 기색이 역력했지만 늘 그러듯이 아무 말도 하지 않았다.

"나랑 같이 들어갈 필요는 없어요." 약간이나마 기운을 차린 내가 말했다. "당신을 죽일 테니까."

샤이니가 한숨을 쉬고 내 손을 잡으며 무언의 책망을 보냈다. 우리는 조심스럽게 원형의 길을 따라 움직였다.

백색전당에 무사히 도착한 데 너무 감격해서 무심코 이템파스에게 감사의 기도를 중얼거렸다. 샤이니가 고개를 획 돌려 나를 쳐다보더니 잠시 후 나를 계단으로 이끌었다.

커다란 금속 문을 처음 두드렸을 때는 아무 반응도 없었다. 하지만 생각해 보니 너무 약하게 두드린 것 같았다. 다시 두드리려고 손을 들어 올렸다가 몸이 휘청거리자 샤이니가 내 손을 붙잡아 저지하고는 직접 문을 두드렸다. 세 번의 똑똑똑 소리가 어찌나 우렁찬지 건물 전체가 울리는 느낌이었다. 세 번째 메아리가 채 사라지기도 전에 문이 열렸다. "원하는 게 뭐야?" 경비가 짜증

섞인 목소리로 물었다. 우리를 위아래로 훑어본 후에는 짜증이 배가 된 것 같았다. "식량 배급은 매일 하던 대로 정오에 마을에서 있을 거야." 그가 사납게 딱딱거렸다. "당장 안 꺼지면……"

"내 이름은 오리 쇼스예요." 나는 마로네라는 걸 알아볼 수 있게 후드를 뒤로 젖혔다. "난 교단수호자 세 명을 죽였어요. 교단에서는 날 찾고 있고요. 아니, 우리를 찾고 있죠."

나는 피곤한 동작으로 샤이니를 향해 손짓했다. "프레빗 리마른디와 이야기하고 싶어요."

✳

그들은 우리를 갈라 놓은 다음, 나를 의자와 탁자, 물 한 컵이 놓인 작은 방에 밀어 넣었다. 나는 물을 다 마시고 나서 침묵을 지키고 있는 경비에게 물을 더 달라고 부탁했다. 그가 아무것도 가져다주지 않아 탁자에 머리를 박고 잠들었다. 거기에 대해서는 아무 지시도 없었는지 한동안은 나를 깨우지 않았다. 그러다 어느 순간 누군가 나를 사납게 흔들어 깨웠다.

"오리 쇼스." 익숙한 음성이 말했다. "이건 예상 못 했는데. 나를 만나고 싶다고 요청했다고?"

리마른. 그 냉랭한 목소리가 이렇게 반가울 수가 없었다.

"그래요." 목소리가 잠겨서 갈라졌다. 온몸이 뜨겁고 오한이 났다. 지금 내 몰골은 온 세상 지옥을 합쳐 놓은 것만큼 끔찍할 것이다. "종교 집단이 있어요. 이단은 아니고 이템파스교예요. 자기들은 새빛교라고 불러요. 그중에 필경사가 하나 있는데 다테라고 해요."다테의 성을 기억해 보려 했지만 생각나지 않았다. 나한테 말한 적이 있었던가? 중요하지 않다. "그들 사이에선 니프리라고 불리더군요. 그자는 악마예요. 옛날이야기에 나오는 진짜 악마요. 악마의 피는 신에게 독이 되죠. 그자가 소격신을 납치해서 죽이고 있어요. 롤레와…… 다른 소격신을 죽인 것도 그자예요."이제 기력이 다했다. 애초에 몸 상태가 엉망이라 가능한 한 빨리 털어놓은 것도 그 때문이었다. 고개가 떨궈지기 시작하고, 탁자가 손짓하며 불렀다. 어쩌면 더 잘 수 있을지도 모른다.

"상당히 놀라운 이야기군."리마른이 잠깐 시간을 뒀다가 말했다. "상당히 놀라운 이야기야. 게다가 당신은…… 몹시 힘들어 보이고. 보호자인 소격신 매딩이 실종되었기 때문일 수도 있겠지만. 앞서 발견된 두 사건처럼 시신이 나타나지 않을까 기다리고 있는데 아직까진 아무 소식도 없어."

내 반응을 보기 위해 일부러 상처 주는 말을 하는 거겠지만 매딩의 죽음 그 자체만큼 내게 상처가 되는 건 없었다. 나는 한숨을 내쉬었다. "이나, 그리고 어쩌면 오보로도 실종됐다고…… 들었어요."짐작건대 밤의 군주가 인상적인 경고를 보낸 것도 그들의 시신이 발견됐기 때문일 것이다.

"어디서 들었는지 밝혀야 할 거다. 그 정보는 공개한 적이 없으니까."리마른의 손가락이 탁자를 탁탁 두드리는 소리가 들렸다. "지난 몇 주간 힘든 시간을 보냈다는 건 알겠군. 거지들 사이에 숨어 있었나?"

"아뇨. 아, 네. 내 말은, 오늘만요." 나는 그의 얼굴이 위치해 있을 곳을 향해 고개를 들었다. 눈이 보이는 사람들은 그들이 보이는 것처럼 행동할 때 내게 더 진지하게 대응한다. 나는 리마른이 내 말을 믿어 주길 바랐다. "제발 부탁이에요. 직접 그들을 추적해도 상관없으니까. 하지만 그러면 안 될 거예요. 다테는 아주 강하고 그의 아내는 아라메리거든요. 순혈이요. 아마 군대도 있을 거예요. 그러지 말고 소격신, 소격신들한테 알려요. 네머라든가."

"네머?" 그 말에는 드디어 리마른이 놀란 듯한 반응을 보였다. 네머와 아는 사이인 걸까, 아니면 그녀가 누군지 아는 걸까? 교단 수호자들은 그림자에 사는 여러 신을 파악하고 있으니 그럴 만도 했다. 네머의 본성이 광명의 밝고 편안한 질서를 거스른다는 점을 생각하면 특별한 주시 대상이었을 거라는 생각이 들었다.

"그래요. 매딩이…… 둘이 같이 일했거든요. 사라진 형제자매를 찾으려고요." 너무 고단했다. "제발요. 물 좀 주시면 안 돼요?"

순간 나는 그가 내 말을 들어주지 않을 거라고 생각했다. 하지만 놀랍게도 리마른이 자리에서 일어나더니 문 쪽으로 다가갔다. 밖에 있는 누군가에게 말을 하는 소리가 들리더니 잠시 후 탁자로 돌아와 물이 담긴 컵을 내 손에 쥐여 주었다. 리마른을 따라 다른 사람이 들어와 방 건너편 벽에 붙어 섰다. 누군지는 알 수 없었다. 아마 다른 교단수호자겠지.

나는 컵을 들어 올리다 내용물을 반이나 쏟아 버렸다. 그러자 리마른이 내 손에서 컵을 빼앗아 들어 입술에 대 주었다. 나는 물을 마시고 컵 가장자리를 핥은 다음 말했다. "고마워요."

"상처는 어쩌다 입은 거지, 오리?"

"세계수에서 뛰어내렸어요."

"당신⋯⋯" 리마른은 잠시 아무 말도 없더니 한숨을 내쉬었다. "아무래도 무슨 일이 있었는지 처음부터 다 말해 주는 게 좋겠군."

나는 말을 더 해야 한다는 엄청난 짐에 대해 생각해 보고는 고개를 내저었다.

"그렇다면 내가 왜 당신을 믿어야 하지?"

웃고 싶었다. 왜냐하면 그 질문에 대답해 줄 말이 없었기 때문이다. 내가 세계수에서 뛰어내리고도 살아남은 증거를 원하는 걸까? 새빛 교단이 나쁜 음모를 꾸미고 있다는 증거를 원하는 거야? 어떻게 해야 설득할 수 있지? 그냥 이 자리에서 고꾸라져 죽어?

"증거는 필요 없네, 프레빗 디." 새로운 목소리였다. 정신이 번쩍 들기에 충분한 목소리였다. 나는 그 목소리를 알았다. 오, 신이여. 내가 그 목소리를 얼마나 잘 아는지.

"믿음만으로 충분하니까." 새빛 교단에서 입회자들을 관할하는 마스터 하도가 피식 웃었다. "안 그렇습니까, 에루 쇼스?"

"안 돼." 할 수만 있다면 그 자리에서 벌떡 일어나 도망쳤을 것이다. 하지만 내가 할 수 있는 일이라곤 절망 어린 신음을 내뱉는 것뿐이었다. "안 돼. 거의 다 됐는데."

"당신이 생각하는 것보다 훨씬 잘했습니다." 하도가 다가와 내 어깨를 토닥였다. 지독하게 부어 화끈거리는 아픈 쪽 어깨였다. "아, 몸이 안 좋군요. 프레빗, 어째서 의술사를 불러오지 않았나?"

"그러려던 참이었습니다, 하도 경." 리마른이 말했다. 화가 난 말투였지만 그 아래에는 조심스러운 정중함이 깔려 있었다. 이게 무슨……?

하도가 흠흠거리더니 내 이마에 손등을 대고 살짝 눌렀다. "다른 한 명은 준비됐나? 놈을 굴복시키는 데 힘을 빼고 싶진 않군."

"원하신다면 나중에 부하들을 시켜 인계해 드리겠습니다." 리마른의 싸늘한 미소가 들리는 것 같았다. "아주 고분고분하게 만들어 놓지요."

"고맙지만 필요 없네. 명령은 받았는데 시간이 없거든." 손 하나가 내 멀쩡한 팔을 붙잡고 끌어올렸다. "걸을 수 있습니까, 레이디 오리?"

"어디로…… 가는 거죠." 숨이 쉬어지지 않았다. 두려움이 머리를 잠식했다. 하지만 나를 더욱 혼란스럽게 만든 건 방금 들은 대화였다. 리마른이 나를 새빛 교단에 넘기는 거야? 대체 언제부터 이템파스 교단이 사이비 집단 밑에 들어간 건데? 아무것도 이해할 수가 없었다. "날 어디로 데려가는 거죠?"

하도는 내 질문을 무시하고 계속 잡아당길 뿐이었고, 그래서 나는 옆에서 종종걸음치며 따라가는 수밖에 없었다. 하지만 이내 그는 걸음을 늦춰야 했다. 내가 움직일 수 있는 속도에 한계가 있었기 때문이다. 작은 방 밖에는 남자 두 명이 대기하고 있었는데 그중 하나가 내가 피하기도 전에 상처 입은 팔을 움켜잡았다. 내가 비명을 지르자 하도가 욕설을 퍼부었다.

"이 여자 상태를 봐라, 멍청아. 조심해서 대해." 남자는 그 말을 듣고 나를 놓아주었지만 다른 동료는 여전히 내 다치지 않은 팔을 붙잡고 있었다. 하지만 그가 없었다면 나는 서 있지도 못했을 것이다.

"내가 데려가지." 샤이니가 말했다. 나는 눈을 깜박였다. 잠시 정신을 깜박 잃었던 게 틀림없다. 누군가 나를 강인한 팔로 안아 올렸다. 마치 따사로운 햇볕 아래 앉아 있는 것처럼 온몸에 따뜻한 기운이 돌았다. 안전한 것하고는 거리가 먼 상황이었지만 이상하게도 안심이 됐다. 그래서 나는 다시 잠들었다.

*

이번에 깨어났을 때는 달랐다.

일단 시간이 오래 걸렸다. 고요한 수면에서 깨어나 각성 상태로 옮겨 가는 동안, 머리로는 모든 과정을 인식하면서도 몸으로는 따라잡지 못했다. 그래서 그대로 누운 채 주변의 적막감과 따뜻함, 편안함을 느끼며 다소 멍한 상태로 지금껏 무슨 일이 있었는지 떠올렸다. 하지만 막상 움직일 수는 없었다. 그러나 몸이 구속되어 있다거나 불안한 느낌은 들지 않았다. 그저 이상할 따름이었다. 그래서 육신이 알아서 적당한 때 깨어나겠다고 고집을 부리는 동안 피곤한 기색도 느끼지 못하고 둥둥 떠다니는 몽롱한 기분에 빠져 있었다.

하지만 결국엔 숨을 깊이 들이마시는 데 성공했다. 그런데도 아프지 않아서 깜짝 놀랐다. 갈비뼈가 부러진 줄 알았던 부위에서 느껴지던 심한 통증이 사라지고 없었다. 너무 놀라 재차 숨을 깊

378

이 들이마셔 보고 다리를 조금 움직여 본 다음, 마침내 눈을 떴다.

앞이 보였다.

사방에서 뿜어져 나오는 빛이 나를 둘러싸고 있었다. 벽. 천장. 나는 고개를 돌렸다. 바닥도 마찬가지였다. 눈길이 닿는 모든 곳이 빛나고 있었다. 광을 낸 돌이나 대리석 같은 이상하고 단단한 물질이 그 안에 내재된 마법으로 밝고 하얗게 빛나고 있었다.

나는 고개를 돌렸다.(더욱 놀랍게도 이 역시 아프지 않았다.) 바닥에서 천장까지 이어지는 높고 커다란 창문이 한쪽 벽면을 전부 차지하고 있었다. 밖은 보이지 않았지만 유리가 희미하게 빛나는 게 보였다. 옷장, 커다란 의자 두 개, 그리고 구석에 있는 예배용 제단 등 방에 놓인 가구에서는 빛이 나지 않았다. 벽과 바닥에서 발산되는 하얀 빛을 가리고 있는 어두운 그림자로만 보였다. 그렇다면 여기 있는 모든 게 마법은 아니라는 얘기다. 내가 누워 있는 침대도 하얗게 빛나는 바닥을 가리는 검은 형태로만 보였다. 그리고 벽 속에서 위아래로 무작위로 뻗어 있는 기다란 검은 물질은 내 평생 처음 보는 것이었다. 거기서도 빛이 나고 있었는데, 그 희미한 녹색 빛에는 왠지 모르게 친숙한 데가 있었다. 그건 바닥과는 또 다른 종류의 마법이었다.

"깼군요." 의자에 앉아 있던 하도가 말했다. 나는 화들짝 놀랐다. 벽에서 발산되는 빛을 가리고 있던 다리 윤곽을 미처 알아보지 못했기 때문이다.

하도가 의자에서 일어나 다가왔다. 뭔가 이상한 점이 있었다. 방 안에 있는 비마법적인 물체는 내게 어둡게 보였는데 하도는 그보다도 더 검고 어두웠다. 그가 똑같이 어두운 물체 앞을 지나 갈 때만 알아차릴 수 있을 정도로 아주 미묘한 차이였다.

하도가 몸을 굽혀 내 이마에 손을 얹었다. 나는 순간 그가 매딩을 죽인 자들과 한패라는 사실을 떠올리고 손을 탁 쳐 냈다.

하도가 잠시 멈칫하더니 웃었다. "몸이 많이 좋아졌군요. 그럼 일어나서 옷을 갈아입어요, 레이디. 아주 중요한 분과 만나야 하니까. 예의 바르게 굴면, 그리고 운이 좋다면 그분이 당신이 궁금해하는 것들에 대답을 해 줄지도 모릅니다."

나는 얼굴을 찌푸리며 일어나 앉았다. 그제야 팔이 거추장스럽다는 사실을 깨달았다. 자세히 살펴보니 팔 윗부분을 고정하고 긴 금속 막대 두 개로 부목을 대 붕대로 단단히 묶어 놓았다. 팔을 구부리려 하자 근육 전체로 극심한 통증이 퍼졌다. 하지만 전보다는 훨씬 나았다.

"내가 여기 얼마나 오래 있었죠?" 묻긴 했지만 대답을 듣기가 두려웠다. 내 몸은 깨끗했다. 손톱 밑에 끼어 있던 마른 핏자국도 사라졌다. 머리는 단정하게 하나로 땋여 있었다. 갈비뼈와 머리에는 붕대가 감겨 있지 않았다. 상처도 없었다.

이렇게 되려면 며칠은 필요했다. 몇 주일 수도 있고.

"당신이 여기 온 건 어제입니다." 하도가 내 무릎 위에 옷을 올려놓았다. 만져 보니 새빛교도가 입는 옷이 아니라는 걸 알 수 있었다. 손가락에 닿는 느낌이 그보다 훨씬 좋고 보드라웠다. "상처는 대부분 치료했지만 팔은 며칠이 더 걸릴 겁니다. 주문을 건드리지 말아요."

"주문?" 하지만 입고 있던 잠옷의 소매를 들어 올리자 발견할 수 있었다. 옷에 붙어 있는 작은 정사각형 종이에 세 개의 인이 서로 얽혀 그려져 있었다. 검게 보이는 내 몸 위에서 글자들이 빛을 발하며 마법을 발휘하고 있었다.

의술사는 일반적으로 가장 흔히 알려져 있거나 그리기 쉬운 단순한 인을 사용하기도 하지만 여러 개의 인을 엮은 주문을 사용하지는 않는다. 이렇게 복잡하고 난해한 건 필경사의 솜씨고, 이런 걸 얻으려면 보통 어마어마한 비용이 들었다.

"이게 다 무슨 일이죠, 하도?" 창문으로 다가가는 하도를 따라 고개를 움직이며 물었다. 하도의 몸이 드리우는 독특한 그림자를 찾는 데 익숙해지자 위치를 쉽게 알 수 있었다. "여긴 '떠오른 태양의 집'이 아니잖아요. 대체 무슨 일이 벌어지고 있는 거예요? 그리고, 당신…… 당신 대체 정체가 뭐예요?"

"보통 그런 걸 첩자라고 부른다지요, 레이디 오리."

그런 대답을 듣자고 물은 건 아니었지만, 어안이 벙벙해졌다. "첩자? 당신이?"

하도가 나직하게 건조한 웃음소리를 냈다. "레이디 오리, 유능한 첩자가 되는 비결은 자신이 맡은 역할을 진심으로 믿고 결코 그 인물에서 벗어나지 않는 겁니다." 그가 어깨를 으쓱했다. "날 좋아하지 않을 수도 있지만 어쨌든 난 당신과 당신 친구들을 살리려고 최선을 다했어요."

매딩이 생각나 시트를 꼭 움켜쥐었다. "별로 잘하진 못한 것 같은데요."

"모든 면을 고려할 때, 나는 아주 훌륭하게 해냈습니다. 하지만 당신 연인의 죽음에 대해선 나를 탓해도 좋습니다. 그편이 마음이 편하다면야." 하도는 내가 그러든 말든 상관없다는 투였다. "하지만 조금만 시간을 들여 생각해 보면 다테가 어차피 그를 죽였으리라는 걸 알 테죠."

이해가 가는 게 하나도 없었다. 나는 이불을 옆으로 젖히고 일어나려 했다. 내 몸은 아직 약했다. 아무리 마법으로 치유한다고 해도 이런 건 회복시킬 수가 없다. 하지만 전보다는 확실히 몸에 힘이 들어갔다. 건강이 나아지고 있다는 신호였다. 나는 두 번이나 시도한 후에야 일어설 수 있었다. 일어선 뒤에도 몸이 휘청거리지 않았다. 나는 최대한 빨리 잠옷을 벗고 하도가 가져온 옷으로 갈아입었다. 블라우스와 우아한 긴 치마였다. 새빛 교단의 수수한 옷에 비하면 훨씬 더 내 취향이었다. 게다가 내 몸에 완벽하게 맞았다. 심지어 신발도. 부목을 댄 팔을 고정할 팔걸이도 있었는데 일단 착용법을 익히고 나자 끊임없이 느껴지던 통증이 훨씬 완화되는 것 같았다.

"준비됐습니까?" 하도가 묻더니 대답할 틈도 없이 내 팔을 잡았다. "그럼 갑시다."

방에서 나와 길고 구불구불한 복도를 걸었다. 놀랍게도 그 모든 게 눈에 보였다. 우아한 벽, 아치형 천장, 거울처럼 매끄러운 바닥. 널찍한 낮은 계단을 오를 때는 약간 걸음을 늦춰야 했다. 평소처럼 지팡이를 쓰는 게 아니라 눈으로만 높이를 측정하는 방법을 몰라 시행착오를 통해 익혀야 했기 때문이다. 일단 요령을 익히자 하도의 손에 의지할 필요가 없다는 걸 알게 됐다. 그래서 나중엔 그의 손을 놓고 다른 사람 도움 없이 온전히 내 힘으로만 걷는 신기한 경험을 만끽했다. 평생 동안 깊이 지각이니 파노라마 같은 난해한 단어를 들어 왔지만 그게 정확히 뭔지 이해한 적은 한 번도 없었다. 이제 나는 눈이 보이는 사람이 된 듯한 기분에 빠졌다. 아니면 적어도 눈이 보인다는 건 어떤 기분일지 상상만 했던 것을 실제로 체감할 수 있었다. 모든 게 보였다. 인간의 형상을 한 어두운 그림자로 내 옆에서 걷는 하도와 때때로 우리 옆을 지나는 사람들의 그림자만 빼고. 사람들은 대개 빠른 걸음으로 우리를 지나쳤고 말도 걸지 않았다. 나는 부끄러운 줄도 모르고 그들을 빤히 쳐다봤다. 심지어 가끔 그림자가 몸을 돌려 나를 마주 노려볼 정도였다.

그때 한 여성이 우리 바로 옆을 스쳐 지나갔다. 덕분에 그녀의 이마가 눈에 들어와서 순간 발을 멈추고 말았다.

아라메리 가문의 혈인이었다.

세리믄과는 다른 모양이었다. 그게 무슨 의미인지는 모르겠다. 아라메리 가문에서는 하인들도 그저 먼 친척일 뿐 전부 아라메리 혈통이라는 소문을 들은 적이 있다. 그래서 전부 다 가문의 일원만 이해할 수 있는 은밀한 표식을 달고 있다고 했지.

하도도 멈췄다. "왜 그럽니까?"

점점 불어나는 의심에 나는 하도를 놔두고 벽 쪽으로 다가가 거기 있는 녹색 반점을 만져 보았다. 손가락에 느껴지는 촉감은 거칠고 까끌까끌하고 단단했다. 몸을 가까이 기울여 냄새를 맡아 보왔다. 희미하지만 착각할 여지 없이 친숙한 냄새였다. 세계수의 달콤하고 살아 있는 나무 냄새였다.

나는 하늘궁에 있었다. 아라메리 가문의 마법의 궁전. 이곳은 하늘궁이었다.

하도가 내 뒤로 다가왔다. 이번만큼은 그도 아무 말도 하지 않았다. 내가 현실을 받아들일 수 있게 가만히 기다릴 뿐이었다. 이제야 알 것 같았다. 아라메리는 새빛 교단을 감시하고 있었다. 세리믄이 관련되어 있어서일 수도 있고 어쩌면 새빛교가 이템파스 교단에 위협이 될 수 있다는 걸 알았기 때문일 수도 있다. 나는 늘 하도의 이상하게 귀족적인 말투가 의아했었다. 마치 평생 동안 권력에 둘러싸여 살아온 사람 같았지. 그도 아라메리일까? 이마에 표식은 없지만 지울 수 있는 것인지도 모른다.

하도는 아라메리 가문의 명을 받아 새빛 교단에 잠입한 사람이었다. 그는 그들이 겉으로 보이는 것보다 훨씬 더 위험하다고 보고했을 것이다. 하지만 만일 그렇다면 —

나는 하도를 쳐다보았다. "세리믄도 첩자인가요?"

"아뇨. 그녀는 배신자입니다. 이 가문 사람을 그렇게 부를 수 있다면 말이죠." 하도가 어깨를 으쓱했다. "사회를 재구성하는 건 아라메리의 전통이죠. 성공하면 권력을 얻고 실패하면 죽습니다. 세리믄도 곧 알게 되겠지만."

"그럼 다테는요? 그자는 뭐죠? 세리믄한테 끌려다니는 추종자?"

"지금쯤 죽었으면 좋겠군요. 어젯밤 아라메리 군대가 '떠오른 태양의 집'을 습격했거든요."

놀라서 숨을 들이켰다. 하도가 웃었다.

"당신이 탈출한 덕에 고대하고 있던 기회를 잡았습니다. 입회자를 감독하는 직책을 맡아서 새빛 교단 내부에 접근할 수는 있었지만, '떠오른 태양의 집'에서는 바깥과 소통하기가 어려웠거든요. 의심을 불러일으킬 테니까요. 하지만 세리믄이 당신을 찾아 내려고 새빛교의 거의 모든 인원을 동원해 푼 덕분에 친구들에게 소식을 전할 수 있었어요. 그 친구들이 올바른 귀에 정보를 전달해 줬고요." 하도가 잠시 말을 멈췄다. "그래도 한 가지 점에서만큼은 새빛교가 옳았습니다. 신들은 필멸자에게 분노할 이유가 있고, 동족의 죽음은 우리가 그들의 애정을 얻는 데 전혀 도움이 안 된다는 거지요. 아라메리는 그 사실을 이해하고 있었기에 상황을 통제하기 위한 조치를 취했고요."

세계수 껍질을 만지작거리던 내 손이 떨리기 시작했다. 나는 세계수가 하늘궁을 관통해 자라고 있어 본질적으로 궁전과 하나로 융합되어 있다는 사실을 전혀 몰랐다. 뿌리 근처의 껍질은 이보다 훨씬 거칠고 틈새 주름도 내 손바닥 길이만큼이나 깊다. 이곳에 있는 위쪽 줄기의 껍질은 그에 비하면 거의 매끈할 정도고 주름도 자잘했다. 나는 마음의 안정을 찾아 멍하니 껍질을 어루만졌다.

"아라메리 대군주." 전 세계를 지배하는 가문의 수장, 티브릴 아라메리. "지금 그분을 만나러 가는 거군요."

"그래요."

나는 신들 사이를 걸었고, 그들이 내 조상들에게 물려준 마법을 휘둘렀다. 나는 신들을 품 안에 껴안고 내 손이 그들의 피로 젖는 것을 보았으며, 그들을 두려워했고 그들 또한 나를 두려워했다. 그러니 필멸자 하나가 뭐가 대수일까?

"알았어요." 나는 하도를 향해 몸을 돌렸다. 그가 내게 팔을 내밀었다. 하지만 나는 그 팔을 잡지 않고 말없이 옆을 지나쳤다. 하도가 고개를 저으며 한숨을 지었다. 그러더니 곧 나를 뒤따라왔다. 우리는 하얗게 빛나는 복도를 따라 함께 걸었다.

17장
금빛 사슬
(금속판에 음각)

티브릴 아라메리는 무척 바쁜 사람이었다. 우리가 긴 복도를 따라 알현실로 이어지는 웅장한 문을 향해 걷는 동안에도 알현실 문은 여러 차례 열리고 닫히며 빠르게 걷는 하인들과 신하들을 들여보내거나 뱉어 냈다. 대부분은 두루마리나 두루마리 더미를 들었고, 몇몇은 아마도 칼이나 창일 법한 길고 뾰족한 형태의 물체를 지니고 있었다. 많은 이들이 값비싼 옷차림을 했으며 이마에 아라메리의 표식을 달고 있었다. 복도에 모여 대화를 나누는 사람은 없었지만 몇몇은 걸으면서 이야기를 했다. 이국적 억양이 가미된 세늠어가 들렸다. 나르쉬, 민, 벨른, 멘체이, 그 외에 나는 모르는 여러 언어였다.

개인의 능력을 높게 평가하는 바쁜 인물. 아라메리 경의 도움을 얻고자 한다면 이 점을 명심해야 할 터였다.

우리는 문 앞에서 잠시 멈췄다. 하도가 문 앞에 서 있는 두 여성에게 우리를 소개했다. 둘 다 평균보다 작은 키에, 흔들리는 게 보일 정도로 곧게 떨어지는 머리채로 보아 하이노스인이라는 생각이 들었다. 처음에는 위병으로 보이지 않았다. 작은 무기를 쓰거나 품 안에 숨기고 있을지도 모르지만 무기가 안 보였으니까. 하지만 그들의 어깨에 있는 뭔가가 이들이 위병이라는 사실을 알려주었다. 이들은 아라메리가 아니었다. 심지어 아믄인도 아니었다. 그렇다면 아라메리 경을 그의 가족들로부터 보호하려고 여기 있는 것일까? 아니면 다른 의미가 있는 걸까?

그중 한 명이 방 안으로 들어가 우리가 도착했음을 알렸다. 잠시 후, 한 무리의 사람들이 우르르 나와 우리 옆을 지나갔다. 그들은 호기심이 가득한 눈으로 나를 훑어보았다. 나뿐만이 아니라 하도도 빤히 쳐다보았다. 특히 함께 나타난 순혈 두 명은 곧바로 귓속말을 주고받기 시작했다. 나는 하도를 슬쩍 쳐다 보았지만 그는 순혈들이 눈에 보이지도 않는 듯이 굴었다. 그의 얼굴을 만져 보고 싶었다. 이상하게 만족스러워하는 기색이라 그걸 어떻게 해석해야 할지 알 수 없기 때문이었다.

안에서 위병이 나타나더니 아무 말 없이 우리를 위해 문을 열어 잡아 주었다. 나는 하도를 따라 방 안으로 들어갔다.

알현실은 텅 비어 있는 널찍한 곳이었다. 양쪽에 있는 두 개의 커다란 창문은 많은 걸음이 필요할 만큼 폭이 아주 넓었고 높이는 샤이니 키의 두 배는 되는 것 같았다. 우리의 발소리가 머리 위 높은 곳에서 울려 퍼지며 반향을 만들어 냈다. 너무 긴장돼서 고개를 들어 올려다볼 염두조차 나지 않았다. 방 안에 있는 유일한 가구라고는 네모난 덩어리처럼 생긴 커다란 의자뿐이었는데, 문에서 가장 멀리 떨어진 곳에 있는 여러 층의 단 위에 놓여 있었다. 의자에 앉아 있는 사람의 모습은 보이지 않았지만 그가 종이에 뭔가 쓰는 소리가 들렸다. 넓은 방을 가득 메운 적막 속에서 펜이 종이를 긁는 소리만 크게 들렸다.

그의 이마에 있는 혈인도 보였다. 지금껏 본 것 중에서 가장 특이하게 생긴 표식이었다. 아래로 향한 반달, 그리고 옆으로 누운 V자 문양이 양옆을 둘러싸고 있었다.

우리는 그가 하는 일을 마칠 때까지 조용히 기다렸다. 아라메리 경이 펜을 내려놓자 하도가 갑자기 한쪽 무릎을 바닥에 대더니 고개를 낮게 조아렸다. 나도 재빨리 따라 했다.

잠시 후 티브릴이 말했다. "두 사람 다 이 사실을 알면 기뻐할 것 같군. '떠오른 태양의 집'은 더 이상 존재하지 않아. 위협은 제거됐다."

나는 깜짝 놀라 두 눈을 깜박였다. 아라메리 경의 목소리는 부드럽고 낮았다. 거의 음악적으로까지 들렸다. 하지만 그가 말하는 내용은 전혀 달랐다. 제거됐다라는 게 무슨 뜻인지 묻고 싶어 죽을 지경이었지만 실행에 옮기는 건 아주 어리석은 짓일 것이다.

"세리믄은 어떻게 됐습니까?" 하도가 물었다. "여쭈어도 될까요?"

"이곳으로 이송 중이다. 남편은 아직 잡지 못했어. 하지만 필경사들 말로는 시간문제라고 하더군. 그자를 찾는 게 우리만 있는 것도 아니고."

처음엔 어리둥절했지만 이내 깨달았다. 물론 이 도시에 사는 모든 소격신에게도 소식이 전해졌겠지. 나는 헛기침을 하며 목을 가다듬었다. 어떻게 해야 세상에서 가장 강한 권력을 가진 사람의 기분을 상하게 하지 않으면서도 궁금한 걸 물어볼 수 있을까.

"말해도 좋다, 에루 쇼스."

나는 흠칫했다. 이게 바로 내가 그동안 놓쳤던 또 다른 단서였다. 하도는 나를 부를 때 마로네 존칭을 붙이곤 했다. 이국땅의 사람들을 대하는 일종의 외교적인 태도, 그러니까 아라메리 가문의 습관이었다.

나는 심호흡을 했다. "새빛교에서 잡아 두었던 소격신은 어떻게 됐나요, 어, 아라메리 경이시여? 구조됐나요?"

"새빛교가 시신을 유기한 도시의 일부 지역과 저택 안에서 시신이 몇 구 발견됐다. 소격신들이 유해를 처리 중이지."

시신 몇 구. 너무도 큰 충격에 나도 모르게 입을 벌린 채 그를 바라보았다. 내가 아는 네 명이 전부가 아니었던 거야? 다테는 무척 바빴던 모양이다. "누구요?" 대답이 저절로 머릿속에서 울렸다. 파이티야. 키트르. 덤프. 릴.

그리고 매딩.

"아직 이름은 전해 듣지 못했지만 매딩이라는 소격신이 그중 하나라는 소식은 들었지. 당신에게 중요한 이였던 걸로 아는데, 진심으로 유감이야." 다소 건조한 말투긴 했지만 그 내용만큼은 진심으로 들렸다.

나는 눈을 내리깔고 나직하게 중얼거렸다.

티브릴 아라메리가 다리를 꼬더니 손가락 끝을 마주 대고 세웠다. 어쨌든 적어도 내 짐작으로는 그런 것 같았다. "하지만 이 사건 때문에 난 딜레마에 빠졌어, 에루 쇼스. 당신을 어떻게 해야 할까? 새빛 교단의 악행을 폭로하는 데 도움을 주어 세상에 큰 기여를 했지만, 다른 한편으로 보면 당신은 무기지. 무기를 아무나 주워 사용할 수 있게 방치하는 건 극도로 어리석은 짓이고 말이야."

나는 다시 고개를 떨궜다. 아까보다 더 낮게, 밝게 빛나는 차가운 바닥에 이마가 닿을 때까지 조아렸다. 귀족 앞에서 참회를 표현할 때 이런다고 들은 적이 있는데, 참회야말로 지금 내가 느끼는 감정이었다. 시신들. 살해당하고 시신이 훼손된 소격신 중에서 다테가 아니라 내 피에 희생된 이들이 몇이나 될까?

"하지만 우리 가문은 오랜 경험을 통해 위험한 무기가 얼마나 큰 가치를 지니는지도 알지."

이해가 안 돼 바닥에 댄 이마에 주름이 잡혔다. 뭐?

"신들은 이제 악마가 존재한다는 걸 압니다." 내가 충격 때문에 아무 말도 못 하는 사이 하도가 끼어들었다. 신중하고도 중립적인 목소리였다. "이건 숨길 수 있는 일이 아니에요."

"우린 그들에게 악마를 내줄 거다. 그들의 동족을 살해한 바로 그 범인 말이야. 그 정도면 신들도 만족할 테고, 에루 쇼스, 당신의 신병은 우리에게 남겨 줄 거야."

나는 떨면서 천천히 몸을 일으켰다. "나…… 전 이해가 안 돼요." 아, 하지만 이해할 수 있었다. 신이여, 난 알 수 있었다.

아라메리 경이 일어서자 방 안을 가득 메운 창백한 빛 속에 그의 윤곽이 드러났다. 그가 단 위에서 천천히 걸어 내려오기 시작했다. 아픈인답게 키가 크고 늘씬하며 길고 무거운 망토를 걸치고 있었다. 내게 점점 다가오는 형체 뒤로 망토와 끝동이 묶여 물결치는 머리가 함께 따라 왔다. "우리가 과거의 경험을 통해 배운 교훈이 하나 있다면, 작고 무자비한 계층 구조의 가장 밑바닥에 우리 인간이 있다는 거지." 여전히 따뜻하고 거의 다정하다시피 한 목소리였다. "우리 위에 소격신이 있고 그 위에는 주신이 있는데, 그들은 우리를 좋아하지 않거든, 에루 쇼스."

"그럴 만한 이유가 있긴 하지요." 하도가 느릿하게 말했다.

아라메리 경이 그를 힐끗 쳐다봤지만 놀랍게도 불쾌한 기색은 전혀 없었다. "그래, 그럴 만한 이유가 있지. 하지만 자기보호 수단을 마련하지 않는다면 어리석은 일이잖나." 그가 창문과 그 너머에 있는 검은 태양을 손짓했다. "오래전 조상들의 그러한 노력에서 시작된 것이 바로 필경술이지만 그걸로 인류가 신에게 대항하는 데에는 한계가 있다는 게 입증된 바 있다. 하지만 당신은 그보다 훨씬 효과적이지."

"새빛교처럼 저를 이용하고 싶은 거군요." 내 목소리가 떨리고 있었다. "당신들을 위해 신들을 죽이길 바라는 거야."

"어쩔 수 없을 때만." 다음 순간 충격적인 일이 벌어졌다. 아라메리 경이 내 앞에 무릎을 꿇은 것이다.

"노예가 되진 않을 거다." 부드럽고 상냥한 목소리였다. "우리 역사에서 그런 시대는 끝났어. 우리를 위해 싸우는 필경사나 병사들처럼 당신에게도 대가를 지급해 주지. 살 집과 신변 보호도 제공하고. 그 대신 우리가 바라는 건 약간의 피와 우리 가문 필경사들이 당신 몸에 표식을 남기게 허락해 주는 것뿐이야. 표식의 목적에 대해선 거짓을 말하지 않겠다, 에루 쇼스. 그건 목줄이다. 표식을 새기면 당신이 위험할 만큼 피를 많이 흘렸을 때 우리가 알수 있을 거야. 또 납치되거나 당신이 도주하려 할 때도 당신 위치를 파악할 수 있고. 그리고 이 표식을 새기면, 필요한 경우 우리가당신을 죽일 수도 있다. 빠르고 고통 없이, 완벽하게. 당신이 얼마나 멀리 있든 상관없어. 시신은 재로 변해 아무도 당신의 그……독특한 특성을 이용할 수 없을 거다." 티브릴이 한숨을 내쉬었다.그러고는 연민 가득한 목소리로 말했다. "노예는 아니지만 완전히 자유의 몸도 아니다. 선택은 당신 몫이야."

너무 피곤했다. 이 모든 것에 신물이 났다. "선택이요?" 내가 되물었다. 내가 듣기에도 모든 걸 포기한 목소리였다. "목줄에 매여살 건지 아니면 죽을지 고르라고요? 그런 걸 선택이라고 불러요?"

"이것도 매우 관대한 제안이야, 에루 쇼스." 아라메리 경이 내어깨에 손을 얹었다. 아마도 나를 달래려는 것 같았다. "내가 원하는 대로 강요할 수도 있으니까."

새빛 교단이 그랬던 것처럼. 이렇게 대꾸하고 싶었지만 그럴 필요조차 없었다. 그 스스로도 얼마나 생지옥 같은 거래를 제안하고있는지 알았으니까. 내가 어느 쪽을 선택하든 아라메리는 원하는것을 손에 넣을 수 있었다. 내가 죽음을 선택하면 주검에서 원하는 만큼 피를 뽑아 나중을 위해 보관해 두면 된다. 그리고 살아가는 쪽을 선택한다면…… 내가 앞으로 어떻게 될지 깨닫자 웃음이 터질 뻔했다. 그들은 내게 아이를 낳게 할 것이다. 어쩌면 미래에 쇼스 가문은 아라메리의 그림자가 될 수도 있다. 특권을 부여받고 그들의 보호를 받으며 살되 우리의 특별한 능력은 영원토록 핏속에 새겨질 것이다. 다시는 평범한 삶을 살지 못할 것이다.

제안을 받아들이지 않겠다고, 그가 말한 삶 같은 건 싫다고 대답하려던 참이었다. 기억났다. 나는 이미 다른 사람에게 내 목숨을 약속했다.

"전…… 생각할 시간이 필요해요." 나 자신의 목소리인데도 아주 멀리서 들려오는 느낌이었다.

"그렇겠지." 아라메리 경이 일어나더니 나를 놓아주었다. "하루 더 우리의 손님으로 머물러도 좋다. 내일 저녁까지 대답을 기다리도록 하지."

하루면 충분하고도 남았다. "감사합니다." 내 대답이 귓가에 울려 퍼졌다. 가슴이 먹먹했다.

아라메리 경이 몸을 돌렸다. 분명한 축객령이었다. 하도가 일어나더니 내게도 바닥에서 일어나라고 손짓했다. 우리는 알현실에 들어왔을 때처럼 조용히 자리를 떴다.

*

"샤이니를 보고 싶어요." 나는 방으로 돌아오자마자 말했다. 지난번보다 조금 더 예쁘긴 해도 이곳 역시 나를 가둬 두는 감방인 건 마찬가지였다. 하지만 하늘궁의 창문은 쉽게 깨지지 않겠지.

그래도 괜찮다. 시도할 필요가 없으니까.

창가에 서 있던 하도가 고개를 끄덕였다. "찾아오죠."

"무슨 소리예요. 여기에 가둬 두고 있는 거 아녜요?"

"아닙니다. 아라메리 경의 칙령에 따르면 그는 원한다면 이 하늘궁을 다스릴 수도 있어요. 십 년 전 여기서 필멸자가 되었을 때부터 그랬습니다."

나는 방에 있는 탁자에 앉아 있었다. 내 앞엔 식사가 놓여 있었지만 아직 손도 대지 않았다. "여기서…… 필멸자가 됐다고요?"

"아, 그래요. 모든 일이 여기서 일어났습니다. 회색의 여신의 탄생, 밤의 군주의 석방, 그리고 이템파스의 패배까지. 전부 다 하루 아침에 일어난 일이죠."

우리 아버지가 돌아가신 것도. 나는 마음속으로 덧붙였다.

"회색의 여신과 밤의 군주가 그를 여기 두고 가 버렸지요." 하도가 어깨를 으쓱했다. "티브릴은 그에게 모든 예우를 갖췄고, 아라메리 중 일부는 아예 그가 가문을 이어받아 새로운 영광으로 이끌길 바랐던 것 같습니다. 하지만 그는 아무것도 하지 않고 아무 말도 하지 않았어요. 거의 반년간 방에만 틀어박혀 멍하니 앉아 있을 뿐이었고요. 한두 번 정도는 갈증 때문에 죽었다고도 들었습니다. 앞으론 자기도 먹고 마시는 수밖에 없다는 걸 깨달을 때까지 말이죠." 하도가 한숨지었다. "그러다 어느 날 갑자기 벌떡 일어나더니 작별인사고 뭐고 아무것도 없이 궁에서 나가 버렸습니다. 티브릴이 수색을 지시했지만 결국 못 찾았죠."

조상들의 마을로 갔으니까. 아라메리는 그곳에서 그들의 신을 찾아볼 생각은 추호도 못 했을 것이다.

"당신은 그런 걸 어떻게 다 아는 거예요?" 나는 이맛살을 찌푸렸다. "아라메리 표식도 없는데."

"아직은 없는 거죠." 하도가 나를 돌아봤다. 웃고 있는 것 같았다. "하지만 나도 곧 받게 될 겁니다. 그게 티브릴과 맺은 거래니까. 내 능력을 입증하면 순혈로 입양되는 것. 신들에 대한 위협을 무너뜨렸으니 그 정도면 충분한 자격이 되겠죠."

"입양……." 그런 게 가능하다는 것도 몰랐다. "하지만…… 그게…… 당신은 여기 사람들을 별로 안 좋아하는 것 같았는데요."

하도가 이번에는 확실히 소리 내어 웃었다. 나는 또다시 그에게서 묘한 느낌을 받았다. 나이에 비해 아주 신중하고, 어딘가 어둡고 이상한 사람이라는 느낌.

"옛날옛적 이곳엔 신이 감금되어 있었습니다. 그는 무시무시했고, 아름다웠고, 분노에 차 있었지요. 밤이 되어 그가 이 하얀 복도를 배회할 때면 모두가 그를 두려워했습니다. 하지만 낮이 되면 신은 잠들었어요. 그리고 그동안 그의 육신, 신을 옭아매는 사슬과 공이었던 살아 있는 인간의 육신은 나름대로 삶을 살아가야 했고 말입니다."

나는 놀라 숨을 들이켰다. 무슨 의미인지는 이해할 수 있었다. 다만 믿을 수가 없었다. 그는 밤의 군주에 대해 말하고 있었다. 하지만 낮 동안 살아간다는 그 육신은……?

창문 옆에 서 있는 하도가 가슴 앞에 팔짱을 꼈다. 창가는 어두웠지만 하도의 모습은 쉽게 분간할 수 있었다. 그의 그림자는 주변보다 훨씬 어두웠으니까.

"엄밀히 말하면 그건 삶이라고 할 수 없었습니다. 신을 두려워하는 자들도 그는 두려워하지 않았으니까. 그들은 신한테는 절대로 못 할 짓을 그 남자에겐 해도 된다는 걸 금방 깨달았지요. 그래서 그는 새벽마다 태어나 해 질 녘이면 죽는 삶을 반복해야 했습니다. 매 순간순간을 증오하면서, 자그마치 이.천.년. 동안."

하도가 내게 힐끗 눈길을 보냈다. 나는 멍하니 그를 쳐다봤다.

"그러다 어느 날 남자는 갑자기 자유를 얻게 됐습니다." 하도가 두 팔을 벌렸다. "오롯이 홀로 존재하게 된 첫날 밤, 그는 하늘의 별을 바라보며 흐느꼈죠. 하지만 다음 날 아침이 되자 깨달았습니다. 지난 수천 년 동안 바랐던 대로 드디어 죽을 수 있게 됐지만 실은 죽고 싶지 않다는 것을. 왜냐하면 이제 진짜 삶이 주어졌으니까. 그만의 온전한 삶. 그만이 꿀 수 있는 꿈. 그걸 낭비하는 건…… 잘못된 일이었죠."

나는 혀로 입술을 축이고 마른침을 삼켰다. "난……" 하지만 뒷말을 삼켜 버렸다. 이해한다고 말할 생각이었지만 그건 사실이 아니었다. 어떤 필멸자도, 그리고 아마 어떤 신도 하도의 삶을 이해할 수는 없을 것이다. 나하도스의 아이들. 샤이니는 릴과 다테를 그렇게 불렀다. 여기, 밤의 군주의 또 다른 자식이 있다. 다른 모든 자식들보다도 이상하고 특이한 자식이.

"그렇군요. 하지만……" 나는 주위에 있는 하늘궁 벽을 손짓했다. "이런 게 삶인가요? 그보단 평범한 게 더……"

"난 평생 권력을 섬기며 살았습니다. 그리고 그 때문에 당신은 상상도 못 할 어마어마한 고통을 겪었죠. 난 이제 자유입니다. 그런데 시골에 내려가서 집이나 짓고 채소나 기를까요? 내가 참아줄 수 있는 연인을 하나 찾아 애새끼나 잔뜩 키울까요? 당신처럼 가난하고 힘없는 평민이 되어서?" 나도 모르게 얼굴을 찡그렸다. 하도가 웃었다. "내가 아는 건 권력입니다. 나라면 이 가문의 아주 훌륭한 수장이 될 수 있을 것 같지 않습니까? 순혈만 된다면 말입니다."

그는 진심이었다. 그게 제일 무서웠다.

"아라메리 경이 당신 같은 사람을 가까이 두는 것이야말로 어리석은 짓일 거 같은데요."

하도가 웃긴다는 듯 고개를 흔들었다. "가서 이템파스 님을 찾아오지요."

샤이니를 그렇게 부르는 걸 들으니 신경에 거슬렸다. 내가 무심코 고개를 끄덕이자 하도가 문으로 향했다. 그가 문 앞에 도달했을 즈음 문득 생각나는 게 있었다. "당신이라면 어떻게 하겠어요? 지금 나 같은 처지에 있다면 어떤 걸 선택할래요? 사슬에 묶인 삶과 죽음 중에서."

"그 정도 선택권만 있어도 감사할 것 같은데."

"그건 대답이 아니잖아요."

"대답이죠. 하지만 굳이 알고 싶다면, 나라면 삶을 선택할 겁니다. 선택의 여지가 있는 한, 나라면 살 겁니다."

나는 이맛살을 찌푸리며 생각에 잠겼다. 하도가 잠시 머뭇거리더니 말했다. "당신은 신들과 함께 지냈죠, 에루 쇼스. 눈치채지 못했습니까? 그들은 영원히 살지만 그중 상당수가 우리보다 더 외롭고 비참하답니다. 그들이 왜 우리한테 관심을 가질까요? 우리는 그들에게 삶의 소중함을 알려 주거든요. 그러니 난 그들을 엿 먹이기 위해서라도 살아갈 겁니다." 하도가 건조한 웃음소리를 내더니 한숨을 쉰 후 놀리듯이 고개를 깊숙이 숙여 보였다. "좋은 오후 되시길."

"좋은 오후 보내요." 그가 떠난 후 나는 오랫동안 생각에 잠겼다.

*

몸이 필요로 했다기보다는 습관적으로 음식을 조금 먹은 뒤 낮잠을 잤다. 눈을 뜨니 샤이니가 와 있었다.

그의 숨소리를 들으며 녹초가 되어 뻐근한 몸을 일으켰다. 그동안 겪은 일들 때문에 너무 피곤해서 탁자 위 접시 옆에 팔을 괴고 엎드렸다가 그 위에 머리를 얹은 채 깜박 잠이 들고 말았던 모양이다. 고개를 들다가 팔걸이로 매단 팔을 탁자에 찧었지만 별로 아프지 않았다. 부상이 거의 치유된 모양이다.

"오랜만이에요. 안 깨워 줘서 고마워요." 대답은 없었지만 나도 신경 쓰지 않았다. "당신은 어땠어요?"

그가 어깨를 으쓱했다. 내 맞은편 아주 가까운 곳에 앉아 있어서 그가 움직이는 소리가 들렸다. "백색전당에서 심문을 받았다. 그러다 여기 왔고."

그건 나도 알고. 하지만 소리내어 대꾸하진 않았다. 그에게서 최대한 많은 정보를 끌어내야 했다. "여기 온 다음엔 어디 갔었어요?" 속으로 그가 아무 데도라고 대답할 거라고 확신했다.

"아무 데도."

웃음을 참을 수가 없었다. 기분이 좋았다. 진심으로 웃은 게 얼마 만인지 모르겠다. 아주 오래전의 삶이 생각났다. 유일한 걱정이라고 해 봤자 식탁에 음식을 제자리에 올려놔야 한다거나 샤이니가 카펫에 피를 흘리지 못하게 해야 한다는 게 다였던 시절. 그때를 떠올리게 해 준 게 너무 고마워 하마터면 그에게 애정을 느낄 뻔했다.

"당신한테 소중한 게 있긴 해요?" 나는 여전히 미소 띤 얼굴로 물었다. "그런 게 하나라도 있어요?"

"아니." 샤이니의 목소리는 무미건조하고 아무 감정도 담겨 있지 않았다. 냉랭했다. 그가 한때 빛과 따스함을 상징하는 존재였다는 걸 생각하면 이게 얼마나 잘못된 일인지 실감나기 시작했다.

"거짓말쟁이."

그는 침묵했다. 나는 식사용으로 받은 작은 칼을 집어 들었다. 나무 손잡이의 거친 질감이 마음에 들었다. 하늘궁에서는 더 고급스러운 물건을 사용할 줄 알았는데. 도자기나 은식기 같은 거. 나무는 아주 흔하고 실용적이다. 어쩌면 아주 비싼 나무일지도.

"자식들을 아끼잖아요. 다테가 옛 연인인 밤의 군주를 해칠까 봐 두려워한 걸 보면 밤의 군주도 소중하게 생각하고요. 기회만 되면 새로운 회색의 여신도 좋아하게 될 것 같은데요. 물론 그녀가 당신한테 기회를 준다면."

더욱더 긴 침묵이 흘렀다.

"내 생각에 당신은 당신이 바라는 것보다 아끼는 게 많은 것 같아요. 그러니 아직 삶에서 많은 걸 얻을 수 있을 거예요."

"나한테 원하는 게 뭐지, 오리?" 샤이니는 꼭…… 차가운 건 아니다. 이젠 아니었다. 그저 피곤할 뿐. 귓가에서 하도의 말이 울리는 것 같았다. 우리보다 더 외롭고 비참하답니다. 샤이니의 경우엔 정말인 것 같았다.

나는 고개를 저으며 살짝 웃었다. "나도 몰라요. 도리어 당신이 말해 주길 바랐는데. 당신은 신이잖아요. 내가 길을 인도해 달라고 당신한테 기도하면 뭐라고 답해 줄 거예요?"

"대답하지 않을 거다."

"관심이 없어서? 아니면 무슨 말을 해야 할지 몰라서요?"

또다시 침묵.

나는 칼을 내려놓고 일어나 탁자 주변을 돌아 샤이니에게 다가갔다. 그를 마주해 얼굴과 머리카락, 목선을 손으로 더듬었다. 그는 수동적인 태도로 가만히 앉아 있었지만 긴장한 게 느껴졌다. 왜 그런 걸까? 나를 죽여야 한다는 생각 때문에? 아냐, 너무 자기중심적인 생각 같아서 이내 떨쳐 버렸다.

"무슨 일이 있었는지 말해 줘요. 왜 이렇게 된 거예요? 난 당신을 이해하고 싶어요, 샤이니. 매딩은 당신을 사랑했어요. 그이는……" 갑자기 목이 메었다. 고개를 돌리고 심호흡을 한 뒤에야 말을 이을 수 있었다. "그이는 당신을 포기하지 않았어요. 당신을 돕고 싶어 했어요. 그냥 어디서부터 시작해야 할지 몰랐을 뿐이지." 내 앞에는 여전히 침묵뿐이었다. 나는 샤이니의 뺨을 쓰다듬었다. "반드시 말해 줄 필요는 없어요. 약속을 어기진 않을 테니까. 내가 탈출하게 도와줬으니까 이젠 세상에 남은 악마를 없애게 해 줄게요. 그렇지만 나한테 그 정도는 해 줄 수 있지 않아요? 진실을 조금만이라도 알려 주면 안 돼요?"

샤이니는 아무 말도 하지 않았다. 내 손가락 아래 있는 얼굴은 대리석처럼 옴짝달싹도 하지 않았다. 그는 그저 내 몸 건너편을 뚫어져라 바라보고 있을 뿐이었다. 기다리고 또 기다렸지만 그는 아무 말도 하지 않았다.

나는 한숨을 쉬며 빈 수프 그릇에 손을 뻗었다. 아주 크지는 않았다. 내가 마셔 본 중 가장 훌륭한 와인이 담긴 유리잔도 있었다. 그래선지 약간 기분 좋게 취해 있었는데 잠을 잔 덕에 거의 깬 상태였다. 나는 그릇과 잔을 내 앞으로 가져다 놓은 다음, 팔걸이에서 오른팔을 조심스럽게 빼냈다. 이젠 어느 정도 움직일 수 있었지만 위팔 근육이 아직도 약간 아팠다. 상처는 아물어도 고통의 기억은 생생했다.

"의식을 잃을 때까지는 기다려 줘요." 그가 내 말을 듣고 있는지 알 수가 없었다. "일이 끝나면 피는 화장실에 갖다 버리고요. 가능하다면 놈들이 이용 못 하게 한 방울도 남기지 말고."

여전히 완고한 침묵. 이제는 화도 나지 않았다. 이런 반응에 단련된 탓이었다.

나는 한숨을 내쉰 다음 칼을 집어 들어 손목에 첫 번째 상처를 냈다.

유리잔이 바닥에 떨어져 깨졌다. 손이 내 손목을 억세게 움켜쥐었다. 다음 순간 우리는 방 반대편 벽에 붙어 있었다. 팽팽하게 긴장한 샤이니의 몸이 나를 꼼짝도 못 하게 압박했다.

그가 거친 숨소리를 내며 나를 밀어붙였다. 그의 손아귀에서 손목을 빼내려 하자 거부의 신음을 뱉으며 내가 포기할 때까지 내 팔을 마구 흔들었다. 그래서 나는 기다렸다. 손목에 그은 상처는 얕았다. 피 한 방울이 내 손목을 붙들고 있는 그의 손 옆에 잠깐 고였다가 바닥에 떨어졌다.

그가 몸을 구부렸다. 천천히. 서서히. 마치 바람에 흔들리는 고목이 사력을 다해 싸우듯이 조금씩. 움직임이 멈춘 것은 그의 몸이 완전히 숙여진 뒤의 일이었다. 그의 얼굴이 내 얼굴 옆면을 지그시 눌렀다. 뜨겁고 거친 숨결이 귓가를 스쳤다. 틀림없이 불편할 텐데도, 그는 그렇게 스스로를 괴롭히는 자세로 나를 품 안에 가둔 채 멈춰 있었다. 그리고 오직 그런 상태에서만 마침내 입을 열 수 있었다. 그의 이야기는 처음부터 끝까지 속삭임으로만 이어졌다.

＊

"그들은 더 이상 나를 사랑하지 않았다. 가장 먼저 태어난 건 그였고, 나는 그다음에 나왔지. 그래서 나는 결코 혼자였던 적 없었다. 그러다 그녀가 왔고, 나는 개의치 않았다. 전혀 걱정하지 않았어. 적어도 그가 내 것이기도 하다는 것을 그녀가 이해하기만

한다면야. 우리의 관계는 서로를 공유하는 것과는 달랐다. 이해하
겠니? 그녀가 우리와 함께 있다는 건 기쁜 일이었다. 그러다 아이
들이 생겼지. 아주 많은 아이들이. 모두가 완벽하고 또 이상했다.
난 그때 행복했다. 행복했어. 그녀는 우리와 함께였고 우리는, 그
와 나는 그녀를 사랑했다. 하지만 그의 마음속에선 언제나 내가
먼저였다. 나도 알았지. 그녀도 그걸 존중했고. 셋이 함께한다는
건 결코 내게 문제가 되지 않았다.

하지만 그들은 바뀌고, 변화했다. 항상 변화했지. 그럴 가능성
이 있다는 건 알았지만 워낙 오랜 시간이 지났기에 난 그런 걸 믿
지 않았어. 그는 내가 있기 전부터 영겁의 세월 동안 혼자였으니
까. 난 이해할 수가 없었다. 우리가 서로 적대관계였을 때에도 그
는 늘 나를 생각했다. 그러니 내가 그런 걸 어떻게 알 수 있었겠
어? 내가 존재하던 그 모든 시간 동안 그런 일은 한 번도 일어난
적이 없었는데. 단 한 번도! 그들과 떨어져 있을 때도 나는 그들의
존재를 인식할 수 있었고…… 그들 역시 나를 느끼고 있음을 알
수 있었다. 하지만 그러다…… 그러다가…….”

✳

그때 샤이니가 나를 확 끌어당겼다. 내 손목을 붙들지 않은 자
유로운 손이 내 등 옷자락을 부여잡았다. 그건 포옹이 아니었지.
그것만큼은 확신할 수 있어. 내게 위안을 주려는 행동도 아니었
다. 그보다는 공허에서 나왔을 때 나를 부둥켜안고 있던 것과 비

슷했다. 아니면 내가 낯선 장소에서 길을 잃고 헤맬 때, 넘어져도 도와줄 사람 하나 없이 막막할 때 지팡이를 꼭 붙드는 것에 가까 웠다. 그래, 그런 것과 아주 비슷했다.

＊

"그런 일이 가능하리라곤 생각도 못 했다. 배신을 당한 걸까? 내가 그들을 화나게 하기라도 한 걸까? 그들이 그토록 완벽하게 날 잊을 수 있을 거라곤 상상도 못 했어.

하지만 그들은 나를 잊었다.

잊어버렸어.

그들은 함께였다. 그와 그녀. 하지만 난 그들을 느낄 수가 없었어. 그들은 오직 서로에 대해서만 생각했고, 나는 관계의 일부가 아니었다.

그들은 나를 홀로 버려 두었다."

＊

나는 언제나 사람의 목소리나 얼굴, 또는 말보다 몸짓 언어를 더 잘 이해했다. 그래서 샤이니가 내게 영겁의 세월 동안 지속된 관계 끝에 찾아온 고독의 순간에 대해, 그 끔찍함에 대해 속삭였을 때 그의 영혼이 얼마나 망가졌는지 알려 준 건 그의 말이 아니었다. 그는 연인처럼 내게 몸을 밀착하고 있었고, 따라서 말은 필요하지 않았다.

*

"나는 필멸계로 도망쳤다. 아무도 없는 것보다는 필멸자라도 있는 게 나으니까. 마을에 가서 필멸자 여자를 만났다. 어떤 사랑이든 아무것도 없는 것보다는 나았으니까. 그녀는 내게 자신을 주었고, 나는 그녀를 취했지. 내겐 그녀가 필요했다. 그토록 절실하게 뭔가를 필요로 한 적이 없었지. 나는 계속 거기 머물렀다. 필멸자의 사랑은 안전했다. 아이도 있었는데, 그 아이를 죽이진 않았어. 그 애가 악마라는 것도 알았고 내가 스스로 세운 법에 따라 금지된 존재라는 것도 알았지만, 난 그 아이가 필요했다. 그 애는……아, 악마가 얼마나 아름다울 수 있는지 일깨워 줬지. 필멸자 여자는 내가 약해지는 밤이 되면 귓가에 속삭였다. 내 형제자매는 잘못됐고, 사악하고, 나를 미워해서 내 존재를 잊어버렸다고. 그들에게 돌아가면 또다시 배신당할 거라고. 오직 그녀만이 나를 진정으로 사랑할 수 있고 내게 필요한 건 그녀뿐이라고. 나는 그 말을 믿어야 했다. 이해하겠니? 난 뭔가 확실한 게 필요했어. 난 그녀가 죽을지도 모른다는 공포 속에서 살았고, 그러다 그들이 찾아왔다. 그러고는 사과했지. 사과! 마치 그동안 내가 겪은 일이 아무것도 아니라는 듯이."

*

그는 여기서 한번 짧게 웃었다. 그건 반쯤 흐느낌에 가까웠다.

*

"그러고는 나를 집으로 데려갔다. 하지만 난 이제 알고 있었어. 더는 그들을 믿을 수 없다는 것을. 혼자 된다는 게 어떤 건지 알게 됐으니까. 그건 나라는 존재의 역(逆)을 의미했다. 공허…… 아무것도 없는 허무. 나는 시간이라는 게 존재하기 전에 일만 번의 전투를 치렀고 영혼을 불태워 이 우주를 빚었지만 이런 고통은 한번도 겪어 본 적이 없었다.

필멸자 여자는 경고했다. 그들이 또다시 그 짓을 저지를 거라고. 나를 사랑한다는 사실을 또다시 잊어버릴 거라고. 그렇게 서로만을 바라볼 뿐 나는 또다시 혼자가 될 것이며, 영원토록 홀로 남겨질 거라고.

그럴 리가 없어.

그럴 리가 없어.

그때 필멸자 여자가 우리 아들을 죽였다."

*

그는 침묵했다. 온몸의 터럭 하나도 움직이지 않았다.

＊

"그러고는 아이의 피를 내밀며 가져가라고 했다. 그래서 나는…… 나는…… 나는…… 생각했다. 우리 중 둘만 남는다면 나는 결코 홀로 되지 않겠지."

＊

그러고는 마침내 적막이 내려앉았다. 이야기의 끝이었다.

천천히, 그가 나를 놔주었다. 그에게서 팽팽한 힘과 긴장감이 물처럼 빠져나갔다. 그의 몸이 서서히 아래로 미끄러졌다. 그가 바닥에 무릎을 꿇으며 내 배에 뺨을 대고 눌렀다. 그는 더 이상 떨고 있지 않았다.

나는 빛의 본질에 대해 꽤 많이 연구했었다. 반은 호기심이었고 또 반쯤은 고찰을 위해서였다. 나는 내가 왜 마법을 보는지 알고 싶었다. 필경사들도 빛을 연구했다. 매딩이 읽어 준 책에서 필경사들은 가장 밝은 빛, 즉 진정한 빛은 다른 모든 종류의 빛들이 하나로 합쳐진 것이라고 믿었다. 빨강, 노랑, 파랑 등 여러 색의 빛들이 합쳐져 흰색의 밝은 빛이 된다고 말이다.

어떤 면에서 그건 진정한 빛이 다른 빛들의 존재에 따라 달라진다는 의미이기도 하다. 다른 모든 빛을 없애면 남는 건 어둠뿐이겠지. 하지만 그 반대는 성립하지 않는다. 어둠을 없애 봤자 더 많은 어둠만이 있을 뿐. 어둠은 그 자체만으로 홀로 존재할 수 있다.

빛은 그럴 수 없다.

그래서 단 한 순간의 고독이 광명의 이템파스를 망가뜨린 것이다. 시간이 지나면 그도 회복했을지 모른다. 심지어 강가의 돌도 마모된 후 새로운 형태로 다시 태어나니까. 하지만 가장 나약해진 순간 그는 교묘하게 조종당했고, 이미 손상된 영혼은 자신을 사랑한다고 믿는 필멸자에 의해 회복될 수 없는 타격을 입었다. 그래서 그는 너무도 분노한 나머지 다시는 배신의 고통을 겪지 않기 위해 여동생을 살해한 것이다.

"미안하다." 속삭임에 가까운 목소리. 내게 하는 말이 아니었다. 하지만 이내 그의 말이 이어졌다. "네 피를 취하고 싶다는 생각을 얼마나 많이 했는지 넌 모를 거다."

나는 그의 어깨를 감싸 안고 허리를 굽혀 이마에 입을 맞췄다. "알아요." 정말이었다.

그래서 나는 몸을 세우고 그의 손을 잡아 일으켰다. 그는 순순히 나를 따라와 침대로 향했다. 나는 그를 눕혔다. 함께 누워 자세를 잡은 뒤, 매딩한테 자주 그랬던 것처럼 그의 겨드랑이 아래 파고들어 가슴에 머리를 얹었다. 두 사람의 냄새는 매우 달랐다. 바다소금 냄새와 건조하고 자극적인 향, 차가운 것과 부드러운 것, 부드러움과 날카로움. 하지만 심장 소리는 똑같았다. 안정적이고, 느리고, 마음을 안심시키는 소리. 아들이 아버지에게서 물려받은 것일 수도 있을까? 그래, 틀림없이 그럴 거다.

죽는 건 내일 해도 되니까. 나는 생각했다.

18장

신들의 복수

(수채화)

내 생각에 매딩은 전부터 의심했던 것 같다.

어린 시절 내내 나는 따뜻하고 축축하고 좁은 곳에 갇혀 있었던 이상한 기억이 있었다. 불안하지는 않았지만 외로웠지. 목소리가 들렸지만 내게 말을 거는 사람은 없었다. 가끔 나를 만지는 손이 있었고, 나도 같이 손을 내밀어 만지곤 했지만 그게 전부였다.

수년 후 매딩에게 그 이야기를 했을 때, 그는 나를 이상한 표정으로 쳐다보았다. 왜 그러느냐고 물었을 때도 처음엔 대답하지 않았지. 내가 계속 다그치자 그는 이렇게 말했다. "꼭 엄마 뱃속에 있었던 때를 말하는 것 같아서."

나는 웃었다. "말도 안 돼. 생각도 하고, 소리도 들리고 의식도 있었는데?"

그는 어깨를 으쓱했다. "나도 태어나기 전부터 그랬어. 필멸자도 가끔은 그런가 보지."

그러나 그는 덧붙이지 않았다. 하지만 그럴 리가 없는데.

∗

"어떻게 할 생각이지?" 다음 날 아침, 샤이니가 물었다.

그는 새벽을 맞이해 방 맞은편에 있는 창가에서 은은하게 빛나고 있었다. 나는 하품을 참으면서 게슴츠레한 눈으로 일어나 앉았다.

"모르겠어요."

나는 죽을 각오가 되어 있지 않았다. 생각보다는 인정하기 쉬웠다. 나는 매딩을 죽였고 그 기억을 안고 살아가는 건 견디기 힘든 일이었다. 하지만 스스로 목숨을 포기하는 것, 또는 샤이니나 아라메리의 손에 죽는 것은 왠지 더 나쁘게 느껴졌다. 매딩의 죽음을 생각하면 마치 선물을 내팽개쳐 버리는 것 같았다.

"목숨을 부지하는 걸 선택하면 아라메리가 날 이용해 먹겠죠. 하지만 양심상 나 때문에 다른 사람이 죽는 걸 내버려 둘 수도 없고." 나는 한숨을 지으며 손바닥으로 마른세수를 했다. "당신들이 우릴 죽이고 싶을 만도 해요. 하지만 죽이려면 전부 다 죽여 버렸어야죠. 그게 세 주신이 저지른 유일한 실수예요."

"아니. 우리가 틀렸다. 악마들에 대해 조치를 취하긴 했어야 했지. 그건 부인하지 않겠어. 하지만 다른 해결책을 찾았어야 했다. 우리 자식들이었으니까."

나는 입을 벌렸다가 닫았다. 그를 빤히 쳐다보았다. 이제 샤이니는 희미하게 보이는 창가에 비해 조금 더 밝게 빛나는 형체에 불과했다. 무슨 말을 해야 할지 알 수 없어 화제를 바꾸기로 했다.

"당신은 어쩔 생각인데요?"

그는 우리 집에 살 때 아침마다 그랬던 것처럼 등을 곧게 펴고 고개를 높이 쳐들고 팔짱을 낀 채 떠오르는 태양을 정면으로 바라보고 있었다. 하지만 지금은 작게 한숨 쉬며 나를 향해 몸을 돌리고는 피곤함이 거의 만져질 것 같은 동작으로 창틀에 기대섰다.

"모르겠다. 이제 난 올바르거나 온전한 구석이 단 한 군데도 없다. 난 네가 말한 대로 겁쟁이고, 네가 말하진 않았지만 어리석지. 나약하고." 샤이니는 꼭 자기 손을 처음 보는 사람처럼 눈앞에 손을 들어 올리더니 불끈 주먹 쥐었다. 내 눈에는 전혀 약해 보이지 않지만 신의 눈에 어떻게 보일지 상상해 봤다. 부러질 수 있는 뼈. 상처를 입어도 바로 아물지 않는 피부. 거미줄처럼 가늘고 섬세한 힘줄과 핏줄.

그리고 그 연약한 육신 안에는 제대로 수선되지 못한 깨진 찻잔 같은 마음이 있었다.

"그럼 진짜로 당신과 반대되는 개념은 외로움인 건가요? 어둠이 아니라 외로움인데, 그걸 몰랐던 거고요?"

"그래. 막상 그 순간을 직면할 때까지도 몰랐지." 그가 손을 내렸다. "하지만 알았어야 했다. 외로움은 영혼의 어둠이니까."

나는 일어나 샤이니에게 다가갔다. 도중에 양탄자에 걸려 한번 휘청거리긴 했지만 그의 팔을 발견해 손을 내밀어 그의 얼굴을 더듬었다. 그는 내가 만져도 가만히 있었다. 심지어 내 손을 향해 슬며시 뺨을 돌려 주기까지 했다. 그 순간에도 외로웠던 모양이었다.

"그들이 나를 필멸자의 형태로 내려보낸 게 다행이야. 내가 미쳐 버려도 큰 해를 끼치지 못할 테니까. 그 어둠의 공간에 갇혀 있었을 때는 정말 미쳐 버리는 줄 알았다. 나중에는 네가 있어서…… 네가 없었다면 다시 망가졌을 거야."

그날 그가 필사적으로 매달리던 모습이 떠올라 눈살이 찌푸려졌다. 그때 그는 한시도 나를 놓아주려 하지 않았다. 어떤 인간도 영원한 고독을 견딜 수는 없다. 나도 공허에 계속 갇혀 있었더라면 미쳐 버렸을 거다. 그러니 샤이니는 인간과는 비교도 안 될 만큼 간절했겠지.

어렸을 적 어머니가 자주 했던 말이 생각났다. "도움이 필요해도 괜찮아요. 당신은 이제 필멸자니까. 필멸자는 혼자서 모든 걸 다 할 수 없거든요."

"그때 난 필멸자가 아니었다." 그 말에 그가 에네파를 죽인 날을 생각하고 있다는 걸 깨달았다.

"신도 똑같은가 보죠." 나는 아직도 고단했고, 그래서 그의 옆 창가에 기대섰다. "우린 신들의 형상대로 창조됐잖아요? 어쩌면 당신의 형제자매가 당신을 여기 보낸 건 필멸자가 되어 해를 끼치지 말라는 게 아니라 필멸자들이 이런 문제를 어떻게 해결하는지 배우라는 건지도 몰라요." 나는 한숨을 내쉬며 하늘궁이 쉴 새 없이 뿜어내는 빛 때문에 피곤해진 눈을 감았다. "으, 모르겠네요. 어쩌면 당신은 그냥 친구가 필요한 걸지도."

그는 아무 말도 하지 않았지만 나를 쳐다보는 눈빛을 느낄 수 있었다.

내가 다시 뭐라 말하기 전에 문을 두드리는 소리가 났다. 샤이니가 문을 열어 주었다.

"각하." 하인들 특유의 전문성과 활기가 넘치는, 내가 모르는 목소리였다. "전갈이 있습니다. 아라메리 경께서 뵙고자 하십니다."

"왜?" 나라면 절대로 못 할 대꾸였다. 심부름꾼도 깜짝 놀란 듯 잠깐 멈칫하더니 대답했다.

"레이디 세리믄을 잡았습니다."

＊

아라메리 경은 지난번처럼 다른 신하들을 알현실에서 전부 물렸다. 악마와 거래를 하고 엇나간 순혈을 징계하는 건 공개적으로 보여 줄 사안이 아닌 모양이었다.

세리믄은 하이노스인을 포함한 네 명의 위병 사이에 서 있었지만 실제로는 아무도 그녀에게 손을 대고 있지 않았다. 상태가 얼마나 안 좋은지는 몰라도 어둡게 보이는 윤곽으로 보건대 여느 때처럼 곧고 당당한 자세였다. 몸 앞쪽에 묶여 있는 손만이 죄수임을 드러내는 유일한 증거였다. 방 안에는 그녀와 위병들, 샤이니, 그리고 나뿐이었다.

세리믄과 아라메리 경은 고요한 침묵 속에서 말없이 서로를 응시하고 있었다. 한쪽은 도전, 그리고 다른 한쪽은 무자비함을 상징하는 우아한 대리석 조각상 같았다.

정적 속에서 서로를 읽는 시간이 지난 후, 세리믄이 시선을 떼더니(눈이 안 보여도 그게 멸시의 의미라는 건 알겠다.) 나를 바라보았다. "레이디 오리. 당신 부친을 죽게 한 자들 옆에 서니 기쁜가요?"

예전 같으면 그 말이 신경 쓰였겠지만 이제 나는 많은 것을 알고 있다. "오해하고 있군요, 레이디 세라믄. 내 아버지는 밤의 군주나 회색의 여신, 소격신이나 그들을 숭배하는 자들 때문에 돌아가신 게 아니에요. 그분이 돌아가신 건 남들과 달랐기 때문이죠. 평범한 사람들은 그런 걸 증오하고 두려워하니까요." 나는 한숨을 쉬었다. "그럴 수도 있는 이유가 있다는 건 인정하죠. 하지만 원인을 제대로 아셔야죠."

세리믄이 고개를 가로저으며 한숨을 내쉬었다. "당신은 이 거짓된 신들을 너무 신뢰하네요."

"아뇨." 나는 화를 벌컥 냈다. 그냥 화가 난 것도 아니고 눈앞이 하얗게 타오르는 분노가 치밀었다. 내 손에 지팡이가 들려 있었다면 꽤나 골치 아픈 문제가 생겼을 것이다. "나는 신은 신대로 믿고 인간은 인간대로 믿어요. 내 아버지를 돌로 쳐 죽인 건 인간들이었어요. 나를 가축처럼 묶어 놓고 죽을 때까지 피를 뽑아 간 것도 인간들이었고요. 내 사랑을 죽인 것도 인간들이죠." 나 자신이 이토록 자랑스러울 수가 없었다. 감정에 북받쳐 목이 메지도 않았고, 목소리가 떨리지도 않았다. 분노가 나를 떠받치고 있었다. "맙소사, 신들이 우리를 멸망시키기로 했다고 해도 그게 뭐 어때서요? 어쩌면 우리가 멸절당할 짓을 했을지도 모르잖아요." 말하는 와중에 티브릴 경을 힐끔 쳐다보지 않을 수가 없었다.

그는 내 말을 못 들은 척했다. 심지어 다소 질렸다는 말투로 대꾸했다. "세리믄, 그 여자는 그만 갖고 놀아. 그런 말재간으로 네 가엾고 길 잃은 신도들의 마음을 흔들었을지는 몰라도 여기 있는 사람들은 네 속을 훤히 알고 있으니까." 티브릴이 우아한 손놀림으로 주변을 손짓했다. "당신은 이해 못 할 수도 있지만, 에루 쇼스. 이건 가족 간의 사소한 다툼이 걷잡을 수 없는 수준으로 확대된 것에 불과해."

내가 어리둥절한 얼굴을 했나 보다. "가족 간의 사소한 다툼요?"

"나는 반혈이고, 이 가문을 통치하게 된 최초의 반혈이거든. 회색의 여신이 직접 나를 이 자리에 지명했지만 내 친척이라는 자들, 특히 순혈들이 내 자격을 놓고 아직도 왈가왈부하고 있지. 그리고 어리석게도 난 세리믄이 그중에서 그나마 덜 위험하다고 판단했고. 심지어 유용할지도 모른다고 생각했지. 세리믄이 만든 조직이 최근 환멸을 느낀 이템파스 신도들에게 방향을 제시해 주는 것 같았으니까." 그가 샤이니에게 시선을 보내는 게 보이지는 않았지만 왠지 그런 것 같았다. "그들이 이렇게 심각한 문제가 될 거라곤 생각하지 않았다. 그 점에 관해선 내가 사과하지."

나는 놀라 몸을 굳혔다. 귀족이나 아라메리에 대해 아는 게 아무리 없어도 이것만큼은 알았다. 그들은 절대로 사과하지 않는다. 절대로. 마로랜드가 멸망한 뒤에도 그들은 사과하지 않고 그저 "인도주의적 행동"이랍시고 우리 민족에게 니마로 반도를 넘겨주었다.

세리믄이 고개를 흔들었다. "데카르타가 널 후계자로 임명한 건

협박을 받았기 때문이야, 티브릴. 그래, 너라면 혼혈이든 아니든 그럭저럭 잘 해냈을 거야. 하지만 이런 어두운 시대에 우리에겐 전통적인 가치관에 충실한 수장, 우리 주님에 대한 신앙심이 흔들리지 않을 사람이 필요해. 넌 우리의 전통과 유산에 대한 자부심이 부족해."

나는 아라메리 경의 미소를 느꼈다. 성마르고 위험한 미소였다. 방 전체에 아슬아슬한 느낌이 감돌았다.

"더 할 말이 있나? 내 시간을 들일 쓸모가 있는 걸로?"

"아니, 너한텐 뭐든 아깝지."

"좋다." 아라메리 경이 손가락을 튕기자 의자 뒤에 늘어져 있던 커튼 뒤에서 하인이 나타났다. 그가 티브릴의 의자 옆에 웅크려 앉더니 뭔가를 내밀었다. 희미하게 금속이 부딪치는 소리가 들렸다. 티브릴은 그것을 받아 들지 않았고, 나는 그게 뭔지 볼 수 없었다. 하지만 세리믄이 몸을 움찔거리는 건 알 수 있었다.

"이 남자." 아라메리 경이 샤이니를 가리켰다. "너는 마지막 계승식 전에 하늘궁을 떠났지. 이자를 아느냐?"

세리믄이 샤이니를 힐끗 쳐다보더니 고개를 픽 돌렸다. "정체를 알아내진 못했어. 하지만 레이디 오리의 벗이고, 어쩌면 연인일 수도 있지. 그녀를 고분고분하게 만들 인질 말고는 아무 의미도 없는 작자였어."

"다시 잘 살펴봐, 사촌."

세리믄이 경멸 어린 눈빛으로 쳐다보았다. "뭘 보라는 거야?"

나는 샤이니의 손을 잡았다. 그는 움직이지 않았다. 관심조차 없는 것 같았다.

아라메리 경이 일어나 계단을 내려오기 시작했다. 가장 아랫단에 이른 순간, 갑자기 망토와 머리카락을 휘날리며 우리 쪽으로 돌아서더니 세상에서 가장 강한 권력자가 할 수 있으리라고는 전혀 예측할 수 없는 우아한 몸짓으로 한쪽 무릎을 꿇었다. 그러고는 크고 우렁찬 목소리로 외쳤다. "우리의 주님을 보라, 세리믄. 낮의 주인이자 빛과 질서의 군주 이템파스 님을 찬양하라."

세리믄이 멍하니 티브릴을 쳐다보았다. 이번엔 샤이니를 쳐다봤다. 티브릴의 언행에는 비꼬는 기색 하나 없이 오직 경외감만이 담겨 있었다. 하지만 세리믄이 샤이니에게 눈길을 던졌을 때, 나는 그녀가 무엇을 봤을지 짐작할 수 있었다. 영혼 깊숙한 곳까지 피곤에 찌든 눈동자, 무심한 태도 아래 담긴 비통함. 그는 나처럼 빌린 옷을 입은 채 묵묵히 티브릴의 절을 받으며 서 있었다.

"그자는 마로네야." 한참 뒤, 세리믄이 말했다.

티브릴이 마치 연습이라도 한 듯한 동작으로 긴 머리칼을 뒤로 쓸어넘기며 일어났다. "놀랍지 않나? 물론 이게 온 세상에서 진실이 잊힐 때까지 우리 가문이 한 첫 번째 거짓말은 아니지만." 그가 몸을 돌려 세리믄에게 다가가 바로 앞에서 발을 멈추고 섰다. 나라면 주춤대며 물러났을 테지만 그녀는 꿈쩍도 하지 않았다. 순간 아라메리 경이 왠지 섬뜩하게 느껴졌다.

"그분이 왕좌에서 쫓겨났다는 걸 알았잖나, 세리믄. 신이 필멸자의 형상을 한 것도 많이 봤을 테고. 어째서 네가 섬기는 신이 그 중에 있으리라는 생각을 못 한 거지? 하도 말로는 네 새빛 교단이 그분에게 별로 친절하지 않았다고 하더군."

"아니야." 평소 자신만만하고 그윽하던 세리믄의 목소리가 내가 들은 중 처음으로 불안하게 흔들리고 있었다. "그럴 리가 없어. 내가…… 다테가…… 우리라면 알았을 거야."

티브릴이 하인을 돌아보자 그가 금속 물체를 들고 재빨리 다가왔다. 티브릴이 물체를 받아 들고 말했다. "아라메리의 순수한 피를 물려받았다고 해도 우리의 신을 대변할 자격은 없지. 그러니 어쩔 수 없다. 세리믄의 입을 벌려라."

갑자기 위병들이 달려들어 세리믄을 붙들 때까지도 나는 마지막 말이 명령이라는 것을 깨닫지 못했다. 몸싸움이 벌어지고 형체들이 뒤섞였다. 움직임이 멈춘 후에야 나는 위병들이 세리믄의 머리를 붙잡고 있다는 걸 깨달았다.

티브릴이 금속 물체를 들어 올리자 반대쪽 벽에서 나는 하얀 빛을 가리운 윤곽 덕분에 드디어 그 형태를 볼 수 있었다. 가위인가? 아니, 가위라기엔 너무 크고 모양도 다른데.

집게였다.

"오, 신이여." 나는 작게 속삭였다. 너무 늦었다. 서둘러 고개를 돌렸지만 끔찍한 소리를 피할 수는 없었다. 틀어막힌 세리믄의 비명, 티브릴이 힘을 쓰는 소리, 살점이 찢겨 나가는 축축한 소리. 순식간에 일어난 일이었다. 티브릴이 역겹다는 듯 숨을 내쉬며 집게를 하인에게 돌려주자 하인이 그것을 받아 들고 사라졌다. 세리믄이 딱 한 번, 비명이라기보다는 무언의 항의에 가까운 날것의 소리를 뱉었지만 이내 신음하며 위병들 사이에서 몸을 축 늘어뜨렸다.

"고개를 위쪽으로 쳐들게 잡고 있어." 티브릴이 경고했다. 목소리가 저 멀리 아득한 안개 속에서 들려오는 느낌이었다. "질식하면 안 되니까."

"자, 잠깐만요." 아아, 신이여, 아무것도 생각할 수가 없었다. 악몽을 꿀 때마다 그 소리를 듣게 될 것 같았다.

"뭐지, 에루 쇼스?" 약간 숨이 찬 듯한 것 외에 아라메리 경의 어조는 평소와 다름없었다. 정중하고, 부드럽고, 다정했다. 토할 것 같았다.

"다테는요? 그리고 실종된 다른 소격신은요? 세라믄이…… 세라믄이 말해 줄 수도 있잖아요……" 하지만 이제 세리믄은 아무 말도 못 할 것이다. 영원히.

"아는 게 있더라도 말하지 않을 거다." 티브릴은 다시 계단을 올라 의자에 앉았다. 커튼 뒤에서 집게를 처리한 하인이 서둘러 나와 건네 준 천 조각을 받아 들고 손가락을 하나씩 문질러 닦았다. "아마 서로의 안전을 위해 다테와 따로 헤어지기로 정해 뒀겠지. 세리믄은 순혈이니 잡힌다면 가혹한 심문을 받으리는 걸 예상했을 거야."

가혹한 심문. 방금 내가 목격한 것에 대한 귀족들의 고상한 표현이었다.

"안타깝게도 그 문제는 내 능력 밖이다." 티브릴이 그러면서 뭔가 몸짓을 하는 것 같았다. 중앙에 있는 문이 열리더니 다른 하인이 들어왔다. 그의 손에 들린 것이 단번에 내 눈길을 사로잡았다.

이 마법으로 가득한 궁전에 뒤지지 않을 정도로 유난히 밝게 빛나고 있었기 때문이다. 다만 하얗게 빛나는 벽과 바닥과는 달리 하인이 든 물건은 발랄하고 경쾌한 장밋빛을 띠고 있었다. 어린애가 가지고 놀 법한 작은 고무공이었다.

티브릴이 하인에게서 공을 받아 들고는 말을 이었다. "내 사촌은 광명의 이템파스가 더 이상 신들을 통치하지 않을 뿐만 아니라 우리 아라메리가 이제 하나가 아니라 여러 주인을 섬긴다는 사실을 잊은 모양이야. 세상이 바뀌었다. 우리도 거기 맞춰 함께 변화하지 않으면 죽음뿐이야. 세리믄이 어떻게 됐는지 알면 더 많은 순혈 사촌들도 그 사실을 명심하게 되겠지."

티브릴이 손바닥을 뒤집어 분홍색 공을 떨어뜨렸다. 공이 의자 옆 바닥에 부딪쳐 튀어 올랐다. 그가 공을 잡아채더니 두 번 더 바닥에 튕겼다.

한 소년이 그 앞에 나타났다. 나는 단번에 소년을 알아보고 숨을 삼켰다. 시에. 샤이니에게 죽어라 발길질하던 어린아이 모습의 소격신. 한때 아라메리의 노예였던 트릭스터였다.

"뭐야?" 소년이 짜증을 내며 물었다. 내가 숨을 들이켜는 소리에 이쪽을 한 번 휙 쳐다보더니 아무런 표정 변화 없이 다시 고개를 돌렸다. 부디 나를 알아보지 못했길 아무 신에게나 빌었다. 하지만 샤이니가 내 옆에 서 있으니 부질없는 희망일 것이다.

티브릴이 정중한 태도로 고개를 숙이고 세리믄을 손짓했다. "여기, 당신의 형제자매를 죽인 무리 중 한 명입니다, 시에 님."

시에가 눈썹을 치켜세우며 세리믄을 응시했다. "기억나. 데카르타의 칠촌 조카였나 어쨌나. 몇 년 전에 궁을 떠났지." 아이답지 않은 심술궂은 미소가 얼굴 위를 스쳤다. "그건 그렇고 티브릴, 혓바닥이라니 진심이야?"

티브릴이 분홍색 공을 하인에게 돌려주자 하인이 절을 하고는 자리를 떴다. "가족 중에 제가 너무…… 성정이 온화하다고 믿는 사람이 있어서요." 그가 어깨를 으쓱하며 위병들을 쳐다보았다. "본보기가 필요했습니다."

"그렇구나." 시에가 단상에서 내려와 세리믄의 옆에 섰다. 바닥에 검은 얼룩으로만 보이는 핏자국을 꼼꼼히 피해 발을 옮기는 게 보였다. "여자를 데려가면 도움이 되긴 하겠지만, 그 악마를 찾을 때까진 나하가 태양을 되돌릴 것 같지 않아. 잡았어?"

"아뇨, 아직 찾는 중입니다."

그때 세리믄이 소리를 냈다. 온몸의 터럭이 곤두서는 것 같았다. 세리믄이 나를 노려보는 게 느껴졌다. 그녀가 다시 소리를 내며 어떻게든 내 쪽으로 다가오려는 게 보였다. 무슨 말을 하는 건지, 혹은 그녀가 정말로 말을 하려는 건지는 알 수 없었지만 나는 알았다. 그녀는 시에에게 나에 대해 말하려 하고 있었다. *여기 악마가 있어!* 그렇게 밀고하려 하고 있었다.

하지만 티브릴은 그녀가 내 비밀을 결코 발설할 수 없도록, 심지어 신에게조차 밝힐 수 없게 이미 조치를 취해 두었다.

세리믄이 바둥거리는 모습을 보며 시에가 한숨을 내쉬었다. "네가 무슨 말을 하든 관심 없어." 그 말에 세리믄이 조용해지더니 새로운 불안감에 사로잡혀 시에를 바라보았다. "내 아버지도 마찬가지고. 그분이 창의적인 기분이 아니길 기도할 힘을 아껴 두는 게 나을 거야."

시에가 귀찮다는 듯이 느른한 동작으로 손을 흔들었다. 그 손끝에서 검은 화염을 닮은 원초적인 힘이 뿜어져 나오더니 뱀처럼 똬리를 틀었다가 경고 없이 앞으로 돌진하며 세리믄을 통째로 집어삼켰다. 혹시 그걸 본 건 나뿐인 걸까. 불꽃이 사라졌다. 세리믄도 사라졌다.

시에가 우리 쪽으로 몸을 돌려 내게 말했다.

"아직도 같이 있네."

내가 샤이니의 손을 잡고 있다는 게 생각났다. "네." 나는 대답하고는 턱을 치켜들었다. "이제 이 사람이 누군지도 알아요."

"정말?" 시에의 눈동자가 잽싸게 샤이니에게 향하더니 한참 동안 거기 머물렀다. "그건 좀 의심스러운걸, 필멸자 여자. 더 이상은 자식들도 그가 누군지 모르는데 말이야."

"이제 안다고 했잖아요." 나는 짜증스럽게 대답했다. 누가 됐든 자기가 다 아는 척하는 사람은 싫다. 요 몇 주간 하도 별일을 다 겪었더니 소격신들의 성질머리 따위도 더 이상 두렵지 않았다. "예전엔 어땠을지 몰라도 그 부분은 이제 사라지고 없잖아요. 여신을 죽인 날 그도 죽어 버렸으니까. 그러니까 이건 남은 부분이에요." 나는 샤이니를 향해 고개를 까딱였다. 그의 손에서 힘이 스르륵 빠졌다. 충격을 받았나 보다. "그리고 솔직히 별로 많이 남지도 않았어요. 가끔은 발로 한 대 뻥 차 주고 싶기도 하고요. 하지만 알면 알수록 여러분이 생각하는 것만큼 가망이 없는 건 아니라는 걸 알게 되네요."

시에는 나를 잠시 빤히 쳐다봤지만, 금세 정신을 차렸다. "넌 아무것도 몰라." 그가 주먹을 불끈 쥐었다. 어린애처럼 발도 동동 구를 것 같다는 생각이 들었다. "그는 내 어머니를 죽였어. 그날 우리 모두가 죽었어. 그가 우리 모두를 죽인 거라고! 그걸 다 잊으라고?"

"아뇨." 어쩔 수가 없었다. 시에가 가엾었다. 비상식적인 일로 부모를 잃는 게 어떤 기분인지는 나도 알았다. "당연히 잊을 순 없죠. 하지만." 나는 잡고 있는 샤이니의 손을 들어 올렸다. "이 사람을 봐요. 이 사람이 몇 세기 동안 당신들이 고생하는 걸 보면서 고소해했을 것 같아요?"

시에의 입술이 일그러졌다. "그래서, 자기가 한 짓을 후회한대? 이제 와서, 우리가 알아서 자유를 쟁취한 다음에야, 자기가 저지른 죄로 필멸자가 되는 형벌을 받은 후에야 후회를 한다고? 정말 후회가 넘치시네."

"그 전부터 후회하지 않았다는 걸 어떻게 알아요?"

"우릴 풀어 주지 않았으니까!" 시에가 자기 가슴을 내리치며 외쳤다. "우릴 여기 버려 두고 필멸자들이 우릴 갖고 놀게 내버려 뒀잖아! 그러면서 자길 다시 사랑하라고 강요했잖아!"

"다른 방법이 생각나지 않았나 보죠."

"뭐?"

"어쩌면 그게 유일하게 통할 방법이라고 생각했을 수도 있고요. 미친 소리 같긴 하지만, 어차피 미친 짓을 저지른 뒤였잖아요. 아니면 상황을 바로잡을 시간이 필요했을 수도 있고요. 물론 그래

봤자 불가능했지만. 그리고 결과적으로 상황이 더 악화되긴 했지만요." 내 분노는 이미 사그라진 지 오래였다. 나는 전날 밤 내 앞에서 무릎을 꿇은 채 절망하던 샤이니를 떠올렸다. "어쩌면 당신들을 완전히 잃으니 차라리 감옥에 가둬 두고 미움받는 게 낫다고 생각했을지도 모르고요."

나는 이게 무의미한 언쟁이라는 걸 알았다. 어떤 행동은 용서받을 수 없다. 살인, 부당한 감금, 그리고 고문 같은 것들.

하지만 그럼에도.

시에가 입을 다물었다. 샤이니를 쳐다보았다. 턱에 힘이 들어가고 눈이 가느스름해졌다. "그래서? 그러니까 이 필멸자가 당신 말을 대신 해 주고 있는 거야, 아버지?"

샤이니는 대답하지 않았다. 온몸에 역력한 긴장감이 말로 표출할 길을 찾지 못해 억눌려 있었다. 별로 놀랍지도 않았다. 나는 그가 원한다면 언제든 손을 놓고 자리를 뜰 수 있게 손에서 힘을 뺐다.

그때 샤이니의 손이 갑자기 내 손을 벌컥 쥐었다. 내가 멋대로 잡아 빼지 못할 만큼.

영문을 몰라 눈만 깜박이고 있는데 시에가 지겹다는 듯이 한숨을 내쉬었다. "난 널 이해 못 하겠어. 별로 멍청해 보이지도 않는데. 저자한테 신경 쓰는 건 에너지 낭비라고. 혹시 너도 널 때리거나 괴롭히는 남자들하고만 사귀는 그런 여자야?"

"전 매딩의 연인이었어요." 나는 조용히 말했다.

시에는 그 말에 진심으로 가슴 아픈 표정을 지었다. "깜박했네. 미안."

"저도요." 나는 한숨을 내쉬며 눈을 비볐다. 다시 통증이 느껴졌다. 하늘궁에는 마법이 너무 많은 데다 나는 이렇게 계속 눈이 보이는 데 익숙하지 않았다. 마법이 아주 가끔씩만 반짝이는 그림자의 익숙한 어둠이 그리웠다.

"전 그냥…… 당신들은 모두 영원히 살잖아요." 하지만 이내 문득 떠오른 깨달음에 씁쓸한 미소를 지으며 말을 바꿨다. "누가 살해하지만 않으면요. 당신들은 영원히 함께할 수 있어요." 하지만 매딩과 나는, 설령 그가 죽지 않았더라도 결코 그럴 수 없었겠지. 아, 정말 모든 게 너무도 고단했다. 슬픔을 억누르는 건 더더욱 힘들었다. "그 모든 시간을 증오에 젖어 살아 봤자 무슨 의미가 있는지 모르겠어요. 그냥, 그렇다고요."

시에가 생각에 잠긴 눈빛으로 나를 물끄러미 응시했다. 고양이처럼 가늘어진 동공이 예리하게 빛나고 있었지만 지난번처럼 위협적인 느낌은 없었다. 어쩌면 그도 나처럼 다른 이들이 보지 못하는 것들을 보기 위해 이상한 눈이 필요한지도 모른다. 시에가 그 눈동자를 샤이니 쪽으로 향하더니 아무 말 없이 한참 동안 그를 지긋이 바라보았다. 샤이니에게서 무엇을 봤는지는 모른다. 분노가 사그라들진 않았지만 다시 공격할 기미도 없었다. 나는 그것을 승리의 표시로 받아들이기로 했다.

"시에." 샤이니가 느닷없이 말했다. 내 손을 쥔 손에 힘이 들어갔다. 내가 고통스러울 지경이었다. 하지만 방해가 되고 싶지 않아 이를 사리물며 참았다. 샤이니가 숨을 들이켜는 게 느껴졌다.

"사과하지 마." 아주 작은 목소리였다. 어쩌면 시에는 나와 똑같

은 걸 느꼈는지도 모른다. 그의 표정은 차가웠고 뒤엉킨 분노 말
고는 어떤 감정도 드러나지 않았다. "당신이 저지른 짓은 어떤 말
로도 용서가 불가능해. 그러려고 시도하는 것조차 모욕이야. 나뿐
만 아니라 어머니의 기억에 대한 모욕."

샤이니가 몸을 굳혔다. 내 손에 잡힌 그의 손이 움찔거렸다. 마
치 나와의 접촉에서 용기를 얻으려는 듯이. 왜냐하면, 드디어 그
가 입을 열었기 때문이다.

"말이 아니면 행동으로 보여 주면 되나?"

시에가 싱긋 웃었다. 지금 그의 이는 틀림없이 날카로운 형태일
것이다. "대체 어떤 행동으로 당신의 죄를 속죄할 건데, 우리 밝고
밝으신 아버지?"

샤이니가 시에의 시선을 피했다. 마침내 내 손을 잡고 있던 그
의 손에서 힘이 빠졌다. "없지. 나도 안다."

시에가 숨을 깊이 들이마셨다가 무겁게 내뱉었다. 고개를 내젓
고 나를 힐끔 쳐다보더니 다시 고개를 흔들며 돌아섰다.

"어머니께 네가 잘하고 있다고 말씀드릴게." 시에가 대화 내내
숨을 죽인 채 앉아 있던 티브릴에게 말했다. "내 말을 들으면 기뻐
할 거야."

티브릴이 고개를 살짝 숙였다. 딱히 절이라고 하긴 힘든 각도였
다. "그분은 잘 지내나요?"

"아주 잘 지내지. 아주 신다워. 요즘 엉망인 건 우리들이지." 시
에가 잠시 멈칫하더니 순간 우리 쪽으로 몸을 돌리려고 했던 것
같지만 이내 티브릴에게만 고개를 끄덕였다. "다음에 보자, 아라

메리 경." 시에의 모습이 사라졌다.

그가 사라지자 티브릴이 긴 한숨을 내쉬었다. 모두의 심경을 대변하는 것 같았다.

"좋아. 이 건은 해결됐으니 이제 하나만 남았군. 내 제안을 생각해 봤나, 에루 쇼스?"

나는 한 가지 희망을 붙들고 있었다. 살아서 아라메리에게 이용당하더라도 언젠가는 자유의 몸이 될 방법을 찾을 수 있을지도 모른다는 것. 어떻게든. 가능성은 희박했고 거의 애처롭기까지 한 희망이었지만 어쨌든 내게는 그게 전부였다.

"이템파스 교단과의 문제를 해결해 줄 수 있나요?" 나는 존엄성을 지키려고 애쓰며 물었다. 이번엔 내가 샤이니에게 매달릴 차례였다. 그가 옆에 있으니 내 영혼을 포기하기가 조금은 쉽게 느껴졌다.

티브릴이 고개를 한쪽으로 기울였다. "이미 끝났다."

"그리고……" 나는 망설였다. "이 표식 말인데, 말씀하신 것 말고 다른 기능이 없다는 걸 약속해 주실 수 있나요?"

그가 눈썹을 치켜세웠다. "나와 흥정을 벌일 처지가 아닐 텐데, 에루 쇼스."

그건 사실이었기에 움찔할 수밖에 없었다. 하지만 이내 자유로운 손을 힘껏 말아 쥐었다. 협박당하는 건 질색이다. "소격신들한테 제가 누군지 밝힐 수도 있어요. 그러면 전 죽겠지만 적어도 그들은 당신들처럼 절 이용하진 않겠죠."

아라메리 경이 의자 깊숙이 기대앉으며 다리를 꼬았다. "그건 모르지. 어쩌면 그 소격신에게도 없애고 싶은 적수가 있을지 모르잖나. 필멸의 주인 대신 불멸의 주인을 섬길 위험을 감수하고 싶은가?"

그런 가능성은 생각도 못 해 봤다. 나는 겁에 질려 얼어붙었다.

"너는 그녀의 주인이 될 수 없다." 샤이니가 말했다.

나는 깜짝 놀라 펄쩍 뛰어올랐다. 티브릴이 숨을 깊이 들이마셨다가 내뱉었다. "주여, 우리가 전에 나눈 대화를 못 들으셨나 봅니다. 에루 쇼스는 자유의 몸이 되었을 때 어떤 위험이 있을지 알고 있습니다." 그리고 당신은 그녀 대신 협상할 위치가 아니죠. 그는 이렇게 말하고 있었다. 굳이 소리내어 말할 필요도 없었다. 사무칠 정도로 분명했으니까.

"네가 데리고 있어도 위험한 건 마찬가지지." 샤이니가 쏘아붙였다. 나는 내 귀를 의심했다. 정말로 내 편을 들어 주고 있는 거야?

샤이니가 내 손을 놓고 앞으로 나섰다. 딱히 내 앞을 가로막고 선 건 아니었다. "그녀의 존재를 비밀로 할 수는 없다. 너희의 비밀 무기로 삼기 위해 그 많은 사람을 다 죽일 수는 없으니까. 차라리 애초에 여기 데려오지 않는 게 나았을 거다. 그러면 적어도 그녀의 존재를 알고 있었다는 사실을 부인할 수 있을 테니."

이해가 되지 않아 얼굴을 찌푸렸다. 하지만 티브릴은 꼬고 있던 다리를 풀고 조용히 물었다.

"다른 신들에게 그녀에 대해 말할 겁니까?"

그제야 알 것 같았다. 샤이니는 무력한 존재가 아니었다. 그는 죽일 수 없다. 적어도 완전히 죽일 수는 없었다. 감금할 수는 있지만 영원히 감금할 수는 없다. 그는 세상을 떠돌며 필멸자로서 깨달음을 얻어야 했으니까. 그러니 필연적으로 언젠가는 다른 신 중 하나가 그가 죗값을 치르고 있다는 걸 비웃기 위해서라도 그를 찾아올 것이다. 그렇게 되면 나를 아라메리의 최신식 무기로 만들려는 티브릴의 계획은 무산될 것이다.

"그녀를 풀어 주면 아무 말도 하지 않으마." 샤이니가 부드럽게 말했다.

나는 숨을 죽였다.

티브릴은 잠시 아무 말도 하지 않았다. "아뇨. 가장 심각한 문제는 해결되지 않습니다. 그녀를 보호 없이 방치하는 건 너무 위험해요. 차라리 죽이는 게 안전하지요." 그렇게 되면 샤이니는 아무 영향도 끼칠 수 없고 내 목숨은 끝나게 된다.

이건 니킴 게임이었다. 상대방을 이기기 위해 책략에 책략을 거듭하는 게임. 다만 나는 앞이 보이지 않아 평소 이런 게임에 관심을 가진 적이 없었다. 그래서 무승부가 나면 그다음은 어떻게 되는지 모른다. 무엇보다 나 자신이 승자의 상품이 되는 건 질색이다.

"교단이 괴롭히기 전까지 그녀는 안전했다. 군중 속의 익명성이 지난 수 세기 동안, 심지어 신들로부터도 그녀의 혈통을 보호해 주었지. 그걸 되돌린다면 모든 게 예전처럼 돌아갈 거야." 샤이니가 잠시 말을 멈췄다. "너희는 '떠오른 태양의 집'을 무너뜨렸을 때 발견한 악마의 피를 가져도 좋다."

"그걸 챙겼……" 나는 무심코 입을 열었다가 얼른 다물었다. 하지만 주먹이 절로 쥐어졌다. 하긴 그런 귀한 물건을 낭비할 리가

430

없지. 내 피, 다테의 피, 화살촉…… 어쩌면 다테의 조제 기술마저 알아냈을지 모른다. 아라메리는 내가 있든 없든 이미 무기를 갖고 있었다. 망할 놈들.

하지만 샤이니의 말이 옳았다. 아라메리 경이 그걸 갖고 있다면 굳이 내가 필요할 이유가 없다.

티브릴이 의자에서 일어났다. 계단을 내려와 경비병들을 지나, 긴 창문 앞에 섰다. 나는 그가 거기 서서 자신이 소유한 세상을, 그리고 그 세상을 위협하는 신들의 경고인 검은 태양을 바라보는 모습을 지켜보았다. 그가 뒷짐을 졌다.

"군중 속의 익명성을 되찾아 주라 하시지만." 티브릴이 한숨을 쉬었다. 그 한숨을 듣자 작은 희망의 불빛을 향해 가슴이 팔딱이기 시작했다. "좋습니다. 고려해 보지요. 하지만 어떻게 해야 할까요? 그녀를 아는 모든 사람을 죽일까요? 말씀하셨다시피 그렇게 되면 비실용적일 정도로 많은 이들을 죽여야 할 겁니다."

나는 몸서리를 쳤다. 부로이와 예술의 거리에 있는 사람들. 집주인. 장님 여자와 소격신 연인에 대해 수다 떨기 좋아하던 길 건너편에 사는 노파. 백색전당의 사제인 리마른과 수십 명이 넘는 이름 모를 하인들, 경비병들. 그중엔 지금 저기 서서 이 이야기를 듣고 있는 이들까지 포함된다.

"아뇨." 내가 불쑥 말했다. "제가 그림자를 떠날게요. 어차피 그럴 생각이었으니까. 절 아는 사람이 아무도 없는 곳에 가서, 아무한테도 말 안 할 테니까, 그냥……"

"죽여라."

나는 그 말에 흠칫 놀라 샤이니의 옆얼굴을 쳐다보았다. 그가 내게 눈길을 보냈다. "오리가 죽으면 비밀은 더 이상 중요하지 않겠지. 아무도 그녀를 찾지 않을 테고, 아무도 이용할 수 없을 거다."

그제야 무슨 뜻인지 이해할 수 있었다. 하지만 생각만으로도 몸이 떨렸다. 티브릴이 고개를 돌려 어깨 너머로 우리를 바라보았다. "죽은 걸로 꾸며라? 흥미롭군요." 그가 잠시 생각에 잠겼다. "철저하게 처리해야 할 겁니다. 친구는 물론이고 모친과도 다시는 만날 수 없겠지요. 앞으로는 오리 쇼스가 아닐 테니까. 과거를 꾸며 내고 돈을 쥐어 준 다음 다른 지역으로 보내면 되겠군요. 신과 관련된 음모를 폭로하다 목숨을 잃은 용감한 여인을 위해 성대한 장례식을 치러 줘도 되겠고요." 티브릴이 나를 힐끗 쳐다보았다. "하지만 내 첩자들이 당신이 살아 있다는 소문이나 아주 작은 의혹의 기미라도 듣게 되면 그걸로 끝이다, 에루 쇼스. 당신이 잘못된 손에 넘어가지 않게 하기 위해서라면 난 어떤 짓이든 할 테니까. 알겠나?"

나는 아라메리 경을 쳐다봤다가, 샤이니를 봤다가, 마지막으로 나 자신을 쳐다봤다. 내 눈에 보이는 몸, 하늘궁의 벽과 바닥에서 쉴 새 없이 쏟아지는 빛을 가리고 있는 그림자. 부드러운 곡선을 그리는 가슴. 매혹적일 정도로 복잡한 손. 나는 손을 들어 올려 이리저리 돌려보고 손가락을 구부려 보았다. 발끝. 시야 가장자리에 나선형으로 말려 있는 머리카락. 이렇게 온전한 내 모습을 눈으로 본 건 처음이었다.

거짓된 죽음이라도 죽는다는 건 끔찍한 일이다. 친구들은 나를 애도할 테고 나는 이미 잃어버린 삶을 더욱더 애도할 테지. 가엾은 내 어머니. 아버지를 잃고 이젠 나까지. 하지만 내가 남기고 가는 것 중 가장 가슴 아픈 건 마법이었다. 내가 배우고 경험하고 봤던 그 모든 아름답고 무시무시한 것들. 그림자만의 독특하고 기묘한 특성.

나는 한때 죽기를 바랐다. 이건 그보다도 더 나빴다. 하지만 이걸 선택하면 자유로워질 수 있었다.

너무 오랫동안 침묵한 모양이었다. 샤이니가 나를 돌아보았다. 그의 무거운 눈빛에는 내가 상상한 것보다 훨씬 더 깊은 연민이 담겨 있었다. 그는 이해했다. 아, 그라면 당연히 이해할 것이다. 때때로 산다는 건 정말 힘든 일이다.

"네, 알겠어요."

아라메리 경이 고개를 끄덕였다. "그렇다면 결정됐군. 여기 하루 더 머물러라. 그 정도면 필요한 준비를 마칠 수 있을 거야." 그가 다시 창가로 몸을 돌리며 또다시 말없이 축객령을 내렸다.

하지만 나는 움직이지 못했다. 도무지 믿을 수가 없었다. 자유라니. 내가 자유라니. 다시 예전처럼.

샤이니가 자리를 뜨려고 몸을 돌렸다가 내가 따라오지 않는 걸 알고는 짜증을 내며 돌아보았다. 마치 예전처럼.

하지만 이번에 그는 나를 위해 싸웠고, 승리했다.

나는 빠른 걸음으로 그를 쫓아가 팔을 붙들었다. 방으로 돌아가는 내내 그의 어깨에 얼굴을 바짝 대고 눌렀다. 그는 불평하지 않았다.

19장
악마들의 전쟁
(검은 종이에 목탄과 분필)

거기서 그렇게 끝나야 했다. 그랬다면 가장 좋지 않았을까? 추락한 신과 "죽은" 악마. 망가지고 부서진 두 영혼이 그렇게 절룩거리며 삶으로 돌아갔더라면. 그게 이 이야기의 마땅한 결말이어야 했다. 조용히. 평범하게.

하지만 너한테는 별로일 테지. 결말로 삼기엔 너무 부족하니까. 별로 인상적이지도 않고. 그러니 그다음에 일어난 일이 행운이었다고도 말할 수 있을 거야. 비록 지금까지도 도저히 그렇게 느껴지진 않지만.

＊

그날 밤 나는 깊이 잠들었다. 앞으로 무슨 일이 벌어질지 두렵고, 파이티야와 다른 소격신들이 걱정스럽고, 아라메리 경이 그의 은혜롭고 친절한 손아귀에 나를 움켜쥘 다른 방법을 찾아낼지도 모른다는 냉소적인 의심이 들긴 했지만. 팔이 완전히 나았기 때문에 붕대와 팔 고정대, 그리고 안에 넣어 둔 인까지 전부 다 벗어던지고 통증에서 벗어난 걸 축하하기 위해 길고 긴 목욕을 즐긴 다음, 샤이니의 온기 옆에 몸을 붙였다. 그가 몸을 움직여 공간을 내주었다. 나는 그가 지켜보는 걸 느끼며 잠에 빠져들었다.

자정을 조금 넘긴 시각, 화들짝 놀라 잠에서 깨어났다. 몽롱한 상태에서 눈을 깜박이며 몸을 뒤척였다. 방은 고요하고 조용했다. 하늘궁의 마법 벽은 너무 두꺼워서 복도 너머에서 무슨 일이 일어나고 있는지 알기는커녕 밖에서 매섭게 몰아치고 있을 바람 소리 하나도 들리지 않았다. 적어도 그런 점에서는 '떠오른 태양의 집'이 나았다. 거기서는 적어도 주변에서 온갖 소소한 삶의 소리를 들을 수 있었으니까. 복도를 걷는 사람들, 속닥이는 목소리와 노래들, 가끔 세계수가 흔들리면서 나는 삐걱 소리.

이곳에는 그저 밝게 빛나는 고요와 적막뿐이었다. 옆에서는 샤이니가 길고 느린 숨소리를 내며 잠들어 있었다. 악몽을 꾼 건가 생각했지만 아무것도 기억나지 않았다. 몸을 일으켜 방을 둘러보았다. 하늘궁에도 언젠간 내가 그리워할 것이 있겠지. 눈에 보이는 건 없지만 신경이 곤두서고, 마치 뭔가 날 건드리는 것처럼 피부가 따끔거렸다.

그때 뒤에서 공기가 찢어지는 날카로운 소리가 들렸다.

나는 황급히 돌아보았다. 아무 생각도 나지 않았다. 내 뒤에 그게 있었다. 내 몸집만 한 크기의 입을 쫙 벌린 커다란 검은 구멍.

머저리. 머저리 같으니. 놈이 아직 잡히지 않았다는 걸 알면서도 아라메리의 요새에 있으면 안전할 줄 알았단 말이야? 머저리. 머저리. 머저리.

구멍이 빨아들이는 힘에 붙들려 침대 위로 반쯤 끌려갔을 때에야 간신히 입을 열어 비명을 질렀다. 다급하게 침대 시트를 부여잡았다. 하지만 그래 봤자 아무 소용도 없다는 걸 알았다. 다테가 날 가두기 위해 만든 지옥으로 빨려 들어가면서 시트가 침대에서 벗겨져 펄럭이는 광경이 머릿속에 그려졌다.

그때 뭔가 나를 급작스레 잡아당기는 바람에 시트에 쓸린 손가락 마디에 열감이 느껴졌다. 시트가 뭐에 걸린 걸까. 손 하나가 내 손목을 감싸고 있었다. 샤이니.

다음 순간, 무시무시한 금속성의 굉음과 함께 내 몸이 뒤로 빨려 들어갔다. 샤이니도 함께였다. 발버둥 치며 비명을 지르는 동안에도 그가 옆에 있다는 걸 느낄 수 있었다. 손목에서 느껴지는 손의 촉감이 차가운 무감각 속으로 사라져 갔다. 우리는 불안하게 진동하는 어둠 속으로 굴러떨어져—

감각과 단단함이 존재하는 세계로 추락했다. 몸이 바닥에 부딪혔다. 바닥이라고? 숨이 턱 막힐 정도로 강한 충격이 내 몸을 강타했다. 숨결이 느껴졌다. 같이 바닥에 떨어져 고통스러운 신음을 뱉던 샤이니가 곧바로 일어나 나를 일으켜 세웠다. 나는 숨을 고르며 정신없이 주변을 두리번거렸지만 보이는 것이라곤 어둠뿐이었다.

그때 내 눈에 뭔가 들어왔다. 희미하고 흐릿한 무언가 태아처럼 웅크린 자세로 어둠 속에 둥둥 떠다니고 있었다. 다테인가? 하지만 움직임이 없었다. 나와 그 형체 사이에서 무언가 희미하게 어릉거리는 게 보였다. 꼭 유리처럼. 뭔지 자세히 보려고 고개를 기울였다가 이번에는 그 유리 너머 어둠 속에서 또 다른 어두운 형체를 발견했다. 갈색 피부 덕분에 이번엔 쉽게 알아볼 수 있었다. 키트르였다. 그녀는 움직이지 않았다. 손을 뻗어 봤지만 유리 같은 어둠에 부딪혀 가로막혔다. 그것은 단단했고, 우리를 위아래로 완전히 에워싸고 있었다. 이곳은 그 지옥 같은 공허 속을 둥글게 파서 만든 거품 속 공간이었다.

나는 고개를 돌렸다. 거기 다테가 있었다.

그는 저 흐릿한 형상보다 더 가까운 곳에 있었다. 이 정상적인 거품 공간에 함께. 우리가 여기 있다는 걸 알고 있는지는 알 수 없었다.(그가 우리를 여기 데려온 장본인이긴 하지만.) 우리에게서 등을 돌린 채 바닥에 사지를 벌리고 누운 주검들 사이에 웅크려 앉아 있었기 때문이다. 나는 주검들을 볼 수 없었다. 그저 그들의 형상이 만든 어두운 얼룩이 다테의 모습을 가리고 있다는 것만 알 수 있을 뿐이었다. 하지만 공기 중에 떠도는 피의 맛이 느껴졌다. 진하고, 역겹고, 신선한 피. 그리고 다시는 듣고 싶지 않던 소리가 들렸다. 뭔가를 우적우적 씹어 먹는 소리.

나는 얼어붙었다. 내 손목을 쥔 샤이니의 손아귀에 힘이 들어갔다. 그렇다면 그도 다테를 볼 수 있다는 뜻이고, 그건 이 텅 빈 세상에 빛이 존재한다는 의미다. 그리고 그건 샤이니가 지금 우리 주변에 널브러져 있는, 신체가 훼손되고 생명이라는 마법을 잃은 자식들을 볼 수 있다는 뜻이기도 했다.

분노와 무력감에 눈물이 치밀었다. 이것만은 안 돼. "신들의 저주를 받을 거다, 다테." 나는 속삭였다.

다테가 하던 일을 멈췄다. 여전히 웅크린 자세로 우리를 돌아보았다. 이상하게 허둥대는 모양새였다. 입과 옷, 손에는 검은 얼룩이 묻어 있고 왼손에는 아직도 뭔가 뚝뚝 떨어지는 덩어리를 쥐고 있었다. 그는 마치 최면에서 깨어난 사람처럼 우리를 바라보며 멍하니 눈을 깜박였다. 동공과 홍채가 구분되지 않는 눈동자였다. 마치 하얀 배경 속에 크고 검은 구멍이 새겨져 있는 것처럼.

서서히, 다테의 정신이 돌아왔다. "세리믄은 어딨지?"

"죽었어." 나는 뾰족하게 응수했다.

다테가 혼란스러운 듯 미간을 찌푸렸다. 그러더니 천천히 자리에서 일어섰다. 뭔가 말하려는 것처럼 숨을 들이켰다가 자기 손에 심장이 쥐어져 있는 걸 보고는 흠칫 놀랐다. 이맛살을 찌푸리며 손에 든 것을 옆으로 내던지고는 우리를 향해 다가왔다. "내 아내는 어디 있지?" 그가 다시 물었다.

나는 얼굴을 찡그렸다. 하지만 그건 겉으로 보이는 허세일 뿐, 속으로는 겁에 질려 있었다. 다테의 몸에서 물줄기처럼 흘러나오는 무시무시한 힘의 압박감 때문에 소름이 쭈뼛 돋았다. 그를 둘러싼 거대한 힘이 희미하게 일렁이자 방 전체가 불안하게 깜박거렸다. 아라메리가 '떠오른 태양의 집'을 습격한 뒤로 그는 자취를 감췄다. 혹시 그동안 여기 숨어서 신들을 죽이고 잡아먹으며 힘을 기른 걸까? 그리고 점점 더 미쳐 갔을까?

"세리믄은 죽었어, 이 괴물 자식아. 내 말 못 들었어? 신들이 벌주려고 신계에 데려갔다고. 그래도 싸지. 너도 곧 찾아낼 거야."

다테가 동작을 멈췄다. 미간을 깊이 찌푸리며 고개를 흔들었다. "안 죽었어. 그럼 내가 알았겠지."

나는 몸을 떨었다. 그렇다면 밤의 군주는 결국 창의적으로 굴기로 했나 보다. "아니면 곧 죽겠지. 당신이 지금 당장 세 주신에게 대항할 생각이 아니라면."

"어차피 난 항상 그들에게 도전할 생각이었는데, 레이디 오리." 다테가 다시 고개를 젓더니 피 묻은 이빨을 드러내며 웃었다. 처음으로 옛 모습이 조금 보였지만 그럼에도 등골이 오싹해졌다. 그는 소격신의 힘을 빼앗고자 그들의 심장을 먹었고, 실제로도 성공한 것 같았다. 하지만 뭔가 아주아주 잘못됐다. 미소와 텅 빈 눈빛을 보면 확실했다.

안 좋아. 아주 안 좋은 일이야. 필멸자가 우리를 먹는다니. 릴의 말이 떠올랐다.

다테가 고개를 돌려 자신이 저지른 짓을 훑어보았다. 죽어 널브러진 송장들의 모습이 흡족한지 웃음을 터트렸다. 거품 공간 가득 그의 웃음소리가 울려 퍼졌다. "우리 악마들도 신의 자식이야, 안 그래? 하지만 그들은 우릴 잡아 죽여 거의 멸절시켰지. 어떻게 그럴 수가 있지?" 절규에 가까운 마지막 문장에 몸이 절로 흠칫 튀어 올랐다. 다테가 다시 웃으며 말을 이었다 "우리가 그렇게 두려운 존재라면 두려워할 이유를 만들어 줘야지. 멸시받고 핍박받는 자식들이 당신들 자리를 차지하겠다고 말이야."

"터무니없는 소리." 샤이니는 아직 내 손목을 움켜쥐고 있었지만 몸에서 긴장감이 느껴졌다. 그는 두려워하고 있었다. 그리고 동시에 분노하고 있었다. "필멸자는 신의 힘을 휘두르지 못한다. 설사 세 주신을 물리친다고 해도 발밑에서 온 우주가 무너져 내릴 거다."

"새로 창조하면 돼!" 다테가 고함을 질렀다. 그는 광분의 희열에 들떠 있었다. "내 공허 속에서 숨는 데 성공했었지, 오리 쇼스? 훈련 하나 받은 적도 없고 공포에 질려 있으면서도 본능적으로 안전한 세계를 만들어 냈잖아." 경악스럽게도 그가 내게 손을 내밀었다. 마치 내가 그 손을 잡을 거라는 듯이. "그래서 세리믄이 널 우리 편으로 끌어들이려 한 거야. 난 이런 세계밖에 창조할 수 없지만 넌 벌써 십수 개나 만들어 냈으니까. 필멸자가 신을 두려워할 필요가 없는 세계를 만들게 도와줘. 그곳에서 너와 나는 신이 될 거야. 우리의 타고난 권리대로."

나는 다테의 손을 피해 뒷걸음질 치다 둥글고 단단한 막에 등을 부딪쳤다. 도망칠 곳이 없었다.

"예전에 우리 종족에게도 너 같은 재능이 있었을 거야." 다테는 나를 붙잡는 건 포기했지만 샤이니의 어깨 너머에서 거의 성욕에 가까운 이글거리는 눈빛으로 나를 뚫어져라 쏘아보고 있었다. "우리 같은 악마가 수백이 넘던 시절에도 매우 드문 능력이었겠지. 오직 에네파의 자손만이 가질 수 있는 능력이니까. 난 그 마법이 필요해, 레이디 오리."

"대혼돈이여, 대체 무슨 헛소리를 하는 거야?" 나는 제발 문고리라도 찾을 수 있길 바라며 등 뒤에 닿아 있는 단단한 표면을 미친 듯이 긁어 댔다. "이미 당신 때문에 사람을 죽였는데, 뭐, 나더러 당신처럼 소격신을 잡아먹고 같이 미치기라도 하자는 거야?"

다테가 놀라 눈을 깜박였다. "오…… 아니야. 그건 아니지. 넌 소격신과 사랑하는 사이였잖아. 그런 걸 믿을 순 없지. 하지만 네 마법까지 사라질 필요는 없어. 내가 네 심장을 먹어 치우고 직접 그 힘을 사용하면 되니까."

온몸의 피가 얼음장처럼 싸늘하게 얼어붙었다. 샤이니가 앞으로 나서 내 앞을 가로막았다.

"오리." 그가 목소리를 낮춰 속삭였다. "마법을 써서 여기서 나가라."

공포에 질려 더듬거리다 샤이니의 어깨에 손이 닿았다. 이상하게도 그는 전혀 긴장하고 있지 않았다. 겁을 내고 있지도 않았다. "나……난……"

그는 내 웅얼거림을 무시했다. "넌 전에도 다테의 힘을 파훼한 적이 있지. 하늘궁으로 가는 문을 열어라. 널 뒤쫓지 못하게 내가 막을 테니."

그제야 샤이니가 보인다는 사실을 자각했다. 신력이 솟구치며 샤이니의 몸이 빛을 발하기 시작했다. 나를 보호하기로 다짐한 까닭에.

다테가 이를 악물며 팔을 넓게 벌리고 으르렁거렸다. "방해하지 말고 비켜."

나는 눈을 깜박이며 가늘게 떴다가, 움찔했다. 다테의 몸이 빛나고 있었다. 하지만 그 빛은 뭐라 형용할 수 없는, 서로 어울리지 않고 역겨운 색채들이 어지럽게 충돌하는 것에 가까웠다. 그 모습을 보고 있으려니 속이 울렁거리면서 구역질이 올라왔다. 색이 너무 밝았다. 너무 밝았다. 다테는 내 짐작보다 훨씬 더 강했다.

어떻게 된 건지는 몰라도 내가 눈을 깜박인 순간, 지독한 통증이 엄습하는 것과 동시에 무의식적으로 뭔가를 했는지 다음 순간 나는 다테가 몸에 두르고 있는 필경술 너머에 있는 진짜 다테를 보고 있었다.

비명이 터져 나왔다. 왜냐하면 거기 있는 건 온몸을 들썩거리며 스무 개의 다리와 스무 개의 팔을 허우적대고 있는 거대한 몸집의 무언가였고(오, 신이여, 신이여, 그의 **얼굴**이) 너무도 끔찍하고 추악해서 내 감정을 표출하지 않을 수가 없었기 때문이다.

샤이니가 갑자기 버럭 호통을 쳤다. "내 말대로 해라! 당장!"

그러더니 눈부신 빛을 뿌리며 다테를 향해 돌진했다.

"안 돼." 나는 고개를 저으며 중얼거렸다. 다테의 흉측한 모습에서 눈을 뗄 수가 없었다. 그의 얼굴에서 보이는 것을 부인하고 싶었다. 파이티야의 정다운 미소, 덤프의 네모난 이빨, 매딩의 눈. 그리고 다른 수많은 이들. 다테 본인은 이제 거의 남아 있지도 않았다. 기껏해야 그의 의지와 증오뿐이었다. 얼마나 많은 소격신을 먹어 치운 걸까? 자신의 인간성마저 압도하고 상상도 안 되는 힘을 얻기에 충분한 숫자겠지.

저런 괴물과 싸워 살아남을 이가 있을까. 아무리 샤이니라도. 다테는 샤이니를 죽이고 내 심장을 꺼내 먹을 것이다. 그리고 내 영혼은 그의 안에 갇혀 영원한 노예가 되겠지.

"안 돼!" 나는 공간을 가르고 있는 경계에 달려들어 희미하게 빛나는 차가운 벽을 손바닥으로 두들겼다. 공포에 휩싸여 아무 생각도 나지 않았다. 숨이 막혔다. 탈출하고 싶다는 생각뿐이었다.

그때 갑자기 내 손이 눈에 들어왔다. 두 손 사이에서 무언가 반짝이는 게 보였다.

너무 당혹스러워 움직임을 멈췄다. 갑자기 나타난 이 신기한 것은 희미하게 깜박이며 빙글빙글 선회하고 있었다. 마치 은빛으로 빛나는 싸구려 장식 구슬처럼. 멍하니 응시하다 그 표면에 누군가의 얼굴이 보인다는 사실을 깨달았다. 눈을 깜박였다. 표면에 비친 얼굴도 눈을 깜박였다. 그건 나였다. 거울에 반사된 내 모습이었다. 거울이라는 게 있다는 얘기는 들었지만 직접 본 건 처음이었다. 둥글게 휜 표면 때문에 모양이 왜곡되긴 했지만 광대뼈의 곡선과 흐느끼느라 벌어진 입술, 하얀 이가 보였다.

그리고 무엇보다, 내 눈이 있었다.

내가 상상했던 모습은 아니었다. 뭉툭하고 일그러진 회색 조각들로 채워져 있어야 할 홍채에서 내가 본 것은 광채였다. 깜박거리며 흔들리는 작은 불빛들. 기형의 각막이 꽃잎처럼 벌어져 열려 그 안에 있는 아주 기이한 것이 드러나 있었다.

이게 대체……?

등 뒤에서 고함 소리와 함께 거세게 부딪치는 소리가 들렸다. 고개를 돌린 순간 뭔가 눈앞을 쏜살같이 지나갔다. 마치 밤하늘의 혜성처럼. 하지만 그 혜성은 추락하면서 날카로운 비명을 질렀고,

지나간 자리에는 핏방울 같은 불길을 흩뿌렸다. 샤이니.

다테가 거친 숨을 내뱉으며 누군가에게서 훔친 두 팔을 들어 올렸다. 얼룩덜룩한 역겨운 빛이 손에서 기름처럼 뚝뚝 떨어졌다. 공허의 바닥에 닿자 치익거리는 소리가 났다.

내 두 손바닥 사이에서 회전하던 작은 거품이 깜박거리다 사라졌다.

탈출해야 한다는 생각도 이상한 마법에 대한 생각도 모두 잊은 채, 나는 쓰러져 있는 샤이니를 향해 황급히 달려갔다. 그의 빛은 약했고, 아무런 움직임도 없었다. 하지만 몸을 돌려 똑바로 눕히고 나니 죽지 않은 걸 알 수 있었다. 힘겹게 헐떡이고 있긴 해도 어쨌든 아직 숨을 쉬고 있었다. 하지만 어깨부터 골반까지 가슴을 가로질러 길게 난 검은 상처가 그의 빛을 잠식해 가고 있었다. 나는 떨리는 손을 움직여 그곳을 만져 보았다. 상처는 없었다. 마법도 아니었다.

그제야 깨달았다. 악마의 피가 신의 생명력, 즉 마법을 어떻게 무효화시키는지는 몰라도, 다테는 그것을 몸 밖으로 발산할 방법을 찾아냈다. 아니면 이게 그의 능력이 정점에 이른 형태인지도 모른다. 평범한 악마가 아니라 필멸이라는 본질을 간직한 채 신이 된 건지도 모른다. 그는 샤이니를 조금씩 평범한 인간으로 되돌리고 있었다. 그리고 이 모든 게 끝나면 샤이니를 갈기갈기 찢어 버릴 것이다.

"레이디 오리." 한때 다테였던 존재가 말을 내뱉었다. 나는 더 이상 그것을 사람으로 볼 수 없었다. 이젠 목소리마저 여러 겹으로 중첩되어 들렸다. 여성과 남성, 나이 든 사람과 젊은이의 목소리가 뒤섞여 울려 퍼졌다. 괴물이 씩씩 거친 숨을 들썩이며 나를 향해 다가왔다. 폐도 여러 개가 됐거나 아니면 소격신이 숨을 쉬는 법을 모방해 신체 내부에 다른 호흡기관이라도 만들어 낸 것 같았다.

"우린 동족의 마지막 생존자야. 너와 나. 너를 위협한 건 내 실, 실, 실수였어." 괴물은 잠시 멈칫하더니 생각을 정리하려는 듯이 고개를 흔들었다. "하지만 난 네 힘이 필요해. 내 손을 잡아. 나를 위해 그 힘을 사용하면 해치지 않겠다." 그것이 한 발짝 더 다가왔다. 여섯 개의 발을 한꺼번에 질질 끌면서.

나는 다테를 믿을 수 없었다. 설사 그 계획에 동의한다고 해도 그의 정신은 저 육신만큼이나 뒤틀리고 왜곡돼 언제든 마음이 바뀌어 날 죽일 수도 있었다. 그리고 뭐가 어찌 되든 샤이니는 살려 두지 않겠지. 영원히, 돌이킬 수 없이. 세 주신 중 하나가 죽으면 세상은 어떻게 될까? 신을 잡아먹는 이 미친놈이 그런 걸 신경이나 쓸까?

나는 무심코 샤이니를 꽉 붙들었다. 내 두려움을 막아 줄 마지막 보루. 내 손 밑에서 반쯤 의식을 잃은 그가 몸을 뒤척였다. 그를 보호할 방법이 없었다. 그의 몸에서 나던 빛도 희미해지고 있었다. 하지만 아직 죽지는 않았다. 내가 시간을 끈다면 회복할 수 있을지도 몰라.

"다, 당신과 손을 잡으라고?"

다테의 몸뚱이가 부르르 떨리더니 '떠오른 태양의 집'에서 알고 지내던 인간의 형상으로 돌아왔다. 하지만 그건 환영이었다. 놈이 내 눈을 속일 방법을 찾아내긴 했지만 그 뒤틀린 실체가 여전히 존재한다는 걸 느낄 수 있었다. 다테는 릴과 같았다. 겉으로는 무해해 보일지 몰라도 그 속에 존재하는 건 끔찍함 그 자체였다.

"그래." 놈이 이번에는 하나의 목소리로 대답했다. 그러더니 뒤쪽을 가리키며 손짓했다. 나는 거기 시체들이 누워 있다는 걸 알고 있었다. "내가 너를 훈련시켜 주지. 가, 가, 강하게 만들어 주겠어." 다테의 모습을 한 존재가 말을 멈추더니 초점 없는 눈동자로 멍하니 허공을 응시했다. 다테의 형상이 흐릿하게 흔들리더니 겉으로 뒤집어쓴 가면에 순간적으로 금이 갔다. 놈이 가면을 유지하려고 안간힘을 쓰는 사이 팽팽한 긴장감이 흘렀다. 거의 손으로 만져질 정도였다. 다테가 나를 잡아먹는 걸 망설이는 이유가 여기 있었다. 심장을 하나 더, 영혼을 하나 더 흡수했다간 감당하지 못할지도 모른다.

샤이니가 신음하자 괴물의 얼굴이 흠칫 굳었다. "하지만 날 위해 해 줄 일이 있어." 놈의 목소리가 변했다. 나는 흘러나오던 울음을 꿀 삼켰다. 그건 매딩의 목소리였다. 다정하고 설득력 있는 목소리. 놈이 주먹을 쥐었다가 폈다가 다시 쥐었다. "네 무릎에 있는 그거. 난 그놈이 마법을 갖고 있지 않다고 생각했는데 지금 보니 놈을 과소평가한 거였군."

눈물 때문에 앞이 흐릿했다. 나는 고개를 저으며 샤이니를 보호하려는 것처럼 몸을 끌어안았다. "안 돼. 죽이게 놔두진 않을 거야. 절대 안 돼."

"내가 원하는 건 네가 그놈을 죽이는 거야, 오리. 그놈을 죽여. 그리고 심장을 먹어."

나는 입을 벌린 채 멍하니 다테를 쳐다보았다.

놈이 다시 씨익 웃었다. 다테의 치아가 덤프의 치아로, 그리고 다시 다테의 치아로 변했다. "넌 신을 너무 많이 사랑해. 그러니 널 믿을 증거가 필요해. 그 자식을 죽여, 오리. 죽이고 저 빛나는 힘을 네 것으로 만들어. 그러면 네가 훨씬 더 위대한 존재가 될 운명이라는 걸 깨닫게 될 거야."

"난 못 해." 온몸이 와들와들 떨렸다. 지금 내 목소리조차 귀에 들어오지 않았다. "난 못 해."

다테의 모습을 한 괴물이 다시 미소 지었다. 이번에 입술 사이로 드러난 이빨은 마치 개의 것처럼 날카로웠다. "할 수 있고말고. 네 피만 있으면 되는걸. 충분한 양만 사용한다면 말이야." 놈이 손짓하자 샤이니의 가슴 위에 칼 한 자루가 나타났다. 그것은 검고, 안개가 형상화된 것처럼 희미하게 반짝이고 있었다. 마치 공허 그 자체 같았다. "난 어떻게든 네 힘을 손에 넣을 거야, 레이디 오리. 그놈을 잡아먹고 나와 함께하든가, 아니면 내가 너를 친히 먹어 주지. 선택해."

✳

넌 나를 겁쟁이라고 생각할지도 모른다.

샤이니가 내게 도망치라고 했을 때, 옆에서 함께 싸우기보다 도망치려고 한 거 기억나지? 너무나도 무서웠던 이 최후의 순간, 나는 쓸모없고, 무력하고, 너무도 겁에 질린 나머지 아무런 도움도 되지 못했다. 심지어 나 자신에게도. 이런 말을 들으면 날 경멸할지도 모르겠다.

네 마음을 돌릴 생각은 없어. 나 자신이 자랑스럽지도 않고, 내가 그 지옥에서 한 짓이 자랑스럽지도 않다. 뭐라고 설명해야 할지 모르겠다. 세상 어떤 언어로도 그때 내가 직면한 공포, 이 세상 모든 생명체가 필연적으로 마주쳐야 하는 가혹하고도 추악한 선택을 앞두고 느낀 공포를 설명할 수는 없을 거야. 죽느냐 사느냐. 먹느냐 혹은 먹히느냐.

하지만 이것만은 분명히 말할 수 있어. 나는 사랑하는 이를 죽인 괴물과 마주한 여자라면 누구나 나와 같은 선택을 했으리라 생각한다.

*

나는 칼을 옆으로 치워 버렸다. 이런 건 필요 없었다. 샤이니의 가슴이 풀무처럼 부풀어 올랐다. 마법의 보호를 받고 있었는데도 다테가 아주 심각한 타격을 준 것 같았다. 나는 구태여 그의 가슴 부위 옷자락을 단정하게 정리하고 주름을 편 다음, 심장이 위치한 곳 양옆에 두 손을 가져다 댔다.

손등 위로 눈물이 떨어졌다. 세 번씩 짝지어서. 하나 둘 셋, 하나 둘 셋. 마치 울음새의 지저귐처럼. 오리, 오리, 오리.

448

＊

나는 살기로 선택했다.

＊

아버지는 내게 물감은 문이고, 믿음은 그 문을 여는 열쇠라고
가르쳐 주셨다. 내 손바닥 밑에서 강하고 꾸준하게 뛰고 있는 샤
이니의 심장이 느껴졌다.
"나는 그림을 그린다." 나는 속삭였다.

＊

나는 싸우기로 선택했다.

＊

다테는 내 손 사이에 일렁이는 거품이 생겨나 샤이니의 심장 위
를 맴도는 모습을 지켜보며 덜거덕거리는 숨소리 사이로 환희에
찬 한숨을 내쉬었다. 나는 이제 저 거품이 뭔지 알았다. 가시적인
형태로 발현된 나의 의지. 신이었던 조상들에게서 물려받아 필멸
자들의 무수한 세대를 거쳐 정제되어 형태와 에너지, 잠재력을 갖
추게 된 나의 힘. 모든 마법은 가능성이었다. 믿기만 하면 나는 무

엇이든 창조할 수 있었다. 그림으로 그린 세상. 고향집에 대한 기억. 그리고 그 빌어먹을 놈의 구멍.

*

나는 그것을 샤이니의 몸 안으로 밀어 넣었다. 내가 만들어 낸 거품은 그의 몸에 상처 하나 내지 않고 안으로 빨려 들어가 꾸준하고 힘 있게 뛰고 있는 심장 속에 자리 잡았다.

나는 다테를 올려다보았다. 그 순간 내 안의 무언가 변했다. 그게 뭔지는 모른다. 갑자기 다테가 깜짝 놀라며 날카로운 소리를 뱉더니 나를 뚫어질 듯 응시하며 뒷걸음질 쳤다. 마치 내 눈이 밤하늘의 별로 변하기라도 한 것처럼.

어쩌면 정말로 그랬는지도 모른다.

*

나는 믿기로 선택했다.

*

"이템파스." 나는 말했다.

허공에 번개가 작렬했다.

갑작스러운 충격에 다테와 나 모두 망연해졌다. 나는 뒤로 튕겨 날아가 다테가 만들어 놓은 장벽에 순간 숨도 못 쉴 정도로 거세게 부딪혔다. 바닥에 멍하니 드러누운 채 웃음을 터트렸다. 너무도 익숙한 상황인 데다 더는 두렵지도 않았다. 결국 나는 믿었고, 이걸로 끝이다. 다테는 아직 깨닫지 못했을지라도.

다테의 공허 한가운데 새로운 태양이 이글거리고 있었다. 너무도 밝아 똑바로 쳐다볼 수도 없고, 지독한 열기 때문에 내가 누워 있는 곳에서도 피부가 바짝바짝 조이고 숨이 막힐 정도였다. 순백색의 휘광이 태양의 주위를 감돌았다. 단순히 사방으로 뻗어 나가는 게 아니라 내가 눈을 돌리기도 전에 무수한 선과 곡선이 시야를 뜨겁게 메우더니 고리 안에 고리가 생기고, 선과 선이 연결되고, 원과 원이 겹치며 만들어진 신어가 희박한 공기 속으로 퍼져 나갔다. 그 복잡한 형태만으로도 넋을 잃을 정도였건만 이내 여러 개의 고리가 가운데 놓인 인간의 형상을 중심으로 어지럽고 우아한 자이로스코프 패턴을 그리며 회전하기 시작했다.

그 찬란한 광채 때문에 힐끔힐끔 스치듯이 훔쳐볼 수밖에 없었다. 나는 빛무리를 두른 눈부신 머리카락, 옅은 색조를 띤 전사의 복장, 하얀 금속으로 제련된 세검(細檢)을 쥔 완벽한 손을 보았다. 얼굴은 보이지 않았지만(너무 밝아서 볼 수가 없었다.) 그 눈을 보지 않기란 불가능했다. 두 개의 눈이 반짝 떠졌다. 저 무시무시한 백색광을 뚫고 낭송시에서나 들었던 색채가 내게 날아와 박혔다. 파이어오팔. 석양의 망토. 벨벳과 욕망.

아주 오래전, 오물통에서 발견한 남자를 떠올리지 않을 수가 없었다. 그때도 그는 같은 눈을 하고 있었다. 다만 지금은 그때와는 비교도 되지 않을 만큼 훨씬 더 아름답고, 백열처럼 뜨겁게 불타오르며 확신에 가득 차 있었다.

"이템파스." 나는 다시금 경외감에 가득 찬 목소리로 말했다.

그 눈동자가 나를 향했다. 나를 알아보는 것 같진 않았지만 상관없었다. 그분이 나를 보시고, 내가 그분의 자녀 중 하나임을 알아보셨으니. 하지만 그뿐이었다. 인간을 초월한 존재에게 인간과의 인연은 무용(無用)한 것. 그분이 나를 보시고 그 시선이 따뜻하다는 것만으로도 내게는 충분했다.

폭발의 충격에 나와 함께 바닥에서 뒹굴던 다테였던 생명체가 그분의 발 앞에 옹송그리고 있었다. 나는 드디어 그것이 산산조각난 인간성의 가면을 벗어 던진 채 여러 개의 발로 더듬더듬 바닥을 기는 모습을 바라보았다.

"넌 뭐지?" 다테 괴물이 물었다.

"나는 빚는 자다." 빛의 군주가 새하얀 강철검을 높이 쳐들었다. 검신을 따라 수백 개의 신어가 가느다란 장식글자로 새겨져 있는 것이 보였다. "나는 모든 목적과 지식이 정의된 자, 존재하는 것을 강하게 만들고 그렇지 않은 것들을 솎아 내는 자다."

그분의 목소리는 공허를 채우고 있는 어둠을 덜덜 떨리게 했다. 나는 형언할 수 없는 기쁨에 벅차 다시 웃었다. 갑자기 눈에 지독한 통증이 피어났고, 이번에는 사라지지 않았다. 나는 기쁨과 환희에 의존해 고통과 맞서 싸웠다. 이 광경만큼은 절대로 놓치고 싶지 않았다. 나의 신이 내 앞에 서 계신다. 이 세상이 탄생하고 아주 이른 초기 이래로 마로네는 그분을 뵌 적이 없었다. 이 위대한 순간에 육신의 나약함 같은 사소한 것에 방해를 받을 수는 없었다.

다테였던 괴물이 여러 갈래의 목소리로 고함 지르며 공기가 갈색으로 변할 정도로 더럽고 역겨운 마법의 파장을 내뿜었다. 하지만 이템파스는 아무것도 아니라는 듯이 가볍게 옆으로 쳐 냈을 뿐이다. 그분이 움직일 때마다 공기의 울림이 선명하게 들렸다.

"그만." 그분의 눈이 추운 날 석양처럼 붉고 어둡게 빛났다. "내 아이들을 풀어 줘라."

괴물이 뻣뻣하게 얼어붙었다. 그것의 눈, 매딩의 눈이 커다래졌다. 명치 부근이 들썩이더니 곧 목구멍에서 끔찍한 것들이 튀어나오기 시작했다. 괴물은 이를 악물고 버티며 온 힘을 다해 저항했다. 이제껏 삼킨 모든 힘을 가둬 놓기 위해 발버둥 치는 게 느껴졌다. 하지만 헛수고였다. 잠시 후, 놈이 고개를 뒤로 젖히더니 길게 비명을 지르며 목구멍에서 끈적한 색의 물줄기 같은 것을 줄줄 뱉어 냈다.

이템파스의 희고 뜨거운 광휘 속에서 각각의 색깔들이 증발해 가늘게 빛나는 안개가 되었다. 안개의 줄기들이 그분께 흘러 들어가 서로 얽히고 소용돌이치더니 그분의 주위를 두른 여러 겹의 오라처럼 새로운 고리를 형성해 그분 앞에서 빙글빙글 돌기 시작했다.

그분이 손을 들어 올리자 안개가 그 주위로 몰려들었다. 고통 속에서도 나는 그들의 기쁨을 느꼈다.

"미안하다." 아름다운 눈에는 괴로움이 가득했다. (너무도 익숙한 것이었다.) "부족한 아버지였지만 앞으로는 나아질 것이다. 너희에게 합당한 아버지가 되마." 고리들이 계속해서 점점 크게 뭉치더니 어느 순간 소용돌이치는 구(球)가 되어 그분의 손바닥 위에 둥둥 떠 있었다. "가서 자유로워지거라."

그분이 하나로 뭉친 영혼에 숨을 불어넣자 영혼들이 허공으로 흩어져 사라졌다. 청록색 기운이 유독 조금 더 머물렀다 사라진 듯 보인 건 내 상상에 불과한 걸까? 어쩌면 그럴지도. 하지만 어쨌든 그마저 사라져 버렸다.

그리고 다테는 다시 평범한 인간의 모습으로 돌아와 무릎에 힘이 풀린 채 반쯤 주저앉은 자세로 홀로 서 있었다.

"난 몰랐어." 다테가 경외감이 가득한 눈빛으로 빛나는 형상을 바라보며 겁에 질린 목소리로 속삭였다. 무릎을 바닥에 대고 풀썩 주저앉으며 마비라도 온 것처럼 손을 덜덜 떨었다. "당신인 줄 몰랐습니다. 용서해 주십시오!" 그의 얼굴 위로 눈물이 줄줄 흘러내렸다. 일부는 두려움 때문이었지만 일부는 경외감에서 비롯된 것이었다. 나는 알 수 있었다. 내 얼굴에도 똑같은 눈물이 강처럼 흐르고 있었으니까.

광명의 이템파스가 빙그레 웃었다. 영광스러운 휘광 때문인지, 아니면 내 뜨거운 눈물 때문인지 그분의 얼굴이 보이지 않았다. 하지만 그 미소만큼은 내 피부 구석구석 느낄 수 있었다. 따스한 미소. 사랑이 넘치고 자애로운, 다정한 미소. 내가 항상 믿어 왔던 그분의 모습 그대로.

하얀 칼날이 번득였다. 움직임을 알리는 유일한 신호였다. 그것만 아니었다면 나는 단순히 검이 한 곳에서 다른 곳으로 순간 이동해 다테의 가슴 한복판을 뚫고 나타났다고 생각했을 것이다. 다테는 소리를 내진 않았지만 두 눈을 부릅떴다. 아래를 내려다보고는 광명의 군주가 쥔 가느다란 검신 주위로 자신의 피가 심장 박동에 맞춰 흘러내리는 것을 바라보았다. 하나하나, 둘둘, 셋셋. 검은 아주 가느다랗고 뼈를 뚫는 일격은 너무도 정확해서 칼날에 관통당한 후에도 심장이 계속 뛰고 있었다.

나는 광명의 군주가 검을 거두어 다테에게 죽음을 선사하길 기다렸다. 하지만 그분은 칼을 들지 않은 손을 내밀었다. 얼굴에는 여전히 미소가 감돌고 있었다. 따스하고 온화하며 완벽하게 무자비한 미소였다. 하지만 전혀 모순적이지 않았다. 그분이 다테의 얼굴을 붙잡았다.

그 순간 나는 고개를 돌릴 수밖에 없었다. 눈에 느껴지는 통증이 너무 지독해서 견딜 수가 없었다. 시야가 온통 붉은색으로 물들었지만, 분노 때문이 아니었다. 나는 다테의 비명 소리를 들었다. 뼈가 으스러지고 가루가 되어 다테가 몸부림치고 허우적대다 마침내 바닥에 쓰러져 몸뚱이를 실룩거리는 공기의 떨림을 느꼈다. 화염과 연기, 그리고 불타 버린 살점의 기름진 매캐한 냄새를 맡았다.

그제야 나는 만족감을 맛보았다. 달콤하지도 않고 포만감이 느껴지지도 않았지만 그 정도면 족했다.

공허가 사라지고 우리 주변의 공간이 산산조각 났다. 하지만 나는 그 사실을 알아차리지 못했다. 사방이 오직 붉은색, 붉은색 고통뿐이었다. 발밑에서 하늘궁의 빛나는 바닥이 보인 것 같다고 생각했다. 자리에서 일어나려 했지만 너무도 아팠다. 나는 바닥에 쓰러져 몸을 말았다. 너무 고통스러워서 토할 수도 없었다.

익숙한 따뜻한 손이 나를 안아 올렸다. 내 얼굴을 어루만지고 눈에서 흘러나오는 이상하리만큼 걸쭉한 눈물을 닦아 냈다. 그 와중에서도 그분의 완벽한 새하얀 옷에 피가 묻을까 봐 걱정이 됐다.

"너는 나 자신을 돌려주었다, 오리." 내가 알고 있는 빛나는 목소리가 말했다. 나는 더욱 서럽게 울었으나, 그래도 이상하게 좋았다. "그 긴 세월을 거친 끝에 다시금 온전해진다는 건…… 그게 어떤 느낌인지 잊고 있었다. 하지만 그만 멈춰라. 내 죄에 네 죽음을 더하고 싶진 않아."

너무 아팠다. 나는 믿었고, 내 믿음은 마법이 되었지만 나는 필멸자에 불과했다. 내가 감당할 수 있는 마법에는 한계가 있었다. 하지만 어떻게 믿는 것을 그만둘 수가 있지? 나의 신을 찾았고 그분을 사랑하는데, 어떻게 놓아줄 수 있단 말이야?

목소리가 바뀌었다. 더 부드러운 목소리. 인간적이고, 익숙한 목소리. "제발, 오리."

머리는 다른 이름을 고집했지만 마음은 그를 샤이니라고 불렀다. 그리고 그것만으로도 지금 내가 하는 일을 멈추기에 충분했다. 눈에도 변화가 느껴졌다. 나는 더 이상 빛나는 바닥을 보고 있지 않았다. 아니, 다른 무엇도 보고 있지 않았다. 머릿속에서 느껴지던 통증이 크고 날카로운 절규에서 만성질환 수준의 끙끙거림으로 변했다. 안도감에 온몸의 힘이 빠졌다.

"이제 쉬어라." 등 아래 흐트러진 침대가 놓였다. 시트가 턱까지 덮였다. 갑자기 몸이 심하게 떨리기 시작했다. 쇼크 증상이었다. 커다란 손이 헝클어진 머리카락을 부드럽게 쓸었다. 두통이 더 심해지는 것 같아 작게 신음했다. "쉬이이. 내가 보살펴 주마."

의도했던 건 아니다. 사실은 너무 고통스러워서 반쯤 정신이 나간 상태였다. 하지만 나는 이를 덜덜 부딪치며 물었다. "이제 당신은 내 친구인가요?"

"그래. 네가 내 친구인 것처럼."

나는 꿈속으로 빠져드는 내내 미소를 짓지 않을 수 없었다.

20장

삶

(유화 습작)

그 일에서 회복하는 데 일 년이 넘게 걸렸다.

처음 2주간은 하늘궁에서 혼수상태로 누워 있었다. 내 방으로 불려 온 아라메리 경은 간신히 목숨만 붙어 있는 악마, 완전히 탈진한 추락한 신, 죽었거나 반쯤 죽은 소격신, 그리고 인간 형태의 잿더미를 마주하고도 감탄스러울 만큼 침착하게 대응했다. 그는 시에를 불러 다테가 하늘궁을 공격했지만 필멸자를 지키려 했던 샤이니에게 퇴치당했다는 아주 장엄한 이야기를 들려주었다. 대충 사실이긴 했지. 아라메리 경은 오래전부터 신에게 거짓말을 하는 게 얼마나 어려운지 잘 알았으니까.(괜히 세상을 통치하는 건 아닌 모양이야.)

내가 잠들어 있는 동안 태양이 다시 제 모습으로 돌아왔다. 온 도시가 기뻐하며 수일 동안 축제를 벌였다고 들었다. 나도 그 자리에 있었다면 좋았을 텐데.

나중에 의식을 되찾고 마침내 필경사들이 내가 여행을 할 수 있을 만큼 회복되었다고 선언하자, 나는 다른 사람들의 눈을 피해 세늠 대륙의 북동쪽 해안에 위치한 리파라는 작은 영지의 스트라이프라는 곳으로 옮겨졌다. 그리고 그곳에서 데솔라 모크라는 시각 장애가 있는 가엾은 젊은 마로네 여성이 되었다. 유일한 친척이 죽은 후 운 좋게 꽤 많은 유산을 물려받은 여성이었다. 스트라이프는 중간 크기의 도시로, 엄밀히 말하면 상당히 큰 작은 마을이라고 할 수 있었다. 값싼 어피(魚皮) 가죽과 중간 수준의 와인으로 유명한 지역이었지. 나는 바다 근처에 있는 아담한 주택에 살았는데, 조용한 시내와 출렁이는 회개의 바다가 모두 내다보이는 멋진 전망을 가진 집이었다. 어쨌든 그렇다고 들었다. 나는 바다가 좋았다. 바다 냄새를 맡으면 니마로에서 살던 행복한 시절이 생각났으니까.

내 곁을 지키는 엔미탄 조빈디라는 무뚝뚝한 마로 남성은 남편도 친척도 아니었다.(그래서 몇 주일 동안이나 마을의 화젯거리가 되었지.) 그는 그림자라는 별명을 얻었는데, 네솔라의 그림자라는 의미로 나쁜 뜻은 아니었다. 마을 여기저기를 돌아다니며 내 심부름을 하는 모습이 자주 목격된 덕분이었다. 나중에 서먹함을 극복하고 우리에게 접근한 마을 여성들은 매주 우리 집에 올 때마다 은근슬쩍 무례하지 않은 태도로 어차피 그가 남편이 할 일을 하고 있으니 그냥 결혼하는 게 좋지 않겠냐고 언질을 주곤 했는데 그럴 때마다 나는 그저 미소만 지어 보였고 나중엔 그들도 더는 신경 쓰지 않았다.

만일 그들이 물었다면 나는 샤이니가 남편이 할 일을 전부 하고 있는 건 아니라고 대답했을 거다. 밤에 우리는 한 침대를 공유했다. '떠오른 태양의 집'에서 탈출한 후로는 늘 그랬다. 집에 외풍이 심했기 때문에 그건 여러모로 편리한 일이었지. 덕분에 장작에 들어가는 돈도 많이 아낄 수 있었고. 마음에 위안이 되는 일이기도 했다. 나는 여전히 밤에 울부짖거나 비명을 지르며 깨어나는 일이 잦았으니까. 샤이니는 나를 안아 주고 어루만져 주고 때로는 키스도 해 주었다. 감정을 진정시키는 데 필요한 건 그뿐이었기에, 내가 그에게 바라는 것도 그게 전부였다. 그가 내게 주는 것도 그게 전부였다. 그는 나에게 매딩이 되어 줄 수 없었다. 나 역시 그에게 나하도스나 에네파가 되어 줄 수 없었다. 그래도 우리는 서로의 기본적인 욕구를 채워 줄 수 있었다.

그는 말이 많아졌다. 정확히 말하자면 그의 옛 삶에 대해 많은 걸 말해 주었지. 그중 어떤 것들은 네게 이미 말해 주었지만 그중 일부는 누구에게도 절대로 말해 주지 않을 거다.

그리고, 아. 맞다. 나는 이제 진짜로 완전한 장님이 되었다.

다테와 전투를 치른 뒤로 마법을 보는 내 능력은 다시는 돌아오지 않았다. 이제 내가 그린 그림도 그저 그림일 뿐, 더는 특별하지 않아. 그림을 그리는 건 여전히 좋아하지만 이젠 내가 그린 그림을 볼 수가 없어. 저녁에 산책을 나갈 때도 예전보다 천천히 걷는다. 반짝이는 세계수나 소격신이 남긴 자취가 보이지 않으니까. 설령 볼 수 있더라도 여기엔 아무것도 없었다. 스트라이프는 그림자도시가 아니야. 이곳은 마법과는 관련이 없는 마을이지.

이곳에 익숙해지는 데 오랜 시간이 걸렸다.

하지만 나는 인간이고 샤이니 또한 마찬가지이니, 변화를 피해 갈 수는 없었다.

*

나는 텃밭을 가꾸고 있었다. 이제 완연한 봄이었다. 치맛자락에는 겨울 양파 몇 개가 담겨 있고 손과 옷은 흙과 풀물 얼룩으로 지저분했다. 머리엔 스카프를 둘러 머리카락이 앞으로 흘러내리지 않게 했다. 그림자와 옛 시절에 대해선 아무 생각도 하지 않았다. 그건 좋은 일이었다. 새로운 일이었다.

그래서 뒷마당에 있는 공구 창고에 들어갔다가 날 기다리고 있던 소격신을 발견했을 때는 그다지 기분이 좋지 않았다.

"별로 안 좋아 보이네." 목소리 덕분에 네머라는 걸 알아차렸지만 그래도 깜짝 놀랐다. 나는 양파를 떨어뜨렸다. 바닥에 떨어진 양파 구근이 데굴데굴 굴러가는 소리가 이상할 정도로 한참 동안이나 들린 것 같았다.

나는 양파를 주울 생각도 못 한 채 네머가 있는 쪽을 빤히 응시했다. 어쩌면 그녀는 내가 너무 놀라 얼어붙었다고 생각했을지 모르겠다. 하지만 그건 아니었다. 그저 그녀를 마지막으로 봤을 때가 생각났기 때문이다. 매딩의 집에서. 매딩과 함께. 감정을 추스르는 데에는 조금 시간이 걸렸다.

마침내 내가 말했다. "소격신은 그림자를 떠나면 안 되는 거 아니었나요."

"난 은신의 신이야, 오리 쇼스. 해서는 안 될 일을 아주 많이 하지." 네머가 놀라 잠시 말을 멈췄다. "내가 안 보이는구나. 그렇지?"

"네." 나는 이렇게 말하고는 더 이상 설명하지 않았다.

고맙게도 네머도 거기에 대해 아무 말도 하지 않았다. "찾기가 쉽지 않았어. 아라메리가 아주 솜씨 좋게 당신 흔적을 감췄더라고. 솔직히 한동안은 죽은 줄만 알았지 뭐야. 그건 그렇고 아주 근사한 장례식이었어."

"고마워요." 나는 거기 참석하지 않았다. "여긴 왜 온 거죠?"

내 말투를 들은 네머가 휘파람을 불었다. "확실히 내가 반갑지 않나 보네. 문제가 뭐야?" 그녀가 작업대 위에 놓인 공구와 항아리를 옆으로 밀어내고 걸터앉는 소리가 들렸다. "내가 당신이 세상에 남은 마지막 악마라는 걸 폭로할까 봐 두려워?"

일 년이 넘게 두려움을 느끼지 않고 살았기에 그 감정이 다시 깨어나는 데에는 시간이 걸렸다. 나는 그저 한숨을 내쉬고는 무릎을 꿇고 흩어진 양파를 줍기 시작했다. "아라메리가 왜 나를 '죽였는지' 결국엔 알아낼 거라고 생각했어요."

"으흠, 그래. 정말 입맛 당기는 비밀이었어." 네머가 쿠키를 우물거리는 어린아이처럼 발을 대롱대롱 흔드는 소리가 들렸다. "게다가 난 매드한테 누가 우리 형제자매를 죽였는지 밝혀내겠다고 약속했는걸."

그 말에 나는 발꿈치에 힘을 주며 똑바로 앉았다. 여전히 두렵지는 않았다. "롤레 일은 나하고 아무 상관도 없어요. 그건 다테가

462

한 짓이니까. 하지만 나머지는⋯⋯." 알 수가 없었다. 그래서 나는 어깨를 으쓱했다. "우리 둘 중 누구도 가능하겠네요. 납치된 지 얼마 안 됐을 때부터 내 피를 뽑아 갔거든요. 하지만 내 잘못이라고 확신할 수 있는 건 매딩뿐이에요."

"그걸 당신 잘못이라고 하기엔⋯⋯"

"내 잘못 맞아요."

불편한 침묵이 흘렀다.

"이제 날 죽일 건가요?"

네머가 고민에 잠긴 듯 또다시 짧은 침묵이 이어졌다. "아니."

"그럼 내 피를 갖고 싶은 거예요?"

"맙소사, 아니야! 날 뭘로 보는 거야?"

"암살자요."

네머가 나를 뚫어져라 쳐다보는 게 느껴졌다. 그녀의 경악이 작은 방 안의 공기를 휘저었다. 마침내 그녀가 말했다. "난 당신 피를 원하지 않아. 그보다는 당신 비밀을 아는 사람이 *생기기라도* 하면 뭔 짓을 해서라도 그 작자가 행동에 옮기기 전에 없애버릴 생각이지. 아라메리가 당신을 보호할 최선의 방법이 사람들 속에 익명으로 감추는 거라고 판단한 건 옳았어. 난 그들마저 당신이 존재한다는 걸 오래 기억하지 못하게 만들 작정이야."

"티브릴 경이⋯⋯"

"그자는 자기 위치를 알아. 그자가 악마의 피를 몰래 간직하고 있다는 걸 내가 입 다물어 주는 대가로 가문의 기록 보관소에서 특정 기록을 삭제하도록 설득할 수도 있을 거야. 솔직히 본인이 생각하는 것만큼 잘 숨겨 두지 못했더라고."

"그렇군요." 머리가 아파 왔다. 마법 때문이 아니라 신경성이었다. 확실히 그림자에서의 삶 중에 별로 그립지 않은 측면도 있긴 했다. "그럼 왜 찾아온 거예요?"

네머가 다시 발을 달랑거렸다. "혹시 알고 싶을까 봐. 지금은 키트르가 매딩의 조직을 이끌고 있어. 이스탄이랑 같이."

두 번째 이름은 처음 들었지만 키트르가 살아 있다는 말을 듣자 예상했던 것보다 훨씬 더 큰 안도감이 들었다. 나는 입술을 축였다. "혹시…… 다른 분들은요?"

"릴은 잘 지내. 악마도 걔는 못 이기지." 나는 직관적으로 네머에게 다테가 유일한 "악마"가 되었음을 깨달았다. 그녀에게 나는 다른 존재였다. "사실은 릴이 놈을 거의 죽일 뻔했어. 싸우다가 도망친 것도 그놈이거든. 덤프가 맡던 곳 맞나? 슈스톡스의 폐품처리장이랑 조상들의 마을도 릴이 접수했고." 내 놀란 표정을 보고는 네머가 덧붙였다. "릴은 먹히기 싫어하는 사람은 먹지 않아. 어린애들을 꽤나 싸고돈다니까. 사랑을 갈구하는 아이들의 허기가 아주 마음에 드는 것 같아. 그리고 이유는 잘 모르겠는데, 요즘 들어 숭배받는 걸 좋아하더라."

그 말에는 웃음을 참을 수가 없었다. "그럼……"

"나머지는 아무도 살아남지 못했어." 네머가 말했다. 웃음이 가셨다.

잠시 정적이 흐른 후, 네머가 말했다. "하지만 예술의 거리에 있는 당신 친구들은 다 잘 지내."

무척 좋은 소식이었지만 옛 삶을 생각할 때마다 가장 가슴 아픈 부분도 이거였다. 그래서 말했다. "혹시 우리 어머니 소식도 아시나요?"

"아니, 미안. 그림자에서 빠져나오는 것만으로도 힘들어서. 한 번이 고작이거든."

나는 천천히 고개를 끄덕이고는 다시 양파를 주워 나갔다. "정말 고마워요. 진심으로."

네머가 작업대에서 뛰어내려 나를 돕기 시작했다. "적어도 여기선 잘 살고 있는 것 같네. 그건 그렇고, 어……" 나는 마치 양파 사이에 삐쳐 나온 마늘처럼 그녀의 불편한 기색을 맡았다.

"그도 잘 지내요. 말이라도 해 볼래요? 지금 시장에 갔는데 금방 올 거예요."

"시장에 갔다고." 네머가 작게 웃음을 흘렸다. "놀랄 일이 끝이 없네."

우리는 양파를 바구니에 담았다. 나는 편하게 기대앉아 더러운 손으로 땀이 흥건한 이마를 훔쳤다. 네머는 내 옆에 무릎을 꿇고 앉아 자식다운 생각을 하고 있었다. "당신을 보면 그도 좋아할 거예요." 나는 부드럽게 말했다. "아니면 나중에 다시 와도 좋고. 자식이라면 누구든 보고 싶어 하는 것 같거든요."

"내가 그를 보고 싶은 건지 잘 모르겠어." 말의 내용과 어조가 전혀 일치하지 않았다. 네머가 벌떡 일어나더니 공연스레 무릎을 털었다. "생각해 볼게."

나도 함께 일어났다. "그래요." 저녁을 먹고 가겠느냐고 물어볼까 했지만 곧 그만뒀다. 샤이니에게는 의미가 있을지 몰라도 솔직히 난 그녀와 시간을 보내고 싶지 않았다. 아마 네머도 마찬가지일 것이다. 우리 둘 사이에 어색한 침묵이 내려앉았다.

"잘 지내는 걸 보니 좋네, 오리 쇼스." 이윽고 네머가 말했다.

나는 그녀에게 손을 내밀었다. 흙이 묻어 있었지만 신경 쓰지 않았다. 네머는 신이었다. 손이 더러워서 싫다면 알아서 오물을 없앨 것이다. "나도 반가웠어요, 레이디 네머."

그녀가 웃음을 터트리자 어색한 분위기가 누그러졌다. "'레이디'라고 부르지 말랬지. 너네 필멸자들은 내가 너무 늙은 것같이 느끼게 한단 말이야." 하지만 그녀는 내 손을 붙잡고 힘주어 꼭 쥔 다음, 사라졌다.

나는 한동안 헛간에서 시간을 보내다 집으로 돌아가 위층에서 목욕을 했다. 그다음엔 머리를 땋고 두껍고 따뜻한 로브를 걸친 후 내가 제일 좋아하는 의자에 웅크려 앉아 생각에 잠겼다.

저녁이 됐다. 아래층에서 샤이니가 돌아와 현관에서 신발을 닦고 마을에서 사 온 물건들을 정리하는 소리가 들렸다. 샤이니가 위층으로 올라와 문가에 서서 나를 물끄러미 바라보았다. 침대로 다가와 앉은 다음 뭐가 문젠지 내가 말해 주길 기다렸다. 그가 전보다 말이 많아진 건 사실이지만 그것도 그런 기분이 들 때나 그랬고 그마저 무척 드물었다. 대부분의 경우 샤이니는 말수가 적은 조용한 남자일 뿐이었다. 나는 그런 점이 좋았다. 특히 지금 같은 때. 그의 조용한 존재감은 누군가 말을 건다면 짜증만 났을 내 외로움을 달래 주었다.

그래서 나는 의자에서 일어나 침대로 향했다. 그의 얼굴을 손으로 더듬으며 뚜렷하게 느껴지는 선을 덧그렸다. 그는 아침마다 머리를 밀었다. 그래서 사람들은 그의 머리카락이 완전한 백발이라는 걸 몰랐다. 그건 사람들 사이에서 조용히 살아가고 싶은 우리에겐 지나치게 눈에 띄는 특징이었으니까. 여전히 잘생기긴 했지만 풍성한 머리카락에 손가락을 찔러 넣던 느낌이 그리웠다. 대신에 나는 매끈한 두피를 쓰다듬으며 아쉬움을 달랬다.

샤이니는 말없이 나를 한참 동안 뜯어 보며 생각에 잠겼다. 그러더니 손을 뻗어 내 로브의 허리끈을 풀고 옷자락을 벌렸다. 나는 놀라 얼어붙었다. 그는 나를 지긋이 바라보았다. 그게 다였다. 하지만 오래전 다른 삶을 살던 시절 옥상에서 그랬던 것처럼 그의 시선은 내 몸과 지나치게 가까운 거리, 그리고 그 사이에 존재하는 모든 잠재적 의미를 민감하게 의식하게 했다. 그가 내 엉덩이를 쥐었을 때에는 무슨 의도인지 더는 의심할 필요도 없었다. 그가 나를 더 가까이 끌어당겼다.

하지만 나는 몸을 뒤로 뺐다. 너무 놀라서 달리 어떻게 반응해야 할지 알 수가 없었다. 그의 손이 닿았던 곳이 간질거리지 않았다면 전부 다 상상이라고 치부했을 것이다. 하지만 피부에서 느껴지는 감촉과 오랫동안 잠들어 있던 내 특정 부위가 포효하며 깨어나는 느낌이 현실임을 말해 주고 있었다.

내가 물러나자 샤이니가 손을 내렸다. 화가 나거나 걱정스러워하는 것 같진 않았다. 그는 그저 기다렸다.

갑자기 조금 긴장되어서 희미하게 웃었다. "관심 없는 줄 알았는데요."

그는 아무 말도 하지 않았다. 그렇겠지. 심경의 변화가 인 게 분명했다.

나는 안절부절못하며 소매를 걷고(하지만 곧바로 풀어져 버렸다.), 머리칼 한 가닥을 귀 뒤로 넘기고, 무게중심을 바꿔 가며 몸을 옆으로 흔들었다. 하지만 로브를 다시 여미지는 않았다.

"난 모르겠……"

"나는 살기로 결정했다." 샤이니가 조용히 말했다.

지난 일 년간 그가 바뀐 모습을 생각하면 분명한 사실이었다. 평소보다 더 무겁고 진득하게 내 피부를 훑는 시선이 느껴졌다. 이제껏 그는 내 친구였지만 지금은 그 이상을 제안하고 있었다. 더 많은 것을 시도할 용의가 있다고 말하고 있었다. 하지만 난 알았다. 그는 쉽게, 혹은 가볍게 사랑할 수 있는 부류가 아니다. 내가 그를 원한다면 나는 그의 모든 것을 갖게 될 것이며 그 또한 내 모든 것을 원할 것이다. 전부(全部) 아니면 전무(全無). 그것은 빛만큼이나 그의 본성이었다.

나는 우스갯소리를 시도했다. "그걸 결정하는 데 일 년이나 걸렸다고요?"

"십 년이지. 지난 일 년은 네가 결정하는 데 걸린 시간이었고."

나는 놀라 눈을 깜박였다. 그러다 문득 그가 옳다는 사실을 깨달았다. 정말 이상한 일이네. 나는 생각하며 미소 지었다.

그러고는 몸을 앞으로 내밀어, 그의 얼굴을 더듬어 찾아 입을 맞췄다.

아주 오래전, 매딩의 집 옥상에서 입을 맞췄을 때보다 훨씬 좋았다. 이번에는 그가 내게 상처를 주려는 의도가 없기 때문일 것이다. 그때와 똑같이 다정했다. 다만 이번에는 아무런 악의가 없을 뿐. 그에게서 사과 맛이 났다. 마을에서 돌아오는 길에 사과를 먹은 게 틀림없다. 또 무 맛도 났는데 이건 그다지 좋지는 않았다. 하지만 나는 신경 쓰지 않았다. 그의 시선이 내게 못 박혀 있는 게 느껴졌다. 이런 타입일 줄 알았어. 나는 생각했다. 하지만 눈을 감지 않은 건 나도 마찬가지였으니까.

기분이 이상했다. 그가 다시금 내 허리를 붙잡고 그의 눈빛이 암시하는 모든 걸 할 수 있는 곳까지 끌어당겼을 때까지도 나는 내가 왜 혼란스러워하는지 깨닫지 못하고 있었다. 그때 그가 무언가를 하는 바람에 놀라서 숨을 삼켰다. 그제야 샤이니의 키스가 그냥 키스일 뿐이라는 걸 깨달았다. 이건 그저 입과 입을 맞대는 행위일 뿐이었다. 색채도, 음악 소리도, 보이지 않는 바람을 타고 날아오르는 느낌도 없었다. 인간과 키스를 해 본 지 너무 오래되어서 우리는 그런 걸 할 수 없다는 사실을 깜박 잊고 있었다.

하지만 그래도 괜찮았다. 우리가 할 수 있는 다른 것들이 있었으니까.

*

한밤중까지 푹 자다가 갑자기 화들짝 놀라 잠이 깼다. 실수로 샤이니의 정강이를 발로 차 버렸지만 아무 반응도 없었다. 얼굴을 만져 보고야 그가 이미 깨어 있어서 내 몸부림에도 개의치 않았다는 걸 깨달았다.

"잠 좀 잤어요?" 나는 하품을 하며 말했다.

"아니."

무슨 꿈을 꿨는지는 기억나지 않았지만 불안한 기분만은 가시지 않았다. 샤이니의 품에서 몸을 일으켜 앉아 아직 멍한 상태로 입안에서 느껴지는 불쾌한 맛을 인식하며 얼굴을 맞대고 비볐다. 쌀쌀한 공기 덕분에 아직 새벽이 아닌 걸 알 수 있었지만 집 밖에선 고집 센 새 몇 마리가 벌써부터 아침 노래를 지저귀고 있었다. 그것만 빼면 사방이 고요했다. 작은 마을에서 동이 트기 전에 느껴지는, 약간은 스산하고 뭔가 곧 일어날 법한 적막함. 어부들도 아직 일어나지 않을 시간이었다. 그림자였다면 새들도 저렇게 외롭지 않았을 거라는 생각이 들자 서글픈 심정이 짧게 치고 갔다.

"괜찮아요? 차나 끓여 올까요."

"아니." 샤이니가 손을 내밀어 내가 그에게 자주 그러는 것처럼 내 얼굴을 어루만졌다. 그의 눈은 멀쩡했기 때문에 이걸 애정의 표현으로 봐야 할지 잠시 고민했다. 방이 너무 어두워서 그런지도 모른다. 그는 항상 속내를 알기 어려운 사람이었고 이제 나는 그의 행동을 완전히 새로운 방식으로 해석하는 법을 배워야 한다.

"널 원한다."

아니면 그냥 이렇게 말로 해도 되고. 웃음을 참을 수가 없었다. 별로 나쁘지 않은 방법이라는 걸 알려 주고 싶어서 그의 손바닥에 얼굴을 비볐다. "침대에서 무슨 말을 해야 하는지 가르치려면 앞으로 할 일이 아주 많겠어요."

일어나 앉은 그가 나를 가볍게 들어 올려 무릎 위에 앉히고는 입 냄새에 대해 채 경고하기도 전에 날 끌어당겨 입을 맞췄다. 그의 입 냄새도 딱히 나을 건 없었지만 이번에는 내가 놀랄 차례였다. 그가 더욱 깊이 키스하면서 내 팔을 부드럽게 쓸어내리며 뒤로 살짝 잡아당겼을 때, 뭔가 느껴졌기 때문이다. 깜박임. 가느다란 열기. 진짜 열기였다. 열렬한 감정이 아니라 진짜 불처럼 뜨거운 것.

깜짝 놀라 숨을 들이켜며 눈을 크게 떴다. 그가 몸을 뒤로 물렸다. "네 안에 들어가고 싶다." 낮고, 단호한 목소리였다. 그가 한 손으로 내 손목을 붙잡아 등 뒤에 고정했다. 다른 손이 다른 곳, 아주 적절한 부위를 어루만졌다. 내가 신음을 했던가. 잘 모르겠다. "새벽 햇살이 네 피부 위에 비치는 걸 보고 싶다. 태양이 떠오를 때 네가 소리 지르는 걸 듣고 싶다. 무슨 이름을 외치든 상관없어."

이제껏 들어 본 중 가장 로맨틱하지 않은 말이네. 정신을 못 차리는 와중에도 이런 생각이 들었다. 그가 본격적으로 나를 만지기 시작했다. 입을 맞추고, 맛을 보고, 애무를 이어 갔다. 그는 이미 나에 대해 많은 것을 배웠고 거의 무자비할 정도로 그 지식을 활용했다. 그가 목덜미를 잘근거렸을 때에는 나도 모르게 신음을 내뱉으며 몸을 뒤로 휘었을 정도였다. 나는 그가 내 손목을 붙잡은 방식에 맞춰 그가 원하는 대로 몸을 접었다. 그가 나를 아프게 한 건 아니다. 그러지 않으려고 얼마나 신경 쓰고 있는지 느낄 수 있었으니까. 하지만 내내 그의 손아귀에서 벗어날 수가 없었다. 나

는 몸을 떨었다. 감긴 눈꺼풀이 파르르 떨렸고, 두려움과 흥분 때
문에 머리가 어지러웠다. 이윽고 나는 깨달았다.

일출이 다가오고 있었다. 소격신과 사랑을 나눈 적은 있지만 이
건 그것과는 달랐다. 이제는 샤이니의 몸에서 빛이 나는 걸 볼 수
없었지만 마법이 솟구치기 시작한 순간 그와 맞댄 입술에서 그것
을 맛볼 수 있었다. 그는 더 이상 나의 샤이니가 아니었다. 태평하
고 여유만만한 매딩과도 전혀 달랐다. 그는 열정과 강렬함, 그리
고 절대적인 힘을 가진 존재였다.

그런 존재와 나란히 누웠다가 온전한 상태로 다시 일어날 수 있
을까?

"널 위해 나 자신이 되고 싶어, 오리." 그가 내 살갗에 입술을 묻
고 속삭였다. "딱 한 번만." 그건 애원이 아니었다. 그런 게 아니라
해명일 뿐이었다.

나는 눈을 감고 긴장을 풀었다. 말은 나오지 않았지만 그럴 필
요도 없었다. 내 신뢰를 보여 주는 것만으로도 충분했다.

그래서 그는 내 몸을 들어 올리며 몸을 돌려 나를 아래에 눕혔
다. 팔을 붙잡아 머리 위에 고정했다. 나는 수동적으로 누워 있었
다. 이게 그에게 필요하다는 걸 알고 있었으니까. 온전히 통제하
고 있다는 느낌. 이제는 어떤 힘도 갖고 있지 않기에 자기주장은
그에게 중요했다. 그는 그런 자세로 한참 동안 나를 물끄러미 바
라보았다. 그의 눈빛이 내 피부를 깃털처럼 스쳤다. 고문이나 다
름없었다. 그가 나를 어루만지기 시작했을 땐 무언의 명령이 느껴
졌다. 나는 몸을 휘고 떨며 그에게 나를 열었다. 거부할 수가 없었

다. 그가 내리누르며 내 안으로 들어왔을 때는 그의 몸에서 불가능할 정도로 뜨거운 열기가 피어나는 걸 느꼈다. 처음에 그는 천천히 움직였고, 오직 움직이는 데에만 집중하며 내게 뭔가를 속삭였다. 신어였다. 알아들을 수도 없을 정도로 낮은 목소리로 기도처럼 중얼거렸다. 그가 더는 마법을 못 부리는 거 맞지? 그렇지?

하지만 지금의 그는 달랐다, 이건 달랐다 —

다음 순간, 피부 위로 그가 말하는 단어들이 느껴졌다. 어떻게 알았는지는 나도 모른다. 그럴 리가 없는데. 보통은 손가락 끝만 예민할 뿐인데 지금은 허벅지에서 신어가 만들어 내는 호와 곡선, 들쭉날쭉한 선들이 선명하게 느껴졌다. 각각의 글자들이 머릿속에 떠오르기 시작했다. 단순한 단어가 아니었다. 이상하게 기울어진 선과 숫자, 해독할 수 없는 다른 기호들이 있었다. 너무나 복잡했다. 그는 시간이 시작되었을 때 언어를 창조했고 언어는 그가 사용하는 가장 섬세한 도구였다. 글자들이 내 피부를 타고 흘러내려 다리를 휘감고 젖가슴을 둥글게 둘러쌌다. 신이여. 필멸자의 언어로는 그 느낌을 표현할 길이 없다. 나는 온몸을 비틀며 몸부림쳤다. 오, 몸부림쳤다. 그는 나를 보고, 내 신음을 듣고, 기뻐하였다. 난 느낄 수 있었다.

"오리." 그게 다였다. 그의 목소리 뒤로 십수 개가 넘는 속삭임, 전부 다 그의 것인 목소리들이 겹겹이 겹치며 방 안 가득 울려 퍼졌다. 거기에는 십수 개의 서로 다른 의미가 담겨 있었다. 욕정, 두려움, 지배감, 다정함, 숭배심, 그 모든 것.

그때 그가 내게 입을 맞췄다. 아주 격렬하게. 할 수만 있었다면 비명을 질렀을 것이다. 너무 뜨거웠으니까. 마치 번개가 목구멍을 타고 내려가며 온몸의 신경을 불사르는 것 같았다. 나는 또다시 몸부림치기 시작했고, 그는 관대하게도 그것을 허락해 주었다. 나는 흐느꼈다. 하지만 눈물은 거의 즉시 말라 버렸다.

내 땀은 증기가 되었다. 태양빛의 열기가 잠식해 들어와, 내 안에 고여, 치솟아 올라 피부 바로 아래에서 부글부글 끓어올랐다. 나갈 길을 찾지 못하면 나를 태워 버릴 것이다. 상관없었다. 관심없었다. 나는 그저 소리 없는 비명을 내지르면서 안간힘을 쓰며 조금만 더, 조금만 더 달라고 간청했다. 그 마지막 한계를, 이 남자 안에 존재하는 신을 맛보게 해 달라고 애원했다. 왜냐하면 그는 인간이자 신이었고 나는 그 둘을 모두 사랑했으며 온 영혼을 다해 그 둘을 모두 필요로 했으니까.

아침을 맞이한 순간, 나는 비쳐드는 햇살과 함께 장엄한 포효에 휩싸여 백열처럼 빛나는 일만 개의 태양 속으로 전속력으로 달려 녹아들었다.

21장

여전히 삶

(캔버스에 유화)

이제 가장 힘든 부분이다. 이제껏 들려준 어떤 이야기보다 더. 하지만 그래도 말해 줘야겠지. 너라면 알아야 하기에.

✳

눈을 떴을 땐 이른 저녁이었다. 하루 종일 잤지만 뒤엉킨 시트를 차 버리고 몸을 일으켜 앉은 후에도 다시 누울까 진지하게 고민했다. 너무 피곤해서 일주일은 더 잘 수 있을 것 같았다. 하지만 배도 고프고 목도 마르고 또 무엇보다 화장실이 급했기 때문에 침대에서 일어났다.

옆에서 자고 있는 샤이니는 내가 바닥에 뒹굴고 있는 로브에 걸려 큰 소리로 욕을 내뱉었을 때조차도 뒤척이지 않았다. 마법 때문에 나보다도 더 지친 것 같았다.

욕실에서 내 몸을 찬찬히 살펴본 결과 무사히 살아 있고 바삭바삭하게 타 버리지 않았다는 결론에 도달했다. 솔직히 말하자면 조금 피곤하고 여기저기가 쑤신다는 점만 빼면 기분이 괜찮았다. 괜찮은 것 이상이었다. 서서 얼굴을 매만지던 도중, 돌연 깨달음이 찾아왔다. 나는 행복했다. 그림자를 떠난 이후 아마도 처음일 것이다. 나는 진정으로, 완벽하게, 행복했다.

그래서 차가운 공기가 발목을 간지럽혔을 때도 금방 알아차리지 못했다. 욕실에서 나와 너무도 날카롭고 이질적인 서늘한 공간을 마주해 멈칫 멈춰 섰을 때에야 깨달았을 뿐이다. 샤이니와 나는 혼자가 아니었다.

처음에는 정적뿐이었다. 오직 점점 불어나는 존재감과 광대한 무한함뿐이었다. 침실을 가득 짓누르는 그 숨 막히는 중압감에 벽이 희미하게 삐걱거렸다. 우리를 찾아온 것이 무엇이든 그건 인간이 아니었다.

그리고 그것은 나를 좋아하지 않았다. 단 한 톨도.

나는 가만히 서서 귀를 기울였다. 아무 소리도 들리지 않았다. 그때 무언가 숨을 들이마셨다. 내 목덜미에서.

"아직도 그의 냄새가 나는군."

온몸의 신경이 비명을 질렀다. 내가 아무 소리도 못 낸 건 두려움 때문에 숨도 쉴 수가 없었기 때문이다. 나는 이게 누군지 알았다. 접근하는 기척도 느끼지 못했고, 감히 그의 이름을 소리 내어 말하지도 못했지만 나는 그가 누군지 알았다.

부드럽고, 깊고, 악의가 뚝뚝 떨어지는 목소리가 내 뒤에서 웃음

소리를 냈다. "생각했던 것보다 예쁘군. 시에의 말이 맞아. 너를 발견하다니 그는 정말 운이 좋았다." 손 하나가 땋은 머리가 반쯤 풀려 엉망진창인 내 머리칼을 쓸었다. 목 뒤에서 꿈틀거리며 움직이는 손가락이 얼음장처럼 차가웠다. 나도 모르게 몸이 움찔거렸다. "하지만 너무 여리군. 녀석의 목줄을 잡기엔 손이 너무 부드러워."

긴 손가락이 갑자기 내 머리채를 휘어잡으며 머리통을 뒤로 확 잡아당겼을 때도 나는 전혀 놀라지 않았다. 별로 아프지도 않았다. 귓가에 속삭이는 음성에는 아까보다 더 깊은 흥미가 담겨 있었다.

"그는 이제 너를 사랑하느냐?"

무슨 뜻인지 이해할 수가 없었다. "뭐……뭐라고요?"

"그는." 목소리가 더 가까이 다가왔다. "이제 너를." 어깨에 그의 몸이 닿는 게 느껴져야 했건만 고요함과 서늘함뿐이었다. 마치 한밤중의 공기처럼. "사랑하느냐?"

마지막 말은 어찌나 가까운 곳에서 들리는지 귀에 스치는 숨결이 느껴졌다. 곧이어 입술이 닿을 것이라는 강한 예감이 들었다. 그러면 나는 비명을 지를 것이다. 의문의 여지가 없었다. 그랬다간 그가 나를 죽일 게 분명하다는 것만큼이나 확실했다.

하지만 내 스스로 파멸을 불러오기 전에 방 건너편에서 다른 목소리가 들려왔다.

"그렇게 물으면 안 되지. 그걸 그 여자가 어떻게 알겠어?" 여성의 음성이었다. 다소 낮은 세련된 목소리. 나는 그 목소리를 알았다. 일 년 전, 골목에서, 오줌 냄새와 살이 타는 냄새, 그리고 두려움이 공기 중을 자욱하게 떠돌던 속에서 들은 적이 있다. 시에가 어머니라고 불렀던 여신. 나는 이제 그녀가 누구인지 알았다.

"하지만 유일하게 중요한 질문이기도 하지." 그가 말하며 내 머리채를 놓아주었다. 나는 비틀거리며 뒷걸음질 쳤다. 당장이라도 도망치고 싶었지만 아무 소용도 없을 것이다.

샤이니는 깨어나지 않았다. 침대에서는 여전히 느리고 고른 숨소리가 났다. 이럴 리가 없는데. 뭔가 아주 잘못됐다.

나는 마른침을 삼켰다. "예, 예이네라고 부르는 게 좋을까요, 아니면 여신님? 아니면……"

"예이네면 된단다." 그녀는 잠시 멈칫하더니 약간 재미있다는 기색이 섞인 목소리로 물었다. "나와 함께 온 이의 이름은 물어보지 않을 거니?"

"알 것 같아서요." 나는 자그맣게 말했다.

그녀가 미소 짓는 게 느껴졌다. "그래도 최소한의 격식은 챙겨야지. 넌 오리 쇼스지. 오리, 이쪽은 나하도스야."

나는 어색하게 고개를 끄덕였다. "두 분 모두 만나서 반가워요."

"훨씬 낫네, 그렇지?"

나는 남자가, 아니, 남자는커녕 인간도 아닌 자가 대답하기 전까지는 그게 내게 한 말이 아니라는 것도 깨닫지 못했다. 나는 다시 흠칫 놀랐다. 그의 대답이 갑자기 저기 있는 침대 근처에서 들려왔기 때문이다. "관심 없어."

"오, 착하게 굴어야지." 여신이 한숨지었다. "물어봐 줘서 고마워, 오리. 언젠간 내 이름도 널리 알려지겠지만 그때가 될 때까지 다른 사람들이 나를 전임자와 동일인물로 취급할 때마다 짜증이 나거든."

이제 그녀가 어디쯤 있는지 알 것 같았다. 창가에 있는, 내가 때 때로 마을에서 나는 소리를 들으며 앉아 있곤 하는 커다란 의자 였다. 그녀가 한쪽 다리를 우아하게 꼬고 앉아 있는 모습이 절로 상상됐다. 표정은 약간 삐딱할 테고 여전히 맨발일 것이다.

하지만 다른 인물의 모습은 상상하지 않으려고 노력했다.

"이리 와 보렴." 일어난 그녀가 내게 다가오더니 차가운 손으로 내 손을 잡았다. 아주 오래전 골목길에서 그녀의 힘을 맛본 적이 있는데 지금은 이렇게 가까이 있는데도 아무것도 느껴지지 않았 다. 오로지 밤의 군주의 냉기만이 방 안을 가득 채우고 있었다.

"무, 무슨……" 나는 거의 본능적으로 그녀에게서 벗어나려고 반대편으로 몸을 돌렸다. 하지만 여신이 내 손을 잡아당기자 발이 꿈쩍도 하지 않았다. 그녀가 멈춰 서더니 나를 돌아보았다. 말을 하고 싶었지만 무슨 말을 해야 할지 알 수가 없었다. 그래서 다른 쪽으로 몸을 돌렸다. 원해서가 아니라 필요했기 때문. 나는 침 대 옆에서 샤이니를 내려다보고 있는 밤의 군주를 마주했다.

여신의 목소리에는 상냥함이 묻어났다. "우린 그를 해치지 않 아. 아무리 나하라도 그래."

나하. 나는 멍하니 생각했다. 밤의 군주한테 애칭이 있어? 입술 을 적셨다. "전…… 그는……" 다시 마른침을 삼켰다. "평소에 잠 이 얕아요."

그녀가 고개를 끄덕였다. 보이진 않았지만 알 수 있었다. 그녀가 무슨 행동을 하는지 꼭 눈으로 봐야만 알 수 있는 건 아니다.

"해가 막 졌지만 하늘은 아직 밝지." 그녀가 다시 내 손을 잡으며 말했다. "지금은 나의 시간이야. 그는 내가 허락할 때 깨어날 테고. 하지만 우리가 떠날 때까지는 깨울 생각이 없단다. 그게 낫거든."

예이네는 나를 아래층으로 데려갔다. 부엌에서 의자를 하나 끌어와 나와 함께 식탁에 앉았다. 나하도스와 떨어져 있는 지금은 그녀에게서 뭔가를 감지할 수 있었지만 이상하게도 골목에서와는 다르게 억눌려 있었다. 그녀는 고요하고 안정적인 기운을 풍겼다.

그녀에게 차를 권해야 할지 고민했다.

"어째서 샤이니가 자는 편이 더 낫죠?" 마침내 내가 물었다.

여신이 부드럽게 웃었다. "난 그 이름이 마음에 들어. 샤이니라니. 난 너도 좋아한단다, 오리 쇼스. 그래서 너와 둘이서만 이야기하고 싶었지." 나는 그녀가 내 얼굴을 더 자세히 보려고 손가락으로 얼굴을 아래쪽으로 살짝 기울이는 느낌에 흠칫 놀랐다. 이상하게도 그녀의 손가락에는 굳은살이 박여 있었다. 그녀가 나보다 키가 훨씬 작다는 게 기억났다. "나하가 맞아. 넌 정말 사랑스럽구나. 특히 눈 때문에 더 도드라지는 것 같고."

나는 아무 말도 하지 않았다. 내 물음에 대답해 주지 않는 게 영 불안했다.

잠시 후 그녀가 내 얼굴을 놓아주었다. "내가 왜 소격신들이 그림자를 떠나지 못하도록 금지했는지 아니?"

나는 당황해서 눈을 깜박였다. "어…… 아뇨."

"다른 사람이라면 몰라도 너라면 알 줄 알았는데. 필멸자가 우리 동족들과 너무 가까워지면 무슨 일이 일어나는지 보렴. 파괴, 살해…… 내가 온 세상이 똑같은 고통을 겪게 해야 할까?"

나는 미간을 찌푸렸다가 입을 벌렸다. 잠시 망설였다. 하지만 결국 솔직하게 생각을 털어놓기로 했다.

"제 생각엔." 나는 천천히 입을 열었다. "금지하든 말든 별 소용이 없을 것 같은데요."

"그래?"

내 말에 진심으로 흥미가 있는 건지 아니면 일종의 시험을 하는 건지 궁금해졌다.

"그게…… 저도 그림자 출신이 아니에요. 그림자에 오게 된 건 마법에 대한 이야기를 들었기 때문이고요. 왜냐하면……" 거기서는 눈이 보이니까요. 그렇게 말하려 했지만 그건 사실이 아니었다. 그림자에서 나는 매일같이 신기한 것을 봤지만 실질적으로는 여기 스트라이프와 별 차이가 없었다. 그때나 지금이나 돌아다니려면 지팡이가 필요했다. 앞이 보이든 말든 사실 내겐 큰 문제가 아니었다. 내가 그림자를 찾아간 것은 세계수와 소격신, 그리고 그보다 더 이상한 것들에 대한 소문을 들었기 때문이었다. 내 아버지가 집처럼 편안하게 느낄 수 있을 곳을 찾고 싶었다. 그리고 나만 그런 것도 아니었다. 내 친구들은 대부분 소격신도 아니고 마법과도 전혀 관련이 없는 사람들이었지만 다들 똑같은 이유로 그림자에 왔다. 그곳은 세상 어떤 곳과도 달랐으니까. 왜냐하면……

"왜냐하면 마법이 저를 불렀으니까요." 이윽고 내가 말했다.

"마법이 있는 곳이라면 언제나 비슷한 일이 생길 거예요. 이제 마법은 삶의 일부이고 어떤 사람들은 항상 마법에 이끌리겠죠. 그러니 아예 마법을 완전히 없애버린다면 몰라도, 근데 그건 단절의 시기에도 불가능했던 일이잖아요." 나는 양손을 옆으로 펼쳤다. "나쁜 일은 항상 일어날 거예요. 그리고 좋은 일도요."

"좋은 일?" 여신이 생각에 잠긴 목소리로 물었다.

"어…… 네." 나는 또다시 마른침을 삼켰다. "저한테 일어난 일 중에 어떤 건 안 일어났다면 좋았을 거라고 생각하지만 전부 다 그런 건 아니거든요."

"알겠다."

이제는 친근하게조차 느껴지는 침묵이 다시금 내려앉았다.

"어째서 샤이니가 자는 편이 더 나은 거죠?" 이번에는 아주 작게 물었다.

"왜냐하면 우린 널 죽이러 왔거든."

뱃속이 물처럼 출렁거렸다. 하지만 이상하게도, 왠지 앞으로는 말을 더 편하게 할 수 있을 것 같았다. 불안감이 너무 극심해져 한계를 초과하고 나면 오히려 그다음은 아무 의미도 없는 것처럼.

"제 정체를 아시는군요."

"그래, 너는 우리가 이템파스에게 채운 사슬을 구부려 그의 진정한 힘을 잠시나마 풀어 주었다. 그래서 우리도 관심을 갖게 되었지. 그 뒤로 우린 너를 계속 지켜보고 있었어. 하지만……" 여신이 어깨를 으쓱했다. "난 신보다 필멸자로 산 시간이 더 길어. 죽음의 가능성은 내게 별로 새로운 것도 아니고 특별히 두려운 것도 아냐. 그래서 네가 악마라는 데에는 관심 없단다."

나는 이맛살을 찌푸렸다. "그럼 왜……?"

하지만 그때, 밤의 군주가 던진 질문이 생각났다. 그는 이제 너를 사랑하느냐?

"샤이니." 나는 조용히 말했다.

"그는 고통받기 위해 이곳에 왔다, 오리. 성장하고 치유하고 그래서 언젠가 우리와 다시 결합하기 위해. 하지만 착각하지 말렴. 그건 형벌이었단다." 여신이 한숨을 내쉬었다. 순간 나는 먼 곳에서 비가 내리는 소리를 들었다. "안타깝게도 그는 너를 너무 일찍 만났어. 한 천 년쯤 지난 다음이었다면 나하도스를 설득해 그냥 넘어갈 수도 있었을 텐데. 하지만 지금은 안 돼."

나는 앞이 보이지 않는 눈으로 그녀를 응시했다. 방금 그녀가 한 말은 너무도 끔찍하고 경악스러웠다. 그들은 샤이니가 필멸자의 고통과 고난을 더욱 잘 경험할 수 있도록 인간에 가깝게 만들었다. 그가 필멸자를 보호하도록 제약을 걸고 그들 사이에 살며 이해하도록 했다. 심지어 그들을 좋아하게 했다. 하지만 그들을 사랑하는 건 허용되지 않았다.

나를 사랑하는 건 허용되지 않았다. 그 사실을 깨달은 데 대한 달콤함과 뒤이어 찾아온 비통함이 가슴을 찢어 놓았다.

"그건 불공평해요." 화를 내지는 않았다. 그렇게까지 멍청하진 않으니까. 하지만 결국 저들 손에 죽을 운명이라면 말이라도 속 시원하게 해야겠다. "필멸자는 사랑을 해요. 그이를 우리처럼 만들어 놓고 사랑할 수는 없게 막을 순 없어요. 그건 모순이에요."

"그가 왜 이곳에 오게 됐는지 잊지 말렴. 그는 에네파를 사랑했다. 그러면서도 그녀를 살해했지. 나하도스와 자기 자식들을 사랑하면서도 수백 년 동안 고문했다." 예이네가 고개를 저었다. "그의 사랑은 위험해."

"그건……" 하마터면 그의 잘못이 아니에요라는 말이 나올 뻔했지만 그건 사실이 아니었다. 많은 필멸자들도 미치지만 그들 모두가 사랑하는 이들을 공격하는 건 아니다. 샤이니는 자신이 저지른 짓에 대한 책임을 받아들였고, 나는 그것을 부인할 권리가 없었다.

그래서 다른 방법을 시도했다. "그에게 필멸자 연인이 필요하다는 생각은 안 해 봤나요? 어쩌면……" 나는 또다시 입을 다물었다. 하마터면 당신들 대신 내가 그를 치유할 수 있을지도 모른다고 말할 뻔했기 때문이다. 여신이 겉으로 아무리 친절해 보인다 한들 그건 너무 주제넘은 짓이었다.

"그럴 수도 있지." 여신이 차분하게 말했다. "하지만 나하도스에게 필요한 건 그게 아냐."

나는 움찔하고는 할 말을 잃고 조용해졌다. 세리든이 짐작한 대로였다. 세리든은 회색의 여신이 신들의 전쟁이 한 번 더 일어났다간 인류가 희생될 것이라는 걸 알고 있으며 그걸 막기 위해 최선을 다하고 있을 거라고 말했다. 그건 즉 그녀가 상처 입은 두 형제의 요구 사이에서 균형을 잡고 있고 적어도 당분간은 나하도스의 분노를 샤이니의 슬픔보다 우선으로 여길 거라는 의미였다. 그녀를 탓할 수는 없었다. 여기서도 한층 위에 있는 그의 분노가 느껴졌으니까. 복수에 대한 갈망이 너무도 강해 내 감각을 마치 절 굿공이처럼 짓누르고 있었다. 내가 놀란 부분은 여신이 실제로 셋이 화해할 수 있다는 희망을 품고 있다는 것이었다. 어쩌면 그녀도 샤이니만큼 미친 건지도 모른다.

아니면 둘 사이에 벌어진 틈을 메우기 위해 무엇이든 하려는 것일 수도 있고. 또 한 번의 전쟁에 비하면 하찮은 악마의 목숨 따위, 이렇게 소소하게 잔인한 짓이 무슨 대수겠어? 대다수의 필멸자가 살아남을 수 있다면 소수의 생명이 짓밟혀 봤자 뭐가 중요할까? 일이 잘 풀리면 천년 또는 만년 뒤면 밤의 군주의 진노도 가라앉을 것이다. 그게 신들의 사고방식이잖아, 안 그래?

그때쯤이면 샤이니는 나를 잊겠지.

"좋아요." 나는 씁쓸함을 감추지 못하고 말했다. "그럼 끝내 버리죠. 아니면 천천히 죽이실 작정인가요? 샤이니한테 조금 더 상처를 입히기 위해서?"

"네가 왜 죽었는지 아는 것만으로도 충분히 고통스러울 거다. 어떻게는 별 차이가 없지." 여신이 말을 멈췄다. "다만."

나는 얼굴을 찌푸렸다. 그녀의 어조가 바뀌었다. "왜요?"

여신이 식탁 너머로 손을 내밀어 내 뺨을 감싸 쥐고는 엄지손가락으로 내 입술을 쓸었다. 하마터면 움찔할 뻔했지만 간신히 반사 신경을 다스렸다. 그녀는 그게 기꺼운 것 같았다. 여신이 미소 짓는 게 느껴졌다.

"넌 정말 사랑스러운 아이야." 여신이 회한에 가까운 한숨을 내쉬었다. "나하도스에게 널 살려 주자고 설득할 수 있을지도 모르겠다. 이템파스가 고통받기만 한다면 말이야."

"무슨 뜻이죠?"

"만일, 어쩌면, 네가 그를 떠난다면……." 그녀가 말꼬리를 흐리며 손가락으로 내 얼굴을 쓸다 손을 떼었다. 무슨 뜻인지 이해한 순간 속이 울렁거려 몸을 굽혔다.

겨우 말을 할 수 있게 되었을 즈음에는 속으로 덜덜 떨고 있었다. 하지만 드디어 화가 치밀었다. 하지만 목소리는 반대로 차분해졌다. "알겠어요. 당신들이 그를 상처입히는 것만으로는 부족하군요. 제가 그에게 상처 주길 바라는 거죠?"

"고통은 고통이지." 순간 온몸의 솜털이 곤두섰다. 밤의 군주가 방에 들어오는 소리를 전혀 듣지 못했기 때문이다. 그는 여신의 뒤쪽에 서 있었는데, 방 안이 벌써부터 추워지고 있었다. "슬픔은 슬픔이고. 그가 그걸 경험하기만 한다면 원인은 상관없다."

겁이 나는 건 사실이었지만 밤의 군주의 무심하고 냉랭한 어조에 화가 치밀었다. 한쪽 손이 절로 주먹 쥐어졌다. "그러니까 저더러 당신들한테 죽든가 아님 그의 등을 직접 찌르든가 둘 중 하나를 선택하라는 거죠?" 나는 날카롭게 쏘아붙였다. "좋아요. 그럼 날 죽여요. 그러면 적어도 샤이니는 내가 자길 버리지 않았다는 걸 알 테니까."

예이네의 손이 내 손등을 쓸어내렸다. 나는 그게 일종의 경고라고 생각했다. 밤의 군주는 침묵했지만, 굳은 분노가 느껴졌다. 상관없었다. 그에게 상처를 입혔다니 도리어 기분이 좋아졌다. 그는 내 동포들의 행복을 앗아 갔고 이제는 내 것까지 원하고 있었다.

"그는 당신을 사랑해요, 아시죠?" 나는 내뱉었다. "나보다도 더요. 사실을 말하자면 이 세상 무엇보다도 더 사랑하죠."

밤의 군주가 잇새로 날카로운 소리를 뱉었다. 인간의 소리가 아니었다. 거기에는 뱀과 얼음, 그리고 깊고 어두운 틈 사이로 먼지가 내려앉는 소리가 섞여 있었고 다음 순간 그가 내게 쇄도해 —

예이네가 벌떡 일어나 마주했다. 나하도스가 멈춰 섰다. 나로서는 가늠조차 할 수 없는 시간 동안 그들은 미동도 없이 서로를 마주 노려보며 침묵했다. 한 번의 들숨과 날숨이 지났을 수도 있고, 어쩌면 한 시간일 수도 있다. 신들이 말없이도 말을 할 수 있다는 건 알았지만 이게 그건지는 확신할 수 없었다. 그보다는 말 없는 전투가 벌어지고 있는 것 같았다.

그러다 그 느낌이 사라지고 예이네가 한숨을 내쉬며 그에게 다가갔다. "부드럽게." 그녀는 내가 상상할 수 있는 이상으로 연민이 가득한 목소리로 말했다. "천천히. 넌 이제 자유야. 그들이 만든 존재가 아니라 네가 선택한 존재가 되도록 해."

나하도스가 길고 느리게 한숨을 내뱉었다. 그에게서 풍기던 싸늘한 압박감이 조금 가시는 것 같았다. 하지만 그가 다시 입을 열었을 때, 그 음성은 변함없이 딱딱하고 매서웠다. "나는 내가 선택한 존재다. 하지만 이건 분노야, 예이네. 내 안에서 분노의 불꽃이, 기억이 타오르고 있고…… 이건 아프다. 그가 내게 저지른 일은."

말로 표현되지 않은 배신감과 공포, 상실감이 방 전체에 파문을 일으켰다. 그 침묵 속에서 내 분노는 산산이 부서지고 말았다. 고통받은 자를 진심으로 미워할 수는 없었다. 자신이 겪은 일의 후

유증으로 어떤 악행을 저질렀든 간에.

"그는 행복을 누릴 자격이 없다, 예이네. 아직은 안 돼."

회색의 여신이 한숨을 내쉬었다. "나도 알아."

밤의 군주가 그녀와 접촉하는 소리가 들렸다. 아마도 입맞춤, 아니면 그냥 손을 잡은 것일 수도 있다. 샤이니가 종종 내가 옆에 있는 걸 확인하고 안심하고 싶을 때 말없이 나를 만지작거리던 게 생각났다. 혹시 옛날옛적 나하도스한테도 그랬을까? 어쩌면 나하도스도 저 노여움 아래 그 시절을 그리워하고 있을지도 모른다. 하지만 그의 곁에는 회색의 여신이 있다. 샤이니 옆에는 곧 아무도 없게 될 것이다.

밤의 군주가 소리 없이 사라졌다. 예이네는 잠시 그대로 서 있다가 나를 돌아보았다.

"어리석은 짓이었어." 내게 화가 났다는 걸 알 수 있었다.

나는 풀이 죽어 고개를 끄덕였다. "알아요. 죄송합니다."

놀랍게도 그녀는 내 말에 화가 누그러진 것 같았다. 식탁 근처로 다시 돌아왔지만 의자에 앉지는 않았다. "전적으로 네 잘못이라고 할 순 없지. 나하는 아직…… 어떤 면에서는 연약하거든. 전쟁과 감금 생활로 인한 상흔이 아직도 깊어. 그중 어떤 것들은 아직도 생생하고."

그게 다 샤이니의 잘못이라는 걸 떠올리자 약간 죄책감이 들었다.

"결정했어요." 나는 아주 조그맣게 말했다.

그녀는 내 마음속을 들여다보는 것 같았다. 아니면 너무 명백하게 드러났는지도. "네가 말한 게 사실이라면, 그를 정말 소중히 여긴다면, 그에게 무엇이 최선일지 스스로에게 물어보렴."

그래서 나는 그렇게 했다. 내가 죽어 바스라져 먼지가 되고 오랜 세월이 지난 후 샤이니가 어떤 모습일지 상상해 봤다. 방랑자. 전사. 수호자. 부드러운 말투와 재빠른 판단력. 그리 살갑지는 않아도 약간의 다정함은 간직하고 있을 것이다. 다른 사람의 마음을 움직이고 다른 사람에게 마음이 움직이는 능력도 조금. 내가 제대로 했다면 이 정도 흔적은 그에게 남길 수 있을 것이다.

하지만 내가 죽으면, 만일 그의 사랑 때문에 내가 죽는다면, 그의 마음엔 아무것도 남지 않겠지. 필멸자를 너무 깊이 마음에 두면 어떤 결과가 찾아올지 알기에 우리와 거리를 둘 것이다. 그것이 가져올 고통을 두려워하며 마음속에 있는 작은 온기의 불꽃마저 꺼트릴 것이다. 그는 필멸자 사이에서 살겠지만 철저히 혼자일 것이며 결코, 다시는, 치유되지 못할 것이다.

나는 아무 말도 하지 않았다.

"하루를 주겠다." 그 말과 함께 예이네는 사라져 버렸다.

나는 그 뒤로도 한참 동안 식탁에 앉아 있었다.

여신이 어떻게 시간을 멈췄는지는 몰라도 그녀가 사라지자마자 시간이 정상적으로 흐르기 시작했다. 부엌 창문 너머로 밤이 내리고, 공기는 차고 건조해졌다. 집 밖에서 사람들이 걸어 다니는 소리, 먼 들판에서 나는 매미 소리, 자갈길 위를 덜컹거리며 굴러가는 마차 소리가 들렸다. 바람결에 꽃향기가 날아왔다…… 하지만 세계수 꽃은 아니었다.

위층에서 움직이는 소리가 들렸다. 샤이니였다. 파이프가 덜컹거리며 그가 목욕을 하는 소리가 들렸다. 스트라이프는 그림자는 아니지만 더 좋은 배관 시설을 갖추고 있었다. 나는 죄의식 하나 없이 내키는 대로 뜨거운 물을 펑펑 쓰고 장작과 석탄을 아낌없이 낭비했다. 잠시 후 그가 욕조의 물을 비우고 한동안 이리저리 움직이더니 마침내 아래층으로 내려오는 소리가 들렸다. 지난번에 그런 것처럼 문가에 멈춰 서서 내 가만한 모습에서 뭔가를 읽어냈다. 그가 식탁으로 다가와 앉았다. 회색의 여신이 앉았던 곳이었다. 물론 거기에 무슨 의미가 있는 건 아니다. 그냥 우리 집엔 의자가 많이 없었다.

조금의 미동도 없이, 약간의 동요도 없이 말해야 했다. 그렇지 않으면 도중에 감정적으로 무너질 테고, 그랬다간 안 하느니만도 못할 것이다.

"당신, 떠나요."

샤이니는 아무 말도 하지 않았다.

"난 당신과 함께할 수 없어요. 신과 필멸자는 절대로 잘 될 수가 없으니까. 그것만큼은 당신이 옳았어요. 시도한다는 것 자체가 어리석은 일이에요."

내가 지금 하는 말을 실제로 어느 정도 믿고 있다는 게 충격적이었다. 그래, 항상 알고 있었다. 적어도 마음 한구석으로 나는 샤이니가 영원히 내 곁에 머무르지는 못할 것임을 항상 알고 있었다. 나는 나이 들고 죽을 것이며 그는 언제까지고 지금처럼 젊은 모습일 것이다. 아니면 혹시 늙어 죽었다가 젊고 잘생긴 모습으로 다시 태어나는 걸까? 어느 쪽이든 내게는 좋지 않았다. 그에게 짐이 된다는 죄책감 때문에 그를 원망하지 않고서는 못 배길 것이다. 내가 죽어 가는 모습을 보며 그는 상상도 못 할 고통에 시달릴 테고 어차피 우리는 영원히 헤어지게 될 것이다.

하지만 그래도 시도해 보고 싶었다. 아, 신이여, 너무도 간절히 그렇게 해 보고 싶었다.

샤이니는 가만히 앉아 나를 응시할 뿐이었다. 비난하지도 않고, 내 마음을 바꾸려 들지도 않았다. 그건 그의 방식이 아니었다. 말을 꺼낸 순간부터 나는 이 일이 별로 오래 걸리지 않을 거라는 걸 알았다. 적어도 말로 하는 부분은 그랬다.

샤이니가 의자에서 일어나더니 식탁을 돌아, 내 앞에 웅크려 앉았다. 나는 천천히 몸을 돌려 가만가만 조심스럽게 그를 마주 보았다. 통제력. 이건 그의 방식이었다. 상황에 대한 우위를 유지하려 애쓰며, 가만히 기다렸다. 나를 얼마나 나쁘게 생각하고 있을지 그의 얼굴을 만져 확인하고 싶은 충동을 억눌렀다.

"그들이 널 협박했나?"

나는 얼어붙었다.

그는 기다렸다. 내가 대답하지 않자 한숨을 내쉬었다. 그가 다리에 힘을 주며 몸을 세웠다.

"그것 때문이 아니에요." 나는 불쑥 말했다. 내가 죽는 게 무서워서 이러는 게 아니라는 걸 말해야만 한다는 생각이 들었다. "그게 아니라…… 원래는 차라리 날……"

"아니." 그가 내 뺨을 한번 짧게 건드렸다. 아팠다. 팔이 다시 부러진 것 같았다. 아니, 그것보다 훨씬 더 아팠다. 조심스럽게 유지하던 통제력이 봇물 터지듯 단숨에 무너져 내렸다. 나는 떨기 시작했다. 몸이 너무 떨려서 말을 하기도 힘들었다.

"같이 싸우면 돼요. 여신도 별로 이러고 싶진 않은 것 같았어요. 아니면 같이 도망가거나……"

"아니야, 오리." 그가 다시 말했다. "그건 불가능해."

나는 입을 다물었다. 머릿속이 하얗게 비어서가 아니라 그의 확신 어린 어조 때문이었다. 아무 말도 할 수가 없었다.

샤이니가 일어섰다. "너도 살아야 한다, 오리."

그가 문으로 향했다. 내 부츠 옆에 그의 부츠가 나란히 놓여 있었다. 그가 부츠를 신었다. 빠르지도 느리지도 않은, 효율적인 동작이었다. 겨울이 시작할 때 내가 사 준 양가죽 코트를 걸쳤다. 그는 자신이 아플 수도 있다는 걸 매번 까먹었고, 나는 폐렴에 걸린 그를 간호하고 싶지 않았다.

무언가를 말하려 숨을 들이켰다. 숨을 내뱉었다. 떨면서 가만히 앉아 있었다.

그가 집 밖으로 나갔다.

나는 그가 이런 식으로 떠나리라는 걸 알고 있었다. 이렇게 빈손으로, 몸에 걸친 옷가지만 가지고. 그는 돈이나 소유물에 신경을 쓸 만큼 인간적이지 않았다. 그의 무거운 발걸음이 현관 계단을 내려가, 흙 덮인 도로에 내려섰다. 밤의 소음 속으로 점점 멀어져 갔다.

나는 위층으로 올라갔다. 욕실은 평소처럼 깔끔했다. 나는 로브를 벗고 참을 수 있는 가장 뜨거운 물에 오래도록 몸을 담갔다. 물기를 닦고 난 후에도 몸이 후끈거렸다.

욕조를 닦으러 스펀지를 집어 들었을 때야 실감이 났다. 샤이니가 없으니 앞으론 이런 것도 내 손으로 직접 해야겠지.

나는 욕조 청소를 마친 다음, 그 안에 들어가 앉아 밤새도록 울었다.

＊

이제 너는 모든 걸 알게 됐다.

너는 알아야 했고, 나는 털어놔야 했지. 지난 반년간 내가 겪은 그 모든 일을 생각하지 않으려 했지만 그건 현명한 일이 아니었다. 물론 더 쉬운 일이긴 했지. 침대에서 밤새도록 외로움에 떨며 누워 있으니 차라리 잠을 자는 게 나았다. 길을 걸을 때 소격신의 희미한 발자취를 따라가던 생각을 하느니 지팡이가 바닥을 두드리는 타닥타닥 소리에만 집중하는 게 나았다. 나는 너무 많은 걸 잃었다.

하지만 얻은 것도 있어. 너처럼. 느닷없이 찾아온 내 작은 선물.

위험하다는 건 알아. 원래 신들은 우리처럼 쉽게 번식하지 않지만 그들은 그를 그 어떤 신보다도 필멸자에 가깝게 만들었다. 그에게서 모든 걸 박탈했으면서 이 능력만은 남겨 됐다는 게 무슨 의미인지 모르겠어. 내 생각엔 그냥 깜박한 것 같지만.

그러고 보니 그날 밤 식탁에 앉아 있을 때 레이디 예이네가 날 건드린 걸 떠올리지 않을 수 없다. 그녀는 새벽의 여신, 생명의 여신이지. 그녀라면 내 옆에 앉아 있을 때 너를 느꼈을 테고 아니면 적어도 네가 찾아오리라는 걸 알았을 거야. 그래서 궁금해. 네 존재를 느꼈기에 날 살린 걸까? 아니면……

정말 이상한 존재지, 회색의 여신은.

더 이상한 건 그녀가 내 말을 들어주었다는 거다.

요즘 나는 많은 상인들로부터 무시할 수 없는 소문과 소식을 듣는다. 모든 곳에 신이 있다고. 그들이 열대우림에서 노래를 부르고, 산꼭대기에서 춤을 추고, 해변에 자리 잡고 앉아 조개잡이 소년들과 시시덕거린다고. 요즘에는 대부분의 대도시에 소격신이 하나, 둘, 또는 셋 정도가 살고 있다고 들었어. 스트라이프도 소격신 하나를 유치하려고 애쓰고 있다. 마을 장로들 말로는 마을이 번창하는 데 좋을 거라고 한다. 성공했으면 좋겠다.

머지않아 세상엔 더 많은 마법이 존재하게 될 거야. 네가 살아가기에 딱 좋겠지.

그리고—

아니야.

아냐, 그런 생각은 하지 말자.

안 돼.

그렇지만.

나는 홀로 침대에 누워 일출을 지켜본다. 해가 떠오르는 것을 느낀다. 따뜻한 빛살이 담요와 내 피부 위로 움직인다. 겨울이 가까워지면서 낮도 점차 짧아지고 있다. 넌 동지 즈음에 태어날 것 같아.

아직 듣고 있니? 거기서도 내 말이 들려?

너라면 그럴 거다. 내 생각엔 네가 두 번째에 잉태된 것 같거든. 샤이니가 본모습을 아주 조금, 딱 적당한 정도만 보여 줬을 때. 내 생각엔 그도 알았던 것 같다. 여신도 알고, 어쩌면 밤의 군주도 알 테지. 이건 실수로 일어날 일이 아니니까. 샤이니는 내가 옛 삶을 그리워하는 걸 알았고, 이건 내가 새 삶에 몰두할 수 있게 돕는 그만의 방법이었다. 그리고 또…… 과거의 실수를 만회하는 방법이기도 하고.

신이여. 아니 인간이지. 하, 빌어먹을 작자. 나한테 미리 물어봤어야지. 너를 낳다가 죽을 수도 있는데. 아마 그럴 일은 없겠지만 그래도 그런 건 기본이잖아.

어쨌든.

네가 듣고 있으면 좋겠다. 왜냐하면 때때로 신은…… 그리고 악마는 그게 가능하니까. 내 생각에 넌 이미 깨어 있고, 의식도 있으며, 그래서 내 이야기를 전부 이해하고 있을 것 같다.

왜냐하면 널 본 것 같거든. 어제 아침에 잠에서 깼을 때. 순간적으로 내 능력이 다시 돌아온 줄 알았다. 내가 본 빛은 너였으니까.

오늘도 새벽까지 기다린다면 너를 다시 볼 수 있을 것 같아.

그리고 오래도록 기다리며 늘 조심스럽게 귀를 기울이면, 언젠가는 집 앞 도로에서 발소리를 들을 수도 있을 것 같다. 어쩌면 문을 두드리는 소리를 들을 수도 있겠지. 그때쯤이면 그도 기본적인 예의를 배웠을 테니까. 그 정도는 기대해도 되지 않겠니, 안 그래?

어쨌든 그는 집 안으로 들어올 것이다. 현관 앞에서 신발도 닦겠지. 외투도 걸고.

그리고 그때가 되면, 너와 나는 집으로 돌아온 그를 함께 반갑게 맞이할 것이다.

용어 및 인물

게이트웨이 공원(Gateway Park): 서쪽 그림자에 있는, 하늘궁과 세계수 가지 주위에 조성된 공원.

광명(The Bright): 신들의 전쟁 이후에 시작된 이템파스의 단독 치세를 가리키는 말. 선, 질서, 율법, 올바름을 의미하는 보편적 용어.

교단수호자(Order-Keeper): 이템파스 교단의 수련사제(수련 과정 중에 있는 사제)로서 공공질서 유지를 맡고 있다.

귀족 컨소시엄(Nobles' Consortium): 십만왕국의 통치 기구.

그림자(Shadow): 세늠 대륙에서 가장 큰 도시를 부르는 현지/입말 표현(정식 명칭은 하늘).

나하도스(Nahadoth): 세 주신 중 하나. 밤의 군주. 그림자 군주라고도 불린다.

네머(Nemmer): 그림자도시에 거주하는 소격신. 비밀의 여신.

니마로 보호구역(Nimaro Reservation): 마로랜드가 파괴된 후 생존자들에게 거주지를 제공하기 위해 아라메리 가문이 설립한 보호령. 세늠 대륙의 남동쪽 끝에 있다.

다테 로릴랠리아(Dateh Lorillalia) : 과거 이템파스 교단에 속해 있던 필경사. 세리믄 아라메리의 남편.

단절(The Interdiction) : 광명의 이템파스의 명에 의해 소격신들이 필멸계에 나타나지 않던 시기.

대혼돈(Maelstrom) : 세 주신의 창조자. 불가지(不可知)의 존재.

덤프(Dump) : 서그림에 거주하며 슈스톡스 폐품 처리장을 관리하는 소격신. 버려진 것들의 군주.

데카르타 아라메리(Decarta Arameri) : 아라메리 가문의 전(前) 가주.

동그림(Easha) : 동쪽 그림자를 가리킬 때 쓰는 말.

떠오른 태양의 집(House of Risen Sun) : 세계수 줄기에 지어진 여러 저택 중 하나.

롤레(Role) : 그림자도시에 거주하는 소격신. 연민의 여신

릴(Lil) : 그림자도시에 거주하는 소격신. 굶주림의 신.

마로랜드(The Maroland) : 한때 제도의 동쪽에 존재했던 가장 작은 대륙. 최초의 아라메리 궁이 있던 자리였다. 나하도스에 의해 멸망했다.

마법(Magic) : 물질과 비물질 세계를 변형할 수 있는 신과 소격신의 권능. 필멸자들은 신의 언어를 사용해 이 능력에 근접할 수 있다.

매딩(Madding) : 그림자도시에 거주하는 소격신. 부채(負債)의 신.

백색전당(White Hall) : 이템파스 교단의 예배, 교육, 그리고 정의를 위한 전당.

벨리(Velly) : 냉수성 어류로 주로 훈제하거나 소금에 절여 먹는다. 마로네 별미.

살롱(Salon): 귀족 컨소시엄의 본부.

새빛 교단(Order of New Light): 광명의 이템파스를 섬기는 비인가 사제단으로, 주로 전 이템파스 교단의 신도들로 구성되어 있다. 간단히 "새빛교"라고도 부른다.

샤하르 아라메리(Shahar Amareri): 신들의 전쟁 당시 활약했던 이템파스의 대사제. 그녀의 후손이 아라메리 가문이다.

서그림(Wesha): 서쪽 그림자를 가리킬 때 쓰는 말.

세계수(The World Tree): 회색의 여신이 만들어 낸, 높이가 약 3만 8100미터로 추정되는 잎이 무성한 상록수. 회색의 여신을 경배하는 이들에게 신성한 나무다.

세늠(Senm): 세계의 최남단에 있는 가장 큰 대륙

세늠어(Senmite): 십만왕국에서 공용어로 사용하는 아믄 언어.

세리믄 아라메리(Serymn Arameri): 아라메리 순혈, 다테 로릴랠리아의 아내. '떠오른 태양의 집'의 소유주.

셋의 시대(Time of the Three): 신들의 전쟁이 발발하기 전.

소격신(Godling): 세 주신이 낳은 불멸의 자식들. 때때로 '신'으로 지칭되기도 한다.

순례자(Pilgrim): 세계수에 기도를 드리기 위해 그림자를 찾아오는 회색의 여신의 신도. 대개 하이노스인이다.

슈스톡스(Shustocks): 서그림의 한 구역.

스트라이프(Strafe): 세늠 대륙의 서북쪽 해안에 위치한 도시.

시에(Sieh): 소격신. 트릭스터라고도 불린다. 모든 소격신 중 맏이.

신(God): 대혼돈이 낳은 불멸의 자식들. '세 주신'이라고도 부른다.

신계(Gods' Realm): 우주 너머에 있는 모든 곳.

신들의 전쟁(Gods' War): 광명의 이템파스가 두 형제자매를 패퇴시키고 천상의 지배권을 획득한 대재앙적 분쟁.

신성한 자리(God spot): 그림자도시에서 신들이 영구적 또는 일시적으로 마법을 걸어 놓은 특정 장소에 대해 현지 주민들이 부르는 말.

신혈(Godsblood): 인기 있고 값비싼 마약성 물질. 사용자에게 높은 각성 상태와 일시적인 마법 능력을 부여한다.

십만왕국(Hundred Thousand Kingdoms): 아라메리 가문의 통치하에 통일된 세계를 통칭하는 단어.

아라메리(Arameri): 아믄인 통치 가문. 귀족 컨소시엄과 이템파스 교단의 고문(顧問).

아믄(Amen): 세늠인 중 인구수가 가장 많고 강한 세력을 지닌 민족.

악마(Demon): 신과 인간 사이의 금지된 결합으로 탄생한 자손들. 필멸자지만 소격신과 대등하거나 또는 더 강력한 마법적 능력을 소유하고 있을 수 있다.

어둠을 걷는 자들(Darkwalker): 밤의 군주를 경배하는 무리.

에네파(Enefa): 세 주신 중 하나. 옛 대지의 여신. 신과 인간의 창조자. 황혼과 여명의 주인(사망).

예술의 거리(Art Row): 동쪽 그림자 프롬나드에 있는, 예술가들이 모이는 시장.

예이네(Yeine): 세 주신 중 하나. 현 대지의 여신. 황혼과 여명의 주인. 회색의 여신이라고도 불린다.

오보로(Oboro): 그림자도시에 사는 소격신.

의술사(Bonebender): 주로 독학으로 배운 치료사로 약초학, 조산술, 정골학 및 기본적인 수술 기법에 대한 지식을 갖추고 있다. 불법이지만 일부 치료사는 간단한 치유 인을 사용하기도 한다.

이나(Ina): 그림자도시에 사는 소격신.

이단자(Heretic): 이템파스 이외의 신을 숭배하는 자.

이오(Eo): 그림자도시에 사는 소격신. 자비의 신.

이템파스(Itempas): 세 주신 중 하나. 빛의 군주. 천상과 지상의 주인. 하늘아버지.

이템파스 교단(Order of Itempas): 광명의 이템파스를 섬기는 사제단. 영적 가르침과 더불어 법과 질서, 교육, 이단 박멸에 앞장서고 있다.

이템파스 신도(Itempan): 이템파스를 경배하는 이들을 통칭하는 말. 이템파스 교단의 구성원을 지칭할 때에도 사용된다.

인(印, Sigil): 신의 언어를 나타낸 표의문자. 필경사가 신의 마법을 모방할 때 사용한다.

제도(The Islands): 하이노스와 세늠 대륙 동쪽에 있는 방대한 군도(群島).

주문(呪文, Script): 필경사가 복잡하거나 연속적인 마법 효과를 내기 위해 사용하는 일련의 인.

지옥(Hells): 필멸계 너머에 있는 영혼들의 쉼터.

천상(Heavens): 필멸계 너머에 있는 영혼들의 쉼터.

키트르(Kitr): 그림자도시에 거주하는 소격신. 검날의 신.

테마 보호령(The Teman Protectorate): 세믄 대륙에 있는 왕국.

티브릴 아라메리(T'vril Arameri): 아라메리 가의 현(現) 가주.

파이티야(Paitya): 그림자도시에 거주하는 소격신. 공포의 신.

프레빗(Previt): 이템파스 교단의 고위급 사제.

프롬나드(The Promenade): 동쪽 그림자 게이트웨이 공원의 북쪽 끝에 있다. 세계수의 전망이 좋아 순례자들에게 인기가 좋은 장소다. 예술의 거리와 그림자에서 가장 큰 백색전당이 있는 곳.

필경사(Scrivener): 신의 문자를 연구하는 학자.

필멸계(Mortal realm): 세 주신이 창조한 우주.

하늘(Sky): 세늄 대륙에서 가장 큰 도시. 아라메리 가문의 궁전 또한 같은 이름으로 불린다.

하도(Hado): 새빛 교단의 신도. 입회자들을 관리하는 마스터.

하이노스(High North): 행성 최북단에 있는 대륙. 낙후지역.

혈인(Blood sigil): 아라메리 가문의 일원임을 나타내는 표식.

사료: 일등 필경사의 필기록 제76권

티브릴 아라메리 소장

(이 대담은 광명기(光明紀) 1512년, 일등 필경사 일리 데나이/아라메리가 하늘궁
에서 진행하고 필사하였다. 그분께서 천상에서 우리를 영원히 비추시길 기원하나이
다. 고정 전언구(傳言球)로 녹음. 2차 필사본은 광명기 2250년 사서 셰타 아라메리
기록. 경고: 이단적인 내용이 포함되어 있으며, 상기 부분은 "HR"로 표기. 리타리아
의 허가하에 사용됨.)

일등 필경사 일리 아라메리(이하 YA): 편안하신가요?

네무에 사피스 에눌라이(이하 NS)*: 그래야 하나?

YA: 당연하죠. 아라메리의 귀빈이신걸요, 에눌라이 사피스.

NS: 맞아! (웃음) 즐길 수 있을 때 즐겨야지. 앞으로 여기서 마로

---

* 대담자 주: "에눌라이(HR)"은 마로인의 세습 직함이다.

손님을 맞이할 일은 별로 없을 테니까.

YA: 새 호칭을 사용하지 않으시는군요. 마로네*라고.

NS: 엄밀히 말하면 고어로는 세 단어지. 마로-은-네. 요즘엔 제대로 발음하는 사람이 없어. 너무 길다나. 난 평생 마로인이었고 죽을 때까지 마로인일 거야. 이젠 얼마 안 남았지만.

YA: 정확한 기록을 위해, 연세를 말씀해 주시겠어요?

NS: 하늘아버지께서 내게 이백하고도 이 년을 더 내려 주셨지.

YA: (웃음) 그렇게 말씀하시는 걸 좋아한다고 들었습니다.

NS: 내가 거짓말을 하는 것 같나?

YA: 글쎄요⋯⋯ 부인, 아니 에눌라이⋯⋯.

NS: 부르고 싶은 대로 부르게. 하지만 에눌라이는 항상 진실만을 말한다는 걸 명심해, 젊은이. 거짓말은 위험하지. 그리고 난 나이처럼 사소한 건 거짓말하지 않아. 그러니 그렇게 적으라고!

YA: 네, 부인. 적었습니다.

NS: 너희네 아른들은 우리가 하는 말을 듣는 법이 없어. 전쟁**이 끝났을 때도 우리가 어둠의 아버지(HR)를 존중하라고 경고했었지? 그분이 광명의 이템파스와는 적대관계일지 몰라도 우리의 적은 아니라고 누누이 말했잖나. 전쟁이 일어나기 전에 그분은 우리를 에네파(HR)보다도 더 아껴 주셨네. 너희가 그분께 한 짓들, 그게 그분의 마음을 증오로 가득 채운 게야.

---

* 참고: 니마로 영토의 임시 생존자협의회는 (사망한) 왕실을 대신하여 앞으로 그들 민족을 "마로"가 아닌 "마로네"라고 칭할 것이라 공식 성명을 발표했다.

** 대담자 주: 신들의 전쟁.

YA: 부인, 제발…… 그 이름을 말씀하시면 안 됩니다…….

NS: 뭐? 에네퍄 말인가? (크게 외침) 에네퍄, 에네퍄, 에네퍄!

YA: (한숨)

NS: 내 앞에서 어디 한 번만 더 그 눈알을 굴려 봐.

YA: 실례를 범해서 죄송합니다. 그게…… 이템퍄스의 절대적 군림이야말로 광명교의 기본 원칙이라서요.

NS: 난 자네만큼이나 순백의 군주를 사랑한다네. 그분이 필멸자의 모습(HR)을 취하실 때 본보기로 삼은 게 우리 민족이었고, 그분이 내리신 지식의 축복(HR)을 가장 먼저 받은 것도 우리 민족이었지. 수학, 천문학, 문자. 우린 그 모든 걸 너희 세늠인이나 북쪽에 사는 무지한 야만인들, 제도의 해적놈들보다 훨씬 일찍 이룩했어. 하지만 그분이 우리에게 주신 모든 것에도 불구하고, 우린 그분이 '셋' 중 하나라는 걸 늘 기억하네. 형제자매가 없다면 그분은 아무것도 아냐(HR).

YA: 부인!

NS: 원한다면 자네들 수장한테 가서 일러바치지그래? 그래서 뭐, 날 죽이기라도 할까? 우리 민족을 멸망시킬까? 난 이제 잃을 게 하나도 없다네, 젊은이. 그게 내가 여기 있는 유일한 이유니까.

YA: 마로 왕가가 사라졌으니까요.*

NS: 아니지, 이 멍청아. 마로 민족이 사라졌으니까야. 오, 우리가 자식들을 낳는다면 한동안은 절뚝거리면서 맥을 이어 가겠지

---

* 대담자 주:「대격변 이후의 마로: 인구통계」참조.

만 그래도 절대로 예전처럼 돌아가진 못할 테지. 너희 아른인이 우리가 다시 강대해지게 냅둘 리가 없으니까.

YA: 어, 네, 부인. 하지만 왕가를 섬기는 게 에눌라이의 의무 아니었나요? 어디 보자, 그러니까 호위이자 이야기꾼으로서…….

NS: 역사학자.

YA: 네, 하지만 그 역사라는 것의 상당 부분이…… 여기 목록이 있는데…… 전설과 신화와…….

NS: 전부 사실이었어.

YA: 부인, 제발요.

NS: 날 여기 왜 부른 거지?

YA: 왜냐하면 저도 역사학자니까요.

NS: 그럼 잘 듣게. 그게 역사학자가 할 수 있는 가장 중요한 일이니까. 자기 귀로 직접 똑똑히 들을 것. 모든 걸 왜곡하는 아른인의 무수한 거짓말이 아니라…….

YA: 하지만 부인, 에눌라이가 기록한 이야기들이…… 하나를 예로 들면…… 물고기 여신 이야기 말입니다.

NS: 아, 그래. 쇼스 일족의 이호 말이지. 이제는 전부 죽었을 테지만.

YA: 그 이야기에 따르면 기근이 들었을 때 그녀가 사흘 동안 강가에 앉아 있었더니 바다물고기 떼가 강을 거슬러 헤엄쳐 와서 알아서 그물에 걸렸다죠. 바다물고기가 민물로요!

NS: 그래, 그래. 그 뒤로도 매년 강을 거슬러 올라와 산란을 했지. 그녀가 그 종을 영원히 바꿔 버린 게야.

YA: 하지만 그건…… 전쟁 전에 있었던 얘기인가요? 이호란 여자는 소격신이었나요?

NS: 그럴 리가 있나. 이야기 끝에 나이가 들어서 죽잖아.

YA: 어, 그렇다면…….

NS: 신들이 자식을 많이 보시긴 했지.

YA: (잠시 침묵) 신들이시여. (때리는 소리) 아얏!

NS: 신성모독일세!

YA: 믿을 수가 없네요. (한숨) 부인 말이 맞습니다. 죄송합니다. 저도 모르게 그만. 저는 단지…… 그러니까 부인 말씀은 이야기 속 여인이 실은 잡종…… 그러니까 신의 자식인데…….

NA: 우리 모두가 신의 자식이지. 하지만 이호는 특별했어.

YA: (침묵)

NS: 지금 자네의 그 옅은 색 눈 속에서 보이는 게 뭐지, 젊은이? 갑자기 내 말을 듣기로 했나? 그럴 줄 알았지.

YA: 그냥 생각 중이었습니다. 기록에 남은 많은 마로 이야기에서 에눌라이가 등장하죠.

NS: 계속해 보게…….

YA: 왕가의 모든 구성원 곁에는 에눌라이가 있었어요. 그들을 교육하고, 조언하고, 위험으로부터 보호했죠.

NS: (웃음) 본론을 말하게, 젊은이. 난 더 이상 젊지 않아.

YA: 그들을 보호할 때, 리타리아에서는 그럴 가능성이 없거나 불가능하다고 평하는 이상한 능력을 자주 사용했다고 하는데…….

NS: 왜냐하면 너희 필경사들에겐 마법이 없으니까. 그저 신의 언어를 사용해 간접적으로 빌려 쓸 뿐이지. 하지만 마법을 몸소 구사할 수 있다면, 그러다 죽지만 않는다면, 혹은 나아가 의지만으로도 어떤 일이 존재하게 할 수 있다면 신이 할 수 있는 모든 일을 할 수 있지. 그 이상도 할 수 있고.

YA: 에눌라이 사피스, 제가 그 말을 못 들었다면 참 좋았을 텐데요.

NS: (웃음)

YA: 제가 어떻게 해야 하는지 아시죠.

NS: (더 많은 웃음) 아, 젊은이. 그게 무슨 상관인가? 나는 에눌라이, 에네파의 딸이자 인류와 함께 짧은 생을 보내기로 선택한 필멸의 신 중 마지막으로 태어난 자의 마지막 후손이라네. 마로의 모든 왕과 여왕은 죽었네. 내 자식과 손주들도 죽었지. 회색의 어머니의 피를 물려받은 우리 모두가 이젠 그분처럼 죽어 버렸네. 더 이상 숨겨 봤자 무얼 하누?

YA: (하인에게 경비병을 불러오라 이른다.)

NS: (그가 말하는 사이 작은 목소리로) 이젠 없다네, 악마들. 전부 죽었지. 더 이상 찾을 필요도 없어. 아무도 안 남았으니까.[*]

YA: 유감이군요. (불분명)

NS: 그럴 필요 없네. (불분명)가 마지막 악마를 죽여 버렸어. 이

---

[*] 사서 주: 원본 녹취록은 여기서 끝난다. 이 시점부터는 전언구의 녹음 내용 중 일부가 잘 들리지 않는다. 전언구의 제어 주문에는 손상이 없는 듯 보이나, 필경사에게 문의한 결과 마법의 간섭이 있는 것 같다는 의견을 얻었다. 이후 기록은 내가 최선을 다해 녹취한 것이다.

젠 찾을 필요 없네.

　YA: 이젠 찾을 필요 없어요.

　NA: 이 세상 어디에도 악마는 없어.

　YA: 악마는 없어요. (경비병이 올 때까지 불분명) 그럼 안녕히 가시길, 에눌라이. 이렇게 되어 유감입니다.

　NS: (웃음) 난 아니라네. 잘 있게, 젊은이

　[대담 종료][*]

---

* 사서 주: 해당 녹취록과 전언구는 일리 아라메리 일등 필경사가 하늘궁 도서관에 잘못 분류하여 거의 육백 년간 분실되었었다. 티브릴 아라메리 경의 지시로 도서관 중요 보관실을 전수조사한 후 발견되었다.

감사의 말

『십만왕국』에서 모든 분과 모든 분들의 여성 자매들에게 감사 인사를 했으니, 여기서는 문학 및 예술 분야에 있어 감사한 분들만 언급하기로 하겠다. 『무너진 왕국』은 전작보다 더, 으음…… 예술적인 작품이니까.

이 책에서 사용한 납화, 조각, 수채화 등의 용어에 대해 내 아버지이자 예술가인 노아 제미신에게 다시 한번 감사드린다. 내가 직선 하나도 제대로 그을 줄 모른다는 점을 감안할 때, 아버지는 내가 생각한 것보다 훨씬 더 많은 기술을 가르쳐 주셨다. (아뇨, 아빠. 다섯 살 때 핑거페인팅은 내 미술 실력에 안 들어가요.)

그림자도시의 경우, 어반판타지 분야에 많은 빚을 지고 있다. 차이나 미에빌 스타일과 "손에 무기를 든 섹시하고 삐딱한 여자" 스타일의 판타지 양쪽 모두 말이다. (난 양쪽 모두의 팬이지만 후자를 폄훼하는 사람의 표현을 빌자면.) 하지만 상당 부분은 내가 평생을 도시에서

510

산 덕분이다. 그림자도시에 있는 예술의 거리는 뉴욕 유니언 스퀘어 파머스마켓에다 뉴올리언스의 잭슨 스퀘어를 살짝 가미했다.

여러 소격신, 특히 릴과 매딩, 덤프에 대해선 내 잠재의식에 감사해야겠다. 꿈속에서 만났으니까.(그리고 유산 시리즈의 세 번째 책에서 만나 볼 몇몇 소격신도.) 릴은 나를 잡아먹으려 했다. 어쩜 그렇게 개다운지.

아, 그리고 대도시 사람들이 갑자기 하늘 높이 솟구친 거대한 나무에 적응해 나가는 부분에 대한 내 취향에 관해 말하자면 애니메이션 팬이었던 과거를 인정하는 바다. 이 경우에는 귀엽고 사랑스러운 OVA와 TV 시리즈로도 있는 「마법을 쓰고 싶어!(魔法使いTai!)」에 빚지고 있는데, 이 작품을 아주 강력하게 추천한다! 애니메이션에서는 거대한 나무로 인해 발생한 문제를 훨씬 가볍게 처리했지만 내 마음에 아직도 그때 처음 접한 아름다운 이미지가 남아 있다.

옮긴이 | 박슬라

연세대학교에서 영문학과 심리학을 전공했으며, 현재 전문 번역가로 활동 중이다. 옮긴 책으로는 『스틱!』, 『부자 아빠의 투자 가이드』, 『페이크』, 『골리앗의 복수』, 『숫자는 거짓말을 한다』, 『구름 속의 죽음』, 『패딩턴발 4시 50분』, 『사라진 내일』, 『샤르부크 부인의 초상』, 『한니발 라이징』, 『아머』, 『칼리반의 전쟁』, 「몬스트러몰로지스트」 시리즈, 「부서진 대지」 3부작 등이 있다.

유산 시리즈 II

무너진 왕국

1판 1쇄 찍음 2024년 10월 7일
1판 1쇄 펴냄 2024년 10월 18일

지은이 | N. K. 제미신
옮긴이 | 박슬라
발행인 | 박근섭
편집인 | 김준혁
책임편집 | 장은진
펴낸곳 | 황금가지

출판등록 | 2009. 10. 8 (제2009-000273호)
주소 | 06027 서울 강남구 도산대로 1길 62 강남출판문화센터 5층
전화 | 영업부 515-2000 편집부 3446-8774 **팩시밀리** 515-2007
홈페이지 | www.goldenbough.co.kr

도서 파본 등의 이유로 반송이 필요할 경우에는 구매처에서 교환하시고
출판사 교환이 필요할 경우에는 아래 주소로 반송 사유를 적어 도서와 함께 보내주세요.
06027 서울 강남구 도산대로 1길 62 강남출판문화센터 6층 민음인 마케팅부

한국어판 © ㈜민음인, 2024. Printed in Seoul, Korea
ISBN 979-11-7052-470-0 04840(무너진 왕국)
ISBN `979-11-7052-468-7 04840(세트)

㈜민음인은 민음사 출판 그룹의 자회사입니다.
황금가지는 ㈜민음인의 픽션 전문 출간 브랜드입니다.